Gustave Flaubert

MADAME BOVARY

Gustave Flaubert

MADAME BOVARY
Costumes de Província

Tradução, apresentação e notas
Fúlvia M. L. Moretto

NOVA ALEXANDRIA

Título Original: *Madame Bovary*

2009 – Em conformidade com a nova ortografia

Editora Nova Alexandria Ltda.
Av. D. Pedro I, 840
01552-000 — São Paulo — SP
Fone/fax: (11) 2215-6252
E-mail: novaalexandria@novaalexandria.com.br
www.novaalexandria.com.br

Revisão: Wilson Ryoji Imoto
Revisão da 3ª edição: Thiago Lins
Capa: Lúcio Kume, sobre quadro "Leonor" (1977), de Juan José Balzi
Editoração eletrônica: Eduardo Seiji Seki

Dados Internacionais de Catalogação na Publicação (CIP)
(Câmara Brasileira do Livro, SP, Brasil)

Flaubert, Gustave, 1821-1880
Madame Bovary : costumes de província / Gustave Flaubert ; tradução, apresentação e notas de Fúlvia M. L. Moretto. — São Paulo : Nova Alexandria, 2007.

ISBN 978-85-7492-220-1

1. Romance francês 2. Moretto, Fúlvia M. L. 3. Título

93-0774 CDD-843

Índice para catálogo sistemático:
1. Romance 2. Literatura francesa

A tradução foi realizada a partir do texto integral, apresentado pela Éditions Gallimard, Collection Pléiade, Paris, 1989.

Sumário

Apresentação

Nascido em 1821, Gustave Flaubert, que pertence à geração educada dentro da estética romântica, será contudo, como Baudelaire, nascido no mesmo ano, um dos pais da renovação literária que se realizou nos últimos 130 anos, dando com *Madame Bovary* (1857) o primeiro romance moderno, um misto de realismo, de arte pela arte e de romantismo sufocado pela vontade do autor. E ele soube servir-se desse conjunto para combater exatamente os excessos do idealismo romântico da primeira metade do século XIX. Pois Flaubert é, de fato, na expressão de Jean Rousset, "o primeiro em data dos não figurativos do romance moderno".

Após algumas tentativas de menor importância, após algumas produções autobiográficas como *Novembre* (1842) e a primeira *Education sentimentale* (1845), Flaubert termina sua primeira *Tentation de Saint-Antoine* (1849), que ele mesmo lerá diante de seus maiores amigos, Maxime du Camp e Louis Bouilhet. A leitura é longa: quatro dias ao ritmo de oito horas por dia. O veredicto dos amigos é duro: a *Tentation,* com todo o seu atravanco romântico, deveria ser lançada ao fogo e Flaubert deveria dedicar-se a um tema terra a terra, sem mistérios, sem voos líricos. Após essa primeira decepção, o autor parte para o Oriente acompanhado por Maxime du Camp passando por Malta, Egito, Palestina, Líbano, Constantinopla, Grécia, Itália. Evidentemente, se o mundo exótico oriental lhe será útil mais tarde para a criação de *Salammbô,* durante toda a viagem, enquanto lê a *Odisseia* em grego, traz dentro de si sua heroína, que se chamará Emma Bovary.

Tendo partido de um fato real, o suicídio, na Normandia, da esposa de um oficial de saúde, Flaubert encontra nele o tema terra a terra que irá trabalhar e erguer ao nível do grande romance que conhecemos. Iniciado em setembro de 1851, *Madame Bovary* foi publicado em capítulos na *Revue de Paris* a partir de 1º de outubro de 1856. Um processo contra o autor, o editor e o impressor, por ofensa à moral pública e à religião, terminou na absolvição de todos e o livro foi publicado em abril de 1857 pela editora Michel Lévy. E a história banal da imaginativa Emma Bovary, que recebeu uma educação por demais romântica, que se casa sem amor, que se perde em idealismos, amantes e dívidas, teve a princípio um sucesso de escândalo devido justamente ao processo, mas impôs-se logo entre as mais importantes obras de todos os tempos.

Baudelaire é um dos primeiros a perceber a modernidade de Flaubert expressa na valorização do estilo diante da simplicidade do tema, é o primeiro a perceber que o livro encerra "os mais cálidos e mais ardentes sentimentos na aventura mais trivial". Aliás, no plano da recepção, há como um *crescendo* no interesse por Flaubert, sobretudo nos últimos trinta anos. Os contemporâneos e mesmo os críticos do início do século XX apreciaram um estilo preciso, a profundidade da análise psicológica e do estudo detalhado dos costumes de província. Além de Baudelaire, receberam favoravelmente a obra Banville, George Sand, o velho Lamartine, mais tarde Zola, Bourget e sobretudo Proust, que deixou sobre Flaubert uma crítica aguda e perspicaz[1]. Virão depois os grandes estudos de René Dumesnil[2], E. Auerbach[3], G. Poulet[4], J.P. Richard[5]. Mas a partir dos anos 60 há como um novo desabrochar na crítica flaubertiana com os estudos de René Girard[6], Roland Barthes[7], Jean Rousset[8], G. Bollème[9], Sartre[10]. E as diversas ramificações da nova crítica trazem, a partir de então, uma leitura cada vez mais renovada da obra do grande normando. Vista a princípio como uma precursora do *nouveau roman,* será ela visitada pela psicanálise, pela sociocrítica, pelo estruturalismo, pela narratologia, pela crítica genética e por todo tipo de estudo pluridisciplinar. De fato, cresce hoje o movimento ao redor dos manuscritos de Flaubert à procura de suas intenções e da origem de sua técnica narrativa. Entre o emaranhado de estudos críticos dos últimos vinte anos, tomamos ao acaso: J. Neefs, "La figuration réaliste, l'exemple de

---

1 Proust, M.- "Propos sur le style de Flaubert" in N.R.F., 1920, publicado mais tarde em *Chroniques,* Paris, Gallimard, 1927.
2 Dumesnil, R.- *Flaubert et "Madame Bovary",* Paris, Belles Lettres, 1944.
3 Auerbach E., *Mimesis,* Berne, Franck, 1946.
4 Poulet, G., *Etudes sur le temps humain,* Edinburgh University Press, 1949.
5 Richard, J.P.- *Littérature et sensation,* Paris, Seuil, 1964.
6 Girard, R.- *Mensonge romantique et vérité romanesque,* Paris, Grasset, 1961.
7 Barthes, R.- *Essais critiques,* Paris, Seuil, 1964.
8 Rousset, J.- *Forme et signification,* Paris, Corti, 1964.
9 Bollème, G.- *La leçon de Flaubert,* Paris, Julliard, 1964.
10 Sartre, J.P.- *L'idiot de la famille,* Paris, Gallimard, 1971-1972.

Madame Bovary" in *Poétique* nº 16, 1973; *La production du sens chez Flaubert*, Colloque de Cérisy, coll. 10/18, U.G.E., 1975; *Flaubert in l'Arc* nº 79, 1979; "Flaubert à l'oeuvre", prés. par R. Debray-Genette in *Textes et manuscrits*, Paris, Flammarion, 1980; P.M. de Biasi, "Flaubert et la poétique du 'non-finito'" in *Le manuscrit inachevé*, ed. du C.N.R.S., Paris, 1986; R. Debray-Genette, "La chimère et le sphinx, texte et avant-texte in *Madame Bovary*" in *Littérature* nº 64, 1986.

* * *

A 130 km de Paris, não longe de Rouen, numa pequena vila que a crítica nunca localizou com precisão, vai morar Emma Bovary. É o mundo provinciano onde nada acontece e onde se depende de Rouen para o menor divertimento ou para uma compra mais sofisticada. Esse mundo por demais monótono vive uma vida subterrânea, medíocre, onde o sal é dado pela bisbilhotice, onde o menor acontecimento ou uma pessoa estranha que chega mudam a dinâmica da comunidade. Camponeses, agricultores, empregados, burgueses, aristocratas de província formam o ambiente social que não é apenas um pano de fundo mas que se agita e trabalha: são cenas que formarão os "costumes de província" indicados no subtítulo do romance.

Emma Bovary nos é apresentada aos poucos. Entra em cena no segundo capítulo. Mas o estilo indireto livre, com poucos diálogos, quase nada nos faz saber dela, sua personalidade é um enigma. Sabemos que é bonita e requintada. Flaubert nem mesmo nos faz ouvir seu diálogo com o pai quando é pedida em casamento. Somente no Capítulo VI, quando já está casada com Charles e está morando em Tostes, na região de Caux, repentinamente ela nos é revelada. Nada sabíamos sobre sua educação familiar. É como interna no colégio de Rouen que seu mundo nos é apresentado: mundo de idealismo ultrarromântico, que se alimenta de literatura lacrimejante e sentimental impregnada de lembranças byronianas e lamartinianas. Emma nunca verá o mundo da realidade, vê-lo-á sempre através de ilusões e de fantasias. Mesmo a vida camponesa e prática na quinta paterna deixou-lhe apenas uma certa habilidade e uma certa teimosia diante de problemas materiais. Emma viverá num mundo irreal onde somente conta sua própria visão das coisas, baseada na qual tomará as decisões que a levarão aos devaneios e aos desenganos. Colocar-se-á sempre "acima" ou "ao lado" do lugar que ocupa na sociedade, o que a levará a viver outra vida, feita de mentiras e de arrebatamentos romanescos. Essa atitude foi chamada "bovarysmo" o qual se define como "a faculdade conferida ao homem de conceber a si mesmo como outra coisa, diferente daquilo que é realmente. (...) O fato inicial que determina todos os personagens de Flaubert a se conceberem diferentemente do que são é uma fraqueza da personalidade"[11]. "Emma Bovary — escreve Claudine Gothot-Mersch — considera-se superior a seu destino; é possuída por um imenso apetite por algo de inacessível, pois o que procura pertence ao domínio do sonho, do ideal"[12].

Charles nos é apresentado desde as primeiras linhas do livro: é um personagem medíocre, incapaz de ultrapassar a superfície das coisas: todo o personagem já está resumido no famoso boné do Capítulo I. Também nenhuma grandeza apresentam Léon, Rodolphe e Homais, este último envolto em sua ridícula grandiloquência. Mundo feroz em que os vencedores serão Homais, Lheureux, ameaçador em seu hipócrita rastejar, ou Binet, fechado em sua misantropia. Porém, nesta triste e miserável história de adultério e de tragédia sem grandeza, neste pequeno mundo de indiferença e de enfado, um único personagem se destaca por sua pureza e sua generosidade: o adolescente Justin, uma criança que descobre cedo demais o amor e a morte.

Porém, se dentro do romance psicológico e do romance de costumes arrastam-se a frieza e a falsidade das relações humanas e do tédio que se ignora, é que Flaubert faz de todo esse vazio a condição necessária para introduzir o que lhe interessa. Porque em 1857 o enredo bem conduzido atraiu os leitores contemporâneos, que não perceberam as transformações que trariam para o futuro as imperceptíveis (para a época) inovações de Flaubert. Aparentemente ele escreve como Balzac. Mas só em parte o faz. Flaubert de fato não renunciou à história bem contada, enquadrada em princípio, meio e fim; também não renunciou à crítica dos costumes, no estudo dos habitantes da pequena comunidade rural. Mas já o ritmo de Flaubert é mais lento e seu enredo traz um menor número de acontecimentos. Além disso, o ambiente provinciano de Flaubert também é mais estreito do que o de Balzac, é o mundo da burguesia necessitada, que se apresenta por vezes grotesca, que tem ideias limitadas e cuja conversa é feita de lugares-comuns: "O que me parece belo e que gostaria de fazer — diz Flaubert — é um livro sobre nada, um livro sem nada que o ligue ao mundo exterior, que se mantenha por si mesmo pela força interna de seu estilo"[13]. Fora este também o ideal de Racine: "faire quelque chose de rien".

---

[11] Gaultier, J. de- *Le bovarysme,* Paris, Mercure de France, 1921.

[12] Gothot-Mersch, C.- "Introdução" a *Madame Bovary,* Paris, Bordas, Classiques Garnier, 1990, p. XXII.

[13] Carta a Louise Colet de 16 de fevereiro de 1852.

Temos, por felicidade, a enorme correspondência de Flaubert que nos esclarece: em suas cartas vai ele gradualmente expondo suas ideias ao longo dos cinco anos que durou a composição de *Madame Bovary*. Escreve em 20 de setembro de 1851: "Comecei ontem à noite meu romance. Entrevejo agora dificuldades de estilo que me assustam. Não é pouca coisa ser simples. Tenho medo de cair em Paul Kock ou de fazer um Balzac chateaubrianizado". No ano seguinte escreve: "Há em mim, literalmente falando, dois homens distintos: um apaixonado por *falação*, por lirismo, por grandes voos de águia, por todas as sonoridades da frase e por todos os cumes da ideia; um outro que escava e procura quanto pode a verdade, que gosta de revelar o pequeno fato como o grande, que gostaria de fazer sentir quase materialmente o que reproduz".

Na técnica do romance flaubertiano temos, em primeiro lugar, a narrativa impessoal, que se imporá a partir de *Madame Bovary*. É aqui que entra o esforço consciente do autor para sobrepor-se a seu temperamento emotivo e sua educação realizada dentro da estética romântica. Deseja ele dar ao pequeno fato ou ao pequeno objeto um *status* literário, pois as menores coisas têm interesse. Posição antirromântica, é claro, já que, declara ele: "A grande arte é científica e impessoal". Destacando-se da emoção, ela alcançará maior universalidade tanto ao abordar a verdade psicológica quanto a descrição do mundo da pequena comunidade. Mas a narrativa impessoal não impede a presença da ironia, até da sátira do autor diante do grotesco e do ridículo de seus personagens. O acúmulo de detalhes disparatados (boné de Charles, bolo de casamento, discursos dos Comícios) faz perceber tal ironia. Aliás, não esqueçamos que a crítica hoje não se mostra mais tão segura e unânime quanto ao "realismo" de Flaubert. Sua presença nem sempre desaparece completamente sob sua escritura e a realidade será muitas vezes para ele apenas um trampolim para mais altos voos.

Outra característica da escritura de Flaubert é a procura da orquestração de diferentes vozes ou mesmo de diferentes cenas. Escreve ele em 1852, ao iniciar a cena do jantar na hospedaria: "Nunca em minha vida escrevi nada de mais difícil do que aquilo que faço agora, um diálogo trivial! Esta cena da hospedaria vai exigir talvez três meses, não sei nada. Tenho vontade de chorar, às vezes, de tal forma me sinto impotente. Mas preferiria morrer a escamoteá-la. Tenho de colocar ao mesmo tempo cinco ou seis personagens (que falam), vários outros (de quem se fala), o lugar em que se está, toda a região, fazendo descrições físicas de pessoas e de objetos e tenho de mostrar em meio a tudo isso um senhor e uma senhora que começam (por simpatia de gostos) a se apaixonar um pouco um pelo outro! (...) Mas é preciso que tudo isso seja rápido sem ser seco e desenvolvido sem ser confuso". É extremo o cuidado de Flaubert na interpenetração de seus temas. Escreve por exemplo em 1852: "Se alguma vez os efeitos de uma sinfonia foram trazidos para um livro, o livro será este". O melhor exemplo de orquestração encontra-se talvez no Capítulo VIII da segunda parte, na realização dos Comícios agrícolas. Temos aqui a introdução da sinfonia (conversa de Homais com a hospedeira); o desenvolvimento, no entrecruzamento, em contraponto, dos discursos e da distribuição dos prêmios com o diálogo amoroso entre Emma e Rodolphe; e a conclusão, no artigo de Homais, relatando os acontecimentos do dia para o jornal de Rouen. As frases ditas durante os festejos dos Comícios alternam-se como instrumentos musicais de uma orquestra que se respondem e se fundem.

Entre as inovações de Flaubert podemos observar ainda o lugar cada vez maior ocupado pelos objetos muito antes de nossa sociedade de consumo; a insistência do tempo que se arrasta, que o autor tão bem exprime com o uso constante do imperfeito no lugar do tradicional passado simples; no errante foco narrativo que passa de um personagem a outro e que ilumina a subjetividade na lentidão do dia a dia, quando a ação parece deter-se momentaneamente; no estilo indireto livre que muitas vezes substitui o diálogo, sobretudo na primeira parte do romance. Aliás, Flaubert dá uma extrema importância ao estilo indireto livre, já que o diálogo lhe traz problemas no que diz respeito às orações intercaladas. Em carta de 13-14 de abril de 1853 escreve, enquanto trabalha no diálogo entre a Sra. Bovary e o pároco: "Isto deve ter seis ou sete páginas no máximo e sem nem uma *reflexão,* nem uma *análise* (tudo em diálogo direto). Além disso, como acho muito canalha fazer diálogos substituindo 'ele disse, ele respondeu' por travessão, podes imaginar que a repetição das mesmas estruturas da frase não é fácil de evitar". É por esta razão que eliminamos os travessões em nossa tradução. Com esta eliminação Flaubert consegue maior rapidez e sobretudo uma certa ambiguidade, fundamental na evocação do baço e melancólico mundo provinciano do romance.

* * *

Flaubert morre repentinamente a 8 de maio de 1880. As décadas seguintes marcariam o triunfo do decadentismo e do simbolismo que deram preferência à pesquisa e à criação poéticas. Mas a prosa francesa retoma sua dinâmica já com o trabalho da *Nouvelle Revue Française* a partir de 1909 e sobretudo após a Primeira Guerra Mundial. Proust e Gide dão ao romance uma nova inquietação e a partir de Nathalie Sarraute o *nouveau roman* desponta e coincide com a retomada dos estudos flaubertianos de que já falamos no início desta Apresentação.

De fato, em *Pour un nouveau roman* em 1963, Robbe-Grillet escreve: "Tudo começa a vacilar com Flaubert". Mas Flaubert inquietará também a literatura fora da França: Henry James, que conheceu pessoalmente o escritor, James Joyce, Ezra Pound, Faulkner, Gertrude Stein, Nabokov, J.L. Borges, Vargas Llosa o respeitam e sofrem sua ascendência.

A consciência crítica do romance, que se avoluma no século XX, vem de Flaubert, com sua obra pensada, sentida, calculada em cada detalhe: é uma obra de ruptura, é a ordem clássica que se desequilibra, é o romance em crise, o romance moderno que lança seus primeiros vagidos. Porque depois de Flaubert o romance não será mais apenas uma história, mas antes de tudo ele será um estilo.

Fúlvia M. L. Moretto

MADAME BOVARY

A Marie-Antoine-Jules Sénard

Membro do Foro de Paris, ex-presidente da Assembleia Nacional e ex-ministro do Interior.

Caro e ilustre amigo

Permita-me colocar seu nome no início deste livro e acima de sua dedicatória; pois é ao senhor, sobretudo, que devo sua Publicação. Ao passar por sua magnífica defesa minha obra adquiriu, para mim, uma autoridade imprevista. Aceite, portanto, aqui a homenagem de minha gratidão que, por maior que possa ser, nunca estará à altura de sua eloquência e de seu devotamento.

Gustave Flaubert
Paris, 12 de abril de 1857

Primeira parte

I

Estávamos na sala de estudo, quando o Diretor entrou, seguido de um *novato* vestido à paisana e de um servente carregando uma grande carteira. Os que dormiam acordaram e todos nos levantamos como se tivéssemos sido surpreendidos durante o trabalho.

O Diretor fez sinal para que nos sentássemos; depois, voltando-se para o inspetor de alunos:

— Senhor Roger, disse-lhe à meia voz, eis um aluno que lhe recomendo, vai para o quinto ano[1]. Se seu trabalho e sua conduta forem meritórios passará para a classe dos maiores, como exige a sua idade.

Imóvel num canto, atrás da porta, de modo que mal o percebíamos, o *novato* era um rapaz do campo, de uns quinze anos, e mais alto do que qualquer um de nós. Tinha os cabelos cortados rentes na testa, como um chantre de aldeia, e um ar sensato e muito embaraçado. Embora não tivesse os ombros largos, seu paletó de lã verde com botões pretos devia incomodá-lo nas cavas e deixava perceber, pela abertura dos canhões, pulsos vermelhos acostumados a andar nus. Suas pernas, com meias azuis, saíam de uma calça amarelada, muito repuxada pelos suspensórios. Calçava sapatos grossos, mal engraxados, guarnecidos de pregos.

Começamos a recitar as lições. Ele as ouviu atentamente, como se ouvisse um sermão, não ousando nem mesmo cruzar as coxas ou apoiar-se no cotovelo e, às duas horas, quando o sino tocou, o inspetor de alunos foi obrigado a adverti-lo para que se colocasse em fila conosco.

Tínhamos o hábito, ao entrar na sala de aula, de atirar no chão nossos bonés para termos em seguida as mãos mais livres; era preciso, já na soleira da porta, lançá-los embaixo do banco fazendo-os bater na parede, levantando muita poeira; era aquele o *estilo*.

---

[1] Corresponde, no Brasil, ao antigo segundo ano ginasial.

Porém, ou porque não tivesse notado a manobra ou porque não tivesse ousado submeter-se a ela, o *novato* mantinha ainda o boné sobre os joelhos quando a prece já terminara. Era uma daquelas peças compósitas, onde se encontram elementos da barretina de pele, da *chapska*[2], do chapéu redondo, do boné de lontra ou do gorro de algodão; uma dessas pobres coisas, enfim, cuja feiura muda tem profundidades de expressão como o rosto de um imbecil. Ovoide e cheio de barbatanas, começava por três rolos circulares; depois alternavam-se, separados por uma faixa vermelha, losangos de veludo e de pele de coelho; vinha em seguida uma espécie de saco que acabava em um polígono cartonado, coberto por um bordado em sutache complicado, e de onde pendia, como uma borla na extremidade de um longo cordão fino demais, um pequeno manípulo de fios de ouro. Era novo; a pala brilhava.

— Levante-se, disse o inspetor.

Ele se levantou: seu boné caiu. Toda a classe pôs-se a rir.

Ele abaixou-se para pegá-lo. Novamente um colega ao seu lado o fez cair com uma cotovelada; ele o pegou mais uma vez.

— Livre-se de uma vez desse boné, disse o inspetor, que era um homem de espírito.

Houve uma explosão de riso dos alunos que perturbou de tal forma o pobre rapaz que ele não sabia se devia conservar seu boné na mão, deixá-lo no chão ou pô-lo na cabeça. Sentou-se novamente e colocou-o nos joelhos.

— Levante-se, repetiu o professor, e diga-me seu nome.

O *novato* articulou, com voz indistinta, um nome ininteligível.

— Repita!

As mesmas sílabas indistintas fizeram-se ouvir, cobertas pelas vaias da classe.

— Mais alto! gritou o mestre. Mais alto!

O *novato,* tomando então uma resolução extrema, abriu desmesuradamente a boca e lançou, a plenos pulmões, como se estivesse chamando alguém, esta palavra: *Charbovari.*

Foi uma algazarra que explodiu de repente, subiu como um *crescendo,* com gritos agudos (gritava-se, latia-se, sapateava-se, repetia-se: *Charbovari! Charbovari!*) que depois ecoou em notas isoladas acalmando-se com dificuldade e que às vezes recomeçava de repente ao longo de uma fileira de bancos, onde se elevava ainda, cá e lá, como um petardo mal extinto, algum riso abafado.

---

[2] Chapéu militar de origem polonesa usado pelos lanceiros franceses no séc. XIX.

Contudo, sob a saraivada de castigos[3], a ordem pouco a pouco se restabeleceu na sala de aula e o professor, tendo conseguido compreender o nome Charles Bovary, tendo-o mandado ditar, soletrar e dizê-lo novamente, ordenou imediatamente ao pobre-diabo que fosse sentar-se no banco dos preguiçosos, ao pé de sua mesa. Ele pôs-se em movimento, porém, antes de avançar, hesitou.

— Que está procurando? perguntou o professor.

— Meu bo... disse timidamente o *novato,* lançando olhares inquietos ao redor.

— Quinhentos versos para toda a classe! gritando com voz furiosa deteve, como o *Quos ego*[4], uma nova borrasca. Fiquem quietos! insistia o professor, indignado, enxugando a testa com o lenço que acabava de retirar de seu boné. Quanto a você, novato, irá copiar vinte vezes o verbo *ridiculus sum.*

Depois, com uma voz mais suave:

— Ora! Você irá encontrar seu boné, ninguém o roubou!

Tudo voltou à calma. As cabeças inclinaram-se sobre as pastas e o *novato* permaneceu duas horas numa atitude exemplar, embora houvesse, de vez em quando, alguma bolinha de papel lançada da ponta de uma pena que ia salpicar seu rosto. Mas ele enxugava-se com a mão e permanecia imóvel, de olhos baixos.

À tarde, durante o estudo, retirou da carteira as mangas postiças, pôs em ordem suas pequenas coisas, traçou com cuidado as linhas em seu papel. Vimo-lo trabalhar conscienciosamente, procurando todas as palavras no dicionário e esforçando-se muito. Graças, talvez, à boa vontade que mostrou, não desceu para uma classe inferior; pois, embora soubesse passavelmente as regras, suas frases tinham pouca elegância. Fora o pároco de sua aldeia que o iniciara no latim, pois seus pais, por economia, só o haviam enviado ao colégio o mais tarde possível.

Seu pai, o Sr. Charles-Denis-Bartholomé Bovary, antigo auxiliar de cirurgião-mor, envolvido, por volta de 1812, em assuntos de circunscrição e forçado, por aquela época, a deixar o serviço, aproveitara então suas vantagens pessoais para agarrar, de passagem, um dote de sessenta mil francos que se lhe oferecia na filha de um fabricante de malhas, que se apaixonara por sua figura. Belo homem, bem-falante, tilintando as esporas, usando suíças que lhe desciam até os bigodes, com os dedos sempre cheios de anéis e vestido de cores vivas, tinha o aspecto de um bravo, com a fácil desenvoltura de um caixeiro-viajante.

---

[3] Castigos escritos em que o aluno deve escrever a mesma frase um determinado número de vezes.

[4] "Eu deveria...", início das palavras que, na *Eneida* de Virgílio, Netuno dirige aos ventos (I, 135).

Depois de casado, viveu dois ou três anos da fortuna de sua mulher, comendo bem, levantando-se tarde, fumando grandes cachimbos de porcelana, voltando para casa somente à noite após os espetáculos e frequentando os cafés. O sogro morreu e deixou pouca coisa; ficou indignado, lançou-se *na fabricação,* perdeu algum dinheiro, depois retirou-se para o campo onde quis *produzir algo.* Mas, como não entendia mais de agricultura do que de chita, como montava seus cavalos em lugar de enviá-los à lavoura, bebia sua sidra engarrafada em lugar de vendê-la, comia as melhores galinhas de seu galinheiro e engraxava os sapatos de caça com o toucinho de seus porcos, não demorou a perceber que era preferível abandonar todo tipo de especulação.

Por duzentos francos por ano conseguiu arrendar, numa aldeia entre a região de Caux e a Picardia[5], uma espécie de habitação, meio quinta, meio residência; e desgostoso, cheio de remorsos, acusando o céu, invejando todo o mundo, encerrou-se em casa aos quarenta e cinco anos, aborrecido com os homens, dizia, e decidido a viver em paz.

Sua mulher fora louca por ele outrora; amara-o com mil servilismos que o haviam afastado dela ainda mais. Alegre no passado, expansiva e totalmente apaixonada, ao envelhecer tornara-se (como o vinho que exposto ao ar se transforma em vinagre) difícil, gritona e nervosa. Sofrera tanto a princípio, sem se queixar, quando o via correr atrás de todas as prostitutas da aldeia e quando vinte bordéis lho enviavam de volta, à noite, embotado e cheirando a bebida! Depois, o orgulho revoltara-se. Então calara-se, engolindo sua raiva num estoicismo mudo que conservou até a morte. Estava sempre às voltas com alguma coisa, com os negócios. Ia ver os advogados, o juiz, não esquecia o vencimento das letras, obtendo prorrogações; e, em casa, passava, costurava, lavava, vigiava os operários, pagava suas diárias, enquanto, sem preocupar-se com nada, sua senhoria, continuamente entorpecido numa sonolência amuada da qual só saía para dizer-lhe coisas desagradáveis, ficava fumando junto ao fogo, escarrando nas cinzas.

Quando ela teve um filho, foi preciso deixá-lo com uma ama de leite. Ao voltar para casa, o pirralho foi mimado como um príncipe. A mãe alimentava-o com guloseimas, o pai deixava-o andar descalço e, para bancar o filósofo, dizia mesmo que podia perfeitamente andar nu como os filhotes dos animais. Contra as tendências maternas, ele trazia na cabeça um certo ideal viril da infância, segundo o qual procurava formar seu filho, querendo que fosse criado com dureza, à moda espartana, para dar-lhe uma boa constituição. Fazia-o

---

[5] Ao norte da França. A região de Caux pertence à Normandia.

dormir sem aquecimento, ensinava-o a beber grandes tragadas de rum e a insultar as procissões. Porém, naturalmente tranquilo, o pequeno respondia com dificuldade a esses esforços. Sua mãe trazia-o sempre junto a si; recortava-lhe cartolinas, contava-lhe histórias, entretinha-se com ele em monólogos sem-fim, cheios de alegrias melancólicas e de afagos tagarelas. No isolamento de sua vida, transferiu para aquela cabeça de criança todas as suas vaidades perdidas, desfeitas. Sonhava com altas posições, via-o já grande, belo, espirituoso, estabelecido como engenheiro civil ou como magistrado. Ensinou-o a ler e ensinou-o mesmo, com um velho piano que possuía, a cantar duas ou três pequenas romanças. Mas, diante de tudo aquilo, o Sr. Bovary, pouco preocupado com as letras, dizia que *não valia a pena!* Teriam algum dia meios para mantê-lo em escolas do governo, comprar-lhe um cargo ou um estabelecimento comercial? Aliás, *com ousadia, um homem sempre triunfa no mundo.* A Sra. Bovary mordia os lábios e a criança vagabundeava pela aldeia.

Andava com os lavradores e, atirando pedaços de terra, expulsava os corvos, que levantavam voo. Comia amoras ao longo das valas, guardava os perus com uma vara, secava o feno durante a colheita, corria pelos bosques, pulava amarelinha sob o pórtico da igreja nos dias de chuva e, nas grandes festas, suplicava ao sacristão que lhe deixasse tocar os sinos, para pendurar-se com todo o peso de seu corpo à grande corda e sentir-se levado pelo ar.

Assim, cresceu como um carvalho. Adquiriu mãos robustas, belas cores.

Aos doze anos, sua mãe conseguiu que iniciasse os estudos. Dessa tarefa encarregou-se o pároco. Mas as aulas eram tão curtas e tão interrompidas que não podiam servir para grande coisa. Era nos momentos perdidos que eram dadas, na sacristia, de pé, apressadamente, entre um batismo e um enterro; ou então o pároco mandava buscar seu aluno após o *Ângelus,* quando não precisava sair. Subiam ao seu quarto, instalavam-se: os mosquitos e as mariposas voavam ao redor da vela. Fazia calor, o menino adormecia; e o velhote, entorpecido com as mãos sobre o ventre, não tardava a roncar, de boca aberta. Outras vezes, quando o Sr. Pároco, ao voltar, após ter levado o viático a algum doente dos arredores, percebia Charles que fazia travessuras pelo campo, chamava-o, pregava-lhe um sermão durante um quarto de hora e aproveitava a ocasião para mandá-lo conjugar um verbo ao pé de uma árvore. A chuva ou um conhecido que passava vinha interrompê-los. De resto, mostrava-se sempre contente consigo mesmo, dizia até que o *jovem* tinha muita memória.

Charles não podia limitar-se a isso. A senhora foi enérgica. Envergonhado, ou antes cansado, o marido cedeu sem resistência e esperou-se ainda um ano para que o moleque tivesse feito a primeira comunhão.

Passaram-se ainda seis meses e, no ano seguinte, Charles foi definitivamente enviado ao colégio de Rouen, para onde o próprio pai o conduziu, pelo final de outubro, na época da feira de Saint-Romain.

Ser-nos-ia agora impossível, para qualquer um de nós[6], lembrar alguma coisa a seu respeito. Era um rapaz de temperamento moderado, que brincava no recreio, era aplicado na sala de estudo, era atento na sala de aula, que dormia bem no dormitório, comia bem no refeitório. Tinha como correspondente um negociante de quinquilharia por atacado, da Rua Ganterie, que saía com ele uma vez por mês, aos domingos, após ter fechado a loja; levava-o a passear no porto, a olhar os navios, depois levava-o de volta ao colégio, às sete horas, antes do jantar. Às quintas-feiras à noite ele escrevia uma longa carta à sua mãe, com tinta vermelha e fechada com três obreias[7]; depois, repassava os cadernos de história ou então lia um velho volume de Anacársis[8] que se encontrava na sala de estudo. Quando passeava, conversava com o criado que viera do campo como ele.

À força de aplicação, manteve-se sempre entre a média da classe; uma vez até ganhou o primeiro *accessit*[9] de história natural. Porém, ao final do terceiro ano, seus pais retiraram-no do colégio para que estudasse medicina, persuadidos de que ele poderia chegar sozinho ao bacharelado[10].

Sua mãe escolheu-lhe um aposento, no quarto andar, sobre o Eau-de-Robec[11], em casa de um tintureiro conhecido. Concluiu a arrumação de seu quarto, conseguiu móveis, uma mesa e duas cadeiras, mandou vir de sua casa uma velha cama de cerejeira e, além disso, comprou uma pequena estufa de ferro fundido com a provisão de lenha que deveria aquecer seu pobre filho. Depois, partiu no final da semana com mil recomendações para que se conduzisse bem, agora que ia ser abandonado a si mesmo.

O programa dos cursos, que leu no cartaz, provocou-lhe vertigens; curso de anatomia, curso de patologia, curso de fisiologia, curso de farmácia, curso de química, e de botânica, e de clínica, e de terapêutica, sem contar a higiene e a matéria médica, todos nomes cuja etimologia ignorava e que eram tantas outras portas de santuários cheios de augustas trevas.

---

[6] É a última vez que aparece, explicitamente, o narrador, que fala na primeira pessoa do plural.

[7] "Folha delgada, feita de massa cozida e de diferentes cores que, umedecida, serve para fechar cartas, pregar papéis" (Caldas Aulete).

[8] Filósofo grego do séc. VI a.C.

J. J. Barthélémy (1716-1795) escreveu sete volumes intitulados *Voyage du jeune Anacharsis en Grece vers le milieu du IV s.*

[9] Recompensa inferior ao prêmio e superior à distinção.

[10] Conclusão do curso secundário.

[11] Rua de Rouen, ao lado do riacho Robec, bairro dos tintureiros e dos negociantes de tecidos.

Nada compreendeu de tudo aquilo; não aprendia nada. Contudo, estudava, possuía anotações encadernadas. Assistia a todos os cursos, não perdia uma única consulta[12]. Cumpria sua pequena tarefa cotidiana à maneira de um cavalo de picadeiro que gira sobre si mesmo com os olhos vendados, ignorando o trabalho que macera.

Para reduzir-lhe as despesas, sua mãe enviava-lhe cada semana, pelo mensageiro, um pedaço de vitela assada ao forno, que ele comia pela manhã quando voltava do hospital, batendo os pés contra a parede. Em seguida, era preciso correr para a sala de aula, para o anfiteatro, para o asilo e voltar para o quarto atravessando todas as ruas. À noite, após o magro jantar de seu hospedeiro, subia novamente ao quarto e punha-se mais uma vez ao trabalho, com as roupas molhadas que fumegavam sobre seu corpo diante da estufa em brasa.

Nas belas noites de verão, quando as ruas tépidas estão vazias, quando as criadas jogam peteca na soleira das portas, ele abria sua janela e debruçava-se. O rio, que faz desse bairro de Rouen uma espécie de ignóbil pequena Veneza, corria embaixo, amarelo, violeta ou azul, entre suas pontes e suas grades. Alguns operários, agachados na margem, lavavam os braços na água. Sobre algumas varas que saíam do alto dos sótãos, meadas de algodão secavam ao ar livre. Defronte, para além dos telhados, estendia-se o grande céu puro, com o sol vermelho que se punha. Como devia ser agradável lá longe! Que frescor debaixo do faial! E ele abria as narinas para aspirar os bons odores do campo que não chegavam até ele.

Emagreceu, seu corpo alongou-se e seu rosto adquiriu uma espécie de expressão dolente que o tornou quase interessante.

Naturalmente, por indolência, entrou a descrer de todas as resoluções que fizera. Uma vez faltou à consulta, no dia seguinte às aulas e, saboreando a preguiça, pouco a pouco não mais voltou a elas.

Habituou-se a frequentar a taberna e apaixonou-se pelos dominós. Encerrar-se cada noite numa suja sala pública para bater sobre as mesas de mármore com pequenos ossos de carneiro marcados de pontos pretos parecia-lhe uma prova preciosa de sua liberdade que realçava sua estima diante de si mesmo. Era como a iniciação na sociedade, o acesso aos prazeres proibidos; e, ao entrar, colocava a mão sobre a maçaneta da porta com uma alegria quase sensual. Então, muitas coisas que nele estavam comprimidas dilataram-se; aprendeu de

[12] Nos hospitais, quando os alunos são acompanhados pelos professores.

cor estribilhos que cantava nos almoços de boas-vindas[13], entusiasmou-se por Béranger[14], aprendeu a fazer ponche e conheceu enfim o amor.

Graças a esses trabalhos preparatórios, fracassou completamente no exame de oficial de saúde[15]. Era esperado na mesma noite em casa para festejar seu sucesso!

Partiu a pé e deteve-se na entrada da aldeia, onde mandou chamar a mãe; contou-lhe tudo. Ela o desculpou, culpando pelo fracasso a injustiça dos examinadores e animou-o um pouco, encarregando-se de arranjar as coisas.

Somente cinco anos mais tarde o Sr. Bovary conheceu a verdade; ela era velha, ele aceitou-a, não podendo, aliás, supor que um homem proveniente dele fosse um tolo.

Charles pôs-se então novamente ao trabalho e preparou sem interrupção as matérias de seu exame cujas questões aprendeu antecipadamente de cor. Passou no exame com nota bastante boa. Que belo dia para sua mãe! Foi oferecido um grande almoço.

Onde iria exercer sua arte? Em Tostes. Havia lá apenas um velho médico. Havia muito a Sra. Bovary espreitava sua morte e o velho ainda não preparara as malas quando Charles se instalou numa casa em frente, como seu sucessor.

Porém, ter criado seu filho, ter feito com que aprendesse medicina e ter descoberto Tostes para exercê-la ainda não era tudo: precisava ele de uma mulher. Ela encontrou-lhe uma: a viúva de um oficial de justiça de Dieppe, que tinha quarenta e cinco anos e mil e duzentas libras de renda.

Embora fosse feia, seca como uma vara e cheia de borbulhas, evidentemente à Sra. Dubuc não faltavam partidos. Para conseguir o que desejava, a mãe Bovary foi obrigada a afastá-los todos e mesmo frustrou, com muita habilidade, as intrigas de um salsicheiro que era apoiado pelos padres.

Charles entrevira, com o casamento, o início de uma melhor condição de vida, imaginando que seria mais livre e que poderia dispor de sua pessoa e de seu dinheiro. Porém a mulher foi o chefe; ele devia, na sociedade, dizer isso e não aquilo, fazer abstinência todas as sextas-feiras, vestir-se como ela entendia, insistir, por sua ordem, com os clientes que não pagavam. Abria suas cartas, espiava seus atos e escutava suas consultas através da parede do consultório, quando havia mulheres.

---

13 Almoço que um novo membro de uma sociedade paga aos novos companheiros.

14 Poeta e cançonetista, autor de canções de cunho político e patriótico (1780-1857).

15 De 1803 a 1892, na França, médico que cursava apenas 3 e não 5 anos da faculdade e que somente podia clinicar no interior do país.

Precisava ter seu chocolate todas as manhãs e cuidados infinitos. Queixava-se continuamente dos nervos, do peito, das escrófulas. O ruído dos passos a incomodava; se alguém ia embora a solidão se lhe tornava odiosa; se voltava para junto dela era, sem dúvida, para vê-la morrer. À noite, quando Charles voltava, ela retirava dos lençóis seus longos braços magros, colocava-os ao redor de seu pescoço e, tendo-o feito sentar na beirada da cama, punha-se a falar-lhe de seus desgostos: ele a esquecia, ele amava outra! Bem que lhe disseram que ela seria infeliz; e terminava pedindo-lhe algum xarope para sua saúde e um pouco mais de amor.

II

Uma noite, pelas onze horas, foram acordados pelo barulho de um cavalo que se deteve exatamente diante da porta. A criada abriu a lucarna do sótão e parlamentou por algum tempo com um homem que permanecera embaixo, na rua. Ele vinha buscar o médico; tinha uma carta. Nastasie desceu os degraus tiritando e foi abrir a fechadura e os cadeados, um depois do outro. O homem deixou o cavalo e, seguindo a criada, entrou de repente atrás dela. Extraiu de seu gorro de lã com bordas cinzentas uma carta enrolada num pano e apresentou-a delicadamente a Charles, que firmou os cotovelos no travesseiro para lê-la. Nastasie, ao lado da cama, segurava a luz. A Senhora, por pudor, permanecia virada para a parede e mostrava as costas.

A carta, fechada com um pequeno lacre de cera azul, suplicava ao Sr. Bovary que fosse imediatamente à quinta dos Bertaux, para restabelecer uma perna quebrada. Ora, há de Tostes aos Bertaux seis boas léguas a percorrer, passando por Longueville e Saint-Victor. A noite estava escura. A jovem Sra. Bovary temia acidentes para o marido. Portanto, foi decidido que o criado de estrebaria iria na frente. Charles partiria três horas mais tarde, ao nascer da lua. Enviar-se-ia um rapazinho ao seu encontro a fim de mostrar-lhe o caminho da quinta e de abrir-lhe os portões à sua frente.

Pelas quatro horas da manhã, Charles, bem agasalhado em seu capote, pôs-se a caminho para os Bertaux. Ainda adormecido pelo calor do sono, deixava-se embalar pelo trote pacífico de seu animal. Quando este se detinha sozinho diante dos buracos rodeados de espinheiros que se cavam à beira dos campos, Charles, acordando sobressaltado, lembrava-se logo da perna quebrada e procurava rememorar todas as fraturas que conhecia. A chuva não caía mais: o dia começava a romper e, sobre os galhos das macieiras sem folhas, alguns pássaros mantinham-se imóveis, ouriçando suas pequenas plumas ao vento frio da manhã. A campina estendia-se a perder de vista e os arvoredos, ao redor das quintas, formavam, a distância, manchas de um violeta-escuro naquela grande superfície cinza que se perdia no horizonte, no tom sombrio do céu. Charles, de vez em quando, abria os olhos; depois, como seu espírito se fatigasse e como o sono voltasse espontaneamente, entrava subitamente numa espécie de sonolência em que, confundindo suas sensações recentes com as lembranças, ele mesmo percebia-se duplo, ao mesmo tempo estudante e casado, deitado em sua cama como havia pouco, atravessando uma sala de operados como outrora. O odor quente das cataplasmas misturava-se em sua cabeça ao verde odor do orvalho; ouvia rolar sobre o trilho os anéis de ferro das camas e sua mulher dormir... Ao passar por Vassonville, percebeu, à beira de uma vala, um rapazinho sentado na relva.

— O senhor é o médico? perguntou o menino.

E, após a resposta de Charles, tomou nas mãos os tamancos e pôs-se a correr à sua frente.

O oficial de saúde durante o caminho compreendeu, pela conversa de seu guia, que o Sr. Rouault devia ser um agricultor muito abastado. Quebrara a perna na noite anterior ao voltar da festa de Reis em casa de um vizinho. Sua mulher morrera havia dois anos. Tinha consigo apenas sua *senhorita*[16] que o ajudava a dirigir a casa.

Os sulcos da estrada tornavam-se mais profundos. Os Bertaux estavam próximos. O menino, então, passando pelo buraco de uma sebe, desapareceu, depois voltou, ao fundo de um pátio, para abrir a cancela. O cavalo deslizava na relva molhada; Charles abaixava-se para passar debaixo dos galhos. Os cães de guarda em suas casinhas latiam puxando a corrente. Quando entrou nos Bertaux, seu cavalo saltou, assustado.

Era uma quinta de boa aparência. Viam-se na estrebaria, através da parte superior das portas abertas, grandes cavalos de tiro que comiam tranquilamente numa das manjedouras novas. Ao longo das construções estendia-se uma grande estrumeira da qual se elevava um vapor úmido e, entre as galinhas e os perus, cinco ou seis pavões bicavam o chão, luxo dos galinheiros da região de Caux. O aprisco era longo, a granja era alta, com paredes lisas como a mão. Sob o telheiro havia duas grandes carroças e quatro charruas com seus chicotes, seus cabrestos, sua equipagem completa, entre os quais as peles de carneiro pintadas de azul sujavam-se com o pó fino que caía dos celeiros. O pátio era em aclive,

[16] Expressão regional: filha.

plantado de árvores simetricamente afastadas e o alegre barulho de um bando de gansos ressoava perto do charco.

Uma jovem, com um vestido de merino azul enfeitado com três folhos, apareceu à porta da casa para receber o Sr. Bovary, e o fez entrar na cozinha onde ardia um bom fogo. O almoço dos criados fervia ao redor em pequenas panelas de diferentes tamanhos. Algumas roupas úmidas secavam na lareira. A pá, as pinças e os foles, todos de proporções colossais, brilhavam como aço polido enquanto, ao longo dos muros, estendia-se uma abundante bateria de cozinha onde se refletiam de forma desigual a chama clara do fogão juntamente com os primeiros raios de sol que entravam pelas vidraças.

Charles subiu ao primeiro andar para ver o doente. Encontrou-o na cama, suando sob os cobertores, tinha atirado para bem longe seu gorro de algodão. Era um gordo homenzinho, de cinquenta anos, pele clara, olhos azuis, com a testa calva e que usava brincos. Tinha a seu lado, sobre uma cadeira, uma grande garrafa de aguardente de que se servia de vez em quando para criar coragem; mas ao ver o médico sua exaltação baqueou e, em lugar de praguejar como fazia havia doze horas, começou a gemer baixinho.

A fratura era simples, sem nenhuma espécie de complicação. Charles não teria ousado desejar uma mais fácil. Então, lembrando os procedimentos de seus mestres junto ao leito dos feridos, reconfortou o paciente com todo tipo de ditos espirituosos e de afagos cirúrgicos que são como o óleo com que se untam os bisturis. Para obter talas mandou procurar, sob a cocheira, um punhado de ripas. Charles escolheu uma, cortou-a em pedaços e poliu-a com um pedaço de vidro, enquanto a criada rasgava lençóis para fazer faixas e enquanto a Srta. Emma tratava de costurar pequenas almofadas. Como demorava a encontrar seu estojo, seu pai impacientou-se; ela não respondeu nada, mas, ao costurar, picava os dedos que levava em seguida à boca para chupá-los.

Charles surpreendeu-se com a brancura de suas unhas. Eram brilhantes, com as extremidades finas mais limpas do que os marfins de Dieppe e amendoadas. Suas mãos, contudo, não eram bonitas, não eram suficientemente pálidas, talvez, e um pouco secas nas falanges; eram demasiado longas também e sem suavidade nos contornos. O que tinha de belo eram os olhos: embora fossem castanhos, pareciam pretos, por causa dos cílios, e seu olhar atingia o interlocutor com franqueza e com uma cândida ousadia.

Uma vez acabado o atendimento, o médico foi convidado pelo próprio Sr. Rouault a comer alguma coisa antes de partir.

Charles desceu para a sala no andar térreo. Dois talheres, com copos de prata, estavam colocados sobre uma mesinha junto a uma grande cama com dossel revestido de chita com personagens turcos. Sentia-se o odor de íris e de lençóis úmidos que saía do alto armário de carvalho colocado diante da janela. No chão, nos cantos, estavam colocados, de pé, sacos de trigo. Era o excedente do celeiro ao lado, ao qual se subia por três degraus de pedra. Para decorar a sala havia, dependurado a um prego, no centro da parede cuja pintura verde se escamava sob o efeito do salitre, uma cabeça de Minerva em creiom preto, com moldura dourada, e que trazia, mais abaixo, em letras góticas: "A meu caro papai".

Falou-se a princípio do doente, depois do tempo, dos grandes frios, dos lobos que corriam pelos campos à noite. A Srta. Rouault pouco se divertia no campo, sobretudo agora que estava encarregada, quase sozinha, da quinta. Como a sala era fresca, ela tiritava ao comer, o que descobria um pouco seus lábios carnudos que ela tinha o hábito de mordicar quando estava em silêncio.

Seu pescoço saía de uma gola branca, chata. Seus cabelos, cujos bandós negros pareciam feitos de um só pedaço de tal forma eram lisos, dividiam-se no centro da cabeça por uma risca fina que mergulhava levemente seguindo a curva do crânio; e, mal deixando ver a extremidade da orelha, iam confundir-se atrás num coque abundante, com um movimento ondulado nas têmporas que o médico rural via pela primeira vez na vida. Suas faces eram rosadas. Trazia, como um homem, preso entre dois botões da blusa, um lornhão de tartaruga.

Quando Charles, após ter subido para despedir-se do pai Rouault, voltou à sala antes de partir, encontrou-a de pé, com a testa apoiada na janela, olhando o jardim onde as estacas dos feijões haviam sido derrubadas pelo vento. Ela voltou-se.

— O senhor procura alguma coisa? perguntou.

— Meu chicote, por favor, respondeu ele.

E pôs-se a procurar sobre a cama, atrás das portas, debaixo das cadeiras; ele caíra no chão entre os sacos e a parede. A Srta. Emma percebeu-o; inclinou-se sobre os sacos de trigo. Charles, por galanteria, precipitou-se e, quando alongava também o braço no mesmo movimento, sentiu seu peito roçar o dorso da jovem, curvada debaixo dele. Ela endireitou-se, muito corada, e olhou-o por sobre o ombro entregando-lhe o vergalho.

Em lugar de voltar aos Bertaux três dias após como havia prometido, ele voltou logo no dia seguinte, depois regularmente duas vezes por semana, sem contar as visitas inesperadas que fazia de vez em quando, como por descuido.

De resto, tudo correu bem; a cura efetuou-se segundo as regras e quando, ao final de quarenta e seis dias, viu-se o pai Rouault tentando caminhar sozinho pelo galinheiro, começou-se a considerar o Sr. Bovary como um homem de grande capacidade. O pai Rouault dizia que não teria sido mais bem curado pelos primeiros médicos de Yverot ou mesmo de Rouen.

Quanto a Charles, não procurou ele perguntar-se por que vinha aos Bertaux com prazer. Se tivesse pensado no fato, teria sem dúvida atribuído seu zelo à gravidade do caso ou talvez ao proveito que dele esperava. Seria por isso, todavia, que suas visitas à quinta eram, entre as pobres ocupações de sua vida, uma encantadora exceção? Nesses dias, levantava-se cedo, partia a galope, pressionava seu animal, depois descia para limpar os pés na relva e punha as luvas pretas antes de entrar. Gostava de ver-se chegar ao pátio, sentir contra o ombro a cancela que se abria e o galo que cantava sobre o muro, os jovens que vinham ao seu encontro. Gostava dos celeiros e das estrebarias; gostava do pai Rouault, que lhe batia na mão chamando-o seu salvador; gostava dos pequenos tamancos da Srta. Emma sobre as lajes limpas da cozinha; seus saltos a tornavam um pouco mais alta e, quando caminhava diante dele, as solas de madeira, erguendo-se rapidamente, estalavam com um ruído seco contra o couro da botina.

Ela sempre o acompanhava até o primeiro degrau da escada externa. Enquanto não traziam seu cavalo, ela permanecia ali. Já se haviam despedido, não se falavam mais; o ar livre a rodeava, levantando em desordem os pequenos e loucos cabelos de sua nuca ou sacudindo em seus quadris os cordões do avental que se enroscavam como bandeirolas. Uma vez, num dia de degelo, a casca das árvores ressumava no pátio, a neve fundia nos telhados das construções. Ela estava na soleira da porta; foi procurar a sombrinha, abriu-a. A sombrinha de seda furta-cor que o sol atravessava iluminava com reflexos móveis a pele branca do seu rosto. Embaixo, ela sorria no calor tépido e ouviam-se as gotas d'água, uma a uma, que caíam sobre o chamalote esticado.

Durante os primeiros tempos que Charles frequentava os Bertaux a jovem Sra. Bovary não deixava de informar-se sobre o doente e mesmo, em seu livro de escrituração por partidas dobradas, escolhera para o Sr. Rouault uma bela página em branco. Porém, quando soube que possuía uma filha, procurou informar-se; e soube que a Srta. Rouault, criada no convento das Ursulinas, recebera, como se diz, *uma bela educação,* que portanto sabia dançar, sabia geografia, desenho, sabia fazer tapeçarias e tocar piano. Foi o cúmulo!

— É por isso então, dizia a si mesma, que seu rosto se regozija quando vai vê-la e que põe seu colete novo com o risco de estragá-lo na chuva? Ah! essa mulher! essa mulher!...

E detestou-a instintivamente. A princípio, desabafou com alusões. Charles não as compreendeu; em seguida, com observações ocasionais que ele deixava passar por medo da tempestade; enfim com invectivas à queima-roupa às quais ele não sabia o que responder. Por que motivo voltava aos Bertaux, visto que o

Sr. Rouault estava curado e visto que essas pessoas ainda não haviam pago? Ah! É que havia lá *uma pessoa,* alguém que sabia conversar, sabia bordar, uma pessoa culta. Era disso que ele gostava: precisava de senhoritas da cidade! E continuava:

— A filha do pai Rouault, uma senhorita da cidade! Ora vamos! O avô era pastor e ela tem um primo que quase se sentou no banco dos réus por uma briga feia. Não vale a pena fazer tanto estardalhaço nem mostrar-se aos domingos na igreja com um vestido de seda como uma condessa. Pobre velhote, aliás, que sem os colzas do ano passado teria tido dificuldades para liquidar os pagamentos atrasados!

Por cansaço, Charles cessou de voltar aos Bertaux. Héloïse fizera-lhe jurar que não iria mais, com a mão sobre o livro de missa, após muitos soluços e beijos, numa grande explosão de amor. Ele obedeceu, portanto; porém, a ousadia de seu desejo protestou contra o servilismo de sua conduta e, por uma espécie de hipocrisia ingênua, julgou que aquela proibição de vê-la era para ele como um direito de amá-la. E, além disso, a viúva era magra; tinha dentes longos, usava em qualquer estação seu pequeno xale preto cuja ponta lhe descia até as costas entre as omoplatas; seu corpo duro vivia apertado em vestidos justos, por demais curtos, que descobriam os tornozelos com as fitas de seus sapatos largos que se cruzavam sobre meias cinzentas.

A mãe de Charles vinha vê-los de tempos em tempos, mas, ao final de alguns dias, a nora parecia afiar nela sua lâmina; e então, como duas facas, punham-se a escarificá-lo com suas reflexões e suas observações. Ele não deveria comer tanto! Por que oferecer sempre uma bebida a qualquer visita? Que teimosia em não usar roupa de baixo de flanela!

Aconteceu que, no início da primavera, um notário de Ingouville, detentor dos fundos da viúva Dubuc, fugiu levando consigo todo o dinheiro do seu escritório. Héloïse, é verdade, possuía ainda, além da parte de um navio avaliada em seis mil francos, sua casa da Rua Saint-François; e todavia, de toda aquela fortuna que tanto se exaltara, nada, a não ser alguns móveis e alguns objetos, aparecera em casa. Foi preciso tirar a coisa a limpo. A casa de Dieppe revelou-se carcomida até os alicerces pelas hipotecas; o que ela colocara com o notário só Deus o sabia e a parte do navio não excedia mil escudos. Ela mentira, portanto, a boa senhora! Em sua exasperação, o Sr. Bovary pai, quebrando uma cadeira contra as lajes, acusou sua mulher de ter feito a infelicidade do filho atrelando--o a uma semelhante esgrouviada cujos arreios não lhe valiam a pele. Vieram a Tostes. Houve explicações. Houve cenas. Héloïse, aos prantos, atirando-se nos braços do marido, conjurou-o a defendê-la de seus pais. Charles quis falar por ela. Eles zangaram-se e partiram.

Mas *o golpe tinha sido dado.* Oito dias mais tarde, ao estender a roupa no pátio, ela cuspiu sangue e, no dia seguinte, enquanto Charles se virava para fechar a cortina da janela, ela disse: "Ah! Meu Deus!", deu um suspiro e desmaiou. Estava morta! que assombro!

Quando tudo terminou no cemitério, Charles voltou para casa. Não encontrou ninguém no térreo; subiu o primeiro andar, entrou no quarto, viu seu vestido ainda dependurado ao pé da alcova; então, apoiando-se na escrivaninha, permaneceu até a noite num devaneio doloroso. Afinal de contas, ela o amara.

III

Uma manhã, o pai Rouault veio trazer a Charles o pagamento da perna restabelecida: setenta e cinco francos em moedas de quarenta soldos e uma perua. Tivera conhecimento de sua infelicidade e consolou-o como pôde.

— Sei o que é isso! dizia, batendo-lhe no ombro; eu também passei por isso! Quando perdi minha pobre defunta, andava pelos campos para estar completamente só; caía ao pé de uma árvore, chorava, chamava o Bom Deus, dizia-Lhe bobagens; teria desejado ser como as toupeiras que via nos galhos, com o ventre cheio de vermes, morto, enfim. E quando pensava que outros, naquele momento, estavam com suas boas mulherzinhas e as apertavam contra si, dava com meu bastão grandes golpes no chão; andava quase louco, quase não comia; só a ideia de ir ao café desgostava-me, o senhor não acreditaria. Pois bem, suavemente, um dia empurrando o outro, uma primavera após um inverno e um outono depois de um verão, tudo deslizou pouco a pouco, pedacinho por pedacinho; foi embora, partiu, desceu, quero dizer, pois sempre resta alguma coisa no fundo, assim como... um peso, aqui, no peito! Mas como é a sorte de todos nós, também não devemos deixar-nos definhar e porque outros morreram, querer morrer... O senhor deve sacudir-se, Sr. Bovary; isso passará! Venha visitar-nos; minha filha pensa no senhor de vez em quando, sabe, e ela diz, assim por dizer, que o senhor a está esquecendo. Em breve a primavera estará aí; vamos caçar um coelho bravo para distraí-lo um pouco.

Charles seguiu seu conselho. Voltou aos Bertaux. Achou tudo como na véspera, isto é, como havia cinco meses. As pereiras já estavam em flor e o velhote Rouault, já de pé, ia e vinha, o que tornava a quinta mais animada.

Julgando que tinha o dever de prodigar ao médico as maiores atenções possíveis, por causa de sua situação dolorosa, rogou-lhe que não descobrisse a cabeça, falou-lhe com voz baixa, como se estivesse doente, e fingiu mesmo encolerizar-se porque não lhe haviam preparado algo de mais leve do que o resto, como potezinhos de creme ou peras cozidas. Contou histórias e Charles surpreendeu-se rindo; mas a lembrança de sua mulher, voltando de repente, tornou-o sombrio. Trouxeram café, ele não pensou mais no caso.

Pensou ainda menos à medida que se habituava a viver só. O novo prazer da independência tornou-lhe em breve a solidão mais suportável. Podia trocar agora as horas das refeições, voltar ou sair sem dar explicações e, quando estava bem cansado, estender-se com todo o seu tamanho atravessado na cama. Portanto, mimou-se, acalantou-se e aceitou as demonstrações de consolo que lhe davam. De outro lado, a morte de sua mulher fora-lhe muito útil em sua profissão pois repetira-se durante um mês: "Este pobre jovem! que infelicidade!" Seu nome tornara-se conhecido, sua clientela aumentara; e, além disso, ia aos Bertaux quando queria. Sentia uma esperança sem alvo, uma felicidade vaga; achava o próprio rosto mais agradável ao escovar as suíças diante do espelho.

Chegou um dia pelas três horas; todo mundo estava no campo; ele entrou na cozinha, mas não percebeu logo Emma; as persianas estavam puxadas. Pelas fendas de madeira, o sol alongava sobre as lajes grandes riscas delgadas que se quebravam no ângulo dos móveis e iam tremer no teto. Algumas moscas, sobre a mesa, subiam ao longo dos copos usados e zumbiam afogando-se no fundo, no resto de sidra. A luz que descia pela chaminé, aveludando a fuligem da chapa, dava uma tonalidade azulada às cinzas frias. Emma costurava entre a janela e a lareira; não trazia lenço no pescoço, viam-se em seus ombros pequenas gotas de suor.

Segundo a moda do campo, ela propôs-lhe tomar alguma coisa. Ele recusou, ela insistiu e, enfim, perguntou-lhe, rindo, se queria tomar com ela um copo de licor. Foi, pois, buscar no armário uma garrafa de curaçau, tomou dois copos pequenos, encheu um até a borda, serviu só um pouco no outro e, após ter brindado, levou-o à boca. Como estava quase vazio, ela inclinava-se para trás, para beber; e com a cabeça deitada, avançando os lábios, com o pescoço retesado, ria por nada sentir, enquanto, passando a ponta da língua entre os dentes finos, lambia aos poucos o fundo do copo.

Sentou-se novamente e retomou seu trabalho, uma meia branca de algodão que estava cerzindo: trabalhava com a cabeça baixa; não falava. Charles também não. O ar que passava debaixo da porta levantava do piso um pouco de pó; ele o olhava arrastar-se e ouvia somente as batidas de sua cabeça, com o grito de uma galinha, ao longe, que punha ovos no pátio. Emma de vez em quando refrescava as faces aplicando-lhes a palma das mãos, que esfriava depois no pomo de ferro dos cães da lareira.

Queixava-se por sentir, desde o começo da estação, algumas vertigens; perguntou se os banhos de mar lhe seriam úteis; pôs-se a conversar do convento, Charles do seu colégio, as frases vieram espontaneamente. Subiram ao quarto. Ela lhe mostrou seus antigos cadernos de música, os pequenos livros que lhe haviam dado como prêmios e as coroas de folhas de carvalho, abandonadas no fundo de um armário. Falou-lhe ainda de sua mãe, do cemitério, e mostrou-lhe mesmo no jardim a platibanda onde colhia flores, a cada primeira sexta-feira do mês, para ir colocá-las em seu túmulo. Porém seu jardineiro nada compreendia do assunto; era-se tão mal servido! Teria desejado, pelo menos durante o inverno, morar na cidade, embora a duração dos belos dias tornasse talvez o campo ainda mais entediante durante o verão; — e, dependendo do que dizia, sua voz era clara, aguda ou, cobrindo-se repentinamente de langor, arrastava modulações que acabavam sempre em murmúrio quando falava para si mesma — ora alegre, abrindo os olhos ingênuos, depois com as pálpebras semifechadas, o olhar cheio de tédio, o pensamento errante.

À noite, ao voltar, Charles retomou uma a uma as frases que ela dissera, procurando lembrá-las, completar seu sentido a fim de reconstituir mentalmente a porção de existência que ela vivera quando ele ainda não a conhecia. Porém, nunca pôde vê-la em pensamento de forma diferente daquela em que a vira pela primeira vez ou daquela em que a acabara de deixar havia pouco. Depois, perguntou-se o que seria dela, se se casaria e com quem. Infelizmente, o pai Rouault era bem rico e ela... tão bonita! Mas o rosto de Emma voltava sempre e colocava-se diante de seus olhos e algo de monótono, como o zunido de um pião, zumbia-lhe nos ouvidos: "Se tu te casasses, contudo! Se tu te casasses!" À noite, não dormiu, tinha a garganta fechada, tinha sede; levantou-se para ir beber em seu jarro d'água e abriu a janela, o céu estava coberto de estrelas, corria um vento quente; ao longe, alguns cães ladravam. Ele virou a cabeça em direção aos Bertaux.

Pensando que, finalmente, não se arriscava nada, Charles prometeu a si mesmo fazer o pedido quando se apresentasse a ocasião; mas cada vez que ela se apresentava, o medo de não encontrar palavras convenientes fechava-lhe os lábios.

Ao pai Rouault não teria desagradado se o livrassem da filha, que pouco lhe era útil na casa. Desculpava-a intimamente, julgando que possuía demasiado espírito para o cultivo, ofício amaldiçoado pelo céu, visto que nele nunca se vê um milionário. Longe de ter feito fortuna, o velhote perdia todos os anos com o cultivo, pois, se era extremamente hábil nas vendas, onde se sentia à vontade nas astúcias do ofício, em compensação o cultivo propriamente dito, com a direção interna da quinta, convinha-lhe menos do que a qualquer outro. Não retirava de boa vontade a mão do bolso e não poupava despesas para tudo o que dizia respeito à própria vida, querendo ser bem alimentado, bem aquecido, querendo dormir bem. Gostava de boa sidra, de carneiro mal passado, de *glorias*[17] longamente batidos. Fazia as refeições na cozinha, sozinho, diante do fogo, sobre uma mesinha que lhe traziam já servida, como no teatro.

Quando percebeu, portanto, que as faces de Charles enrubesciam quando estava perto de sua filha, o que significava que num daqueles dias ela seria pedida em casamento, ruminou todo o caso antecipadamente. Achava-o de fato um pouco magricela e não era o tipo de genro que teria desejado; porém, afirmavam que tinha boa conduta, que era econômico, muito instruído e sem dúvida não criaria muita dificuldade quanto ao dote. Ora, como o pai Rouault ia ser forçado a vender vinte e dois acres de *seu bem,* como devia muito ao pedreiro, muito ao seleiro, como era preciso consertar o eixo do lagar:

— Se ele ma pedir, disse a si mesmo, eu lha dou.

Para as festas de São Miguel[18], Charles viera passar três dias nos Bertaux. O último dia decorrera como os precedentes com adiamentos de quarto em quarto de hora. O pai Rouault facilitou-lhe o trabalho; caminhavam por uma vereda funda e iam despedir-se; era o momento. Charles deu-se um prazo até o canto da sebe e enfim quando a ultrapassaram:

— Mestre Rouault, murmurou, gostaria de dizer-lhe alguma coisa.

Detiveram-se, Charles calava-se.

— Ora, conte-me sua história! Será que já não sei tudo? disse o pai Rouault, rindo suavemente.

— Pai Rouault... pai Rouault, balbuciou Charles.

— Quanto a mim, nada peço de melhor, continuou o lavrador. Embora, sem dúvida, a pequena pense como eu, é preciso, contudo, perguntar-lhe sua opinião. Vá embora, vou voltar para casa. Se for sim, ouça bem, não precisará voltar, por causa do falatório e, aliás, isto a intimidaria demais. Mas, para que o senhor não fique ansioso, empurrarei toda a persiana da janela contra a parede: poderá vê-la por trás, inclinando-se sobre a sebe.

E afastou-se.

---

[17] Mistura de café e de aguardente.

[18] Dia 29 de setembro.

Charles amarrou seu cavalo numa árvore. Correu para o atalho; esperou. Passou-se meia hora, depois contou dezenove minutos no relógio. De repente fez-se um barulho na parede; a persiana fora aberta, a lingueta ainda tremia.

No dia seguinte, já às nove horas, ele estava na quinta. Emma enrubesceu quando ele entrou, esforçando-se por rir um pouco, para mostrar desembaraço. O pai Rouault abraçou seu futuro genro. Adiaram-se as conversas sobre os arranjos financeiros; havia, aliás, muito tempo, visto que o casamento não podia, decentemente, realizar-se antes do final do luto de Charles, isto é, por volta da primavera do próximo ano.

O inverno decorreu nessa espera. A Srta. Rouault ocupou-se com seu enxoval. Uma parte foi encomendada em Rouen e ela confeccionou suas camisolas e as toucas de dormir de acordo com a moda, cujos desenhos tomara emprestado. Nas visitas que Charles fazia à quinta, falava-se dos preparativos do casamento, perguntava-se em que parte da quinta seria servido o almoço[19]; pensava-se na quantidade de pratos que seriam necessários e quais seriam as entradas.

Emma, pelo contrário, teria desejado casar-se à meia-noite, à luz de tochas; mas o pai Rouault nada compreendeu de tudo aquilo. Houve, portanto, um casamento ao qual compareceram quarenta e três pessoas, durante o qual se permaneceu dezesseis horas à mesa, que recomeçou no dia seguinte e continuou mais um pouco nos dias subsequentes.

IV

Os convidados chegaram cedo em carros, caleças de um cavalo, carroções de duas rodas, velhos cabriolés sem capota, grandes *tapissières*[20] com cortinas de couro e os jovens das aldeias mais próximas em carretas, onde se mantinham de pé, em fila, com as mãos apoiadas nos taipais para não caírem, rolando ao trote e sacudidos duramente. Vieram de um raio de dez léguas, de Goderville, de Normanville e de Cany. Haviam sido convidados os parentes das duas famílias; os amigos brigados haviam-se reconciliado; escrevera-se a conhecidos perdidos de vista havia muito.

---

[19] Traduzimos *dîner* em sua acepção antiga e mesmo dialetal de *almoço*. O contexto do capítulo seguinte indica que se trata da refeição do meio-dia.

[20] *Tapissière*, velho carro para transporte de móveis.

De vez em quando, ouviam-se chicotadas atrás da sebe; em breve a cancela se abria: era uma caleça que entrava. Galopando até o primeiro degrau da escada externa, parava de repente e descarregava os viajantes, que saíam por todos os lados esfregando os joelhos e estirando os braços. As senhoras, com suas toucas, usavam vestidos à moda da cidade, correntes de relógio de ouro, pelerines com extremidades que se cruzavam na cintura ou pequenos lenços coloridos amarrados nas costas com um alfinete e que lhes descobriam a parte posterior do pescoço. Os moleques, vestidos como seus papais, pareciam pouco à vontade em seus trajes novos (muitos, mesmo, estrearam naquele dia o primeiro par de botas de suas vidas), e via-se ao lado deles, sem dizer uma palavra, no vestido branco da primeira comunhão, alongado para a circunstância, alguma menina de catorze ou dezesseis anos, sua prima ou irmã mais velha, sem dúvida, corada, aturdida, com os cabelos engordurados de pomada de rosas e com muito medo de sujar as luvas. Como não havia criados de estrebaria em número suficiente para desatrelar todos os carros, os donos arregaçavam as mangas e punham-se ao trabalho pessoalmente. Segundo suas diferentes posições sociais vestiam casacas, sobrecasacas, paletós, jalecos — boas casacas, rodeadas de toda a consideração de uma família e que somente saíam do armário para as solenidades; sobrecasacas com grandes abas que flutuavam ao vento, de gola inteira, de bolsos largos como sacos; paletós de lã grossa acompanhados geralmente por algum boné com a pala debruada de um fio de cobre; casacos muito curtos, tendo nas costas dois botões aproximados como dois olhos e cujas abas pareciam ter sido cortadas diretamente, com um só golpe, pelo machado de um carpinteiro. Alguns ainda (mas esses, naturalmente, deviam almoçar no lugar menos importante da mesa) usavam blusas[21] de cerimônia, isto é, com gola caída sobre os ombros, as costas franzidas com pequenas pregas e a cintura muito baixa presa por um cinto cosido.

E as camisas arqueavam-se nos peitos como couraças! Todo mundo mostrava-se recém-tosquiado, as orelhas afastavam-se da cabeça, todos estavam recém-escanhoados; alguns mesmo, que se haviam levantado antes do amanhecer e que não haviam tido luz suficiente para fazer a barba, tinham cutiladas em diagonal sob o nariz ou, ao longo do queixo, pedaços de epiderme arrancada da largura de um escudo de três francos, que o ar inflamara no caminho, o que marcava um pouco com manchas rosadas todos aqueles gordos rostos brancos e alegres.

[21] "Veste larga, com ou sem mangas ou golas, usada por operários, colegiais, médicos, artistas etc...; bata, avental" (Aurélio).

Como a prefeitura ficava a meia légua da quinta foram todos a pé e voltaram do mesmo modo depois da cerimônia realizada na igreja. O cortejo, a princípio unido como uma única echarpe colorida, que ondulava no campo ao longo do estreito atalho que serpenteava entre os trigais verdejantes, alongou--se logo e partiu-se em grupos diferentes que se detinham para conversar. O rabequista vinha na frente com seu violino empenachado de fitas tufadas; vinham em seguida os noivos, os parentes, os amigos, em desordem, e as crianças ficavam para trás, divertindo-se arrancando os grãos entreabertos das hastes de aveia ou brincando entre si sem serem vistas. A orla do vestido de Emma, longo demais, arrastava-se um pouco; de vez em quando ela se detinha para puxá-lo e, então, delicadamente, com seus dedos enluvados, retirava as ervas rudes e as pequenas farpas dos cardos, enquanto Charles, com as mãos vazias, esperava que ela acabasse. O pai Rouault, com um chapéu de seda novo na cabeça e com as guarnições da casaca preta cobrindo-lhe as mãos até as unhas, dava o braço à Sra. Bovary mãe. Quanto ao Sr. Bovary pai que, desprezando no fundo toda aquela gente, viera simplesmente com uma sobrecasaca de uma só fileira de botões e de corte militar, dirigia galanteios de botequim a uma jovem camponesa loura. Ela recebia-os, corava, não sabia o que responder. Os outros convidados da boda falavam de seus negócios, pregavam-se peças às escondidas, preparando-se antecipadamente para a alegria e, quem prestasse atenção, ouviria sempre o instrumento do rabequista que continuava a tocar pelos campos. Quando percebia que haviam ficado muito para trás, ele parava para tomar fôlego, encerava longamente seu arco com resina para que as cordas tocassem melhor e, depois, repunha-se a caminho abaixando e erguendo alternadamente o cabo do violino para bem marcar seu compasso. O ruído do instrumento afugentava para longe os passarinhos.

Foi sob o telheiro da cocheira que a mesa fora colocada. Sobre ela havia quatro lombos assados, seis *fricassés* de frango, vitela de caçarola, três pernas de carneiro e, no centro, um bonito leitão assado rodeado de quatro chouriços com azedas. Nos ângulos haviam sido colocadas garrafas de aguardente. A sidra doce, em garrafas, lançava sua espuma espessa ao redor das rolhas e todos os copos haviam sido antecipadamente enchidos de vinho até a borda. Grandes pratos de creme amarelo, que oscilavam espontaneamente ao menor choque contra a mesa, traziam, desenhados sobre sua superfície lisa, os monogramas dos recém-casados em arabescos de pedrinhas de açúcar. Fora-se procurar em Yvetot um confeiteiro para as tortas e os nogados. Como era novo na região, havia caprichado; e ele mesmo trouxe, à sobremesa, um bolo armado que arrancou gritos. Na base, havia um quadrado de papelão azul figurando um templo com pórticos, colunatas e, ao redor, estatuetas de estuque em nichos constelados de estrelas em papel dourado; em seguida, vinha, no segundo andar, uma torre de bolo de Savoie rodeado de minúsculas fortificações em angélica, amêndoas, uva passa, pedaços de laranja; e, enfim, sobre a plataforma superior, que era um prado verde com rochedos e lagos de calda com barcos em cascas de avelã, via-se um pequeno Cupido oscilando num balanço de chocolate cujas hastes terminavam no cume por dois botões de rosas naturais, à guisa de esferas.

Comeu-se até a noite. Os que estavam cansados de permanecer sentados iam passear nos pátios ou jogar uma partida de malha no celeiro, depois voltavam à mesa. Alguns, no final, adormeceram e roncaram. Porém, ao café tudo se reanimou; então começaram a cantar, fizeram proezas, carregavam pesos, passavam sob o próprio polegar, procuravam carregar carroças nos ombros, diziam gracejos licenciosos, beijavam as senhoras. À noite, à hora da partida, os cavalos, empanturrados de aveia até as ventas, tiveram dificuldade em entrar nos varais; davam coices, empinavam-se, os arreios quebravam, os donos praguejavam ou riam; e toda a noite, ao luar, pelas estradas da região, viam-se caleças velozes que corriam a galope, saltando valetas, pulando por cima de montes de seixos, embaraçando-se nos taludes, com mulheres que se debruçavam na portinhola para agarrar as rédeas.

Os que permaneceram nos Bertaux passaram a noite bebendo na cozinha. As crianças haviam adormecido debaixo dos bancos.

A noiva suplicara a seu pai que lhe poupassem as brincadeiras usuais. Todavia, um de seus primos, peixeiro (que até levara, como presente de núpcias, um par de linguados), começava a soprar água pelo buraco da fechadura quando o pai Rouault chegou a tempo para impedi-lo e explicou-lhe que a posição importante de seu genro não permitia tais inconveniências. O primo, contudo, cedeu com dificuldade diante de tais razões. Intimamente, acusou o pai Rouault de ser orgulhoso e foi juntar-se, num canto, a outros quatro ou cinco convidados que, tendo recebido por acaso na mesa os piores pedaços de carne, julgavam ter sido mal recebidos, cochichavam sobre seu hospedeiro e em termos capciosos desejavam sua ruína.

A Sra. Bovary mãe não abrira a boca durante todo o dia. Não fora consultada nem sobre o traje da nora nem sobre a organização do festim; retirou-se cedo. Seu esposo, em lugar de segui-la, mandou comprar charutos em Saint-Victor e fumou até o amanhecer, bebendo grogues de Kirsch, mistura que o grupo não conhecia e que foi para ele como a fonte de uma ainda maior consideração.

Charles não possuía temperamento brincalhão, não brilhara durante o casamento. Respondeu de forma medíocre aos ditos picantes, aos trocadilhos, às palavras de duplo sentido, cumprimentos e atrevimentos que todos se consideraram obrigados a lançar-lhe a partir da sopa.

No dia seguinte, em compensação, parecia um outro homem. Era antes ele que se teria tomado pela virgem da véspera, enquanto a recém-casada nada deixava perceber que permitisse adivinhar alguma coisa. Os mais maliciosos não sabiam o que responder e a observavam, quando passava perto deles com uma contenção de espírito desmedida. Mas Charles nada dissimulava. Chamava-a, minha mulher, tratava-a por tu, informava-se com todos sobre seu paradeiro, procurava-a por toda a parte e frequentemente arrastava-a aos pátios, onde eram percebidos de longe, entre as árvores; ele passava-lhe o braço pela cintura e continuava a caminhar semi-inclinado sobre ela, amassando-lhe com a cabeça o lenço de renda do corpete.

Dois dias após as núpcias, os esposos partiram: Charles, por causa de seus doentes, não podia ausentar-se por mais tempo. O pai Rouault enviou-os em sua caleça e acompanhou-os pessoalmente até Vassonville. Lá, beijou sua filha pela última vez, apeou-se e retomou a estrada. Após ter feito uns cem passos, deteve-se e, vendo a caleça que se afastava com as rodas que giravam na poeira, deu um grande suspiro. Depois, lembrou seu próprio casamento, seu tempo de outrora, a primeira gravidez de sua mulher; estava muito alegre, ele também, no dia em que a levara da casa de seu pai para a sua, quando a carregava na garupa trotando na neve; pois era época de Natal e o campo estava completamente branco; ela segurava-se a ele com um braço; no outro estava dependurada sua cesta; o vento agitava as longas rendas de seu toucado à moda de Caux que lhe batiam às vezes na boca e, quando ele virava a cabeça, via perto de si, sobre seu ombro, o pequeno semblante rosado que sorria em silêncio sob a pala dourada de seu boné. Para aquecer os dedos, ela os colocava de tempos em tempos sobre seu peito. Como era velho tudo aquilo! Seu filho, agora, teria trinta anos! Então, olhou para trás e não viu mais nada na estrada. Sentiu-se triste como uma casa sem mobília; e, como as lembranças ternas misturavam-se aos pensamentos negros em seu cérebro obscurecido pelos vapores da festança, teve vontade, por um momento, de dar uma volta pelos lados da igreja. Como teve medo, todavia, de que aquela vista o tornasse ainda mais triste, voltou diretamente para casa.

O Sr. e a Sra. Charles chegaram a Tostes pelas seis horas. Os vizinhos puseram-se à janela para ver a nova mulher do médico.

A velha empregada, apresentando-se, cumprimentou-a, desculpou-se por não estar pronto o jantar e convidou a Senhora a, enquanto esperava, tomar conhecimento da casa.

V

A fachada de tijolos situava-se exatamente no alinhamento da rua ou, antes, da estrada. Atrás da porta estavam dependurados uma capa de gola curta, uma rédea, um boné de couro preto e, num canto, no chão, um par de polainas ainda cobertas de lama seca. À direita havia a sala, isto é, o aposento onde se comia e se vivia. Um papel amarelo-canário, realçado no alto por uma guirlanda de flores pálidas, tremia sobre sua tela[22] mal estendida; cortinas de chita branca guarnecidas de um galão vermelho entrecruzavam-se ao longo das janelas e sobre o estreito rebordo da lareira resplandecia um relógio com a cabeça de Hipócrates, entre dois castiçais folheados a prata sob globos ovais. Do outro lado do corredor achava-se o consultório de Charles, pequena peça de uns seis passos de largura, com uma mesa, três cadeiras e a poltrona da escrivaninha. Os tomos do *Dictionnaire des sciences médicales,* não cortados, mas cuja brochura trazia as marcas de todas as vendas sucessivas por que haviam passado, ornavam quase exclusivamente as seis prateleiras de uma estante em madeira de pinho. Um cheiro de refogado penetrava pelas paredes, durante as consultas, assim como se ouvia na cozinha os doentes tossirem no consultório e ouvia-se contar toda a sua história. Vinha em seguida, dando imediatamente para o pátio onde se encontrava a estrebaria, uma grande peça em mau estado que possuía um forno e que servia agora de depósito de lenha, de celeiro, de dispensa, cheia de velhas ferramentas, de tonéis vazios, de instrumentos de cultivo fora de uso e de grande quantidade de outras coisas empoeiradas cujo uso era impossível adivinhar.

O jardim, mais longo do que largo, ia, entre dois muros de argamassa cobertos por uma latada de damascos, até uma sebe de espinheiros que o separava dos campos. Havia, no centro, um quadrante solar em ardósia, sobre um pedestal de alvenaria; quatro platibandas ornadas de rosas silvestres rodeavam simetricamente o canteiro mais útil com as vegetações importantes. Ao fundo, sob os abetos, um cura de gesso lia seu breviário.

Emma subiu para os quartos. O primeiro não estava mobiliado, mas o segundo, que era o quarto conjugal, possuía uma cama de acaju numa alcova de cortinado vermelho. Uma caixa de conchas decorava a cômoda; e sobre a escrivaninha, perto da janela, havia num jarro um buquê de flores de laranjeira, amarrado com fitas de cetim branco. Era um buquê de noiva, o buquê da outra!

[22] Colada sobre a parede embaixo do papel.

Ela olhou-o, Charles percebeu-o, agarrou-o e foi levá-lo ao sótão, enquanto, sentada numa poltrona (estavam dispondo suas coisas ao seu redor), Emma pensava em seu buquê de noiva, empacotado numa caixa de papelão e perguntava-se, devaneando, o que fariam com ele se por acaso ela viesse a morrer.

Durante os primeiros dias, ocupou-se em meditar transformações para sua casa. Retirou os globos dos castiçais, mandou colar papéis novos, pintar novamente a escada e fazer bancos para o jardim, ao redor do quadrante solar; informou-se mesmo sobre como fazer para ter um tanque com jato d'água e com peixes. Enfim, seu marido, sabendo que ela gostava de passear de carro, encontrou um pequeno *boc*[23] de segunda mão que, com lanternas novas e guarda-lamas em couro picotado, chegava a assemelhar-se quase a um tílburi.

Portanto, ele se sentia feliz e sem nenhuma preocupação. Uma refeição a dois, um passeio à tardinha pela estrada, um gesto de sua mão sobre seus bandós, a vista de seu chapéu de palha dependurado no fecho da janela e muitas outras coisas de cujo prazer Charles nunca suspeitara compunham agora a continuidade de sua felicidade. Na cama, pela manhã, e lado a lado no travesseiro, olhava a luz do sol que passava entre a penugem de suas faces douradas, parcialmente cobertas pelas pequenas franjas de sua touca. Vistos de tão perto, seus olhos pareciam-lhe maiores, sobretudo quando ela abria várias vezes seguidas as pálpebras, ao acordar; negros na sombra e azul-escuro na claridade, possuíam camadas de cores sucessivas e que, mais espessas no fundo, iam clareando na superfície do esmalte. Os olhos dele perdiam-se naquelas profundezas e ele via-se em miniatura até os ombros com o lenço de seda que lhe cobria a cabeça e o alto da camisa entreaberta. Levantava-se. Ela punha-se à janela para vê-lo partir; e permanecia debruçada no peitoril, entre dois vasos de gerânios, com seu penhoar folgado. Charles, na rua, afivelava suas esporas no marco de pedra; e ela continuava a falar-lhe do alto, arrancando com a boca algum pedacinho de flor ou de verdura que soprava em direção a ele e que, esvoaçando, mantendo-se no ar, fazendo semicírculos como um pássaro, antes de cair, ia embaraçar-se nas crinas mal penteadas da velha égua branca, imóvel diante da porta. Charles, a cavalo, enviava-lhe um beijo; ela respondia com um sinal, fechava novamente a janela, ele partia. E então, na grande estrada que estendia indefinidamente sua longa fita empoeirada, pelos atalhos onde as árvores se curvavam formando uma abóbada, entre os trigais que lhe chegavam aos joelhos, com o sol nos ombros e o ar da manhã nas narinas, com o coração

---

[23] *Boghei* ou *Boguet*, por abreviatura *Bogh* ou *Boc* (do inglês *buggy*) cabriolé de duas rodas e descoberto.

cheio da felicidade da noite, com o espírito tranquilo, com a carne satisfeita, ele ia ruminando sua felicidade como os que ainda mastigam, após o almoço, o gosto das trufas que estão digerindo.

Até o presente, que tivera de bom na existência? Teria sido o tempo do colégio, em que permanecia encerrado entre aqueles altos muros, sozinho entre seus colegas mais ricos ou mais fortes do que ele nas aulas, que riam de seu sotaque, que debochavam de suas roupas e cujas mães vinham ao parlatório trazendo doces em seus regalos? Teria sido mais tarde, quando estudava medicina e nunca tinha a bolsa suficientemente recheada para pagar uma contradança a alguma pequena operária que se tivesse tornado sua amante? Em seguida, vivera catorze meses com a viúva cujos pés na cama eram frios como pedaços de gelo. Mas agora possuía, para toda a vida, aquela bonita mulher que adorava. O universo, para ele, não excedia o circuito sedoso de sua saia; e censurava-se por não amá-la, tinha vontade de revê-la; voltava rapidamente, subia a escada com o coração batendo. Emma arrumava-se no quarto; ele chegava sem fazer barulho, beijava-a nas costas, ela dava um grito.

Não podia impedir-se de tocar continuamente sua travessa, seus anéis, seu lenço; algumas vezes dava-lhe grandes beijos nas faces ou eram pequenos beijos enfileirados ao longo de seu braço nu, desde a ponta dos dedos até os ombros; e ela o repelia, meio sorrindo e aborrecida como se faz com uma criança que se dependura em nós.

Antes de casar, ela julgara ter amor; mas como a felicidade que deveria ter resultado daquele amor não viera, ela deveria ter-se enganado, pensava. E Emma procurava saber o que se entendia exatamente, na vida, pelas palavras *felicidade, paixão, embriaguês* que lhe haviam parecido tão belas nos livros.

VI

Ela lera *Paul et Virginie*[24] e sonhara com a casinha de bambu, com o negro Domingo, o cão Fiel, mas, sobretudo, com a amizade doce de algum bom irmãozinho que vai procurar frutos vermelhos nas grandes árvores mais altas do que campanários ou que corre descalço na areia trazendo um ninho de pássaros.

[24] Romance de Bernardin de Saint-Pierre (1737-1814) publicado em 1787. É a história do amor de dois jovens dentro da natureza tropical.

Quando fez treze anos, seu pai levou-a pessoalmente à cidade, para interná-la no convento. Hospedaram-se num albergue no bairro Saint-Gervais[25] onde tiveram, ao jantar, pratos pintados, que representavam a história da Srta. de La Vallière[26]. Todas as explicações sob a forma de legendas, cortadas cá e lá pelos arranhões das facas, glorificavam a religião, as delicadezas do coração e as pompas da Corte.

Longe de aborrecer-se, a princípio, no convento, ela comprazia-se na companhia das irmãs que para diverti-la a conduziam à capela onde se penetrava, vindo do refeitório, por um longo corredor. Brincava muito pouco durante os recreios, compreendia bem o catecismo e era sempre ela quem respondia ao Sr. Vigário nas questões difíceis. Vivendo, pois, sem nunca sair da tépida atmosfera das aulas e entre aquelas mulheres de tez branca, com o terço e sua cruz de cobre, ela entorpeceu-se docemente ao langor místico que se exala dos perfumes do altar, do frescor das pias de água benta ou do reflexo dos círios. Em lugar de acompanhar a missa, olhava em seu livro as vinhetas piedosas debruadas de azul e amava a ovelha doente, o sagrado coração trespassado de flechas agudas ou o pobre Jesus que cai, caminhando, sobre[27] sua cruz. Tentou, por mortificação, permanecer um dia inteiro sem comer. Procurava em sua cabeça alguma promessa que pudesse cumprir.

Quando ia confessar-se, inventava pequenos pecados a fim de ficar lá mais tempo, de joelhos na sombra, de mãos juntas, com o rosto na grade sob o murmúrio do padre. As comparações de noivo, de esposo, de amante celeste e de casamento eterno que se repetem nos sermões provocavam-lhe no fundo da alma doçuras inesperadas.

À noite, antes da prece, fazia-se na sala de estudo uma leitura religiosa. Eram, durante a semana, algum resumo da História Sagrada ou as *Conférences* do abade Frayssinous e, aos domingos, como distração, trechos do *Génie du Christianisme*[28]. Como escutou, as primeiras vezes, a lamentação sonora das melancolias românticas que se repetiam em todos os ecos da terra e da eternidade! Se sua infância se tivesse desenrolado nos fundos de uma loja de um bairro comercial, ela se teria talvez aberto à invasão lírica da natureza que geralmente só chega a nós traduzida pelos escritores. Porém, ela conhecia bem demais o

[25] Em Rouen.

[26] Louise de La Baume Le Blanc, duquesa de La Vallière, favorita de Luis XIV. Retirou-se para um convento em 1674.

[27] *Sobre:* o equívoco está no original de Flaubert.

[28] Obra de Chateaubriand, publicada em 1802, um dos grandes marcos do romantismo francês.

campo; conhecia o balido dos rebanhos, os laticínios, os arados. Habituada aos aspectos calmos, voltava-se, ao contrário, para os acidentados. Somente gostava do mar por causa das tempestades e da verdura apenas quando se apresentava disseminada entre as ruínas[29]. Precisava retirar das coisas uma espécie de vantagem pessoal; e rejeitava como inútil tudo o que não contribuísse ao consumo imediato de seu coração, pois seu temperamento era mais sentimental do que artista e ela procurava emoções e não paisagens.

Havia no convento uma solteirona que vinha oito dias por mês para trabalhar na rouparia. Protegida pelo arcebispado por pertencer a uma antiga família de fidalgos arruinados durante a Revolução, ela comia no refeitório à mesa das freiras e, após as refeições, dava com elas dois dedos de prosa antes de voltar ao trabalho. Frequentemente, as internas fugiam do estudo para ir vê-la. Ela sabia de cor canções galantes do século passado, que cantava a meia voz enquanto manejava a agulha. Contava histórias, trazia novidades, fazia compras na cidade e emprestava às alunas maiores, às escondidas, algum romance que trazia sempre nos bolsos do avental e do qual a boa senhorita devorava, ela mesma, longos capítulos nos intervalos de seu trabalho. Eram somente amores, amantes, senhoras perseguidas que desmaiavam em pavilhões solitários, postilhões assassinados em todas as pousadas, cavalos que eram mortos em todas as páginas, florestas sombrias, tumultos do coração, promessas, soluços, lágrimas e beijos, barcos ao luar, rouxinóis nos arvoredos, *cavalheiros* corajosos como leões, doces como cordeiros, virtuosos como ninguém pode ser, sempre bem vestidos e que choram como urnas[30]. Durante seis meses, aos quinze anos, Emma mergulhou, pois, as mãos naquele pó dos velhos gabinetes de leitura. Com Walter Scott[31], mais tarde, apaixonou-se por coisas históricas, sonhou com arcas, salas da guarda e menestréis. Teria desejado viver em algum velho solar como aquelas castelãs de longos corpetes que, sob o trifólio das ogivas, passavam seus dias com o cotovelo apoiado na pedra e o queixo na mão a olhar um cavaleiro de pluma branca, vindo do fundo dos campos galopando um cavalo negro. Ela ter-se-ia entregue, naqueles tempos, ao culto de Mary Stuart[32] e à veneração entusiasta pelas mulheres ilustres e infelizes. Joana d'Arc, Heloise[33],

---

[29] A presença das ruínas é um dos temas do mais exarcebado romantismo, em sua primeira fase.

[30] Na antiguidade, vasos para água.

[31] Um dos grandes nomes do romantismo inglês, autor de *Ivanhoe, The bride of Lammermoor.* (1771-1832).

[32] Rainha da Escócia (1542-1587). Foi condenada à morte por Elisabeth I.

[33] Heloise (1101-1164) foi o grande amor de Abelardo com quem trocou cartas apaixonadas.

Agnès Sorel[34], a bela Ferronnière[35] e Clémence Isaure[36], para ela, destacavam-se como cometas na imensidão tenebrosa da história na qual se distinguiam ainda, cá e lá, porém mais perdidos na sombra e sem nenhuma relação entre si, São Luis[37] com seu carvalho, Bayard moribundo[38], algumas ferocidades de Luis XI, um pouco da São Bartolomeu[39] o penacho do bearnês[40] e sempre a lembrança dos pratos pintados nos quais Luis XIV era elogiado.

Nas aulas de música, nas romanças que cantava, havia apenas anjinhos de asas de ouro, madonas, lagunas, gondoleiros, pacíficas composições que lhe deixavam entrever, através da tolice do estilo e das imprudências das notas agudas, a atraente fantasmagoria das realidades sentimentais. Algumas de suas colegas traziam ao convento os *Keepsakes*[41] que haviam recebido de presente no dia do ano novo. Era preciso escondê-los, era difícil; eram lidos no dormitório. Manejando com delicadeza suas belas encadernações de cetim, Emma fixava os olhos deslumbrados no nome dos autores desconhecidos que haviam assinado, o mais das vezes, conde ou visconde, ao final de suas composições.

Ela tremia ao levantar com seu hálito o papel de seda das gravuras que se erguia, levemente dobrado, e recaía suavemente sobre a página. Era, atrás da balaustrada de uma sacada, um jovem, com uma capa curta, apertando em seus braços uma jovem de vestido branco, com uma bolsa presa à cintura; ou, então, os retratos anônimos das *ladies* inglesas de cachos louros que, sob o chapéu de palha de grandes abas, olhavam o observador com seus grandes olhos claros. Algumas, reclinadas em suas carruagens, deslizavam pelos parques onde um galgo saltava diante dos cavalos, conduzidos ao trote por dois pequenos postilhões de calções brancos. Outras, devaneando em sofás ao lado de um bilhete aberto, contemplavam a lua, pela janela entreaberta semicoberta por uma cortina preta. As ingênuas, com uma lágrima na face, espicaçavam uma rola através das grades de uma gaiola gótica ou, sorrindo com a cabeça inclinada sobre o ombro, desfolhavam uma margarida com seus dedos pontiagudos arrebitados como

---

34 Favorita de Carlos VII (1422-1450). Morreu envenenada.

35 Esposa do advogado do Parlamento de Paris, Le Ferron. Foi seduzida por Francisco I.

36 Senhora de Toulouse que, segundo a lenda, fundou a Académie des Jeux Floraux no século XIV.

37 Luis IX da França (1214-1270), julgava pessoalmente as causas sentado debaixo de um carvalho no Bosque de Vincennes.

38 Nobre francês (1475-1524) que lutou ao lado de Francisco I.

39 Massacre dos protestantes em Paris durante a noite de 23 para 24 de agosto de 1572 comandado por Carlos IX insuflado por sua mãe, Catarina de Médicis.

40 Henrique IV, rei da França de 1589 a 1610, nascido em Pau na região do Béarn.

41 Álbum de lembranças em que se conservam trechos de poemas ou de prosa.

sapatos de bicos revirados. E vós também, sultões com longos cachimbos, desfalecidos sob caramanchões, nos braços das bailadeiras, giaours[42], sabres turcos, barretes gregos e sobretudo vós, paisagens macilentas das regiões ditirâmbicas que frequentemente nos mostrais ao mesmo tempo palmeiras, abetos, tigres à direita, um leão à esquerda, minaretes tártaros no horizonte, no primeiro plano ruínas romanas, em seguida camelos agachados; — o conjunto enquadrado por uma floresta virgem bem cuidada e com um grande raio de sol perpendicular tremelicando na água onde cisnes brancos, ao nadar, se destacam de longe em longe como escoriações brancas sobre um fundo de aço acizentado.

E o abajur do candeeiro, dependurado no muro acima da cabeça de Emma, iluminava todas as cenas do mundo que passavam diante dela, umas após as outras, no silêncio do dormitório e ao barulho longínquo de algum fiacre atrasado que ainda rodava nos bulevares.

Quando sua mãe morreu, ela chorou muito nos primeiros dias. Mandou fazer um quadro fúnebre com os cabelos da defunta e, numa carta que enviou aos Bertaux, cheia de ideias tristes sobre a vida, pedia que a enterrassem mais tarde no mesmo túmulo. O velhote julgou-a doente e foi vê-la. Emma sentia-se intimamente satisfeita por ter alcançado logo na primeira tentativa aquele raro ideal das existências pálidas ao qual jamais chegam os corações medíocres. Deixou-se pois deslizar nos meandros lamartinianos, ouviu as harpas sobre os lagos, todos os cantos dos cisnes moribundos, todas as quedas das folhas, as virgens puras que sobem ao céu e a voz do Eterno falando nos pequenos vales. Aborreceu-se, não quis reconhecê-lo, continuou por hábito, em seguida, por vaidade e surpreendeu-se enfim por sentir-se apaziguada e sem mais tristezas no coração do que rugas na fronte.

As boas religiosas, que julgavam ter tão bem previsto sua vocação, perceberam com grande espanto que a Srta. Rouault parecia escapar a seus cuidados. De fato, haviam-lhe prodigado tantos ofícios, retiros, novenas, sermões, haviam tão bem pregado o respeito que se deve aos santos e aos mártires e dado tantos bons conselhos quanto à modéstia do corpo e à salvação da alma que ela agiu como os cavalos que se puxam pela rédea: deteve-se, de repente, e o freio escapou-lhe dos dentes. Aquele espírito positivo em meio a seus entusiasmos, que amara a igreja pelas flores, a música pelas palavras das romanças e a literatura por suas excitações passionais, insurgia-se diante dos mistérios da fé, assim como se irritava ainda mais contra a disciplina que era algo de antipático à sua

[42] Termo depreciativo usado pelos turcos para referir-se aos não maometanos. Alusão à obra de Byron, *The giaour* (1813).

constituição. Quando seu pai a retirou do internato a ninguém desagradou sua partida. A superiora pensava mesmo que ela se tornara, nos últimos tempos, pouco reverente para com a comunidade.

Ao voltar para casa, Emma comprazeu-se no comando dos empregados, em seguida, desgostou-se do campo e sentiu falta do convento. Quando Charles foi aos Bertaux pela primeira vez ela se considerava grandemente desiludida, nada mais tendo para aprender, não tendo mais nada para sentir.

Porém, a ansiedade de um novo estado ou talvez a excitação causada pela presença daquele homem bastara para fazer-lhe acreditar que possuía, enfim, a paixão maravilhosa que até então era considerada como um grande pássaro de plumagem rósea planando no esplendor dos céus poéticos; — e não podia imaginar, agora, que aquela calma em que vivia fosse a felicidade com que sonhara.

VII

Ela pensava, às vezes, que eram aqueles, todavia, os mais belos dias de sua vida, a lua de mel, como se dizia. Para saborear sua doçura teria sido preciso, sem dúvida, ir para aqueles países de nomes sonoros onde os dias que seguem o casamento têm mais suave preguiça! Nas seges de posta, sob os estores de seda azul, sobem-se lentamente estradas escarpadas, escutando a canção do postilhão, que se repete na montanha com os sininhos das cabras e o ruído surdo da cascata. Quando o sol se deita, respira-se à beira dos golfos o perfume dos limoeiros; mais tarde, à noite, nos terraços das vilas[43] a sós e com os dedos confundidos, olham-se as estrelas e fazem-se projetos. Parecia-lhe que certos lugares na terra deviam produzir felicidade, como uma planta peculiar a um certo solo que cresce com dificuldade em qualquer outro lugar. Ah! Se ela pudesse apoiar-se nas sacadas dos chalés suíços ou encerrar a própria tristeza num *cottage* escocês, com um marido vestido com uma casaca de veludo preto de longas abas e com botas flexíveis, um chapéu pontiagudo e punhos de renda!

Talvez tivesse desejado confiar a alguém todas aquelas coisas. Mas como explicar um indefinível mal-estar que muda de aspecto como as nuvens que redemoinham como o vento? Faltavam-lhe, portanto, as palavras, a ocasião, a ousadia.

---

[43] Casa de campo elegante.

Se Charles o tivesse desejado, todavia, se o tivesse suspeitado, se seu olhar por uma única vez tivesse ido ao encontro de seu pensamento, parecia-lhe que uma abundância súbita ter-se-ia destacado de seu coração como cai a colheita de uma espaldeira ao ser sacudida. Mas, à medida que se estreitava mais a intimidade de suas vidas, realizava-se um afastamento interior que a desligava dele.

A conversa de Charles era sem relevo como uma calçada e as ideias de todo o mundo nela desfilavam com seu traje comum, sem excitar emoções, riso, ou devaneio. Ele nunca tivera a curiosidade, dizia, quando morava em Rouen, de ir ver no teatro os atores de Paris. Não sabia nadar, nem esgrimir, nem atirar e não pôde, um dia, explicar-lhe um termo de equitação que ela encontrara num romance.

Um homem, pelo contrário, não deveria conhecer tudo, ser exímio em múltiplas atividades, iniciar uma mulher nas energias da paixão, nos refinamentos da vida, em todos os mistérios? Mas ele nada ensinava, nada sabia, nada desejava. Julgava-a feliz e ela tinha-lhe raiva por aquela calma tão bem assentada, por aquele peso sereno, pela própria felicidade que ela lhe dava.

Às vezes desenhava; e para Charles era um grande divertimento permanecer de pé a olhá-la inclinada sobre seu bosquejo, pestanejando para melhor ver sua obra ou fazendo com o polegar bolinhas de miolo de pão. Quanto ao piano, mais seus dedos corriam velozes, mais ele se maravilhava. Ela batia nas teclas com firmeza e percorria de cima a baixo todo o teclado sem interromper-se. Assim sacudido por ela, o velho instrumento, cujas cordas estavam um pouco frouxas, era ouvido até a extremidade da aldeia se a janela estivesse aberta e, frequentemente, o auxiliar do meirinho que passava na estrada, sem chapéu e de chinelos, parava para escutar com sua folha de papel na mão.

Emma, por outro lado, sabia dirigir sua casa. Enviava aos doentes a conta das consultas em cartas bem escritas que não pareciam faturas. Quando tinham, aos domingos, algum vizinho que vinha almoçar, encontrava a maneira de oferecer um prato agradável à vista, sabia colocar sobre folhas de parreira as pirâmides de rainhas-cláudias[44], apresentava a compota já servida no prato e falava mesmo em comprar lavabos[45] para a sobremesa. De tudo isso resultava muita consideração para Bovary.

Charles acabava por dar mais valor a si próprio pelo fato de possuir uma tal mulher. Mostrava com orgulho, na sala, dois pequenos esboços que ela fizera

[44] Variedade de ameixa.

[45] Taças para lavar a boca e a ponta dos dedos.

com grafite, que ele mandara enquadrar com molduras muito largas e suspensas contra o papel da parede por longos cordões verdes. Ao sair da missa as pessoas viam-no na porta com belas pantufas de tapeçaria.

Ele voltava tarde, às dez horas, às vezes, à meia-noite. Então, queria comer e, como a empregada já estivesse deitada, era Emma quem o servia. Ele despia a sobrecasaca para jantar mais à vontade. Contava exatamente todas as pessoas que encontrara, as aldeias que visitara, as receitas que escrevera e, satisfeito consigo mesmo, comia o resto da carne com cebola, debulhava seu queijo, comia uma maçã, esvaziava sua garrafa, depois, punha-se na cama, deitava-se de costas e roncava.

Como usara por muito tempo um gorro de algodão, seu lenço não se mantinha seguro às orelhas; assim, pela manhã, seus cabelos apresentavam-se despenteados, caídos sobre o rosto e embranquecidos pelas penas do travesseiro cujos cordões se desatavam durante a noite. Usava sempre fortes botas cujo cano caía em duas pregas espessas em direção aos tornozelos, enquanto o resto da gáspea continuava em linha reta, dura como um pé de madeira. Ele dizia *que era exatamente o suficiente para o campo.*

Sua mãe aprovava-o por essa economia, pois ela vinha visitá-lo como outrora quando havia em sua própria casa uma tempestade um pouco violenta; e todavia a Sra. Bovary mãe parecia prevenida contra sua nora. Via nela *um estilo elevado demais para sua situação familiar;* a lenha, o açúcar e as velas *desapareciam como numa casa rica* e a quantidade de brasas que se queimava na cozinha teria bastado para vinte e cinco pratos! Ela distribuía sua roupa branca em seus armários e ensinava-lhe a vigiar o açougueiro quando trazia a carne. Emma recebia tais lições, a Sra. Bovary as prodigava e as palavras *minha filha* e *minha mãe* eram pronunciadas durante o dia inteiro, acompanhadas de um pequeno frêmito dos lábios cada uma lançando palavras doces com voz trêmula de cólera.

Ao tempo da Sra. Dubuc a velha sentia-se ainda preferida, mas, agora, o amor de Charles por Emma parecia-lhe uma deserção de sua ternura, uma invasão naquilo que lhe pertencia; e ela observava a felicidade de seu filho com um silêncio triste como uma pessoa arruinada olha através das grades pessoas sentadas à mesa de sua antiga casa. Recordava-lhe, sob forma de lembranças, seus trabalhos e seus sacrifícios e, comparando-os às negligências de Emma, concluía que não era sensato adorá-la de maneira tão exclusiva.

Charles não sabia que responder; respeitava sua mãe e amava infinitamente sua mulher; considerava infalível o julgamento da primeira e todavia achava a outra irrepreensível. Quando a Sra. Bovary partia ele ousava tentar timidamente, e com os mesmos termos, uma ou duas das mais anódinas observações que ouvira sua mamãe fazer; Emma, ao provar-lhe com uma palavra que se enganava, enviava-o de volta a seus doentes.

Todavia, segundo teorias que julgava boas, quis entregar-se ao amor. Ao luar, no jardim, recitava todas as rimas apaixonadas que sabia de cor e cantava, suspirando, alguns adágios melancólicos; mas sentia-se em seguida tão calma quanto antes e Charles não parecia nem mais apaixonado nem mais perturbado.

Quando acabou assim de tentar inflamar seu coração sem fazer brilhar nem uma faísca, incapaz, além disso, de compreender o que não sentia, como de acreditar em tudo o que não se manifestava por formas convencionais, persuadiu-se sem dificuldade de que a paixão de Charles nada mais tinha de exorbitante. Suas expansões haviam-se tornado regulares; ele a beijava em determinadas horas. Era um hábito como os outros e como uma sobremesa prevista com antecedência após a monotonia do jantar.

Um couteiro, que fora curado pelo médico de uma pneumonia, presenteara a Senhora com uma pequena galga da Itália; ela a acompanhava nos passeios, pois Emma saía algumas vezes para ficar sozinha por alguns momentos e para não ter mais diante dos olhos o eterno jardim com o caminho empoeirado.

Ia até o bosque de faias de Banneville, perto do pavilhão abandonado que faz ângulo com o muro no lado dos campos. Há no largo fosso, entre as ervas, longos caniços de folhas cortantes.

Começava olhando tudo à sua volta para ver se alguma coisa mudara desde a última vez que viera. Encontrava nos mesmos lugares as dedaleiras e os goiveiros, as moitas de urtigas rodeando as grandes pedras e as placas de líquens ao longo das três janelas cujos postigos, sempre fechados, descascavam sua poeira sobre suas barras de ferro enferrujadas. Seu pensamento, a princípio sem alvo, vagabundeava ao acaso, como sua galga, que dava voltas pelo campo, latia às borboletas amarelas, perseguia os musaranhos mordiscando as papoulas na orla de uma seara. Depois, suas ideias pouco a pouco fixavam-se e, sentada na relva, que esmagava com a extremidade de sua sombrinha, Emma repetia a si mesma:

— Por que, meu Deus, eu me casei?

Perguntava se não teria havido uma maneira, por outras combinações do acaso, de encontrar um outro homem; e procurava imaginar quais teriam sido aqueles acontecimentos que não se haviam realizado, aquela vida diferente, aquele marido que ela não conhecia. Nem todos, de fato, se assemelhavam àquele. Teria podido ser belo, espirituoso, distinto, atraente, assim como eram, sem dúvida, os que haviam desposado suas antigas colegas do convento. Que estariam elas fazendo agora? Na cidade, com o barulho das ruas, o burburinho dos teatros, e as luzes do baile, tinham existências em que o coração se dilata, em que os sentidos desabrocham. Mas quanto a ela, sua vida era fria como uma água-furtada cuja lucarna dá para o norte e o tédio, aranha silenciosa, tecia sua teia na sombra em todos os recantos de seu coração. Lembrava os dias das distribuições de prêmios, quando ela subia ao estrado para ir buscar suas coroazinhas. Com seus cabelos trançados, seu vestido branco e seus sapatos de lã preta decotados, tinha maneiras gentis e os senhores, quando voltava ao seu lugar, inclinavam-se para elogiá-la; o pátio estava cheio de caleças, todos diziam-lhe adeus pelas portinholas, o professor de música passava, cumprimentando, com sua caixa de violino. Como estava longe tudo aquilo! Como estava longe!

Chamava Djali, tomava-a entre os joelhos, passava seus dedos sobre a longa cabeça fina e dizia-lhe:

— Vamos, dê um beijo em sua dona, você que não tem pesares.

Depois, considerando a expressão melancólica do esbelto animal que bocejava com lentidão, enternecia-se e, comparando-o a si mesma, falava-lhe em voz alta como a alguém aflito que se consola.

Chegavam, às vezes, rajadas de vento, brisas do mar que, rolando repentinamente sobre todo o planalto da região de Caux, traziam até os campos longínquos um frescor salgado. Os juncos assobiavam rente ao chão e as folhas das faias sussurravam num estremecimento rápido enquanto as cimas, balançando sempre, continuavam seu grande murmúrio. Emma apertava seu xale em seus ombros e levantava-se.

Na avenida, o reflexo esverdeado da folhagem iluminava a grama rasteira que estalava suavemente sob seus pés. O sol punha-se; o céu mostrava-se vermelho entre os galhos e os troncos uniformes das árvores plantadas em linha reta pareciam uma colunata escura que se destacava sobre um fundo dourado; o medo a invadia, ela chamava Djali, voltava rapidamente para Tostes pela estrada, caía numa poltrona e não mais dizia uma palavra pelo resto da noite.

Porém, pelo fim de setembro, algo de extraordinário caiu em sua vida; ela foi convidada ao castelo de Vaubyessard, residência do Marquês d'Andervilliers.

Secretário de Estado sob a Restauração[46], o Marquês, procurando voltar à vida política, preparava havia muito sua candidatura à Câmara dos Deputados. No inverno distribuía numerosos feixes de lenha e no Conselho Geral reclamava sempre com exaltação estradas para sua circunscrição administrativa. Na época dos grandes calores tivera um abscesso na boca de que Charles o aliviara

[46] Período em que foi restaurada na França a dinastia Bourbon, com Luís XVIII e Charles X (1814-1830) com o intervalo de alguns meses (1815) quando da volta de Napoleão, até sua derrota em Waterloo.

como por milagre, com uma certeira lancetada. O homem de negócios enviado a Tostes para pagar a operação contou, à noite, que vira no jardinzinho do médico esplêndidas cerejas. Ora, as cerejeiras cresciam pouco em Vaubyessard; o Sr. Marquês pediu alguns enxertos a Bovary, sentiu-se no dever de agradecer-lhe pessoalmente, percebeu Emma, considerou que ela possuía um corpo bonito e que não cumprimentava como uma camponesa; de tal forma que, no castelo, não se julgou ultrapassar os limites da condescendência nem, de outro lado, cometer uma inconveniência ao convidar o jovem casal.

Uma quarta-feira, às três horas, o Sr. e a Sra. Bovary partiram em seu *boc* para Vaubyessard, com uma grande mala amarrada na traseira do carro e uma caixa de chapéu colocada diante da capa do guarda-lama. Além disso, Charles carregava entre os joelhos uma caixa de papelão.

Chegaram à tardinha, quando os lampiões começavam a ser acesos no parque a fim de iluminar as carruagens.

VIII

O castelo, de construção moderna, à italiana, com duas alas que avançavam e três escadarias, estendia-se ao fundo de um imenso relvado onde pastavam algumas vacas entre grupos de grandes árvores distanciadas umas das outras, enquanto algumas cestas de arbustos, rododendros, silindras e rosas-de-gueldres arqueavam seus tufos de verduras desiguais sobre a linha curva do caminho arenoso. Um rio passava sob a ponte; através da bruma distinguiam-se construções com telhado de sapé esparsas na pradaria, acompanhadas por duas encostas em declive suave cobertas de bosques; por detrás, nos compactos grupos de árvores ficavam situadas, em duas linhas paralelas, as cocheiras e as estrebarias, restos que haviam sido conservados do antigo castelo demolido.

O *boc* de Charles deteve-se diante da escadaria central; alguns criados apareceram; o Marquês adiantou-se e, oferecendo o braço à mulher do médico, introduziu-a no vestíbulo.

Era ele pavimentado de lajes de mármore, muito alto, e o ruído dos passos com o das vozes ressoavam como numa igreja. Em frente, subia uma escada reta e à esquerda uma galeria dando para o jardim conduzia à sala de bilhar onde, já da porta, ouviam-se carambolar as bolas de marfim. Ao atravessá-la para ir ao salão, Emma viu ao redor das mesas homens de rosto grave, com o queixo apoiado em altas gravatas, todos exibindo condecorações e sorrindo silenciosamente ao darem suas tacadas. Sobre a madeira escura do lambri, grandes molduras douradas traziam na base nomes escritos em letras pretas. Ela leu: "Jean Antoine d'Andervilliers d'Yverbonville, conde de Vaubyessard e barão de Fresnaye, morto na batalha de Coutras em 20 de outubro de 1587". E num outro: "Jean-Antoine-Henry-Guy d'Andervilliers de la Vaubyessard, almirante da França e cavaleiro da ordem de Saint-Michel, ferido no combate de Hougue-Saint-Vaast em 29 de maio de 1692, morto em Vaubyessard em 23 de janeiro de 1693". Depois, mal se distinguiam os que vinham em seguida, pois a luz das lâmpadas, caindo sobre o tapete verde do bilhar, deixava flutuar uma certa sombra na sala. Escurecendo as telas horizontais, quebrava-se contra elas em finas arestas seguindo as fendas do verniz; e, de todos aqueles quadrados negros debruados de ouro saíam, cá e lá, uma porção mais clara da pintura, uma fronte pálida, dois olhos que fixavam o observador, perucas que caíam sobre os ombros empoeirados dos trajes vermelhos, ou então a fivela de uma jarreteira no alto de uma panturrilha roliça.

O Marquês abriu a porta do salão; uma das senhoras levantou-se (a própria Marquesa), veio ao encontro de Emma e fê-la sentar-se ao seu lado, numa conversadeira[47], onde se pôs a falar-lhe amigavelmente como se a conhecesse havia muito. Era uma mulher de uns quarenta anos, de belos ombros, de nariz aquilino, voz arrastada e que usava, naquela noite, nos cabelos castanhos, um simples lenço de guipura[48] que lhe caía atrás em forma de triângulo. Uma moça loira sentava-se ao lado numa cadeira de espaldar alto; e alguns cavalheiros, que traziam uma pequena flor na botoeira das casacas, conversavam com as senhoras, ao redor da lareira.

Às sete horas foi servido o jantar. Os homens, mais numerosos, sentaram-se à primeira mesa no vestíbulo e as senhoras à segunda, na sala de jantar, com o Marquês e a Marquesa.

Ao entrar, Emma sentiu-se envolvida por um ar quente, uma mistura de perfume de flores e de boa roupa, pelo aroma das carnes e pelo odor de trufas. As velas dos candelabros alongavam as chamas sobre as campânulas de prata, os cristais facetados, cobertos de vapor fosco, trocavam pálidos raios; os buquês alinhavam-se ao longo da mesa e, nos pratos, com larga cercadura, os guardanapos arrumados em forma de mitra de bispo, mantinham, cada um, entre a

[47] Sofá com dois ou três assentos, próprio para conversas.

[48] Renda de malhas largas e sem fundo.

abertura de suas duas dobras, um pãozinho oval. As patas vermelhas das lagostas transbordavam das travessas; viam-se grandes frutas dispostas sobre camadas de musgo em cestinhas rendilhadas; as codornizes mantinham suas penas, a fumaça subia e, com meias de seda, calções curtos, gravata branca, de jabô, grave como um juiz, o mordomo, passando entre os ombros dos convidados os pratos já trinchados, com um movimento da colher, fazia saltar, para o hóspede, o pedaço escolhido. Sobre a grande estufa de porcelana com varetas de cobre, uma estátua de mulher envolta até o queixo olhava, imóvel, a sala repleta.

A Sra. Bovary observou que várias senhoras não haviam colocado as luvas em seus copos[49].

Entrementes, na outra extremidade da mesa, sozinho entre todas aquelas mulheres, curvado sobre seu prato cheio e com o guardanapo preso às costas como uma criança, um ancião comia, deixando cair da boca gotas de molho. Tinha os olhos congestionados e trazia os cabelos presos na nuca por uma fita preta. Era o sogro do Marquês, o velho duque de Laverdière, o antigo favorito do conde de Artois[50] ao tempo das caçadas em Vaudreuil, na residência do Marquês de Conflans e que fora, dizia-se, amante de Maria Antonieta entre os Srs. de Coigny e de Lauzun. Levara uma ruidosa vida de dissipação, cheia de duelos, de apostas, de mulheres raptadas, devorara sua fortuna e assustara toda a família. Um criado, atrás de sua cadeira, dizia-lhe em voz alta, ao ouvido, os nomes dos pratos que ele, gaguejando, indicava com o dedo; e a todo momento os olhos de Emma voltavam automaticamente para aquele ancião de lábios caídos, como a algo de extraordinário e de augusto. Ele vivera na Corte e dormira na cama das rainhas!

Foi servido vinho de Champanhe gelado. Emma estremeceu até a alma sentindo aquele frio na boca. Nunca vira romãs nem comera ananás. Mesmo o açúcar em pó pareceu-lhe mais branco e mais fino do que em qualquer outro lugar.

As senhoras, em seguida, subiram a seus quartos para se preparar para o baile.

Emma arrumou-se com a consciência meticulosa de uma atriz estreante. Prendeu os cabelos segundo a recomendação do cabeleireiro e entrou em seu vestido de *barège*, estendido na cama. As calças de Charles apertavam-lhe a barriga.

— As presilhas das polainas vão incomodar-me ao dançar, disse ele.

---

[49] Para indicar que não desejavam tomar vinho. Tal hábito começava a sair de moda, então.

[50] Que em 1824 subiria ao trono da França como Charles X.

— Dançar? replicou Emma.

— Sim!

— Mas perdeste a cabeça! Debochariam de ti, mantém-te em teu lugar. Aliás, é mais conveniente para um médico, acrescentou.

Charles calou-se. Caminhava de um lado para o outro esperando que Emma acabasse de vestir-se.

Via-a por trás, no espelho, entre dois castiçais. Seus olhos negros pareciam mais negros. Seus bandós, suavemente abaulados nas orelhas, luziam com um brilho azul; uma rosa, em seu coque, tremia numa haste móvel com gotas de água artificiais na extremidade das folhas. Usava um vestido cor de açafrão pálido erguido por três buquês de rosas pompom[51] entrelaçadas com folhas verdes.

Charles veio beijá-la no ombro.

— Larga-me, disse ela, estás me amarrotando.

Ouviram-se acordes de violino e os sons de uma trompa. Ela desceu as escadas evitando correr.

As quadrilhas haviam começado. As pessoas chegavam. Todos se empurravam. Ela colocou-se perto da porta, numa banqueta.

Quando a contradança terminou, a pista ficou livre para os grupos de homens que conversavam de pé e para os criados de libré que traziam grandes bandejas. Ao longo da fila de mulheres sentadas os leques pintados agitavam-se, os buquês escondiam parcialmente os sorrisos e os frascos com tampa de ouro giravam nas mãos entreabertas onde as luvas marcavam o formato das unhas e apertavam a carne no pulso. Os adornos de renda, os broches de diamantes, os braceletes de medalhão estremeciam nos corpetes, cintilavam nos peitos, tiniam nos braços nus. As cabeleiras, bem coladas nas testas e torcidas na nuca, traziam, em forma de coroas, cachos ou ramos, miosótis, jasmins, flores de romãzeiras, espigas ou centáureas. Pacíficas em seus lugares, algumas mães de rosto carrancudo usavam turbantes vermelhos.

O coração de Emma bateu um pouco quando, com seu cavalheiro a segurá-la pela ponta dos dedos, foi colocar-se em linha e esperou a rabecada para iniciar a dança. Mas, em breve, a emoção desapareceu; e, balançando-se ao ritmo da orquestra, deslizava para a frente com ligeiros movimentos do pescoço. Um sorriso subia-lhe aos lábios ao ouvir certas delicadezas do violino, que tocava o solo, algumas vezes, quando os outros instrumentos se calavam; ouvia-se o ruído nítido dos luíses de ouro[52] que eram depositados ao lado, sobre

[51] Tipo de pequenas rosas esféricas.

[52] Moedas com o valor de vinte francos.

o tapete das mesas; depois, tudo recomeçava ao mesmo tempo e o cornetim lançava uma descarga sonora. Os pés retomavam o compasso, as saias inflavam e roçavam, as mãos encontravam-se, abandonavam-se; os mesmos olhos que se abaixavam diante de seu par voltavam a fixar-se nele novamente.

Alguns homens (uns quinze), de vinte e cinco a quarenta anos, disseminados entre os pares ou conversando à entrada das portas, distinguiam-se da multidão por um ar de família, fossem quais fossem as diferenças de idade, de traje ou de figura.

Suas casacas, mais bem cortadas, pareciam feitas de um tecido mais macio e seus cabelos, puxados em caracóis em direção às têmporas, pareciam brilhar com uma pomada mais fina. Possuíam a tez da riqueza, aquela tez branca realçada pela palidez das porcelanas, pelo reflexo dos cetins, pelo verniz dos belos móveis e cuja saúde é mantida por um regime discreto de alimentos requintados. Seus pescoços movimentavam-se à vontade sobre suas gravatas baixas, suas longas suíças caíam sobre colarinhos voltados; enxugavam os lábios em lenços bordados com um grande monograma de onde saía uma aroma suave. Os que começavam a envelhecer tinham um ar jovem enquanto alguma coisa de maduro espalhava-se no rosto dos jovens. Em seus olhares indiferentes flutuavam a quietude das paixões diariamente saciadas e, através de suas maneiras suaves, despontava aquela brutalidade particular que confere o domínio de coisas semifáceis nas quais a força age e a vaidade se diverte, o manejo dos cavalos de raça e a convivência com mulheres perdidas.

A três passos de Emma, um cavalheiro de casaca azul conversava sobre a Itália com uma jovem mulher pálida com um adorno de pérolas. Elogiavam a espessura dos pilares de São Pedro, Tivoli, o Vesúvio, Castellamare[53] e os Cassini[54], as rosas de Gênova, o Coliseu ao luar. Emma ouvia, com o outro ouvido, uma conversa cheia de palavras que não compreendia. Algumas pessoas rodeavam um jovem rapaz que na semana anterior vencera *Miss Arabella* e *Romulus*[55] e ganhara dois mil luíses ao saltar um fosso na Inglaterra[56]. Um queixava-se de seus corredores[57], que estavam engordando; outro, dos erros de impressão que haviam alterado o nome de seu cavalo.

---

[53] Estação termal perto de Nápoles.

[54] Passeio dos arredores de Florença.

[55] Cavalos de corrida.

[56] As corridas de obstáculos eram ainda pouco usuais na França.

[57] Lacaio que acompanhava a pé a carruagem.

O ar do baile era pesado; as lâmpadas empalideciam. Muita gente dirigia-se para a sala de bilhar. Um criado subiu numa cadeira e quebrou dois vidros; ao barulho dos estilhaços a Sra. Bovary virou a cabeça e percebeu, no jardim, contra as vidraças, rostos de camponeses que observavam. Então, voltou-lhe a lembrança dos Bertaux. Reviu a quinta, o pântano lamacento, seu pai com a blusa sob as macieiras e reviu-se a si mesma, como outrora, desnatando com seu dedo as terrinas de leite na leiteria. Porém, diante das fulgurações da hora presente, sua vida passada, tão nítida até então, desvanecia-se inteiramente e ela quase duvidava de tê-la vivido. Estava lá; além disso, ao redor do baile não havia mais do que sombra estendida sobre todo o resto. Estava comendo, então, um sorvete de marasquino que segurava com a mão esquerda numa concha de prata dourada e semicerrava os olhos com a colher entre os dentes.

Uma senhora, ao seu lado, deixou cair o leque, um cavalheiro passava.

— Teria a gentileza, senhor, disse a senhora, de apanhar meu leque atrás deste canapé?

O cavalheiro inclinou-se e, enquanto estendia o braço, Emma viu a mão da jovem senhora jogar em seu chapéu algo branco dobrado em forma de triângulo. O cavalheiro, pegando o leque, ofereceu-o à senhora respeitosamente; ela agradeceu com um sinal de cabeça e pôs-se a aspirar o perfume de seu buquê.

Após a ceia, em que houve muitos vinhos da Espanha e vinhos do Reno, sopas de lagostim e de leite de amêndoas, pudim à Trafalgar e todos os tipos de carnes frias rodeadas de geleias que tremiam nos pratos, as carruagens, umas após as outras, começaram a partir. Afastando-se um pouco a cortina de musselina via-se deslizar na sombra a luz de suas lanternas. Os assentos iam ficando vazios: alguns jogadores ainda permaneciam; os músicos refrescavam na língua a extremidade dos dedos; Charles estava semiadormecido com as costas apoiadas numa porta.

Às três da manhã, o cotilhão começou. Emma não sabia valsar. Todo o mundo valsava, mesmo a Srta. d'Andervilliers e a Marquesa; havia apenas os hóspedes do castelo, uma dúzia de pessoas, mais ou menos.

Entrementes, um dos valsadores, a quem chamavam familiarmente de *Visconde,* cujo colete muito aberto parecia moldado ao peito, veio por uma segunda vez convidar a Sra. Bovary, assegurando que a guiaria e que ela se sairia bem.

Começaram lentamente, depois valsaram com maior rapidez. Giravam: tudo girava ao redor deles, as lâmpadas, os móveis, os lambris e o chão, como um disco sobre um eixo. Ao passar junto às portas, a orla do vestido de Emma roçava na calça de seu par; suas pernas entravam uma na outra; ele baixava seu olhar para ela, ela levantava o seu para ele; um torpor a invadia, ela se deteve.

Partiram novamente; e com um movimento mais rápido, o Visconde, arrebatando-a, desapareceu com ela até o final da galeria onde, ofegante, ela quase caiu e por um instante apoiou a cabeça em seu peito. E, em seguida, sempre girando, porém mais suavemente, ele reconduziu-a ao seu lugar; ela caiu para trás, contra a parede e pôs a mão diante dos olhos.

Quando os reabriu, no centro do salão uma senhora, sentada num tamborete, tinha diante de si três valsadores ajoelhados. Ela escolheu o Visconde e o violino recomeçou.

Todos os olhavam. Passavam e voltavam, ela com o corpo imóvel e o queixo baixo e ele sempre na mesma pose, com o corpo curvado, o cotovelo arqueado, com a boca para a frente. Aquela sabia valsar! Continuaram por muito tempo e fatigaram todos os outros.

Conversou-se ainda alguns minutos e, após as despedidas, ou melhor, o bom-dia, os hóspedes do castelo foram deitar-se.

Charles arrastava-se no corrimão, os joelhos *entravam-lhe pelo corpo.* Passara cinco horas seguidas de pé diante das mesas, olhando o jogo de *whist* sem nada compreender. Assim, deu um profundo suspiro de satisfação quando tirou as botas.

Emma pôs o xale nos ombros, abriu a janela e apoiou-se no peitoril.

A noite estava escura. Caíram algumas gotas de chuva. Ela aspirou o vento úmido que lhe refrescava as pálpebras. A música do baile ainda lhe ressoava nos ouvidos e ela fazia esforços para manter-se acordada a fim de prolongar a ilusão daquela vida luxuosa que teria de abandonar dentro em pouco.

Amanheceu, ela olhou as janelas do castelo, longamente, procurando adivinhar quais eram os quartos de todos aqueles que observara na véspera. Teria desejado conhecer suas existências, penetrá-las, confundir-se nelas.

Mas ela tiritava de frio. Despiu-se e encolheu-se entre os lençóis, contra Charles, que dormia.

Houve muita gente ao almoço. A refeição durou dez minutos; não foi servido nenhum licor, o que espantou o médico. Em seguida, a Srta. d'Andervilliers recolheu os pedaços de brioche numa cestinha para levá-los aos cisnes do lago e todos foram passear na estufa, onde plantas bizarras, eriçadas de pelos[58], sobrepunham-se em pirâmide sob vasos suspensos que, como ninhos de serpentes demasiadamente cheios, deixavam cair, de suas bordas, longos cordões verdes entrelaçados. O laranjal, situado na outra extremidade, conduzia às dependências de serviço do castelo. O Marquês, para divertir a jovem, levou-a a

[58] Cactos.

visitar as cavalariças. Acima das manjedouras semicirculares placas de porcelana traziam em letras pretas o nome dos cavalos. Cada animal agitava-se em seu estábulo quando se passava perto dele estalando a língua. O soalho da selaria brilhava como o soalho de um salão. Alguns arreios de carruagem encontravam--se dependurados no centro em dois pilares giratórios e os freios, os chicotes, os estribos e as barbelas alinhadas ao longo da parede.

Charles, entrementes, foi pedir a um criado que atrelasse seu *boc*. Este foi levado para defronte da escadaria e depois de nele terem sido colocadas todas as bagagens, os esposos Bovary despediram-se do Marquês e da Marquesa e partiram novamente para Tostes.

Emma, silenciosa, olhava as rodas que giravam. Charles, sentado bem na beira do assento, conduzia com os braços abertos e o pequeno cavalo trotava a furta-passo nos varais, longos demais para ele. As rédeas frouxas, batendo em suas ancas, banhavam-se de suor e a caixa amarrada atrás do *boc* batia forte e regularmente contra a carroceria.

Haviam chegado às alturas de Thibourville quando, de repente, alguns cavaleiros passaram diante deles, rindo, com charutos na boca. Emma julgou reconhecer o Visconde; voltou-se e percebeu no horizonte apenas o movimento das cabeças que baixavam e subiam segundo a cadência desigual do trote ou do galope.

Depois de um quarto de légua, foi preciso parar para consertar, com cordas, a retranca da sela que quebrara.

Mas Charles, ao dar um último olhar aos arreios, viu alguma coisa no chão, entre as pernas do cavalo; e apanhou uma charuteira debruada de seda verde e blasonada no centro como a portinhola de uma carruagem.

— Dentro há até dois charutos, disse; serão para esta noite, após o jantar.

— Fumas? perguntou ela.

— Às vezes, quando há oportunidade.

Colocou seu achado no bolso e chicoteou o poldro.

Quando chegaram em casa, o jantar não estava pronto. A Senhora exaltou-se, Nastasie respondeu com insolência.

— Vá embora! disse Emma. Isto é escárnio, estou despedindo-a.

Havia, para o jantar, sopa de cebola com um pedaço de vitela com azedas. Charles, sentado diante de Emma, disse esfregando as mãos com um ar feliz:

— Como é agradável estar de novo em casa!

Ouvia-se o choro de Nastasie. Ele gostava um pouco da pobre moça. Outrora, ela lhe fizera companhia durante muitos serões na ociosidade de sua viuvez. Fora sua primeira cliente, a primeira pessoa que conhecera na região.

— Tu a mandaste realmente embora? disse ele, finalmente.

— Sim. Quem me impede? respondeu ela.

Em seguida, aqueceram-se na cozinha enquanto o quarto era preparado. Charles pôs-se a fumar. Fumava avançando os lábios, cuspindo a todo instante, recuando a cada tragada.

— Isso vai te fazer mal, disse ela, desdenhosamente.

Ele largou o charuto e correu à bomba beber um copo de água fria. Emma, agarrando a charuteira, lançou-a rapidamente no fundo do armário.

O dia seguinte foi longo. Ela foi passear em seu jardinzinho, passando e voltando pelos mesmos caminhos, parando diante das platibandas, diante da latada, diante do cura de gesso, olhando com assombro todas aquelas coisas de outrora que conhecia tão bem. Como o baile já lhe parecia longínquo! Quem estaria afastando tanto a manhã de anteontem da noite de hoje? Sua viagem ao castelo de Vaubyessard fizera um buraco em sua vida, como aquelas grandes fendas que uma tempestade, numa só noite, cava às vezes nas montanhas. Resignou-se, contudo: fechou piedosamente na cômoda seu belo vestido e até seus sapatos de cetim, cuja sola amarelara-se com a cera deslizante do assoalho. Seu coração era como eles: ao atrito da riqueza adquirira alguma coisa que não se apagaria.

Assim, a lembrança daquele baile foi uma ocupação para Emma. A cada quarta-feira ela dizia a si mesma ao acordar: "Ah! Há oito dias... há quinze dias... há três semanas, eu estava lá!" E pouco a pouco as fisionomias confundiram-se em sua memória; ela esqueceu as melodias das contradanças; não viu mais nitidamente as librés e as salas; alguns detalhes apagaram-se, mas o pesar permaneceu.

IX

Frequentemente, quando Charles saía, ela ia procurar no armário, entre as dobras da roupa branca onde a deixara, a charuteira de seda verde.

Olhava-a, abria-a e até mesmo cheirava o aroma de seu forro, uma mistura de verbena e de tabaco. A quem pertencia?... Ao Visconde. Talvez fosse um presente de sua amante. Fora bordada em algum bastidor de palissandra, objeto delicado que se escondia de todos os olhares, que preenchera muitas horas e sobre o qual se haviam debruçado os moles cachos da trabalhadora pensativa.

Um hálito de amor passara entre os fios da talagarça; cada ponto nele fixara uma esperança ou uma lembrança e todos aqueles fios de seda entrelaçados eram apenas a continuidade da mesma paixão silenciosa. E, depois, o Visconde, numa certa manhã, levara-o consigo. De que haviam falado, quando ele permanecia nas lareiras de largo alizar, entre os vasos de flores e os relógios Pompadour[59]? Ela estava em Tostes. Ele estava em Paris agora: longe! Como era essa Paris? Que nome imenso! Emma o repetia para si mesma a meia voz, para sentir prazer; ele soava a seus ouvidos como o sino de uma catedral! Brilhava a seus olhos até na etiqueta de seus potes de pomada.

À noite, quando os distribuidores de peixe em suas carroças passavam sob sua janela cantando a *Marjolaine*, ela despertava; e, ouvindo o ruído das rodas guarnecidas de ferro que, ao sair da aldeia, era logo amortecido na terra:

— Eles estarão lá amanhã! dizia a si mesma.

E seguia-os com o pensamento, subindo e descendo as encostas, atravessando as vilas, avançando pela grande estrada à luz das estrelas. Ao final de uma distância indeterminada, havia sempre um ponto confuso onde seu devaneio expirava.

Comprou um plano de Paris e, com a ponta do dedo dava, no mapa, grandes voltas na capital. Subia os bulevares, parando em cada esquina, no alinhamento das ruas, diante dos quadrados brancos que representavam as casas. Com os olhos fatigados, finalmente, fechava as pálpebras e via, no escuro, bicos de gás retorcerem-se ao vento com estribos de caleças que desfilavam com grande ruído do peristilo dos teatros.

Passou a assinar a *Corbeille*, jornal das mulheres, e o *Sylphe des Salons*. Devorava, sem nada esquecer, todos os relatos das primeiras representações, das corridas e dos serões, interessava-se pela estreia de uma cantora, pela abertura de uma loja. Conhecia as novas modas, o endereço dos bons alfaiates, os dias do Bois[60] ou da Ópera. Estudou em *Eugène Sue*[61] descrições de mobiliários; leu Balzac e George Sand, procurando em suas obras satisfações imaginárias para seus desejos pessoais. Trazia seu livro mesmo à mesa e virava as páginas enquanto Charles comia e lhe falava. A lembrança do Visconde voltava sempre em suas leituras.

---

[59] Estilo que se desenvolveu sob o reinado de Luis XV, posto na moda pela Sra. de Pompadour. É caracterizado pela volta da linha reta e de guirlandas e faz pressentir o estilo Luis XVI.

[60] Dias de passeio no Bois de Boulogne.

[61] Eugène Sue (1804-1857), romancista francês, autor de *Les mystéres de Paris* (1843), *Mathilde* (1841), *Les sept péchés capitaux* (1847-1849).

Ela estabelecia relações entre ele e os personagens inventados. Mas o círculo de que ele era o centro alargava-se pouco a pouco e, como a auréola que ele possuía se afastava de sua figura, ela desdobrou-se mais além para iluminar outros sonhos.

Paris, mais vasta do que o oceano, cintilava, pois, aos olhos de Emma numa atmosfera vermelha. A vida intensa que se agitava naquele tumulto era todavia dividida em partes, classificada em diferentes quadros. Emma somente percebia dois ou três, que lhe escondiam todos os outros e sozinhos representavam a humanidade completa. O mundo dos embaixadores caminhava sobre assoalhos reluzentes, em salões revestidos de espelhos, ao redor de mesas ovais cobertas por um tapete de veludo com franjas de ouro. Havia vestidos de cauda, grandes mistérios, angústias dissimuladas sob os sorrisos. Vinha, em seguida, o mundo das duquesas: lá todos eram pálidos, levantavam-se às quatro horas; as mulheres, pobres anjos; usavam anáguas rematadas com bordado inglês e os homens, capacidades desconhecidas sob aparências fúteis, esfalfavam os cavalos em farras, iam passar o verão em Baden e, lá pelos quarenta anos, enfim, casavam com herdeiras. Nos reservados dos restaurantes, onde se ceia depois da meia-noite ria, à luz das velas, a multidão variegada dos homens de letras e das atrizes. Aqueles eram pródigos como reis, cheios de ambições ideais e de delírios fantásticos. Era uma existência acima das outras, entre o céu e a terra, entre tempestades, alguma coisa de sublime. Quanto ao resto do mundo, achava-se ele perdido, sem um lugar preciso e como se não existisse. Aliás, mais as coisas eram próximas, mais seu pensamento se afastava delas. Tudo o que a rodeava imediatamente, campo entediante, pequenos-burgueses imbecis, mediocridade da existência, parecia-lhe uma exceção no mundo, um acaso singular em que ela se achava presa, enquanto do outro lado estendia-se, à perda de vista, a imensa região das felicidades e das paixões. Ela confundia, em seu desejo, as sensualidades do luxo com as alegrias do coração, a elegância dos hábitos e as delicadezas do sentimento. O amor não precisaria, como as plantas indianas, terrenos preparados, uma temperatura própria? Os suspiros ao luar, os grandes amplexos, as lágrimas que correm sobre mãos que se abandonam, todas as febres da carne e os langores da ternura não se separavam, portanto, do balcão dos grandes castelos, repletos de lazeres, de um toucador com estores de seda, com um tapete bem espesso, das jardineiras cheias, de uma cama armada sobre um estrado, nem da cintilação das pedras preciosas e dos alamares da libré.

O rapaz da posta, que vinha todas as manhãs cuidar da égua, atravessava o corredor com seus grossos tamancos; tinha a blusa cheia de buracos e os pés nus dentro dos chinelos. Era aquele o *groom* de calções curtos com o qual era preciso contentar-se!

Quando acabava seu trabalho não mais voltava durante o dia, pois Charles, ao voltar, punha ele mesmo seu cavalo na estrebaria, retirava a sela e colocava o cabresto, enquanto a empregada trazia um feixe de palha e atirava-o, de qualquer jeito, na manjedoura.

Para substituir Nastasie (que finalmente deixou Tostes derramando uma torrente de lágrimas), Emma tomou a seu serviço uma menina de catorze anos, órfã e de fisionomia suave. Proibiu-lhe as toucas de algodão e ensinou-lhe que era preciso falar-lhe na terceira pessoa, trazer um copo d'água num prato, bater às portas antes de entrar e ensinou-a a passar, a engomar, a vesti-la; quis fazer dela uma criada de quarto. A nova empregada obedecia sem resmungar para não ser mandada embora e, como a Senhora geralmente deixava a chave no aparador, Félicité todas as noites apanhava uma pequena provisão de açúcar que comia sozinha, na cama, após ter feito suas preces.

À tarde, às vezes, ela ia para o outro lado da rua conversar com os postilhões. A Senhora permanecia no andar de cima, em seu quarto.

Usava um robe aberto que deixava à vista, entre os reversos do corpete em forma de xale, uma camisola plissada com três botões de ouro. Seu cinto era um cordão de seda com grandes borlas e suas pequenas pantufas grenás traziam fitas largas que se estendiam sobre o peito do pé. Comprara um mata-borrão, uma papeleira, uma caneta e envelopes embora não tivesse a quem escrever; tirava o pó da sua estante, olhava-se ao espelho, apanhava um livro, depois, devaneando entre as linhas, deixava-o cair nos joelhos. Tinha vontade de fazer viagens ou de voltar a viver em seu convento. Desejava ao mesmo tempo morrer e morar em Paris.

Charles, com neve ou chuva, cavalgava pelos atalhos. Comia omeletes na mesa das quintas, punha os braços em leitos úmidos, recebia no rosto o jato tépido das sangrias, ouvia os estertores, examinava bacias, arregaçava muita roupa suja; mas encontrava, todas as noites, um fogo chamejante, a mesa servida, um aconchego suave e uma mulher finamente vestida, encantadora, exalando um frescor perfumado sem saber mesmo de onde vinha aquele aroma ou se não era sua pele que perfumava sua camisa.

Ela o encantava com um grande número de delicadezas; ora era uma nova maneira de fazer arandelas de papel para as velas, um babado que mudava em seu vestido ou o nome extraordinário de um prato bem simples que a empregada não acertara mas que Charles engolia até o fim com prazer. Viu em Rouen senhoras que usavam um feixe de berloques presos ao relógio; ela comprou berloques. Quis para a lareira dois grandes vasos de vidro azul e, algum tempo depois, um estojo de marfim com um pouquinho de prata dourada.

Menos Charles compreendia tais elegâncias mais sofria sua sedução. Elas acrescentavam alguma coisa ao prazer de seus sentidos e à doçura de seu lar. Era como uma poeira de ouro que caía ao longo da pequena vereda de sua vida.

Tinha saúde, tinha bom aspecto; sua reputação estava totalmente estabelecida. Os camponeses queriam-lhe bem porque não era orgulhoso. Acariciava as crianças, nunca ia à taberna e, aliás, inspirava confiança por sua moralidade. Era bem-sucedido particularmente nos catarros e nas doenças do peito. Com muito medo de matar as pessoas com que lidava, Charles de fato só receitava poções calmantes, de vez em quando algum emético, um banho de pés e sanguessugas. Não que a cirurgia o assustasse; sangrava largamente as pessoas, como cavalos, e tinha um *punho infernal* para a extração de dentes.

Enfim, *para estar a par,* assinou a *Ruche Médicale,* novo jornal do qual recebera um prospecto. Lia-o um pouco após o jantar, mas o calor da sala, unido à digestão, fazia com que adormecesse após cinco minutos; e ficava lá, com o queixo nas mãos e os cabelos espalhados como uma crina até o pé da lâmpada. Emma olhava-o encolhendo os ombros. Por que não tinha, pelo menos, por marido um daqueles homens de ardores taciturnos que trabalham à noite com livros e trazem, enfim, aos sessenta anos, quando chega a idade dos reumatismos, um broche de condecorações[62] na casaca preta malfeita? Teria desejado que o nome Bovary, que era o seu, fosse ilustre, teria desejado vê-lo exposto nas livrarias, repetido nos jornais, conhecido em toda a França. Mas Charles não tinha ambição! Um médico de Yvetot, com quem ultimamente se encontrara em consultas, humilhara-o um pouco, na própria cabeceira do doente, diante dos parentes reunidos. Quando Charles à noite lhe contou essa história, Emma enfureceu-se realmente com o confrade. Charles sentiu-se enternecido. Beijou-a na testa com uma lágrima. Mas ela sentiu-se exasperada de vergonha, tinha vontade de sová-lo, foi até o corredor, abriu a janela e respirou ar fresco para acalmar-se.

— Pobre homem! Que pobre homem! dizia baixinho, mordendo os lábios.

Sentia-se, aliás, mais irritada com ele. Com a idade, adquirira hábitos grosseiros; à sobremesa, cortava a rolha das garrafas vazias; após ter comido, passava a língua nos dentes; ao tomar a sopa fazia um gorgolejo a cada colherada e, como começava a engordar, seus olhos, já pequenos, pareciam subir para as têmporas por causa da intumescência das maçãs do rosto.

Emma, às vezes, colocava-lhe dentro do colete a orla vermelha de suas malhas, arrumava-lhe a gravata ou punha de lado as luvas desbotadas que ele

[62] Broche em que eram penduradas várias condecorações.

ia vestir; não era por ele, como ele pensava, era por ela mesma, por expansão de egoísmo, irritação nervosa. Algumas vezes também ela lhe falava das coisas que lera, como a passagem de um romance, uma nova peça ou uma anedota da *alta sociedade* contada pelo folhetim; pois finalmente Charles era alguém, um ouvido sempre aberto, uma aprovação sempre pronta. Ela fazia muitas confidências à sua galga! Tê-las-ia feito às achas da lareira e ao pêndulo do relógio.

No fundo da alma, todavia, esperava um acontecimento. Como os marinheiros angustiados, lançava sobre a solidão de sua vida olhos desesperados, procurando ao longe alguma vela branca nas brumas do horizonte. Não sabia qual seria aquele acaso, o vento que o empurraria até ela, para que margens ele a levaria, se seria uma chalupa ou um navio de três pontes, carregado de angústias ou cheio de felicidade até as escotilhas. Mas, cada manhã, ao acordar, esperava-o para aquele mesmo dia e escutava todos os ruídos, levantava-se sobressaltada, espantava-se por ele não chegar; depois, ao anoitecer, cada vez mais triste, desejava já estar no dia seguinte.

A primavera voltou. Ela teve sufocações com os primeiros calores quando as pereiras refloriram.

Já no início de julho, contou nos dedos as semanas que lhe restavam até o mês de outubro, pensando que talvez o Marquês d'Andervilliers desse mais um baile em Vaubyessard. Porém, todo o mês de setembro passou sem cartas nem visitas.

Após o aborrecimento daquela decepção, seu coração novamente ficou vazio e então a série dos mesmos dias recomeçou.

Eles iriam, agora, suceder-se um depois do outro, sempre iguais, inumeráveis e sem nada trazer! As outras existências, por mais insípidas que fossem, tinham pelo menos a possibilidade de um acontecimento. Uma aventura, às vezes, trazia infinitas peripécias e o cenário mudava. Mas para ela nada acontecia, Deus o quisera! O futuro era um corredor escuro que tinha, ao fundo, uma porta bem fechada.

Ela abandonou a música. Por que tocar? Quem a ouviria? Visto que nunca poderia, com um vestido de veludo de mangas curtas, num piano Erard, num concerto, batendo com dedos leves as teclas de marfim, sentir como uma brisa circular ao seu redor um murmúrio de êxtase, não valia a pena aborrecer-se em estudar. Deixou no armário suas pastas de desenho e a tapeçaria. Para quê? Para quê? A costura irritava-a.

— Li tudo, dizia a si mesma.

E ficava aquecendo o atiçador nas brasas ou olhando a chuva cair.

Como se sentia triste, aos domingos, quando tocavam as vésperas! Ela escutava, num embrutecimento atento, uma a uma, as badaladas rachadas do sino. Algum gato caminhando lentamente nos telhados arqueava o dorso aos raios pálidos do sol. O vento, na estrada principal, levantava rastos de pó. Ao longe, às vezes, um cão latia: e o sino, em intervalos regulares, continuava seu toque monótono que se perdia nos campos.

Entrementes, o povo saía da igreja. As mulheres de tamancos encerados, os camponeses de blusa nova, as crianças pequenas saltitando diante deles com a cabeça descoberta, tudo voltava para casa. E até à noite cinco ou seis homens, sempre os mesmos, ficavam jogando malha diante da grande porta da estalagem.

O inverno foi frio. As vidraças amanheciam sempre cobertas de geada e a luz esbranquiçada que as atravessava como se fossem vidros foscos, às vezes, não variava durante todo o dia. Às quatro horas da tarde era preciso acender a lâmpada.

Quando o tempo era bom, ela descia ao jardim. O orvalho deixara nos repolhos uma fina renda de prata com seus longos fios claros que se prendiam um ao outro. Não se ouviam pássaros, tudo parecia dormir, a latada coberta de palha e a vinha, como uma grande serpente doente sob o espigão do muro, onde era possível ver, ao aproximar-se, arrastarem-se bichos-de-conta com numerosas patas. Sob os abetos, perto da sebe, o cura de tricórnio, que lia seu breviário, perdera o pé direito, e até o gesso, descascando com a geada, fizera manchas brancas em seu rosto.

Depois ela subia novamente, fechava a porta, espalhava o carvão e, desfalecendo ao calor da lareira, sentia um tédio ainda maior que se abatia sobre ela. Teria de boa vontade descido para conversar com a empregada, porém um certo pudor a retinha.

Todos os dias, à mesma hora, o mestre-escola, com um gorro de seda preta, abria as persianas de sua casa e o guarda rural passava com o sabre sobre a blusa. À noite e de manhã, os cavalos da posta, três a três, atravessavam a rua para ir beber no charco. De vez em quando, a porta de uma taberna fazia soar sua campainha e, quando havia vento, ouviam-se ranger, sobre os dois ganchos, as pequenas bacias de cobre do cabeleireiro que serviam de insígnia à loja. Ela tinha como decoração uma velha gravura de modas colada numa vidraça e o busto de cera de uma mulher de cabelos amarelos. Ele, também, o cabeleireiro, lamentava-se de sua vocação frustrada, de seu futuro perdido e, sonhando com um grande estabelecimento numa grande cidade, como Rouen, por exemplo, no porto, perto do teatro, passava todo o dia caminhando da prefeitura até a igreja, melancólico, esperando a clientela. Quando a Sra. Bovary levantava os olhos, via-o sempre lá, como uma sentinela de plantão com seu barrete grego caído na orelha e seu casaco de *lasting*.

À tarde, às vezes, o rosto de um homem aparecia nos vidros da sala, rosto tostado, de suíças pretas e que sorria lentamente com um largo sorriso doce de dentes brancos. Logo começava uma valsa e, no pequeno salão do realejo, alguns dançarinos da altura de um dedo, mulheres de turbantes cor-de-rosa, tiroleses de jaqueta, macacos de casaca preta, senhores de culotes curtos giravam, giravam entre as poltronas, os canapés, os consolos, repetindo-se nos pedaços de espelho unidos nos cantos por um fio de papel dourado. O homem fazia funcionar sua manivela, olhando à direita, à esquerda e para as janelas. De vez em quando, lançando sobre um marco um longo jato de saliva escura, levantava com o joelho seu instrumento cuja correia dura lhe cansava o ombro; e, ora dolente e arrastada ou alegre e precipitada, a música da caixa escapava sussurrando através de uma cortina de tafetá cor-de-rosa sob uma grelha de cobre em forma de arabesco. Eram melodias que se tocavam em outros lugares, nos teatros, que se cantavam nos salões, que se dançavam à noite sob lustres iluminados, eram ecos do mundo que chegavam até Emma. Sarabandas sem-fim passavam por sua cabeça e, como uma bailadeira sobre as flores de um tapete, seu pensamento saltava com as notas, balançava-se de sonho em sonho, de tristeza em tristeza. Após ter recebido a esmola em seu boné, o homem baixava uma velha coberta de lã azul, punha seu realejo nas costas e afastava-se com um passo pesado. Ela o olhava partir.

Mas era sobretudo nas horas das refeições que ela não aguentava mais na pequena sala do andar térreo, com a estufa que fumegava, a porta que rangia, os muros que transudavam, as lajes úmidas; toda a amargura da existência parecia-lhe servida em seu prato e, com a fumaça do cozido, ela sentia do fundo de sua alma como outras lufadas de enfado. Charles comia lentamente; ela mordiscava algumas avelãs ou, então, apoiada no cotovelo, divertia-se fazendo, com a ponta da faca, alguns riscos no oleado.

Agora negligenciava tudo em sua casa e a Sra. Bovary mãe, quando foi passar em Tostes uma parte da quaresma, surpreendeu-se muito com aquela transformação. Ela, realmente, tão cuidadosa outrora e delicada, ficava agora dias inteiros sem se vestir, usava meias de algodão cinzentas e alumiava-se com uma vela. Repetia que era preciso economizar, pois não eram ricos, acrescentando que estava muito contente, muito feliz, que Tostes lhe agradava muito e outras conversas novas que fechavam a boca da sogra. De resto, Emma não parecia mais disposta a seguir seus conselhos; uma vez, mesmo, tendo-se a Sra. Bovary lembrado de afirmar que os patrões deveriam vigiar a religião de seus criados, ela lhe respondeu com um olhar tão colérico e um sorriso tão frio que a boa mulher não a provocou mais.

Emma tornava-se difícil, caprichosa. Mandava fazer pratos para si mesma e não os tocava, um dia só tomava leite puro e, no dia seguinte, dúzias de xícaras de chá. Frequentemente, obstinava-se em não sair, depois sufocava, abria as janelas, punha um vestido leve. Após ter tratado com dureza a empregada, dava-lhe presentes ou enviava-a a passear em casa das vizinhas assim como atirava, às vezes, aos pobres todas as moedas de prata de sua bolsa, embora fosse pouco afetuosa e nem fosse facilmente acessível à emoção alheia, como a maioria das pessoas descendentes de camponeses, que sempre conservam na alma algo da calosidade das mãos paternas.

Pelo final de fevereiro, o pai Rouault, como lembrança de sua cura, trouxe pessoalmente a seu genro um magnífico peru e passou três dias em Tostes. Como Charles estivesse ocupado com seus doentes, Emma fez-lhe companhia. Ele fumou no quarto, cuspiu nos cães da lareira, conversou sobre cultivo, vitelas, vacas, galinhas e conselho municipal; de forma que, quando partiu, ela fechou a porta com um sentimento de satisfação com que ela mesma se surpreendeu. Aliás, não escondia mais seu desprezo por tudo e por todos; e punha-se, às vezes, a expressar opiniões singulares, censurando o que se aprovava e aprovando coisas perversas ou imorais: o que fazia com que seu marido arregalasse os olhos.

Aquela miséria duraria para sempre? Será que nunca sairia dela? Ela valia, contudo, tanto quanto as pessoas que viviam felizes! Vira duquesas em Vaubyessard que possuíam uma cintura mais grossa e maneiras comuns, e execrava a injustiça de Deus; apoiava a cabeça nas paredes para chorar; invejava as existências tumultuadas, as noites dissimuladas, os insolentes prazeres com todos os desvarios que não conhecia e que eles deviam trazer.

Empalidecia e tinha palpitações; Charles administrou-lhe valeriana e banhos de cânfora. Tudo o que se tentava parecia irritá-la ainda mais.

Certos dias conversava com uma abundância febril; àquelas exaltações sucediam, de repente, torpores em que permanecia sem falar, sem mover-se. O que a reanimava, então, era derramar nos braços um frasco de água-de-colônia.

Como se queixava continuamente de Tostes, Charles imaginou que a causa de sua doença estivesse sem dúvida em alguma influência local e, detendo-se nessa ideia, pensou seriamente em ir estabelecer-se em outro lugar.

A partir de então, ela começou a beber vinagre para emagrecer, contraiu uma tosse seca e perdeu completamente o apetite.

A Charles custava abandonar Tostes após uma estada de quatro anos e no momento *em que começava a alcançar uma posição.* Todavia, se fosse necessário!

Ele a levou a Rouen para consultar seu antigo mestre. Era uma doença nervosa: era preciso mudar de ares.

Após ter procurado, cá e lá, soube que havia, na circunscrição de Neufchâtel, uma boa vila chamada Yonville-l'Abbaye, cujo médico, que era um refugiado polonês, acabara de fugir na semana anterior. Então escreveu ao farmacêutico local para saber qual era a população, a distância em que se encontrava o confrade mais próximo, quanto ganhava por ano seu predecessor etc...; e, como as respostas foram satisfatórias, resolveu mudar-se pela primavera se a saúde de Emma não melhorasse.

Um dia em que, prevendo a mudança, ela arrumava uma gaveta, feriu os dedos com alguma coisa. Era um arame de seu buquê de noiva. Os botões de laranjeira estavam amarelos de pó e as fitas de cetim com debrum de prata estavam desfiadas. Atirou-o ao fogo. Ele ardeu com maior rapidez do que palha seca. Depois, houve como uma sarça vermelha nas cinzas que roía a si mesma, lentamente. Ela olhou-o enquanto queimava. Os pequenos arcos de papelão rebentavam, os fios de arame retorciam-se, o galão fundia-se; e as corolas de papel, endurecidas, que se balançavam ao longo da chapa como borboletas negras, enfim, voaram pela chaminé.

Quando partiram de Tostes, no mês de março, a Sra. Bovary estava grávida.

Segunda parte

I

Yonville-l'Abbaye[63] (assim chamada por causa de uma antiga abadia de capuchinhos cujas ruínas nem mais existem) é uma vila a oito léguas de Rouen entre a estrada de Abbeville e a de Beauvais, no fundo de um vale banhado pelo Rieule, pequeno rio que se lança no Andelle, após ter feito girar três moinhos, perto da embocadura e onde há algumas trutas que os meninos, aos domingos, se divertem em pescar.

Deixa-se a estrada principal em Boissière e continua-se diretamente até o alto da encosta de Leux de onde se descobre o vale. O rio que o atravessa corta-a em duas regiões de fisionomia distinta: tudo o que fica à esquerda são pastagens, tudo o que fica à direita é lavrado. A pradaria alonga-se sob um anel de colinas baixas para encontrar-se, por detrás, com as pastagens da região de Bray, enquanto a leste a planície, subindo suavemente, vai alargando-se e expõe a perder de vista seus louros campos de trigo. A água que corre junto à relva separa com uma risca branca a cor dos prados e a dos sulcos e o campo assemelha-se, assim, a um grande manto desdobrado com uma gola de veludo debruada com um galão de prata.

Ao chegar, veem-se no horizonte os carvalhos da floresta de Argueil com as escarpas da encosta Saint-Jean riscadas de alto a baixo por longos rastos vermelhos, desiguais; são as marcas das chuvas e aqueles tons de tijolo, destacando-se em filetes delgados sobre a cor cinzenta da montanha, vêm da quantidade de fontes ferruginosas que correm mais além na região circunvizinha.

Está-se aqui nos confins da Normandia, da Picardia e da Ile-de-France, região bastarda em que a linguagem não tem acento assim como a paisagem não tem caráter. É lá que se fazem os piores queijos de Neufchâtel de toda a circunscrição e, de outro lado, o cultivo é caro porque exige muito esterco para adubar essas terras friáveis cheias de areia e de cascalho.

[63] Flaubert, com este nome, descreve de fato a vila de Ry, na Normandia.

Até 1835, não havia estradas transitáveis para chegar a Yonville; mas por essa época abriu-se um caminho de *grande vicinalidade* que liga a estrada de Abbeville à de Amiens e serve, às vezes, os transportadores que vão de Rouen à Flandres. Todavia, Yonville-l'Abbaye estacionou, apesar de seus *novos mercados*. Em lugar de melhorar os cultivos, os habitantes obstinam-se ainda com as pastagens, ainda que um pouco depreciadas, e a vila preguiçosa, afastando-se da planície, continuou naturalmente a crescer em direção ao rio. Pode ser percebida de longe, deitada ao longo da margem, como um guardador de vacas sesteando à beira d'água.

Na base da encosta, após a ponte, começa uma calçada plantada de jovens álamos, que conduz diretamente às primeiras casas da região. Elas são rodeadas por sebes, no centro de pátios cheios de construções disseminadas, de lagares, de cocheiras para carroças e de destilarias de aguardente espalhadas sob as árvores frondosas em cuja ramagem estão enganchadas escadas, varas ou foices. Os telhados de palha, como gorros de pele caídos sobre os olhos, descem até um terço, mais ou menos, das janelas baixas, cujos grossos vidros abaulados são guarnecidos no centro com um nó, à maneira dos fundos de garrafa. No muro de estuque, atravessado em diagonal por vigas pretas, engancha-se, às vezes, alguma magra pereira e o rês-do-chão possui na porta uma pequena barreira giratória para defendê-lo dos pintos que vêm debicar, na soleira, migalhas de pão escuro molhado em sidra. Entrementes, os pátios tornam-se mais estreitos, as habitações aproximam-se, as sebes desaparecem; um feixe de fetos balança-se sob uma janela na ponta de um cabo de vassoura; há a forja de um ferrador e, em seguida, um segeiro com duas ou três carroças novas do lado de fora, invadindo a estrada. Depois, através de um cercado de grades, distingue-se uma casa branca além de um círculo de relva decorado por um Cupido com um dedo pousado na boca; dois vasos de ferro fundido estão colocados em cada extremidade do patamar; na porta brilham tabuletas; é a casa do notário, é a mais bela da região.

A igreja encontra-se do outro lado da rua, a vinte passos, na entrada da praça. O pequeno cemitério que a rodeia, fechado com um muro à altura do cotovelo, está tão cheio de túmulos que as velhas pedras do chão formam um lajeado contínuo, onde a relva desenhou espontaneamente verdes canteiros regulares. A igreja foi reconstruída nos últimos anos do reinado de Charles X[64]. A abóbada de madeira começa a apodrecer no cume e apresenta, cá e lá, depressões pretas em sua cor azul. Acima da porta, onde deveriam estar os órgãos,

[64] Charles X, rei da França, reinou de 1824 a 1830.

há uma tribuna para os homens com uma escada em caracol que ressoa sob os tamancos.

O dia claro, chegando pelos vitrais lisos, ilumina obliquamente os bancos alinhados de ambas as partes da parede, cobertos, cá e lá, por algum tapete, trazendo abaixo estas palavras escritas em letras grandes: "Banco do Sr. Fulano de tal". Mais longe, no local em que a nave se torna mais estreita, o confessionário opõe-se simetricamente a uma estatueta da Virgem, com um vestido de cetim, coberta por um véu de tule semeado de estrelas de prata, com as faces vermelhas como um ídolo das ilhas Sandwich; enfim, uma cópia da *Sagrada Família, doação do Ministro do Interior*, que domina o altar-mor entre quatro candelabros, conclui a perspectiva de fundo. As cadeiras do coro, em madeira de pinho, permaneceram sem pintura.

O mercado, isto é, uma cobertura de telhas sustentadas por uns vinte pilares, ocupa sozinho mais ou menos a metade da grande praça de Yonville. A prefeitura, construída *segundo os desenhos de um arquiteto de Paris*, é uma espécie de templo grego que faz esquina diante da casa do farmacêutico. Possui, no andar térreo, três colunas iônicas e, no primeiro andar, uma galeria em arco de volta inteira, enquanto o tímpano que a completa é preenchido por um galo gaulês, com uma pata apoiada sobre a Carta[65] e segurando na outra as balanças da justiça.

Porém, o que mais atrai o olhar é, diante da hospedaria do *Lion d'Or*[66], a farmácia do Sr. Homais! À noite, sobretudo quando sua lâmpada a óleo está acesa, quando seus grandes frascos vermelhos e verdes que embelezam sua vitrine alongam ao longe, no solo, suas duas luzes coloridas, então através delas, como fogos ornamentais, entrevê-se a sombra do farmacêutico debruçado em sua escrivaninha. Sua casa traz de alto a baixo, afixadas na fachada, inscrições em letra inglesa, redonda, impressa: "Água de Vichy, de Seltz e de Barèges, arrobes depurativos, medicamentos Raspail, fécula alimentícia, pastilhas Darcet, pasta Regnault, bandagens, banhos, chocolates de saúde, etc..." E a tabuleta, que tem a largura da botica, traz em letras de ouro: *Homais, farmacêutico*. Depois, no fundo da botica, atrás das grandes balanças seladas sobre o balcão, a palavra *laboratório* estende-se acima de uma porta de vidro que, a meia altura, repete mais uma vez *Homais* em letras de ouro sobre um fundo preto.

Em seguida, não há mais nada para ver em Yonville. A rua (a única), do comprimento de um tiro de fuzil e ladeada por algumas lojas, interrompe-se

[65] A de 1830.

[66] Leão de Ouro.

na curva da estrada. Se a abandonarmos à direita e se seguirmos a parte inferior da encosta Saint-Jean em breve chegaremos ao cemitério.

Quando do cólera[67], para aumentar seu tamanho, foi abatido um pedaço de muro e foram comprados três acres de terra ao lado; mas todo o novo terreno está quase desabitado, pois os túmulos, como outrora, continuam a amontoar-se perto da porta. O guarda, que é ao mesmo tempo coveiro e sacristão da igreja (extraindo assim um duplo benefício dos cadáveres da paróquia), aproveitou o terreno baldio para semear batatas. A cada ano, contudo, seu pequeno campo diminui e, quando há uma epidemia, ele não sabe se deve alegrar-se com os óbitos ou afligir-se com as sepulturas.

— Você se alimenta de mortos, Lestiboudois! disse enfim um dia o Sr. Pároco.

Esta frase sombria fê-lo refletir; pensou nela algum tempo, mas ainda hoje continua a cultivar seus tubérculos e afirma mesmo, com desenvoltura, que eles crescem espontaneamente.

A partir dos acontecimentos que vão ser narrados, nada, de fato, mudou em Yonville. A bandeira tricolor de lata gira sempre no cume do campanário da igreja, a loja do vendedor de novidades ainda agita ao vento suas duas bandeirolas de chita; os fetos do farmacêutico, como um maço de acendalha branca, apodrecem cada vez mais em seu álcool lodoso e, acima da grande porta da estalagem, o velho leão de ouro, desbotado com as chuvas, mostra sempre aos transeuntes seu frisado de canicho.

Na noite em que os esposos Bovary deviam chegar a Yonville, a senhora viúva Lefrançois, dona da hospedaria, estava tão atarefada que suava em bicas ao remexer as panelas. O dia seguinte seria dia de mercado na vila. Era preciso, antecipadamente, cortar as carnes, esvaziar os frangos, fazer sopa e café. Ela tinha, além disso, a refeição de seus pensionistas, a do médico, de sua mulher e da empregada; o bilhar ecoava com as gargalhadas e na sala três moleiros pediam que lhes trouxessem aguardente; a madeira flamejava, as brasas estalavam e, sobre a longa mesa da cozinha, entre os pedaços de carneiro cru, elevavam-se pilhas de pratos que tremiam com as sacudidas do cepo em que se picavam os espinafres. Ouviam-se no galinheiro os gritos das galinhas que a empregada perseguia para cortar-lhes o pescoço.

Um homem, de pantufas de couro verde, um pouco marcado pela varíola e usando um gorro de veludo com borla de ouro, aquecia as costas na lareira.

[67] Houve uma epidemia de cólera na França em 1832.

Seu rosto não exprimia nada a não ser a satisfação consigo mesmo e tinha um ar tão calmo na vida quanto o pintassilgo suspenso acima de sua cabeça, na gaiola de vime: era o farmacêutico.

— Artémise! gritou a dona da estalagem, corta um pouco de lenha, enche as jarras, traz aguardente, apressa-te! Pelo menos, se eu soubesse que sobremesa oferecer ao grupo que vai chegar! Bondade divina! Os empregados da mudança recomeçam a algazarra no bilhar! E o carro que ficou embaixo do portão! A *Hirondelle*[68] é capaz de arrebentá-lo ao chegar! Chama Polyte, para recolhê-lo!... Pensar que, desde hoje de manhã, Sr. Homais, jogaram talvez quinze partidas e beberam oito bilhas de sidra!... Mas eles vão me rasgar o tapete, continuou, olhando-os de longe, com a escumadeira na mão.

— O mal não seria grande, respondeu o Sr. Homais, a senhora comprará outro.

— Um novo bilhar! exclamou a viúva.

— Visto que esse não aguenta mais, Sra. Lefrançois, repito-o, a senhora se prejudica! a senhora se prejudica muito! E, além disso, os amadores, hoje, querem ventanilhas estreitas e tacos pesados. Não se joga mais belindre; as coisas mudaram! É preciso avançar com o século! Veja antes o Tellier...

A hospedeira ficou vermelha de raiva. O farmacêutico acrescentou:

— O bilhar dele, a senhora pode dizer o que quiser, é mais gracioso do que o seu; se alguém tiver a ideia de organizar uma parada patriótica pela Polônia ou pelas vítimas das inundações de Lyon...[69]

— Não são maltrapilhos como ele que nos assustam, interrompeu a hospedeira, levantando seus ombros gordos. Vamos! Vamos! Sr. Homais, enquanto o *Lion d'or* viver, as pessoas virão. Temos muitos recursos! Enquanto, numa dessas manhãs, o senhor verá o *Café Français* fechado e com um belo edital nas persianas!... Trocar meu bilhar, continuou, falando a si mesma, que é tão cômodo para estender a roupa e no qual, em período de caça, coloquei até seis viajantes!... E este molengão de Hivert que não chega!

— A senhora o espera para o jantar de seus hóspedes? perguntou o farmacêutico.

— Esperá-lo? E o Sr. Binet! Às seis horas em ponto o senhor vai vê-lo entrar, pois não existe outro igual na terra com tal exatidão. Quer sempre seu lugar na

---

[68] Andorinha, nome da diligência que liga Yonville a Rouen.

[69] As apostas de uma jogada podiam ser doadas a associações beneficentes, no caso, as vítimas da repressão de Varsóvia (1830). A inundação de Lyon, de 1840, permite datar os acontecimentos do romance.

sala pequena! Seria mais fácil matá-lo a fazê-lo jantar em outro lugar! E como é enjoado! e como é difícil com a sidra! Não é como o Sr. Léon; este chega às vezes às sete horas, mesmo sete e meia; nem mesmo olha o que come. Que bom rapaz! Nunca levanta a voz.

— É que há diferença, veja, entre alguém que recebeu educação e um antigo carabineiro que se tornou perceptor[70].

Soaram seis horas, Binet entrou.

Trajava uma sobrecasaca azul que caía naturalmente ao redor de seu corpo magro e seu boné de couro, com as presilhas amarradas por cordões no alto da cabeça, punha à mostra, sob a viseira levantada, uma testa calva marcada pelo hábito do boné. Usava um colete de lã preto, uma gola de fazenda dura, calças cinzentas e, em qualquer estação, botas bem engraxadas com dois bojos paralelos causados pela saliência dos dedos. Nem um pelo ultrapassava a linha de sua barba loira que, contornando o maxilar, enquadrava como a orla de um canteiro seu longo rosto descorado de olhos pequenos e nariz adunco. Bom em todos os jogos de cartas, bom caçador e dono de bela caligrafia, tinha em casa um torno com o qual se entretinha em tornear argolas de guardanapos com que enchia a casa, com o ciúme de um artista e o egoísmo de um burguês.

Dirigiu-se para a pequena sala: mas antes foi preciso mandar sair os três moleiros; e enquanto punham seu talher Binet permaneceu silencioso em seu lugar, ao lado da estufa; depois, fechou a porta e tirou o boné, como sempre.

— Não são as cortesias que lhe estragarão a língua! disse o farmacêutico, quando se viu sozinho com a hospedeira.

— Nunca fala mais do que isso, respondeu ela; na semana passada estiveram aqui dois vendedores de fazendas, rapazes cheios de espírito que à noite contavam um monte de anedotas que me faziam chorar de tanto rir: pois bem! ele permaneceu aí, como um peixe, sem dizer uma única palavra.

— Sim, disse o farmacêutico, nenhuma imaginação, nenhuma frase de espírito, nada do que constitui o homem social!

— Diz-se, contudo, que é inteligente, objetou a hospedeira.

— Inteligente! replicou o Sr. Homais; ele, inteligente? Na terra dele, é possível, acrescentou num tom mais calmo.

E acrescentou:

— Ah! que um negociante que tenha muitas relações, que um jurisconsulto, um médico, um farmacêutico vivam de tal forma absorvidos a ponto de

[70] Cobrador de impostos.

se tornarem lunáticos e mesmo mal-humorados eu o compreendo; citam-se muitos na história! Mas, pelo menos, é porque pensam em alguma coisa. Eu, por exemplo, quantas vezes aconteceu-me procurar minha pena em minha escrivaninha para escrever um rótulo e ver, finalmente, que a colocara na orelha.

Entrementes, a Sra. Lefrançois foi até a porta para ver se a *Hirondelle* não chegava. Estremeceu. Um homem vestido de preto entrou de repente na cozinha. Distinguia-se, com o último clarão do crepúsculo, que tinha um rosto rubicundo e o corpo atlético.

— Em que posso ser-lhe útil, Sr. Pároco? perguntou a dona da hospedaria, apanhando na lareira um dos castiçais de cobre que se encontravam arrumados um ao lado do outro com suas velas; deseja tomar alguma coisa? um pouco de cassis, um copo de vinho?

O eclesiástico recusou com muita cortesia. Viera buscar seu guarda-chuva que esquecera no outro dia no convento de Ernemont e, após ter pedido à Sra. Lefrançois que lho enviasse à noite ao presbitério, saiu para ir à igreja onde o *Ângelus* se fazia ouvir.

Quando o farmacêutico não ouviu mais na praça o ruído de seus sapatos, achou muito inconveniente sua conduta de pouco antes. Aquela recusa em aceitar um refresco parecia-lhe uma das mais odiosas hipocrisias; os padres bebiam o que queriam sem ser vistos e procuravam trazer de volta os tempos do dízimo.

A hospedeira tomou a defesa de seu pároco:

— Aliás, seria capaz de dobrar com o joelho quatro homens como o senhor. No ano passado, ajudou nossos empregados a pôr a palha para dentro; carregava até seis feixes de uma vez, de tal forma é forte.

— Bravo! disse o farmacêutico. Envie então suas filhas para confessarem-se com um espertalhão com um tal temperamento! Quanto a mim, se eu fosse o governo, gostaria que se sangrassem os padres uma vez por mês. Sim, Sra. Lefrançois, todos os meses uma flebotomia no interesse da ordem e dos bons costumes!

— Cale-se, Sr. Homais! O senhor é um ímpio, o senhor não tem religião!

O farmacêutico respondeu:

— Tenho uma religião, minha religião, e tenho mesmo mais do que todos eles, com suas cerimônias estranhas e charlatanices! Pelo contrário, adoro Deus! Creio no Ser Supremo[71], num Criador, seja ele qual for, pouco importa, que nos colocou na terra para preenchermos nossos deveres de cidadãos e de pais de família;

---

[71] Homais é deísta, sua religião é a dos filósofos do século XVIII.

porém, eu não preciso ir a uma igreja, beijar as bandejas de prata e engordar com o meu bolso um grupo de farsantes que se alimentam melhor do que nós! Pois podemos honrá-lo também perfeitamente num bosque, num campo ou mesmo contemplando a abóbada etérea como os antigos. O meu Deus é o Deus de Sócrates, de Franklin, de Voltaire[72] e de Béranger! Sou pela *Profissão de fé do vigário saboiano*[73] e os imortais princípios de 89[74]! Assim, não admito o bom Deus como um sujeito que passeia em seus canteiros com uma bengala na mão, hospeda seus amigos no ventre das baleias[75], morre dando um grito e ressuscita no fim de três dias: coisas absurdas em si mesmas e completamente opostas, aliás, a todas as leis da física; o que nos demonstra, de passagem, que os padres sempre estagnaram na ignorância túrpida na qual procuravam mergulhar com eles as populações.

Calou-se, procurando com os olhos um público ao seu redor pois, em sua efervescência, o farmacêutico por um momento julgara-se em pleno conselho municipal. Porém, a dona da hospedaria não o ouvia mais: prestava atenção a um ruído longínquo. Distinguiu-se o barulho de uma carruagem misturado a choques de ferros soltos, que batiam no chão, e a *Hirondelle* finalmente parou diante da porta.

Era uma carroceria amarela carregada por duas grandes rodas que, subindo até a altura do toldo, impediam que os viajantes vissem a estrada e ainda lhes sujavam os ombros. Os pequenos vidros de seus postigos estreitos tremiam em seus caixilhos quando o carro estava fechado e conservavam manchas de lama, cá e lá, entre a velha camada de pó que mesmo as chuvas violentas não lavavam completamente. Ela estava atrelada a três cavalos, o primeiro dos quais em sota, e quando se descia a encosta os solavancos faziam-na tocar o chão.

Alguns habitantes de Yonville chegaram à praça; falavam todos ao mesmo tempo, pedindo notícias, explicações e querendo ver as cestas: Hivert não sabia a quem responder. Era ele quem se encarregava na cidade das incumbências da vila. Ia às lojas, trazia rolos de couro para o sapateiro, ferros para o ferrador, um

[72] Sócrates, filósofo grego que adorava "seus próprios deuses". Voltaire (1694-1778) crê num Deus criador, porém não tem necessidade de ritos; Franklin (1706-1790), filósofo americano, seguia o pensamento dos filósofos franceses; Béranger, cf. p. 26.

[73] Trecho do 4º livro do *Emile* de Jean-Jacques Rousseau (1712-1778), no qual é apresentado o pensamento religioso do autor: diante da natureza o homem adora o Deus Criador que criou o Universo.

[74] A Revolução Francesa de 1789.

[75] O profeta Jonas que passou três dias no ventre de uma baleia.

barril de arenques para a sua patroa, gorros da modista, mechas de cabelo do cabeleireiro; e ao longo da estrada, ao voltar, distribuía seus pacotes que atirava por sobre as cercas dos pátios, de pé em seu assento e gritando a plenos pulmões enquanto os cavalos avançavam sozinhos.

Um acidente o atrasara; a galga da Sra. Bovary fugira através dos campos. Haviam assobiado durante um quarto de hora. Hivert voltara mesmo uma meia légua, julgando percebê-la a cada momento, mas fora necessário continuar a viagem. Emma chorara, exaltara-se, acusara Charles por aquela infelicidade. O Sr. Lheureux, vendedor de fazendas, que se encontrava na carruagem, tentara consolá-la com a quantidade de exemplos de cães perdidos que reconheciam seus donos após longos anos. Citava-se um, dizia, que voltara de Constantinopla até Paris. Um outro fizera cinquenta léguas em linha reta e passara quatro rios a nado; e mesmo seu pai possuíra um canicho que, após doze anos de ausência, lhe saltara de repente nas costas, uma noite, na rua, quando ia jantar na cidade.

II

Emma foi a primeira a descer, depois Félicité, o Sr. Lheureux, uma ama, e foi preciso acordar Charles em seu canto onde adormecera completamente quando a noite caíra.

Homais apresentou-se; protestou seus respeitos à senhora, cumprimentou o doutor, disse estar encantado por ter podido prestar-lhes algum serviço e acrescentou com um ar cordial que ousara convidar-se a si mesmo; sua mulher, aliás, estava ausente.

Ao entrar na cozinha, a Sra. Bovary aproximou-se do fogo. Com a ponta de dois dedos pegou o vestido à altura dos joelhos e, tendo-o assim erguido até o tornozelo, estendeu em direção à chama, por cima da perna de carneiro que girava, seu pé calçado com uma botina preta. O fogo iluminava-a inteiramente penetrando com sua luz crua a trama do seu vestido, os poros uniformes de sua pele branca e mesmo as pálpebras de seus olhos, que ela piscava de vez em quando. Uma grande cor avermelhada passava sobre ela com o vento que vinha pela porta entreaberta.

Do outro lado da lareira, um jovem de cabelos loiros olhava-a silenciosamente.

Como se entediava muito em Yonville, onde era escrevente no cartório do tabelião Guillaumin, frequentemente o Sr. Léon Dupuis (era ele o segundo frequentador assíduo do *Lion d'Or*) adiava o momento de sua refeição, esperando a chegada à hospedaria de algum viajante com quem pudesse conversar durante o serão. Nos dias em que acabava o serviço precisava, na falta de ter o que fazer, chegar à hora certa e suportar, da sopa ao queijo, a companhia de Binet. Foi, portanto, com alegria que aceitou a proposta da hospedeira de jantar com os recém-chegados e passaram todos para a grande sala onde a Sra. Lefrançois, por gosto pela pompa, mandara pôr os quatro talheres.

Homais pediu permissão para conservar seu gorro por medo das corizas.

Depois, voltando-se para sua vizinha:

— A senhora sem dúvida está um pouco cansada? É assustador como se é sacudido em nossa *Hirondelle*!

— É verdade, respondeu Emma, porém o transtorno sempre me diverte; gosto de mudar de lugar.

— É uma coisa tão aborrecida, suspirou o escrevente de notário, viver pregado nos mesmos lugares!

— Se o senhor estivesse no meu lugar, disse Charles, sempre obrigado a andar a cavalo...

— Mas, replicou Léon, dirigindo-se à Sra. Bovary, parece-me que nada é mais agradável; quando se pode fazê-lo, acrescentou.

— De resto, dizia o boticário, o exercício da medicina não é tão penoso em nossa região; pois o estado de nossas estradas permite o uso do cabriolé e geralmente paga-se bastante bem, pois os agricultores são abastados. Temos, sob o ponto de vista médico, excetuando os casos ordinários de enterite, bronquite, afecções biliosas etc., de vez em quando algumas febres intermitentes na época da colheita, mas em suma poucas coisas graves, nada de especial a registrar a não ser muitas escrófulas e que são sem dúvida causadas pelas deploráveis condições higiênicas das habitações dos camponeses. Ah! O senhor encontrará muitos preconceitos a serem vencidos, Sr. Bovary, muitas teimosias rotineiras com as quais se chocarão diariamente todos os esforços de sua ciência; pois ainda se recorrem às novenas, às relíquias, ao pároco em lugar de ir naturalmente ao médico ou ao farmacêutico. Contudo, para dizer a verdade, o clima não é mau e temos mesmo na comuna alguns nonagenários. O termômetro (fiz as medições) desce no inverno até quatro graus e em pleno verão chega aos vinte e cinco, trinta graus no máximo, o que nos dá vinte e quatro Réaumur no máximo, ou então cinquenta e quatro Fahrenheit (medida inglesa), não mais[76]! — e, de fato, estamos

[76] O boticário engana-se na equivalência das escalas.

abrigados dos ventos do norte pela floresta de Argueil, de um lado, e do outro dos ventos do oeste pela encosta Saint-Jean; e este calor, contudo, que por causa do vapor d'água exalado pelo rio e da presença considerável do gado nos prados, os quais exalam, como o senhor sabe, muito amoníaco, isto é, azoto, hidrogênio e oxigênio (não, azoto e hidrogênio apenas), e que absorvendo o húmus da terra, confundindo todas essas diferentes emanações, reunindo-as num feixe, por assim dizer, e combinando-se espontaneamente com a eletricidade espalhada na atmosfera, quando ela existe, poderia, com o tempo, como nos países tropicais, engendrar miasmas insalubres — este calor, repito, encontra-se perfeitamente temperado no lado de onde vem, ou antes, de onde viria, isto é, do lado sul, pelos ventos do sudeste, os quais, tendo sido refrescados por sua passagem pelo Sena, chegam aqui, de repente, como brisas da Rússia[77]!

— Há, pelo menos, alguns passeios pelos arredores? continuava a Sra. Bovary falando ao jovem.

— Oh! muito poucos, respondeu ele. Há um lugar chamado Pâture, no alto da encosta, na orla da floresta. Às vezes, aos domingos, vou lá e permaneço, com um livro, olhando o sol poente.

— Nada acho de tão admirável quanto o sol poente, replicou ela, mas à beira-mar, sobretudo.

— Oh! adoro o mar, disse Léon.

— E além disso não lhe parece, replicou a Sra. Bovary, que o espírito voga com maior liberdade naquela extensão sem limites cuja contemplação nos eleva a alma e traz ideias de infinito, de ideal?

— Acontece o mesmo com paisagens de montanhas, replicou Léon. Tenho um primo, que foi à Suíça no ano passado e que me dizia que não se pode imaginar a poesia dos lagos, o encanto das cascatas, o efeito gigantesco das geleiras. Veem-se pinheiros de tamanho incrível atravessados sobre as torrentes, cabanas suspensas sobre precipícios e, a mil pés abaixo, vales inteiros quando as nuvens se entreabem. Esses espetáculos devem entusiasmar, dispor para a prece, para o êxtase! Assim, não me espanto mais com aquele célebre músico que para melhor excitar sua imaginar tinha o hábito de ir tocar piano diante de algum lugar imponente.

— O senhor cultiva a música? perguntou ela.

— Não, mas aprecio-a muito, respondeu ele.

— Ah! não o ouça, Sra. Bovary, interrompeu Homais, inclinando-se sobre seu prato, é pura modéstia. — Como, meu caro! Ora! no outro dia, em seu

[77] A pedante autossuficiência de Homais revela-se ao leitor desde seu primeiro aparecimento no romance.

quarto, o senhor cantava maravilhosamente o *Ange gardien*[78]. Eu o ouvia do laboratório. O senhor articulava como um ator.

Léon, de fato, morava em casa do farmacêutico, onde tinha uma pequena peça no segundo andar, que dava para a praça. Enrubesceu ao ouvir o elogio de seu senhorio que já se voltara para o médico e lhe enumerava, uns após os outros, os principais habitantes de Yonville. Contava pequenos fatos curiosos, dava informações. Não se sabia exatamente qual era a fortuna do notário e *havia a casa Tuvache* que criava muitas dificuldades.

Emma replicou:

— E que música o senhor prefere?

— Oh! a música alemã, a que faz sonhar.

— O senhor conhece os Italianos?[79]

— Ainda não, mas os verei no próximo ano quando irei morar em Paris para acabar o curso de direito.[80]

— É como tinha a honra, disse o farmacêutico, de exprimi-lo ao senhor seu esposo a propósito daquele pobre Yanoda[81] que fugiu; graças às loucuras que fez o senhor gozará de uma das mais confortáveis casas de Yonville. O que ela tem principalmente de cômodo para um médico é uma porta que dá para a *Alameda* que permite entrar e sair sem ser visto. Aliás, ela possui tudo o que é agradável para a vida de uma família: lavanderia, cozinha com copa, sala de estar, pomar, etc. Era um tipo que não olhava as despesas. Mandou construir, na extremidade do jardim, ao lado da água, um caramanchão especialmente para tomar cerveja no verão e, se a senhora gosta de jardinagem, poderá...

— Minha mulher pouco faz jardinagem, disse Charles; embora se lhe recomende fazer exercícios, prefere sempre ficar no quarto lendo.

— É como eu, replicou Léon; que há de melhor, realmente, do que ficar à noite ao lado do fogo com um livro, enquanto o vento bate nos vidros, enquanto a lâmpada queima?...

— Não é verdade? disse ela, fixando nele os grandes olhos negros bem abertos.

— Não se pensa em nada, continuava ele, as horas passam. Passeamos, imóveis, pelos países que julgamos ver e nosso pensamento, enlaçando-se

[78] *O anjo da guarda,* romança de Pauline Duchambge (1778-1858).

[79] Atores da Ópera Italiana de Paris.

[80] Toda a conversa entre Emma e Léon revela em ambos gostos pelo mais exacerbado romantismo, já ridicularizado antes do aparecimento do romance de Flaubert.

[81] O antecessor de Charles Bovary.

à ficção, diverte-se com os detalhes ou persegue o contorno das aventuras. Mistura-se com as personagens; parece que somos nós que palpitamos sob suas vestimentas.

— É verdade! É verdade! dizia ela.

— Já lhe aconteceu, algumas vezes, replicou Léon, encontrar num livro uma ideia vaga que se teve, alguma imagem embaciada que volta de longe e que parece a completa exposição de seu mais sutil sentimento?

— Já senti isso, respondeu ela.

— É por isso, disse ele, que prefiro os poetas. Acho os versos mais ternos do que a prosa e acho que eles fazem chorar mais.

— Contudo, com o tempo eles cansam, replicou Emma; e agora, pelo contrário, adoro as histórias que se leem de um só fôlego, que nos provocam medo. Detesto os heróis comuns e os sentimentos temperados, como existem no mundo.

— De fato, observou o escrevente, tais obras, por não tocarem o coração, afastam-se, parece-me, da verdadeira finalidade da Arte. É doce, entre os desencantamentos da vida, poder reportar-se mentalmente aos nobres caracteres, às afeições puras e às imagens felizes. Quanto a mim, vivendo aqui, longe do mundo, é minha única distração; mas Yonville oferece tão poucos recursos.

— Como Tostes, sem dúvida, replicou Emma, por isso estava sempre inscrita num gabinete de leitura.

— Se a senhora quiser fazer-me a honra de usá-la, disse o farmacêutico que acabava de ouvir estas últimas palavras, eu mesmo tenho à sua disposição uma biblioteca composta pelos melhores autores: Voltaire, Rousseau, Delille[82], Walter Scott, o *Echo des feuilletons*[83] etc... e recebo, além disso, várias folhas periódicas entre as quais o *Fanal de Rouen* quotidianamente, tendo a vantagem de ser seu correspondente para as circunscrições de Buchy, Forges, Neufchâtel, Yonville e arredores.

Após duas horas e meia estavam ainda à mesa; pois a criada Artémise, arrastando descuidadamente nos ladrilhos os chinelos de ourelo, trazia os pratos, uns depois dos outros, esquecendo tudo sem prestar atenção em nada e deixava constantemente entreaberta a porta do bilhar que batia na parede a extremidade da lingueta.

---

[82] Escritor francês (1738-1815), autor de *Les jardins,* poesia didática e pitoresca sobre a natureza. Foi tradutor de Virgílio e de Milton.

[83] Periódico que publicava os folhetins de vários jornais.

Sem dar-se conta, enquanto conversava, Léon pousara o pé numa das travessas da cadeira em que a Sra. Bovary estava sentada. Ela usava uma gravatinha de seda azul que se mantinha armada como um colarinho de pregas, uma gola de cambraia de linho encanudada; e, segundo os movimentos que fazia com a cabeça, a parte inferior do rosto mergulhava na fazenda e dela saía docemente. Foi assim que, um ao lado do outro, enquanto Charles e o farmacêutico conversavam, entraram eles numa dessas vagas conversas em que as frases ocasionais voltam sempre ao centro fixo de uma simpatia comum. Espetáculos de Paris, títulos de romances, novas quadrilhas e o mundo que não conheciam, Tostes, onde ela vivera, Yonville, onde se encontravam; examinaram tudo, falaram de tudo até o final do jantar.

Quando o café foi servido, Félicité foi preparar o quarto na nova casa e os convivas em breve levantaram acampamento. A Sra. Lefrançois dormia junto às cinzas enquanto o criado de estrebaria, com uma lanterna na mão, esperava o Sr. e a Sra. Bovary para conduzi-los à casa. Sua cabeleira vermelha mostrava-se entremeada de pedacinhos de palha e ele manquejava da perna esquerda. Quando tomou com a outra mão o guarda-chuva do Sr. Pároco, todos se puseram em marcha.

A vila estava adormecida. Os pilares do mercado projetavam longas sombras. A terra estava totalmente cinzenta como numa noite de verão.

Mas, como a casa do médico se encontrava a cinquenta passos da hospedaria, foi preciso desejar-se logo boa-noite e o grupo dispersou-se.

Já no vestíbulo, Emma sentiu cair sobre os ombros, como um pano úmido, o frio do estuque. As paredes eram novas e os degraus de madeira estalaram. No quarto, no primeiro andar, uma luz esbranquiçada entrava pelas janelas sem cortinas. Entreviam-se os topos das árvores e mais longe a pradaria semiperdida na bruma, fumegando ao luar ao longo do curso do rio. No centro do quarto havia, em desordem, gavetas de cômoda, garrafas, ganchos, bastões dourados, com colchões sobre as cadeiras e bacias no assoalho, os dois homens que haviam trazido os móveis haviam deixado tudo lá, descuidadamente.

Era a quarta vez que ela dormia num lugar desconhecido. A primeira fora no dia de sua entrada no convento, a segunda no de sua chegada a Tostes, a terceira em Vaubyessard, a quarta era esta; e cada uma revelara-se como a inauguração de uma nova fase em sua vida. Não pensava que as coisas pudessem apresentar-se sempre iguais em lugares diferentes e, visto que a porção vivida fora ruim, sem dúvida a que restava consumar seria melhor.

III

No dia seguinte, ao acordar, ela avistou o escrevente na praça. Ela estava de penhoar. Ele ergueu a cabeça e cumprimentou-a. Ela fez uma inclinação rápida e fechou novamente a janela.

Léon esperou durante o dia inteiro pelas seis horas da tarde; porém, ao entrar na hospedaria, encontrou apenas o Sr. Binet à sua mesa.

Aquele jantar da véspera era para ele um acontecimento considerável; nunca, até então, conversara durante duas horas seguidas com uma *senhora*. Como pudera expor-lhe, e numa tal linguagem, tantas coisas que não teria dito tão bem antes? Era habitualmente tímido e conservava aquela reserva que participa ao mesmo tempo do pudor e da dissimulação. Pensava-se em Yonville que ele possuía maneiras *corretas*. Ouvia as argumentações das pessoas maduras e absolutamente não parecia exaltado em política, coisa notável para um jovem. Além disso, possuía talentos, pintava aquarelas, sabia ler a clave de sol e ocupava-se de bom grado de literatura após o jantar, quando não jogava cartas. O Sr. Homais tinha-o em consideração por sua instrução; a Sra. Homais tinha-lhe afeição por sua complacência, pois frequentemente ele acompanhava ao jardim os pequenos Homais, pirralhos sempre lambuzados, muito mal-educados e um pouco linfáticos como a mãe. Para cuidar deles, além da criada, tinham Justin, aprendiz de farmácia, um primo afastado do Sr. Homais que fora recebido na casa por caridade e que servia ao mesmo tempo de criado.

O boticário mostrou-se o melhor dos vizinhos. Esclareceu a Sra. Bovary sobre os fornecedores, mandou vir expressamente seu vendedor de sidra, ele mesmo provou a bebida e verificou se os vasilhames haviam sido bem colocados na adega; indicou ainda a maneira de ter uma provisão barata de manteiga e concluiu um arranjo com Lestiboudois, o sacristão, que, além de suas funções sacerdotais e mortuárias, cuidava dos principais jardins de Yonville, por hora ou por ano, segundo a preferência das pessoas.

Não era apenas a necessidade de se ocupar dos outros que impelia o farmacêutico a tanta cordialidade obsequiosa, havia um plano sob tudo aquilo.

Ele infringira o artigo 1º da lei de 19 de ventoso do ano IX[84] que proíbe a todo indivíduo não portador de diploma o exercício da medicina; de maneira

[84] Sexto mês do calendário da Revolução Francesa, de 19 de fevereiro a 20 de março. O calendário republicano foi instituído em 1793.

que, por denúncias tenebrosas, Homais fora convocado a Rouen junto ao Sr. Procurador do Rei, em seu gabinete particular. O magistrado recebera-o de pé, com sua toga, com o arminho no ombro e o barrete na cabeça. Foi pela manhã, antes da audiência. No corredor ouviam-se passar as fortes botas dos guardas e um certo ruído longínquo de grandes fechaduras que se trancavam. Os ouvidos do farmacêutico zumbiram a ponto de fazê-lo crer que iria ter um ataque cardíaco; entreviu fundos de masmorra, sua família em prantos, a farmácia vendida, todos os frascos disseminados; e foi obrigado a entrar num café para tomar um copo de rum com água de Seltz para restabelecer-se.

Pouco a pouco, a lembrança daquela admoestação enfraqueceu-se e ele continuava, como outrora, a dar consultas anódinas no fundo da farmácia. Mas o prefeito mostrava-se zangado, os colegas eram ciumentos, podia-se temer tudo; atrair o Sr. Bovary com cortesias significava ganhar sua gratidão a impedir que falasse mais tarde, caso percebesse alguma coisa. Assim, todas as manhãs, Homais levava-lhe *o jornal* e frequentemente, à tarde, deixava por um instante a farmácia e ia à casa do oficial de saúde para conversar.

Charles estava triste: a clientela não chegava. Permanecia sentado durante longas horas, sem falar, ia dormir em seu consultório ou olhava sua mulher costurar. Para distrair-se, empregou-se em sua própria casa como trabalhador braçal e mesmo tentou pintar o sótão com o resto de tinta que os pintores haviam deixado. Porém, os problemas de dinheiro o preocupavam. Tinha gasto tanto com os consertos de Tostes, com os vestidos da Senhora e com a mudança, que todo o dote, mais de três mil escudos, esgotara-se em dois anos. Além disso, quantas coisas estragadas ou perdidas no transporte de Tostes a Yonville, sem contar o cura de gesso que, caindo do carro numa sacudida por demais forte, quebrara-se em mil pedaços numa rua de Quincampoix!

Uma preocupação melhor veio distraí-lo, isto é, a gravidez de sua mulher. À medida que se aproximava o termo, ele a amava mais. Era um outro elo da carne que se estabelecia e como o sentimento contínuo de uma união mais complexa. Quando via de longe seu caminhar preguiçoso e sua cintura alargando-se molemente sobre as ancas sem espartilho; quando, um diante do outro, ele a contemplava à vontade e quando ela, sentada, adquiria poses cansadas em sua poltrona, então, sua felicidade não mais aguentava, levantava-se, beijava-a, passava-lhe as mãos no rosto, chamava-a mamãezinha, queria fazê-la dançar e recitava, ora rindo, ora chorando, todos os tipos de brincadeiras carinhosas que lhe vinham à cabeça. A ideia de ter engendrado deliciava-o. Nada lhe faltava agora. Conhecia a existência humana em todas as suas fases e nela abancava-se, serenamente, com toda a força de seus cotovelos.

Emma, a princípio, sentiu um grande assombro, depois teve vontade de já ter parido para saber como seria ser mãe. Porém, não podendo fazer as despesas que desejava, ter um berço em forma de barquinho com cortinas de seda cor-de-rosa e touquinhas bordadas, renunciou ao enxoval, num acesso de amargura, e encomendou-o totalmente a uma operária da vila, sem nada escolher nem discutir. Portanto, não se divertiu com os preparativos em que a ternura das mães se prepara e sua afeição, desde a origem, talvez, tenha perdido alguma coisa.

Todavia, como Charles em todas as refeições falava do moleque, em breve, ela pensou nele de forma mais contínua.

Desejava um filho; ele seria forte e moreno e se chamaria Georges; e a ideia de ter um filho homem era como a esperança da compensação de todas as suas impotências passadas. Um homem pelo menos é livre; pode percorrer as paixões e os países, atravessar os obstáculos, agarrar a mais longínqua felicidade. Mas uma mulher é continuamente impedida. Inerte e flexível, ao mesmo tempo, tem contra si a languidez da carne com as dependências da lei. Sua vontade, como o véu de seu chapéu preso por uma fita, palpita ao sabor de todos os ventos, há sempre algum desejo que arrasta, alguma conveniência que retém.

Ela deu à luz num domingo, pelas seis horas, ao nascer do sol.

— É uma menina! disse Charles.

Ela virou a cabeça e desmaiou.

Quase no mesmo instante a Sra. Homais acudiu e beijou-a assim como a mãe Lefrançois do *Lion d'or*. O farmacêutico, como homem discreto, enviou-lhe somente algumas felicitações provisórias, pela porta entreaberta. Quis ver a criança e achou-a bem constituída.

Durante a convalescença, ela ocupou-se muito em procurar um nome para sua filha. A princípio, passou em revista todos os que tinham terminações italianas, como Clara, Louisa, Amanda, Atala; gostava bastante de Galsuinde, ainda mais de Yseult ou Léocadie. Charles desejava que a criança tivesse o nome de sua mãe; Emma opunha-se. O calendário foi percorrido de cima a baixo e foram consultados os estranhos.

— O Sr. Léon, dizia o farmacêutico, com quem conversava no outro dia, espanta-se que os senhores não escolham Madeleine, que está por demais na moda agora.

Mas a mãe Bovary protestou energicamente contra aquele nome de pecadora. Quanto ao Sr. Homais, tinha predileção por todos os que lembravam um grande homem, um feito ilustre ou uma concepção generosa e fora com aquele sistema que batizara seus quatro filhos. Assim, Napoléon representava a glória; Franklin, a liberdade; Irma talvez fosse uma concessão ao romantismo;

mas Athalie[85] era uma homenagem à mais imortal obra-prima da cena francesa. Pois suas convicções filosóficas não impediam suas admirações artísticas, o pensador, nele, não abafava o homem sensível; sabia estabelecer as diferenças, separar imaginação e fanatismo. Dessa tragédia, por exemplo, censurava as ideias, mas admirava o estilo; amaldiçoava a concepção, mas aplaudia todos os detalhes e irritava-se com os personagens, entusiasmando-se com suas palavras. Quando lia grandes trechos, sentia-se transportado; mas, quando pensava que os carolas deles extraíam vantagens para suas ideias, sentia-se desolado e na confusão de sentimentos em que se debatia teria desejado ao mesmo tempo poder coroar Racine com suas duas mãos e discutir com ele por um bom quarto de hora.

Enfim, Emma lembrou-se de que no castelo de Vaubyessard ouvira a marquesa chamar Berthe a uma jovem mulher; imediatamente o nome foi escolhido e, como o pai Rouault não podia vir, pediu-se ao Sr. Homais que fosse o padrinho. Trouxe ele como presentes somente produtos de seu estabelecimento, a saber: seis caixas de jujubas, um frasco inteiro de fécula alimentícia, três caixas de massa de malvaisco e, além disso, seis pães de açúcar cristalizado que encontrara num armário. Na noite da cerimônia houve um grande jantar; o pároco compareceu; houve excitação geral. O Sr. Homais, no momento dos licores, entoou o *le Dieu des bonnes gens*[86], o Sr. Léon cantou uma barcarola e a Sra. Bovary mãe, que era a madrinha, uma romança do tempo do império; enfim, o Sr. Bovary pai exigiu que fossem buscar a criança e pôs-se a batizá-la com um copo de champanhe que lhe derramava no alto da cabeça. Aquela zombaria do primeiro sacramento indignou o abade Bournisien; o pai Bovary respondeu com uma citação de *La guerre des dieux*[87] e o pároco quis partir: as senhoras suplicaram; Homais interpôs-se e conseguiu-se que o eclesiástico se sentasse de novo e retomasse tranquilamente, em seu pires, o resto de sua pequena xícara de café.

O Sr. Bovary pai permaneceu ainda um mês em Yonville, onde deslumbrou os habitantes com seu magnífico boné de polícia com galões de prata que usava pela manhã para fumar seu cachimbo na praça. Tendo também o hábito de beber muita aguardente, frequentemente enviava a criada ao *Lion d'or* para comprar uma garrafa que era posta na conta de seu filho; e para perfumar suas echarpes usou toda a provisão de água-de-colônia de sua nora.

Esta não desgostava de sua companhia. Ele correra o mundo: falava de Berlim, de Viena, de Estrasburgo, de seu tempo de oficial, das amantes que tivera,

[85] *Athalie,* tragédia de Jean Racine, 1691.
[86] *O Deus dos simples.*
[87] *A guerra dos deuses,* de Parny (1753-1814).

dos grandes almoços de que participara; além disso, mostrava-se amável e, às vezes mesmo, seja na escada ou no jardim, pegava-a pela cintura exclamando:

— Charles, toma cuidado!

Então a mãe Bovary assustou-se pela felicidade do filho e, temendo que seu esposo, com o tempo, tivesse uma influência imoral sobre as ideias da jovem, apressou-se em instar a partida. Talvez tivesse inquietudes mais sérias. O Sr. Bovary era um homem que não respeitava nada.

Um dia, Emma sentiu de repente a necessidade de ver sua filhinha que fora levada para a casa da ama de leite, mulher do marceneiro e, sem olhar no almanaque se já haviam transcorridos as seis semanas da Virgem[88], encaminhou-se para a morada de Rollet, que se encontrava na extremidade da vila, na parte baixa da encosta, entre a estrada principal e os campos.

Era meio-dia; os postigos das casas estavam fechados e os telhados de ardósia, que brilhavam sob a luz áspera do céu azul, pareciam faiscar no cume das empenas de gesso. Soprava um vento pesado. Emma sentia-se fraca; as pedras da calçada a feriam; hesitou entre voltar ou entrar em algum lugar para sentar-se.

Naquele momento, o Sr. Léon saiu de uma porta vizinha com um maço de papéis embaixo do braço. Veio cumprimentá-la e colocou-se à sombra diante da loja de Lheureux, sob o toldo cinzento.

A Sra. Bovary disse que ia ver sua filha mas que começava a sentir-se cansada.

— Se... replicou Léon, não ousando prosseguir.

— O senhor tem alguma coisa a fazer? perguntou ela.

E, diante da resposta do escrevente, pediu-lhe que a acompanhasse. À noite, o fato foi conhecido em Yonville e a Sra. Tuvache, mulher do prefeito, declarou diante de sua criada que *a Sra. Bovary se comprometia.*

Para chegar à casa da ama era preciso tomar à esquerda depois da rua, como quem vai ao cemitério e seguir, entre casinhas e pátios, um pequeno atalho ladeado de alfenas. Estas estavam floridas e também as verônicas, as roseiras-bravas, as urtigas e os espinheiros miúdos que saíam das moitas. Pelos buracos das sebes percebiam-se, nos casebres, algum porco sobre uma estrumeira ou vacas presas pelo peitoral, esfregando os cornos nos troncos das árvores. Lado a lado, caminhavam suavemente, ela apoiando-se nele e ele retendo os passos, que regulava pelos dela; diante deles, um enxame de moscas esvoaçava, zumbindo no ar quente.

---

[88] As seis semanas que seguem o parto e em que a mulher deve resguardar-se.

Reconheceram a casa por uma velha nogueira que lhe dava sombra. Baixa e coberta de telhas escuras, tinha exteriormente, suspenso sob a lucarna do sótão, uma réstia de cebola. Alguns feixes de lenha encostados na cerca de espinhos rodeavam um canteiro de alface, alguns pés de lavanda e ervilhas-de-cheiro cravadas em estacas. Via-se água suja que escorria espalhando-se na relva e havia, ao redor, vários trapos indistintos, meias de tricô, uma blusa de chita vermelha e um grande pano de fazenda espessa estendido ao comprido sobre uma sebe. Ao ruído da cancela, a ama apareceu, segurando nos braços uma criança que mamava. Puxava com a outra mão um pobre menino raquítico com o rosto coberto de escrófulas, o filho de um fabricante de artigos de malha de Rouen que os pais, demasiadamente ocupados com seu negócio, deixavam no campo.

— Entre, disse ela, sua menina está lá, dormindo.

O quarto, no andar térreo, o único da casa, tinha ao fundo, contra o muro, uma larga cama sem cortinas, enquanto a amassadeira ocupava o lado da janela onde um vidro fora consertado com uma rodela de papel azul. No canto, atrás da porta, viam-se botinas de pregos brilhantes arrumadas sob a laje do tanque, perto de uma garrafa de óleo com uma pena no gargalo; um *Mathieu Laensberg*[89] estava largado sobre a lareira empoeirada, entre pederneiras, pedaços de vela e de iscas. Enfim, a última coisa supérflua daquele quarto era uma *Fama*[90] soprando clarins, imagem sem dúvida recortada diretamente de algum prospecto de perfumaria e pregada na parede por seis pregos de tamancos.

A filha de Emma dormia no chão, num berço de vime. Ela a pegou com a coberta que a envolvia e pôs-se a cantar docemente, balançando-se.

Léon ia e vinha dentro do quarto; parecia-lhe estranho ver aquela bela senhora com vestido de nanquim no meio de toda aquela miséria. A Sra. Bovary enrubesceu; ele virou-se, julgando que talvez seus olhos tivessem mostrado alguma impertinência. Em seguida, ela deitou novamente a menina, que acabava de vomitar sobre a gola. A ama veio logo enxugá-la protestando que não ficaria nenhuma mancha.

— Ela me apronta muitas outras coisas e eu passo meu tempo a lavá-la continuamente! A senhora poderia ter a gentileza de dizer a Camus, o merceeiro, que me deixe apanhar um pouco de sabão quando precisar? Seria mesmo mais cômodo para a senhora, assim eu não a incomodaria.

— Está bem, está bem! disse Emma. Até a vista, mãe Rollet.

E sorriu limpando os pés na soleira.

---

[89] Almanaque popular de Liège.

[90] Estátua da deusa Fama, alegoria que representa uma mulher tocando clarim.

A boa mulher acompanhou-a até o final do pátio, falando da dificuldade que tinha para levantar-se à noite.

— Estou tão cansada, às vezes, que adormeço na cadeira; assim, a senhora deveria pelo menos dar-me uma libra de café moído, daria para um mês e eu o tomaria pela manhã com leite.

Após ter suportado seus agradecimentos, a Sra. Bovary retirou-se; já havia avançado pelo atalho quando, ao ouvir um barulho de tamancos, virou a cabeça: era a ama.

— Que há?

Então a camponesa, puxando-a para trás de um olmo, pôs-se a falar-lhe de seu marido que, com seu ofício e seis francos por ano que o capitão...

— Termine logo, disse Emma.

— Pois bem! replicou a ama suspirando a cada palavra, tenho medo de que se entristeça ao me ver tomar café sozinha; a senhora sabe, os homens...

— Mas visto que a senhora o terá, repetia Emma, eu lho darei!... A senhora me aborrece!

— Ai de mim! minha cara senhora, é que ele tem, como consequência dos ferimentos, terríveis cãimbras no peito. Diz mesmo que a sidra o enfraquece.

— Por favor, acabe, mãe Rollet!

— Portanto, continuou esta última fazendo uma reverência, se não fosse pedir-lhe demais... fez mais uma reverência, quando a senhora quiser, e seu olhar suplicava, uma pequena bilha de aguardente, disse enfim, e eu esfregarei os pés de sua pequena, que os tem tenros como a língua.

Tendo-se livrado da ama, Emma retomou o braço do Sr. Léon. Caminhou rapidamente durante algum tempo, depois diminuiu a marcha e seu olhar, que relanceava à sua frente, encontrou o ombro do rapaz, cuja sobrecasaca tinha uma gola de veludo preto. Seus cabelos castanhos caíam sobre ela, lisos e bem penteados. Ela observou suas unhas, bem mais longas do que se usava em Yonville. Cuidá-las era uma das grandes ocupações do escrevente; para isso, guardava em sua escrivaninha um canivete apropriado.

Voltaram a Yonville pela margem da água. No verão, a ribanceira, mais larga, deixava a descoberto até a base os muros dos jardins cujas escadas, de alguns degraus, desciam até o rio. Ele corria sem ruído, rápido e dando a impressão de frialdade; grandes ervas delgadas debruçavam-se juntas, seguindo a corrente que as levava e estendiam-se em sua limpidez como cabeleiras verdes. Às vezes, um inseto de patas finas caminhava ou pousava na ponta dos juncos ou sobre a folha dos nenúfares. O sol atravessava, com seu raio, as pequenas gotas azuis das ondas que se sucediam e se rompiam; os velhos salgueiros podados refletiam na água sua casca cinzenta; do outro lado, ao redor, a pradaria parecia vazia. Era a hora do almoço nas quintas e a jovem e seu companheiro ouviam apenas, ao caminhar, a cadência de seus passos na terra do atalho, as palavras que trocavam e o roçar do vestido de Emma que marulhava ao seu redor.

Os muros dos jardins com suas cristas guarnecidas com pedaços de garrafa estavam quentes como a vidraça de uma estufa. Alguns goiveiros haviam brotado nos tijolos e, com a beira de sua sombrinha aberta, a Sra. Bovary, ao passar, fazia debulhar em pó amarelo algumas de suas flores murchas ou então algum galho das madressilvas e das clematites que caíam para fora arrastava-se por um momento sobre a seda e enganchava-se nas franjas.

Conversavam sobre uma companhia de dançarinos espanhóis que era esperada em breve no teatro de Rouen.

— O senhor irá? perguntou ela.

— Se puder, respondeu ele.

Nada mais tinham a dizer-se? Seus olhos, contudo, estavam cheios de uma conversa mais séria; e enquanto se esforçavam por encontrar frases banais, sentiam um mesmo langor invadi-los a ambos; era como um murmúrio da alma, profundo, contínuo, que dominava o das vozes. Surpresos e espantados com aquela nova suavidade, não pensavam em contar a si mesmos a sensação ou em descobrir sua causa. As felicidades futuras, como as margens dos trópicos, projetam sobre a imensidão que as precede sua languidez natal, uma brisa perfumada, e nos entorpecemos nessa embriaguez sem mesmo nos inquietarmos com o horizonte que não percebemos.

A terra, num certo ponto, encontrava-se afundada pelos passos do gado; foi preciso caminhar sobre grandes pedras verdes, espaçadas na lama. Frequentemente, ela se detinha um minuto para procurar onde pousar sua botina — e, oscilando sobre a pedra que tremia, com os cotovelos no ar, o corpo inclinado, com o olhar indeciso, ela ria então de medo de cair nas poças d'água.

Quando chegaram diante de seu jardim, a Sra. Bovary empurrou a pequena cancela, subiu os degraus correndo e desapareceu.

Léon voltou a seu cartório. O patrão estava ausente; ele lançou um olhar aos processos, depois aparou sua pena, pegou, enfim, o chapéu e foi-se embora.

Foi para a Pâture, no alto da encosta de Argueil, na entrada da floresta; deitou-se no chão sob os abetos e olhou o céu através dos dedos.

— Que tédio! dizia a si mesmo, que tédio!

Julgava-se digno de pena por ter de viver naquela vila tendo Homais por amigo e o Sr. Guillaumin por chefe. Este último, ocupado somente com os negócios, usando óculos de hastes de ouro e suíças vermelhas sobre uma gravata branca, nada entendia das delicadezas do espírito, embora ostentasse um gênero rígido e inglês que deslumbrara o escrevente nos primeiros tempos. Quanto à mulher do farmacêutico, era a melhor esposa da Normandia, doce como um carneiro, amando seus filhos, seu pai, sua mãe, seus primos, chorando pelos males alheios, fazendo com que tudo funcionasse em sua casa e detestando os espartilhos — mas tão lenta em seus movimentos, tão entediante em sua conversa, de aspecto tão comum e com uma conversa tão restrita que ele nunca pensara, embora ela tivesse trinta anos e ele vinte, embora dormissem porta a porta e ele lhe falasse diariamente, que ela pudesse ser uma mulher para alguém, nem que possuísse, do seu sexo, outra coisa além do vestido.

Que havia, em seguida? Binet, alguns negociantes, dois ou três taberneiros, o pároco, e enfim o Sr. Tuvache, o prefeito, com seus dois filhos, pessoas abastadas, rabugentas, obtusas, que cultivavam pessoalmente suas terras, que faziam rega-bofes em família, devotos aliás, e de contato absolutamente insuportável.

Porém, sobre o fundo comum de todos aqueles rostos humanos, a figura de Emma destacava-se isolada e mais longínqua, contudo; pois sentia entre ela e si mesmo como vagos abismos.

No início, ele fora à sua casa várias vezes na companhia do farmacêutico. Charles não parecera por demais curioso em recebê-lo; e Léon não sabia como agir, entre o medo de ser indiscreto e o desejo de uma intimidade que julgava quase impossível.

IV

Logo nos primeiros frios, Emma abandonou seu quarto para viver na sala, longa peça do teto baixo onde havia, sobre a lareira, um polipeiro espesso espalhando-se contra o espelho. Sentada em sua poltrona, perto da janela, via passar, na calçada, os habitantes da vila.

Léon, duas vezes por dia, ia de seu cartório ao *Lion d'or*; Emma, de longe, ouvia-o chegar; debruçava-se para escutar e o jovem deslizava atrás da cortina, sempre vestido da mesma maneira e sem virar a cabeça. Mas, ao crepúsculo, quando, com o queixo na mão esquerda, ela abandonara nos joelhos a tapeçaria que começara, frequentemente estremecia quando de repente aparecia aquela sombra deslizante. Levantava-se e mandava que fosse posta a mesa.

O Sr. Homais chegava durante o jantar. Com o barrete grego na mão, entrava com passos leves para não incomodar ninguém e repetindo sempre a mesma frase: "Boa-noite a todos!" Depois, após ter-se sentado em seu lugar, diante da mesa, entre os dois esposos, pedia ao médico notícias de seus doentes e este consultava-o sobre a probabilidade de seus honorários. Em seguida, conversava-se sobre o que havia *no jornal*. Homais, àquela hora, já o sabia quase de cor e repetia-o integralmente, com as reflexões do jornalista e todas as histórias das catástrofes individuais que haviam acontecido na França ou no exterior. Mas, quando o assunto se esgotava, ele não tardava a lançar algumas observações sobre a comida que via. Às vezes mesmo, erguendo-se ligeiramente, indicava com delicadeza à senhora o pedaço mais tenro ou, voltando-se para a criada, dava-lhe conselhos para a manipulação do guisado e a higiene dos temperos; falava de aroma, de osmazoma, suco e gelatina de maneira deslumbrante. Com a cabeça, aliás, mais cheia de receitas do que a farmácia de frascos, Homais fazia quantidades de excelentes geleias, vinagres e licores doces e conhecia, também, todas as novas invenções de calefatores econômicos, como a arte de conservar os queijos e de tratar os vinhos deteriorados.

Às oito horas, Justin vinha buscá-lo para fechar a farmácia. Então o Sr. Homais olhava-o com um olhar malicioso, sobretudo se Félicité estivesse presente, tendo percebido que seu aluno se afeiçoara à casa do médico.

— O meu rapagão, dizia, começa a ter ideias e, creio, o diabo me leve, que está apaixonado por sua criada!

Mas um defeito mais grave que lhe censurava era o de escutar continuamente as conversas. Aos domingos, por exemplo, não era possível fazê-lo sair da sala onde a Sra. Homais o chamara para pegar as crianças que adormeciam nas poltronas, puxando com as costas as capas de algodão, demasiadamente largas.

Não ia muita gente àqueles serões do farmacêutico, pois sua maledicência e suas opiniões políticas haviam afastado sucessivamente diferentes pessoas respeitáveis. O escrevente não deixava de ir. Logo que ouvia a campainha corria ao encontro da Sra. Bovary, tomava-lhe o xale e punha de lado, sob a escrivaninha da farmácia, as grossas pantufas de ourelo que ela usava sobre o calçado quando havia neve.

Faziam-se a princípio algumas partidas de trinta e um[91], em seguida, o Sr. Homais jogava *écarté*[92] com Emma; Léon, atrás dela, dava-lhe suas opiniões.

---

[91] Jogo em que o ganhador deve ter trinta e um pontos com apenas três cartas.

[92] Jogo em que cada jogador pode afastar as cartas que não lhe convêm.

De pé e com as mãos sobre o espaldar da cadeira, ele olhava os dentes de sua travessa que lhe prendiam o coque. A cada movimento que ela fazia para lançar as cartas seu vestido subia no lado direito. De seus cabelos presos, descia em suas costas uma cor escura e que, empalidecendo gradualmente, perdia-se pouco a pouco na sombra. Seu vestido, em seguida, recaía de ambos os lados sobre a cadeira, entufado, cheio de pregas e estendia-se até o chão. Quando Léon, às vezes, sentia que a sola de seu sapato pousava-se sobre ele, afastava-se como se tivesse caminhado sobre uma pessoa.

Quando a partida de cartas acabava, o boticário e o médico jogavam dominós e Emma, mudando de lugar, apoiava-se na mesa para folhear a *Illustration*. Ela trouxera seu jornal de modas. Léon colocava-se ao seu lado; olhavam juntos as gravuras, cada um esperando que o outro tivesse acabado a página. Frequentemente ela lhe pedia que recitasse versos; Léon declamava-os com voz arrastada que fazia desvanecer cuidadosamente nos trechos amorosos. Mas o ruído dos dominós a contrariava; o Sr. Homais, que jogava bem, vencia Charles em pleno seis-dobrado. Depois, tendo acabado as três centenas, ambos alongavam-se diante da lareira e não tardavam a adormecer. O fogo ia morrendo nas cinzas; o bule de chá estava vazio, Léon ainda lia, Emma escutava-o fazendo girar maquinalmente o abajur da lâmpada onde se viam, pintados na gaze, alguns pierrôs em seus carros e dançarinos de cordas com suas marombas. Léon detinha-se, designando com um gesto seu auditório adormecido; então falavam em voz baixa e a conversa parecia-lhes mais doce porque não era ouvida.

Estabeleceu-se assim entre eles uma espécie de associação, uma conversa contínua sobre livros e romances; o Sr. Bovary, pouco ciumento, não se surpreendia.

Recebeu ele por seu onomástico uma bela cabeça frenológica, toda salpicada de números até o tórax e pintada de azul. Era uma cortesia do escrevente. Aliás, fazia-lhes outras cortesias, até encarregar-se de incumbências em Rouen e, como o livro de um romancista pusera na moda a mania das plantas carnosas, Léon comprou algumas para a senhora, que trazia sobre os joelhos, na *Hirondelle,* picando os dedos em seus pelos duros.

Ela mandou adaptar, contra a janela, uma tábua formando balaustrada para colocar seus potiches. O escrevente teve também seu jardim suspenso; percebiam-se mutuamente tratando de suas flores na janela.

Entre as janelas da vila, havia uma ainda mais frequentemente ocupada; pois aos domingos, de manhã à noite e a cada tarde, se o tempo fosse claro, via-se à lucarna de um sótão o perfil magro do Sr. Binet debruçado sobre seu torno cujo ronco melancólico era ouvido até no *Lion d'Or*.

À noite, ao voltar para casa, Léon encontrou no quarto um tapete de veludo e de lã com ramagem sob fundo pálido. Chamou a Sra. Homais, o Sr. Homais, Justin, as crianças, a cozinheira; falou no caso com seu patrão, todo o mundo quis conhecer o tapete; por que a mulher do médico dava ao escrevente tais *generosidades*? O fato pareceu divertido e todos pensaram definitivamente que ela devia ser *sua amiguinha*.

Ele fazia com que se acreditasse no fato, de tal forma falava continuamente de seus encantos, de seu espírito, de modo que Binet respondeu-lhe um dia com muita brutalidade.

— Que me importa, se não faço parte de seu grupo!

Ele se torturava para descobrir como poderia *fazer-lhe sua declaração*; e, sempre hesitando entre o temor de desagradar-lhe e a vergonha de ser tão pusilânime, chorava de desânimo e de desejo. Em seguida, tomava decisões enérgicas; escrevia cartas e as rasgava, adiava para épocas que continuavam a recuar. Muitas vezes decidia-se com o projeto de tudo ousar, porém, tal resolução abandonava-o bem depressa na presença de Emma e, quando Charles aparecia de repente, convidando-o a subir no *boc*, para acompanhá-lo na visita a um doente nas redondezas, aceitava logo, cumprimentava a senhora e ia embora. Seu marido não era alguma coisa dela?

Quanto a Emma, ela não se interrogou para saber se o amava. O amor, pensava, devia chegar de repente com grande estrondo e fulgurações, — furacão dos céus que cai sobre a vida, transtorna-a, arranca as vontades como as folhas e arrasta para o abismo o coração inteiro. Ela não sabia que no terraço das casas a chuva faz lagos quando as calhas estão entupidas e permaneceu assim em sua segurança quando descobriu subitamente uma fenda no muro.

V

Foi num domingo de fevereiro, numa tarde em que nevava.

Tinham todos, o Sr. e a Sra. Bovary, Homais e o Sr. Léon, ido ver, a uma meia hora de Yonville, no vale, uma fiação de linho que estava se estabelecendo. O boticário levara consigo Napoléon e Athalie para que fizessem exercício e Justin acompanhava-os levando os guarda-chuvas no ombro.

Nada, contudo, era menos curioso do que aquela curiosidade. Um grande terreno vazio, onde se viam, misturados entre montes de areia e de pedras, algumas rodas de engrenagem já enferrujadas, rodeava uma longa construção quadrangular aberta por uma grande quantidade de pequenas janelas. Ainda não estava acabada e via-se o céu através das traves do teto. Preso à vigota da empena, um tufo de palha entremeado de espigas fazia bater ao vento suas fitas tricolores.

Homais falava. Explicava ao grupo a importância do estabelecimento, calculava a força dos assoalhos, a espessura dos muros e muito lamentava não ter uma vara métrica como possuía o Sr. Binet para seu uso particular.

Emma, que lhe dava o braço, apoiava-se um pouco em seu ombro e olhava o disco do sol que irradiava ao longe, na bruma, seu palor deslumbrante; mas ela virou a cabeça: Charles estava lá. Trazia seu boné enterrado sobre as sobrancelhas e seus grossos lábios tremelicavam, o que acrescentava a seu rosto algo de estúpido; mesmo suas costas, suas costas tranquilas eram irritantes e ela encontrava, exposta em sua sobrecasaca, toda a insipidez do personagem.

Enquanto o considerava, saboreando, assim, em sua irritação uma espécie de volúpia depravada, Léon deu um passo à frente. O frio que o tornava pálido parecia depor sobre seu rosto um langor mais doce; entre a gravata e o pescoço, o colarinho da camisa, um pouco largo, deixava ver a pele; a extremidade da orelha despontava sob uma mecha de cabelos e seus grandes olhos azuis, voltados para as nuvens, pareceram a Emma mais límpidos e mais belos do que os lagos das montanhas em que o céu se mira.

— Infeliz!, exclamou de repente o boticário. E correu para o filho que acabava de precipitar-se num montão de cal para tingir de branco seus sapatos. Ao ouvir as censuras que sobre ele se abatiam, Napoléon pôs-se a gritar, enquanto Justin lhe enxugava os calçados com um adobe de palha. Mas teria sido necessária uma faca; Charles ofereceu a sua.

— Ah! pensou ela, traz uma faca no bolso como um camponês!

A geada caía e todos voltaram para Yonville.

A Sra. Bovary, à noite, não foi à casa de seus vizinhos e, quando Charles saiu, quando se sentiu sozinha, recomeçou o paralelo na limpidez de uma sensação quase imediata e com aquele alongamento de perspectivas que a lembrança dá aos objetos. Olhando da cama o fogo que ardia, via ainda, como à tarde, Léon de pé dobrando com uma mão sua chibata e com a outra segurando Athalie que chupava tranquilamente um pedaço de gelo. Achava-o encantador, não podia desviar dele o pensamento; lembrou suas outras atitudes em outras ocasiões, frases que dissera, o som de sua voz, toda a sua pessoa; e repetia, avançando seus lábios como para um beijo:

— Sim, encantador! encantador!... Não estará amando? perguntou a si mesma. A quem? ora, a mim!

Todas as provas evidenciaram-se ao mesmo tempo, seu coração pulou. A chama da lareira fazia tremer no teto uma claridade alegre; deitou-se de costas e estirou os braços.

Então começou a eterna lamentação: "Oh! se o céu o tivesse desejado! Por que não foi assim! Quem, então, impedia?..."

Quando Charles voltou à meia-noite, ela pareceu despertar e, como ele fez barulho ao despir-se, ela queixou-se de enxaqueca; depois perguntou, negligentemente, o que acontecera durante o serão.

— O Sr. Léon, disse ele, subiu cedo.

Ela não pôde deixar de sorrir e adormeceu com a alma repleta de um novo encantamento.

No dia seguinte, ao anoitecer, recebeu a visita do Sr. Lheureux, vendedor de novidades. Era um homem hábil, aquele negociante.

Tendo nascido gascão[93], tendo-se tornado normando, ele acrescentava sua verbosidade meridional à cautela de Caux[94]. Seu rosto gordo, mole e sem barba parecia tingido por uma cozedura de alcaçuz claro e sua cabeleira branca tornava ainda mais vivo o brilho rude de seus olhinhos pretos. Ignorava-se o que fora outrora: vendedor ambulante, diziam alguns, banqueiro em Routot, segundo outros. O que era certo era que fazia, de cabeça, cálculos complicados a ponto de assustar o próprio Binet. Polido até a obsequiosidade, mantinha sempre a espinha semicurva, na posição de quem cumprimenta ou que convida.

Após ter deixado à porta seu chapéu guarnecido de fumo, colocou na mesa uma caixa de papelão verde e começou a queixar-se à senhora, com muita cortesia, de até aquele dia não ter obtido sua confiança. Uma pobre loja como a sua não era feita para atrair uma *elegante*; insistiu nessa palavra. Bastava-lhe, contudo, encomendar e ele se encarregaria de fornecer-lhe o que desejasse, tanto armarinhos quanto roupa branca, malharia ou novidades; pois ia à cidade quatro vezes por mês, regularmente. Tinha relações com as mais fortes casas. Poderiam falar dele no *Trois Frères*, na *Barbe d'Or* ou no *Grande Sauvage*; todos aqueles senhores o conheciam como conheciam seus próprios bolsos! Hoje, portanto, vinha mostrar à senhora, de passagem, diferentes artigos que por acaso possuía graças a uma das mais raras oportunidades. E retirou de sua caixa uma meia dúzia de golas bordadas.

A Sra. Bovary examinou-as.

— Não preciso de nada, disse ela.

---

93 Da Gasconha, região do sul da França na fronteira com a Espanha.

94 Região da Normandia junto ao canal da Mancha.

Então o Sr. Lheureux exibiu delicadamente três echarpes argelinas, vários pacotes de agulhas inglesas, um par de pantufas de palha e, enfim, quatro oveiros de coco cinzelados e rendilhados por forçados. Em seguida, com as duas mãos na mesa, com o pescoço estendido, o corpo inclinado, ele seguia, de boca aberta, o olhar de Emma que passeava, indeciso, entre tais mercadorias. De vez em quando, como para retirar o pó, batia com a unha na seda das echarpes, desdobradas em todo seu comprimento; e elas fremiam com um ruído leve fazendo, à luz esverdeada do crepúsculo, cintilar, como pequenas estrelas, as lantejoulas de ouro de seu tecido.

— Quanto custam?

— Uma miséria, respondeu ele, uma miséria; mas não há pressa; quando a senhora quiser; não somos judeus!

Ela refletiu por alguns instantes e acabou mais uma vez por agradecer o Sr. Lheureux que replicou, sem emocionar-se:

— Muito bem! entender-nos-emos mais tarde; sempre me entendi com as senhoras, menos com a minha, contudo!

Emma sorriu.

— Era para dizer-lhe, replicou ele com um ar bonachão após sua brincadeira, que não é o dinheiro que me preocupa... Eu lho daria, se fosse preciso.

Ela fez um gesto de surpresa.

— Ah! disse ele com vivacidade e em voz baixa, eu não precisaria ir longe para consegui-lo; conte com isso.

E pôs-se a pedir notícias do pai Tellier, o dono do *Café Français*, de quem o Sr. Bovary estava tratando.

— O que é que ele tem, o pai Tellier?... Tosse que parece sacudir toda a casa e tenho medo de que em pouco tempo precise mais de um caixão do que de uma camisa de flanela! Fez tantas farras quando jovem! Essas pessoas, senhora, não tinham a menor disciplina! Ele se calcinou com aguardente! Mas é lamentável, apesar de tudo, ver partir um conhecido.

E, enquanto fechava novamente sua caixa, discorria assim sobre a clientela do doutor.

— Será o tempo, sem dúvida, disse, olhando as vidraças com cara rabujenta, a causa dessas doenças? Eu também não estou em meus trocados; tenho mesmo, num destes dias, de vir consultar o Sr. Bovary por uma dor nas costas. Enfim, até a vista, Sra. Bovary; à sua disposição; seu humilde criado!

E fechou a porta suavemente.

Emma mandou servir o jantar no quarto, junto ao fogo, numa bandeja; levou muito tempo comendo; tudo lhe pareceu bom.

— Como fui sensata! dizia a si mesma, pensando nas echarpes.

Ouviu passos na escada: era Léon. Levantou-se e apanhou sobre a cômoda, entre os panos para embainhar, o primeiro da pilha. Parecia muito ocupada quando ele apareceu.

A conversa foi lânguida, com a Sra. Bovary abandonando-a a cada minuto enquanto ele mesmo permanecia totalmente embaraçado. Sentado numa cadeira baixa, perto da lareira, fazia girar em suas mãos o estojo de marfim; ela empurrava a agulha ou, de vez em quando, franzia com a unha as rugas da fazenda. Ela não falava; ele calava-se, cativado por seu silêncio como o teria sido por suas palavras.

— Pobre rapaz! pensava ela.

— Em que lhe desagrado? perguntava-se ele.

Léon, contudo, acabou por dizer que devia, num daqueles dias, ir a Rouen, por um assunto do cartório.

— Sua assinatura de música terminou, quer que a renove?

— Não, respondeu ela.

— Por quê?

— Porque não...

E, franzindo os lábios, puxou lentamente uma longa enfiada de linha cinza.

Aquele trabalho irritava Léon. A ponta dos dedos de Emma parecia ferir-se; veio-lhe à cabeça uma frase galante mas não se arriscou.

— A senhora a abandona então? replicou ele.

— O quê, disse ela com vivacidade, a música? Ah! meu Deus, sim! Não tenho a casa para dirigir, meu marido para cuidar, mil coisas enfim, muitos deveres que têm a primazia?

Ela olhou o relógio. Charles estava atrasado. Então fingiu estar preocupada. Repetiu duas ou três vezes:

— Ele é tão bom!

O escrevente tinha afeição pelo Sr. Bovary. Porém, aquela afeição para com ele espantou-o desagradavelmente; todavia, continuou a elogiá-lo, como desejava elogiar todos, dizia ele, e sobretudo o farmacêutico.

— Ah! É um homem de bem, replicou Emma.

— É evidente, replicou o escrevente.

E pôs-se a falar da Sra. Homais cujo traje, muito negligenciado, geralmente os fazia rir.

— Que importância tem isso? interrompeu Emma. Uma boa mãe de família não se preocupa com seu vestuário.

Em seguida, voltou a seu silêncio.

Nos dias seguintes foi a mesma coisa; suas palavras, suas maneiras, tudo mudou. Tomou a sério sua casa, voltou à igreja regularmente e dirigiu a empregada com maior severidade.

Retirou Berthe da casa da ama de leite. Félicité trazia-a quando vinham visitas e a Sra. Bovary a despia a fim de mostrar seus membros. Declarava que adorava crianças; eram sua consolação, sua alegria, sua loucura e acompanhava suas carícias por expansões líricas que a outras pessoas que não os yonvillenses, teriam lembrado a Sachette de *Notre Dame de Paris*[95].

Quando Charles voltava, encontrava suas pantufas aquecendo-se junto às cinzas. Seus coletes, agora, tinham sempre forro e suas camisas tinham sempre botões e dava mesmo prazer ver no armário todos os gorros de algodão arrumados em pilhas iguais. Ela não torcia mais o nariz, como outrora, para passear no jardim, o que ele propunha era sempre aceito, embora ela não adivinhasse as vontades às quais se submetia sem queixar-se; e, quando Léon o via junto ao fogo, após o jantar, com as duas mãos sobre o ventre, com os pés sobre o cão da chaminé, com as faces ruborizadas pela digestão, com os olhos úmidos de felicidade, com a criança que se arrastava no tapete e aquela mulher de corpo esguio que vinha beijá-lo na testa por cima do espaldar da poltrona:

— Que loucura, dizia ele a si mesmo, e como chegar até a ela?

Ela pareceu-lhe, pois, tão virtuosa e inacessível que qualquer esperança, mesmo a mais vaga, o abandonou.

Porém, com aquela renúncia, ele a colocava em condições extraordinárias. Ela desprendeu-se, para ele, das qualidades carnais das quais nada iria obter; e, em seu coração, ela foi sempre subindo e desligando-se à maneira magnífica de uma apoteose que levanta voo. Era um daqueles sentimentos puros que não atrapalham o exercício da vida, que se cultivam porque são raros e cuja perda traria mais aflição do que a alegria que poderia trazer a posse.

Emma emagreceu, suas faces tornaram-se pálidas, seu rosto afinou. Com seus bandós negros, seus grandes olhos, seu nariz reto, seu andar de pássaro e sempre silenciosa agora, não parecia atravessar a existência, tocando-a apenas levemente, e trazer na testa o vago sinal de alguma predestinação sublime? Mostrava-se tão triste e tão calma, tão doce ao mesmo tempo e tão reservada, que ao seu lado todos se sentiam tomados por um encanto glacial, como se estremece nas igrejas sob o perfume das flores misturado à frieza dos mármores. Os outros também não escapavam àquela sedução. O farmacêutico dizia:

---

[95] Romance de Victor Hugo (1831). O nome do personagem é, na realidade, Paquette-la-Chantefleurie.

— É uma mulher de grandes aptidões e que não estaria deslocada numa subprefeitura.

As burguesas admiravam sua economia; os clientes, sua polidez; os pobres, sua caridade.

Porém, ela vivia cheia de cobiça, de raiva, de ódio. Aquele vestido de pregas retas escondia um coração perturbado e os lábios tão pudicos não contavam sua tormenta. Estava apaixonada por Léon e procurava a solidão, a fim de poder mais facilmente deleitar-se com sua imagem. A visão de sua pessoa turvava a volúpia daquela meditação. Emma palpitava ao ruído de seus passos: em seguida, em sua presença, a emoção caía e somente lhe restava então um imenso assombro que acabava em tristeza.

Léon não sabia, quando saía de sua casa desesperado, que ela se levantava às suas costas para vê-lo na rua. Inquietava-se com o que fazia, espiava seu rosto, inventou toda uma história para encontrar um pretexto para visitar seu quarto. A mulher do farmacêutico parecia-lhe muito feliz por dormir sob o mesmo teto; e seus pensamentos abatiam-se continuamente sobre aquela casa, como os pombos do *Lion d'or* que vinham banhar lá, nas calhas, suas patas róseas e suas asas brancas. Porém, mais Emma percebia seu amor, mais o recalcava, a fim de que ele não se evidenciasse e para diminuí-lo. Teria desejado que Léon o suspeitasse; e imaginava acasos, catástrofes, que o teriam facilitado. O que a retinha, sem dúvida, era a preguiça ou o pavor, e o pudor também. Pensava que o repelira para longe demais, que não havia mais tempo, que tudo estava perdido. Depois o orgulho, a alegria de dizer-lhe: "Sou virtuosa" e de olhar-se no espelho fazendo poses resignadas consolava-a um pouco do sacrifício que julgava fazer.

Então, os apetites da carne, a ambição do dinheiro e as melancolias da paixão, tudo confundia-se num mesmo sofrimento; e, em lugar de desviar seu pensamento, agarrava-se mais a ele, excitando a dor e procurando em toda a parte ocasiões para excitá-lo. Irritava-se com um prato mal servido ou com uma porta entreaberta, lamentava-se pelo veludo que não possuía, pela felicidade que lhe faltava, por seus sonhos grandes demais, por sua casa por demais acanhada.

O que a exasperava era que Charles não parecia suspeitar de seu suplício. Sua convicção de que a fazia feliz parecia-lhe um insulto imbecil e sua segurança nesse ponto parecia-lhe ingratidão. Para quem então era ela sensata? Não era ele o obstáculo para qualquer felicidade, a causa de toda miséria e como o bico pontudo daquela fivela, daquela correia complexa que a fechava de todos os lados?

Portanto, transferiu somente para ele o ódio denso que resultava de seus desgostos e cada esforço para diminuí-lo servia apenas para aumentá-lo; pois àquela dor inútil acrescentavam-se outros motivos de desespero e ela contribuía ainda mais para seu afastamento. Mesmo a doçura para consigo mesma provocava-lhe rebeliões. A mediocridade doméstica empurrava-a para fantasias luxuosas, a ternura matrimonial a desejos adúlteros. Teria desejado que Charles lhe batesse, para poder detestá-lo com maior razão, vingar-se dele. Espantava-se às vezes com as conjecturas atrozes que lhe vinham à cabeça; e seria preciso continuar a sorrir, ouvir repetir que era feliz, fingir sê-lo e deixar que acreditassem?

Enfastiava-a, todavia, aquela hipocrisia. Tinha tentações de fugir com Léon para algum lugar, muito longe, para tentar um novo destino; mas logo abria-se em sua alma um abismo vago, cheio de obscuridade.

— Aliás, ele não me ama mais, pensava; que será de mim? que socorro esperar, que consolo, que alívio?

Permanecia quebrada, ofegante, inerte, soluçando baixinho com as lágrimas escorrendo.

— Por que não contar ao patrão? perguntava-lhe a criada quando entrava durante tais crises.

— São os nervos, respondia Emma; não lhe fales disso, tu o afligirias.

— Ah! sim, replicava Félicité, a senhora é exatamente como a Guérine, filha do pai Guérin, o pescador de Pollet[96], que conheci em Dieppe, antes de vir para a sua casa. Ela estava tão triste, tão triste que, ao vê-la de pé na soleira da casa, dava a impressão de uma mortalha estendida diante da porta. Seu mal, parece, era uma espécie de nevoeiro que tinha na cabeça e os médicos nada podiam fazer, nem o pároco. Quando o mal era forte demais, ia sozinha até a praia e o guarda da alfândega, ao fazer sua ronda, encontrava-a muitas vezes estendida de bruços e chorando sobre os seixos. Dizem que mais tarde, depois do casamento, tudo passou.

— Mas eu, respondia Emma, foi depois do casamento que isto começou.

VI

Uma vez, à tardinha, em que a janela estava aberta e em que ela sentada no peitoril acabava de olhar Lestiboudois, o sacristão, que cortava o buxo, ouviu o *Angelus*.

[96] Arrabalde de Dieppe.

Era o início de abril, quando as primaveras se abrem; um vento morno rola nos canteiros lavrados e os jardins, como as mulheres, parecem enfeitar-se para as festas do verão. Por entre os barrotes do caramanchão e ao redor, mais além, via-se o rio na pradaria que desenhava na relva sinuosidades vagabundas. Os vapores da noite passavam entre os choupos sem folhas, esfumando seus contornos com um tom violeta mais pálido e mais transparente do que uma gaze sutil presa sobre suas ramagens. Ao longe, o gado caminhava; não se ouviam nem seus passos, nem seus mugidos, e o sino, tocando sempre, prolongava nos ares sua lamentação pacífica.

Ao ouvir o som repetido, o pensamento da jovem perdia-se em suas velhas lembranças de juventude e de pensionato. Lembrou os grandes castiçais que ultrapassavam no altar os vasos cheios de flores e o tabernáculo com coluninhas. Teria desejado, como outrora, sentir-se ainda confundida na longa linha de véus brancos marcada de preto cá e lá pelos capelos duros das irmãs inclinadas em seus genuflexórios; no domingo, durante a missa, quando levantava a cabeça, percebia o doce rosto da Virgem entre os turbilhões azulados do incenso que subia. Então, era tomada de enternecimento; sentia-se indolente e totalmente abandonada como a penugem de um pássaro que rodopia na tempestade; e foi sem ter consciência do que fazia que se encaminhou para a igreja, disposta a qualquer devoção, contanto que nela curvasse sua alma e que toda a existência nela desaparecesse.

Na praça, encontrou Lestiboudois que vinha voltando, pois, para não encurtar sua jornada, preferia interromper seu trabalho, retomá-lo depois, de forma que tocava o *Angelus* quando lhe fosse mais cômodo. Aliás, o sino, tocado mais cedo, avisava os moleques da hora do catecismo.

Alguns, que já haviam chegado, jogavam bolinha de gude sobre as lajes do cemitério. Outros, a cavalo sobre o muro, agitavam as pernas, ceifando com os tamancos as grandes urtigas que haviam crescido entre o muro e os últimos túmulos. Era o único lugar que permanecia verde; o resto eram só pedras e mostrava-se continuamente coberto por uma poeira fina, apesar da vassoura da sacristia.

As crianças, de chinelos, corriam no local como sobre um assoalho feito para elas e ouviam-se seus gritos através do barulho do sino. Este diminuía com as oscilações da grossa corda que, caindo da altura do campanário, arrastava a extremidade no chão. Algumas andorinhas passavam com pequenos gritos, cortavam o ar com seu voo e voltavam rapidamente para seus ninhos amarelos sob as telhas do beiral. No fundo da igreja, uma lâmpada ardia, isto é, uma mecha de lamparina num vidro suspenso. Sua luz, de longe, parecia uma mancha esbranquiçada tremendo sobre o óleo. Um longo raio de sol atravessava toda a nave e tornava ainda mais escuros os corredores laterais e os ângulos.

— Onde está o pároco? perguntou a Sra. Bovary a um rapaz que se divertia sacudindo o torniquete em seu encaixe demasiadamente largo.

— Está vindo, respondeu.

De fato, a porta do presbitério rangeu, o abade Bournisien apareceu; as crianças, em confusão, fugiram para a igreja.

— Estes moleques! murmurou o eclesiástico, sempre os mesmos!

E, juntando um catecismo em pedaços em que acabava de bater com o pé:

— Não respeitam nada!

Porém, logo que percebeu a Sra. Bovary:

— Desculpe-me, disse, não a estava reconhecendo.

Meteu o catecismo no bolso e parou, continuando a balançar entre dois dedos a pesada chave da sacristia.

A luz do sol poente que batia em cheio em seu rosto empalidecia sua batina de *lasting*, lustrosa nos cotovelos, esgarçada na orla. Manchas de gordura e de tabaco seguiam, em seu peito largo, a linha dos pequenos botões e tornavam-se mais numerosas à medida que se afastavam da volta onde repousavam as dobras abundantes de sua pele avermelhada; era ela semeada de manchas amarelas que desapareciam nos pelos duros da barba que começava a embranquecer. Acabava de jantar e respirava ruidosamente.

— Como está a senhora? acrescentou.

— Mal, respondeu Emma; estou sofrendo.

— Ora! eu também, replicou o eclesiástico. Estes primeiros calores, não é verdade? dão uma espantosa moleza. Enfim, que quer a senhora! nascemos para sofrer, como diz São Paulo. Mas, o Sr. Bovary, que pensa disso?

— Ele! disse ela com um gesto de desdém.

— Como! replicou o velhote espantado, ele não lhe receita alguma coisa?

— Ah! disse Emma, não são da terra os remédios de que precisaria.

Mas o pároco, de quando em vez, olhava para dentro da igreja onde todos os moleques ajoelhados se empurravam com o ombro e caíam como castelos de cartas.

— Gostaria de saber... — recomeçou ela.

— Espera, espera, Riboudet, gritou o eclesiástico com voz encolerizada, já vou aquecer-te as orelhas, seu tratante!

Em seguida, dirigindo-se a Emma:

— É o filho de Boudet, o carpinteiro; seus pais não se incomodam e o deixam fazer o que quer. Contudo, aprenderia rapidamente, se quisesse, pois tem muita vivacidade. E eu, algumas vezes, por brincadeira, chamo-o Riboudet (como a encosta que tomamos para ir a Maromme) e digo mesmo: meu Riboudet. Ah! Ah! Monte-Riboudet![97] No outro dia, contei a piada a monsenhor, que achou graça... dignou-se rir. — E o Dr. Bovary, como vai ele?

Ela parecia não ouvir. Ele continuou:

— Sempre muito ocupado, sem dúvida? Pois somos certamente, eu e ele, as duas pessoas mais ocupadas da paróquia. Mas ele é o médico dos corpos, acrescentou com uma gargalhada, e eu sou o das almas!

Ela fixou no padre os olhos suplicantes:

— Sim, disse, o senhor conforta todas as misérias.

— Ah! não me fale, Sra. Bovary! Ainda hoje de manhã tive de ir a Bas-Diauville para benzer uma vaca com *inchaço*; pensavam que fosse feitiço. Todas as suas vacas, não sei como... Mas, desculpe! Longuemarre e Boudet! Santa paciência! Acabem com isso!

E, com um salto, lançou-se dentro da igreja.

Os moleques, então, corriam ao redor do púlpito, trepavam nos banquinhos do chantre, abriam o missal e outros, na ponta dos pés, iam aventurar-se até o confessionário. Mas o pároco, de repente, distribuiu a todos uma chuva de bofetadas. Pegando-os pela gola do casaco, levantava-os do chão e colocava-os com força de joelhos nas lajes do coro, como se quisesse plantá-los.

— Veja, disse ao voltar para junto de Emma e pondo entre os dentes um canto de seu grande lenço de chita desdobrado, os lavradores são dignos de pena!

— Existem outros, respondeu ela.

— É claro! Os operários das cidades, por exemplo.

— Não são eles...

— Desculpe! conheci entre eles mães, mulheres virtuosas, asseguro-lhe, verdadeiras santas que nem mesmo tinham pão.

— Mas aquelas, replicou Emma (e os cantos de sua boca retorciam-se ao falar), aquelas, senhor cura, que têm pão e que não têm...

— Que não tem fogo no inverno, disse o padre.

— Ora! Que importa?

— Como! que importa? Parece-me, a mim, que quando se está bem aquecido, bem alimentado... Enfim...

— Meu Deus, meu Deus, suspirava ela.

— A senhora não se sente bem? disse ele, avançando com um ar inquieto. É digestão, talvez. É preciso voltar para casa, Sra. Bovary, tomar um pouco de chá, vai fortificá-la ou então um copo de água fresca com açúcar mascavo.

---

[97] Jogo de palavras em francês: *Mon Riboudet, mont-Riboudet*, em que a pronúncia é a mesma.

— Por quê?

Ela tinha um ar de quem desperta de um sonho.

— É que a senhora passou a mão na testa, pensei que tivesse uma tontura.

Depois, lembrando-se:

— Mas a senhora estava me perguntando alguma coisa? Que era? Não sei mais.

— Eu? Nada... Nada... repetia Emma.

E seu olhar, que girava ao seu redor, desceu lentamente para o velho de batina. Observavam-se face a face, sem falar.

— Então, Sra. Bovary, disse ele, enfim, desculpe-me, mas o dever em primeiro lugar, a senhora sabe; tenho de despachar meus malandros. Aproximam-se as primeiras comunhões. Não sei se teremos tempo! Assim, a partir da Ascensão mantenho-os *recta* todas as quartas-feiras uma hora a mais. Estas pobres crianças! nunca é cedo demais para dirigi-las para a estrada do Senhor, como de resto ele mesmo nos recomendou pela boca de seu divino Filho... Boa saúde, senhora, meus respeitos ao senhor seu marido.

E entrou na igreja fazendo uma genuflexão na porta.

Emma viu-o desaparecer entre a dupla fila de bancos, caminhando com passos pesados, com a cabeça um pouco inclinada sobre o ombro e com as duas mãos afastadas e entreabertas.

Depois, ela girou sobre os calcanhares, como um só bloco, como uma estátua sobre seu eixo e tomou o caminho de casa. Mas a grossa voz do pároco, a voz clara dos moleques chegavam ainda aos seus ouvidos e continuavam atrás delas:

— Sois cristãos?

— Sim, sou cristão.

— Que é um cristão?

— É aquele que, sendo batizado... batizado... batizado.

Ela subiu os degraus de sua escada segurando-se no corrimão e, quando chegou ao quarto, deixou-se cair numa poltrona.

A luz esbranquiçada dos vidros diminuía suavemente com ondulações. Os móveis, em seus lugares pareciam ainda mais imóveis e pareciam perder-se na sombra como num oceano tenebroso. A lareira estava apagada, o relógio continuava a bater e Emma sentia-se vagamente espantada com aquela calma das coisas enquanto nela mesma havia tanta perturbação. Porém, entre a janela e a mesa de trabalho encontrava-se a pequena Berthe, vacilando com botinhas de tricô e procurando aproximar-se de sua mãe para agarrar a extremidade das tiras de seu avental.

— Larga-me! disse ela, afastando-a com a mão.

A menina voltou logo, aproximou-se ainda mais de seus joelhos e, neles apoiando-se com os braços, erguia para ela seus grandes olhos azuis, enquanto um filete de saliva pura caía de seus lábios na seda do avental.

— Larga-me! repetiu a jovem, irritada. Seu rosto assustou a criança, que se pôs a gritar.

— Ora, larga-me de uma vez!, disse ela, empurrando-a com o cotovelo.

Berthe foi cair junto à cômoda, contra a patera de cobre; cortou a face e sangrou. A Sra. Bovary precipitou-se para reerguê-la, partiu o cordão da campainha, chamou a empregada com toda a força e ia começar a maldizer-se quando Charles apareceu. Era hora do jantar, ele estava chegando.

— Olha, meu querido, disse-lhe Emma com voz calma: a pequena, brincando, acaba de machucar-se no chão.

Charles tranquilizou-a, o caso não era grave e foi procurar diaquilão[98].

A Sra. Bovary não desceu para a sala de jantar; quis permanecer sozinha cuidando de sua filha. Então, contemplando-a adormecida, sua inquietação dissipou-se gradualmente e achou-se tola e muito boa por ter-se perturbado havia pouco por tão pouca coisa. Berthe, de fato, não soluçava mais. Sua respiração, agora, levantava imperceptivelmente a coberta de algodão. Grossas lágrimas detinham-se no canto das pálpebras semicerradas deixando perceber entre os cílios duas pupilas pálidas, fundas; o esparadrapo, colado na face, puxava obliquamente a pele esticada.

— É uma coisa estranha, pensava Emma, como esta criança é feia!

Quando Charles, às onze horas da noite voltou da farmácia (aonde fora devolver, após o jantar, o resto do diaquilão), encontrou sua mulher de pé ao lado do berço.

— Asseguro-te que isto não é nada, disse, beijando-a; não te atormentes, minha pobre querida, vais ficar doente!

Ele ficara muito tempo na casa do boticário. Embora não se tivesse mostrado muito emocionado, o Sr. Homais, contudo, esforçara-se por acalmá-lo, por *levantar-lhe o moral*. Então falou-se dos diversos perigos que ameaçavam a infância e do estouvamento dos empregados. A Sra. Homais conhecia aquelas coisas, pois tinha ainda no peito as marcas de uma escudela em brasa que uma cozinheira, outrora, deixara cair em seu blusão. Assim, aqueles bons pais tomavam uma quantidade de precauções. As facas nunca estavam afiadas, as peças nunca estavam enceradas. Nas janelas havia grades de ferro e nos marcos das

[98] Emplastro medicamentoso.

portas havia fortes trancas. Apesar de sua independência, os pequenos Homais não podiam mexer-se sem uma vigilância constante; ao menor resfriado o pai empanturrava-os de xaropes e até depois dos quatro anos feitos usavam, todos, impiedosamente, barretes acolchoados. Era, é verdade, uma mania da Sra. Homais; ela afligia interiormente seu esposo que temia que os órgãos do intelecto sofressem os resultados possíveis de uma tal compressão e ele chegava a dizer-lhe:

— Queres fazer deles caraibas ou botocudos?

Charles, entrementes, tentara várias vezes interromper a conversa.

— Gostaria de falar-lhe, dissera ele baixinho ao escrevente, que se pôs a andar diante dele na escada.

— Estaria suspeitando de alguma coisa? perguntava-se Léon. Seu coração batia e ele perdia-se em conjecturas.

Enfim, Charles, tendo fechado a porta, pediu-lhe que visse pessoalmente em Rouen qual poderia ser o preço de um belo daguerreótipo[99]; era uma surpresa sentimental que reservava à sua mulher, uma atenção delicada, seu retrato de casaca preta. Mas queria antes *saber quanto custaria*; essas diligências não deviam importunar o Sr. Léon visto que ia à cidade mais ou menos todas as semanas.

Com que finalidade? Homais suspeitava em tudo aquilo alguma *história de rapaz*, um caso amoroso. Mas enganava-se; Léon não perseguia nenhum namorico. Estava mais triste do que nunca e a Sra. Lefrançois percebia-o bem, pela quantidade de comida que deixava no prato. Para saber mais, interrogou o perceptor; Binet respondeu num tom arrogante que *não era pago pela polícia*.

Seu companheiro, todavia, parecia-lhe muito singular, pois frequentemente Léon inclinava-se para trás na cadeira, abrindo os braços e queixando-se vagamente da existência.

— É que o senhor não tem suficientes distrações, dizia o perceptor.

— Quais?

— Eu, em seu lugar, teria um torno!

— Mas eu não sei usá-lo, respondia o escrevente.

— Oh! é verdade, dizia o outro acariciando o maxilar com um ar de desdém e de satisfação.

Léon estava cansado de amar sem resultado; além disso, começava a sentir o abatimento causado pela repetição da mesma vida, quando nenhum interesse a dirige e nenhuma esperança a anima. Estava tão entediado com Yonville e com os yonvillenses que a vista de certas pessoas, de certas casas o irritava a ponto de

[99] Processo primitivo de fotografia, inventado por Daguerre em 1838.

não poder aguentar mais; e o farmacêutico, por mais bonachão que fosse, se lhe tornava completamente insuportável. Todavia, a perspectiva de uma situação nova assustava-o tanto quanto o seduzia.

Aquela apreensão transformou-se logo em impaciência e Paris então agitou-lhe, de longe, a fanfarra de seus bailes de máscaras com o riso de suas costureirinhas. Já que lá devia terminar seu curso de direito, por que não partia? Quem o impedia? E pôs-se a preparar-se interiormente; organizou com antecipação suas ocupações. Mentalmente mobiliou seus aposentos. Neles levaria uma vida de artista! Tomaria aulas de guitarra! Teria um robe, um barrete basco, pantufas de veludo azul! E mesmo já admirava, sobre a lareira, dois floretes cruzados; e acima uma caveira e a guitarra.

A coisa mais difícil era o consentimento de sua mãe; nada, todavia, parecia mais sensato. Mesmo seu patrão animava-o a visitar um outro cartório onde pudesse desenvolver-se mais. Escolhendo pois o meio-termo, Léon procurou um lugar de segundo escrevente em Rouen, não o encontrou; escreveu enfim a sua mãe uma longa carta pormenorizada em que expunha as razões para ir morar em Paris imediatamente. Ela consentiu.

Ele não se apressou. Cada dia, durante um mês inteiro, Hivert transportou para ele de Yonville a Rouen, de Rouen a Yonville, arcas, malas, pacotes; e quando acabou de reabastecer seu guarda-roupa, de mandar estofar suas três poltronas, de comprar uma provisão de lenços de seda, de tomar, numa palavra, maiores disposições do que para uma viagem ao redor do mundo, adiou de semana em semana, até receber uma segunda carta materna onde era instado a partir, já que o desejava, antes das férias, para fazer o exame.

Quando chegou o momento dos abraços, a Sra. Homais chorou; Justin soluçava; Homais, como homem forte, dissimulou sua emoção, queria carregar pessoalmente o casaco de seu amigo até o portão do notário, que conduzia Léon a Rouen em seu carro. Este último tinha o tempo exato para despedir-se do Sr. Bovary.

Quando chegou ao alto da escada, deteve-se, de tal forma estava sem fôlego. Quando entrou, a Sra. Bovary levantou-se com vivacidade.

— Sou eu novamente! disse Léon.

— Eu tinha a certeza!

Ela mordeu os lábios e um fluxo de sangue correu-lhe sob a pele e tornou-a rósea desde a raiz dos cabelos até a beira da gola. Permanecia de pé, apoiando o ombro no lambri.

— O Sr. Bovary não está? continuou ele.

— Está ausente.

Ela repetiu:

— Está ausente.

Houve então um silêncio. Olharam-se; e seus pensamentos, confundidos na mesma angústia, abraçavam-se com força, como dois peitos palpitantes.

— Gostaria de beijar Berthe, disse Léon.

Emma desceu alguns degraus e chamou Félicité.

Ele lançou rapidamente ao redor um largo olhar que se estendeu pelas paredes, pelas prateleiras, pela lareira como para penetrar tudo, levar tudo embora.

Mas ela voltou e a criada trouxe Berthe que sacudia na extremidade de um cordão um cata-vento de cabeça para baixo.

Léon beijou-a várias vezes no pescoço.

— Adeus, pobre menina! adeus, cara pequena, adeus!

E entregou-a novamente a sua mãe.

— Leve-a, disse esta.

Ficaram a sós.

A Sra. Bovary, de costas, tinha o rosto encostado numa vidraça; Léon segurava na mão seu boné e batia-o suavemente ao longo da coxa.

— Vai chover, disse Emma.

— Tenho uma capa, respondeu ele.

— Ah!

Ela voltou-se com o queixo baixo e a testa inclinada. A luz deslizava sobre ela, como sobre o mármore, até a curva das sobrancelhas sem que se pudesse saber o que Emma olhava no horizonte nem o que pensava no fundo de si mesma.

— Vamos, adeus, suspirou ele.

Ela levantou a cabeça com um movimento brusco:

— Sim, adeus... Vá!

Avançaram um para o outro: ele estendeu a mão, ela hesitou.

— À inglesa então, disse ela, abandonando a sua, esforçando-se por rir.

Léon sentiu-a entre seus dedos e a própria substância de todo o seu ser parecia descer para aquela palma úmida.

Depois ele abriu a mão; seus olhos se encontraram mais uma vez e ele desapareceu.

Quando chegou sob o mercado, deteve-se e escondeu-se atrás de um pilar a fim de contemplar por uma última vez aquela casa branca com suas quatro persianas verdes. Pensou ver uma sombra atrás da janela, no quarto, mas a cortina, soltando-se da patera como por si mesma, moveu lentamente suas longas pregas oblíquas que, de uma só vez, se desdobraram todas, e permaneceu reta, mais imóvel do que um muro de estuque. Léon pôs-se a correr.

Percebeu de longe, na estrada, o cabriolé de seu patrão e, ao lado, um homem de avental de aniagem que segurava o cavalo. Homais e o Sr. Guillaumin conversavam juntos. Esperavam-no.

— Abrace-me, disse o boticário com lágrimas nos olhos. Eis seu casaco, meu bom amigo, cuidado com o frio! Cuide-se! Poupe-se.

— Vamos, Léon, para o carro! disse o notário.

Homais inclinou-se sobre o para-lama e, com voz entrecortada pelos soluços, deixou cair estas duas palavras tristes:

— Boa viagem!

— Boa-tarde, respondeu o Sr. Guillaumin, solte as rédeas!

Partiram, e Homais virou-se de costas.

A Sra. Bovary abrira a janela que dava para o jardim e olhava as nuvens.

Elas se amontoavam no poente, pelos lados de Rouen e rolavam rapidamente suas volutas negras ultrapassadas pelas grandes linhas do sol, como as flechas de ouro de um troféu suspenso, enquanto o resto do céu vazio tinha uma brancura de porcelana. Mas uma rajada de vento fez curvar os choupos e de repente a chuva caiu; ela crepitava sobre as folhas verdes. Depois, o sol reapareceu, as galinhas cantaram, os pardais batiam as asas nas moitas úmidas e as poças d'água na areia levavam, ao escoar-se, as flores róseas de uma acácia.

— Ah! Ele já deve estar longe, pensou ela.

O Sr. Homais, como de costume, veio às seis e meia, durante o jantar.

— Então! disse ele, sentando-se, então embarcamos nosso jovem?

— Parece! respondeu o médico.

Depois, virando-se na cadeira.

— E que há de novo em sua casa?

— Não muita coisa. Somente minha mulher emocionou-se um pouco hoje à tarde. O senhor sabe, as mulheres, qualquer coisa as perturba! Sobretudo a minha! E seria errado revoltar-se contra isso visto que sua organização nervosa é muito mais maleável do que a nossa.

— Esse pobre Léon, dizia Charles, como vai viver em Paris!... Irá acostumar-se?

A Sra. Bovary suspirou.

— Ora, vamos! disse o farmacêutico, estalando a língua, e os pratos requintados nos restaurantes, os bailes de máscaras, o champanhe! tudo isso vai rolar, asseguro-lhe.

— Não creio que ele se desencaminhe, objetou Bovary.

— Nem eu! replicou com vivacidade o Sr. Homais. Embora, contudo, tenha de seguir os outros, para não passar por um jesuíta[100]. E o senhor não sabe a vida que levam aqueles pândegos, no bairro Latino[101] com as atrizes! De resto, os estudantes são muito bem vistos em Paris. Contanto que tenham algum atrativo, são recebidos nas melhores sociedades e há mesmo senhoras do bairro Saint-Germain[102] que se apaixonam por eles, o que lhes dá, em seguida, possibilidades de fazer bons casamentos.

— Mas, disse o médico, tenho medo por ele que... lá ...

— Tem razão, interrompeu o boticário, é o reverso da medalha! e é-se obrigado a manter continuamente a mão no bolso. Assim, o senhor está num jardim público, imagino; um sujeito se apresenta, bem vestido, até mesmo condecorado, que tomaríamos por um diplomata; aborda-o, conversam, ele se insinua, oferece-lhe uma pitada de rapé ou junta seu chapéu. Depois, estreita-se a amizade; leva-o ao café, convida-o à sua casa de campo, apresenta-o, entre dois vinhos, a toda espécie de pessoas e na maior parte do tempo tudo isso só serve para piratear sua bolsa ou arrastá-lo a negócios perniciosos.

— É verdade, respondeu Charles; mas eu pensava sobretudo nas doenças, na febre tifóide, por exemplo, que ataca os estudantes do interior.

Emma estremeceu.

— Por causa da mudança de regime, continuou o farmacêutico, e da perturbação causada no equilíbrio geral. E além disso, a água de Paris, veja! as iguarias dos restaurantes, todos aqueles alimentos condimentados acabam por aquecer o sangue e não valem, digam o que disserem, um bom cozido. Quanto a mim, sempre preferi a cozinha burguesa; é mais sadia! Assim, quando eu estudava farmácia em Rouen, morava numa pensão; comia com os professores.

E continuou assim a expor suas opiniões gerais e suas simpatias pessoais até o momento em que Justin veio procurá-lo para uma gemada que era preciso fazer.

— Nem um momento de descanso! exclamou, sempre acorrentado! Não posso sair nem um minuto! É preciso, como um burro de carga, suar sangue e água! Que vida miserável!

Depois, ao chegar à porta:

— A propósito, disse, sabe da novidade?

— O quê?

---

100 Hipócrita.

101 *Quartier latin,* bairro dos estudantes.

102 Bairro eminentemente aristocrático.

— É que é muito provável, continuou Homais, levantando as sobrancelhas e com uma expressão seriíssima, que os Comícios agrícolas[103] da Seine-Inferieure[104] se realizem este ano em Yonville-l'Abbaye. Pelo menos é o boato que circula. Para nossa circunscrição seria da maior importância! Mas falaremos nisso mais tarde. Obrigado, estou enxergando; Justin trouxe a lanterna.

VII

O dia seguinte, para Emma, foi fúnebre. Tudo lhe parecia envolvido numa atmosfera negra que flutuava confusamente sobre as coisas e a tristeza engolfava-se em sua alma com gritos doces, como faz o vento no inverno nos castelos abandonados. É o devaneio sobre o que não mais voltará, o cansaço que nos invade após cada coisa realizada, aquela dor enfim que nos trazem a interrupção de todo movimento costumeiro, a brusca cessação de uma vibração prolongada.

Como quando da volta da Vaubyessard, quando as quadrilhas rodopiavam em sua cabeça, ela sentia uma melancolia sombria, um desespero entorpecido. Léon reaparecia maior, mais belo, mais suave, mais vago; embora separado dela, ele não a deixara, estava lá e as paredes da casa pareciam conservar sua sombra. Ela não podia desviar a vista daquele tapete sobre o qual ele caminhara, daqueles móveis vazios em que se sentara. O rio corria sempre e empurrava lentamente suas pequenas ondas ao longo da margem escorregadia. Tinham passeado lá muitas vezes, com aquele mesmo murmúrio das ondas, sobre as pedras cobertas de musgo. Que belas horas de sol tinham tido! Quantas boas tardes, sozinhos, à sombra, no fundo do jardim! Ele lia em voz alta, com a cabeça descoberta, sentado num tamborete de varas secas; o vento fresco da pradaria fazia tremer as páginas do livro e as capuchinhas do caramanchão. Ah! ele partira, o único encanto de sua vida, a única esperança possível de felicidade! Como não agarrara tal felicidade quando se apresentava! Por que não o ter retido com as duas mãos, com os dois joelhos, quando queria fugir? E amaldiçoou-se por não

[103] Cf. *Le petit Robert: comices agricoles:* "reunião, assembleia de lavradores de uma região que se propõem trabalhar para o aperfeiçoamento, para o desenvolvimento da agricultura".

[104] Departamento francês (hoje Seine-Maritime) composto de três circunscrições administrativas: Rouen, Dieppe, Le Havre.

ter amado Léon; teve sede de seus lábios. Teve vontade de correr para alcançá-lo, para atirar-se em seus braços e dizer-lhe: "Sou eu, eu sou tua!" Mas Emma embaraçava-se antecipadamente com as dificuldades da empresa e seus desejos, agravados pelo arrependimento, tornavam-se ainda mais ativos.

A partir de então, aquela lembrança de Léon foi como o centro de seu aborrecimento; ela crepitava com mais força do que um fogo de viajantes abandonado na neve numa estepe da Rússia. Ela precipitava-se para ele, abrigava-se contra ele, remexia delicadamente aquele fogo que ia se apagando, ia procurando ao seu redor o que podia avivá-lo mais; e as mais longínquas reminiscências como as mais imediatas ocasiões, o que experimentava com o que imaginava, seus desejos de volúpia que se dispersavam, seus projetos de felicidade que caíam ao vento como ramagens mortas, sua virtude estéril, suas esperanças desabadas, a derisão doméstica, ela juntava tudo, apanhava tudo e fazia com que tudo aquecesse sua tristeza.

Entrementes, as chamas se acalmaram, seja porque a própria provisão se tivesse esgotado ou porque a acumulação fosse por demais considerável. O amor pouco a pouco apagou-se com a ausência, o pesar foi abafado pelo hábito; e aquela luminosidade de incêndio que tingia de púrpura seu céu pálido cobriu-se com maiores sombras e apagou-se gradualmente. No entorpecimento de sua consciência, tomou mesmo a repugnância pelo marido como aspirações pelo amante, os ardores do ódio como reaquecimento da ternura; mas, como a tempestade continuava soprando e como a paixão se consumiu até as cinzas e como não chegou nenhum socorro, como nenhum sol apareceu, foi noite completa em toda a parte e ela permaneceu perdida num frio que a trespassava.

Então, os maus dias de Tostes recomeçaram. Ela julgava-se agora muito mais infeliz, pois possuía a experiência da tristeza com a certeza de que não acabaria.

Uma mulher que se impusera tão grandes sacrifícios podia perfeitamente satisfazer seus desejos. Comprou um genuflexório gótico, gastou num mês catorze francos de limões para limpar as unhas, escreveu a Rouen para ter um vestido de caxemira azul, escolheu na loja de Lheureux a mais bela de suas echarpes; amarrou-a na cintura e, com os postigos fechados, com um livro na mão, permanecia estendida num canapé, nesses trajes.

Frequentemente variava o penteado: penteava-se à chinesa, fazia cachos fofos, fazia tranças; fez uma risca de lado e enrolou os cabelos para baixo como um homem.

Quis aprender italiano: comprou dicionários, uma gramática, uma provisão de papel branco. Tentou leituras sérias, história e filosofia. À noite, às vezes, Charles acordava sobressaltado, pensando que vinham chamá-lo para um doente.

— Já vou, balbuciava.

E era o ruído de um fósforo que Emma riscava para reacender a lâmpada. Mas suas leituras eram como suas tapeçarias que, todas iniciadas, enchiam seu armário; ela as pegava, as abandonava, passava a outras.

Fazia excessos que poderiam facilmente levá-la a extravagâncias. Sustentou um dia, contra seu marido, que beberia a metade de um copo grande de aguardente e, como Charles cometeu a tolice de desafiá-la a fazê-lo, engoliu o aguardente até o fim.

Apesar de seus ares levianos (era a expressão das habitantes de Yonville), Emma, contudo, não parecia alegre e conservava habitualmente, nos cantos da boca, a imóvel contração que franze o rosto das solteironas e a dos ambiciosos desiludidos. Era toda pálida, branca como um lençol; a pele do nariz mostrava-se esticada em direção às narinas, os olhos olhavam de uma maneira vaga. Por ter descoberto três cabelos grisalhos nas têmporas falou de sua velhice.

Frequentemente voltava sua fraqueza. Um dia mesmo escarrou sangue e, como Charles se desvelava, deixando perceber sua inquietação:

— Ah! que importa! respondeu ela, que importância tem isso?

Charles foi refugiar-se em seu gabinete e chorou, com os dois cotovelos sobre a mesa, sentado na cadeira da escrivaninha, sob a cabeça frenológica.

Então, escreveu à sua mãe para pedir-lhe que viesse e tiveram, juntos, longas conferências sobre Emma.

Que resolver? Que fazer, visto que ela recusava todo tratamento?

— Sabes de que precisaria tua mulher? replicava a mãe Bovary. Ocupações obrigatórias, trabalhos manuais! Se ela fosse obrigada, como tantas outras, a ganhar seu pão, não teria esses vapores que lhe vêm de um monte de ideias que se põe na cabeça e da ociosidade em que vive.

— Contudo, ela se ocupa, dizia Charles.

— Ah! ela se ocupa! Em quê? Em ler romances, maus livros, obras que são contra a religião e nas quais se zomba dos padres com palavras tiradas de Voltaire. Mas tudo isso vai longe, meu pobre filho, e quem não tem religião acaba sempre mal.

Assim, ficou resolvido que se impediria Emma de ler romances. A empresa não parecia fácil. A boa senhora encarregou-se dela: ela deveria, ao passar por Rouen, ir ela mesma procurar a pessoa que alugava livros e dizer-lhe que Emma encerrava suas assinaturas. Não se teria o direito de avisar a polícia se o livreiro continuasse mesmo assim seu trabalho de envenenador?

As despedidas da sogra e da nora foram secas. Durante as três semanas que passaram juntas não haviam trocado quatro palavras, além das informações e das saudações, quando se encontravam à mesa, e à noite antes de se porem na cama.

A Sra. Bovary mãe partiu numa quarta-feira, dia de mercado em Yonville.

A praça, já de manhã, estava atravancada por uma fila de carroças que, com as rodas e os varais virados para cima, estendiam-se ao longo das casas, da igreja até a hospedaria. Do outro lado, havia barracas de pano onde se vendiam tecidos de algodão, cobertores e meias de lã, com cabrestos para cavalos e meadas de fitas azuis cujas extremidades esvoaçavam ao vento. No chão estendiam-se artigos de ferragens, entre as pirâmides de ovos e cestinhas de queijos, de onde saíam palhas viscosas; perto das máquinas de moer trigo algumas galinhas, que cacarejavam em suas gaiolas, passavam os pescoços pelas grades. A multidão, atulhando-se no mesmo lugar sem querer movimentar-se, ameaçava às vezes romper a vitrine da farmácia. Às quartas-feiras, ela não se esvaziava e todos se empurravam, menos para comprar medicamentos do que para ter consultas, de tal forma era famosa a reputação do Sr. Homais nas vilas circunvizinhas. Sua robusta firmeza fascinara os camponeses. Olhavam-no como o maior dentre todos os médicos.

Emma estava debruçada à janela (ela debruçava-se muitas vezes; no interior, a janela substitui os teatros e os passeios) e divertia-se vendo a multidão dos camponeses, quando percebeu um senhor vestido com uma sobrecasaca de veludo verde. Usava luvas amarelas, embora usasse grossas polainas; e dirigia-se para a casa do médico seguido por um camponês que caminhava de cabeça baixa e totalmente concentrado.

— Posso ver o Dr. Bovary? perguntou a Justin que conversava, na porta, com Félicité.

E, pensando que fosse o criado da casa:

— Diga-lhe que o Sr. Rodolphe Boulanger, da Huchette, está aqui.

Não era por vaidade rural que o recém-chegado acrescentara a partícula ao nome, mas para melhor dar-se a conhecer. A Huchette, de fato, era um domínio, perto de Yonville, cujo castelo acabava de adquirir, com duas quintas que ele mesmo cultivava, todavia sem dar-se muito trabalho. Vivia sozinho e diziam que tinha *pelo menos quinze mil libras de rendas*!

Charles entrou na sala. O Sr. Boulanger apresentou-lhe seu homem, que desejava ser sangrado porque sentia *formigas ao longo do corpo.*

— Isto vai me purgar, objetava ele diante de todos os argumentos.

Bovary começou pois por trazer uma atadura e uma bacia e pediu a Justin que a segurasse. Depois, dirigindo-se ao campônio já lívido:

— Não tenha medo, meu valente.

— Não, não, respondeu o outro, pode continuar.

E, com um ar fanfarrão, estendeu o braço gordo. Sob a picada da lanceta, o sangue jorrou e foi salpicar o espelho.

— Aproxima o vaso! exclamou Charles.

— Olha!, dizia o camponês, pode-se dizer que é uma pequena fonte escorrendo! Como meu sangue é vermelho! Deve ser bom sinal, não é?

— Algumas vezes, replicou o oficial de saúde, nada se sente no início, depois a síncope se declara e particularmente nas pessoas bem constituídas como esta.

A estas palavras, o campônio largou o estojo que fazia girar entre os dedos. Uma sacudidela de seus ombros fez estalar o espaldar da cadeira. Seu chapéu caiu.

— Eu estava desconfiando, disse Bovary, pondo o dedo na veia.

A bacia começava a tremer nas mãos de Justin; seus joelhos afrouxaram, ele empalideceu.

— Emma! Emma! chamou Charles.

De um salto, ela desceu a escada.

— Vinagre! gritou ele. Ah! meu Deus, dois ao mesmo tempo.

E, com a emoção, tinha dificuldade em colocar a compressa.

— Não é nada, dizia tranquilamente o Sr. Boulanger, enquanto pegava Justin nos braços.

E sentou-o na mesa com as costas contra a parede.

A Sra. Bovary começou a tirar-lhe a gravata. Havia um nó nos cordões de sua camisa; por alguns minutos ela continuou a mover seus dedos leves no pescoço do jovem, em seguida derramou vinagre em seu lenço de cambraia de linho; com ele molhava-lhe as têmporas com pequenos goles e assoprava delicadamente.

O carroceiro voltou a si: mas a síncope de Justin continuava e suas pupilas desapareciam em sua esclerótica pálida como flores azuis dentro do leite.

— Seria preciso esconder-lhe isto, disse Charles.

A Sra. Bovary pegou a bacia para pô-la embaixo da mesa; ao inclinar-se para fazer esse movimento seu vestido (era um vestido de verão com quatro folhos, amarelo, de corpete longo e de saia larga) abriu-se ao seu redor sobre os ladrilhos da sala; — e como Emma, abaixada, cambaleasse um pouco ao abrir os braços, a fazenda inflada enrugava-se cá e lá segundo a curvatura do corpete. Em seguida, ela foi buscar um jarro de água e estava desmanchando pedaços de açúcar quando o farmacêutico chegou. Na confusão, a criada fora procurá-lo; percebendo seu discípulo de olhos abertos, tomou fôlego. Depois, girando ao seu redor, olhava-o de alto a baixo.

— Tolo! dizia; tolinho, francamente! tolo com quatro letras! Grande coisa, finalmente, uma flebotomia! e um rapagão que não tem medo de nada! um esquilo como esse que sobe a alturas vertiginosas para sacudir as nozes.

Ah! sim, fala, gaba-te! belas disposições para mais tarde ser farmacêutico; pois podes ser chamado a circunstâncias mais graves, diante dos tribunais, para esclarecer a consciência dos magistrados; e será preciso, contudo, manter o sangue-frio, raciocinar, mostrar-se homem ou então passar por imbecil!

Justin não respondia. O boticário continuava.

— Quem te mandou vir? Sempre importunas o doutor e a senhora! Às quartas-feiras, aliás, tua presença me é indispensável. Há agora vinte pessoas em casa. Larguei tudo pelo interesse que tenho por ti. Vamos, vai embora, corre! Espera por mim e controla os frascos!

Quando Justin partiu após ter-se vestido novamente, falou-se um pouco de desmaios. A Sra. Bovary nunca os tivera.

— É extraordinário para uma senhora! disse o Sr. Boulanger. De resto, há pessoas muito delicadas. Assim, vi, num duelo, uma testemunha desmaiar só ao ouvir o ruído das pistolas que estavam sendo carregadas.

— Quanto a mim, disse o boticário, a vista do sangue dos outros nada me faz; mas somente a ideia do meu sangue escorrendo bastaria para causar-me um desfalecimento caso pensasse demais no fato.

Entrementes, o Sr. Boulanger mandou embora seu criado, exortando-o a tranquilizar o espírito, visto que seu capricho já passara.

— Ele me trouxe a vantagem de tê-lo conhecido, acrescentou.

E olhava Emma ao dizer essa frase.

Depois, colocou três francos no canto da mesa, cumprimentou com negligência e partiu.

Em breve, estava na outra margem do rio (era seu caminho para voltar à Huchette); e Emma percebeu-o na pradaria, caminhando embaixo dos choupos, diminuindo o passo de vez em quando como se estivesse refletindo.

— Ela é muito amável! dizia a si mesmo; é muito amável, a mulher deste médico! Belos dentes, olhos negros, pés graciosos e o aspecto de uma parisiense. De onde diabo saiu? Onde esse rapagão foi encontrá-la?

O Sr. Rodolphe Boulanger tinha trinta e quatro anos; tinha um temperamento brutal e uma inteligência perspicaz, tendo aliás convivido muito com mulheres e conhecendo-as bem. Aquela lhe parecera bonita: pensava nela, portanto, e no marido.

— Acho que é um tolo. Ela está, sem dúvida, cansada dele. Ele tem unhas sujas e uma barba de três dias. Enquanto sai a trote para ver seus doentes ela fica remendando meias. E entedia-se! Gostaria de morar na cidade, dançar polca[105] todas as noites! Pobre mulherzinha! Deve desejar ardentemente o amor como

[105] Dança originária da Bohemia, de campasso binário. Teve grande voga no século XIX.

uma carpa deseja água na mesa da cozinha. Com três palavras galantes, ela me adoraria, tenho a certeza! Seria terno! encantador!... Sim, mas como ver-se livre dela depois?

Então, as dificuldades do prazer, entrevistas em perspectiva, fizeram-no, por contraste, pensar em sua amante. Era uma comediante de Rouen que ele sustentava; e quando se deteve naquela imagem da qual, mesmo em lembrança, se sentia farto:

— Ah! a Sra. Bovary, pensou, é bem mais bonita do que ela, mais fresca sobretudo. Virgínie decididamente começa a engordar demais. Ela é tão fastidiosa com suas alegrias. E, aliás, que mania de salicóquios![106]

O campo estava deserto e Rodolphe só ouvia ao seu redor as batidas regulares das ervas que fustigavam seu calçado com o grito dos grilos escondidos sob as aveias; ele revia Emma na sala vestida como a vira e a despia.

— Oh! eu a terei, exclamou, esmagando com uma bengala um monte de terra diante dele.

E examinou logo a parte prática da empresa. Perguntava a si mesmo:

— Onde encontrar-se? de que maneira? Teremos continuamente o fedelho nas costas e a criada, os vizinhos, o marido, todo tipo de embrulhadas consideráveis. "Ora! disse, perde-se muito tempo com isso!"

Depois recomeçou:

— É que ela tem olhos que entram no coração como uma pua. E aquela tez pálida!... Eu, que adoro as mulheres pálidas!

No alto da encosta de Arcueil sua resolução estava tomada.

— Só falta procurar ocasiões. Pois bem! passarei por lá algumas vezes, enviar-lhe-ei um pouco de caça, galinhas; far-me-ei sangrar, se for preciso; tornar-nos-emos amigos, convidá-los-ei à minha casa... Ah! por Deus! acrescentou, teremos em breve os Comícios; ela irá, eu a verei. Começaremos, e ousadamente, pois é o mais seguro.

VIII

Os famosos Comícios chegaram realmente! Já na manhã da solenidade todos os habitantes, em suas portas, entretinham-se com os preparativos; haviam enguirlandado com hera o frontão da prefeitura; no prado fora levantada uma

[106] Camarões da Normandia.

tenda para o festim e, no meio da praça, diante da igreja, uma espécie de bombarda devia assinalar a chegada do Sr. Governador[107] e o nome dos agricultores premiados. A guarda nacional de Buchy (ela não existia em Yonville) viera juntar-se ao corpo de bombeiros cujo capitão era Binet. Usava ele, naquele dia, um colarinho ainda mais alto do que o costume; e, apertado em sua túnica, tinha o busto tão duro e imóvel que toda a parte vital de seu corpo parecia ter descido às pernas, que se levantavam em cadência com passos marcados, em um só movimento. Como subsistia uma rivalidade entre o perceptor e o coronel, ambos, para mostrar seus talentos, faziam evoluir seus homens à parte. Viam-se, alternadamente, passar e passar de novo as dragonas vermelhas e os plastrões negros. O movimento não acabava e recomeçava sempre! Nunca houvera uma tal ostentação! Vários burgueses, já na véspera, haviam lavado suas casas; as bandeiras tricolores encimavam as janelas entreabertas; todos os botequins estavam cheios e, com o bom tempo que estava fazendo, os gorros engomados, as cruzes de ouro e os lenços coloridos pareciam mais brancos do que a neve, cintilavam ao sol claro e reanimavam, com sua miscelânea disseminada, a sombria monotonia das casacas e das blusas azuis. As granjeiras das redondezas, ao descer do cavalo, retiravam o grande alfinete que lhes mantinha o vestido arregaçado ao redor do corpo por medo das manchas; e os maridos, pelo contrário, a fim de defender seus chapéus, conservavam acima deles lenços de bolso mantendo presa entre os dentes uma de suas pontas.

A multidão chegava à rua principal pelas duas extremidades da vila. Transbordava das ruelas, das alamedas, das casas e ouvia-se, de tempos em tempos, recair a aldrava das portas atrás das burguesas com luvas de linha que saíam para ir ver a festa. O que todos admiravam sobretudo eram dois longos teixos cobertos de lampiões que ladeavam o palanque onde iriam colocar-se as autoridades; havia ainda, contra as quatro colunas da prefeitura, quatro espécies de varas, trazendo cada uma um pequeno estandarte de fazenda esverdeada, cheio de inscrições em letras de ouro. Lia-se num deles: "Ao Comércio", num outro: "À Agricultura", no terceiro: "À Indústria" e no quarto: "Às Belas-Artes".

Porém, o júbilo que desabrochava em todos os rostos parecia entristecer a Sra. Lefrançois, a hospedeira. De pé nos degraus da cozinha, murmurava consigo mesma:

— Que bobagem! que bobagem com sua barraca de pano! Imaginam que o governador será bem feliz em jantar aí, sob uma tenda como um saltimbanco? Chamam a essa confusão fazer bem à região! Não precisava então ter o trabalho

---

[107] Em francês, *Préfet* é o governador de um departamento.

de ir procurar um taberneiro[108] em Neufchâtel! E para quem? para vaqueiros! para maltrapilhos!...

O boticário passou. Usava uma casaca preta com calça de nanquim, sapatos de castor e, coisa extraordinária, um chapéu — um chapéu baixo.

— Seu criado! disse, desculpe-me, estou com pressa.

E como a corpulenta viúva lhe perguntasse aonde ia:

— Parece-lhe estranho, não é? eu que permaneço cada vez mais confinado em meu laboratório que o rato do *bonhomme*[109] em seu queijo.

— Qual queijo?

— Não, nada! não é nada! replicou Homais. Queria apenas dizer-lhe, Sra. Lefrançois, que habitualmente permaneço recluso em casa. Hoje, contudo, dadas as circunstâncias, é preciso que...

— Ah! O senhor vai lá[110]? disse ela com um ar de desdém.

— Sim, vou, replicou o boticário espantado; não faço parte da comissão consultiva?

A mãe Lefrançois olhou-o por alguns minutos e acabou por responder sorrindo:

— É outra coisa! Mas que lhe interessa o cultivo? O senhor é um entendido?

— Certamente, sou um entendido, visto que sou farmacêutico, isto é, químico! E como a química, Sra. Lefrançois, tem por objetivo o conhecimento e a ação recíproca e molecular de todos os corpos da natureza, segue-se que a agricultura faz parte de seu domínio! E, de fato, composições dos adubos, fermentação dos líquidos, análise dos gases e influências dos miasmas, o que é tudo isso, pergunto-lhe, senão a química pura e simples?

A hospedeira nada respondeu. Homais continuou.

— A senhora pensa que, para ser agrônomo, seja preciso ter lavrado a terra pessoalmente ou engordado as galinhas? Mas é preciso conhecer, antes, a constituição das substâncias em apreço, as jazidas geológicas, a ação atmosférica, a qualidade dos terrenos, dos minerais, das águas, a densidade dos diferentes corpos e sua capilaridade! Que sei eu? E é preciso conhecer a fundo todos os princípios de higiene, para dirigir, criticar a construção dos edifícios, o regime dos animais, a alimentação dos criados! Ainda é preciso, Sra. Lefrançois, saber botânica, saber discernir as plantas. Compreende? Separar as salutares das de-

108 No sentido de "um mau cozinheiro".

109 *Bonhomme* é o apelido com que é conhecido o escritor La Fontaine. Trata-se de sua fábula *Le rat qui s'est retiré du monde.*

110 Na hospedaria concorrente.

letérias, as improdutivas das nutritivas, se é bom arrancá-las aqui e semeá-las novamente lá, propagar algumas, destruir outras; em duas palavras, é preciso estar ao par da ciência através de publicações e de documentos públicos, estar sempre vigilante, para indicar melhorias...

A hospedeira não afastava os olhos da porta do *Café Français* e o farmacêutico prosseguiu:

— Quisera Deus que nossos agricultores fossem químicos ou que, pelo menos, escutassem mais os conselhos da ciência! Assim, quanto a mim, escrevi, esses últimos tempos, um vigoroso opúsculo, uma dissertação de mais de setenta e duas páginas, intitulada *Du sidre, de sa fabrication et de ses effets, suivi de quelques réflexions nouvelles à ce sujet*[111], que enviei à Sociedade Agronômica de Rouen; o que me valeu mesmo a honra de ser recebido entre seus membros, seção de agricultura, classe de pomologia. Pois bem! Se minha obra tivesse sido entregue à publicidade...

Porém, o boticário deteve-se, de tal forma a Sra. Lefrançois parecia preocupada.

— Olhe para eles! dizia ela, não se entende nada! Uma tal baiúca!

E, com um levantar de ombros que puxava no peito as malhas de sua blusa, mostrava com as duas mãos a taberna de seu rival, de onde naquele momento saíam canções.

— De resto, ele não vai durar muito, acrescentou; antes de oito dias estará tudo acabado.

Homais recuou, com um gesto de estupefação. Ela desceu seus três degraus e, falando-lhe ao ouvido:

— Como! Não sabe? Vai ser embargado esta semana. É Lheureux que o leva a vender. Assassinou-o com promissórias.

— Que terrível catástrofe! exclamou o boticário, que tinha sempre expressões congruentes para todas as circunstâncias imaginárias.

A hospedeira pôs-se portanto a contar-lhe essa história que soubera por Teodoro, o criado do Sr. Guillaumin e, embora execrasse Tellier, censurava Lheureux. Era um aliciador, um réptil.

— Ah! veja, disse ela, lá está ele sob o mercado; está cumprimentando a Sra. Bovary que está de chapéu verde. Ela está mesmo de braço com Boulanger.

— A Sra. Bovary! disse Homais. Apresso-me em ir levar-lhe meus respeitos. Talvez fique satisfeita se tiver um lugar no recinto, sob o peristilo.

---

[111] *Da sidra, de sua fabricação e de seus efeitos, seguido de algumas novas reflexões sobre o assunto.*

E, sem ouvir a mãe Lefrançois que o chamava para continuar a narração, o farmacêutico afastou-se com um passo rápido, com um sorriso nos lábios e as panturrilhas esticadas, distribuindo à esquerda e à direita uma quantidade de cumprimentos e enchendo muito espaço com as grandes abas de sua casaca, que flutuavam ao vento atrás dele.

Tendo-o percebido de longe, Rodolphe acelerou o passo, mas a Sra. Bovary sentiu-se ofegante; ele moderou a marcha então e disse-lhe sorrindo, num tom brutal:

— É para evitar esse homenzarrão: a senhora sabe, o boticário.

Ela deu-lhe uma cotovelada.

— Que significa isto? perguntou-se ele.

E olhou-a com o canto dos olhos, continuando a caminhar.

Seu perfil era tão calmo que nada era possível adivinhar. Destacava-se ele em plena luz, na aba oval de sua capota[112] com fitas pálidas semelhantes a folhas de junco. Seus olhos, de longos cílios curvos, olhavam diante de si e, embora bem abertos, pareciam um pouco contidos pelas maçãs do rosto, por causa do sangue que batia suavemente sob sua pele fina. Um colorido róseo atravessava a membrana do nariz. Ele inclinava a cabeça sobre o ombro e via-se entre seus lábios a extremidade nacarada de seus dentes brancos.

— Estará zombando de mim? pensava Rodolphe.

Aquele gesto de Emma, todavia, fora apenas uma advertência pois o Sr. Lheureux acompanhava-os e falava-lhes de vez em quando como para entabular conversa.

— Eis um dia esplêndido! Todo o mundo saiu de casa! Há vento leste.

E nem a Sra. Bovary nem Rodolphe lhe respondiam, enquanto, ao menor movimento que faziam, ele se aproximava dizendo: "Como?" e levava a mão ao chapéu.

Quando chegaram diante da casa do ferreiro, em lugar de seguir a estrada até a cancela, Rodolphe bruscamente tomou um atalho, arrastando a Sra. Bovary; gritou:

— Boa-tarde, senhor Lheureux! Até a vista!

— Como o senhor o despediu! disse ela, rindo.

— Por que, replicou ele, deixar-se invadir pelos outros? E já que hoje tenho a felicidade de estar com a senhora...

Emma enrubesceu. Ele não acabou a frase. Então falou do bom tempo e do prazer de caminhar sobre a relva. Algumas margaridas haviam desabrochado.

---

[112] Chapéu com grande aba que avança pelos lados do rosto.

— Veja que lindos bem-me-queres, disse ele, e em quantidade para servir de oráculo a todas as apaixonadas da região.

Acrescentou:

— Se os colhesse. Que pensaria a senhora?

— O senhor está apaixonado? disse ela, tossindo um pouco.

— Ora! quem sabe, respondeu Rodolphe.

A pradaria começava a encher-se e as donas-de-casa esbarravam nas pessoas com seus grandes guarda-chuvas, suas cestas e suas criancinhas. Frequentemente, era preciso desviar-se diante de uma fila de camponesas, criadas de meias azuis, de sapatos sem saltos, com anéis de prata e que cheiravam a leite quando se lhes passava ao lado. Caminhavam de mãos dadas e espalhavam-se assim ao longo da pradaria, da linha dos choupos até a tenda do banquete. Mas era o momento do exame e os agricultores, uns depois dos outros, entravam numa espécie de hipódromo formado por uma longa corda presa a estacas.

Os animais estavam lá, com o nariz em direção à corda e alinhando confusamente suas ancas desiguais. Os porcos entorpecidos enfiavam na terra seus focinhos; os bezerros mugiam, as ovelhas baliam, as vacas, com um jarrete dobrado, descansavam o ventre na relva e, ruminando lentamente, piscavam as pálpebras pesadas sob os mosquitos que zumbiam ao redor. Alguns carroceiros, com os braços nus, seguravam pelo cabresto garanhões empinados que relinchavam violentamente ao lado das éguas. Elas permaneciam calmas, estendendo o pescoço com a crina caída, enquanto seus potros descansavam à sua sombra ou vinham às vezes mamar; e sobre a longa ondulação de todos aqueles corpos amontoados, via-se levantar-se ao vento, como uma onda, alguma crina branca ou então sobressaírem chifres agudos e cabeças de homens que corriam. À parte, fora das liças, cem passos adiante, havia um grande touro preto açaimado trazendo uma argola de ferro nas narinas e que não se mexia mais do que um animal de bronze. Uma criança esfarrapada segurava-o por uma corda.

Entrementes, entre as duas filas, alguns senhores adiantavam-se com um passo pesado, examinando cada animal, consultando-se, em seguida, em voz baixa. Um deles, que parecia ser o mais importante, ao caminhar tomava algumas notas num caderno. Era o presidente do júri, o Sr. Derozerays de la Panville. Logo que reconheceu Rodolphe, adiantou-se rapidamente e disse, sorrindo com ar amável:

— Como, senhor Boulanger, está nos abandonando?

Rodolphe protestou que iria logo. Porém, quando o presidente desapareceu:

— Para dizer a verdade, não, replicou, não irei: a sua companhia vale tanto quanto a dele.

E, zombando dos comícios, Rodolphe, para circular mais à vontade, mostrava ao guarda seu registro azul e mesmo detinha-se, às vezes, diante de um belo *exemplar* que a Sra. Bovary pouco admirava. Ele o percebeu e pôs-se então a fazer brincadeiras sobre os trajes das senhoras de Yonville; depois, desculpou-se pelo desleixo do seu. Ele possuía aquela incoerência de coisas comuns e rebuscadas em que o vulgo habitualmente julga entrever a revelação de uma existência excêntrica, os sentimentos desordenados, as tiranias da arte e sempre um certo desprezo pelas convenções sociais, o que o seduz ou o exaspera. Assim, sua camisa de cambraia de linho com punhos plissados inflava ao sabor do vento na abertura de seu colete de cotim cinza e suas calças de listras largas deixavam a descoberto, nos tornozelos, suas botinas de nanquim incrustadas de couro envernizado. Estavam polidas a ponto de refletir a relva. Com elas ele esmagava excrementos de cavalo, tendo uma mão no bolso do casaco e seu chapéu de palha à banda.

— Aliás, acrescentou, quando se mora no interior...

— Nada vale a pena, disse Emma.

— É verdade! replicou Rodolphe. Pensar que nem uma única dessas boas pessoas é capaz de compreender nem mesmo o corte de um traje!

Falaram então da mediocridade provinciana, das existências que ela abafava, das ilusões que se perdiam.

— Do mesmo modo, dizia Rodolphe, mergulho numa tristeza...

— O senhor!, disse ela com espanto. Mas julgava-o tão alegre!

— Ah! Sim, aparentemente, porque na sociedade sei pôr no rosto uma máscara trocista; e contudo quantas vezes, ao ver um cemitério, ao luar, perguntei a mim mesmo se não seria melhor ir reunir-me àqueles que estão dormindo...

— Oh! E seus amigos? disse ela. O senhor não pensa neles?

— Meus amigos? Quais? Terei amigos? Quem se preocupa comigo?

E pronunciou essas últimas palavras com uma espécie de sibilo entre os lábios.

Mas foram obrigados a afastar-se um do outro por causa de uma pilha de cadeiras que um homem carregava atrás deles. Estava tão sobrecarregado que somente se percebia a ponta de seus tamancos, com as extremidades dos braços afastados. Era Lestiboudois, o coveiro, que carregava na multidão as cadeiras da igreja. Muito imaginativo quanto a tudo o que concernia seus interesses, descobrira aquele meio de tirar partido dos comícios e sua ideia tivera êxito, pois não sabia mais a quem atender. De fato, os camponeses, que sentiam calor, disputavam tais cadeiras cuja palha cheirava a incenso e apoiavam-se com uma certa veneração em seus grossos espaldares manchados pela cera das velas.

A Sra. Bovary retomou o braço de Rodolphe; ele continuou, como se falasse consigo mesmo:

— Sim! tantas coisas me faltaram! Sempre sozinho! Ah! Se tivesse tido uma finalidade na vida, se tivesse encontrado um afeto, se tivesse encontrado alguém... Oh! como teria consumido toda energia de que sou capaz, teria sobrepujado tudo, quebrado tudo!

— Parece-me, contudo, disse Emma, que o senhor não é digno de pena.

— Ah! A senhora acha? disse Rodolphe.

— Pois afinal... o senhor é livre.

Ela hesitou:

— Rico.

— Não zombe de mim, respondeu ele.

E ela jurava que não estava zombando, quando ouviu-se um tiro de canhão; todos avançaram, empurrando-se, para a vila.

Era um alarme falso. O Sr. Governador estava demorando e os membros do júri sentiam-se muito confusos sem saber se deveriam começar a sessão ou continuar esperando.

Enfim, no fundo da praça, apareceu um grande landau de aluguel puxado por dois cavalos magros chicoteados alternadamente pelos braços de um cocheiro de chapéu branco. Binet teve apenas o tempo de gritar: "Às armas!" e o coronel o de imitá-lo. Houve uma corrida para os sarilhos. Todos se precipitaram. Alguns até mesmo esqueceram o colarinho. Porém, a parelha governativa pareceu adivinhar tal dificuldade e os dois sendeiros acoplados, gingando em seus arreios, chegaram a trote curto diante do peristilo da prefeitura exatamente no momento em que a guarda nacional e os bombeiros punham-se em forma marcando passo ao som dos tambores.

— Em cadência! gritou Binet.

— Alto! bradou o coronel. Em fila, à esquerda!

E, após um movimento de armas em que o tinido das braçadeiras, ao se desenrolarem, soou como um caldeirão de cobre descambando pela escada, todos os fuzis caíram.

Então, viu-se descer da carruagem um senhor vestido com uma casaca curta com bordados de prata, com a testa calva e um tufo de cabelos no *occipício*[113], de tez pálida e a mais benigna das aparências. Seus olhos, muito grandes e cobertos por pálpebras espessas, semicerravam-se para considerar a multidão, ao mesmo tempo que erguia o nariz pontiagudo e fazia sorrir a boca chupada. Reconheceu o prefeito pelas insígnias e explicou-lhe que o Sr. Governador não pudera vir. Ele era um conselheiro do departamento; depois, acrescentou algumas desculpas.

[113] A parte posterior do crânio.

Tuvache respondeu com cortesias, o outro confessou-se confuso; e permaneciam assim, face a face, suas testas quase se tocando, com os membros do júri a rodeá-los, o conselho municipal, os notáveis, a guarda nacional e a multidão. O Sr. Conselheiro, apoiando no peito seu pequeno tricórnio preto, reiterava seus cumprimentos, enquanto Tuvache, curvado como um arco, sorria também, gaguejava, procurava as frases, protestava seu devotamento à monarquia e às honras que lhe eram testemunhadas em Yonville.

Hippolyte, o criado da hospedaria, veio pegar pelas rédeas os cavalos do cocheiro e, manquejando com seu pé aleijado, conduziu-os sob o alpendre do *Lion d'or*, onde muitos camponeses se amontoavam para olhar o carro. O tambor tocou, o morteiro trovejou e os cavalheiros, em fila, subiram e sentaram-se no palanque, nas poltronas em veludo de Utrecht vermelho emprestadas pela Sra. Tuvache.

Todos se assemelhavam. Seus moles rostos claros, um pouco queimados pelo sol, tinham a cor da sidra doce e suas suíças fofas escapavam dos grandes colarinhos duros, seguros por gravatas brancas com o nó bem esticado. Todos os coletes eram de veludo e trespassados; todos os relógios traziam na ponta de uma longa fita um sinete oval de cornalina; e todos apoiavam as duas mãos sobre as duas coxas, puxando com cuidado a entreperna das calças cuja fazenda, ainda não deslustrada, brilhava mais do que o couro das fortes botas.

As senhoras da sociedade mantinham-se atrás, sob o vestíbulo, entre as colunas, enquanto o resto da multidão colocou-se defronte, de pé, ou sentada em cadeiras. De fato, Lestiboudois levara para lá todas as cadeiras que retirara da pradaria e corria mesmo à igreja a cada momento para buscar outras. E criava um tal engarrafamento com o seu comércio que se tinha grande dificuldade em chegar até a pequena escada do palanque.

— Eu acho, disse o Sr. Lheureux (dirigindo-se ao farmacêutico que passava para chegar a seu lugar), que deveriam ter plantado aqui dois mastros venezianos[114]; alguma coisa um pouco severa e rica teria sido algo novo e de muito efeito.

— É claro, respondeu Homais. Mas o que quer! é o prefeito que imaginou tudo. Este pobre Tuvache não tem muito gosto; é mesmo completamente desprovido do que se chama gênio das artes.

Entrementes, Rodolphe, com a Sra. Bovary, subira ao primeiro andar da prefeitura na *sala das deliberações* e, como ela estava vazia, declarara que lá estariam bem para gozar mais à vontade do espetáculo. Colocou três tamboretes

[114] Com lanternas venezianas feitas de papel colorido.

ao redor da mesa oval, sob o busto do monarca e, tendo-os aproximado de uma das janelas, sentaram-se um perto do outro.

Houve agitação no palanque, longos cochichos, conferências. Enfim, o Sr. Conselheiro levantou-se. Sabia-se agora que se chamava Lieuvain e na multidão seu nome passava de boca em boca. Quando acabou de pôr em ordem algumas folhas e de fixar os olhos nela para ver melhor, começou:

"Senhores[115]

"Que me seja permitido em primeiro lugar (antes de falar-lhes do objeto desta reunião de hoje e este sentimento, tenho a certeza, será partilhado por todos os senhores) que me seja permitido, repito, fazer justiça à administração superior, ao governo, ao monarca, senhores, a este rei bem-amado ao qual nenhum ramo da prosperidade pública ou privada é indiferente e que dirige com uma mão ao mesmo tempo tão segura e tão sábia o carro do Estado entre os perigos incessantes de um mar tempestuoso sabendo, aliás, fazer respeitar, na paz como na guerra, a indústria, o comércio, a agricultura e as belas-artes".

— Eu deveria recuar um pouco, disse Rodolphe.

— Por quê? disse Emma.

Mas naquele momento a voz do conselheiro elevou-se num tom extraordinário. Invectivava:

"Passou-se o tempo, senhores, em que a discórdia civil ensanguentava nossas praças públicas, em que o proprietário, o negociante, mesmo o operário, ao adormecerem à noite num sono tranquilo, tremiam por medo de serem acordados de repente ao toque de rebates incendiários, em que as mais subversivas máximas minavam audaciosamente as bases..."

— É que poderiam ver-me lá de baixo, replicou Rodolphe, depois deveria passar quinze dias a desculpar-me e com minha má reputação ...

— Oh! O senhor está se caluniando, disse Emma.

— Não, não, ela é execrável, juro-lhe.

"Porém, senhores, continuou o conselheiro, se por acaso, afastando de minha lembrança esses quadros sombrios, trago meus olhos para a situação atual de nossa bela pátria: que vejo? Por toda a parte florescem o comércio e as artes; em toda a parte, novas vias de comunicação, como outras tantas artérias novas no corpo do Estado, estabelecem novos contatos; nossos grandes centros

[115] Todo o discurso será uma série de lugares-comuns e de absurdos com os quais Flaubert critica a mediocridade dos notáveis, como critica no diálogo de Emma e Rodolphe a mediocridade dos dois personagens.

manufatureiros retomaram sua atividade; a religião, mais firme, sorri a todos os corações; nossos portos estão cheios, a confiança renasce e enfim a França respira!..."

— De resto, acrescentou Rodolphe, talvez do ponto de vista do mundo, tenham razão.

— Como? disse ela.

— Ora, disse ele, não sabe que há almas constantemente atormentadas? Precisam alternadamente de sonho e de ação, das mais puras paixões, dos mais violentos gozos e atiramo-nos assim em toda espécie de fantasia, de loucura.

Então, ela o olhou como se contempla um viajante que passou por países extraordinários e replicou:

— Nós, pobres mulheres, nem mesmo temos essa distração!

— Triste distração, pois nela não encontramos a felicidade.

— Mas ela pode ser encontrada? perguntou ela.

— Sim, um dia ela é encontrada, respondeu ele.

"E é o que já compreendestes, dizia o conselheiro. Vós, agricultores e operários dos campos; vós, pioneiros pacíficos de uma obra totalmente dedicada à civilização! vós, homens de progresso e de moralidade! vós compreendestes, digo, que as tempestades políticas são realmente ainda mais assustadoras do que as desordens da atmosfera..."

— Um dia ela é encontrada, repetiu Rodolphe, um dia, de repente, quando já se desesperava. Então os horizontes entreabrem-se, é como uma voz que grita: "Ei-la!" Sentimos a necessidade de confidenciar nossa vida a essa pessoa, de dar-lhe tudo, de sacrificar-lhe tudo! Não se explica nada, tudo é adivinhado. Um entreviu o outro em seus sonhos. (E ele olhava-a.) Enfim, ele está diante de nós, o tesouro que tanto procuramos; ele brilha, ele cintila. Contudo, duvidamos ainda, não ousamos acreditar; permanecemos fascinados, como se saíssemos das trevas para a luz.

E, ao acabar de pronunciar essas palavras, Rodolphe acrescentou a pantomima à sua frase. Passou a mão pelo rosto, como um homem tomado de vertigem; depois, fê-la recair sobre a de Emma. Ela retirou a sua. Porém, o conselheiro continuava lendo.

"E quem se espantaria, senhores? Somente quem estivesse suficientemente cego, suficientemente mergulhado (não temo dizê-lo), suficientemente mergulhado nos preconceitos de uma outra época para ainda desconhecer o espírito das populações agrícolas. Onde encontrar, de fato, maior patriotismo de que nos campos, maior devotamento à causa pública, numa palavra, maior inteligência? E não quero dizer com isso, senhores, aquela inteligência superficial, vão ornamento dos espíritos ociosos, mas sim aquela inteligência profunda e moderada que se esforça, acima de tudo, por atingir propósitos úteis, contribuindo assim para o bem de cada um, para os benefícios comuns e para a defesa dos Estados, fruto do respeito às leis e da prática dos deveres..."

— Ah! Ainda isso, disse Rodolphe. Sempre os deveres, estou enfastiado com essas palavras. São um monte de velhos palermas de colete de flanela e de beatas com braseiro nos pés e terço nas mãos que nos cantam continuamente nos ouvidos. "O dever! O dever!" Ora! por Deus! O dever é sentir o que é grande, amar o que é belo e não aceitar todas as convenções da sociedade com as ignomínias que ela nos impõe.

— Contudo... contudo... objetava a Sra. Bovary.

— Ah! não! por que invectivar contra as paixões? Não são elas a única coisa bela que existe na terra, a fonte do heroísmo, do entusiasmo, da poesia, da música, das artes, de tudo, enfim?

— Mas é preciso realmente, disse Emma, seguir um pouco a opinião do mundo e obedecer à sua moral.

— Ah! mas existem duas, replicou ele. A pequena, a convencional, a dos homens, aquela que varia continuamente e que berra tanto, que se agita por baixo, terra a terra, como esta reunião de imbecis que a senhora está vendo. Mas a outra, a eterna, ela está ao redor e acima, como a paisagem que nos rodeia e o céu azul que nos ilumina.

O Sr. Lieuvain acabava de enxugar a boca com seu lenço de bolso. Continuou:

"E precisaria eu, senhores, demonstrar-vos aqui a utilidade da agricultura? Quem provê às nossas necessidades? Quem fornece o necessário para nossa subsistência? Não é o agricultor? O agricultor, senhores, que, semeando com uma mão laboriosa os sulcos fecundos dos campos, faz nascer o trigo, o qual, moído, é transformado em pó por meio de engenhosos aparelhos, recebe o nome de farinha e de lá é transportado para as cidades, é em breve entregue ao padeiro que com ele confecciona um alimento tanto para o pobre como para o rico. Não é ainda o agricultor que engorda, para as nossas roupas, seu abundante rebanho nas pastagens? Pois, como nos vestiríamos, pois como nos alimentaríamos sem o agricultor? E mesmo, senhores, será preciso ir tão longe para procurar exemplos? Quem não refletiu frequentemente sobre toda a importância que se retira deste modesto animal, ornamento de nossos galinheiros, que fornece ao mesmo tempo um travesseiro macio para nossos leitos, sua carne suculenta para nossas mesas e os ovos? Mas eu não acabaria se fosse preciso enumerar um após outro os diferentes produtos que a terra bem cultivada, assim como uma mãe generosa, prodiga a seus filhos. Aqui é a vinha, alhures são as macieiras para a sidra, lá o colza, mais longe os queijos; e os linhos, senhores, não esqueçamos o linho! que teve nestes últimos anos um desenvolvimento considerável e para o qual chamarei mais particularmente vossa atenção".

Ele não precisava chamá-la: pois todas as bocas da multidão estavam abertas como para beber suas palavras. Tuvache, ao seu lado, ouvia-o arregalando os olhos; o Sr. Derozerays, de vez em quando, fechava suavemente as pálpebras; e, mais longe, o farmacêutico, com seu filho Napoléon entre as pernas, abaulava a mão contra o ouvido para não perder uma única sílaba. Os outros membros do júri balançavam lentamente o queixo em seus coletes em sinal de aprovação. Os bombeiros, ao pé do palanque, descansavam sobre suas baionetas e Binet, imóvel, mantinha o cotovelo para fora com a ponta do sabre no ar. Talvez ouvisse, mas nada devia ver por causa da viseira de seu capacete que lhe descia sobre o nariz. Seu lugar-tenente, o filho mais moço do Sr. Tuvache, exagerara ainda mais o seu, pois usava um enorme que oscilava sobre a cabeça, deixando aparecer uma ponta de seu lenço de chita. Sorria sob o capacete com uma doçura infantil e seu pequeno rosto pálido, por onde rolavam gotas de suor, tinha uma expressão de gozo, de prostração e de sono.

A praça, até às casas, estava cheia de gente. Viam-se pessoas debruçadas em todas as janelas, outras de pé em todas as portas e Justin, diante da vitrina da farmácia, parecia completamente cravado na contemplação do que estava olhando. Apesar do silêncio, a voz do Sr. Lieuvain perdia-se no ar. Somente chegavam aos ouvidos fragmentos de frases interrompidas pelo barulho das cadeiras na multidão; depois cada um ouvia, de repente, atrás de si, um longo mugido de boi ou então os balidos dos cordeiros que se respondiam nas esquinas das ruas. De fato, os vaqueiros e os pastores haviam levado até lá seus animais que mugiam de vez em quando, arrancando com a língua algum pedaço de folhagem que lhes pendia do focinho.

Rodolphe aproximara-se de Emma e dizia em voz baixa, falando rapidamente:

— Esta conjuração da sociedade não a revolta? Há um único sentimento que ela não condene? Os mais nobres instintos, as mais puras simpatias são perseguidos, caluniados e, se duas pobres almas se encontram, tudo está organizado para que não possam unir-se. Elas tentarão, todavia, baterão as asas, chamar-se-ão. Oh! não importa, cedo ou tarde, em seis meses, dez anos, reunir-se-ão, amar-se-ão, porque a fatalidade o exige e porque nasceram uma para a outra.

Ele mantinha os braços cruzados nos joelhos e assim, erguendo o rosto para Emma, olhava-a de perto, fixamente. Ela distinguia em seus olhos pequenos raios dourados que se irradiavam ao redor de suas pupilas pretas e sentia mesmo o perfume da pomada que lustrava sua cabeleira. Foi então tomada de languidez, lembrou-se daquele visconde que a fizera valsar em Vaubyessard e cuja barba exalava, como esses cabelos, esse aroma de baunilha e de limão; e, maquinalmente, semicerrou as pálpebras para respirar melhor. Porém, ao fazer esse gesto, ao erguer-se na cadeira, percebeu ao longe, nos confins do horizonte, a velha diligência *Hirondelle* que vinha descendo lentamente a encosta de Leux, arrastando atrás de si um longo penacho de poeira. Era naquele veículo que Léon tão frequentemente voltara para ela; e fora por aquela estrada, lá longe, que ele partira para sempre! Julgou vê-lo defronte, à sua janela, depois tudo confundiu-se, passaram algumas nuvens; pareceu-lhe que ainda girava na valsa, sob a luz dos lustres, ao braço do visconde e que Léon não estava longe, que ia chegar... e todavia sentia sempre a cabeça de Rodolphe a seu lado. A doçura daquela sensação penetrava assim seus desejos de outrora e, como grãos de areia sob uma ventania, eles redemoinhavam no bafo sutil do perfume que se derramava em sua alma. Ela abriu várias vezes e com força as narinas para aspirar o frescor da hera ao redor dos capitéis. Tirou as luvas, enxugou as mãos; depois, com o lenço, abanava o rosto enquanto, através das batidas das têmporas, ouvia o barulho da multidão e a voz do conselheiro que salmodiava suas frases. Dizia ele:

"Continuai! Perseverai! não escuteis nem as sugestões da rotina, nem os conselhos por demais apressados de um empirismo temerário! Trabalhai sobretudo na melhoria do solo, nos bons adubos, no desenvolvimento das raças cavalinas, bovinas, ovinas e porcinas! Que estes comícios sejam para vós como arenas pacíficas em que o vencedor, ao sair, estenda a mão ao vencido e confraternize com ele, na esperança de um êxito melhor! E vós, veneráveis servidores! humildes criados, cujos penosos trabalhos até hoje nenhum governo tomara em consideração, vinde receber a recompensa de vossas virtudes silenciosas e tende a certeza de que o Estado, doravante, tem os olhos fixos em vós, que vos encoraja, que vos protege que honrará vossas justas reclamações e aliviará, tanto quanto estiver em seu poder, o fardo de vossos penosos sacrifícios!"

O Sr. Lieuvain sentou-se então; o Sr. Derozerays levantou-se, começando outro discurso. Este, talvez, não tenha sido tão florido quanto o do conselheiro; porém foi digno de apreço por um estilo mais positivo, isto é, por conhecimentos mais especializados e considerações mais profundas. Assim, houve menos insistência no elogio ao governo; e houve mais na religião e na agricultura. No discurso eram examinadas as relações de ambas e a maneira pela qual sempre haviam concorrido para a civilização. Rodolphe conversava com a Sra. Bovary sobre sonhos, pressentimentos, magnetismo. Remontando ao berço das sociedades, o orador pintava-nos aqueles tempos ferozes quando os homens viviam de glandes, no meio dos bosques. Depois, haviam abandonado a pele dos animais, haviam vestido fazenda, haviam aberto sulcos, haviam plantado vinhedos. Teria sido um bem e não teria havido naquela descoberta mais inconvenientes do que vantagens? O Sr. Derozerays colocava-se este problema. Do magnetismo, pouco a pouco, Rodolphe chegara às afinidades e, enquanto o Sr. Presidente citava Cincinato ao arado, Diocleciano plantando couves e os imperadores da China inaugurando o ano com sementeiras, o rapaz explicava à jovem mulher que tais atrações irresistíveis provinham de alguma existência anterior.

— Assim nós, dizia, por que nos conhecemos? Que acaso o quis? É que, afastados, sem dúvida, como dois rios que correm para encontrar-se, nossas inclinações particulares nos haviam impelido um para o outro.

E ele agarrou sua mão; ela não a retirou.

— Conjunto de boas culturas! gritou o presidente.

— Há pouco, por exemplo, quando fui à sua casa...

— Ao Sr. Binet, de Quincampoix.

— Sabia eu que a acompanharia?

— Setenta francos!

— Cem vezes, mesmo, quis ir embora e a segui, fiquei...

— Adubos.

— Como ficaria esta noite, amanhã, os outros dias, toda a minha vida!

— Ao Sr. Caron, de Argueil, uma medalha de ouro!

— Pois nunca encontrei em nenhuma companhia um tão completo encanto.

— Ao Sr. Bain, de Givry-Saint-Martin!

— Eu também levarei comigo sua lembrança.

— Por um carneiro merino ...

— Mas a senhora me esquecerá, terei passado como uma sombra.

— Ao Sr. Belot, de Notre-Dame...

— Oh! não, não é verdade, serei alguma coisa em seu pensamento, em sua vida?

— Raça porcina, prêmio *ex aequo* aos Srs. Lehérissé e Cullembourg; sessenta francos!

Rodolphe apertava-lhe a mão e sentia-a quente e fremente como uma rola cativa que deseja retomar seu voo; mas, seja porque quisesse libertá-la ou seja porque respondesse àquela pressão, ela fez um movimento com os dedos; ele exclamou:

— Oh! obrigado! A senhora não me repele! A senhora é boa! Compreende que lhe pertenço! Permita que a veja, que a contemple!

Uma rajada de vento que entrou pelas janelas franziu o tapete da mesa e, na praça, abaixo, todas as grandes toucas das camponesas ergueram-se como asas de borboletas brancas que se agitam.

— Uso de massa[116] de grãos oleaginosos, continuou o presidente.

Apressava-se:

— Adubo flamengo, — cultivo do linho, — drenagem, — arrendamento a longo prazo, — serviço dos criados.

Rodolphe não falava mais. Olhavam-se. Um desejo supremo fazia tremer seus lábios secos; e suavemente, sem esforço, seus dedos se confundiram.

— Catherine-Nicaise-Elisabeth Leroux, de Sassetot-la-Guerrière, por cinquenta e quatro anos de serviço na mesma quinta, uma medalha de prata — no valor de vinte e cinco francos!

— Onde está Catherine Leroux? repetiu o conselheiro.

Ela não se apresentava, e ouviam-se vozes cochichando:

— Vai!

— Não.

— À esquerda!

— Não tenhas medo!

— Ah! como é boba!

— Afinal, ela está aí? perguntou Tuvache.

— Sim!... Está aqui!

— Que se aproxime então!

Então viu-se avançar para o palanque uma velhinha de atitude temerosa e que parecia encolher-se em suas pobres roupas. Usava nos pés grossos tamancos de madeira e ao longo das ancas um grande avental azul. Seu rosto magro, rodeado por uma touca sem guarnição, era mais enrugado do que uma maçã de reineta murcha e das mangas de sua blusa vermelha saíam duas longas mãos de articulações nodosas. A poeira das granjas, o potássio das barrelas e a suarda das lãs haviam-nas tão profundamente coberto de crostas, tão profundamente lascado, endurecido que pareciam sujas embora tivessem sido enxaguadas com água clara; e, de tanto terem servido permaneciam entreabertas como para apresentar espontaneamente o humilde testemunho de tantos sofrimentos suportados. Uma espécie de rigidez monacal realçava a expressão de seu rosto. Nada de triste ou de terno suavizava aquele olhar pálido. Na companhia dos animais, adquirira seu mutismo e sua placidez. Era a primeira vez que se via entre tantas pessoas;

---

[116] *Tourteau*, massa feita com resíduos de frutos ou sementes, usada como adubo e como alimento do gado.

e, interiormente assustada pelas bandeiras, pelos tambores, pelos senhores de casaca preta e pela Legião de Honra do Conselheiro, permanecia imóvel, não sabendo se era preciso avançar ou fugir nem porque a multidão a empurrava ou porque os examinadores lhe sorriam. Assim se apresentava, diante daqueles burgueses sorridentes, aquele meio século de escravidão.

— Aproxime-se, venerável Catherine-Nicaise-Elisabeth Leroux! disse o Sr. Conselheiro, que tomara das mãos do presidente a lista dos premiados.

E, examinando alternadamente a folha de papel e depois a velha mulher, repetia num tom paternal:

— Aproxime-se, aproxime-se!

— Você é surda? disse Tuvache, saltando na poltrona.

E pôs-se a gritar-lhe no ouvido:

— Cinquenta e quatro anos de serviço! Uma medalha de prata! Vinte e cinco francos! É para você.

Depois de ter recebido sua medalha, ela a observou. Então, um sorriso de beatitude difundiu-se em seu rosto e ouviram-na murmurar ao ir embora:

— Vou dá-la ao pároco da minha terra para que me diga umas missas.

— Que fanatismo! exclamou o farmacêutico inclinando-se para o notário.

A sessão acabara; a multidão dispersou-se; e, agora que os discursos haviam sido lidos, cada um retomava sua condição e tudo entrava novamente nos hábitos: os patrões maltratavam os criados e estes batiam nos animais, triunfadores indolentes que voltavam para o estábulo com uma coroa verde entre os chifres.

Entrementes, os homens da guarda nacional haviam subido ao primeiro andar da prefeitura com brioches espetados nas baionetas enquanto o tambor do batalhão levara uma cesta de garrafas. A Sra. Bovary tomou o braço de Rodolphe; ele acompanhou-a à casa; separaram-se diante da porta, depois ele foi passear sozinho na pradaria esperando a hora do banquete.

O festim foi longo, barulhento, malservido; estavam todos tão amontoados que tinham dificuldade em mexer os cotovelos e as tábuas estreitas que serviam de bancos quase se romperam sob o peso dos convivas. Todos comiam abundantemente. Cada um atirou-se à quota a que tinha direito. O suor corria de todas as frontes e um vapor esbranquiçado, como o de um rio numa manhã de outono, flutuava acima da mesa, entre os candeeiros suspensos. Rodolphe, com as costas apoiadas contra o pano da barraca, pensava tão intensamente em Emma que não ouvia nada. Atrás dele, sobre a relva, os criados empilhavam pratos sujos; sobre a relva, seus vizinhos falavam, ele não lhes respondia; enchiam-lhe o copo e em seu pensamento estabelecia-se o silêncio, apesar do aumento do barulho. Pensava no que ela dissera e na forma de seus lábios; sua figura, como um espelho mágico, brilhava na chapa das barretinas; as pregas de seu vestido desciam ao longo das paredes e dias de amor estendiam-se até o infinito nas perspectivas do futuro.

Tornou a vê-la à noite, durante os fogos de artifício; mas ela estava com o marido, com a Sra. Homais e o farmacêutico, o qual atormentava-se com o perigo dos foguetes perdidos; e a cada momento abandonava o grupo para fazer recomendações a Binet.

As peças pirotécnicas, enviadas ao Sr. Tuvache, por um excesso de precaução, haviam sido encerradas na adega; assim, a pólvora úmida não pegava fogo e o momento principal, que deveria representar um dragão mordendo a própria cauda, fracassou completamente. De vez em quando subia um pobre foguete romano[117]; então a multidão boquiaberta fazia subir um clamor ao qual se misturava o grito das mulheres a quem se afagava a cintura na obscuridade. Emma, silenciosa, encostava-se suavemente no ombro de Charles; depois, com o queixo levantado, seguia no céu negro o jato luminoso dos fogos. Rodolphe contemplava-a à luz dos lampiões que queimavam.

Eles se apagaram pouco a pouco. As estrelas se acenderam. Algumas gotas de chuva começaram a cair. Ela amarrou seu lenço em sua cabeça descoberta.

Naquele momento, o fiacre do conselheiro saiu da hospedaria. Seu cocheiro, que estava bêbado, cochilou de repente e podia-se perceber de longe, por cima da capota, entre as duas lanternas, a massa de seu corpo balançando-se de um lado para o outro ao sabor da oscilação das grandes correias.

— Na verdade, disse o boticário, dever-se-ia de fato usar de severidade contra a embriaguez! Gostaria que se escrevessem, hebdomadariamente, na porta de prefeitura, num quadro *ad hoc*, os nomes de todos os que, durante a semana, se tivessem intoxicado com álcool. Aliás, segundo relatórios estatísticos, ter-se-iam assim anais patenteados que em caso de necessidade... Mas, perdoem-me...

E correu mais uma vez em direção ao capitão.

Este estava voltando para casa. Ia rever seu torno.

— Talvez fosse bom, disse-lhe Homais, enviar um de seus homens ou ir o senhor mesmo...

— Deixe-me em paz, respondeu o perceptor, já que não há mais nada!

— Tranquilizem-se, disse o boticário, quando voltou para junto dos amigos. O Sr. Binet afirmou-me que as medidas foram tomadas. Nenhuma faísca caiu. As bombas estão cheias. Vamos dormir.

---

[117] Fogo de artifício em forma de vela que lança estrelas luminosas.

— Palavra de honra, preciso disso, disse a Sra. Homais, que bocejava consideravelmente; mas, não importa, tivemos um belíssimo dia para a nossa festa.

Rodolphe repetiu em voz baixa e com olhar terno:

— Oh! Sim, muito belo!

E após se terem cumprimentado todos se deram as costas.

Dois dias após, no *Fanal de Rouen* havia um grande artigo sobre os comícios. Homais o escrevera tomado de inspiração, já no dia seguinte:

"Por que esses festões, essas flores, essas guirlandas? Para onde corria essa multidão, como ondas de um mar furioso sob as torrentes de um sol tropical que espalhava seu calor sobre nossas campinas?"

Falava em seguida da condição dos camponeses. Evidentemente, o governo fazia muito, mas não o suficiente! "Coragem?" gritava-lhe ele, "mil reformas são indispensáveis, realizemo-las". Depois, abordando a entrada do conselheiro, não esquecia "o ar marcial de nossa milícia", nem "nossas mais buliçosas camponesas", nem os velhos de cabeça calva, "espécie de patriarcas que lá se encontravam e alguns dos quais, restos de nossas imortais falanges, sentiam ainda bater seus corações ao som másculo dos tambores". Seu nome era dos primeiros citados entre os membros do júri e lembrava mesmo, numa nota, que o Sr. Homais, farmacêutico, enviara uma Dissertação sobre a sidra à Sociedade de Agricultura. Ao chegar à distribuição das recompensas, pintava a alegria dos lavradores em traços ditirâmbicos. "O pai abraçava seu filho; o irmão, o irmão; o esposo, a esposa. Alguns mostravam com orgulho sua humilde medalha e sem dúvida, ao voltar para casa, para sua boa patroa, tê-la-á dependurado, chorando, nas paredes discretas de sua pequena choupana.

"Pelas seis horas, um banquete, preparado no terreno do Sr. Liégard, reuniu os principais assistentes da festa. Nela não cessou de reinar a maior cordialidade. Vários brindes foram levantados: o do Sr. Lieuvain ao monarca! O do Sr. Tuvache ao governador! O do Sr. Derozerays à agricultura! O do Sr. Homais à indústria e às belas-artes, estas duas irmãs! O do Sr. Leplichey às melhorias! À noite, um brilhante fogo de artifício iluminou de repente os ares. Ter-se-ia dito um verdadeiro caleidoscópio, um verdadeiro cenário de ópera e, por um momento, nossa pequena localidade pôde julgar-se transportada para o centro de um sonho das *Mil e uma noites*.

"Constatemos que nenhum acontecimento desagradável veio perturbar essa reunião de família".

E acrescentava:

"Notou-se apenas a ausência do clero. Sem dúvida, as sacristias encaram o progresso de outra maneira. Têm a liberdade de fazê-lo, senhores de Loyola!"

IX

Seis semanas se escoaram. Rodolphe não voltou. Uma noite, enfim, apareceu.

— Não voltemos tão cedo, seria um erro.

E no fim de semana partira para caçar.

Após a caça, pensou que era tarde demais, depois fez este raciocínio:

— Mas, se me amou desde o primeiro dia, com a impaciência de rever-me, deve amar-me ainda mais. Continuemos, então!

E compreendeu que seu cálculo fora bom quando, ao entrar na sala, percebeu que Emma empalidecera.

Estava só. O dia caía. As pequenas cortinas de musselina, ao longo dos vidros, aumentavam o crepúsculo e o dourado do barômetro, sobre o qual incidia um raio de sol, espalhava fogos no espelho, entre os recortes do polipeiro.

Rodolphe permaneceu de pé e Emma mal respondeu a suas primeiras frases de polidez.

— Tive alguns negócios, disse ele. Estive doente.

— Gravemente? exclamou ela.

— Ora! disse Rodolphe, sentando-se a seu lado num banquinho, não!... É que não quis voltar.

— Por quê?

— A senhora não adivinha?

Olhou-a mais uma vez mas de uma forma tão violenta que ela baixou a cabeça enrubescendo. Ele continuou:

— Emma ...

— Senhor! disse ela, afastando-se um pouco.

— Ah! Está vendo, replicou ele com voz melancólica, que eu tinha razão em não querer voltar; pois este nome, este nome que enche minha alma e que me escapou, a senhora mo proíbe! Sra. Bovary!... Ora! todo mundo a chama assim!... Não é seu nome, aliás, é o nome de outro!

Repetiu:

— De outro!

E escondeu o rosto nas mãos.

— Sim, penso constantemente na senhora!... Sua lembrança desespera-me! Ah! Perdão... Deixo-a... Adeus!... Irei para longe... tão longe que não ouvirá mais falar de mim!... E contudo... hoje... Não sei que força ainda me impeliu para a senhora. Pois não se luta contra o céu, não se resiste ao sorriso dos anjos! Deixamo-nos arrastar pelo que é belo, encantador, adorável!

Era a primeira vez que Emma ouvia tais coisas; e seu orgulho, como alguém que descansa num banho de vapor, espreguiçava-se inteiramente e com languidez ao calor daquela linguagem.

— Mas se não vim, continuou ele, se não a pude ver, ah! Pelo menos contemplei bem o que a rodeia. À noite, todas as noites, levantava-me, vinha até aqui, olhava sua casa, o telhado brilhante ao luar, as árvores do jardim balançando-se diante de sua janela e uma pequena lâmpada, uma luz que brilhava através dos vidros, na sombra. Ah! A senhora não sabia que havia, tão perto e tão longe, um pobre miserável...

Ela voltou-se para ele com um soluço.

— Oh! O senhor é bom! disse ela.

— Não, amo-a, eis tudo! A senhora não duvida! Diga-o; uma palavra! Só uma palavra!

E Rodolphe insensivelmente, deixava-se escorregar do banquinho até o chão; mas ouviu-se um ruído de tamancos na cozinha e a porta da sala, ele o percebeu, não estava fechada.

— Como a senhora seria caridosa, continuou levantando-se, se satisfizesse um capricho!

Era o de visitar a casa; ele desejava conhecê-la e como a Sra. Bovary não visse nisso nenhum inconveniente, estavam ambos se levantando quando Charles entrou.

— Bom-dia, doutor, disse-lhe Rodolphe.

O médico, lisonjeado pelo título inesperado, desfez-se em obsequiosidades e o outro aproveitou para recompor-se um pouco.

— A senhora falava-me de sua saúde..., disse ele, então.

Charles interrompeu-o: tinha mil inquietações, na verdade; as opressões de sua mulher estavam recomeçando. Então Rodolphe perguntou se não seria bom praticar equitação.

— Claro! Excelente, perfeito!... É uma boa ideia! Devias segui-las.

E como ela objetasse que não possuía cavalos o Sr. Rodolphe ofereceu-lhe um; ela recusou seu oferecimento; ele não insistiu; depois, a fim de motivar sua visita, contou que seu cocheiro, o homem que fora sangrado, continuava a ter tonturas.

— Passarei lá, disse Bovary.

— Não, não, vou enviá-lo ao senhor; voltaremos, será mais cômodo para o senhor.

— Ah! Perfeitamente. Agradeço-lhe.

E logo que ficaram a sós:

— Por que não aceitas a proposta do Sr. Boulanger, que é tão amável?

Ela fez um ar amuado, procurou mil desculpas e declarou finalmente *que aquilo talvez iria parecer engraçado.*

— Ah! Nada disso me importa, disse Charles fazendo uma pirueta. A saúde antes de tudo! Tu estás errada!

— Ora! Como queres que eu monte a cavalo já que não tenho roupa de amazona?

— Deves encomendar uma! respondeu ele.

A roupa de amazona decidiu-a.

Quando o traje ficou pronto, Charles escreveu ao Sr. Boulanger que sua mulher estava à sua disposição e que contava com sua complacência.

No dia seguinte, ao meio-dia, Rodolphe chegou diante da porta de Charles com dois cavalos magníficos. Um usava pompons cor-de-rosa nas orelhas e uma sela para mulher em pele de gamo.

Rodolphe vestira longas botas flexíveis, pensando que sem dúvida ela nunca vira nada igual; de fato, Emma ficou encantada com sua figura quando ele apareceu no patamar com sua bela casaca de veludo e seus calções de malha branca. Ela estava pronta, esperando-o.

Justin fugiu da farmácia para vê-la e o boticário também interrompeu suas ocupações. Fazia recomendações ao Sr. Boulanger.

— Uma desgraça acontece tão depressa! Tome cuidado! Seus cavalos talvez sejam fogosos!

Ela ouviu um ruído acima de sua cabeça; era Félicité que tamborilava os dedos nos vidros para divertir a pequena Berthe. A criança, de longe, enviou um beijo; sua mãe respondeu-lhe fazendo-lhe um sinal com o castão de seu chicote.

— Bom passeio! gritou o Sr. Homais. Prudência, sobretudo prudência!

E agitou seu jornal enquanto os via afastarem-se.

Logo que sentiu a terra, o cavalo de Emma pôs-se a galopar. Rodolphe galopava a seu lado. Às vezes trocavam uma palavra. Com o rosto um pouco inclinado, com a mão levantada e o braço direito estendido, ela abandonava-se à cadência do movimento que a embalava na sela.

Ao pé da encosta, Rodolphe soltou as rédeas; partiram juntos com um único salto; depois, no alto, de súbito os cavalos se detiveram e seu grande véu azul caiu.

Era início de outubro. Havia névoa no campo. No horizonte, contra o contorno das colinas, os vapores alongavam-se e outros, rasgando-se, subiam, perdiam-se.

Algumas vezes, ao se afastarem as nuvens, sob um raio de sol, percebiam-se ao longe os telhados de Yonville, com os jardins à beira d'água, os pátios, os muros e o campanário da igreja. Emma semicerrava as pálpebras para reconhecer sua casa e nunca aquela pobre vila em que vivia lhe parecera tão pequena. Da altura em que se encontravam, todo o vale parecia um imenso lago pálido evaporando-se no ar. Os maciços de árvores destacavam-se cá e lá como rochedos negros; e as altas linhas dos choupos, que ultrapassavam a bruma, pareciam praias que o vento movia.

Ao lado, sobre a relva, entre os abetos, uma luz melancólica circulava na atmosfera tépida. A terra, avermelhada como pó de tabaco, amortecia o ruído dos passos; e, com a extremidade de suas ferraduras, os cavalos, ao caminhar, chutavam diante deles as pinhas que haviam caído.

Rodolphe e Emma seguiram a orla do bosque. Ela voltava-se, de vez em quando, a fim de evitar seu olhar e então via somente troncos de abetos alinhados cuja contínua sucessão a atordoava um pouco. Os cavalos resfolegavam. O couro das selas estalava.

No momento em que entraram na floresta o sol apareceu.

— Deus nos protege! disse Rodolphe.

— Acha que sim? disse ela.

— Vamos em frente! Vamos em frente! replicou ele.

Ele estalou a língua. Os dois animais corriam.

Longos fetos, à beira do caminho, agarravam-se ao estribo de Emma, Rodolphe, sem parar, inclinava-se a cada vez e os retirava. Outras vezes, para afastar os galhos, passava perto dela e Emma sentia seu joelho roçar-lhe a perna. O céu tornara-se azul. As folhas não se mexiam. Havia grandes espaços cheios de urzes floridas; e extensões de violetas alternavam-se com os maciços de árvores cinzentas, ruivas ou douradas, segundo a diversidade das folhagens. Ouvia-se frequentemente, sob as moitas, um pequeno bater de asas ou então o grito rouco e doce dos corvos que esvoaçavam nos carvalhos.

Desceram. Rodolphe amarrou os cavalos. Ela ia na frente, sobre o musgo, entre os carris.

Porém, seu vestido, longo demais, a embaraçava, embora ela o levantasse pela cauda e Rodolphe, caminhando atrás dela, contemplava entre aquela fazenda negra e a botina negra, a delicadeza de sua meia branca que lhe parecia algo de sua nudez.

Ela parou.

— Estou cansada, disse.

— Vamos, tente um pouco mais, replicou ele. Coragem!

Depois, cem passos adiante, ela se deteve novamente; e através de seu véu, que de seu chapéu masculino descia obliquamente até as ancas, distinguia-se seu rosto numa transparência azulada, como se tivesse nadado sob ondas azuis.

— Onde estamos indo?

Ele nada respondeu. Ela respirava irregularmente. Rodolphe lançava olhares furtivos ao redor e mordia os bigodes.

Chegaram a um local mais descoberto onde haviam sido abatidas algumas árvores. Sentaram-se sobre um tronco caído e Rodolphe pôs-se a falar-lhe de seu amor.

A princípio não a assustou com vãs palavras. Foi calmo, sério, melancólico.

Emma escutava-o de cabeça baixa revolvendo, com o bico do sapato, alguns cavacos que se encontravam no chão.

Porém, a esta frase:

— Será que nossos destinos agora não são comuns?

— Ah! Não! respondeu ela. O senhor o sabe perfeitamente. É impossível.

Levantou-se para ir embora. Ele agarrou-a pelo pulso. Ela se deteve. Depois, tendo-o observado por alguns minutos com olhar amoroso e úmido, disse com vivacidade:

— Ah! Veja, não falemos mais nisso... Onde estão os cavalos? Voltemos.

Ele fez um gesto de cólera e de aborrecimento. Ela repetiu:

— Onde estão os cavalos? Onde estão os cavalos?

Então, sorrindo com um sorriso estranho e com a pupila fixa, com os dentes cerrados, ele avançou abrindo os braços. Ela recuou, tremendo. Balbuciava:

— Oh! O senhor me mete medo! O senhor me machuca! Vamos embora.

— Já que é preciso, replicou ele, mudando de fisionomia.

E voltou logo a ser respeitoso, carinhoso, tímido. Ela lhe deu o braço. Voltaram. Ele dizia:

— Que foi que sentiu? Por quê? Não compreendi. A senhora se enganou, sem dúvida? Sua pessoa está em minha alma como uma madona sobre um pedestal, num lugar elevado, sólida e imaculada. Mas preciso da senhora para viver! preciso de seus olhos, de sua voz, de seu pensamento. Seja minha amiga, minha irmã, meu anjo!

E alongava o braço, rodeando-lhe a cintura. Ela procurava libertar-se suavemente. Ele a sustinha assim ao caminhar.

Mas ouviram os dois cavalos que pastavam a folhagem.

— Oh! Mais uma vez, disse Rodolphe, não partamos! Fique!

Arrastou-a para mais longe, ao redor de um pequeno lago onde algumas lentilhas d'água criavam uma espécie de verdura sobre as ondas.

Alguns nenúfares murchos mantinham-se imóveis entre os juncos. Ao ruído de seus passos na relva, algumas rãs saltavam para esconder-se.

— Faço mal, faço mal, dizia ela. Sou louca em ouvi-lo.

— Por quê?... Emma! Emma!

— Oh! Rodolphe!... disse lentamente a jovem, inclinando-se sobre seu ombro.

A fazenda de seu vestido agarrava-se ao veludo da casaca, ela inclinou para trás seu pescoço branco que um suspiro vinha inchar e, desfalecendo, em prantos, com um longo frêmito e escondendo o rosto, ela se abandonou.

As sombras da tarde desciam; o sol horizontal, passando entre os galhos, ofuscavam-lhe os olhos. Cá e lá, ao seu redor, nas folhas ou no chão, algumas manchas luminosas tremiam como se os colibris, ao voar, tivessem espalhado suas penas. Havia silêncio em toda a parte; algo de doce parecia sair das árvores; ela sentia o coração, cujas batidas recomeçavam e sentia o sangue circular em sua carne como um rio de leite. Então, ouviu ao longe, além do bosque, sobre as outras colinas, um grito vago e prolongado, uma voz que se arrastava e ela a ouvia silenciosamente ao misturar-se como uma música às últimas vibrações de seus nervos alvoroçados. Rodolphe, com um charuto entre os dentes, consertava com um canivete uma das duas rédeas quebradas.

Voltaram a Yonville pelo mesmo caminho. Viram novamente na lama as pegadas de seus cavalos, lado a lado, e as mesmas moitas, os mesmos seixos na relva. Nada mudara ao redor; e para ela, contudo, alguma coisa acontecera de mais considerável do que as montanhas se tivessem deslocado. Rodolphe de vez em quando inclinava-se e tomava-lhe a mão para beijá-la.

Ela estava encantadora a cavalo! Ereta, com a cintura fina, com o joelho dobrado sobre a crina do animal e um pouco corada pelo ar livre no vermelho da tarde.

Ao entrar em Yonville ela curveteou nas pedras da rua.

Era observada das janelas.

Seu marido, ao jantar, achou-a com bom aspecto; porém ela pareceu não compreender quando ele quis informar-se sobre o passeio; e continuava com o cotovelo ao lado do prato, entre as duas velas que queimavam.

— Emma! disse ele.

— O quê?

— Pois bem, passei à tarde em casa do Sr. Alexandre; ele tem uma velha poldra, ainda muito bonita, apenas com um pouco de joelheiras e que se poderia adquirir, tenho a certeza, por uma centena de escudos...

Acrescentou:

— Pensando mesmo que isso te daria prazer, eu a reservei... eu a comprei... Fiz bem? Responde.

Ela moveu a cabeça em sinal de aquiescência; depois, um quarto de hora mais tarde:

— Vais sair esta noite? perguntou.

— Sim. Por quê?

— Oh! Nada, nada, meu amigo.

E, logo que se viu livre de Charles, subiu para encerrar-se no quarto.

A princípio foi como um atordoamento; via as árvores, os caminhos, as valas, Rodolphe, e sentia ainda o aperto de seus abraços enquanto a folhagem fremia e os juncos assobiavam.

Porém, ao perceber sua imagem no espelho, surpreendeu-se com seu rosto. Nunca tivera os olhos tão grandes, tão negros, nem de uma tal profundidade. Algo de sutil, disseminado em sua pessoa, a transfigurava.

Repetia a si mesma: "Tenho um amante! Um amante!" deleitando-se com essa ideia como com a de uma outra puberdade que a tivesse atingido. Portanto ia possuir enfim aquelas alegrias do amor, aquela febre de felicidade da qual desesperara. Entrava em algo maravilhoso onde tudo seria paixão, êxtase, delírio; uma imensidão azulada a rodeava, os cumes do sentimento cintilavam sob seu pensamento, a existência comum só aparecia ao longe, lá embaixo, na sombra, entre os intervalos daquelas alturas.

Lembrou então as heroínas dos livros que lera e a legião lírica daquelas mulheres adúlteras pôs-se a cantar em sua memória com as vozes das irmãs que a encantavam. Ela mesma tornava-se como uma parte real daquelas imagens e realizava o longo devaneio de sua juventude vendo-se como aquele tipo de amante que tanto desejara ser. Aliás, Emma sentia uma satisfação vingativa. Não sofrera suficientemente? Porém triunfava agora e o amor, por tanto tempo contido, jorrava inteiro com alegre agitação. Ela o saboreava sem remorsos, sem inquietação, sem perturbação.

O dia seguinte passou-se numa nova doçura. Fizeram promessas recíprocas. Ela contou-lhe suas tristezas. Rodolphe interrompia-a com beijos e ela lhe pedia, contemplando-o com as pálpebras semicerradas, que a chamasse mais uma vez por seu nome e lhe repetisse que a amava. Foi na floresta, como na véspera, numa choupana de tamanqueiros. As paredes eram de palha e o telhado descia tanto que era preciso manter-se curvo. Estavam sentados um contra o outro numa cama de folhas secas.

A partir daquele dia, escreveram-se regularmente todas as noites. Emma levava sua carta à extremidade do jardim, perto do rio, numa fenda do terraço. Rodolphe vinha buscá-la e colocava outra que ela sempre dizia ser curta demais.

Uma manhã em que Charles saíra antes do amanhecer, ela teve o capricho de ver Rodolphe naquele instante. Podia-se chegar rapidamente à Huchette, permanecer uma hora e voltar a Yonville enquanto todo o mundo ainda dormia. Essa ideia fê-la ofegar de desejo; achou-se logo em meio à pradaria, onde caminhava a passos rápidos, sem olhar para trás.

O dia começava a nascer. Emma, de longe, reconheceu a casa de seu amante com os dois cata-ventos em cauda de andorinha que se desenhavam em negro contra o crepúsculo pálido.

Após o pátio da quinta, havia uma edificação que devia ser o castelo. Ela entrou como se os muros se tivessem afastado espontaneamente à sua aproximação. Uma grande escada reta subia para a galeria. Emma girou o trinco de uma porta e, de repente, no fundo do quarto, percebeu um homem que dormia. Era Rodolphe. Ela deu um grito.

— Estás aqui! Estás aqui! repetia ele. Como fizeste para vir?... Ah! Teu vestido está molhado!

— Eu te amo, respondia ela pondo-lhe os braços ao redor do pescoço.

Como essa primeira audácia foi bem-sucedida, agora, cada vez que Charles saía cedo, Emma vestia-se rapidamente e descia na ponta dos pés a escada que levava à beira d'água.

Porém, quando a prancha das vacas fora retirada, era preciso seguir os muros que costeavam o rio; a ribanceira era escorregadia, para não cair ela se agarrava com a mão nos feixes de goivos murchos. Depois atravessava os campos lavrados onde enterrava suas botinas delicadas, escorregando e embaraçando-se. Seu lenço, amarrado na cabeça, agitava-se ao vento nas pastagens; tinha medo dos bois, punha-se a correr; chegava sem fôlego, com as faces rosadas e exalando de toda a sua pessoa um fresco perfume de seiva, de verdura e de ar livre. Rodolphe, a essa hora, ainda dormia. Era como uma manhã de primavera que entrava em seu quarto.

As cortinas amarelas, ao longo das janelas, deixavam passar docemente uma pesada luz dourada. Emma tateava, piscando os olhos, enquanto as gotas de orvalho suspensas em seus bandós pareciam uma auréola de topázio ao redor de seu rosto. Rodolphe, rindo, atraía-a para si e a apertava ao coração.

Em seguida, ela examinava o quarto, abria as gavetas dos móveis, penteava-se com seu pente e olhava no espelho de barbear. Frequentemente mesmo, punha entre os dentes o tubo de um grosso cachimbo que estava no criado-mudo, entre limões e pedaços de açúcar, ao lado de um jarro de água.

Precisavam de um bom quarto de hora para as despedidas. Então Emma chorava, teria desejado nunca abandonar Rodolphe. Alguma coisa de mais forte do que ela empurrava-a para ele, de maneira que um dia, vendo-a chegar de repente, ele franziu o rosto, como se estivesse contrariado.

— Que tens? disse ela. Estás doente? Fala-me!

Enfim, ele declarou, com ar sério, que suas visitas tornavam-se imprudentes e que ela estava se comprometendo.

X

Pouco a pouco, esses temores de Rodolphe a atingiram. O amor, a princípio, a embriagara, ela não pensava em nada além dele. Mas agora, que era indispensável à sua vida, ela temia perder dele alguma coisa ou mesmo que ele fosse perturbado. Quando voltava da casa dele, lançava ao redor olhares inquietos, espiando cada forma que passava no horizonte e cada lucarna da vila, de onde pudesse ser percebida. Escutava os passos, os gritos, o ruído das charruas; e detinha-se, mais pálida e mais trêmula do que as folhas dos choupos que se balançavam sobre sua cabeça.

Uma manhã em que voltava desta maneira, julgou distinguir de repente o longo cano de uma carabina que parecia lhe estar sendo apontada. Ele ultrapassava obliquamente a borda de um pequeno tonel semiescondido nas ervas na margem de um fosso. Emma, prestes a desfalecer de terror, avançou contudo e um homem saiu do tonel, como esses diabos de espiral que saltam do fundo das caixas. Trazia polainas afiveladas até o joelho, o boné enterrado até os olhos, os lábios tiritando e o nariz vermelho. Era o capitão Binet à espera dos patos selvagens.

— A senhora deveria ter falado de longe! exclamou. Quando se percebe um fuzil, é preciso sempre avisar.

O perceptor procurava, desta maneira, dissimular o medo que tivera; pois como um decreto do governador proibira a caça aos patos, a não ser de barco, o Sr. Binet, apesar de seu respeito pelas leis, encontrava-se em contravenção. Assim, julgava ouvir chegar a cada minuto um guarda rural. Mas essa inquietação aumentava seu prazer e, sozinho em seu tonel, vangloriava-se de sua felicidade e de sua malícia.

Ao ver Emma, pareceu aliviado de um grande peso e encetou logo a conversa:

— Não está nada quente. *Está gelado*!

Emma não respondeu nada. Ele continuou:

— E a senhora saiu bem cedo!

— Sim, disse ela, balbuciando, venho da casa da ama de leite, onde se encontra minha filha.

— Ah! muito bem! Muito bem! Quanto a mim, assim como me vê, estou aqui desde o alvorecer; mas o tempo está tão nojento que, a menos que as penas cheguem diante do cano...

— Boa-tarde, Sr. Binet, interrompeu ela, virando os calcanhares.

— Seu criado, senhora, replicou ele com um tom seco.

E voltou novamente ao seu tonel.

Emma arrependeu-se por ter deixado tão bruscamente o perceptor. Sem dúvida, ele iria fazer conjecturas desfavoráveis. A história da ama de leite era a pior desculpa, pois todo o mundo sabia perfeitamente em Yonville que a pequena Bovary voltara havia um ano para a casa dos pais. Aliás, ninguém morava nos arredores; aquele caminho somente levava à Huchette; Binet, portanto, adivinhara de onde ela viera e não se calaria, falaria, era certo! Ela passou o resto do dia torturando-se o espírito com todos os projetos de mentiras imagináveis, tendo sempre diante dos olhos aquele imbecil com sua bolsa de caça.

Após o jantar, Charles vendo-a preocupada quis, para distrai-la, conduzi-la à casa do farmacêutico; e a primeira pessoa que ela percebeu na farmácia foi mais uma vez ele, o perceptor! Estava de pé diante do balcão, iluminado pela luz do bocal vermelho e dizia:

— Dê-me, por favor, uma meia onça[118] de vitriol.

— Justin, gritou o boticário, traze-nos o ácido sulfúrico.

Em seguida, a Emma, que queria subir ao quarto da Sra. Homais:

— Não, fique, não vale a pena, ela vai descer. Aqueça-se junto à estufa, enquanto espera... Desculpe-me... Boa-noite, doutor (pois o farmacêutico gostava muito de pronunciar a palavra *doutor*, como se, dirigindo-a a outra pessoa, fizesse recair sobre si mesmo alguma coisa da pompa que nela encontrava)... Mas cuidado para não derrubares algum almofariz! Vai antes buscar as cadeiras da salinha; sabes bem que não se devem desarrumar as poltronas da sala.

E, para recolocar sua poltrona no lugar, Homais precipitava-se para fora do balcão, enquanto Binet lhe pedia uma meia onça de ácido de açúcar.

— Ácido de açúcar? disse o farmacêutico com desdém. Não conheço, ignoro! Talvez o senhor queira ácido oxálico. É oxálico, não é verdade?

---

[118] Onça: peso antigo equivalente a 28,691 gramas.

Binet explicou que precisava de um corrosivo para compor ele mesmo uma água de cobre para desenferrujar várias guarnições de caça. Emma estremeceu. O farmacêutico pôs-se a rir:

— De fato, o tempo não está propício, por causa da umidade.

— Todavia, replicou o perceptor com um ar finório, há pessoas que se arranjam.

Ela sufocava.

— Dê-me ainda...

— Mas ele nunca irá embora! pensava ela.

— Uma meia onça de breu e de terebentina, quatro onças de cera amarela e três meias onças de negro-animal, por favor, para limpar os couros envernizados de meu equipamento.

O boticário começava a cortar a cera quando a Sra. Homais apareceu com Irma nos braços, Napoléon ao seu lado e Athalie que a seguia. Foi sentar-se no banco de veludo, contra a janela, e o garoto agachou-se no banquinho enquanto sua irmã mais velha espreitava a caixa de jujuba, perto de seu paizinho. Este enchia funis e fechava os frascos, colava etiquetas e confeccionava pacotes. Todos se calavam ao seu redor; e ouvia-se somente, de vez em quando, tilintar os pesos nas balanças, com algumas palavras em voz baixa do farmacêutico a dar conselhos ao seu aluno.

— Como vai sua menina? perguntou de repente a Sra. Homais.

— Silêncio! exclamou seu marido que escrevia números num livro de comércio.

— Por que não a trouxe? continuou a meia voz.

— Pss! Pss! fez Emma indicando com o dedo o boticário.

Mas Binet, totalmente preso à leitura da adição, provavelmente nada ouvira. Enfim, saiu. Então Emma, sentindo-se livre, deu um profundo suspiro.

— Como a senhora respira fundo! disse a Sra. Homais.

— Ah! É que faz calor, respondeu ela.

Eles trataram, pois, no dia seguinte, de organizar seus encontros; Emma queria subornar sua criada com um presente mas teria sido melhor descobrir em Yonville alguma casa discreta. Rodolphe prometeu procurar uma.

Durante todo o inverno, três ou quatro vezes por semana, em plena noite, ele entrava no jardim. Emma retirara, de propósito, a chave da cancela que Charles julgou perdida.

Para avisá-la, Rodolphe atirava contra as persianas um punhado de areia. Ela levantava-se sobressaltada; mas às vezes precisava esperar, pois Charles tinha a mania de tagarelar junto ao fogo e não acabava nunca.

Ela devorava-se de impaciência; se seus olhos tivessem podido tê-lo-iam feito saltar pela janela. Enfim, ela começava sua toalete noturna; depois, tomava um livro e continuava a ler com toda a tranquilidade, como se a leitura a divertisse. Mas Charles, na cama, chamava-a para que se deitasse.

— Vem de uma vez, Emma, dizia, já é hora.

— Sim, vou! respondia ela.

Todavia, como as velas o ofuscavam, ele voltava-se para a parede e adormecia. Ela escapava suspendendo a respiração, sorridente, palpitante, desvestida.

Rodolphe tinha um grande manto; envolvia-a inteiramente nele e, passando o braço por sua cintura, arrastava-a sem falar até o fundo do jardim.

Era sob o caramanchão, sobre o mesmo banco de madeira apodrecida onde outrora León a olhava amorosamente, durante as noites de verão. Ela pouco pensava nele agora.

As estrelas brilhavam através dos galhos do jasmineiro sem folhas. Ouviam atrás de si o rio que corria e, de vez em quando, na ribanceira, o estalo dos caniços secos. Alguns maciços de sombra, cá e lá, abaulavam-se na obscuridade e às vezes, estremecendo todos num único movimento, levantavam-se e inclinavam-se como imensas vagas negras que pareciam avançar para cobri-los. O frio da noite fazia com que se apertassem ainda mais; os suspiros de seus lábios pareciam-lhes mais fortes; seus olhos, que mal entreviam, pareciam-lhes maiores e no meio do silêncio havia palavras ditas baixinho que caíam em suas almas com uma sonoridade cristalina que nelas se repercutiam com múltiplas vibrações.

Quando a noite era chuvosa, iam refugiar-se no consultório, entre o alpendre e a estrebaria. Ela acendia um dos castiçais da cozinha que escondera atrás dos livros. Rodolphe instalava-se como se estivesse em sua casa. A vista da biblioteca e da escrivaninha, de toda a sala enfim, excitava sua alegria; e não podia deixar de dizer, a respeito de Charles, uma série de gracejos que embaraçavam Emma. Ela teria desejado vê-lo mais sério e mesmo mais dramático, em certos momentos, como naquela vez em que ela julgou ouvir na alameda um ruído de passos que se aproximavam.

— Vem alguém, disse ela.

Ele assoprou a vela.

— Tens tuas pistolas?

— Por quê?

— Ora... para defender-te, replicou Emma.

— Será teu marido? Ah! Pobre rapaz!

E Rodolphe acabou a frase com um gesto que significava: "Eu o esmagaria com um piparote".

Ela ficou surpresa com sua bravura, embora sentisse nela uma espécie de indelicadeza e de grosseria ingênua que a escandalizou.

Rodolphe refletiu muito naquela história da pistola. Se ela tivesse falado seriamente o fato teria sido muito ridículo, pensava, odioso mesmo, pois ele não tinha nenhuma razão para detestar aquele bom Charles não sendo o que se chama devorado pelo ciúme — e sobre isso Emma fizera um grande juramento que ele também não achava ser do melhor gosto.

Aliás, ela tornava-se bem sentimental. Fora necessário trocar miniaturas; haviam cortado punhados de cabelo e ela pedia agora um anel, um verdadeiro anel de casamento, em sinal de aliança eterna. Frequentemente ela lhe falava dos sinos da tarde ou das *vozes da natureza*; em seguida, falava-lhe de sua mãe e da mãe dele. Rodolphe a perdera havia vinte anos. Emma, contudo, consolava--o com linguagem afetada como se teria feito com um menino abandonado e dizia-lhe mesmo às vezes, olhando a lua:

— Tenho a certeza de que, lá em cima, juntas, elas aprovam nosso amor.

Mas ela era tão bonita! Ele possuíra tão poucas com uma tal candura! Aquele amor sem libertinagem era para ele algo de novo e que, retirando-o de seus hábitos fáceis, afagava ao mesmo tempo seu orgulho e sua sensualidade. A exaltação de Emma, desdenhada pelo seu bom senso burguês, parecia-lhe, no fundo do coração, encantadora, visto que se dirigia à sua pessoa. Então, certo de ser amado, não mais se incomodou e, imperceptivelmente, suas maneiras mudaram.

Não tinha mais, como outrora, aquelas palavras tão doces que a faziam chorar nem aquelas veementes carícias que a enlouqueciam; de forma que o grande amor de ambos, em que ela vivia mergulhada, parecia diminuir como a água de um rio que era absorvida em seu próprio leito, e ela percebeu o lodo. Não quis acreditar; duplicou a ternura e Rodolphe escondia cada vez menos sua indiferença.

Ela não sabia se lastimava ter-lhe cedido ou se não desejava, pelo contrário, amá-lo mais. A humilhação de sentir-se fraca transformava-se num rancor que as volúpias temperavam. Não era afeição, era como uma sedução permanente. Ele a subjugava. Ela tinha quase medo.

As aparências, todavia, eram mais calmas do que nunca, pois Rodolphe conseguira conduzir o adultério segundo seu capricho; e, ao final de seis meses, quando a primavera chegou, sentiam-se um diante do outro como um casal que mantém tranquilamente um amor doméstico.

Era a época em que o pai Rouault enviava seu peru como lembrança de sua perna curada. O presente chegava sempre com uma carta. Emma cortou a corda que a ligava ao cesto e leu as seguintes linhas:

"Meus caros filhos,

Espero que a presente os encontre em boa saúde e que este valha bem os outros; pois parece-me um pouco mais maciozinho, se ouso dizer, e mais pesado. Mas, da próxima vez, para mudar, mandar-lhes-ei um galo, a menos que não prefiram um pavão[119]; e devolvam-me a canastra, por favor, como as duas antigas. Tive um infortúnio com minha cocheira, cuja cobertura, uma noite em que ventava muito, voou para junto das árvores. A colheita também não foi grande coisa. Enfim, não sei quando irei vê-los. Desde que estou só me é tão difícil afastar-me de casa, minha pobre Emma!"

E aqui havia um intervalo entre as linhas como se o velhote tivesse deixado cair a pena para devanear por algum tempo.

"Quanto a mim, vou bem, salvo um resfriado que peguei no outro dia na feira de Yvetot onde fora para conseguir um pastor, pois mandei embora o meu, por sua demasiada delicadeza de boca. Como somos dignos de lástima com esses bandidos. De resto, era também desonesto.

Soube por um mascate que, em viagem neste inverno por essa região, teve de arrancar um dente, que Bovary sempre trabalha muito. Isto não me espanta e ele mostrou-me seu dente; tomamos café juntos. Perguntei se ele te vira, disse-me que não, mas que vira na estrebaria dois animais, de onde concluo que o trabalho vai rodando. Tanto melhor, meus caros filhos, e que o bom Deus lhes envie toda a felicidade imaginável.

Tenho muita pena de ainda não conhecer minha neta bem-amada Berthe Bovary. Plantei para ela, no jardim, junto ao teu quarto, uma ameixeira de ameixas de aveia e não quero que a toquem a não ser para mais tarde fazer compotas que guardarei no armário para ela, quando vier.

Adeus, meus caros filhos. Beijo-te, minha filha, a você também, meu genro e a pequena nas duas faces.

Sou, com muitas saudações

O terno pai

Théodore Rouault"

Ela ficou alguns minutos com o grande papel entre os dedos. Os erros de ortografia enlaçavam-se uns aos outros e Emma seguia o pensamento suave que cacarejava através deles como uma galinha semiescondida numa sebe de

[119] O autor usa a forma dialetal normanda *picot*.

espinheiro. A escrita fora seca com as cinzas da lareira, pois um pouco de pó cinzento escorregou da carta para seu vestido e ela quase julgou ver seu pai curvando-se sobre a pedra para agarrar as pinças. Como fazia muito tempo que não permanecia a seu lado, no banquinho junto à lareira, quando ela queimava a ponta de um bastão na grande chama dos juncos marinhos que crepitavam!... Lembrou as tardes de verão cheias de sol. Os potros relinchavam quando alguém passava e galopavam, galopavam... Havia sob sua janela uma colmeia e às vezes algumas abelhas, girando na luz, batiam contra a vidraça como balas de ouro que ricocheteavam. Que felicidade naquele tempo! Que liberdade! Que abundância de ilusões! Não mais existiam agora! Ela as gastara em todas as aventuras de sua alma, em todos os estados sucessivos, na virgindade, no casamento e no amor — perdendo-as assim, continuamente, ao longo da vida, como um viajante que deixa alguma coisa de sua riqueza em todas as estalagens da estrada.

Mas quem a tornava tão infeliz? Onde estaria a catástrofe extraordinária que a transformara? E ela levantou a cabeça, olhando ao redor, como se procurasse a causa do que a fazia sofrer.

Um raio de sol de abril cintilava sobre as porcelanas do aparador; o fogo estava aceso; ela sentia sob as pantufas a suavidade do tapete; o dia era claro, a atmosfera tépida e ela ouvia as risadas de sua filha.

De fato, a menininha rolava sobre a grama em meio à erva que estava sendo posta a secar. Estava deitada de bruços, no alto de uma meda de feno. A criada segurava-a pela saia. Lestiboudois, ao lado, raspava as ervas e, cada vez que se aproximava, ela se debruçava batendo o ar com os braços.

— Traga-a aqui! disse a mãe, precipitando-se para beijá-la. Como eu te amo, minha pobre filha! Como eu te amo!

Depois, percebendo que ela tinha a ponta das orelhas um pouco sujas, tocou a campainha para ter água quente e limpou-a, trocou-lhe a roupa de baixo, as meias, os sapatos, fez mil perguntas sobre sua saúde como se voltasse de uma viagem e enfim, beijando-a mais uma vez e chorando um pouco, recolocou-a nas mãos da criada muito admirada diante daquele excesso de ternura.

À noite, Rodolphe achou-a mais séria do que habitualmente.

— Isto passará, pensou, é um capricho.

E faltou consecutivamente a três encontros. Quando voltou, ela se mostrou fria e quase desdenhosa.

— Ah! Perdes teu tempo, minha querida...

E mostrou não notar seus suspiros melancólicos, nem o lenço que ela esticava.

Foi então que Emma se arrependeu!

E até perguntou a si mesma por que razão execrava Charles e se não teria sido melhor podê-lo amar. Mas ele não oferecia uma grande ocasião para o renascer do sentimento, de maneira que ela permanecia muito embaraçada na veleidade do sacrifício quando o boticário veio exatamente fornecer-lhe a ocasião.

XI

Ele lera, nos últimos tempos, o elogio de um novo método para a cura de pés aleijados e, como era partidário do progresso, concebeu a ideia patriótica segundo a qual, *para pôr-se ao nível*, Yonville devia ter operações de estrefopodia.

— Pois, dizia ele a Emma, que se pode arriscar? Veja (e numerava nos dedos as vantagens da tentativa); sucesso quase certo, alívio e embelezamento do doente, celebridade rápida para o operador. Por que seu marido, por exemplo, não desejaria aliviar esse pobre Hippolyte, do *Lion d'Or*? Observe que ele não deixaria de contar sua cura a todos os viajantes e além disso (Homais baixou a voz e olhou ao redor de si) quem me impediria de enviar ao jornal uma pequena nota sobre o fato? Ora, meu Deus! Um artigo circula... todos falam... e o caso acaba fazendo bola de neve! E quem sabe? Quem sabe?

De fato, Bovary poderia ter êxito; nada afirmava a Emma que ele não fosse hábil e que satisfação para ela o fato de tê-lo levado a uma iniciativa que aumentaria sua reputação e sua fortuna! Ela bem que gostaria de apoiar-se em algo mais sólido do que o amor.

Solicitado pelo boticário e por ela, Charles deixou-se convencer. Mandou vir de Rouen o livro do doutor Duval e, todas as noites, com a cabeça entre as mãos, mergulhava na leitura.

Enquanto estudava os equinos, os varos e os valgos, isto é, a estrefocatopodia, a estrefendopodia e a estrefexopodia (ou melhor dizendo, os diferentes desvios, os pés para baixo, para dentro e para fora), com a estrefipopodia e a estrefanopodia (ou com outras palavras torção para baixo e correção para cima), o Sr. Homais exortava o criado da estalagem com todo tipo de argumento, a operar-se.

— Mal sentirás, talvez, uma dor de leve; é uma simples picada como uma leve sangria, menos do que a extirpação de certos calos.

Hippolyte refletia, revirando os olhos estúpidos.

— De resto, continuava o farmacêutico, não tenho nada com isto! É por ti! Por humanidade pura! Gostaria de ver-te, meu amigo, livre de tua horrível claudicação com esse balanço da região lombar que, digas o que disseres, deve prejudicar-te consideravelmente no exercício de teu ofício.

Então Homais mostrava-lhe como se sentiria depois mais alegre e mais lépido e mesmo deixava compreender que poderia agradar mais às mulheres e o criado de estrebaria começava a sorrir pesadamente. Em seguida, atacava-o na vaidade:

— Não és um homem, com os diabos? Que seria então, se tivesses de prestar serviço militar?... Ah! Hippolyte!

E Homais afastava-se declarando não compreender tal teimosia, tal cegueira a ponto de recusar os benefícios da ciência.

O infeliz cedeu, pois houve uma espécie de conjuração. Binet, que nunca se metia nos assuntos alheios, a Sra. Lefrançois, Artémise, os vizinhos e até o prefeito, o Sr. Tuvache, todo mundo o exortou, repreendeu, fez-lhe sentir vergonha; porém o que realmente o decidiu *é que isto não lhe custaria nada*; Bovary encarregar-se-ia mesmo de fornecer a máquina para a operação. Fora Emma quem tivera a ideia dessa generosidade; e Charles consentiu, dizendo, no fundo do coração, que sua mulher era um anjo.

Com os conselhos do farmacêutico e recomeçando três vezes, mandou construir pelo marceneiro, ajudado pelo serralheiro, uma espécie de caixa de cerca de oito libras de peso e onde ferro, madeira, chapas metálicas, couro, parafusos e porcas não foram economizados.

Todavia, para saber que tendão de Hippolyte deveria ser cortado era preciso conhecer antes que espécie de pé aleijado ele possuía.

Seu pé formava com a perna uma linha quase reta, o que não o impedia de ser virado para dentro, de sorte que era um equino misto com um pouco de varo, ou então um leve varo com forte propensão para equino. Mas com aquele equino, de fato da largura de uma pata de cavalo, de pele rugosa, tendões secos, grandes artelhos onde as unhas negras pareciam os pregos de um ferro, o estrefópode, de manhã à noite, galopava como um cervo. Era visto continuamente na praça, saltando ao redor das carretas, lançando para a frente seu suporte desigual. Aquela perna parecia mesmo mais vigorosa do que a outra. De tanto ter servido, adquirira as qualidades morais de paciência e de energia e quando lhe davam um trabalho pesado, escorava-se preferentemente sobre ela.

Ora, visto que era um equino, era preciso cortar o calcanhar de aquiles para chegar mais tarde ao músculo tibial anterior para eliminar o varo: pois o médico não ousava arriscar ao mesmo tempo duas operações e mesmo já tremia por medo de atacar alguma região importante que não conhecia.

Nem Ambrosio Paré[120] aplicando pela primeira vez desde Celso, após quinze séculos de intervalo, a ligadura imediata da artéria; nem Dupuytren[121], indo abrir um abscesso através de uma camada espessa do encéfalo; nem Gensoul[122] quando fez a primeira ablação de maxilar superior, certamente tinham o coração tão palpitante, a mão tão trêmula, o intelecto tão tenso quanto o Dr. Bovary ao aproximar-se de Hippolyte, com seu *tenótomo*[123] entre os dedos. E, como nos hospitais, viam-se lado a lado, sobre a mesa, um monte de fios de linho, fios encerados, muitas ataduras, uma pirâmide de ataduras, todas as ataduras que havia na farmácia do boticário. Fora o Sr. Homais quem organizara, desde a manhã, todos aqueles preparativos, tanto para ofuscar a multidão quanto para iludir a si mesmo. Charles picou a pele; ouviu-se um estalo seco. O tendão estava cortado, a operação estava acabada. Hippolyte estava pasmo; inclinava-se sobre as mãos de Bovary para cobri-las de beijos.

— Vamos, acalma-te, dizia o boticário, mostrarás mais tarde tua gratidão para com teu benfeitor!

E desceu para contar o resultado a cinco ou seis curiosos parados no pátio e que imaginavam que Hippolyte iria reaparecer caminhando normalmente. Depois de ter afivelado seu doente no aparelho mecânico, Charles voltou para casa onde Emma, profundamente ansiosa, o esperava na porta. Ela saltou-lhe ao pescoço; puseram-se à mesa; ele comeu muito e quis mesmo, à sobremesa, tomar uma xícara de café, orgia que somente se permitia aos domingos quando havia convidados.

O serão foi encantador, com muita conversa, sonhos em comum. Falaram de sua fortuna vindoura, de melhorias para a casa; ele via estender-se sua reputação, aumentar seu bem-estar, via o amor constante de sua mulher; e ela sentia-se feliz por renovar-se num sentimento novo, mais são, melhor, enfim, por sentir alguma ternura por aquele pobre rapaz que a amava. A ideia de Rodolphe passou-lhe pela cabeça por um momento, mas seus olhos voltaram-se para Charles; ela observou mesmo, com surpresa, que ele não tinha maus dentes.

Estavam na cama quando o Sr. Homais, apesar da cozinheira, entrou de repente no quarto tendo na mão uma folha de papel recém-escrita. Era o reclame que destinava ao *Fanal de Rouen*. Trazia-a para que a vissem.

---

[120] Cirurgião francês (1517-1590), considerado o "pai da cirurgia moderna".

[121] Cirurgião da Santa Casa de Paris (1777-1835). Grande operador, interessou-se pela anatomia patológica.

[122] Cirurgião francês (1795-1858), brilhante operador, foi cirurgião-chefe da Santa Casa de Lion.

[123] Pequeno escapelo.

— Leia o senhor mesmo — disse Bovary.

Ele leu:

"Apesar dos preconceitos que recobrem ainda uma parte da face da Europa como uma rede, a luz, todavia, começa a penetrar em nossos campos. Foi assim que, na terça-feira, a nossa pequena cidade de Yonville viu-se teatro de uma experiência cirúrgica que é, ao mesmo tempo, um ato de alta filantropia. O Dr. Bovary, um dos nossos médicos mais notáveis...

— Ah! É demais! É demais! dizia Charles sufocado pela emoção.

— Não, absolutamente! Ora vamos!... "operou um pé aleijado..." Não coloquei o termo científico porque, o senhor percebe, num jornal... talvez todo o mundo não compreendesse; é preciso que as nossas...

— De fato, disse Bovary, continue.

— Vou retornar, disse o farmacêutico. "O Dr. Bovary, um de nossos médicos mais notáveis, operou o pé aleijado do denominado Hippolyte Tautain, há vinte e cinco anos criado de estrebaria no hotel *Lion d'Or*, dirigido pela Sra. Lefrançois, na praça d'Armes. A novidade da tentativa e o interesse despertado pelo fato haviam atraído uma tal afluência de pessoas que havia uma verdadeira multidão na soleira do estabelecimento. A operação, de resto, foi praticada como por encanto e apenas algumas gotas de sangue vieram à tona como para dizer que o tendão rebelde acabava enfim de ceder a todos os esforços da arte. O doente, coisa estranha (afirmamo-lo *de visu*), não sentiu dor. Seu estado, até o presente momento, nada deixa a desejar. Tudo leva a crer que a convalescença será curta e quem sabe mesmo se, na próxima festa da vila, não veremos nosso bom Hippolyte figurar entre as danças báquicas, em meio ao coro de jovens companheiros e assim provar a todos os olhos, por sua verve e seus saltos, sua completa cura? Honra pois aos sábios generosos! Honra a esses espíritos infatigáveis que consagram suas vigílias a melhorar, ou antes, a aliviar sua espécie! Honra! Três vezes honra! Não seria o caso de gritar que os cegos verão, os surdos ouvirão e os coxos caminharão? Mas o que o fanatismo outrora prometia a seus eleitos a ciência agora o cumpre para todos os homens! Manteremos nossos leitores a par das fases sucessivas dessa cura notável."

O que não impediu que cinco dias mais tarde a mãe Lefrançois chegasse toda assustada gritando:

— Socorro! Ele está morrendo!... Estou perdendo a cabeça!

Charles precipitou-se para o *Lion d'Or* e o farmacêutico que o viu passar pela praça, sem chapéu, abandonou a farmácia. Ele mesmo chegou, ofegante, vermelho, inquieto e perguntando a todos os que subiam a escada:

— Que tem então nosso interessante estrefópode?

O estrefópode torcia-se em convulsões atrozes de maneira que o aparelho mecânico, no qual sua perna estava presa, batia contra o muro como se fosse arrebentá-lo.

Com muitas precauções, para não alterar a posição do membro, retirou-se a caixa e viu-se um espetáculo atroz. As formas do pé haviam desaparecido num tal inchaço que toda a pele parecia a ponto de romper-se e mostrava-se coberta de esquimoses ocasionadas pelo famoso aparelho. Hippolyte já se queixara dele, ninguém prestara atenção; foi preciso reconhecer que ele não estivera totalmente errado e deixaram-no livre por algumas horas. Porém, mal o edema desapareceu um pouco, os dois sábios julgaram conveniente recolocar o membro no aparelho apertando-o ainda mais para acelerar as coisas. Enfim, três dias mais tarde, como Hippolyte não aguentava mais, retiraram ainda uma vez a máquina, muito espantados com o resultado que perceberam. Uma tumefação lívida estendia-se pela perna e com flictenas cá e lá por onde saía um líquido preto. A coisa tornava-se feia. Hippolyte começava a aborrecer-se e a mãe Lefrançois instalou-o na salinha, perto da cozinha para que tivesse, pelo menos, alguma distração.

Porém o perceptor, que nela jantava todos os dias, queixou-se com amargura de uma tal vizinhança. Então Hippolyte foi transportado para a sala de bilhar.

Ficava lá gemendo sob os grossos cobertores, pálido, com a barba comprida, os olhos cavos e virando de vez em quando a cabeça suada sobre a fronha suja onde as moscas esvoaçavam. A Sra. Bovary vinha vê-lo. Trazia-lhe panos para os cataplasmas, consolava-o e encorajava-o. De resto, não lhe faltava companhia, sobretudo nos dias de mercado, quando os camponeses, ao seu redor, lançavam as bolas de bilhar, esgrimiam os tacos, fumavam, bebiam, cantavam, vociferavam.

— Como vais? diziam batendo-lhe no ombro. Ah! Parece que não estás muito alegre! Mas a culpa é tua. Era preciso fazer isto, fazer aquilo.

E contavam-lhe histórias de pessoas que foram todas curadas por outros remédios que não o dele; depois acrescentavam como consolo:

— É que tu te preocupas demais com a tua saúde! Levanta, vamos, tu te mimas como um rei! Ah! Não importa, velho farsante, estás cheirando mal!

A gangrena, de fato, subia cada vez mais. O próprio Bovary estava desesperado. Vinha a cada hora, a cada momento. Hippolyte olhava-o com os olhos assustados e balbuciava soluçando:

— Quando ficarei bom?... Ah! salve-me... Como sou infeliz! Como sou infeliz!

E o médico sempre ia embora recomendando-lhe que fizesse dieta.

— Não o ouças, meu rapaz, replicava a mãe Lefrançois; eles já te martirizaram suficientemente! Vais ficar ainda mais fraco. Pega, engole!

E apresentava-lhe um bom caldo, uma fatia de pernil de carneiro, um pedaço de toucincho e às vezes copinho de aguardente que ele não tinha coragem de levar aos lábios.

O abade Bournisien, sabendo que ele piorava, pediu para vê-lo. Começou por lamentar seu mal declarando que deveria alegrar-se visto que era a vontade do Senhor e aproveitar rapidamente a ocasião para reconciliar-se com o céu.

— Pois, dizia o eclesiástico num tom paternal, negligenciavas um pouco teus deveres; raramente eras visto no ofício divino; há quantos anos não te aproximas da Santa Mesa? Compreendo que tuas ocupações, que o turbilhão do mundo tenham podido afastar-te do cuidado para com tua salvação. Mas agora é o momento de refletir a respeito. Não desesperes, contudo; conheci grandes culpados que, prestes a comparecer diante de Deus (ainda não chegaste a este ponto, sei-o bem), haviam implorado Sua misericórdia e que certamente morreram nas melhores disposições. Esperemos que, como eles, tu nos dês bons exemplos! Assim, por precaução, quem te impediria de recitar pela manhã e à noite uma "Ave Maria cheia de graça" e um "Pai nosso que estais nos Céus"? Sim, faz isso por mim, para fazer-me um favor. Que é que te custa?... Tu me prometes?

O pobre diabo prometeu. O cura veio novamente nos dias seguintes. Conversava com a estalajadeira e mesmo contava anedotas entremeadas de pilhérias, de trocadilhos que Hippolyte não compreendia. Em seguida, logo que as circunstâncias o permitiam, voltava a matérias de religião tomando uma expressão conveniente.

Seu zelo parecia ter dado certo, pois em breve o estrefópode mostrou o desejo de fazer uma peregrinação a Bonsecours[124] caso ficasse curado: a que o padre Boursinien respondeu que não via inconveniente: duas precauções valiam mais do que uma. *Não se arriscava nada.*

O boticário indignou-se com o que chamava as *manobras do padre*; afirmava que elas prejudicavam a convalescença de Hippolyte e repetia à Sra. Lefrançois:

— Deixe-o! Deixe-o! A senhora perturba seu moral com seu misticismo!

Mas a boa mulher não quis mais ouvi-lo. Ele era a causa *de tudo*. Por espírito de contradição ela pendurou mesmo à cabeceira do doente um recipiente de água benta, com um ramo de buxo.

---

[124] Basílica de Bonsecours (1842) sobre a colina homônima, nos arredores de Rouen.

Todavia, a religião, assim como a cirurgia, não parecia socorrê-lo e a invencível podridão ia sempre subindo das extremidades para o ventre. Em vão variavam-se as poções e mudavam-se os cataplasmos, os músculos, a cada dia, descolavam-se mais e enfim Charles respondeu com um sinal de cabeça afirmativo quando a mãe Lefrançois lhe perguntou se ela não poderia, em desespero de causa, mandar vir o Dr. Canivet, de Neufchâtel, que era uma celebridade.

Doutor em medicina, com cinquenta anos de idade, gozando de boa reputação e seguro de si mesmo, o colega não se constrangeu em rir desdenhosamente quando descobriu a perna gangrenada até o joelho. Depois, tendo declarado francamente que era preciso amputá-la, foi à casa do farmacêutico invectivar contra os asnos que tinham podido reduzir um infeliz a um tal estado. Sacudindo o Sr. Homais pelo botão da sobrecasaca, vociferava na farmácia.

— São invenções de Paris! Eis as ideias desses senhores da Capital! São como o estrabismo, o clorofórmio e a litotripsia[125], um punhado de monstruosidade que o governo deveria proibir! Mas querem ser astutos e nos enchem de remédios, sem se preocuparem com as consequências. Mas nós não temos tanto valor, não somos sábios, janotas, maricas; somos médicos, curamos e não imaginaríamos operar alguém que tem saúde perfeita! Endireitar pés aleijados! Podem-se endireitar pés aleijados? É como se se quisesse, por exemplo, endireitar um corcunda!

Homais sofria ao ouvir tais palavras e dissimulava seu mal-estar com um sorriso de cortesão, por necessidade de tratar com deferência o Dr. Canivet, cujas receitas às vezes chegavam até Yonville; assim, não tomou a defesa de Bovary, não fez mesmo nenhuma observação e, abandonando seus princípios, sacrificou sua dignidade aos interesses mais sérios de seu negócio.

A amputação da coxa, feita pelo doutor Canivet, foi um acontecimento considerável na vila! Todos os habitantes, no dia marcado, haviam-se levantado mais cedo e a rua principal, embora cheia de gente, tinha algo de lúgubre como se se tivesse tratado de uma execução capital. Discutia-se na mercearia a doença de Hippolyte; as lojas não vendiam nada e a Sra. Tuvache, a mulher do prefeito, não saía da janela, na impaciência em que se encontrava de ver chegar o operador.

Chegou ele em seu cabriolé, que ele mesmo conduzia. Porém como a mola do lado direito, com o tempo, vergara sob o peso de sua corpulência, o carro inclinava-se um pouco e percebia-se na outra almofada, ao seu lado, uma vasta caixa recoberta de badana vermelha cujos três fechos de cobre brilhavam magistralmente.

---

[125] Esmagamento de cálculos no interior da bexiga para que possam ser retirados pela uretra.

Após ter entrado como um turbilhão sob o pórtico do *Lion d'Or*, o doutor, gritando em altos brados, ordenou que desatrelassem seu cavalo, depois foi à estrebaria para ver se ele comia realmente sua aveia, pois, quando chegava à casa dos doentes, ocupava-se antes de mais nada com sua égua e com seu cabriolé. Dizia-se mesmo a esse respeito: "Ah! o Dr. Canivet é um original!" E estimavam-no ainda mais por aquela inabalável firmeza. O Universo teria podido morrer até o último homem que ele não teria deixado de cumprir o menor de seus hábitos.

Homais apresentou-se.

— Conto com o senhor, disse o doutor. Estamos prontos? Em frente!

Mas o boticário, corando, confessou que era sensível demais para assistir a uma tal operação.

— Quando se é simples espectador, dizia, a imaginação, o senhor sabe, impressiona-se! E além disso, meu sistema nervoso é de tal forma...

— Ah! Essa é boa! interrompeu Canivet. O senhor me parece, pelo contrário, propenso à apoplexia. E, aliás, isto não me espanta, pois os senhores, que são farmacêuticos, estão continuamente metidos em suas cozinhas, o que deve acabar por afetar o temperamento. Veja a mim, por exemplo: todos os dias, levanto-me às quatro horas, faço a barba com água fria (nunca tenho frio) e não uso agasalhos, nunca pego um resfriado, a carcaça é boa! Vivo ora de um modo, ora de outro, como filósofo, como de tudo. É por isso que não sou delicado como o senhor e para mim é exatamente a mesma coisa trinchar um cristão ou a primeira ave que aparecer. Depois disso, dirá o senhor, o hábito... o hábito!...

Então, sem nenhuma consideração para com Hippolyte, que suava de angústia entre os lençóis, os cavalheiros iniciaram uma conversa em que o boticário comparou o sangue-frio de um cirurgião ao de um general; e tal paralelo foi agradável a Canivet que se derramou em palavras sobre as exigências de sua arte. Considerava-a como um sacerdócio, embora os oficiais de saúde a desonrassem. Enfim, voltando ao doente, examinou as ataduras trazidas por Homais, as mesmas que haviam comparecido quando do pé torto e pediu a alguém para segurar o membro. Foi-se procurar Lestiboudois e o Dr. Canivet, tendo arregaçado as mangas, foi para a sala de bilhar, enquanto o boticário permanecia com Artémise e a estalajadeira, ambas mais pálidas do que seus aventais e com o ouvido colado na porta.

Entrementes, Bovary não ousava sair de casa. Permanecia no andar térreo, na sala, sentado no canto da lareira sem fogo, com o queixo no peito, as mãos juntas, os olhos fixos. Que infortúnio! pensava. Que desapontamento! Contudo, tomara todas as precauções imagináveis. A fatalidade imiscuira-se. Que importância tinha? Se Hippolyte mais tarde morresse seria ele que o teria assassinado.

E, além disso, que diria nas consultas quando fosse interrogado? Contudo, quem sabe, ter-se-ia enganado em alguma coisa? Procurava e não encontrava. Mas os mais famosos cirurgiões também se enganavam. Eis no que nunca se queria acreditar! Iriam rir. Pelo contrário, iriam vociferar. O fato se espalharia até Forges! Até Neufchâtel! Até Rouen! Em toda a parte! Quem sabe se alguns colegas não escreveriam contra ele? Seguir-se-ia uma polêmica, seria preciso responder pelos jornais. O próprio Hippolyte poderia processá-lo. Via-se desonrado, arruinado, perdido! E sua imaginação, assaltada por uma multidão de hipóteses, balançava-se entre elas como um tonel vazio levado pelo mar e rolando nas ondas.

Emma, diante dele, olhava-o; não partilhava sua humilhação, sentia uma outra; era a de ter imaginado que um tal homem pudesse valer alguma coisa, como se já vinte vezes não tivesse suficientemente percebido sua mediocridade.

Charles caminhava de um lado para o outro em seu quarto. Suas botas rangiam no assoalho.

— Senta-te, disse ela, tu me irritas!

Ele sentou-se novamente.

Como pudera ela (ela que era tão inteligente!) enganar-se mais uma vez? De resto, que deplorável mania a fizera estragar assim sua existência em sacrifícios contínuos? Lembrou todos os seus instintos de luxo, todas as privações de sua alma, as vulgaridades do casamento, do lar, seus sonhos que caíam na lama como andorinhas feridas, tudo o que desejara, tudo o que recusara a si mesma, tudo o que poderia ter possuído! E por quê? Por quê?

Em meio ao silêncio que enchia a vila, um grito lancinante atravessou o ar. Bovary empalideceu como se fosse desmaiar. Ela franziu as sobrancelhas com um gesto nervoso, depois continuou. Era por ele, contudo, por aquele ser, por aquele homem que nada compreendia, que nada sentia! Pois lá estava ele, tranquilamente e sem mesmo desconfiar de que o ridículo ligado ao seu nome iria doravante sujá-la como a ele. Fizera esforços para amá-lo e, chorando, arrependera-se por ter cedido a outro.

— Mas teria sido talvez um valgo? exclamou de repente Bovary, que meditava.

Com o choque repentino daquela frase que caiu sobre seu pensamento como uma bala de chumbo numa bandeja de prata, Emma estremecendo levantou a cabeça como para adivinhar o que ele queria dizer; olharam-se silenciosamente, quase pasmos por se verem, de tal forma estavam, pela consciência, afastados um do outro. Charles considerava-a com o olhar perturbado de um homem embriagado, escutando, imóvel, os últimos gritos do amputado que se encadeavam em modulações arrastadas, interrompidas por arrancos agudos, como o uivo longínquo de algum animal que se degola. Emma mordia os lábios lívidos e, rolando entre os dedos uma das hastes do polipeiro que quebrara, fixava em Charles a ponta ardente de suas pupilas, como duas flechas prestes a disparar. Tudo nele a irritava agora, seu rosto, sua roupa, o que não dizia, toda a sua pessoa, sua existência, enfim. Arrependia-se como de um crime de sua virtude passada e o que dela ainda sobrava desabava sob os golpes furiosos de seu orgulho. Deleitava-se com todas as ironias perversas do adultério triunfante. A lembrança do amante voltava a ela com atrações vertiginosas; nela lançava sua alma, levada para aquela imagem por um novo entusiasmo; e Charles parecia-lhe tão afastado de sua vida, tão ausente para sempre, tão impossível e aniquilado quanto o seria se fosse morrer e se estivesse agonizando sob seus olhos.

Ouviu-se um ruído de passos na calçada. Charles olhou e através da persiana descida percebeu, à beira do mercado, em pleno sol, o doutor Canivet que enxugava com um lenço o suor da testa. Homais, atrás dele, trazia na mão uma grande caixa vermelha e ambos dirigiram-se para os lados da farmácia.

Então, por ternura súbita e desalento, Charles voltou-se para sua mulher dizendo-lhe:

— Beija-me, vamos, minha querida!

— Deixa-me! disse ela, vermelha de cólera.

— Que tens? Que tens? repetia ele, estupefato. Acalma-te, volta a ti! Sabes bem que te amo!... Vem!

— Chega! exclamou ela com um ar terrível.

E, fugindo da sala, Emma fechou a porta com tanta força que o barômetro saltou da parede e despedaçou-se no chão.

Charles caiu em sua poltrona, transtornado, procurando o que haveria com ela, imaginando uma doença nervosa, chorando e sentindo vagamente circular ao seu redor algo de funesto e de incompreensível.

Quando Rodolphe, à noite, chegou ao jardim, encontrou sua amante esperando-o no primeiro degrau da escada. Uniram-se e todo o rancor de ambos fundiu como a neve sob o calor daquele beijo.

XII

Recomeçaram a amar-se. Frequentemente, mesmo, durante o dia Emma escrevia-lhe de repente; depois, atrás das vidraças, fazia um sinal a Justin que, desamarrando logo seu avental, voava à Huchette: Rodolphe chegava; era para dizer-lhe que ela se entediava, que seu marido era odioso e a existência horrível!

— E eu posso fazer alguma coisa? exclamou ele um dia, perdendo a paciência.

— Ah! Se tu quisesses!...

Ela estava sentada no chão, entre os joelhos, com os bandós soltos, com o olhar perdido.

— O quê? disse Rodolphe.

Ela suspirou:

— Iríamos viver alhures... em algum lugar...

— Realmente, tu és louca! disse ele, rindo. Seria possível?

Ela voltou ao assunto; ele pareceu não compreender e mudou de conversa. O que ele não compreendia era toda aquela perturbação em algo tão simples como o amor. Ela tinha um motivo, uma razão e como um auxiliar em sua afeição.

Aquela ternura, de fato, crescia mais a cada dia com a repulsa que sentia pelo marido. Quanto mais se entregava a um mais execrava o outro; jamais Charles lhe parecera tão desagradável, quando estavam juntos, com dedos tão quadrados, o espírito tão pesado, as maneiras tão comuns quanto após seus encontros com Rodolphe. Então, enquanto se comportava como uma esposa e uma mulher virtuosa, inflamava-se ao lembrar aquela cabeça cujos cabelos negros caíam num cacho sobre a testa morena, aquele corpo ao mesmo tempo tão robusto e tão elegante, aquele homem, enfim, que possuía tanta experiência na razão e tanto arrebatamento no desejo! Era para ele que ela limava as unhas com um cuidado de burilador, e que punha tanto *cold-cream*[126] em sua pele, e tanto patchuli[127] em seus lenços. Cobria-se de braceletes, de anéis, de colares. Quando ele estava para chegar, ela enchia de rosas seus dois grandes vasos de vidro azul e arrumava seu quarto e sua pessoa como uma cortesã que espera um príncipe. A criada devia incessantemente lavar a roupa branca e, durante o dia inteiro, Félicité não saía da cozinha, onde o pequeno Justin, que frequentemente lhe fazia companhia, olhava-a trabalhar.

Com o cotovelo apoiado na longa prancha em que ela passava roupa, ele olhava avidamente todas aquelas coisas de mulher expostas ao seu redor: as anáguas de bombazina, os lenços de pescoço, os largos cabeções e as calças com bainha de passagem, largas nos quadris e afinando na base.

— Para que serve isto? perguntava o rapaz passando a mão sobre a crinolina ou sobre os colchetes.

---

[126] Creme feito de espermacete, de cera branca e de óleo de amêndoas. A palavra entrou na língua francesa em 1827.

[127] Perfume extraído do vetiver.

— Então nunca viste nada? respondia rindo Félicité. Como se tua patroa, a Sra. Homais, nunca usasse coisas semelhantes.

— Ah! Sim! A Sra. Homais!

E acrescentava com um tom meditativo:

— Será uma dama como a Sra. Bovary?

Mas Félicité perdia a paciência ao vê-lo andar assim ao seu redor. Era seis anos mais velha do que ele e Théodore, o criado do Sr. Guillaumin, começava a fazer-lhe a corte.

— Deixa-me em paz! dizia deslocando seu pote de amido. É melhor ires moer amêndoas; estás sempre metido entre as mulheres; para te meteres nisso, fedelho malicioso, espera ter barba no queixo.

— Vamos, não se zangue, vou limpar as botinas para você.

E pegava logo no alizar os calçados de Emma, cobertos de lama — a lama dos encontros — que se desfazia como pó sob seus dedos e que ele via subir suavemente num raio de sol.

— Como tens medo de estragá-los! dizia a cozinheira, que não tinha tantos cuidados quando os limpava porque a patroa lhos dava quando o tecido não mais se mostrava viçoso.

Emma possuía uma grande quantidade no armário que estragava gradualmente sem que Charles se permitisse, alguma vez, a menor observação.

Foi assim que ele desembolsou trezentos francos por uma perna de madeira que ela julgou conveniente dar de presente a Hippolyte.

Era guarnecida de cortiça e possuía articulações de molas, um mecanismo complicado recoberto por uma calça preta em cuja extremidade havia uma bota envernizada. Porém Hippolyte, não ousando pôr todos os dias uma tão bela perna, suplicou à Sra. Bovary que lhe conseguisse outra mais prática. O médico, evidentemente, pagou novamente a aquisição.

Portanto, pouco a pouco, o criado de estrebaria recomeçou seu trabalho. Viam-no, como outrora, percorrer a vila e, quando Charles ouvia de longe, nas pedras, o ruído seco da madeira, tomava bem depressa uma outra direção.

Fora o Sr. Lheureux, o comerciante, quem se encarregara da encomenda; isto forneceu-lhe a ocasião de conviver com Emma. Conversava com ela sobre a chegada dos novos artigos de Paris, sobre mil curiosidades femininas, mostrava-se extremamente condescendente e nunca reclamava o dinheiro. Emma abandonava-se à facilidade de satisfazer todos os seus caprichos. Assim quis ter, para dá-lo a Rodolphe, um belíssimo chicote que havia em Rouen, numa loja de guarda-chuvas. O Sr. Lheureux, na semana seguinte, colocou-lho sobre a mesa.

Mas no dia seguinte ele se apresentou em sua casa com uma fatura de duzentos e setenta francos sem contar os cêntimos. Emma viu-se em grandes dificuldades: todas as gavetas da escrivaninha estavam vazias; deviam mais de quinze dias a Lestiboudois, dois trimestres à criada, mais uma quantidade de outras coisas e Bovary esperava impacientemente o envio do Dr. Derozerays que tinha por hábito, a cada ano, pagá-lo pelo dia de São Pedro[128].

A princípio ela conseguiu apaziguar Lheureux; enfim ele perdeu a paciência: estava sendo acossado, estava sem capital e, se não entrasse algum dinheiro, ele seria forçado a retomar-lhe todas as mercadorias que recebera.

— Ora! Retome-as! disse Emma.

— Oh! Estou brincando! replicou ele. Sinto somente pelo chicote. Na verdade, vou pedi-lo de volta ao seu marido.

— Não! Não! disse ela.

— Ah! Apanhei-te! pensou Lheureux.

E, certo de sua descoberta, saiu repetindo à meia voz e com seu pequeno sibilar habitual:

— Seja! Veremos! Veremos!

Ela pensava em como safar-se quando a cozinheira veio colocar sobre a lareira um pequeno rolo de papel azul *enviado pelo Sr. Derozerays*. Emma agarrou-o, abriu-o. Havia quinze napoleões[129]. Era o pagamento. Ouviu os passos de Charles na escada, atirou o ouro no fundo de uma gaveta e pegou a chave.

Três dias mais tarde, Lheureux apareceu novamente.

— Venho propor-lhe um arranjo, disse, se em lugar da quantia combinada a senhora desejasse...

— Está aqui, disse ela, colocando-lhe na mão catorze napoleões.

O mercador ficou estupefato. Então, para dissimular seu desapontamento, derramou-se em desculpas e em oferecimentos de préstimos que Emma recusou; em seguida permaneceu alguns minutos apalpando no bolso do avental as duas peças de cem soldos que ele lhe dera como troco. Prometia a si mesma economizar, a fim de devolver mais tarde...

— Ora, pensou, ele não vai pensar mais nisso.

Além do chicote com castão de prata dourada, Rodolphe recebera um sinete com a divisa *Amor nel cor*[130]; além disso, uma echarpe para usar como cachenê e enfim uma cigarreira exatamente igual à do visconde, que Charles

[128] Dia 29 de junho.

[129] Napoleão, moeda de ouro de vinte francos.

[130] Amor no coração.

juntara outrora na estrada e que Emma conservava. Todavia, tais presentes o humilhavam. Recusou vários; ela insistiu e Rodolphe acabou por obedecer achando-a tirânica e por demais invasora.

Além disso, ela tinha estranhas ideias:

— Quando tocar meia-noite, dizia, pensarás em mim!

E se ele confessava não ter pensado, eram abundantes as censuras e que sempre terminavam com as eternas palavras:

— Tu me amas?

— Mas é claro, eu te amo, respondia ele.

— Muito?

— Certamente!

— Não amaste outras, hein?

— Julgas que eu era virgem quando me conheceste? exclamava ele rindo.

Emma chorava e ele esforçava-se por consolá-la, enfeitando seus protestos com trocadilhos.

— Oh! É que eu te amo! recomeçava ela, amo-te a ponto de não poder viver sem ti, sabes? Tenho às vezes desejos de ver-te novamente quando todas as fúrias do amor me desesperam. Pergunto a mim mesma: "Onde está ele? Talvez esteja falando com outras mulheres. Elas lhe sorriem, ele se aproxima..." Oh! Não, não é verdade, não gostas de nenhuma? Há outras mais bonitas, mas eu, eu sei amar melhor! Sou tua serva e tua concubina! Tu és meu rei, meu ídolo! És bom, és belo, és inteligente! És forte!

Rodolphe ouvira tantas vezes dizer tais coisas que elas nada mais tinham de original para ele. Emma assemelhava-se a todas as suas amantes; e o encanto da novidade, caindo pouco a pouco como uma veste, deixava ver a nu a eterna monotonia da paixão que tem sempre as mesmas formas e a mesma linguagem. Aquele homem tão experiente não distinguia mais a diferença dos sentimentos sob a igualdade das expressões. Porque lábios libertinos ou venais lhe haviam murmurado frases semelhantes, ele mal acreditava em sua candura; era preciso, pensava, descontar suas palavras exageradas, escondendo as afeições medíocres: como se a plenitude da alma não transbordasse algumas vezes nas metáforas mais vazias, já que ninguém pode algum dia exprimir exatamente suas necessidades ou seus conceitos, nem suas dores e já que a palavra humana é como um caldeirão rachado, no qual batemos melodias próprias para fazer dançar os ursos quando desejaríamos enternecer as estrelas.

Porém, com a superioridade crítica de quem, em qualquer compromisso, se mantém na retaguarda, Rodolphe percebeu naquele amor a possibilidade de explorar outros gozos. Julgou todo pudor como algo incômodo. Tratou-a sem cerimônia. Fez dela algo de maleável e de corrompido. Era uma espécie de afeto idiota cheio de admiração para ele, de volúpia para ela, uma beatitude que a entorpecia; e sua alma afundava naquela embriaguez e nela se afogava, encarquilhada como o Duque de Clarence, em seu tonel de malvasia[131].

Seus hábitos amorosos fizeram com que a Sra. Bovary mudasse logo suas maneiras. Seus olhares tornaram-se mais ousados, seu falar mais livre; cometeu mesmo a inconveniência de passear com o Sr. Rodolphe com um cigarro na boca, *como se quisesse escarnecer do mundo*; enfim, os que duvidavam ainda não duvidaram mais quando a viram, um dia, descer da *Hirondelle* com o corpo apertado num colete, à moda masculina; e a Sra. Bovary mãe, que após uma assustadora cena com o marido, viera refugiar-se na casa do filho, não foi a burguesa menos escandalizada. Muitas outras coisas lhe desagradaram: em primeiro lugar, Charles não seguira seus conselhos quanto à interdição dos romances; em seguida, *o estilo* da casa desagradava-lhe; permitiu-se fazer observações e houve atrito, sobretudo uma vez, a propósito de Félicité.

A Sra. Bovary mãe, na véspera à noite, atravessando o corredor, a surpreendera na companhia de um homem, um homem de barba escura de uns quarenta anos e que, ao ruído de seus passos, escapara rapidamente da cozinha. Então Emma começou a rir, mas a boa senhora exaltou-se, declarou que a menos que quisessem zombar dos costumes dever-se-iam vigiar os dos criados.

— A que mundo a senhora pertence? disse a nora com um olhar de tal forma impertinente que a Sra. Bovary lhe perguntou se por acaso não defendia sua própria causa.

— Saia! disse a jovem levantando-se num pulo.

— Emma!... Mamãe!... exclamava Charles para reconciliá-las.

Porém ambas haviam mergulhado na própria exasperação. Emma batia com os pés no chão repetindo:

— Ah! Que modos! Que caipira!

Ele correu para a sua mãe; ela perdera as estribeiras, balbuciava:

— É uma insolente! Uma estouvada! Pior talvez!

E queria partir imediatamente se a outra não fosse pedir-lhe desculpas. Charles voltou-se para a sua mulher e conjurou-a a ceder; pôs-se de joelhos; ela acabou por responder:

— Seja! Irei.

De fato, ela estendeu a mão à sua sogra com uma dignidade de marquesa, dizendo-lhe:

---

[131] Condenado à morte por traição, o duque teria sido afogado num tonel de malvasia.

— Desculpe-me, senhora.

Depois, tendo subido ao seu quarto atirou-se de bruços sobre a cama e chorou como uma criança com a cabeça enterrada no travesseiro.

Tinham combinado, ela e Rodolphe, que em caso de um acontecimento extraordinário ela amarraria na persiana um pedacinho de pano branco para que, se por acaso ele se encontrasse em Yonville, pudesse acorrer à ruazinha atrás da casa. Emma deu o sinal; esperava havia já três quartos de hora quando, de repente, percebeu Rodolphe na esquina do mercado. Sentiu-se tentada a abrir a janela, a chamá-lo, mas ele já desaparecera. Ela caiu novamente no desespero.

Em breve, todavia, pareceu-lhe que alguém caminhava na calçada. Era ele, sem dúvida; desceu a escada, atravessou o pátio. Ele estava lá fora. Ela atirou-se em seus braços.

— Cuidado, disse ele.

— Ah! Se soubesses! replicou ela.

E pôs-se a contar tudo, apressadamente, sem nexo, exagerando os fatos, inventando vários deles e prodigando os parênteses com tanta abundância que ele nada compreendia.

— Vamos, meu pobre anjo, coragem, consola-te, paciência!

— Mas são quatro anos que tenho paciência e que sofro!... Um amor como o nosso deveria ser confessado publicamente! Eles estão me torturando. Não aguento mais! Salva-me!

E comprimia-se contra Rodolphe. Seus olhos, cheios de lágrimas, faiscavam como chamas sob as ondas; seu peito arfava com violência; nunca ele a amara tanto, de modo que perdeu a cabeça e lhe disse:

— Que é preciso fazer? Que desejas?

— Leva-me embora! exclamou ela. Rapta-me...! Oh! suplico-te!

E precipitou-se sobre sua boca, como para nela colher o consentimento inesperado que dela se exalava num beijo.

— Mas... replicou Rodolphe.

— O quê?

— E tua filha?

Ela refletiu por alguns minutos, depois respondeu:

— Nós a levaremos, paciência!

— Que mulher! pensou ele, olhando-a enquanto se afastava.

Pois ela acabava de escapar para o jardim. Chamavam-na.

Nos dias seguintes, a mãe Bovary sentiu-se muito surpresa com a metamorfose de sua nora. De fato, Emma mostrou-se mais dócil e mesmo levou a deferência até o ponto de pedir-lhe uma receita para marinar pepinos.

Seria para melhor enganá-los a ambos? Ou então desejaria, por uma espécie de estoicismo voluptuoso, sentir mais profundamente o amargor das coisas que ia abandonar? Mas ela não prestava atenção àquilo, pelo contrário, vivia como perdida na degustação antecipada de sua felicidade próxima. Era um eterno assunto de conversa com Rodolphe. Ela apoiava-se em seu ombro; murmurava:

— Hein! Quando estivermos na diligência!... Pensaste? Será possível? Parece-me que no momento em que sentirei o veículo arremessar-se, será como se subíssemos num balão, como se partíssemos para as nuvens. Sabes que conto os dias? ... E tu?

Nunca a Sra. Bovary fora tão bela quanto naquela época; possuía aquela indefinível beleza que resulta da alegria, do entusiasmo, do sucesso e que é apenas a harmonia do temperamento com as circunstâncias. Seus desejos, seus pesares, a experiência do prazer e suas ilusões sempre jovens, como fazem às flores o esterco, a chuva, os ventos e o sol, haviam-na gradualmente aberto e ela desabrochava, enfim, na plenitude de sua natureza. Suas pálpebras pareciam talhadas especialmente para seus longos olhares amorosos em que a pupila se perdia enquanto uma sôfrega respiração afastava suas narinas finas e levantava o canto carnudo de seus lábios sombreados sob a luminosidade por um pouco de penugem negra. Ter-se-ia dito que um artista hábil em corrupções dispusera sobre sua nuca a espiral de seus cabelos; eles enrolavam-se negligentemente numa massa pesada e segundo os acasos do adultério que os soltavam todos os dias. Sua voz, agora, tinha inflexões mais indolentes, sua cintura também; algo de sutil e de penetrante emanava mesmo do drapejamento de seu vestido e da curvatura de seu pé. Charles, como nos primeiros tempos de seu casamento, achava-a deliciosa e irresistível.

Quando voltava no meio da noite, não ousava acordá-la. A lamparina de porcelana refletia um círculo de luz trêmula no teto e as cortinas fechadas do pequeno berço faziam uma espécie de cabana branca que se abaulava na sombra, à beira da cama. Charles olhava-as. Julgava ouvir a leve respiração de sua filha. Ela iria crescer agora; cada estação traria um rápido progresso; via-a já, ao voltar da escola, ao cair da tarde, toda risonha com sua roupinha manchada de tinta e trazendo sua cesta no braço; depois, seria preciso colocá-la num pensionato, isto custaria caro; como fazer? Então refletia. Pensava em arrendar uma pequena quinta nos arredores, que ele mesmo supervisionaria, todas as manhãs, ao sair para ir ver os doentes. Economizaria seus lucros, colocá-los-ia na caixa econômica; em seguida compraria ações, em algum lugar, não importava onde; aliás, a clientela aumentaria; contava com isso, pois queria que Berthe fosse bem educada, que fosse prendada, que aprendesse piano. Ah! Como seria bonita, mais tarde, aos quinze anos quando, assemelhando-se à mãe, usasse como ela, no verão, grandes chapéus de palha! De longe seriam tomadas por irmãs. Imaginava-a trabalhando à noite, perto delas, sob a luz da lâmpada; ela lhe bordaria pantufas, ocupar-se-ia com a casa, encheria toda a casa com sua graça e sua alegria. Enfim, pensariam em estabelecê-la; encontrar-lhe-iam algum honrado rapaz que tivesse uma situação sólida; ele a tornaria feliz e isso duraria para sempre.

Emma não dormia, fingia estar adormecida e, enquanto ele cochilava ao seu lado, ela despertava para outros sonhos.

Ao galope de quatro cavalos sentia-se levada, havia oito dias, para um país novo, de onde eles não voltariam mais. Iam, iam, de braços dados, sem falar. Frequentemente, do alto de uma montanha, percebiam de repente alguma cidade esplêndida com cúpulas, pontes, navios, florestas de limoeiros e catedrais de mármore branco, cujos campanários pontiagudos traziam ninhos de cegonhas. Caminhavam devagar por causa das grandes lajes e havia no chão buquês de flores oferecidos por mulheres de corpetes vermelhos. Ouviam-se, ao longe, sinos que tocavam, mulas que relinchavam com o murmúrio das guitarras e o ruído das fontes cuja evaporação, ao desvanecer-se, refrescava montes de frutos dispostos em pirâmide ao pé das estátuas pálidas que sorriam sob jatos d'água. E uma noite chegavam a uma vila de pescadores onde redes escuras secavam ao vento ao longo do penhasco e das cabanas. É lá que se deteriam para viver: morariam numa casa baixa de telhado reto, sombreado por uma palmeira, no fundo de um golfo, à beira-mar. Passeariam de gôndola, balançar-se-iam numa rede; e suas existências seriam fáceis e largas como suas roupas de seda, cálidas e estreladas como as noites doces que contemplariam. Todavia, na imensidão daquele porvir que ela fazia desfilar, não surgia nada de particular: os dias, todos magníficos, assemelhavam-se como ondas; e tudo aquilo balançava-se no horizonte infinito, harmonioso, azulado e coberto de sol. Mas a criança tossia em seu berço ou então Bovary roncava mais alto e Emma somente adormecia pela manhã quando a aurora branqueava as vidraças e quando já o pequeno Justin, na praça, abria os postigos da farmácia.

Ela mandara vir o Sr. Lheureux e lhe dissera:

— Precisaria de uma capa, uma grande capa, com gola grande, forrada.

— A senhora vai viajar? perguntou ele.

— Não! Mas... não importa, conto com o senhor, não é verdade? E rapidamente!

Ele inclinou-se.

— Precisaria também, continuou ela, de uma caixa... não muito pesada... cômoda.

— Sim, sim, compreendo, de noventa e dois centímetros mais ou menos por cinquenta, como são feitas agora.

— Com uma mala de mão.

— Decididamente, pensou Lheureux, há confusão séria nisso tudo.

— E veja, disse a Sra. Bovary, tirando seu relógio do cinto, pegue isto: será pago com o que ele render.

Mas o vendedor exclamou que ela estava errada; eles se conheciam, será que ele duvidaria dela? Que criancice! Ela insistiu contudo para que recebesse pelo menos a corrente e Lheureux já a colocara no bolso e partia quando ela o chamou de volta.

— O senhor deixará tudo isso em sua casa. Quanto à capa, — ela parecia refletir — também não a traga; apenas dê-me o endereço do alfaiate e avise-o de que a mantenha à minha disposição.

Era no mês seguinte que iriam fugir. Ela partiria de Yonville como se fosse fazer compras em Rouen. Rodolphe teria reservado os lugares, teria obtido os passaportes e mesmo teria escrito a Paris, a fim de ter toda a diligência até Marseille onde comprariam uma caleça e, de lá, continuariam, sem parar, pela estrada de Gênova. Ela teria tido o cuidado de enviar sua bagagem à casa de Lheureux, a qual seria levada diretamente para a *Hirondelle*, de forma que assim ninguém teria suspeitas; e em tudo aquilo nunca se falava de sua filha. Rodolphe evitava falar dela, e talvez Emma não pensasse no assunto.

Ele quis ter ainda duas semanas de tempo para terminar algumas disposições; depois, ao final de oito dias, pediu mais quinze, pois declarou estar doente; em seguida, fez uma viagem; o mês de agosto passou e, após todo aquele atraso, decidiram que seria irrevogavelmente no dia 4 de setembro, uma segunda-feira.

Enfim, chegou o sábado, a antevéspera.

Rodolphe veio à noite, mais cedo do que de costume.

— Tudo está pronto? perguntou-lhe ela.

— Sim.

Então caminharam ao redor da platibanda e foram sentar perto do terraço, sobre o parapeito do muro.

— Estás triste, disse Emma.

— Não, por quê?

E todavia ele a olhava de maneira singular, com ternura.

— É pelo fato de ires embora? replicou ela, de deixares tuas afeições, tua vida? Ah! Compreendo... Mas eu, eu nada tenho no mundo! Tu és tudo para mim. Assim, serei tudo para ti, serei para ti uma família, uma pátria: cuidarei de ti, amar-te-ei.

— Como és encantadora! disse ele, tomando-a em seus braços.

— É verdade? disse ela com um riso de volúpia. Tu me amas? Jura, então!

— Se eu te amo! Se eu te amo! Mas eu te adoro, meu amor!

A lua, totalmente redonda e cor de púrpura, levantava-se do chão, no fundo do prado. Subia com rapidez entre os galhos dos choupos que a escondiam, cá e lá, como uma cortina negra esburacada. Depois surgiu, elegante em sua brancura, no céu vazio que ela iluminava; e então, mais lenta, deixou cair sobre o rio uma grande mancha que formava uma infinidade de estrelas e aquela luz de prata parecia retorcer-se até o fundo à maneira de uma serpente sem cabeça coberta de escamas luminosas. O conjunto assemelhava-se também a um monstruoso candelabro ao longo do qual escorriam gotas de diamante, em fusão. A noite suave estendia-se ao redor; lençóis de sombra enchiam as folhagens. Emma, com os olhos semicerrados, aspirava com grandes suspiros o vento fresco que soprava. Eles não se falavam, por demais perdidos na invasão do próprio devaneio. A ternura dos antigos dias lhes voltava ao coração, abundante e silenciosa como o rio que corria com tanta languidez quanto era o perfume trazido pelas silindras e projetava em suas lembranças sombras mais desmedidas e mais melancólicas do que as dos salgueiros imóveis que se alongavam sobre a relva. Frequentemente, algum animal noturno, ouriço ou doninha, que havia saído à caça, agitava as folhas ou então ouvia-se, às vezes, a queda de um único pêssego maduro sobre a latada.

— Ah! Que bela noite! disse Rodolphe.

— Teremos outras! replicou Emma.

E como se falasse a si mesma:

— Sim, será bom viajar... Contudo, por que meu coração está triste? Será a apreensão diante do desconhecido... o efeito do abandono dos hábitos... ou então...? Não, é o excesso de felicidade! Como sou fraca, não é? Perdoa-me!

— Ainda é tempo! exclamou ele. Reflete, podes arrepender-te talvez.

— Jamais! disse ela impetuosamente.

E, aproximando-se dele:

— Mas que infelicidade pode me acontecer? Não há deserto, não há precipício nem oceano que eu não atravessaria contigo. À medida que vivermos juntos, será como um abraço cada dia mais apertado, mais completo! Nada haverá que nos perturbe, nenhuma preocupação, nenhum obstáculo! Estaremos sós, um para o outro, eternamente... Fala, sim, responde-me.

Ele respondia a intervalos regulares: "Sim... Sim...!" Ela passara-lhe as mãos pelos cabelos e repetia com voz infantil, apesar das grossas lágrimas que rolavam:

— Rodolphe! Rodolphe!... Ah! Rodolphe, caro pequeno Rodolphe!

Soou meia-noite.

— Meia-noite! disse ela. Vamos, será amanhã! Ainda um dia!

Ele levantou-se para ir embora e, como se aquele gesto tivesse sido o sinal da fuga, Emma disse de repente, com um ar alegre:

— Tens os passaportes?

— Sim.

— Não estás esquecendo nada?

— Não.

— Tens certeza?

— É claro.

— Será no *Hotel de Provence*, não é, que estarás me esperando?... Ao meio-dia?

Ele fez um sinal com a cabeça.

— Até amanhã, então! disse Emma numa última carícia.

E olhou-o enquanto se afastava.

Ele não se virava. Ela correu atrás dele e debruçando-se à beira d'água entre as urzes:

— Até amanhã! exclamou.

Ele já se encontrava do outro lado do rio e caminhava rapidamente na pradaria.

Após alguns minutos, Rodolphe se deteve e, quando a viu com sua roupa branca desvanecer-se pouco a pouco na sombra como um fantasma, seu coração pôs-se a bater com tanta força que ele se apoiou numa árvore para não cair.

— Como sou imbecil! disse, praguejando assustadoramente. Não importa, era uma bonita amante!

E logo, a beleza de Emma, com todos os prazeres daquele amor, reapareceu diante dele. A princípio, enterneceu-se, depois revoltou-se contra ela.

— Pois afinal, exclamava gesticulando, não posso expatriar-me, ter o encargo de uma criança.

Dizia tais coisas a si mesmo para manter-se ainda mais firme.

— E além disso, as dificuldades, as despesas... Ah! Não, não, mil vezes não! Teria sido estúpido demais!

XIII

Mal chegou em casa, Rodolphe sentou-se bruscamente diante da escrivaninha, sob uma cabeça de cervo presa à parede como um troféu. Mas quando teve a pena na mão, nada encontrou para dizer, de modo que, apoiando-se nos cotovelos, pôs-se a refletir. Emma parecia-lhe ter recuado para um passado longínquo, como se a resolução que tomara acabasse de colocar entre eles, de repente, um imenso intervalo.

A fim de ter novamente alguma coisa dela, foi buscar no armário, à cabeceira da cama, uma velha caixa de biscoitos de Reims onde encerrava habitualmente cartas de mulheres e dela escapou um cheiro de poeira úmida e de rosas murchas. A princípio, percebeu um lenço de bolso, coberto de gotinhas pálidas. Era um lenço dela, uma vez que seu nariz sangrara durante um passeio; ele não se lembrava mais. Havia, ao lado, batendo em todos os cantos, a miniatura que Emma lhe dera; seu trajo pareceu-lhe pretensioso e seu olhar *de revés* do mais lamentável efeito; depois, de tanto observar a imagem e de tanto evocar a lembrança do modelo, os traços de Emma pouco a pouco confundiram-se em sua memória, como se a figura viva e a figura pintada, esfregando-se uma contra a outra, se tivessem reciprocamente apagado. Enfim, leu suas cartas; estavam cheias de explicações relativas à viagem de ambos, curtas, técnicas, e urgentes como bilhetes de negócios. Quis rever as longas, as de outrora; para encontrá-las no fundo da caixa, Rodolphe desarrumou todas as outras; e maquinalmente pôs-se a remexer naquele monte de papéis e de coisas encontrando, misturados, buquês, uma liga, uma máscara negra, grampos e cabelos — cabelos! Castanhos, loiros; alguns mesmo, tendo-se enganchado na fechadura da caixa, partiam-se quando era aberta.

Assim, divagando entre suas lembranças, examinava as caligrafias e o estilo das cartas, tão variados quanto suas ortografias. Eram ternas ou joviais, divertidas, melancólicas; algumas pediam amor e outras pediam dinheiro. Através de uma palavra ele lembrava rostos, certos gestos, um tom de voz; às vezes, contudo, não lembrava nada.

De fato, aquelas mulheres, acorrendo ao mesmo tempo ao seu pensamento, atrapalhavam-se reciprocamente e tornavam-se menores, como se estivessem num mesmo nível de amor que as igualava. Pegando pois um punhado de cartas, ele divertiu-se durante alguns minutos em fazê-las cair em cascata de sua mão direita para a mão esquerda. Enfim, entediado, entorpecido, Rodolphe recolocou a caixa no armário dizendo a si mesmo:

— Que monte de bobagens!...

O que resumia sua opinião; pois os prazeres, como alunos no pátio de um colégio, haviam-se de tal forma arrastado em seu coração que nada de verde brotava nele e o que por ele passava, mais estouvado do que as crianças, nem mesmo deixava, como elas, seu nome gravado no muro.

— Vamos, disse consigo mesmo, comecemos!

Escreveu:

"Coragem, Emma! Coragem! Não quero causar o infortúnio de sua existência...[132]"

— Finalmente, é verdade, pensou Rodolphe; estou agindo em seu interesse, estou sendo honesto.

"Você pesou maduramente sua determinação? Sabe o abismo em que eu a estava arrastando, pobre anjo? Não, não é verdade? Você estava indo, confiante e louca, acreditando na felicidade, no futuro... Ah! Infelizes que somos! Insensatos!"

Rodolphe deteve-se para encontrar aqui alguma boa desculpa.

— Se lhe dissesse que toda a minha fortuna está perdida?... Ah! Não, e aliás, isto não impediria nada. Significaria ter de recomeçar mais tarde. Será possível pedir a um tal tipo de mulher que se conforme?

Refletiu, depois acrescentou:

"Não a esquecerei, acredite realmente, e terei sempre para com você um devotamento profundo; mas um dia, cedo ou tarde, este ardor (é este o destino das coisas humanas) teria diminuído sem dúvida! Teríamos sentido cansaço e quem sabe mesmo se eu não teria tido a dor atroz de assistir aos seus remorsos e deles eu mesmo participar, visto que os teria causado. Só a ideia dos desgostos que a afligem já me tortura, Emma! Esqueça-me! Por que foi preciso conhecê-la? Por que você era tão bela? Será culpa minha? Ó meu Deus! Não, não, acuse apenas a fatalidade!"

— Eis uma palavra que sempre faz efeito! disse a si mesmo.

"Ah! Se você tivesse sido uma dessas mulheres de coração frívolo como se veem tantas, evidentemente eu teria podido, por egoísmo, tentar uma experiência, então, sem perigo para você. Mas esta exaltação deliciosa que faz, ao mesmo tempo, seu encanto e seu tormento, impediu-a de compreender, adorável mulher que você é, a falsidade de nossa posição futura. Eu também não havia, a princípio, refletido no fato e descansava à sombra da mancenilha sem prever as consequências."

[132] Ao romper com Emma, Rodolphe abandona o *tu* e a trata por *vous*.

— Talvez vá pensar que é por avareza que renuncio a ela... Ah! Pouco importa! Paciência, é preciso acabar!

"O mundo é cruel, Emma. Onde quer que estivéssemos, ele nos teria perseguido. Você teria de suportar perguntas indiscretas, a calúnia, o desdém, o ultraje talvez. Ultraje a você! Oh!... E eu que desejaria fazê-la sentar num trono! Eu que carrego seu pensamento como um talismã! Pois, puno-me com o exílio por todo o mal que lhe fiz. Estou partindo. Para onde? Não sei nada, estou louco! Adeus! Seja sempre boa! Conserve a lembrança do infeliz que a perdeu. Ensine meu nome à sua filha, que ela o repita em suas preces."

A chama das duas velas tremia. Rodolphe levantou-se para ir fechar a janela e quando se sentou novamente:

— Parece-me que é tudo. Ah! Ainda isto, para que não venha *insistir*:

"Estarei longe quando você ler estas tristes linhas, pois quis fugir o mais depressa possível para evitar a tentação de revê-la. Nenhuma fraqueza! Voltarei e talvez, mais tarde, conversaremos juntos com muita frieza sobre os nossos antigos amores. Adeus!"

E havia um último adeus, separado em duas palavras *A Deus*! o que ele julgava ser de excelente gosto.

— Como vou assinar, agora? disse a si mesmo. Seu devotado... Não. Seu amigo?... Sim, é isto.

"Seu amigo".

Releu a carta. Pareceu-lhe boa.

— Pobre mulherzinha! pensou com enternecimento. Vai julgar-me mais insensível do que uma rocha; teria sido necessário acrescentar algumas lágrimas; mas eu não posso chorar, não é culpa minha. Então, tendo deitado água num copo, molhou nele seu dedo e deixou cair do alto uma grande gota, que fez uma mancha pálida sobre a tinta; depois, ao procurar lacrar a carta, o sinete *Amor nel cor* foi encontrado.

— Isto não combina com a circunstância... Ah! Que importa!

Após o que fumou três cachimbos e foi deitar-se.

No dia seguinte, já de pé (pelas duas horas mais ou menos, ele dormira tarde), Rodolphe mandou colher uma cesta de damascos. Colocou a carta no fundo, sob algumas folhas de parreira e imediatamente ordenou a Girard, seu criado de lavoura, que a levasse delicadamente à casa da Sra. Bovary. Servia-se desse meio para corresponder-se com ela, enviando-lhe, segundo a estação, frutas ou caça.

— Se ela pedir notícias minhas, disse, responderás que eu saí de viagem. É preciso entregar o cesto em suas próprias mãos... Vai, e cuidado!

Girard pôs uma blusa nova, amarrou um lenço ao redor dos damascos e, caminhando com passos pesados em seus grossos tamancos ferrados, tomou tranquilamente o caminho de Yonville.

Quando chegou à casa da Sra. Bovary, ela estava arrumando, com Félicité, uma trouxa de roupa na mesa da cozinha.

— Eis, disse o criado, o que nosso patrão lhe envia.

Ela sentiu-se tomada de apreensão e, ao mesmo tempo que procurava alguma moeda no bolso, observava o camponês com olhar esgazeado, enquanto ele mesmo a olhava com pasmo, não compreendendo que um tal presente pudesse emocionar tanto uma pessoa. Enfim, saiu. Félicité continuava na cozinha. Ela não aguentava mais; correu para a sala como se fosse levar os damascos, virou o cesto, arrancou as folhas, encontrou a carta, abriu-a e, como se houvesse atrás dela um incêndio assustador, pôs-se a correr para o quarto, totalmente aterrorizada.

Charles se encontrava lá, ela o percebeu; ele falou-lhe, ela nada compreendeu e continuou a subir rapidamente os degraus, ofegante, desvairada, ébria e segurando sempre a horrível folha de papel que lhe estalava nos dedos como uma folha de metal. No segundo andar, deteve-se diante da porta do sótão, que estava fechada.

Então procurou acalmar-se; lembrou-se da carta: era preciso acabá-la, ela não ousava. Aliás, onde, como? Seria vista.

— Ah! Não, aqui, pensou, estarei bem.

Empurrou a porta e entrou.

As ardósias deixavam cair a prumo um calor pesado que lhe apertava as têmporas e a sufocava; arrastou-se até a mansarda fechada cujo ferrolho puxou e a luz ofuscante jorrou de repente.

Defronte, acima dos telhados, o campo estendia-se à perda de vista. Embaixo, sob seus pés, a praça da vila estava vazia; as pedras da calçada cintilavam, os cata-ventos das casas permaneciam imóveis; na esquina, de um andar mais baixo, começou uma espécie de ronco com modulações estridentes. Era Binet que girava o torno.

Ela apoiara-se no vão da mansarda e relia a carta com risadas de cólera. Porém, mais fixava nela sua atenção, mais suas ideias se confundiam. Ela o revia, ouvia-o, rodeava-o com seus braços; e as batidas de seu coração, que a atingiam sob o peito como grandes marradas, aceleravam-se uma depois da outra, a intervalos irregulares. Lançava olhares ao redor de si desejando que a terra desabasse. Por que não acabar com tudo? Sim, quem a retinha? Era livre. E deu um passo à frente, olhou as lajes dizendo a si mesma:

— Vamos! Vamos!

O raio luminoso que subia da rua, verticalmente, puxava para o abismo o peso de seu corpo. Parecia-lhe que o solo da praça oscilante se elevava ao longo das paredes e que o assoalho se inclinava para a extremidade, à maneira de um navio que arfa. Ela mantinha-se na extremidade, quase suspensa, rodeada por um grande espaço. O azul do céu a invadia, o ar circulava em sua cabeça vazia, bastava-lhe ceder, deixar-se levar; e o ronco do torno não cessava, como uma voz furiosa que a estivesse chamando.

— Emma! Emma! gritou Charles.

Ela se deteve.

— Onde estás? Vem!

A ideia de que acabara de escapar da morte quase a fez desmaiar de terror; fechou os olhos, depois estremeceu ao contato de uma mão em sua manga: era Félicité.

— O patrão a espera, senhora; a sopa está servida.

E foi preciso descer! Foi preciso pôr-se à mesa!

Ela tentou comer. Os pedaços de comida a sufocavam. Então desdobrou seu guardanapo como se examinasse o cerzido e quis realmente aplicar-se àquele trabalho, contar os fios da fazenda. De repente, voltou a lembrança da carta. Te-la-ia perdido? Onde encontrá-la? Mas sentia um tal cansaço no espírito que de forma alguma pôde inventar um pretexto para deixar a mesa. Além disso, tornara-se covarde, tinha medo de Charles; ele sabia de tudo, era claro! De fato, ele pronunciou estas palavras, de maneira singular:

— Ao que parece, tão cedo não veremos o Sr. Rodolphe.

— Quem foi que te disse? perguntou ela estremecendo.

— Quem me disse? replicou ele, um pouco surpreso com aquele tom brusco; foi Girard, que encontrei há pouco na porta do *Café Français*. Ele saiu de viagem, ou deve sair.

Ela teve um soluço.

— O que é que te espanta? Ele se ausenta assim de vez em quando para distrair-se e, na verdade, eu o aprovo! Quando se tem fortuna e se é solteiro... De resto, o nosso amigo diverte-se muito, é um pândego. O Sr. Langlois contou-me...

Calou-se, por conveniência, por causa da criada que entrava.

Ela recolocou no cesto os damascos espalhados sobre o aparador; Charles, sem notar o rubor de sua mulher, mandou trazê-los, pegou um e mordeu-o.

— Oh! Perfeito, dizia. Pega, experimenta.

E apresentou-lhe o cesto que ela repeliu suavemente.

— Cheira: que perfume! disse, passando-lhe várias vezes sob o nariz.

— Estou sufocando, exclamou ela, levantando-se de repente.

Porém, por um esforço de vontade, aquele espasmo desapareceu; em seguida:

— Não é nada! disse, não é nada! É nervoso! Senta, come!

Pois temia que a interrogassem, a tratassem, que não a deixassem.

Charles, para obedecer-lhe, sentara-se novamente e cuspia na mão os caroços dos damascos que colocava em seguida em seu prato.

De repente, um tílburi azul passou a trote rápido na praça. Emma deu um grito e caiu hirta, de costas, no chão.

De fato, após ter pensado muito, Rodolphe decidira partir para Rouen. Ora, como da Huchette a Buchy só há o caminho de Yonville, tivera de atravessar a vila e Emma reconhecera-o à luz das lanternas que, como um relâmpago, cortavam o crepúsculo.

Com o tumulto que se fazia sentir na casa, o farmacêutico precipitou-se. A mesa, com todos os pratos, estava caída; o molho, a carne, as facas, o saleiro e o galheteiro cobriam a sala; Charles pedia socorro; Berthe, assustada, gritava e Félicité, cujas mãos tremiam, desapertava a senhora que apresentava movimentos convulsivos ao longo do corpo.

— Vou correndo buscar no laboratório um pouco de vinagre aromático, disse o boticário.

Depois, como ela reabrisse os olhos ao respirar o frasco:

— Eu tinha a certeza, disse ele; isto seria capaz de acordar um morto.

— Fala conosco! dizia Charles, fala conosco! Restabelece-te! Sou eu, o teu Charles que te ama! Tu me reconheces? Olha, aqui está tua filhinha: beija-a, vamos!

A criança avançava os braços para a mãe para pendurar-se a seu pescoço. Mas, virando a cabeça, Emma disse com voz irregular:

— Não, não... ninguém!

E desmaiou novamente. Foi levada para a cama.

Permanecia estendida, de boca aberta, com as pálpebras fechadas, com as mãos estendidas, imóvel e branca como uma estátua de cera. Dos olhos saíam dois fios de lágrimas que escorriam lentamente no travesseiro.

Charles, de pé, mantinha-se no fundo da alcova e o farmacêutico, ao seu lado, conservava aquele silêncio meditativo que é conveniente manter nas ocasiões sérias da vida.

— Tranquilize-se, disse ele, tocando-lhe o cotovelo, creio que o paroxismo passou.

— Sim, ela descansa um pouco agora! respondeu Charles, olhando-a dormir. Pobre mulher!... Pobre mulher!... É uma recaída!

Então Homais perguntou como acontecera o acidente. Charles respondeu que acontecera de repente, enquanto comia damascos.

— Extraordinário!... replicou o farmacêutico. Mas é possível que os damascos tenham ocasionado a síncope! Há naturezas tão impressionáveis em contato com certos odores! E seria mesmo uma bela questão a estudar tanto sob o ponto de vista patológico quanto sob o ponto de vista fisiológico. Os padres conhecem sua importância, eles que sempre misturaram fragrâncias em suas cerimônias. É para entorpecer o entendimento e provocar êxtases, coisa aliás fácil de obter nas pessoas de sexo feminino, que são mais delicadas do que as outras. Citam-se algumas que desmaiam ao cheiro do chifre queimado, do pão fresco...

— Cuidado para não despertá-la, disse Bovary em voz baixa.

— E não somente os humanos estão expostos à tais anomalias, continuou o boticário, mas ainda os animais. Assim, o senhor conhece o efeito singularmente afrodisíaco que produz o *nepeta cataria*, vulgarmente chamada erva-do-gato, sobre a raça felina; e, de outro lado, para citar um exemplo cuja autenticidade eu garanto, Bridoux (um de meus antigos colegas, hoje estabelecido na rua Malpalu) possui um cão que cai em convulsões quando lhe apresentam uma caixa de rapé. Frequentemente mesmo, ele faz a experiência diante dos amigos em seu pavilhão do bosque Guillaume. Alguém imaginaria que um simples esternutatório pudesse exercer tal devastação no organismo de um quadrúpede? É extremamente curioso, não é verdade?

— Sim, disse Charles, que não estava escutando.

— Isto nos prova, continuou o outro sorrindo com um ar de suficiência benigna, as inumeráveis irregularidades do sistema nervoso. No que diz respeito à senhora, ela sempre me pareceu, confesso-o, uma verdadeira sensitiva. Assim, eu não lhe aconselharia, meu bom amigo, nenhum desses pretensos remédios que, sob o pretexto de atacar os sintomas, atacam o temperamento. Não, nenhuma medicação inútil! Regime, eis tudo! Sedativos, emolientes, dulcificantes. Além disso, não acha que talvez fosse necessário tocar a imaginação?

— Em que sentido? Como? disse Bovary.

— Ah! É esta a questão! Tal é efetivamente a questão: *That is the question*! como li há pouco tempo no jornal.

Mas Emma, acordando, exclamou:

— E a carta? E a carta?

Pensou-se que delirava; ela delirou de fato a partir da meia-noite; declarara-se uma febre cerebral.

Durante quarenta e três dias Charles não se afastou. Abandonou todos os seus doentes; não se deitava mais, tomava-lhe continuamente o pulso, colocava-lhe sinapismos, compressas de água fria. Enviava Justin a Neufchâtel buscar gelo; o gelo fundia-se pelo caminho; ele o enviava novamente. Mandou chamar o Dr. Canivet para uma consulta, mandou vir de Rouen o Dr. Larivière, seu antigo professor; estava desesperado. O que mais o assustava era o abatimento de Emma, pois ela não falava, não ouvia nada e parecia mesmo não sofrer, como se seu corpo e sua alma descansassem juntos de todas as suas agitações.

Pela metade de outubro, ela pôde sentar-se na cama, apoiada em travesseiros. Charles chorou quando a viu comer sua primeira fatia de pão com geleia. As forças voltaram; ela levantava-se durante algumas horas à tarde e um dia em que se sentia melhor ele tentou fazê-la dar uma volta no jardim apoiada em seu braço. A areia das alamedas desaparecia sob as folhas mortas; ela caminhava passo a passo, arrastando suas pantufas e, apoiando o ombro contra Charles, continuava a sorrir.

Foram assim até o fundo, perto do terraço. Ela endireitou-se lentamente, pôs a mão diante dos olhos para olhar: olhou ao longe, muito ao longe; mas no horizonte havia somente grandes queimadas que fumegavam nas colinas.

— Vais cansar-te, minha querida, disse Bovary.

E, empurrando-a docemente para fazê-la entrar sob o caramanchão:

— Senta-te sobre este banco; vais sentir-te bem.

— Oh! Não, aqui não, aqui não! disse ela com voz enfraquecida.

Teve uma vertigem e à noite sua doença recomeçou, com um ritmo mais incerto, é verdade, e com características mais complexas. Ora tinha dores no coração, depois no peito, no cérebro, nos membros; e teve vômitos em que Charles julgou perceber os primeiros sintomas de um câncer.

E, além disso, o pobre rapaz tinha dificuldades financeiras!

XIV

Em primeiro lugar, não sabia como fazer para pagar ao Sr. Homais todos os medicamentos fornecidos por sua farmácia; e embora tivesse podido, como médico, não pagá-los, todavia envergonhava-se um pouco por ficar devendo aquele favor. Em seguida, a despesa da casa, agora que a cozinheira agia como patroa, tornava-se assustadora; as contas choviam em casa; os fornecedores resmungavam, o Sr. Lheureux, sobretudo, importunava-o. De fato, no pior momento da doença de Emma, aproveitando a circunstância para exagerar a fatura, ele trouxera rapidamente a capa, a maleta de mão, duas caixas em lugar de uma e mais uma quantidade de outras coisas. Em vão lhe disse Charles que não precisava daquelas coisas, o negociante respondeu arrogantemente que lhe haviam encomendado todos aqueles artigos e que não os receberia de volta; aliás, isso seria contrariar a senhora em sua convalescença; o Sr. Bovary pensaria no assunto; em duas palavras, ele preferia processá-lo a abandonar seus direitos e levar de volta suas mercadorias. Charles mandou, mais tarde, devolvê-las à sua loja; Félicité esqueceu, ele tinha outras preocupações, ninguém pensou mais no assunto; o Sr. Lheureux voltou à carga e, ora ameaçando, ora queixando-se, manobrou de tal maneira que Bovary acabou por assinar uma promissória com o prazo de seis meses. Porém, mal assinara a promissória, teve uma ideia audaciosa: a de pedir mil francos emprestados ao Sr. Lheureux. Portanto perguntou, com um ar embaraçado, se não haveria maneira de consegui-los, acrescentando que seria por um ano e ao juro que quisesse. Lheureux correu à sua loja, trouxe os escudos[133] e ditou uma outra promissória pela qual Bovary declarava ter de pagar, à sua ordem, no próximo dia 1º de setembro, a soma de mil e setenta francos; o que, com os cento e oitenta já estipulados, fazia exatamente mil duzentos e cinquenta. Assim, emprestando a seis por cento, mais um quarto de comissão e os objetos fornecidos que lhe renderiam pelo menos um bom terço, tudo isso deveria, em doze meses, render cento e trinta francos de benefícios; e esperava que o negócio não parasse aí, que não fosse possível pagar as promissórias, que elas fossem renovadas e que seu pobre dinheiro, alimentado junto ao médico como numa casa de saúde, voltaria um dia consideravelmente mais rechonchudo e gordo a ponto de arrebentar o saco.

Aliás, era bem-sucedido em tudo. Era adjudicatório de um fornecimento de sidra para o hospital de Neufchâtel; o Sr. Guillaumin prometia-lhe ações nas turfeiras de Grumesnil e ele sonhava estabelecer um novo sistema de diligências entre Arcueil e Rouen, que sem dúvida não tardaria a arruinar a caranguejola do *Lion d'Or* e que, mais rápida, mais barata e conduzindo mais bagagem, lhe poria assim nas mãos todo o comércio de Yonville.

Charles perguntou-se várias vezes de que maneira, no próximo ano, poderia reembolsar tanto dinheiro; e procurava, imaginava expedientes, como o de

---

[133] Antiga moeda que trazia numa das faces o escudo da França. Mais tarde, moeda de prata valendo cinco francos.

recorrer a seu pai ou de vender alguma coisa. Mas seu pai mostrar-se-ia surdo e ele nada tinha para vender. Então descobria tantas dificuldades que afastava rapidamente da consciência um tão desagradável assunto de meditação. Acusava-se de ter esquecido Emma, como se não pensar continuamente naquela mulher tivesse significado roubar-lhe alguma coisa, já que todos os seus pensamentos lhe pertenciam.

O inverno foi rude. A convalescença da senhora foi longa. Quando o tempo era bom era levada em sua poltrona até a janela, a que dava para a praça, pois agora tomara antipatia pelo jardim e a persiana, naquele lado, permanecia constantemente fechada. Quis que o cavalo fosse vendido; o que amava outrora desagradava-lhe agora. Todas as suas ideias pareciam limitar-se ao cuidado de si mesma. Permanecia na cama fazendo pequenas refeições, chamava a criada para informar-se sobre suas tisanas ou para conversar. Entrementes, a neve do telhado do mercado lançava para dentro do quarto um reflexo branco, imóvel; em seguida, foi a chuva. E Emma esperava quotidianamente, com uma espécie de ansiedade, o infalível retorno dos menores acontecimentos que, contudo, pouco lhe importavam. O mais considerável era, à noite, a chegada da *Hirondelle*. Então, a estalajadeira gritava e outras vozes respondiam enquanto a lanterna de Hippolyte, que procurava as malas sobre o toldo, parecia uma estrela na escuridão. Ao meio-dia, Charles voltava; em seguida, saía; depois ela tomava um caldo e pelas cinco horas, ao cair da tarde, as crianças voltavam da aula, arrastando seus tamancos na calçada, e batendo todas, uma após as outras, suas réguas na lingueta dos postigos.

Era àquela hora que o padre Bournisien vinha vê-la. Informava-se sobre sua saúde, trazia-lhe notícias e exortava-a à religião numa pequena conversa terna que não deixava de ser agradável. Apenas a vista de sua batina já a reconfortava.

Um dia em que, no pior momento de sua doença, julgara-se agonizante, ela pedira a comunhão e, à medida que se faziam, no quarto, os preparativos para o sacramento, que se transformava em altar a cômoda entulhada de xaropes e que Félicité semeava o chão com flores de dálias, Emma sentia que algo de forte passava sobre ela, que a libertava de suas dores, de qualquer percepção, de qualquer sentimento. Sua carne, menos pesada, não pensava mais, uma outra vida começava; pareceu-lhe que seu ser, elevando-se em direção a Deus, ia aniquilar-se naquele amor como o incenso queimado que se dissipa em vapor. Espargiu-se água benta sobre os lençóis da cama; o padre retirou do santo cibório a branca hóstia; e foi desfalecendo numa alegria celestial que ela avançou os lábios para aceitar o corpo do Salvador que se apresentava. As cortinas da alcova inchavam suavemente ao seu redor em forma de nuvens e os raios de dois círios que queimavam sobre a cômoda lhe pareceram glórias resplandecentes. Então, deixou recair a cabeça, julgando ouvir nos espaços o som das harpas seráficas e perceber num céu azul, sobre um trono de ouro, no meio dos santos segurando palmas verdes, Deus Pai brilhando em Sua majestade e que com um sinal fazia descer para a terra anjos de asas de fogo para levá-la em seus braços.

Aquela visão esplêndida permaneceu em sua memória como a coisa mais bela com que fosse possível sonhar; de forma que agora esforçava-se por agarrar novamente aquela sensação que se prolongava todavia, mas de forma menos exclusiva e com a mesma profunda doçura. Sua alma, extenuada de orgulho, repousava enfim na humildade cristã; e, saboreando o prazer de ser fraca, Emma contemplava em si mesma a destruição da vontade que devia abrir uma larga porta às invasões da graça. Existiam pois, no lugar da ventura, felicidades maiores, um outro amor acima de todos os outros amores, sem intermitência nem fim e que cresceria eternamente! Ela entreviu, entre as ilusões de seu espírito, um estado de pureza que, flutuando acima da terra, confundia-se com o céu, onde aspirava estar. Quis tornar-se uma santa. Comprou terços, usou amuletos; desejava ter no quarto, à cabeceira da cama, um relicário engastado de esmeraldas para beijá-lo todas as noites.

O pároco maravilhava-se com tais disposições, embora achasse que a religião de Emma poderia, à força de fervor, acabar por tocar as raias da heresia e mesmo da extravagância. Porém, não sendo muito versado nessas matérias quando ultrapassavam uma certa medida, escreveu ao Sr. Boulard, livreiro do Sr. Bispo, para que lhe enviasse *alguma coisa excelente para uma mulher de muito espírito*. O livreiro, com a mesma indiferença com que teria enviado quinquilharias aos negros, embalou confusamente tudo o que existia no momento no negócio de livros piedosos. Eram pequenos manuais com perguntas e respostas, panfletos em tom arrogante à maneira do Sr. de Maistre[134] e romances de capa cor-de-rosa e estilo açucarado, fabricados por seminaristas trovadores ou por pedantes literatas arrependidas. Havia o *Pensez-y, bien*[135]; *L'homme du monde aux pieds de Marie par M. de *** decoré de plusiens ordres*[136]; *Des Erreurs de Voltaire à l'usage des jeunes gens*[137] etc.

[134] Joseph de Maistre (1753-1821), escritor, filósofo e homem político, francês monarquista e adversário da Revolução de 1789.

[135] *Pensai bem nisto.*

[136] *O homem mundano aos pés de Maria pelo Sr. de ***, agraciado com várias ordens.*

[137] *Sobre os erros de Voltaire para uso dos jovens.*

A Sra. Bovary não tinha ainda o espírito bastante claro para aplicar-se seriamente a qualquer coisa; aliás, iniciou aquelas leituras com demasiada precipitação. Irritou-se com as prescrições do culto; a arrogância dos escritos polêmicos desagradou-lhe pela obstinação em perseguir pessoas que ela não conhecia; e os contos profanos temperados com religião pareceram-lhe escritos com tal ignorância do mundo que a afastaram insensivelmente das verdades de que esperava a prova. Persistiu, contudo, e quando o volume lhe caía das mãos julgava-se tomada pela mais fina melancolia católica que uma alma etérea pudesse conceber.

Quanto à lembrança de Rodolphe, ela a colocara bem no fundo do coração; e lá permanecia mais solene e mais imóvel do que a múmia de um rei num subterrâneo. Daquele grande amor embalsamado escapava-se uma exalação que, passando através de tudo, perfumava de ternura a atmosfera de pureza em que desejava viver. Quando se ajoelhava no genuflexório gótico, dirigia ao Senhor as mesmas palavras de suavidade que murmurava outrora ao amante nas efusões do adultério. Era para provocar a fé; mas nenhum deleite descia dos céus e ela levantava-se novamente, com os membros cansados, com um vago sentimento de um imenso logro. Aquela procura, pensava, não deixava de ser um mérito a mais e, no orgulho de sua devoção, Emma comparava-se àquelas grandes damas de outrora com cuja glória sonhara olhando o retrato de La Vallière e que, arrastando com tanta majestade a cauda agaloada de seus longos vestidos, retiravam-se para a solidão para espalhar aos pés do Cristo todas as lágrimas de um coração ferido pela existência.

Então entregou-se a caridades excessivas. Costurava roupas para os pobres, enviava lenha para as parturientes e Charles, um dia, ao voltar, encontrou à mesa da cozinha três vadios que tomavam sopa. Mandou voltar para casa sua filhinha que o marido, durante sua doença, enviara para a casa da ama. Quis ensiná-la a ler; Berthe chorava em vão, ela não se irritava mais. Era uma resignação decidida, uma indulgência universal. Sua linguagem referente a qualquer coisa era cheia de expressões ideais. Dizia à sua filha:

— Tua cólica passou, meu anjo?

A Sra. Bovary mãe nada encontrava para censurar, salvo talvez aquela mania de tricotar roupinhas para os órfãos em lugar de consertar seus esfregões. Porém, extenuada com as brigas domésticas, a boa mulher sentia-se bem naquela casa tranquila e lá ficou até após a Páscoa, a fim de evitar os sarcasmos do pai Bovary que não deixava de encomendar um chouriço todas as sextas-feiras santas.

Além da companhia da sogra, que a fortalecia um pouco pela retidão de seu julgamento e por suas maneiras graves, Emma tinha quase todos os dias outras companhias. Era a Sra. Langlois, a Sra. Caron, a Sra. Dubreuil, a Sra. Tuvache e, regularmente, das duas às cinco, a excelente Sra. Homais, que nunca quisera acreditar nos mexericos que se faziam sobre a sua vizinha. Os pequenos Homais também vinham vê-la; Justin os acompanhava. Subia com eles ao quarto e permanecia de pé perto da porta, imóvel, sem falar. Frequentemente mesmo a Sra. Bovary, sem prestar atenção, punha-se a fazer a toalete. Começava por retirar seu pente, sacudindo a cabeça com um movimento brusco; e, ter visto pela primeira vez aquela cabeleira inteira que caía até os joelhos, desenrolando-se em anéis negros, foi para ele, pobre criança, como a entrada súbita de alguma coisa de extraordinário e de novo cujo esplendor o assustou.

Emma, sem dúvida, não notava sua atitude pressurosa e silenciosa nem sua timidez. Não desconfiava de que o amor, que desaparecera de sua vida, palpitava lá, perto dela, sob aquela camisa de pano grosso, naquele coração de adolescente aberto às emanações de sua beleza. De resto, ela agora envolvia tudo com uma tal indiferença, tinha palavras tão afetuosas e olhares tão altivos, maneiras tão diferentes, que nela não se distinguia mais o egoísmo da caridade nem a corrupção da virtude. Uma noite, por exemplo, zangou-se com a criada que lhe pedia permissão para sair e balbuciava procurando um pretexto; depois, de repente:

— Tu o amas, então? disse ela.

E, sem esperar a resposta de Félicité, que enrubescia, acrescentou com um ar triste:

— Vamos, corre! Diverte-te!

No início da primavera, mandou revolver o jardim de uma ponta a outra, apesar das observações de Bovary; ele sentiu-se feliz no entanto ao ver que enfim ela manifestava uma vontade qualquer. Manifestou outras à medida que se restabelecia. Em primeiro lugar, encontrou uma maneira de expulsar a mãe Rollet, a ama de leite, que tomara o hábito, durante a convalescença de Emma, de vir com demasiada frequência à cozinha com seus dois bebês e seu pensionista, cujo apetite era maior do que o de um canibal. Depois, desembaraçou-se da família Homais, despediu sucessivamente todas as outras visitas e mesmo frequentou a igreja com menor assiduidade com grande aprovação do boticário que lhe disse então amigavelmente:

— A senhora estava se tornando um tanto beata!

O Padre Bournisien, como outrora, vinha todos os dias, ao sair do catecismo. Preferia permanecer fora, tomando ar, *em meio ao arvoredo*; chamava assim o caramanchão. Era a hora em que Charles voltava. Sentiam calor; trazia-se sidra doce e bebiam juntos ao completo restabelecimento da senhora.

Binet estava lá, isto é, um pouco abaixo contra o muro do terraço, pescando lagostins. Bovary convidava-o para um refresco e ele sabia perfeitamente como desarrolhar as moringas.

— É preciso, dizia, lançando ao redor de si e até a extremidade da paisagem um olhar satisfeito, manter a garrafa assim, a prumo sobre a mesa, e depois de cortar os fios empurrar a cortiça com pequenos golpes, suavemente, suavemente, como se faz, aliás, com a água de Seltz, nos restaurantes.

Mas a sidra, durante sua demonstração, frequentemente lhes jorrava em pleno rosto e então o eclesiástico, com um riso opaco, nunca deixava de dizer este gracejo:

— Sua qualidade salta aos olhos!

Era um bom homem, de fato, e mesmo um dia não se escandalizou quando o farmacêutico aconselhou Charles, para distrair a senhora, a levá-la ao teatro de Rouen ver o ilustre tenor Lagardy. Homais, surpreso com aquele silêncio, quis saber sua opinião e o padre declarou que considerava a música menos perigosa para os costumes do que a literatura.

Mas o farmacêutico tomou a defesa das letras. O teatro, afirmava, servia para destruir os preconceitos e, sob a máscara do prazer, ensinava a virtude.

— *Castigat ridendo mores*[138], padre Bournisien! Assim, olhe a maioria das tragédias de Voltaire; são habilmente semeadas de reflexões filosóficas que são para o povo uma verdadeira escola de moral e de diplomacia.

— Quanto a mim, disse Binet, vi outrora uma peça intitulada *Le gamin de Paris*[139] onde se destaca o tipo de um velho general que é realmente bem caracterizado. Ele repreende um rapaz de família que seduzira uma operária, que no final...

— Certamente, continuou Homais, existe a má literatura como existe a má farmácia; mas condenar em bloco a mais importante das belas-artes parece-me uma asneira, uma ideia gótica, digna daqueles tempos abomináveis em que se encarcerava Galileu[140].

— Sei perfeitamente, objetou o pároco, que há boas obras, bons autores; todavia, essas pessoas de sexo diferente, reunidas numa sala encantadora, ornada de pompas mundanas, e além disso essas fantasias pagãs, essa maquiagem, essas tochas, essas vozes sensuais, tudo isso deve acabar por engendrar uma certa

---

[138] "Rindo, castiga os costumes".

[139] *O garoto de Paris*, Vaudeville de Bayard e Vanderbuch (1836).

[140] Galileu Galilei (1564-1642), matemático, físico e astrônomo italiano. Foi encarcerado por ter defendido as ideias de Copérnico sobre os movimentos da Terra em torno do Sol.

libertinagem de espírito e trazer pensamentos desonestos, tentações impuras. Tal é, pelo menos, a opinião de todos os padres. Enfim, acrescentou, tomando sutilmente um tom de voz místico enquanto rolava sobre o polegar uma pitada de tabaco, se a Igreja condenou os espetáculos é porque tinha razão: devemos submeter-nos a seus decretos.

— Por que, perguntou o boticário, excomunga ela os comediantes? Pois outrora, eles participavam abertamente das cerimônias do culto. Sim, representavam-se, desempenhavam-se no centro do coro espécies de farsas chamadas mistérios nas quais as leis da decência eram frequentemente ofendidas.

O eclesiástico contentou-se em lançar um gemido e o farmacêutico continuou:

— É como na Bíblia; ah... sabe... mais de um detalhe... picante, coisas... realmente... licenciosas!

E, diante de um gesto de irritação do Padre Bournisien:

— Ah! O senhor concordará que não é um livro que se possa pôr nas mãos de uma moça, e eu não gostaria que Athalie...

— Mas são os protestantes e não nós, exclamou o outro impaciente, que recomendam a Bíblia!

— Não importa! disse Homais, espanto-me que, em nossos dias, num século de luzes, alguém ainda se obstine a proscrever uma distração intelectual que é inofensiva, moralizante e mesmo higiênica às vezes, não é, doutor?

— Sem dúvida, respondeu o médico negligentemente, seja porque, tendo as mesmas ideias, não quisesse ofender ninguém ou, então, porque não tivesse ideias.

A conversa parecia ter acabado quando o farmacêutico julgou conveniente lançar uma última estocada.

— Conheci alguns padres que se vestiam à paisana para ir ver as dançarinas espernearem.

— Ora vamos! disse o pároco.

— Ah! Conheci alguns!

E separando as sílabas de sua frase, Homais repetiu:

— Co-nhe-ci al-guns.

— Pois bem, faziam mal, disse Bournisien, resignado a ouvir tudo.

— Na verdade, fazem muitas outras coisas! exclamou o boticário.

— Senhor!... replicou o eclesiástico com olhar tão furioso que o farmacêutico sentiu-se intimidado.

— Quero somente dizer, replicou então com um tom menos brutal, que a tolerância é o meio mais seguro de atrair as almas à religião.

— É verdade! É verdade! concedeu o velhote sentando-se novamente em sua cadeira.

Porém só ficou mais dois minutos. Depois, quando partiu, o Sr. Homais disse ao médico:

— Eis o que se chama um bate-boca! Desanquei-o, o senhor viu, de uma maneira!... Enfim, acredite em mim, leve a senhora ao espetáculo pelo menos para, por uma vez na vida, atormentar um desses corvos, com os diabos! Se alguém pudesse substituir-me, eu mesmo o acompanharia. Apresse-se! Lagardy dará uma única apresentação; tem compromisso na Inglaterra com honorários consideráveis. Segundo ouvi dizer, é um grande finório! Rola sobre ouro! Traz consigo duas ou três amantes e seu cozinheiro! Todos esses grandes artistas gastam a rodo; precisam de uma existência desavergonhada que excite um pouco a imaginação. Mas morrem no asilo porque não tiveram o bom senso de fazer economias, quando jovem. Vamos! Bom apetite, até amanhã!

A ideia do espetáculo germinou rapidamente na cabeça de Bovary; pois logo falou no assunto com a mulher que a princípio recusou, alegando o cansaço, o transtorno, a despesa; mas, inesperadamente, Charles não cedeu, de tal forma julgava que aquela distração dever-lhe-ia ser proveitosa. Ele não via nenhum impedimento; sua mãe enviara trezentos francos com os quais não contava mais, as dívidas comuns nada tinham de enorme e o vencimento das promissórias que deveriam ser pagas ao Sr. Lheureux estava ainda tão longe que não era preciso pensar nele. Aliás, imaginando que ela agia por delicadeza, Charles insistiu ainda mais; de forma que, com a insistência, ela acabou por decidir-se. E, no dia seguinte, às oito horas tomaram a *Hirondelle*.

O boticário, a quem nada retinha em Yonville, mas que se julgava obrigado a não sair da vila, suspirou vendo-os partir.

— Vamos! Boa viagem, disse-lhes, felizes mortais!

Em seguida, dirigindo-se a Emma, que usava um vestido de seda azul de quatro folhos:

— Acho-a bonita como um Cupido! A senhora vai *fazer sucesso* em Rouen.

O ponto final da diligência era o hotel da *Croix Rouge* na praça Beauvoisine. Era um daqueles albergues como existem em todos os bairros do interior, com grandes cavalariças e pequenos quartos, onde se veem, no meio do pátio, galinhas ciscando aveia sob os cabriolés enlameados dos caixeiros--viajantes; bons velhos alojamentos de sacada de madeira carunchada que estalam ao vento nas noites de inverno, continuamente cheios de gente, de alarido e de comida, com mesas negras e engorduradas pelas *glórias*, com vidros espessos amarelados pelas moscas, os guardanapos úmidos manchados de vinho tinto;

e que, lembrando sempre a vida do interior, como criados de quinta vestidos à moda da cidade, possuem um café que dá para a rua e uma horta de legumes que dá para o campo. Charles saiu logo pela cidade. Confundiu o camarote de proscênio com as galerias, a plateia com os camarotes, pediu explicações, não as compreendeu, foi enviado do bilheteiro ao diretor, voltou ao albergue, voltou à bilheteria e assim várias vezes palmilhou todo o comprimento da cidade, do teatro ao bulevar.

A senhora comprou um chapéu, luvas, um buquê. O doutor tinha muito medo de perder o início; e, sem ter tido tempo de engolir a sopa, apresentaram-se diante das portas do teatro, que ainda estavam fechadas.

XV

A multidão estacionava contra a parede, colocada simetricamente entre as balaustradas. Nas esquinas das ruas vizinhas, gigantescos cartazes repetiam em caracteres barrocos: "*Lucia de Lammermoor*[141]... Lagardy... ópera... etc.". O tempo estava bom, fazia calor; o suor escorria dos penteados, todos os lenços secavam as testas vermelhas e às vezes um vento tépido, que soprava do rio, agitava suavemente a orla dos toldos de brim suspensos à porta dos botequins. Um pouco abaixo, todavia, sentia-se o frescor de uma corrente de ar gelado cheirando a sebo, a couro, a óleo. Era a exalação da rua das Charrettes, cheia de negros armazéns em que rolam as barricas.

Por medo de parecer ridícula, Emma quis, antes de entrar, dar uma volta até o porto e Bovary, por prudência, conservou as entradas à mão, no bolso das calças que ele comprimia contra o ventre.

Já no vestíbulo, Emma sentiu bater o coração. Sorriu involuntariamente, por vaidade, vendo a multidão precipitar-se à direita, pelo outro corredor, enquanto subia a escada dos *balcões de primeira*. Sentiu prazer, como uma criança, em empurrar as largas portas forradas; aspirou com toda a força dos pulmões o cheiro poeirento dos corredores e quando sentou-se em seu camarote arqueou o corpo com a desenvoltura de uma duquesa.

---

[141] Ópera de G. Donizetti (1797-1848), baseada na novela *The bride of Lammermoor* de Walter Scott e estreada em Nápoles em 1835.

A sala começava a encher-se, os binóculos saíam dos estojos e os assinantes, ao se verem, cumprimentavam-se de longe. Vinham espairecer nas belas-artes as inquietações do comércio, porém, sem esquecer os *negócios*; conversavam ainda sobre algodão, aguardente ou sobre anil. Viam-se rostos de velhos, inexpressivos e pacíficos e que com a tez e os cabelos esbranquiçados assemelhavam-se a medalhas de prata embaciadas por vapor de chumbo. Os jovens elegantes pavoneavam-se na plateia, ostentando na abertura do colete suas gravatas cor-de-rosa ou verde-maçã; e a Sra. Bovary admirava-os do alto, quando apoiavam em badinas com castão de ouro a palma aberta de suas luvas amarelas.

Entrementes, acenderam-se as velas da plateia; o lustre desceu do teto derramando, com o esplendor de suas facetas, uma súbita alegria na sala; em seguida, os músicos entraram uns depois dos outros, e houve logo um longo tumulto de baixos que roncavam, de violinos que rangiam, de pistões que trompeteavam, de flautas e de pífaros que piavam. Porém, ouviram-se três golpes no palco; elevou-se um rufar de tímpanos, os instrumentos de cobre atacaram os acordes e a cortina, ao levantar-se, descobriu uma paisagem.

Era a encruzilhada de um bosque com uma fonte, à esquerda, sob a sombra de um carvalho. Alguns camponeses e alguns fidalgos, com uma manta ao ombro, cantavam juntos uma canção de caça; em seguida, chegou um capitão que, levantando os braços aos céus, invocou o anjo do mal; apareceu mais outro; saíram ambos e os caçadores retomaram sua canção.

Ela via-se novamente nas leituras de sua juventude, em pleno Walter Scott. Parecia-lhe ouvir, através da névoa, o som das cornamusas escocesas que se repetiam nas charnecas. Aliás como a lembrança do romance facilitava a compreensão do libreto, ela acompanhava a intriga frase por frase, enquanto inapreensíveis pensamentos que a assaltavam dispersavam-se logo sob as rajadas da música. Deixava-se conduzir ao balanço das melodias e sentia-se ela mesma vibrar em todo o seu ser como se os arcos dos violinos estivessem passeando por seus nervos. Não tinha olhos suficientes para contemplar os costumes, os cenários, os personagens, as árvores pintadas que tremiam quando se caminhava e os barretes de veludo, os mantos, as espadas, todas aquelas fantasias que se agitavam na harmonia como na atmosfera de um outro mundo. Porém, uma jovem mulher adiantou-se lançando uma bolsa a um escudeiro vestido de verde. Permaneceu só e então ouviu-se uma flauta que imitava o murmúrio de uma fonte ou o chilrear de pássaros. Lucia iniciou com ar grave sua cavatina[142] em *sol maior*; queixava-se do amor, pedia asas. Emma, do mesmo modo, teria

[142] Peça vocal mais curta que uma ária.

desejado, ao fugir a vida, ser arrebatada num abraço. De repente, apareceu Edgar Lagardy.

Possuía ele uma palidez esplêndida que confere algo da majestade do mármore às raças ardentes do sul. Seu corpo vigoroso estava apertado num gibão escuro; um pequeno punhal cinzelado batia-lhe na coxa esquerda e ele relanceava olhares langorosos descobrindo dentes brancos. Dizia-se que uma princesa polonesa, ao ouvi-lo uma noite cantar na praia de Biarritz, onde ele consertava chalupas, apaixonara-se por ele. Arruinara-se por causa dele. Ele a abandonara por outras mulheres e aquela celebridade sentimental não deixava de favorecer sua reputação artística. O hábil cabotino tinha mesmo o cuidado de sempre mandar colocar nos anúncios uma frase poética sobre o fascínio de sua pessoa e a sensibilidade de sua alma. Uma bela voz, uma confiança imperturbável, mais temperamento do que inteligência e mais ênfase do que lirismo, acabavam de realçar aquele admirável tipo de charlatão no qual se reuniam algo de um cabeleireiro e algo de um toureiro.

Desde a primeira cena ele entusiasmou o público. Apertava Lucia em seus braços, deixava-a, voltava novamente, parecia desesperado: tinha ímpetos de cólera, em seguida estertores elegíacos de infinita doçura e as notas escapavam de seu pescoço nu, cheias de soluços e de beijos. Emma inclinava-se para vê-lo, arranhando com suas unhas o veludo do camarote. Enchia o coração com aqueles lamentos melodiosos que se arrastavam com o acompanhamento dos contrabaixos, como gritos de náufragos no tumulto de uma tempestade. Reconhecia todos os arrebatamentos e as angústias que quase a haviam feito morrer. A voz da cantora parecia-lhe não ser mais do que o eco de sua própria consciência e aquela ilusão que a encantava não era mais do que algo de sua própria vida. Mas ninguém na terra a amara com um tal amor. Ele não chorava como Edgar, na última noite, ao luar, quando diziam um ao outro: "Até amanhã, até amanhã!..." A sala desabava com os bravos; a parte final foi bisada; os namorados falavam das flores de seus túmulos, de juramentos, de exílio, de fatalidade, de esperanças e, quando se deram o adeus final, Emma lançou um grito agudo, que se confundiu com a vibração dos últimos acordes.

— Por que, perguntou Bovary, esse senhor a está perseguindo?

— Não é isso, respondeu ela, ele é seu namorado.

— Todavia, ele jura vingar-se da família dela, enquanto o outro, aquele que veio há pouco, dizia "Amo Lucia e creio que ela me ama". Aliás, ele saiu de braço com seu pai. Pois o pequeno feioso com uma pena de galo no chapéu é mesmo seu pai?

Apesar das explicações de Emma, quando do dueto recitativo em que Gilberto[143] expõe a seu amo Ashton suas abomináveis manobras, Charles, ao ver o falso anel de noivado que deve enganar Lucia, pensou que se tratasse de uma lembrança de amor enviada por Edgar. Ele confessava, de resto, não compreender a história — por causa da música que prejudicava muito as palavras.

— Que importa? disse Emma; cala-te!

— É que eu gosto, replicou ele, inclinando-se sobre seu ombro, de compreender, tu sabes bem.

— Cala-te! Cala-te! disse ela com impaciência.

Lucia adiantava-se, semiamparada por suas damas, com uma grinalda de laranjeira nos cabelos e mais pálida do que o cetim branco de seu vestido. Emma pensava no dia de seu casamento; revia-se lá, em meio aos trigais, no pequeno atalho, quando todos iam para a igreja. Por que como esta ela não resistira, não suplicara? Estava alegre, pelo contrário, sem perceber o abismo no qual se precipitava... Ah! Se no frescor de sua beleza, antes da degradação do casamento e da desilusão do adultério, ela tivesse podido colocar sua vida em algum coração sólido, então com a virtude, a ternura, as volúpias e o dever confundindo-se como uma coisa só, ela nunca teria descido de uma tão alta felicidade! Porém, aquela felicidade, sem dúvida, era uma mentira imaginada para desespero de qualquer desejo. Conhecia agora a pequenez das paixões exageradas pela arte. Esforçando-se portanto para desviar seu pensamento, Emma queria ver naquela reprodução de suas dores apenas uma fantasia plástica feita para enganar os olhos e sorria interiormente com uma piedade desdenhosa quando, no fundo do palco, sob o reposteiro de veludo, apareceu um homem de capa preta.

Com um gesto deixou cair seu grande chapéu à espanhola, e logo os instrumentos e os cantores entoaram o sexteto. Edgar, flamejante de raiva, dominava todos os outros com sua voz mais clara; Ashton lançava-lhe em notas graves provocações homicidas; Lucia lançava sua queixa aguda; Artur modulava à parte sons médios e a voz grave do ministro roncava como um órgão enquanto as vozes femininas, repetindo suas palavras, retomavam deliciosamente em coro. Estavam todos no mesmo plano, gesticulando; e a cólera, a vingança, o ciúme, o terror, a misericórdia e a estupefação exalavam-se ao mesmo tempo de suas bocas entreabertas. O namorado ultrajado brandia a espada nua: sua gola de guipura levantava-se a todo momento com os movimentos de seu peito e ele caminhava a grandes passos de um lado para o outro batendo no chão as esporas douradas de suas botas flexíveis que se alargavam nos tornozelos. Ele devia ter,

[143] No libreto original italiano o personagem chama-se Normanno.

pensava ela, um inesgotável amor para derramá-lo em tão grandes eflúvios sobre a multidão. Todas as suas veleidades difamatórias desvaneciam-se sob a poesia do papel que a invadia e, arrastada para o homem pela ilusão do personagem, procurou imaginar sua vida, aquela vida retumbante, extraordinária, esplêndida e que ela teria podido viver, todavia, se o acaso o tivesse desejado. Ter-se-iam conhecido, ter-se-iam amado! Com ele, teria viajado por todos os reinos da Europa, de capital em capital, partilhando suas fadigas e seu orgulho, juntando as flores que lhe atiravam, bordando ela mesma seus trajes; depois, cada noite, no fundo de um camarote, atrás da grade dourada, ela teria recolhido, pasma, as expansões daquela alma que somente teria cantado para ela; do palco, ao cantar seu papel, tê-la-ia olhado. Porém, uma repentina loucura apoderou-se dela: ele a estava olhando, tinha a certeza! Teve vontade de correr para seus braços para refugiar-se em sua força, como na encarnação do próprio amor e de dizer-lhe, de exclamar: "Rapta-me, leva-me embora, vamos! Para ti, para ti! Todo o meu ardor e todos os meus sonhos!"

Caiu o pano.

O cheiro de gás misturava-se com a respiração do público; o vento provocado pelos leques tornava a atmosfera mais abafada. Emma quis sair; a multidão enchia os corredores e ela recaiu na poltrona com palpitações que a sufocavam. Por medo de vê-la desmaiar, Charles correu ao bar buscar-lhe um copo de orchata.

Teve muito dificuldade para voltar a seu lugar, pois era acotovelado a cada passo por causa do copo que trazia nas mãos e chegou mesmo a derramar três quartos do conteúdo nos ombros de uma rouanense de mangas curtas que, sentindo o líquido frio escorrer-lhe pelas costas, lançou gritos de pavão como se a estivessem assassinando. Seu marido, dono de uma fiação, irritou-se com o desastrado; e, enquanto ela enxugava com o lenço as manchas de seu belo vestido de tafetá cor de cereja, ele murmurava em tom ríspido as palavras indenização, despesa, reembolso. Enfim, Charles chegou junto à sua mulher, dizendo-lhe esbaforido:

— Realmente, pensei que não iria conseguir chegar! Há uma multidão!... Uma multidão!...

Acrescentou:

— Adivinha quem encontrei lá em cima! O Sr. Léon!

— Léon?

— Ele mesmo. Virá cumprimentar-te.

E, mal acabou de pronunciar essas palavras, o antigo escrevente de Yonville entrou no camarote.

Estendeu a mão com uma desenvoltura de fidalgo: e a Sra. Bovary maquinalmente estendeu a sua, sem dúvida obedecendo à atração de uma vontade mais forte. Ela não a sentira depois daquela noite de primavera em que chovia sobre as folhas verdes, quando se haviam dito adeus, de pé junto à janela. Mas, lembrando logo a conveniência da situação, com um esforço sacudiu o torpor de suas lembranças e pôs-se a balbuciar frases rápidas:

— Ah! Boa-noite... Como! O senhor aqui?

— Silêncio! gritou uma voz na plateia, pois o terceiro ato estava começando.

— O senhor está então em Rouen?

— Sim.

— Desde quando?

— Rua! Rua!

As pessoas voltavam-se para eles; calaram-se.

Porém, a partir daquele momento ela não escutou mais; e o coro dos convidados, a cena de Ashton e de seu criado, o grande dueto em ré maior, tudo desfilou para ela muito longe, como se os instrumentos se tivessem tornado menos sonoros e os personagens se tivessem afastado; lembrava as partidas de cartas em casa do farmacêutico e o passeio à casa da ama, as leituras embaixo do caramanchão, as conversas a sós diante da lareira, todo aquele pobre amor tão calmo e tão prolongado, tão discreto, tão terno e que, todavia, ela esquecera. Por que ele voltava? Que combinações de acasos o recolocavam em sua vida? Ele permanecia atrás dela, com o ombro apoiado na parede e, de vez em quando, ela estremecia ao sopro morno de suas narinas que lhe descia pelos cabelos.

— Isto a diverte? perguntou ele, inclinando-se tão perto dela que a ponta do bigode roçou em sua face.

Ela respondeu negligentemente:

— Oh! Meu Deus, não! Não muito.

Então ele propôs que saíssem do teatro para tomar sorvetes em algum lugar.

— Ah! Ainda não! Fiquemos! disse Bovary. Ela está com os cabelos soltos: acho que vai ser trágico.

Porém, a cena da loucura não interessava a Emma e a atuação da cantora pareceu-lhe exagerada.

— Ela grita demais, disse, dirigindo-se a Charles que escutava.

— Sim... talvez... um pouco, replicou ele, indeciso entre a ingenuidade de seu prazer e o respeito que tinha pelas opiniões de sua mulher.

Em seguida, Léon disse, suspirando:

— Como faz calor...

— Insuportável! É verdade.

— Não estás te sentindo bem? perguntou Bovary.

— Não, estou sufocando: vamos embora.

O Sr. Léon colocou-lhe delicadamente nos ombros seu longo xale de renda e foram os três sentar-se junto ao porto, ao ar livre, diante da porta envidraçada de um café.

Falou-se a princípio de sua doença, embora Emma interrompesse Charles de vez em quando por medo, dizia, de entediar o Sr. Léon; e este contou-lhes que ia a Rouen passar dois anos num bom cartório, a fim de adquirir prática nos processos que, na Normandia, eram diferentes dos de Paris. Depois, informou-se sobre Berthe, sobre a família Homais, sobre a mãe Lefrançois; e, como na presença do marido nada mais tivessem a dizer-se, a conversa em breve se esgotou.

Algumas pessoas que saíam do espetáculo passaram pela calçada cantarolando ou berrando a plenos pulmões: Oh! Belo anjo, minha Lucia! Então Léon, para mostrar-se entendido, pôs-se a falar de música. Vira Tamburini, Rubini, Persiani, Grisi[144] e perto deles Lagardy, apesar de seus agudos, não valia nada.

— Contudo, interrompeu Charles, que dava pequenas dentadas em seu sorvete de rum, dizem que no último ato ele é absolutamente admirável; lamento ter saído antes do fim, pois a coisa começava a divertir-me.

— De resto, replicou o escrevente, ele dará em breve outra representação.

Mas Charles respondeu que partiriam no dia seguinte.

— A menos, acrescentou, dirigindo-se a sua mulher, que desejes ficar sozinha, minha querida?

E, mudando de tática diante da ocasião inesperada que se oferecia a suas esperanças, o jovem começou a fazer o elogio de Lagardy no trecho final. Era algo de soberbo, de sublime! Então Charles insistiu:

— Tu voltarás no domingo. Vamos, decide-te! Enganas-te se não sentes quanto isto te faz bem.

Entrementes, as mesas, ao redor, esvaziavam-se; um garçom veio discretamente colocar-se perto deles; Charles, que compreendeu, puxou sua bolsa; o escrevente reteve-o pelo braço e não esqueceu de deixar a mais duas peças de prata que fez retinir no mármore.

— Fico realmente aborrecido, murmurou Bovary, pelo dinheiro que o senhor...

O outro fez um gesto desdenhoso cheio de cordialidade e tomando o chapéu:

---

[144] Antonio Tamburini (1800-1876), baixo; Giovanni Battista Rubini (1794-1854), tenor; Fanny Persiani (1812-1867), soprano; Giulia Grisi (1784-1869), soprano.

— Está combinado, não é verdade, amanhã às seis horas?

Charles exclamou ainda uma vez que não podia ausentar-se por mais tempo; mas nada impedia que Emma...

— É que... balbuciava ela com um sorriso singular, realmente não sei...

— Pois bem! Pensarás, veremos, a noite é boa conselheira...

Depois, Léon, que os acompanhava:

— Agora que está aqui em nossa região, o senhor virá de vez em quando, espero, jantar conosco?

O escrevente afirmou que não deixaria de fazê-lo, tendo aliás de ir a Yonville para um processo de seu cartório. E separaram-se diante da passagem Saint-Herbland no momento em que soavam onze e meia na catedral.

Terceira parte

I

Enquanto fazia o curso de direito, o Sr. Léon frequentara bastante a *Chaumière*[145], onde obteve mesmo agradáveis sucessos junto às alegres costureirinhas que viam nele um *ar distinto.* Era o mais comportado dos estudantes: usava os cabelos nem demasiadamente longos nem demasiadamente curtos, não gastava no primeiro dia do mês o dinheiro do trimestre e mantinha boas relações com seus professores. Quanto aos excessos, sempre os evitara, tanto por pusilanimidade quanto por delicadeza.

Com frequência, quando ficava lendo no quarto ou então sentado à noite embaixo das tílias do Luxembourg[146] deixava cair no chão o Código e a lembrança de Emma voltava. Mas pouco a pouco esse sentimento enfraqueceu e outros desejos acumularam-se sobre ele embora persistisse através deles; pois Léon não perdia toda esperança e havia para ele uma como promessa incerta que se balançava no futuro, assim como um fruto de ouro suspenso em alguma folhagem fantástica.

Depois, revendo-a após três anos de ausência, sua paixão renasceu. Era preciso, pensava, resolver-se enfim a querer possuí-la. Aliás, sua timidez desaparecera em contato com as companhias alegres e ele voltava à província desprezando tudo o que não calcava com sapatos envernizados o asfalto do bulevar. Ao lado de uma parisiense coberta de rendas, no salão de algum doutor ilustre, personagem condecorado e dono de carruagem, o pobre escrevente sem dúvida teria tremido como uma criança; mas aqui em Rouen, no porto, diante da mulher daquele medicozinho, sentia-se à vontade, antecipadamente certo de que iria deslumbrar. A confiança depende do ambiente em que se está; não se fala no entressolho como no quarto andar[147] e a mulher rica parece ter ao seu redor,

---

145 La Grande Chaumière, antigo baile público de Paris fundado em 1787 em Montparnasse. Foi o local predileto dos estudantes na primeira metade do século XIX. Desapareceu em 1855.

146 Jardim de Paris, perto das faculdades.

147 Numa época em que não havia elevadores, os andares mais baixos, sobretudo o primeiro andar, eram os mais valorizados e os mais aristocráticos.

para defender a sua virtude, todas as suas notas de banco, como uma couraça, no forro de seu corpete.

Ao deixar na noite anterior o Sr. e a Sra. Bovary, Léon seguira-os de longe na rua; depois, ao vê-los deter-se na *Croix Rouge*, girara nos calcanhares e passara a noite a meditar um plano.

No dia seguinte, portanto, pelas cinco horas, entrou na cozinha da hospedaria, com a garganta apertada, as faces pálidas e com aquela resolução dos poltrões, que nada detém.

— O doutor não está, respondeu um criado.

Aquilo pareceu-lhe de bom augúrio. Subiu.

Ela não se mostrou perturbada com a sua presença; pelo contrário, desculpou-se por ter esquecido de dizer-lhe onde estavam hospedados.

— Oh! Eu adivinhei, replicou Léon.

— Como?

Ele afirmou ter sido guiado para ela, ao acaso, por um instinto. Ela sorriu e logo, para reparar sua tolice, Léon contou que passara a manhã a procurá-la sucessivamente em todos os hotéis da cidade.

— A senhora então decidiu ficar? acrescentou.

— Sim, disse ela, e fiz mal. Não devemos acostumar-nos a prazeres impraticáveis quando se têm ao redor mil exigências...

— Oh! Imagino...

— Ora! Não, pois o senhor não é uma mulher.

Mas os homens também tinham seus pesares e a conversa enveredou por algumas reflexões filosóficas. Emma falou longamente sobre a miséria das afeições terrestres e sobre o eterno isolamento em que o coração permanece enterrado.

Para valorizar-se ou para imitar ingenuamente aquela melancolia que provocava a sua, o jovem declarou ter-se aborrecido prodigiosamente durante todo o período de seus estudos. As práticas processuais o irritavam, outras vocações o atraíam e sua mãe não cessava de atormentá-lo em cada carta.

Pois cada um explicitava cada vez mais pormenorizadamente os motivos de sua dor, cada um, à medida que falava, exaltava-se um pouco naquelas confidências progressivas. Porém, detinham-se às vezes diante da exposição completa de suas ideias e procuravam então imaginar uma frase que todavia pudesse traduzi-la. Ela não confessou sua paixão por outro, ele não disse que a esquecera.

Talvez ele não mais lembrasse suas ceias, após os bailes, com algumas mulheres fantasiadas de carregadores do porto[148] e ela sem dúvida não lembrava

[148] Este tipo de fantasia entrara na moda por volta de 1830.

mais os encontros de outrora, quando corria pela manhã na relva em direção ao castelo de seu amante. O barulho da cidade mal chegava até eles e o quarto parecia pequeno, apropriado para estreitar ainda mais a solidão em que se encontravam. Emma, com um penhoar de bombazina, apoiava o coque no encosto da velha poltrona; o papel amarelo da parede servia-lhe de fundo dourado e sua cabeça descoberta repetia-se no espelho com a risca branca no meio e com a extremidade das orelhas aparecendo por baixo dos bandós.

— Mas, desculpe-me, disse ela, que estou fazendo? Estou a aborrecê-lo com minhas eternas queixas!

— Não, nunca! Nunca!

— Se soubesse, continuou ela, erguendo para o teto seus belos olhos de onde rolava uma lágrima, tudo o que eu sonhara!

— E eu então! Oh! Sofri muito! Muitas vezes saía, ia embora, arrastava-me ao longo dos cais[149], atordoando-me com o barulho da multidão sem poder banir a obsessão que me perseguia. Há no bulevar, na loja de um vendedor de estampas, uma gravura italiana representando uma Musa. Está envolta numa túnica e olha a lua, com alguns miosótis nos cabelos soltos. Alguma coisa levava-me continuamente para lá; fiquei diante dela horas inteiras.

Depois, com voz trêmula:

— Assemelhava-se um pouco com a senhora.

A Sra. Bovary virou a cabeça para que ele não visse o irresistível sorriso que sentia aflorar nos lábios.

— Frequentemente, continuou ele, escrevia-lhe cartas que rasgava em seguida.

Ela não respondia. Ele continuou:

— Imaginava às vezes que o acaso a traria de volta. Pensei reconhecê-la em todas as esquinas: e corria atrás de todos os fiacres em cuja portinhola flutuava um xale, um véu semelhante ao seu...

Ela parecia determinada a deixá-lo falar sem interrompê-lo. Cruzando os braços e abaixando o rosto, observava a roseta de suas pantufas e com intermitência ia fazendo pequenos movimentos no cetim com os dedos dos pés.

Entretanto, suspirou:

— O que há de mais lamentável, não é verdade, é arrastar, como eu, uma existência inútil. Se nossas dores pudessem ser úteis a alguém, consolar-nos-íamos com o pensamento do sacrifício!

---

[149] Via pública que costeia o rio Sena, em Paris.

Ele pôs-se a elogiar a virtude, o dever e as imolações silenciosas, pois tinha ele mesmo uma incrível necessidade de devotamento que não conseguia saciar.

— Gostaria muito, disse ela, de ser uma religiosa de hospital.

— Ai de mim! replicou ele, os homens não têm estas missões santas e não vejo em parte alguma um ofício... exceto talvez o de médico...

Com um leve levantar de ombros Emma interrompeu-o para queixar-se de sua doença que quase a matara! Que pena! Ela não sofreria mais agora. Léon em seguida desejou *le calme du tombeau*[150] e mesmo, uma noite, escrevera seu testamento pedindo que o enterrassem enrolado na bela manta orlada de veludo que ela lhe dera; pois era assim que desejariam morrer, procurando ambos o ideal sobre o qual ajustar no presente suas vidas passadas. Aliás, a palavra é um laminador que sempre alonga os sentimentos.

Porém, diante da invenção da manta, ela perguntou:

— Mas por quê?

— Por quê?

Ele hesitava.

— Porque eu a amei muito!

E, felicitando-se por ter transposto a dificuldade, Léon, com o canto dos olhos, espiou sua fisionomia.

Foi como o céu quando uma ventania afasta as nuvens. A carga de pensamentos sombrios que os entristecia pareceu retirar-se de seus olhos azuis; todo o seu rosto resplandeceu.

Ele esperava. Enfim, ela respondeu:

— Eu sempre desconfiei...

Então, contaram-se mutuamente os pequenos acontecimentos daquela existência longínqua cujos prazeres e melancolias acabavam de resumir numa única palavra. Ele lembrava a latada de clematite, os vestidos que ela usara, os móveis de seu quarto, toda a sua casa.

— E nossos pobres *cactus*, onde estão?

— O frio matou-os neste inverno.

— Ah! Pensei neles, sabe? Revia-os frequentemente como outrora quando, pelas manhãs de verão, o sol batia nas persianas... e eu percebia seus braços nus que passavam por entre as flores.

— Pobre amigo! disse ela estendendo-lhe a mão.

Léon, rapidamente, colou nela seus lábios. Depois, após ter respirado profundamente:

---

[150] "A calma do túmulo", expressão do mais exacerbado romantismo. Lamartine escrevera em *Le vallon: Je viens chercher vivant le calme du Léthé* (Venho procurar, ainda vivo, a calma do Lete.).

— Naquele tempo, a senhora era para mim não sei que força incompreensível que cativava minha vida. Uma vez, por exemplo, fui à sua casa; mas a senhora, sem dúvida, não estará lembrada.

— Sim, disse ela. Continue.

— A senhora estava embaixo, na antecâmara, pronta para sair, no último degrau; usava mesmo um chapéu de pequenas flores azuis; e, sem que me tivesse convidado, involuntariamente, acompanhei-a. A cada minuto, todavia, tinha maior consciência de minha tolice e continuava a caminhar ao seu lado, ousando segui-la claramente e não querendo deixá-la. Quando entrava numa loja eu ficava na rua, olhava-a pela vidraça tirar as luvas e contar o troco no balcão. Em seguida a senhora bateu à porta da Sra. Tuvache; ela foi aberta e eu fiquei como um idiota diante da grande porta pesada que se fechara sobre a senhora.

A Sra. Bovary, ao ouvi-lo, espantava-se de ser tão velha; todas aquelas coisas que reapareciam pareciam-lhe alargar sua existência; eram como imensidões sentimentais às quais ela se reportava; e dizia, de vez em quando, em voz baixa e com as pálpebras semifechadas:

— Sim, é verdade!... É verdade!... É verdade!

Ouviram tocar oito horas nos diferentes relógios do bairro Beauvoisine, cheio de internatos, de igrejas e de grandes palacetes abandonados. Não mais se falavam; mas sentiam, ao se olharem, um zumbido em suas cabeças, como se alguma coisa de sonoro tivesse escapado reciprocamente de suas pupilas fixas. Acabavam de juntar as mãos e o passado, o futuro, as reminiscências e os sonhos, tudo se confundia na doçura daquele êxtase. A noite adensava-se nos muros onde brilhavam ainda, meio perdidas na sombra, as fortes cores de quatro estampas representando a *Torre de Nesle*[151] tendo embaixo uma legenda em espanhol e em francês. Pela janela de guilhotina, via-se uma faixa de céu negro entre telhados pontiagudos.

Ela levantou-se para acender duas velas sobre a cômoda, depois foi sentar-se novamente.

— Pois bem?... disse Léon.

— Pois bem? respondeu ela.

E ele pensava em como reatar o diálogo interrompido, quando ela lhe disse:

— Como se explica que, até agora, ninguém me tenha expressado tais sentimentos?

---

[151] Antiga torre que defendia o limite oeste de Paris na Idade Média. Uma tradição popular afirma que três noras de Felipe o Belo nela dedicaram-se à libertinagem. Drama de Alexandre Dumas pai. *La tour de Nesle,* 1832.

O escrevente exclamou que as naturezas ideais eram difíceis de compreender. Ele a amara ao primeiro olhar e desesperava-se ao pensar na felicidade que teriam tido se, por uma mercê do acaso, se tivessem encontrado mais cedo e se tivessem ligado um ao outro de maneira indissolúvel.

— Pensei nisso algumas vezes, replicou ela.

— Que sonho! murmurou Léon.

E, tocando delicadamente o debrum azul de seu longo cinto branco, acrescentou:

— Quem nos impede então de recomeçar?...

— Não, meu amigo, respondeu ela. Sou velha demais... o senhor é jovem demais... Esqueça-me! Outras o amarão... o senhor as amará!

— Não como à senhora! exclamou ele.

— Como o senhor é criança! Vamos, sejamos sensatos! Eu o quero!

Ela mostrou-lhe as impossibilidades daquele amor e mostrou-lhe que deveriam manter-se, como outrora, nos simples termos de uma amizade fraternal.

Estaria falando sério? Sem dúvida nem a própria Emma o sabia, totalmente ocupada com o encanto da sedução e com a necessidade de defender-se dela; e, contemplando o jovem com um olhar enternecido, ela repelia docemente as tímidas carícias que suas mãos frementes tentavam fazer-lhe.

— Ah! Perdão, disse ele recuando.

E Emma foi tomada de um vago terror diante daquela timidez, mais perigosa para ela do que a ousadia de Rodolphe quando avançava com os braços abertos. Jamais um homem lhe parecera tão belo. Uma refinada candura desprendia-se de sua postura. Ele abaixava seus longos cílios finos e recurvos. Suas faces de epiderme suave enrubesciam — pensava ela pelo desejo de sua pessoa e Emma sentia um invencível desejo de nelas encostar seus lábios. Então, inclinando-se em direção ao relógio como se fosse olhar as horas:

— Como é tarde, meu Deus! Como conversamos!

Ele compreendeu a alusão e procurou o chapéu.

— Esqueci até o espetáculo! O pobre Bovary deixou-me exatamente para isso! O Sr. Lormeaux, da rua Grand-Pont, iria levar-me com sua mulher.

E a oportunidade estava perdida, pois ela partiria no dia seguinte.

— Realmente? disse Léon.

— Sim.

— Contudo, preciso vê-la ainda, replicou ele, precisava dizer-lhe...

— O quê?

— Uma coisa... grave, séria. Ora! Não, aliás a senhora não partirá, é impossível! Se a senhora soubesse... Escute-me... Então não me compreendeu? Então não adivinhou?

— No entanto, o senhor fala bem, disse Emma.

— Ah! Brincadeiras! Chega, chega! Por piedade faça com que eu a reveja... uma vez... uma só.

— Pois bem!...

Ela deteve-se; depois, como se tivesse pensado melhor:

— Oh! Aqui não!

— Onde quiser.

— Deseja...

Ela pareceu refletir e com um tom breve:

— Amanhã, às onze horas, na catedral.

— Estarei lá, exclamou ele, agarrando-lhe as mãos, que ela retirou.

E como estavam ambos de pé e ele atrás dela, tendo Emma baixado a cabeça, ele inclinou-se e beijou-a longamente na nuca.

— Mas o senhor está louco! Ah! O senhor está louco! dizia ela com risadinhas sonoras, enquanto os beijos se multiplicavam.

Então, avançando a cabeça por cima de seu ombro, ele pareceu procurar o consentimento de seus olhos. Eles caíram sobre ele cheios de majestade glacial.

Léon deu três passos para trás, para sair. Permaneceu na soleira da porta. Depois, cochichou com voz trêmula:

— Até amanhã.

Ela respondeu com um sinal de cabeça e desapareceu como um pássaro na peça ao lado.

À noite, Emma redigiu ao escrevente uma interminável carta onde desistia do encontro; tudo agora estava acabado, para a própria felicidade de ambos não deviam mais encontrar-se. Porém, quando fechou a carta, como não sabia o endereço de Léon, sentiu-se profundamente confusa.

— Eu mesma lha entregarei; disse consigo mesma; ele virá.

No dia seguinte, com a janela aberta e cantarolando na sacada, o próprio Léon engraxou seus sapatos passando-lhes várias camadas. Pôs calças brancas, meias finas, uma casaca verde, derramou em seu lenço todos os perfumes que possuía e depois de ter mandado frisar o cabelo, desfrisou-o para dar-lhe uma elegância mais natural.

— É ainda muito cedo! pensou, olhando o cuco do cabeleireiro, que marcava nove horas.

Leu um velho jornal de modas, saiu, fumou um charuto, subiu três ruas, pensou que era tempo e dirigiu-se lentamente para o adro da catedral de Notre-Dame.

Era uma bela manhã de verão. As pratarias brilhavam nas lojas dos ourives e a luz que descia obliquamente sobre a catedral reverberava na quina das pedras cinzentas; um grupo de pássaros redemoinhava no céu azul, ao redor das torrezinhas em trifólios; a praça, em que retiniam os gritos, exalava o perfume das flores que rodeavam as lajes, rosas, jasmins, cravos, narcisos e tuberosas, separados irregularmente por verduras úmidas, por nêvedas-dos-gatos e por morriões para os pássaros; a fonte, no centro, gorgolejava e sob largos guarda-sóis entre pirâmides de cantalupos, vendedoras sem chapéu enrolavam buquês de violetas em pedaços de papel.

O jovem comprou um. Era a primeira vez que comprava flores para uma mulher; e ao aspirá-las seu peito inchou de orgulho, como se aquela homenagem que destinava a outra pessoa estivesse recaindo sobre ele.

Todavia, tinha medo de ser visto; entrou resolutamente na igreja.

O bedel estava nesse momento no centro do portal esquerdo, embaixo da *Marianne dansant*[152], com um penacho na cabeça, com a espada batendo-lhe na panturrilha, com um bastão na mão, mais majestoso do que um cardeal e reluzente como um santo cibório.

Avançou para Léon e, com o sorriso de benignidade bajuladora que assumem os eclesiásticos quando interrogam as crianças:

— O senhor, sem dúvida, não é daqui? O senhor deseja ver as curiosidades da igreja?

— Não, disse o outro.

A princípio deu uma volta pelas naves laterais. Em seguida foi olhar a praça. Emma não chegava. Ele voltou novamente até o coro.

A nave mirava-se nas pias cheias de água benta com o começo das ogivas e algum pedaço de vitral. Mas o reflexo das pinturas, quebrando-se na beira do mármore, continuava mais longe, nas lajes, como um tapete variegado. A forte luz externa alongava-se dentro da igreja em três raios enormes através dos três portais abertos. De vez em quando, no fundo, passava um sacristão fazendo diante do altar a oblíqua genuflexão dos devotos apressados. Os lustres de cristal pendiam imóveis. No coro, queimava uma lamparina de prata; e das capelas laterais, das partes sombrias da igreja, escapavam às vezes algo como exalações de suspiros, com o som de uma grade que caía, repercutindo seu eco sob as altas abóbadas.

Léon, com passos reverentes, caminhava junto às paredes. Nunca a vida lhe parecera tão boa. Ela ia chegar dentro em pouco, encantadora, agitada, espiando atrás de si os olhares que a seguiam — e com seu vestido de folhos, seu lornhão de ouro, suas botinas delicadas, com todas as elegâncias que ele não saboreara e na inefável sedução da virtude que sucumbe. A igreja, como

[152] Era este o nome que os habitantes de Rouen davam à "Salomé dançando diante de Herodes".

um toucador gigantesco, dispunha-se ao redor dela; as abóbadas inclinavam-se para recolher na sombra a confissão de seu amor; os vitrais resplandeciam para iluminar seu rosto e os turíbulos iam arder para que ela aparecesse como um anjo na fumaça dos perfumes.

Entretanto, ela não vinha. Ele sentou-se numa cadeira e seus olhos encontraram um vitral azul onde se veem barqueiros carregando cestos. Olhou-o por muito tempo, com atenção, contando as escamas dos peixes e os botões dos gibões enquanto seu pensamento vagabundeava à procura de Emma.

O bedel, à parte, indignava-se interiormente com aquele indivíduo que se permitia admirar sozinho a catedral. Parecia-lhe conduzir-se de maneira monstruosa, roubá-lo, de alguma maneira, e quase cometer um sacrilégio.

Porém um ruge-ruge de seda sobre as lajes, a orla de um chapéu, uma camalha preta... Era ela! Léon levantou-se, correu ao seu encontro.

Emma estava pálida. Caminhava rapidamente.

— Leia! disse-lhe estendendo-lhe um papel... Oh! Não.

E bruscamente retirou a mão para entrar na capela da Virgem onde, ajoelhando-se contra uma cadeira, pôs-se a rezar.

O jovem irritou-se com aquela fantasia beata; em seguida sentiu, contudo, um certo encanto ao vê-la durante o encontro assim perdida em orações como uma marquesa andalusa; em seguida, não tardou a aborrecer-se, pois ela não acabava nunca.

Emma rezava, ou melhor, esforçava-se por rezar, esperando que lhe descesse do céu alguma resolução súbita; e, para atrair o socorro divino, enchia os olhos com os esplendores do tabernáculo, aspirava o perfume dos goivos brancos que desabrochavam nos grandes vasos e prestava atenção ao silêncio da igreja que apenas aumentava o tumulto de seu coração.

Ela levantara-se e ambos iam sair quando o bedel aproximou-se rapidamente dizendo:

— A senhora sem dúvida não é daqui? Deseja ver as curiosidades da igreja?

— Oh! Não! exclamou o escrevente.

— Por que não? replicou ela.

Pois sua virtude vacilante agarrava-se à Virgem, às esculturas, aos túmulos, a todas as ocasiões.

Então, a fim de proceder *pela ordem,* o bedel conduziu-os até a entrada, junto à praça, onde, mostrando-lhes com o bastão um grande círculo de pedras negras, sem inscrições nem cinzeladuras, começou:

— Eis, disse majestosamente, a circunferência do belo sino de Amboise. Pesava quarenta mil libras. Não havia outro igual em toda a Europa. O operário que o fundiu morreu de alegria...

— Vamos embora, disse Léon.

O velhote recomeçou a caminhar; em seguida, tendo voltado à capela da Virgem, estendeu os braços num gesto sintético de demonstração e, mais orgulhoso do que um proprietário rural ao mostrar suas espaldeiras:

— Esta simples laje recobre Pedro de Brézé, Senhor de Varenne e de Brissac, grande Marechal do Poitou e Governador da Normandia, morto na batalha de Montlhéry, em 16 de julho de 1465.

Léon, mordendo os lábios, batia os pés no chão.

— E, à direita, este fidalgo totalmente couraçado de ferro, num cavalo empinado, é seu neto Luis de Brézé, Senhor de Breval e de Montchauvet, Conde de Maulevrier, Barão de Mauny, camareiro do rei, Cavaleiro da Ordem e também Governador da Normandia, falecido em 23 de julho de 1531, um domingo, como o indica a inscrição; e abaixo, este homem prestes a descer ao túmulo representa exatamente a mesma pessoa. Não é possível, não é verdade, ver uma mais perfeita representação do nada.

A Sra. Bovary pegou seu lornhão. Léon, imóvel, olhava-a, sem nem mesmo tentar dizer mais uma única palavra, fazer um único gesto, de tal forma se sentia desencorajado diante daquela dupla determinação de tagarelice e de indiferença.

O eterno guia continuava:

— Ao lado dele, esta mulher que chora, de joelhos, é sua esposa, Diana de Poitiers, Condessa de Brézé, Duquesa de Valentinois, nascida em 1499, falecida em 1566; e à esquerda aquela com uma criança nos braços é a Virgem Maria. Agora, voltem-se para este lado: eis os túmulos dos Amboise. Ambos foram cardeais e arcebispos de Rouen. Este era um ministro do rei Luis XII. Foi muito generoso com a catedral. Em seu testamento foram encontrados trinta mil escudos de ouro para os pobres.

E sem parar, continuando a falar, empurrou-os para dentro de uma capela atulhada de balaustradas, afastou algumas e descobriu uma espécie de bloco, que poderia perfeitamente ter sido uma estátua malfeita.

— Ela decorava outrora, disse com um longo gemido, o túmulo de Ricardo Coração de Leão, rei da Inglaterra e duque da Normandia. Foram os calvinistas, senhor, que a reduziram a este estado. Por maldade, haviam-na enterrado no chão, sob a cadeira episcopal de monsenhor. Veja, é por esta porta que o bispo se dirige aos seus aposentos. Vejamos agora os vitrais da Gárgula.

Mas Léon tirou rapidamente do bolso uma moeda de prata e pegou o braço de Emma. O bedel permaneceu estupefato sem compreender aquela generosidade intempestiva quando havia ainda tanta coisa a mostrar ao estranho. Assim chamou-o:

— Oh! Senhor. A flecha! A flecha!

— Obrigado, disse Léon.

— O senhor faz mal! Ela tem quatrocentos e quarenta pés, nove a menos do que a grande pirâmide do Egito. E toda em ferro fundido, ela...

Léon fugia, pois parecia-lhe que seu amor, que havia quase duas horas se imobilizara na igreja, como as pedras, ia agora evaporar-se como fumaça por aquela espécie de tubo truncado, de gaiola oblonga, de chaminé rendilhada que ousa erguer-se tão grotescamente sobre a catedral como uma tentativa extravagante de algum caldeireiro imaginativo.

— Aonde vamos? dizia ela.

Sem responder, ele continuava a caminhar com passo rápido e a Sra. Bovary já banhava os dedos na água benta quando ouviram atrás de si uma respiração ofegante, regularmente entrecortada pelas batidas de uma bengala, Léon voltou-se.

— Senhor!

— O quê?

E reconheceu o bedel trazendo embaixo do braço, equilibrados contra o ventre, uns vinte grossos livros brochados. Eram as obras *que tratavam da catedral.*

— Imbecil! resmungou Léon, lançando-se para fora da igreja.

Um menino fazia travessuras no adro.

— Vai procurar-me um fiacre!

A criança partiu como uma bala pela rua dos Quatrevents; permaneceram então a sós por alguns minutos, um diante do outro, e um pouco embaraçados.

— Ah! Léon!... Realmente... não sei... se devo...

Ela fazia trejeitos. Depois, com seriedade:

— É muito inconveniente, sabe?

— Em que sentido? replicou o escrevente. Isto se faz em Paris!

E aquela palavra, como um irresistível argumento, determinou-a.

Entretanto, o fiacre não chegava. Léon temia que ela voltasse a entrar na igreja. Enfim, o fiacre apareceu.

— Saiam pelo menos pelo portal norte! gritou-lhes o bedel, que ficara na soleira, para ver a *Ressurreição, o Juízo Final,* o *Paraíso,* o *Rei Davi* e os *Condenados* nas chamas infernais.

— Aonde o senhor deseja ir? perguntou o cocheiro.

— Onde você quiser! disse Léon empurrando Emma para dentro da carruagem.

E a pesada máquina pôs-se a caminho.

Desceu a rua Grand-Pont, atravessou a praça des Arts, o cais Napoléon, o Pont Neuf e deteve-se de repente diante da estátua de Pierre Corneille.

— Continue! disse uma voz que saía do interior. O carro partiu novamente e, deixando-se levar pelo declive a partir da encruzilhada La Fayette, entrou a galope pela estação da estrada de ferro.

— Não, em frente! gritou a mesma voz.

O fiacre saiu do portão gradeado e, tendo em breve chegado à alameda, foi trotando suavemente no meio dos grandes olmos. O cocheiro enxugou a testa, pôs o chapéu de couro entre as pernas e dirigiu a carruagem para fora das alamedas laterais, à beira d'água, perto da relva.

Ela foi andando ao longo do rio, no caminho de sirga recoberto de calhaus ásperos e por muito tempo pelos lados de Oyssel, mais além das ilhas.

Porém, repentinamente, lançou-se com um salto através de Quatremares, Sotteville, a Grande-Chaussée, a rua d'Elbeuf e parou pela terceira vez diante do Jardin des Plantes.

— Vá em frente! exclamou a voz com ainda maior fúria.

E retomando logo sua corrida, ela passou por Saint Sever, pelo cais dos Curandiers, pelo cais dos Meules, mais uma vez pela ponte, pela praça do Champs-de-Mars e atrás dos jardins do hospital, onde alguns velhos de casaco preto passeavam ao sol ao longo de um terraço coberto por heras verdes. Subiu novamente o bulevar Bouvreuil, percorreu o bulevar Cauchoise, em seguida todo o Mont-Riboudet até a encosta de Deville.

Voltou; e então, sem direção nem destino, ela vagabundeou ao acaso. Foi vista em Saint-Pol, em Lescure, no monte Gargan, na Rouge-Mare e na praça do Gaillard-bois; na rua Maladrerie, na rua Dinanderie, diante de Saint-Romain, Saint-Vivien, Saint-Maclou, Saint-Nicaise, — diante da Alfândega, — na Basse-Vieille-Tour, nas Trois-Pipes e no Cemitério Monumental. De tempos em tempos, o cocheiro, em seu assento, lançava olhares desesperados às tabernas. Não compreendia que furor de locomoção levava tais indivíduos a não querer deter-se. Procurava fazê-lo, algumas vezes, e logo ouvia atrás de si exclamações de cólera. Então fustigava ainda mais seus dois matungos cobertos de suor, mas sem preocupar-se com os solavancos, esbarrando ora aqui ora acolá, sem se preocupar, arrasado e quase chorando de sede, de cansaço e de tristeza.

E no porto, em meio aos carroções e aos barris, e nas ruas, nos marcos das encruzilhadas, os burgueses esbugalhavam os olhos assombrados diante daquela coisa tão extraordinária na província, uma carruagem com os estores fechados e que aparecia assim continuamente, mais fechada do que um túmulo e sacudida como um navio.

Uma vez, pela metade do dia, em pleno campo, no momento em que o sol dardejava seus raios com maior força contra as velhas lanternas prateadas, uma mão nua passou sob as pequenas cortinas de fazenda amarela e lançou pedaços de papel, que se dispersaram ao vento e caíram mais longe como borboletas brancas num campo de trevos vermelhos floridos.

Mais tarde, pelas seis horas, a carruagem deteve-se numa ruazinha do bairro Beauvoisine e uma mulher desceu, caminhando com o véu abaixado e sem virar a cabeça.

II

Ao chegar à estalagem, a Sra. Bovary surpreendeu-se por não perceber a diligência. Hivert, que a esperara por cinquenta e três minutos, acabara por ir embora.

Nada contudo a forçava a partir; porém ela dera sua palavra de que voltaria na mesma noite. Aliás, Charles esperava-a e ela já sentia no coração aquela covarde docilidade que é, para muitas mulheres, ao mesmo tempo como o castigo e o preço do adultério.

Fez rapidamente a mala, pagou a conta, tomou no pátio um cabriolé e, apressando o criado da estrebaria, encorajando-o, informando-se a cada momento sobre a hora e os quilômetros percorridos, conseguiu alcançar a *Hirondelle* diante das primeiras casas de Quincampoix.

Logo após ter-se sentado em seu canto, fechou os olhos e reabriu-os ao pé da encosta, onde de longe reconheceu Félicité, que se mantinha de sentinela diante da casa do ferrador. Hivert reteve os cavalos e a cozinheira, içando-se até o postigo, disse misteriosamente:

— Senhora, deve ir imediatamente à casa do Sr. Homais. É por algum motivo urgente.

A vila estava silenciosa como sempre. Nas esquinas, havia montículos róseos fumegantes, pois era época das geleias e todo mundo em Yonville fazia sua provisão no mesmo dia. Porém, admirava-se, diante da casa do farmacêutico, um monte muito maior e que ultrapassava os outros pela superioridade que um laboratório de farmácia deve ter sobre os fogões familiares, uma necessidade geral sobre fantasias individuais.

Ela entrou. A grande poltrona estava caída e mesmo o *Fanal de Rouen* jazia no chão, estendido entre os dois almofarizes. Ela empurrou a porta do corredor e, no meio da cozinha, entre os jarros escuros de groselhas descascadas, do açúcar em pó, do açúcar em pedaços, das balanças na mesa, dos tachos sobre o fogo, percebeu todos os Homais, grandes e pequenos, com os aventais que lhes chegavam ao queixo e com garfos na mão. Justin, de pé, abaixava a cabeça e o farmacêutico gritava:

— Quem te mandou procurá-lo no cafarnaum?

— Que foi? Que aconteceu?

— O que foi? respondeu o boticário. Estamos fazendo geleia: ela cozinha, porém ia transbordar por causa da fervura por demais forte e peço outro tacho. Então ele, por indolência, por preguiça, foi buscar, suspensa em seu prego, em meu laboratório, a chave do cafarnaum!

O boticário chamava por aquele nome um gabinete no sótão, cheio de utensílios e de mercadorias ligados à sua profissão. Frequentemente, passava lá longas horas colocando etiquetas, transvasando, reatando; e considerava-o não como um simples depósito mas como um verdadeiro santuário, de onde saíam, em seguida, elaborados por suas mãos, toda espécie de pílulas, electuários, tisanas, loções e poções que iam espalhar sua celebridade pelos arredores. Ninguém no mundo punha lá os pés e ele o respeitava tanto que o varria pessoalmente. Enfim, se a farmácia, aberta a todo mundo, era o local onde ostentava seu orgulho, o cafarnaum era o refúgio onde, concentrando-se egoisticamente, Homais deleitava-se no exercício de suas predileções; assim, a leviandade de Justin parecia-lhe de uma irreverência monstruosa; e, mais rubicundo do que as groselhas, repetia:

— Sim, do cafarnaum! A chave que encerra os ácidos e os álcalis cáusticos! Ter ido buscar um tacho de reserva, um tacho com tampa! E do qual, talvez, nunca me servirei! Tudo tem sua importância nas operações delicadas de nossa arte! Mas, que diabo! É preciso estabelecer distinções e não empregar em usos quase domésticos o que é destinado aos farmacêuticos! É como se trinchássemos uma galinha com um escalpelo, como se um magistrado...

— Acalma-te! dizia a Sra. Homais.

E Athalie, puxando-o pela casaca:

— Papai! Papai!

— Não, deixem-me! replicava o boticário, deixem-me! Com a breca! Teria sido melhor abrir uma mercearia, palavra de honra! Vamos, vai, não respeites nada! Despedaça, quebra! Liberta as sanguessugas, queima a alteia, põe os pepinos em conserva dentro dos frascos! Lacera as bandagens!

— Contudo, o senhor tinha... disse Emma.

— Espere um momento! — Sabes a que estavas me expondo?... Nada viste, no canto, à esquerda, na terceira prateleira? Fala, responde, articula alguma coisa!

— Eu não... sei, balbuciou o rapazinho.

— Ah! Tu não sabes! Pois bem! Eu sei! Viste uma garrafa, de vidro azul, lacrada com cera amarela que contém um pó branco, na qual eu mesmo escrevera: *Perigoso!* E sabes o que havia dentro? Arsênico! E vais tocar naquilo! Pegar um tacho que está ao lado.

— Ao lado! exclamou a Sra. Homais juntando as mãos. Arsênico? Podias ter-nos envenenado a todos!

E as crianças puseram-se a gritar como se já tivessem sentindo nas entranhas dores atrozes.

— Ou então envenenar um doente! continuou o boticário. Querias então que eu fosse para o banco dos criminosos, no tribunal de justiça? Ver-me arrastado ao cadafalso? Ignoras o cuidado que eu observo nas manutenções, embora esteja, contudo, muito acostumado. Às vezes, eu mesmo me assusto quando penso em minha responsabilidade! Pois o governo nos persegue e a absurda legislação que nos rege é como uma verdadeira espada-de-Dâmocles suspensa sobre nossa cabeça!

Emma não pensava mais em perguntar o que queriam dizer-lhe e o farmacêutico continuava em frases ofegantes:

— Eis como agradeces as atenções que temos para contigo! Eis como me recompensas pelos cuidados paternos que te prodigo! Pois, sem mim, onde estarias? Que farias? Quem te fornece o alimento, a educação, a roupa e todos os meios para figurares um dia, com honra, nas camadas da sociedade? Mas para isto é preciso suar muito no remo e adquirir, como se diz, calos nas mãos. *Fabricando fit faber,*[153] *age quod agis*[154].

Citava em latim, de tal forma estava exasperado. Teria citado em chinês ou em groenlandês se conhecesse essas duas línguas, pois encontrava-se numa dessas crises em que a alma inteira mostra indistintamente o que encerra como o oceano que, nas tempestades, entreabre-se das algas das praias até a areia dos abismos.

E prosseguiu:

— Começo a arrepender-me terrivelmente por ter-te tomado a meu cargo! Deveria ter-te deixado estagnar em tua miséria, na imundície em que

[153] É trabalhando que se aprende.

[154] Faz o que fazes.

nasceste. Serás sempre bom apenas para seres guardador de gado cornígero! Não tens nenhuma aptidão para as ciências! Mal sabes colar uma etiqueta! E vives aqui, em minha casa, como um cônego, mais do que bem tratado, a te regalares.

Mas Emma, voltando-se para a Sra. Homais.

— Pediram-me que viesse...

— Ah! Meu Deus, interrompeu com um ar triste a boa senhora, como vou dizer-lhe?... É uma infelicidade!

Ela não acabou. O boticário trovejava:

— Esvazia-o! Limpa-o! Traze-o de volta! Apressa-te, vamos! E sacudindo Justin pela gola de seu blusão fez-lhe cair um livro do bolso.

O menino abaixou-se, Homais foi mais rápido e, tendo juntado o volume, contemplava-o com os olhos esbugalhados, com o maxilar aberto.

— *L'amour... conjugal*[155]*!* disse, separando lentamente as duas palavras. Ah! Muito bem! Muito bem! Muito bonito! E tem gravuras!... Ah! Isto é demais!

A Sra. Homais adiantou-se.

— Não, não toques nisto!

As crianças quiseram ver as imagens.

— Saiam! disse ele imperiosamente.

E elas saíram.

A princípio pôs-se a caminhar, de um lado para o outro, com grandes passadas, com o livro aberto entre os dedos, revirando os olhos, sufocado, intumescido, apoplético. Depois, foi direto ao aluno e, plantando-se diante dele com os braços cruzados:

— Então tens todos os vícios, pobre infeliz? Cuidado, estás num declive!... Então, não pensaste que este livro infame poderia cair nas mãos de meus filhos, pôr uma faísca em seus cérebros, manchar a pureza de Athalie, corromper Napoléon! Ele já é homem. Tens pelo menos a certeza de que eles não o leram? Podes certificar-me?...

— Mas, finalmente, Sr. Homais, disse Emma, que tinha a dizer-me...?

— É verdade, senhora... Seu sogro morreu!

De fato, o Sr. Bovary pai acabara de falecer na antevéspera, repentinamente, de um ataque de aplopexia, ao levantar-se da mesa; e, por excesso de precaução para com a sensibilidade de Emma, Charles pedira ao senhor Homais que lhe desse, com cuidado, aquela horrível notícia.

---

[155] *O amor conjugal.* Alusão talvez ao *Tableau de l'amour conjugal* (1688), de Nicolas Venette, doutor em medicina e professor de anatomia em La Rochelle. O livro teve uma enorme difusão.

Ele meditara sua frase, arredondara-a, polira-a, ritmara-a; era uma obra-prima de prudência e de transição, de rodeios finos e de delicadeza; porém a cólera levara embora a retórica.

Emma, não querendo saber nenhum detalhe, deixou a farmácia; pois o Sr. Homais retomara o curso de suas vituperações. Acalmara-se, contudo, e agora resmungava com um tom paternal, enquanto se abanava com seu gorro grego.

— Não é que eu desaprove inteiramente a obra! O autor era médico. Há no livro um certo lado científico que não é de todo mau que um homem conheça e, ousarei dizer, que um homem deve conhecer. Porém, mais tarde, mais tarde! Espera pelo menos até seres tu mesmo homem e que teu caráter esteja pronto.

Ao primeiro toque de Emma na aldrava, Charles, que a esperava, avançou com os braços abertos e disse-lhe com lágrimas na voz:

— Ah! Minha cara amiga...

E inclinou-se suavemente para beijá-la. Mas, ao contato de seus lábios a lembrança do outro penetrou-a; e ela passou a mão no rosto, estremecendo.

Respondeu, contudo:

— Sim, eu sei... eu sei...

Ele mostrou-lhe a carta em que sua mãe narrava o acontecimento, sem nenhuma hipocrisia sentimental. Apenas, lamentava que o marido não tivesse recebido os socorros da religião, tendo morrido em Doudeville, na rua, na porta de um café, após uma refeição patriótica com antigos oficiais.

Emma devolveu a carta; depois, ao jantar, por civilidade, fingiu algum fastio. Mas como ele insistisse ela pôs-se a comer decididamente, enquanto Charles, diante dela, permanecia imóvel, numa postura acabrunhada.

De vez em quando, levantando a cabeça, ele enviava-lhe um longo olhar cheio de desespero. Uma vez suspirou:

— Teria desejado vê-lo mais uma vez.

Ela calava-se. Enfim, compreendendo que era preciso falar:

— Que idade tinha ele?

— Cinquenta e oito anos!

— Ah!

E foi tudo.

Um quarto de hora mais tarde, ele acrescentou:

— Minha pobre mãe!... Que vai ser dela, agora?

Ela fez um gesto de ignorância.

Vendo-a tão taciturna, Charles supunha-a aflita e obrigava-se a calar para não avivar aquela dor que a comovia. Entretanto, sacudindo sua própria dor:

— Divertiste-te bastante, ontem? perguntou.

— Sim.

Quando a toalha foi retirada, Bovary não se levantou. Emma também não; e, à medida que o encarava, a monotonia de tal espetáculo bania pouco a pouco qualquer compaixão de seu coração. Ele lhe parecia insignificante, fraco, nulo, enfim, um pobre homem sob todos os pontos de vista. Como livrar-se dele? Que interminável serão! Alguma coisa entorpecedora como um vapor de ópio a embotava.

Ouviam no vestíbulo o ruído seco de um pau batendo no soalho. Era Hippolyte que trazia a bagagem da senhora.

Para colocá-la no chão, descreveu penosamente um quarto de círculo com seu pilão.

— Nem pensa mais naquilo! dizia ela a si mesma, olhando o pobre diabo, de cuja grande cabeleira ruiva escorria o suor.

Bovary procurava um *patard*[156] no fundo de sua bolsa e, sem parecer compreender toda a humilhação que representava para ele a simples presença daquele homem como a censura personificada de sua incurável inépcia:

— Oh! Como é bonito o teu buquê! disse, notando sobre a lareira as violetas de Léon.

— Sim, disse ela com indiferença, é um buquê que comprei há pouco... de uma mendiga.

Charles pegou as violetas e, refrescando nelas os olhos vermelhos de lágrimas, aspirava-as delicadamente. Ela retirou-as depressa de suas mãos e foi colocá-las num copo d'água.

No dia seguinte, a senhora Bovary mãe chegou. Ela e o filho choraram muito. Emma, sob o pretexto de ter de dar ordens, desapareceu.

Mais um dia e foi preciso pensar nas questões do luto. Sentaram-se, com as cestas de costura, à beira d'água sob o caramanchão.

Charles pensava em seu pai e espantava-se por sentir tanta afeição por aquele homem que até então julgara amar apenas medianamente. A Sra. Bovary mãe pensava em seu marido. Os piores dias de outrora pareciam-lhe agora desejáveis. Tudo se apagava sob o pesar instintivo de um tão longo hábito e, de tempos em tempos, enquanto empurrava a agulha, uma grossa lágrima descia-lhe ao longo do nariz e, por um momento, nele permanecia suspensa.

Emma pensava que havia apenas quarenta e oito horas estavam juntos, longe do mundo, em completa embriaguez e não tendo olhos suficientes para se contemplarem. Procurava agarrar novamente os mais imperceptíveis

[156] Antiga moeda flamenga de pouco valor.

detalhes daquele dia que desaparecera. Mas a presença da sogra e do marido incomodava-a. Teria desejado nada ouvir, nada ver, a fim de não perturbar o recolhimento de seu amor que, por mais que ela fizesse, ia-se perdendo sob as sensações exteriores.

Descosturava o forro de um vestido cujos retalhos se espalhavam ao seu redor; a mãe Bovary, sem levantar os olhos, fazia ranger as tesouras e Charles, com suas pantufas de ourela e sua velha casaca escura que lhe servia de roupão, mantinha-se com as mãos nos bolsos e também não falava; perto deles, Berthe, com um aventalzinho branco, raspava com a pá a areia das alamedas.

De repente, viram entrar pela cancela o Sr. Lheureux, o vendedor de fazendas.

Vinha oferecer seus préstimos, *tendo em vista a fatal circunstância.* Emma respondeu que poderia abster-se deles. O negociante não se deu por vencido.

— Mil desculpas, disse; desejaria ter uma conversa particular.

Em seguida, em voz baixa:

— É a respeito daquele negócio... o senhor sabe.

Charles enrubesceu até as orelhas.

— Ah! Sim... efetivamente.

E, em sua perturbação, dirigindo-se à sua mulher:

— Não poderias... minha querida?

Ela pareceu compreendê-lo, pois levantou-se e Charles disse à sua mãe:

— Não é nada! Sem dúvida alguma bagatela relativa à casa.

Não queria que ela conhecesse a história da promissória, temendo suas observações.

Quando ficaram a sós o Sr. Lheureux pôs-se, em termos bastante claros, a felicitar Emma pela sucessão, depois pôs-se a conversar de coisas indiferentes, das espaldeiras, da colheita e de sua própria saúde que ia sempre *assim assim, nem bem nem mal.* De fato, tinha um trabalho de quinhentos diabos embora, apesar do que diziam, nunca tivesse nem manteiga para pôr no pão.

Emma deixava-o falar. Entediava-se tão prodigiosamente havia dois dias!

— E a senhora está completamente restabelecida? continuava ele. Na verdade, vi seu pobre marido em maus lençóis! É um bom rapaz, embora tenhamos tido nossas diferenças.

Ela perguntou quais eram, pois Charles escondera-lhe a contestação dos fornecimentos.

— Mas a senhora o sabe perfeitamente! disse Lheureux. Eram os seus caprichos, as caixas de viagem.

Ele abaixara o chapéu sobre os olhos e, com as duas mãos nas costas, sorrindo e assobiando baixinho, olhava-a de frente, de forma insuportável. Suspeitaria de alguma coisa? Ela permanecia perdida em todo tipo de apreensões. Finalmente, contudo, ele continuou:

— Nós nos reconciliamos e eu venho propor-lhe ainda um arranjo.

Era o de renovar a promissória assinada por Bovary. O doutor, além disso, agiria como quisesse, não deveria atormentar-se, sobretudo agora que iria ter uma série de dificuldades.

— E, mesmo seria melhor que ele descarregasse a responsabilidade sobre alguém, sobre a senhora, por exemplo; com uma procuração seria fácil e então teríamos os nossos pequenos negócios...

Ela não compreendia. Ele calou-se. Em seguida, voltando a seu negócio, Lheureux declarou que a senhora não podia deixar de comprar-lhe alguma coisa. Ele lhe enviaria um barege preto, doze metros, o suficiente para um vestido.

— O que a senhora veste é bom para andar em casa. Precisa de outro para as visitas. Percebi isso ao entrar, ao primeiro olhar. Possuo um olhar americano.

Ele não enviou a fazenda, trouxe-a. Depois, voltou para medi-la; voltou com outros pretextos, procurando cada vez tornar-se amável, serviçal, enfeudando-se, como teria dito Homais e sempre sugerindo a Emma alguns conselhos sobre a procuração. Não falava na promissória. Ela não pensava no caso; no início de sua convalescença, Charles contara-lhe alguma coisa, porém tantas preocupações haviam passado por sua cabeça, que ela nada mais lembrava. Aliás, evitou abrir qualquer discussão de interesses; a mãe Bovary surpreendeu-se e atribuiu sua mudança de humor aos sentimentos religiosos que havia adquirido quando de sua doença.

Porém, logo que ela partiu, Emma não demorou em maravilhar Charles com seu senso prático. Seria preciso informar-se, verificar as hipotecas, ver se seria necessária uma licitação ou uma liquidação.

Ela citava termos técnicos, ao acaso, pronunciava palavras importantes como ordens, futuro, previdência e exagerava continuamente as dificuldades da herança: de modo que um dia lhe mostrou o modelo de uma autorização geral para "gerir e administrar seus negócios, fazer qualquer empréstimo, assinar e endossar todas as promissórias, pagar qualquer soma, etc.". Ela aproveitara as lições de Lheureux.

Charles perguntou-lhe ingenuamente de onde vinha aquele papel.

— Do Sr. Guillaumin.

E, com o maior sangue-frio do mundo, acrescentou:

— Não confio muito nele. Os notários têm tão má reputação! Seria talvez interessante consultar... Conhecemos apenas... Oh! Ninguém.

— A menos que Léon... replicou Charles, refletindo.

Mas era difícil entender-se por carta. Então ela ofereceu-se para fazer a viagem. Ele agradeceu. Ela insistiu. Foi uma disputa de amabilidades. Enfim, ela exclamou num tom de falsa zanga:

— Não, por favor, eu irei.

— Como és boa! disse ele, beijando-a na testa.

No dia seguinte, ela embarcou na *Hirondelle* para ir a Rouen consultar o Sr. Léon: e lá ficou três dias.

III

Foram três dias plenos, refinados, esplêndidos, uma verdadeira lua de mel. Estavam no *Hôtel de Boulogne*, no porto, e lá viviam, com os postigos fechados, portas cerradas, com flores no chão e refrescos gelados que lhes eram trazidos pela manhã.

À tardinha, tomavam uma barca coberta e iam jantar numa ilha.

Era a hora em que se ouve, à beira dos estaleiros, retinir o maço dos calafates contra o casco dos navios. A fumaça do alcatrão escapava de entre as árvores e viam-se no rio grandes manchas de óleo que ondulavam irregularmente sob a cor púrpura do sol, como placas de bronze florentino, que flutuavam.

Desceram entre as barcas atracadas, cujos longos cabos oblíquos passavam um pouco acima da barca.

Os ruídos da cidade insensivelmente se afastavam, assim como o rolar das carroças, o tumulto das vozes, o latido dos cães na ponte dos navios. Ela desamarrava o chapéu e chegavam à ilha.

Sentavam-se na sala de teto baixo de uma taberna que tinha redes negras suspensas à porta. Comiam salmão frito, creme e cerejas. Deitavam-se na relva, beijavam-se em lugar isolado, sob os choupos; e teriam desejado, como dois Robinsons, viver perpetuamente naquele pequeno lugar que lhes parecia, na beatitude em que viviam, o mais magnífico da terra. Não era a primeira vez que viam árvores, céu azul, relva, que ouviam a água correr e a brisa soprar na folhagem; mas sem dúvida nunca haviam admirado tudo aquilo como se a natureza não tivesse existido antes ou como se ela só tivesse começado a ser bela a partir da satisfação de seus desejos.

À noite voltavam. A barca seguia a margem das ilhas. Permaneciam no fundo, ambos escondidos pela sombra e sem falar. Os remos quadrados ressoavam entre os escalmos de ferro e lembravam, no silêncio, a batida de um metrônomo, enquanto na traseira o cabo que se arrastava não interrompia seu doce marulho na água.

Uma vez, a lua apareceu; então eles não deixaram de encontrar frases, achando o astro melancólico e cheio de poesia; ela pôs-se mesmo a cantar:

Un soir, t'en souvient-il? Nous voguions etc.[157]

Sua voz, harmoniosa e fraca, perdia-se sobre as ondas; e o vento levava os trinados que Léon ouvia passar, ao seu redor, como um bater de asas.

Ela mantinha-se diante dele, apoiada contra a parede da chalupa, onde a lua entrava por um dos postigos abertos. Seu vestido preto, cujo drapejamento alargava-se em leque, emagrecia-a e tornava-a mais alta. Tinha a cabeça erguida, as mãos juntas e os olhos voltados para o céu. Às vezes, a sombra dos salgueiros escondia-a inteiramente, depois ela reaparecia de repente, como uma visão, à luz da lua.

Léon, no chão, a seu lado, encontrou sob sua mão uma fita de seda cor de papoula.

O barqueiro examinou-a e disse finalmente:

— Ah! Talvez seja de um grupo que levei no outro dia. Era um bando de pândegos, senhores e senhoras, com bolos, champanhe, cornetins, um pandemônio! Havia um, sobretudo, um alto e belo homem de bigode pequeno, que era agradável e divertido! E diziam: "Vamos, conta-nos alguma coisa... Adolphe... Dodolphe..." creio.

Ela estremeceu.

— Estás te sentindo mal? perguntou Léon, aproximando-se.

— Oh! Não é nada. Sem dúvida o frescor da noite.

— E a quem também não devem faltar mulheres, acrescentou suavemente o velho marinheiro, julgando dizer uma amabilidade ao estranho.

Depois, cuspindo nas mãos, retomou seus remos.

Mas foi preciso separar-se! Os adeuses foram tristes. Era para a casa da mãe Rollet que ele deveria enviar suas cartas e ela fez-lhe recomendações tão precisas a respeito do duplo envelope que ele admirou profundamente sua astúcia amorosa.

— Assim, garantes-me que tudo está bem? disse ela num último beijo.

— Sim, claro! — Mas por que, pensou ele depois, voltando sozinho pelas ruas, ela quer tanto esta procuração?

---

[157] Verso de *Le lac* de Lamartine: "Uma noite, lembras-te? Vogávamos em silêncio".

IV

Em breve, Léon tomou, diante de seus colegas, um ar de superioridade, afastou-se deles e negligenciou completamente os processos.

Esperava suas cartas, relia-as. Escrevia-lhe. Evocava-a com toda a força de seu desejo e de suas lembranças. Em lugar de diminuir com a ausência, aquele desejo de revê-la aumentou de forma que, numa manhã de sábado, fugiu do cartório.

Quando, do alto da encosta, percebeu no vale o campanário da igreja com sua bandeira de lata que girava ao vento, sentiu uma mistura de deleite, de vaidade triunfante e de enternecimento egoísta que devem ter os milionários quando voltam para visitar suas vilas.

Foi vaguear ao redor de sua casa. Uma luz brilhava na cozinha. Espreitou sua sombra atrás das cortinas. Ninguém apareceu.

A mãe Lefrançois, ao vê-lo, recebeu-o com grandes exclamações e achou-o "mais alto e mais magro" enquanto Artémise, pelo contrário, achou-o "mais forte e mais moreno".

Ele jantou na sala pequena, como outrora, mas sozinho, sem o perceptor, pois Binet *cansado* de esperar a *Hirondelle* antecipara definitivamente seu jantar em uma hora e agora jantava às cinco em ponto e ainda afirmava o mais das vezes que *o velho calhambeque estava atrasado.*

Todavia, Léon tomou sua decisão: foi bater à porta do médico. A senhora estava em seu quarto de onde só desceu depois de um quarto de hora. O Dr. Bovary pareceu encantado por revê-lo, mas não arredou o pé durante todo o serão nem durante todo o dia seguinte.

Ele a viu sozinha, tarde da noite, atrás do jardim, no beco — no beco, como fizera com o outro! Caíra uma tempestade e eles conversavam debaixo de um guarda-chuva à luz dos relâmpagos.

A separação tornava-se intolerável.

— Antes morrer! dizia Emma. Torcia-se, chorando sobre o braço de Léon.

— Adeus!... Adeus...! Quando te verei novamente?

Voltaram atrás mais uma vez para se beijarem ainda; e foi então que ela lhe fez a promessa de encontrar em breve, de qualquer maneira, a ocasião permanente de estar livre pelo menos uma vez por semana. Emma não tinha dúvidas. Estava, aliás, cheia de esperança. Contava receber dinheiro.

Assim, comprou para seu quarto um par de cortinas amarelas com largas listras de cujo bom preço lhe falara o Sr. Lheureux; sonhou com um tapete e

Lheureux, afirmando "que não era um bicho de sete cabeças", comprometeu-se polidamente a fornecer-lhe um. Ela não podia mais privar-se de seus serviços. Mandava chamá-lo vinte vezes por dia e ele logo largava seus negócios, sem permitir-se uma única queixa. Também não se compreendia por que a mãe Rollet almoçava em sua casa todos os dias e mesmo lhe fazia visitas em particular.

Foi por aquela época, isto é, no início do inverno, que ela pareceu tomada de um grande ardor musical.

Uma noite em que Charles a escutava, ela recomeçou quatro vezes o mesmo trecho exasperando-se continuamente enquanto, sem notar nenhuma diferença, ele exclamava:

— Bravo!... Muito bem! Não deves parar! Continua!

— Ah! Não! É horrível! Tenho os dedos enferrujados.

No dia seguinte, ele pediu-lhe *que tocasse ainda alguma coisa.*

— Seja, para te ser agradável!

E Charles confessou que ela já tocara melhor. Ela enganava-se na pauta, atrapalhava-se; depois, parando de repente:

— Ah! Acabou! Eu deveria tomar lições, mas...

Mordeu os lábios e acrescentou:

— Vinte francos por aula é muito caro!

— Sim, de fato... um pouco... disse Charles, caçoando ingenuamente. Todavia, parece-me que se poderia encontrar por menos; pois há artistas sem fama que muitas vezes valem mais do que as celebridades.

— Procura-os, disse Emma.

No dia seguinte, ao voltar, ele olhou-a com olhar astuto e não pôde reter esta frase:

— Como és teimosa às vezes! Estive em Barfeuchères hoje. Pois bem, a Sra. Liégeard afirmou-me que suas três filhas, que estão na Miséricorde, recebiam lições a cinquenta soldos a aula e ainda de uma professora famosa!

Ela levantou os ombros e não abriu mais seu instrumento.

Mas quando passava perto (se Bovary estivesse presente), suspirava:

— Ah! Meu pobre piano!

E quando recebia visitas, não deixava de fazer saber que abandonara a música e agora não podia retomá-la por razões de força maior. Então lastimavam-na. Era uma pena! Ela que possuía um tão belo talento! Falou-se mesmo no assunto a Bovary, envergonhando-o, sobretudo o farmacêutico:

— O senhor está errado. Nunca se devem deixar incultas as faculdades da natureza. Aliás, pense, meu bom amigo, que animando sua esposa a estudar o senhor economizará mais tarde na educação musical de sua filha! Quanto a mim, penso que as mães devem instruir pessoalmente seus filhos. É uma ideia de Rousseau, talvez ainda um pouco nova mas que acabará por triunfar, tenho a certeza, como o aleitamento materno e a vacinação.

Charles voltou portanto mais uma vez à questão do piano. Emma respondeu com azedume que seria melhor vendê-lo. Ver partir aquele pobre piano que lhe causara tantas vaidosas satisfações era para Bovary como o indefinível suicídio de uma parte de si mesmo.

— Se tu quisesses... dizia de vez em quando, uma lição, finalmente, não seria extremamente ruinoso.

— Mas as lições, replicava ela, somente são proveitosas se tiverem continuidade.

E foi assim que ela agiu para obter de seu esposo a permissão para ir à cidade, uma vez por semana, para ver seu amante. Julgou-se mesmo, ao final de um mês, que ela fizera progressos consideráveis.

V

Era na quinta-feira. Ela levantava-se e vestia-se silenciosamente para não acordar Charles, que lhe teria feito observações por estar-se a arrumar cedo demais. Em seguida, caminhava de um lado para o outro, punha-se diante das janelas e olhava a praça. O amanhecer circulava entre os pilares do mercado e a casa do farmacêutico, cujos postigos estavam fechados, deixava perceber na cor pálida da aurora as maiúsculas de seu letreiro.

Quando o relógio marcava sete horas e um quarto, ela ia para o *Lion d'Or*, cuja porta lhe era aberta por Artémise que ainda bocejava. Ela revolvia para a senhora os carvões escondidos embaixo das cinzas. Emma permanecia só na cozinha. De tempos em tempos saía. Hivert atrelava os cavalos sem pressa, escutando, aliás, a mãe Lefrançois que, passando por um postigo sua cabeça coberta por uma touca de algodão, encarregava-o de incumbências e dava-lhe explicações capazes de atrapalhar qualquer outro homem. Emma batia a sola das botinas nas lajes do pátio.

Enfim, após ter tomado a sopa, posto seu capote, acendido seu cachimbo e empunhado seu chicote, ele instalava-se tranquilamente em seu assento.

A *Hirondelle* partia a trote curto e durante três quartos de légua parava a todo momento para recolher passageiros que a espreitavam de pé, à beira do caminho, diante da cancela dos pátios. Os que haviam avisado na véspera faziam-se esperar; alguns mesmo estavam ainda em casa, na cama; Hivert chamava, gritava, praguejava, depois descia de seu assento e ia bater com força nas portas. O vento soprava pelos postigos rachados.

Entrementes, os quatro assentos da carruagem enchiam-se, ela andava e as filas de macieiras sucediam-se; e a estrada, entre as duas longas valas cheias de água amarela, ia estreitando-se no horizonte.

Emma conhecia-a do princípio ao fim; sabia que após uma pastagem havia um marco, em seguida um choupo, uma granja ou a cabana de um cantoneiro; algumas vezes mesmo, a fim de preparar-se uma surpresa, fechava os olhos. Mas nunca perdia a noção exata da distância a percorrer.

Enfim, as casas de tijolos faziam-se mais próximas, a terra ecoava sob as rodas, a *Hirondelle* corria entre jardins onde se viam pela grade algumas estátuas, uma litorina, teixos cortados e um balanço. Depois, de repente, a cidade inteira aparecia.

Descendo em anfiteatro e mergulhada na neblina, ela alargava-se além das pontes, confusamente. O campo aberto subia outra vez, em seguida, com um movimento monótono, até tocar, ao longe, a base indecisa do céu pálido. Assim vista do alto, a paisagem inteira tinha um ar imóvel como uma pintura; os navios ancorados acumulavam-se de um lado; o rio arredondava sua curva ao pé das colinas verdes e as ilhas, de forma oblonga, pareciam sobre a água grandes peixes negros imóveis. As chaminés das fábricas lançavam imensos penachos escuros cujas extremidades se perdiam no voo. Ouvia-se o ronco das fundições com o carrilhão claro das igrejas que se erguiam na bruma. As árvores dos bulevares, sem folhas, formavam silvados violetas no meio das casas e os telhados, reluzentes de chuva, faiscavam de forma desigual segundo a altitude dos bairros. Às vezes um pé de vento levava embora as nuvens para a encosta Sainte-Catherine, como ondas aéreas que se quebravam em silêncio contra um penhasco.

Algo de vertiginoso desprendia-se para ela daquelas existências amontoadas inundando-lhe abundantemente o coração como se as cem mil almas que lá palpitavam tivessem enviado, ao mesmo tempo, o vapor das paixões que nelas ela supunha. Seu amor aumentava diante do espaço e enchia-se de tumulto ao ouvir o vago burburinho que subia. Derramava-o para fora, sobre as praças, sobre os passeios, sobre as ruas, e a velha cidade normanda estendia-se a seus olhos como uma capital imensa, como uma Babilônia, na qual ela entrava. Debruçava-se com as duas mãos nos postigos, aspirando a brisa; os três cavalos galopavam. As pedras chiavam na lama, a diligência balançava e Hivert, de longe, gritava às carroças da estrada enquanto os burgueses que haviam passado a noite no Bois-Guillaume desciam a encosta tranquilamente em suas pequenas carruagens particulares.

A diligência detinha-se na barreira; Emma desafivelava os tamancos[158], trocava de luvas, reajustava seu xale e após vinte passos descia da *Hirondelle.*

A cidade despertava então. Os caixeiros, com gorros gregos, esfregavam as vitrinas das lojas e algumas mulheres, com cestos nas ancas, lançavam de vez em quando um grito sonoro nas esquinas. Ela caminhava com os olhos no chão, junto às paredes, e sorrindo de prazer sob o véu negro.

Por medo de ser vista, não tomava, geralmente, o caminho mais curto. Mergulhava nas ruazinhas sombrias e chegava, banhada de suor, à parte mais baixa da rua Nationale, perto da fonte. É o bairro do teatro, dos botequins e das prostitutas. Frequentemente uma carroça passava ao seu lado levando algum cenário oscilante. Alguns rapazes de avental atiravam areia nas lajes entre os arbustos verdes. Aspirava-se cheiro de absinto, de charuto e de ostras.

Ela virava uma esquina; reconhecia-o pelo cabelo crespo que lhe saía do chapéu.

Léon, na calçada, continuava a caminhar. Ela seguia-o até o seu hotel; ele subia, abria a porta, entrava... que abraço!

Depois dos beijos, as palavras precipitavam-se. Contavam-se os pesares da semana, os pressentimentos, as inquietações pelas cartas; mas agora tudo estava esquecido e eles se olhavam frente a frente, com risos de volúpia e expressões de ternura.

A cama era uma cama de casal de acaju em forma de barca. As cortinas de levantina vermelha que desciam do teto fechavam-se baixo demais, perto da cabeceira que se alargava; e nada havia no mundo de mais bonito do que sua cabeça morena e sua pele branca destacando-se sobre aquela cor púrpura quando, com um gesto de pudor, ela fechava os dois braços nus, escondendo o rosto nas mãos.

O tépido aposento, com seu tapete discreto, seus ornamentos alegres e sua luz tranquila, parecia totalmente favorável às intimidades da paixão. Os bordões que terminavam em flechas, as pateras de cobre e as grossas bolas dos cães da chaminé brilhavam de repente se o sol entrasse. Havia sobre a chaminé, entre os candelabros, duas dessas grandes conchas róseas em que se ouve o barulho do mar quando se lhe aplica o ouvido.

Como gostavam daquele bom quarto cheio de alegria, apesar de seu esplendor um pouco envelhecido! Encontravam sempre os móveis no mesmo lugar e às vezes os grampos que ela esquecera na quinta-feira anterior sob o pedestal do relógio.

---

[158] Proteção que se colocava sobre os sapatos para defendê-los da lama.

Almoçavam no canto da lareira, numa mesinha redonda com incrustações de palissandra. Emma trinchava, colocava-lhe os pedaços no prato dizendo todo tipo de meiguices; e ria com um riso sonoro e libertino quando a espuma do vinho de Champagne transbordava do copo fino para os anéis de seus dedos. Estavam tão completamente perdidos na posse mútua que se sentiam em sua própria casa como se lá tivessem de viver até a morte como dois eternos jovens esposos. Diziam nosso quarto, nosso tapete, nossas poltronas, ela dizia mesmo minhas pantufas, um presente de Léon que fora um capricho dela. Eram pantufas de cetim cor-de-rosa com um cisne bordado. Quando ela se sentava sobre os joelhos, sua perna então, por demais curta, ficava suspensa no ar; e o gracioso calçado, que não possuía salto, sustentava-se apenas nos dedos de seus pés nus.

Ele saboreava pela primeira vez a inexprimível delicadeza das elegâncias femininas. Nunca encontrara aquela graça da linguagem, aquela reserva do vestuário, aquelas poses de pomba entorpecida. Admirava a exaltação de sua alma e as rendas de sua saia. Aliás, não era ela *uma mulher da sociedade* e uma mulher casada? Uma verdadeira amante, enfim?

Pela diversidade de seu humor, alternadamente místico ou alegre, tagarela, taciturno, arrebatado, indolente, ela ia criando nele mil desejos, evocando instintos ou reminiscências. Era a apaixonada de todos os romances, a heroína de todos os dramas, o vago *ela* de todos os volumes de versos. Ele reconhecia em seus ombros a cor de âmbar da *Odalisca ao banho;* usava o corpete longo das castelãs feudais; assemelhava-se também à *Mulher pálida de Barcelona,* mas acima de tudo, ela era Anjo!

Frequentemente, ao olhá-la, parecia-lhe que sua alma, escapando em direção a ela, derramava-se como uma onda sobre o contorno de sua cabeça e descia, arrastada na brancura de seu peito.

Sentava-se no chão, diante dela; e, com os cotovelos nos joelhos, olhava-a sorrindo e com a testa esticada.

Ela inclinava-se para ele e murmurava como sufocada de embriaguez:

— Oh! Não te mexas! Não fales! Olha-me! Sai de teus olhos alguma coisa tão doce, que me faz tanto bem!

Chamava-lhe criança:

— Criança, tu me amas?

E quase não ouvia sua resposta na precipitação com que seus lábios lhe procuravam a boca.

Havia sobre o relógio um pequeno cupido de bronze que fazia trejeitos, arqueando os braços sob uma guirlanda dourada. Riram dele muitas vezes, mas, quando era preciso separar-se, tudo lhes parecia sério.

Imóveis um diante do outro, repetiam-se mutuamente:

— Até quinta!... Até quinta!

De repente, ela tomava-lhe a cabeça com as mãos, beijava-o rapidamente na testa exclamando: "Adeus!" e corria para a escada.

Ia à rua da Comédie, a um cabeleireiro, para arrumar os bandós. A noite caía; acendia-se o gás no salão.

Ela ouvia a sineta do teatro chamando os atores para a representação; e via, defronte, homens de rosto branco e senhoras em trajes envelhecidos que entravam pela porta dos bastidores.

Fazia calor naquele pequeno aposento baixo demais onde a estufa zumbia no meio das perucas e das pomadas. O cheiro dos ferros, com aquelas mãos gordas que trabalhavam em sua cabeça, não tardava a atordoá-la e ela dormia um pouco sob seu penteador. Muitas vezes, o cabeleireiro, ao penteá-la, propunha-lhe entradas para o baile a fantasia.

Depois ela ia embora! Voltava a subir as mesmas ruas; chegava à *Croix Rouge*; repunha seus tamancos que escondera pela manhã embaixo do assento e encolhia-se em seu lugar, entre os viajantes impacientes. Alguns desciam ao pé da encosta. Ela permanecia sozinha na carruagem.

A cada curva, percebiam-se cada vez mais todas as luzes da cidade que formavam um longo vapor luminoso acima das casas aglomeradas. Emma punha-se de joelhos nas almofadas e deixava os olhos vagarem por aquele deslumbramento. Soluçava, chamava Léon e enviava-lhe palavras ternas e beijos que se perdiam no vento.

Havia na encosta um pobre diabo que vagabundeava com seu bastão, em meio às diligências. Um monte de farrapos cobria-lhe os ombros e um velho chapéu amarrotado e esburacado, arredondado em forma de bacia, escondia-lhe o rosto; porém quando o tirava descobria, em lugar das pálpebras, duas órbitas arrancadas e ensanguentadas. A carne desfiava-se em fragmentos vermelhos; e dela escorriam líquidos que se coagulavam em crostas esverdeadas até o nariz, cujas narinas pretas fungavam convulsivamente. Para falar, inclinava a cabeça para trás com um riso idiota; então suas pupilas azuladas, revolvendo-se num movimento contínuo, iam bater, junto às têmporas, na borda da chaga viva.

Cantava uma pequena canção enquanto seguia as carruagens:

Souvent la chaleur d'un beau jour
Fait rêver fillette à l'amour[159]

[159] Com frequência o calor de um belo dia/Faz a menina pensar no amor.

E o resto falava de pássaros, do sol e da folhagem.

Algumas vezes, ele aparecia de repente atrás de Emma, sem chapéu. Ela recuava com um grito. Hivert vinha troçar. Aconselhava-o a montar uma barraca na feira Saint-Romain ou então perguntava-lhe, rindo, pela amiguinha.

Frequentemente, durante a viagem, seu chapéu com um movimento brusco entrava na diligência pelo postigo, enquanto ele se agarrava com o outro braço no estribo, entre a lama das rodas. Sua voz, a princípio fraca e chorosa, tornava-se aguda. Arrastava-se na noite, como o indistinto lamento de um vago desespero; e entre o som dos guisos, o murmúrio das árvores e o roncar da caixa oca, ela possuía algo de longínquo que perturbava Emma. Descia-lhe ao fundo da alma como um turbilhão num abismo e transportava-a para os espaços de uma melancolia sem limites. Porém Hivert, que percebia o contrapeso, alcançava o cego com fortes chicotadas. A ponta do chicote fustigava-lhe as chagas e ele caía na lama, soltando um urro.

Em seguida, os viajantes da *Hirondelle* acabavam por adormecer, uns com a boca aberta, outros com o queixo caído, apoiando-se no ombro do vizinho ou então com o braço na correia, oscilando regularmente com o movimento da carruagem; e o reflexo da lanterna que se balançava do lado externo, na garupa dos cavalos, penetrando no interior pelas cortinas de algodão cor de chocolate, lançava sombras sanguinolentas sobre todos aqueles indivíduos imóveis. Emma, ébria de tristeza, tiritava sob as roupas e tinha cada vez mais frio nos pés e morte na alma.

Charles esperava-a em casa; a *Hirondelle* chegava sempre atrasada na quinta-feira. A senhora chegava enfim! Mal beijava a filha. Que importância tinha se o jantar não estivesse pronto! Ela desculpava a cozinheira. Tudo agora parecia permitido à moça.

Muitas vezes seu marido, notando sua palidez, perguntava-lhe se não estava doente.

— Não, dizia Emma.

— Mas, replicava ele, estás esquisita esta noite!

— Ora, não é nada, não é nada!

Algumas vezes mesmo, ao entrar em casa, ela subia para o quarto; e Justin, que se encontrava lá, caminhava na ponta dos pés, mais habilidoso em servi-la do que uma excelente camareira. Colocava os fósforos, a palmatória da vela, um livro, estendia a camisola, abria a cama.

— Vamos, dizia ela, está bem, vai embora!

Pois ele permanecia de pé, com as mãos caídas e os olhos abertos, como enlaçado num sem-número de fios de um repentino devaneio.

O dia seguinte era horrível e os subsequentes eram ainda mais intoleráveis pela impaciência de Emma em recuperar sua felicidade — desejo áspero, inflamado de imagens conhecidas e que, no sétimo dia, expandia-se livremente nas carícias de Léon. O ardor dele escondia-se sob expansões de admiração e de gratidão. Emma saboreava aquele amor de forma discreta e absorta, encorajava--o com todos os artifícios de sua ternura e temia um pouco que ele se perdesse mais tarde.

Frequentemente dizia-lhe, com inflexões melancólicas na voz:

— Ah! Tu vais me deixar!... Tu te casarás!... Serás como os outros.

Ele perguntava:

— Que outros?

— Ora, os homens, enfim, respondia.

Depois acrescentava, afastando-o com um gesto lânguido:

— Vocês são todos uns infames!

Um dia em que conversavam filosoficamente sobre as desilusões terrenas, ela chegou a dizer (para pôr à prova seu ciúme ou cedendo talvez à necessidade de uma efusão por demais forte) que outrora, antes dele, ela amara alguém, “não como a ti”, continuou ela logo, protestando, sobre a cabeça de sua filha *que nada acontecera.*

O jovem acreditou e todavia interrogou-a para saber sua profissão:

— Era capitão de navio, meu amigo.

Não era isso evitar qualquer investigação e, ao mesmo tempo, elevar-se com aquela pretensa fascinação exercida sobre um homem que devia ter uma natureza belicosa e acostumada a homenagens?

O escrevente sentiu então a pequenez de sua posição; invejou as dragonas, as condecorações, os títulos. Tudo aquilo devia agradar a ela; ele o desconfiava, tendo em vista seus hábitos dispendiosos.

Entretanto, Emma calava muitas de suas extravagâncias, como o desejo de ter, para ir a Rouen um tílburi azul atrelado a um cavalo inglês e conduzido por um *groom* de botas de canhão. Fora Justin quem lhe inspirara o capricho, ao suplicar-lhe que o tomasse em sua casa como criado de quarto; e se aquela privação não atenuava, a cada encontro, o prazer da chegada, ela aumentava certamente a amargura do retorno.

Frequentemente, quando falavam juntos de Paris, ela acabava murmurando:

— Ah! Como seríamos felizes se vivêssemos lá!

— Não somos felizes? replicava docemente o jovem, passando-lhe a mão pelos bandós.

— Sim, é verdade, dizia ela, sou louca: beija-me!

Com o marido era mais encantadora do que nunca, fazia-lhe cremes de pistache e tocava valsas após o jantar. Ele julgava-se portanto o mais feliz dos mortais e Emma vivia sem inquietação quando uma noite, de repente:

— É a Srta. Lempereur, não é verdade, que te dá aulas?

— Sim.

— Pois bem! Vi-a há pouco, replicou Charles, em casa da Sra. Liégeard. Falei-lhe de ti: ela não te conhece.

Foi um raio. Todavia ela respondeu com um ar natural.

— Ah! Sem dúvida, terá esquecido meu nome!

— Mas talvez haja em Rouen, disse o médico, várias Stas. Lempereur que são professoras de piano.

— É possível.

Depois, com vivacidade:

— Contudo, tenho os recibos, estão aqui! Olha.

E foi à escrivaninha, remexeu em todas as gavetas, confundiu os papéis e perdeu a cabeça com tanta veracidade que Charles insistiu em que não se preocupasse tanto com aqueles miseráveis recibos.

— Oh! Eu os encontrarei, disse ela.

De fato, na sexta-feira seguinte, ao pôr uma de suas botas no quarto escuro onde eram colocadas suas roupas, Charles sentiu uma folha de papel entre o couro e a meia, pegou-a e leu:

"Recebi, por três meses de aulas, mais diversos fornecimentos, a soma de sessenta e cinco francos. FELICIE LEMPEREUR, professora de música".

— Como diabo pode estar dentro de minhas botas?

— Sem dúvida, respondeu ela, terá caído da velha pasta de faturas que está na beira da prateleira.

A partir daquele momento, sua existência não foi mais do que uma coleção de mentiras, em que ela envolvia seu amor como que em véus, para escondê-lo.

Era uma necessidade, uma mania, um prazer, a tal ponto que, se dizia ter passado ontem pelo lado par de uma rua, era preciso crer que ela tomara pelo lado ímpar.

Uma manhã em que ela acabara de partir, segundo seu hábito, com roupa bastante leve, começou a nevar de repente; e Charles, olhando o tempo pela janela, viu o Padre Bournísien no *boc* do Sr. Tuvache, que o levava para Rouen. Desceu então para entregar ao eclesiástico um grosso xale a ser entregue à senhora, logo que chegasse à *Croix Rouge.* Mal chegou à estalagem, Bournísien perguntou pela mulher do médico de Yonville. A hoteleira respondeu-lhe que ela frequentava pouquíssimo seu estabelecimento. Assim, à noite, ao reconhecer a Sra.

Bovary na *Hirondelle,* o pároco contou-lhe sua dificuldade sem parecer, de resto, dar importância ao fato; pois começou a fazer o elogio de um pregador que na época fazia maravilhas na catedral e que todas as senhoras iam correndo escutar.

Não importa, se ele não pedira explicações, outros, mais tarde, poderiam mostrar-se menos discretos. Assim, ela julgou útil desembarcar sempre na *Croix Rouge,* para que a boa gente de sua vila que a visse na escada de nada desconfiasse.

Um dia, contudo, o Sr.Lheureux encontrou-a quando saía do *Hôtel de Boulogne* ao braço de Léon; e ela teve medo, imaginando que ele iria tagarelar. Ele não era tão bobo.

Porém, três dias mais tarde, entrou em seu quarto, fechou a porta e disse:

— Eu precisaria de dinheiro.

Ela declarou que não poderia dar-lho. Lheureux expandiu-se em lamentações e lembrou todas as condescendências que tivera.

De fato, das duas promissórias assinadas por Charles, Emma até então pagara somente uma. Quanto à segunda, o negociante, a seu pedido, consentira em substituí-la por outras duas que também haviam sido renovadas por um prazo bastante longo. Em seguida, tirou do bolso uma lista de fornecimentos não saldados, ou seja: as cortinas, o tapete, a fazenda das poltronas, vários vestidos e diversos artigos de toucador, cujo valor chegava à soma de mais ou menos dois mil francos.

Ela baixou a cabeça; ele continuou:

— Porém, se a senhora não possui dinheiro em espécies, a senhora tem *bens.*

E indicou um miserável casebre situado em Barneville[160] perto de Aumale que não rendia grande coisa. Ele dependia outrora de uma pequena quinta vendida pelo Sr. Bovary pai, pois Lheureux sabia tudo, até mesmo o número de hectares e o nome dos vizinhos.

— Eu, no seu lugar, dizia, livrar-me-ia dele e me restaria ainda um pouco de dinheiro.

Ela objetou a dificuldade de encontrar um comprador; ele mostrou que este poderia ser encontrado; mas ela perguntou de que maneira poderia vendê-lo.

— A senhora não tem a procuração? perguntou ele.

Aquela frase foi para ela uma lufada de ar fresco.

— Deixe-me a conta! disse Emma.

— Oh! Não vale a pena! replicou Lheureux.

Voltou na semana seguinte e gabou-se por ter encontrado, após muitas diligências, um certo Langlois que havia muito cobiçava a propriedade sem falar em preço.

---

[160] Cidade normanda perto de Dieppe.

— Não importa o preço! exclamou ela.

Pelo contrário era preciso esperar, sondar aquele espertalhão. A coisa valia uma viagem e como ela não podia fazer tal viagem ele ofereceu-se para ir ao local e pôr-se em contato com Langlois. Ao voltar, anunciou que o comprador propunha quatro mil francos.

Ela alegrou-se com a novidade.

— Francamente, acrescentou ele, está bem pago.

Ela recebeu a metade da soma imediatamente e, quando ia saldar sua conta, o negociante lhe disse:

— Sinto muito, palavra de honra, de vê-la privada de uma só vez de uma soma tão *considerável* como esta.

Ela então olhou as notas e pensando no número ilimitado de encontros que aqueles dois mil francos representavam:

— Como! Como! balbuciou.

— Oh! replicou ele rindo com um ar bonachão, põe-se tudo o que se quer nas faturas. Então não conheço as famílias?

E considerava-a fixamente, segurando dois longos papéis que fazia escorregar entre as unhas. Enfim, abrindo a carteira, colocou na mesa quatro promissórias de mil francos cada uma.

— Assine, disse ele, e guarde tudo.

Ela reclamou, escandalizada.

— Mas se eu lhe entrego o excedente, respondeu descaradamente o Sr. Lheureux, isso não significa fazer-lhe um favor?

E, tomando uma pena, escreveu na parte inferior da conta: "Recebi da Sra. Bovary quatro mil francos".

— O que a inquieta, já que receberá em seis meses o resto de sua espelunca e se eu marco o vencimento da última promissória para depois desse pagamento?

Emma confundia-se um pouco em seus cálculos e suas orelhas tiniam como se as moedas de ouro, caindo do saco rasgado, tivessem ressoado ao seu redor no assoalho. Enfim, Lheureux explicou que tinha um amigo, chamado Vinçart, banqueiro em Rouen, o qual iria descontar as quatro promissórias, e em seguida ele mesmo entregaria à senhora a diferença da dívida real.

Porém, em lugar de dois mil francos, trouxe apenas mil e oitocentos, pois o amigo Vinçart (como é *de praxe)* levantara antecipadamente duzentos para as despesas de comissão e desconto.

Depois, reclamou negligentemente um recibo.

— A senhora compreende... no comércio... às vezes... E com a data, por favor, a data.

Um horizonte de fantasias realizáveis abriu-se então diante de Emma. Teve a suficiente prudência de reservar mil escudos, com os quais foram pagas, nas datas de vencimento, as três primeiras promissórias; mas a quarta, por acaso, chegou numa quinta-feira e Charles, perturbado, esperou pacientemente a volta de sua mulher para ter explicações.

Se ela não lhe falara naquela promissória era para poupar-lhe aborrecimentos domésticos; ela sentou-se em seus joelhos, acariciou-o, arrulhou, enumerou longamente todas as coisas indispensáveis compradas a crédito.

— Enfim, concordarás em que, levando em consideração a quantidade, não é caro demais.

Charles, sem saber o que pensar, recorreu logo ao eterno Lheureux que jurou acalmar as coisas se o Sr. Bovary lhe assinasse duas promissórias, uma das quais de setecentos francos, a ser paga em três meses. Para ter condições de fazê-lo, ele escreveu a sua mãe uma carta patética. Em lugar de responder ela veio pessoalmente; e, quando Emma quis saber se ele conseguira extrair dela alguma coisa:

— Sim, respondeu ele. Mas ela quer ver a fatura.

No dia seguinte, ao alvorecer, Emma correu à casa do Sr. Lheureux pedir-lhe que refizesse uma outra nota, que não ultrapassasse mil francos; pois, para mostrar a de quatro mil teria sido necessário dizer que ela pagara dois terços dela e por conseguinte confessar a venda do imóvel, negócio bem conduzido pelo negociante e que somente mais tarde foi efetivamente conhecido.

Apesar do baixo preço de cada artigo, a Sra. Bovary mãe não deixou de achar a despesa exagerada.

— Não era possível viver sem um tapete? Por que ter renovado o estofamento das poltronas? No meu tempo, havia numa casa uma única poltrona, para as pessoas idosas, — pelo menos, era assim em casa de minha mãe, que era uma mulher honesta, asseguro-lhe. — Nem todo mundo pode ser rico! Nenhuma fortuna resiste ao desperdício! Eu me envergonharia se me mimasse como vocês! E contudo eu sou velha, preciso de cuidados... E vejam! Vejam! Adornos, ostentações! Como! Seda para forro a dois francos!... Enquanto se pode encontrar cassa a dez soldos e mesmo a oito soldos que é exatamente a mesma coisa.

Emma, recostada na conversadeira, replicava com a maior tranquilidade possível:

— Ora, senhora, chega! Chega!

A outra continuava a repreendê-la predizendo que acabariam no asilo. Aliás, era culpa de Bovary. Felizmente ele prometera destruir aquela procuração...

— Como?

— Ah! Ele me jurou, replicou a boa mulher.

Emma abriu a janela, chamou Charles e o pobre rapaz foi obrigado a confirmar a confissão arrancada por sua mãe.

Emma desapareceu, depois voltou rápida estendendo-lhe majestosamente uma grande folha de papel.

— Agradeço-lhe, disse a velha mulher.

E lançou ao fogo a procuração.

Emma pôs-se a rir com um riso estridente, ruidoso, contínuo: era um ataque de nervos.

— Ah! Meu Deus! exclamou Charles. Ora! Tu também tens culpa, vens fazer-lhe cenas!...

Sua mãe, levantando os ombros, afirmava que *tudo aquilo era fingimento.*

Mas Charles, revoltando-se pela primeira vez, tomou a defesa de sua mulher de modo que a Sra. Bovary mãe quis ir embora. Partiu no dia seguinte e na soleira da porta, como ele tentasse retê-la, replicou:

— Não, não! Tu a amas mais do que a mim e tens razão, é a ordem das coisas. De resto, tanto pior! Verás!... Boa saúde!... Pois não vou vir, como dizes, fazer-lhe cenas.

Charles não ficou menos confuso diante de Emma, pois ela não lhe escondeu seu rancor por sua falta de confiança; foram necessários muitos pedidos antes que ela consentisse em retomar sua procuração e ele mesmo a acompanhou ao cartório do Sr. Guillaumin para fazer-lhe outra igual.

— Compreendo, disse o notário, um homem de ciência não pode inquietar-se com detalhes práticos da vida.

E Charles sentiu-se aliviado com aquela reflexão lisonjeira que dava à sua fraqueza as aparências sedutoras de uma preocupação superior.

Que transbordamento, na quinta-feira seguinte, no hotel, em seu quarto, com Léon! Ela riu, chorou, cantou, dançou, mandou buscar sorvetes, quis fumar cigarros, pareceu-lhe extravagante, mas adorável, soberba.

Ele não sabia que reação de todo o seu ser a impelia ainda mais a precipitar-se nos gozos da vida. Ela tornava-se irritável, gulosa e voluptuosa; e passeava com ele pelas ruas, de cabeça erguida, sem medo, dizia, de comprometer-se. Às vezes, todavia, Emma estremecia à ideia repentina de encontrar Rodolphe; pois, embora estivessem separados para sempre, parecia-lhe que não se sentia totalmente liberta de sua dependência.

Uma noite, ela não voltou a Yonville. Charles estava perdendo a cabeça e a pequena Berthe, não querendo deitar-se sem sua mamãe, soluçava convulsivamente. Justin partira ao acaso na estrada. O Sr. Homais deixara a farmácia.

Enfim, às onze horas, não aguentando mais, Charles atrelou seu *boc,* pulou para dentro dele, açoitou o animal e chegou pelas duas horas da manhã à *Croix*

Rouge. Ninguém. Pensou que talvez o escrevente a tivesse visto; porém onde moraria ele? Felizmente, lembrou o endereço de seu patrão. Correu para lá.

O dia despontava. Ele distinguiu tabuletas sobre a porta; bateu. Alguém, sem abrir, gritou a informação que ele pedira, acrescentando uma série de injúrias contra aqueles que incomodavam as pessoas durante a noite.

A casa em que morava o escrevente não possuía nem sineta, nem martelo, nem porteiro. Charles deu fortes murros nos postigos. Um policial passou; ele então teve medo e foi embora.

— Sou louco, dizia a si mesmo; sem dúvida, terá ficado para jantar em casa do Sr. Lormeaux.

A família Lormeaux não mais habitava em Rouen.

— Terá ficado para cuidar da Sra. Dubreuil. Ora! A Sra. Dubreuil morreu há dez meses!... Onde está ela então?

Teve uma ideia. Pediu num café, o *Anuário,* e procurou rapidamente o nome da Srta. Lempereur, que morava na rua Renelle-des-Maroquiniers nº 74.

Ao entrar naquela rua, a própria Emma apareceu na outra extremidade; ele atirou-se sobre ela mais do que a abraçou, exclamando:

— Quem te reteve ontem?

— Estive doente.

— E que tiveste?... Onde?... Como?...

Ela passou a mão na testa e respondeu:

— Em casa da Srta. Lempereur.

— Eu tinha a certeza. Estava indo para lá.

— Oh! Não vale a pena, disse Emma. Ela saiu há pouco; mas no futuro, tranquiliza-te. Não serei livre, compreendes, se souber que o menor atraso te perturba desta maneira.

Era uma espécie de permissão que se dava a si mesma para ter liberdade em suas escapadas. Assim, aproveitou dela à vontade e largamente. Quando sentia vontade de ver Léon, partia com qualquer pretexto e, como ele não a esperava naquele dia, ia procurá-lo no cartório.

Nas primeiras vezes foi uma grande felicidade; porém, em breve, ele não escondeu mais a verdade; seu patrão queixava-se muito de tais transtornos.

— Ah! Que importa! Vem, dizia ela.

E ele esquivava-se.

Ela quis que ele se vestisse de preto e que deixasse crescer uma ponta de barba no queixo para assemelhar-se aos retratos de Luis XIII[161]. Desejou conhecer seu aposento e achou-o medíocre; ele enrubesceu, ela não prestou atenção,

---

[161] Rei da França de 1610 a 1643.

depois, aconselhou-o a comprar cortinas como as dela e como ele objetasse o alto preço:

— Ah! Ah! Como te agarras a teus pequenos escudos! disse rindo.

A cada vez, Léon precisava contar-lhe tudo o que fizera desde o último encontro. Ela pediu versos, versos para ela, *um poema de amor* em sua honra; ele nunca conseguiu encontrar a rima do segundo verso e acabou por copiar um soneto de um *Keepsake.*

Foi menos por vaidade do que com a única finalidade de comprazê-la. Não discutia suas ideias; aceitava todos os seus gostos; na verdade ele era mais o amante dela do que ela a dele. Ela tinha palavras ternas com beijos que lhe arrebatavam a alma. Onde aprendera aquela corrupção, quase imaterial à força de profundidade e dissimulação?

VI

Nas viagens que fazia para vê-la, Léon ia frequentemente jantar em casa do farmacêutico e julgava-se obrigado, por polidez, a convidá-lo por sua vez.

— Com muito gosto! respondeu o Sr. Homais; aliás preciso mergulhar um pouco por lá, pois estou me embrutecendo aqui. Iremos aos espetáculos, aos restaurantes, faremos loucuras!

— Ah! Meu bom amigo! murmurou ternamente a Sra. Homais, assustada com os vagos perigos que ele se dispunha a correr.

— Pois bem, o quê? Achas que não arruino suficientemente minha saúde vivendo entre as contínuas emanações da farmácia? Vejam, aliás, como são as mulheres; têm ciúmes da Ciência e depois se opõem a que tenhamos as mais legítimas distrações. Não importa, conte comigo; num desses dias apareço em Rouen e juntos faremos saltar os *cobres.*

O boticário outrora teria perfeitamente evitado uma tal expressão; porém afetava agora modos brincalhões e parisienses que julgava ser do melhor gosto e, como a Sra. Bovary, sua vizinha, interrogava com curiosidade o escrevente sobre os costumes da capital e mesmo falava em gíria a fim de deslumbrar... os burgueses, dizendo *turne, bazar chicard, chicandard, Breda-Street*[162] e *Je me la casse* por: Vou-me embora.

[162] *Turne,* quarto; *bazar,* desordem; *chicard,* chique; *chicandard,* aumentativo de *chicard*; *Breda-Street,* em Paris, os arredores da rua Breda, frequentados por mulheres fáceis.

Portanto, numa quinta-feira, Emma surpreendeu-se ao encontrar, na cozinha de *Lion d'Or*, o Sr. Homais em trajes de viagem, isto é, coberto por uma velha capa com a qual nunca o tinha visto, enquanto trazia numa mão uma mala e na outra o saco para aquecer os pés que usava em seu estabelecimento. Não confiara seu projeto a ninguém com medo de inquietar o público com sua ausência.

A ideia de rever os lugares em que passara a juventude exaltava-o, sem dúvida, pois ao longo de todo o caminho não cessou de discorrer; depois, ao chegar, saltou rapidamente da carruagem para pôr-se à procura de Léon; e foi em vão que o escrevente se debateu, o Sr. Homais arrastou-o para o grande café *Normandie,* onde entrou majestosamente, sem tirar o chapéu, considerando muito provinciano descobrir-se num local público.

Emma esperou Léon por três quartos de hora. Enfim, correu ao seu cartório e, perdida em todo tipo de conjecturas, acusando-o de indiferença e censurando a si mesma sua própria fraqueza, passou a tarde com a testa colada nas vidraças.

Às duas horas, eles estavam ainda à mesa, um diante do outro. A grande sala esvaziava-se; o cano da estufa, em forma de palmeira, arredondava no teto branco seu feixe dourado; e perto deles, atrás da vidraça, em pleno sol, um jato de água gorgolejava num tanque de mármore onde, entre o agrião e os espargos, três lagostas entorpecidas jaziam ao lado de uma pilha de codornizes deitadas sobre o flanco.

Homais deleitava-se. Embora se entusiasmasse ainda mais com o luxo do que com a boa mesa, o vinho de Pomard[163] todavia excitava-lhe um pouco as faculdades e, quando apareceu a omelete ao rum, expôs teorias imorais sobre as mulheres. O que mais o seduzia era o *chique.* Adorava um traje elegante num aposento bem mobiliado e, quanto às qualidades corporais, ele não detestava um *bom pedaço.*

Léon contemplava o relógio com desespero. O boticário bebia, comia, falava.

— O senhor deve ter uma vida de privações em Rouen, disse de repente. De resto, seus amores não moram longe.

E como o outro tivesse enrubescido:

— Vamos, seja franco! Vai negar que em Yonville...?

O jovem balbuciou.

— Em casa da Sra. Bovary, o senhor não cortejava?

— Mas quem?

— A criada!

---

[163] Vinho tinto da Borgonha.

Ele não estava gracejando; porém a vaidade venceu qualquer prudência e Léon, sem querer, protestou. Aliás, somente gostava de mulheres morenas.

— Aprovo-o, disse o farmacêutico: elas têm mais temperamento.

E, inclinando-se junto ao ouvido de seu amigo, indicou os sintomas pelos quais se reconhecia se uma mulher tinha temperamento. Lançou-se mesmo numa digressão etnográfica: a alemã era vaporosa; a francesa, libertina; a italiana, apaixonada.

— E as negras? perguntou o escrevente.

— É um gosto de artista, disse Homais. Garçom! Dois cafés!

— Vamos embora? replicou Léon, com impaciência.

— *Yes.*

Porém, antes de ir embora, quis ver o dono do estabelecimento e dirigiu-lhe algumas felicitações.

Então, para ficar só, o jovem alegou que tinha o que fazer.

— Ah! Vou escoltá-lo! disse Homais.

E, ao descer as ruas ao seu lado, falava de sua mulher, de seus filhos, de seu futuro e de sua farmácia, contava como estava decadente outrora e o ponto de perfeição em que a colocara.

Tendo chegado diante do hotel de *Boulogne,* Léon deixou-o bruscamente, subiu a escada e encontrou sua amante em grande perturbação.

Ao ouvir o nome do farmacêutico, ela exaltou-se. Todavia, ele acumulava boas razões; não era culpa dele, não conhecia ela o Sr. Homais? Poderia pensar que ele preferisse a companhia do farmacêutico? Ela, porém, virava-lhes as costas; ele a reteve e, caindo de joelhos, rodeou-lhe a cintura com os dois braços, numa pose lânguida, cheia de concupiscência e de súplica.

Ela permanecia de pé; seus grandes olhos dardejantes olhavam-no seriamente e quase de maneira terrível. Depois, as lágrimas os turvaram, suas pálpebras róseas abaixaram-se, abandonou suas mãos e Léon levou-as à boca, quando apareceu um criado avisando-o de que estava sendo chamado.

— Vais voltar? disse ela.

— Sim.

— Mas quando?

— Daqui a pouco.

— Foi um *truque,* disse o farmacêutico, ao ver Léon. Quis interromper essa visita que me parecia contrariá-lo. Vamos ao Bridoux tomar um copo de *gárus*[164].

Léon jurou que precisava voltar ao cartório. O boticário então fez pilhérias sobre a papelada e os processos.

---

[164] Elixir digestivo à base de canela e moscada.

— Deixe um pouco em paz Cujas e Barthole[165] que diabo! Quem o impede? Seja destemido! Vamos ao Bridoux, o senhor verá seu cão. É muito estranho!

E como o escrevente se obstinasse ainda:

— Eu também vou. Lerei um jornal enquanto o espero ou folhearei um Código.

Léon, aturdido com a cólera de Emma, com a tagarelice do Sr. Homais e talvez com o peso do almoço, permanecia indeciso e como vencido pelo fascínio do farmacêutico que repetia:

— Vamos ao Bridoux! É perto, na rua Malpalu.

Então, por covardia, por tolice, por aquele inqualificável sentimento que nos arrasta às mais antipáticas ações, deixou-se levar ao Bridoux; e encontraram o patrão em seu pequeno pátio, fiscalizando três rapazes que ofegavam ao fazer girar a grande roda de uma máquina para fabricar água de Seltz. Homais deu-lhes conselhos, abraçou Bridoux, tomou-se o gárus. Vinte vezes Léon quis ir embora, mas o outro o detinha pelo braço dizendo-lhe:

— Daqui a pouco, já vou sair. Iremos ao *Fanal de Rouen* ver aqueles senhores. Eu o apresentarei a Thomassin.

Conseguiu livrar-se dele, contudo, e correu até o hotel. Emma não estava mais lá.

Acabava de sair, exasperada. Ela detestava-o agora. Aquela falta de palavra para o encontro parecia-lhe um ultraje e ela procurava ainda outras razões para afastar-se dele: ele era incapaz de heroísmo, fraco, banal, mais mole do que uma mulher, avarento aliás, e pusilânime.

Depois, acalmando-se, acabou por descobrir que sem dúvida o caluniara. Porém, a difamação daqueles que amamos sempre nos afasta deles um pouco. Não se deve tocar nos ídolos: a douradura acaba ficando em nossas mãos.

Começaram a falar com maior frequência de coisas indiferentes a seu amor; e nas cartas que Emma lhe enviava falava-se de flores, de versos, da lua e das estrelas, recursos ingênuos de uma paixão enfraquecida, que procurava avivar-se com todos os socorros exteriores. Ela prometia continuamente a si mesma, para a viagem seguinte, uma felicidade profunda; depois, confessava a si mesma não sentir nada de extraordinário. Aquela decepção apagava-se depressa com uma nova esperança e Emma voltava a ele mais inflamada, mais ávida. Despia-se brutalmente, arrancando o fino cordão de seu corpete que lhe sibilava ao redor das ancas como o escorregar de uma cobra. Ia na ponta dos pés

[165] Personagens inseparáveis do *Dictionnaire des ideés reçues* (*Dicionário das ideias feitas*), de Flaubert. Publicado pela Editora Nova Alexandria.

nus ver ainda uma vez se a porta estava fechada; depois, com um único gesto, deixava cair, juntas, todas as suas roupas; — e, pálida, sem falar, séria, abatia-se contra seu peito, com um longo estremecimento.

Todavia, naquela testa coberta de gotas frias, naqueles lábios balbuciantes, naquelas pupilas desvairadas, no amplexo daqueles braços, havia algo de extremo, de vago e de lúgubre que Léon sentia insinuar-se entre eles, sutilmente, como para separá-los.

Ele não ousava interrogá-la; mas vendo-a tão experiente, ela devia ter passado, pensava ele, por todas as provas de sofrimento e do prazer. O que o encantava outrora assustava-o um pouco agora. Aliás, revoltava-se contra a absorção, cada vez maior, de sua personalidade. Não perdoava a Emma aquela vitória permanente. Esforçava-se mesmo para não amá-la; depois, ao ruído de suas botinas, sentia-se covarde como os bêbados diante dos licores fortes.

Ela não deixava, é verdade, de prodigar-lhe todo tipo de atenções, dos requintes da mesa até o coquetismo do trajo e os langores do olhar. Ao vir de Yonville, trazia rosas no seio que lhe atirava no rosto, mostrava preocupação com sua saúde, dava-lhe conselhos sobre sua conduta e para retê-lo ainda mais, esperando que o céu talvez se intrometesse, colocou-lhe no pescoço uma medalha da Virgem. Informava-se, como uma mãe virtuosa, sobre seus colegas. Dizia-lhe:

— Não os vejas, não saias, pensa unicamente em nós; ama-me.

Teria desejado vigiar sua vida e teve a ideia de mandá-lo seguir na rua. Havia sempre, perto do hotel, uma espécie de vagabundo que abordava os viajantes e que não recusaria nada... Porém sua altivez revoltou-se.

— Ora! Tanto pior! Que me engane, que me importa! Nada tenho com isso!

Um dia, em que se haviam separado cedo e em que ela voltava sozinha pelo bulevar, percebeu os muros de seu convento; sentou-se então num banco à sombra dos olmos. Que calma naquele tempo, como desejava os inefáveis sentimentos de amor que procurava imaginar segundo o que lera nos livros!

Os primeiros meses de seu casamento, seus passeios a cavalo na floresta, o visconde que valsava e Lagardy cantando, tudo passou novamente diante de seus olhos... E de repente viu Léon tão longe quanto os outros.

— Todavia, eu o amo! dizia a si mesma.

Não importa! ela não era feliz, nunca o fora. De onde vinha então aquela insuficiência da vida, aquela repentina podridão instantânea das coisas em que se apoiava?... Mas, se houvesse em algum lugar um ser forte e belo, uma natureza intrépida, cheia ao mesmo tempo de exaltação e de refinamento, um coração de poeta sob a forma de um anjo, lira de cordas de bronze, enviando para o céu epitalâmios elegíacos, por que não poderia ela encontrá-lo por acaso?

Oh! Que impossibilidade! Nada, aliás, valia o trabalho da procura; tudo mentia! Cada sorriso escondia um bocejo de tédio, cada alegria uma maldição, qualquer prazer um desgosto e os melhores beijos deixavam nos lábios apenas um irrealizável desejo de uma maior volúpia.

Um estertor metálico arrastou-se nos ares e quatro pancadas ouviram-se no sino do convento. Quatro horas! E tinha a impressão de estar lá, naquele banco, desde a eternidade. Porém um infinito de paixões pode caber num minuto, como uma multidão num pequeno espaço.

Emma vivia totalmente ocupada com as suas e não se inquietava mais do que uma arquiduquesa com as questões de dinheiro.

Uma vez, todavia, um homem de aspecto franzino, rubicundo e calvo entrou em sua casa declarando ter sido enviado pelo Sr. Vinçart, de Rouen. Retirou os alfinetes que fechavam o bolso lateral de sua longa sobrecasaca verde, espetou-os na manga e estendeu polidamente um papel.

Era uma promissória de setecentos francos assinada por ela e que Lheureux, apesar de todos os protestos, passara à ordem de Vinçart.

Ela despachou a criada à sua casa. Ele não poderia vir.

Então o desconhecido, que permanecera de pé, lançando por todos os lados olhares curiosos, dissimulados por suas grossas sobrancelhas louras, perguntou com ar ingênuo:

— Que resposta devo levar ao Sr. Vinçart?

— Pois bem! respondeu Emma, diga-lhe... que não tenho dinheiro... Será para a próxima semana... Que espere... Sim, na próxima semana.

E o velhote foi embora sem uma única palavra.

Porém, no dia seguinte, ao meio-dia, ela recebeu um protesto; e o papel timbrado no qual se lia várias vezes e em grandes caracteres: "Hareng, oficial de diligências em Buchy", assustou-a de tal forma que correu a toda pressa à casa do vendedor de fazendas.

Encontrou-o em sua loja, amarrando um pacote.

— Seu criado! disse ele, estou às suas ordens.

Lheureux não deixou de continuar seu trabalho ajudado por uma mocinha de uns treze anos, um pouco corcunda e que lhe servia ao mesmo tempo de caixeira e de cozinheira.

Depois, batendo os tamancos nas tábuas da loja, subiu na frente da Sra. Bovary ao primeiro andar e introduziu-a num estreito gabinete onde uma grande escrivaninha em madeira ordinária suportava alguns livros de registros protegidos transversalmente por uma barra de ferro fechada com cadeado. Contra a parede, sob alguns pedaços de chita, via-se uma caixa-forte mas de tal tamanho que devia conter outras coisas além das promissórias e da prata. O Sr. Lheureux, de fato, emprestava sobre penhores e era lá que pusera a corrente de ouro da Sra. Bovary com os brincos do pobre pai Tellier que, finalmente, obrigado a vender, comprara em Quicampoix uma pequena mercearia onde estava morrendo com seu catarro entre suas velas menos amarelas do que seu rosto.

Lheureux sentou-se em sua larga poltrona de palha, dizendo:

— O que há de novo?

— Olhe.

E mostrou-lhe o papel.

— Pois bem, que posso fazer?

Então ela enfureceu-se, lembrando-lhe sua promessa de não fazer circular suas promissórias; ele concordava.

— Porém, eu mesmo fui forçado, estava com a faca na garganta.

— E que vai acontecer agora? disse ela.

— Oh! É muito simples: um julgamento no tribunal e depois a penhora... *ora bolas*!

Emma controlava-se para não espancá-lo. Perguntou-lhe suavemente se não haveria uma maneira de acalmar o Sr. Vinçart.

— Ah! Sim! Acalmar Vinçart! A senhora não o conhece; é mais feroz do que um árabe.

Todavia, era preciso que o Sr. Lheureux se intrometesse.

— Escute! Parece-me que, até agora, fui bastante bom para com a senhora.

E, abrindo um de seus registros:

— Olhe!

Depois, percorrendo a página com o dedo:

— Vejamos... vejamos... Em 3 de agosto, duzentos francos... Em 17 de junho, cento e cinquenta... 23 de março, quarenta e seis... Em abril...

Deteve-se, como se tivesse medo de fazer alguma bobagem.

— E nada digo das promissórias assinadas pelo doutor, uma de setecentos francos, outra de trezentos! Quanto às suas pequenas prestações e os juros é um nunca acabar, é uma embrulhada. Não me envolvo mais nisto.

Ela chorava, chamava-o mesmo "seu bom Sr. Lheureux". Mas ele alegava sempre como desculpa aquele "velhaco do Vinçart". Aliás, ele não possuía nem um cêntimo, ninguém o pagava agora, deixava-se explorar sem reagir, um pobre lojista como ele não podia fazer adiantamentos.

Emma calava-se; e o Sr. Lheureux, que mordiscava a rebarba de sua pena, preocupou-se sem dúvida com aquele silêncio, pois replicou:

— Se pelo menos tivesse por esses dias alguma entrada... eu poderia...

— De resto, disse ela, com os atrasados de Barneville...

— Como?

E, ao saber que Langlois ainda não pagara, mostrou-se muito surpreso. Depois, com voz melosa:

— E nós podemos combinar, diz a senhora...?

— Oh! Como o senhor quiser!

Então, ele fechou os olhos para refletir, escreveu alguns números e, declarando que teria grande dificuldade, que a coisa era espinhosa, que ele se *sangrava,* ditou quatro promissórias de duzentos e cinquenta francos com o intervalo de um mês entre os vencimentos.

— Contanto que Vinçart queira ouvir-me! De resto, está combinado, não a estou enganando, estou sendo perfeitamente honesto.

Em seguida, mostrou-lhe negligentemente várias mercadorias novas das quais nenhuma, em sua opinião, era digna dela.

— Quando penso que é uma fazenda para vestido a sete soldos o metro e com a garantia de cores firmes! Contudo eles acreditam! Naturalmente, como a senhora imagina, não se lhes diz como é a coisa, querendo com a confissão daquela patifaria convencê-la totalmente de sua probidade.

Depois chamou-a de novo para mostrar-lhe três alnas de *guipure* que encontrara nos últimos dias numa *arrematação.*

— Não é bonito? dizia Lheureux: usa-se muito agora no espaldar das poltronas, é a moda.

E, mais rápido do que um prestidigitador, embrulhou a *guipure* num papel azul e colocou-a nas mãos de Emma.

— Pelo menos, queria saber...

— Ah! Mais tarde, replicou ele, virando-lhe as costas.

À noite ela insistiu com Bovary para que escrevesse a sua mãe pedindo-lhe que lhe enviasse logo o resto da herança. A sogra respondeu que não tinha mais nada: a liquidação estava encerrada e restavam-lhe, além de Barneville, seiscentas libras de rendas que lhes pagaria a prazo fixo, pontualmente.

Então a Sra. Bovary expediu faturas a dois ou três clientes e em breve usou largamente esse expediente em que era bem-sucedida. Tinha sempre o cuidado de acrescentar um *post scriptum*: "Não fale disso a meu marido, sabe como é altivo... Desculpe-me... Sua criada..." Houve algumas reclamações; ela as interceptou.

Para conseguir dinheiro, pôs-se a vender suas velhas luvas, seus velhos chapéus, seu ferro-velho; e discutia o preço com capacidade — seu sangue de camponesa impelia-a ao ganho. Depois, em suas viagens à cidade compraria bugigangas de segunda mão que o Sr. Lheureux, na falta de outra pessoa, certamente lhe compraria. Comprou plumas de avestruz, porcelana chinesa e baús; pedia emprestado a Félicité, à Sra. Lefrançois, à hospedeira da *Croix Rouge*, a todo mundo, em qualquer lugar. Com o dinheiro que finalmente recebeu de Barneville, pagou duas promissórias, os outros mil e quinhentos francos escoaram-se. Assumiu novos compromissos e continuou assim!

Às vezes, é verdade, procurava fazer cálculos mas descobria coisas tão exorbitantes que neles não podia acreditar. Então recomeçava, atrapalhava-se rapidamente, largava tudo e não pensava mais no assunto.

A casa estava bem triste, agora! Viam-se sair fornecedores com expressões furiosas. Havia lenços em cima dos fogões; e a pequena Berthe, para grande escândalo da Sra. Homais, usava meias furadas. Se Charles, timidamente, ousava fazer alguma observação, ela respondia com brutalidade que não era culpa dela!

Por que tais exaltações? Ele explicava tudo por sua antiga doença nervosa; e censurando-se por ter tomado suas enfermidades como defeitos, acusava-se de egoísmo, tinha vontade de correr a beijá-la.

— Oh! Não, dizia a si mesmo, iria aborrecê-la!

E ficava.

Após o jantar, passeava sozinho no jardim; tomava a pequena Berthe nos joelhos e, abrindo seu jornal de medicina, procurava ensiná-la a ler. A criança, que nunca estudava, não tardava a abrir grandes olhos tristes e punha-se a chorar. Então ele a consolava; ia buscar-lhe água no regador para fazer rios na areia ou quebrava os galhos dos ligustros para plantar árvores nas platibandas, o que estragava um pouco o jardim, já invadido por longas ervas; deviam-se tantos dias a Lestiboudois! Além disso, a criança tinha frio e pedia pela mãe.

— Chama tua criada, dizia Charles. Sabes bem, minha querida, que tua mamãe não quer ser incomodada.

O outono começava e as folhas já caíam — como havia dois anos — quando ela estava doente! — Quando acabaria tudo aquilo!... E ele continuava a caminhar, com as mãos nas costas.

A senhora estava em seu quarto. Ninguém ia até lá. Permanecia durante todo o dia, entorpecida, levemente vestida, e de vez em quando queimava pastilhas de serralgo que comprara em Rouen na loja de um argelino. Para não ter à noite, junto dela, aquele homem estendido e adormecido, acabou, à força de caretas, por relegá-lo ao segundo andar; e ela lia até de manhã livros extravagantes onde havia quadros orgíacos com situações sangrentas. Frequentemente era presa de terror, lançava um grito. Charles acudia.

— Ah! Vai-te embora, dizia ela.

Ou, outras vezes, atingida mais fortemente pela chama íntima avivada pelo adultério, ofegante, emocionada, envolvida pelo desejo, ela abria a janela, aspirava o ar frio, espalhava ao vento sua cabeleira pesada demais e, olhando as estrelas, desejava amores de príncipe. Pensava nele, Léon. Teria então dado tudo por um único daqueles encontros que a saciavam.

Eram seus dias de gala. Ela os desejava esplêndidos! E quando ele não podia pagar sozinho a despesa, ela completava com liberalidade o que faltava, o que acontecia quase todas as vezes. Ele procurou fazer-lhe compreender que estariam tão bem em outro lugar, em algum hotel mais modesto; ela porém levantou objeções.

Um dia, tirou da bolsa seis pequenas colheres de prata dourada (era o presente de núpcias do pai Rouault), pedindo-lhe que fosse imediatamente levá-las, para ela, à casa de penhores; e Léon obedeceu, embora tal diligência lhe desagradasse. Tinha medo de comprometer-se.

Depois, pensando no fato, julgou que sua amante tomava atitudes estranhas e que talvez não estivessem errados em querer afastá-lo dela.

De fato, alguém enviara a sua mãe uma longa carta anônima para preveni--la de que *ele se perdia com uma mulher casada*; e a boa senhora, entrevendo o eterno espantalho das famílias, ou seja, a vaga criatura perniciosa, a sereia, o monstro que habita fantasticamente as profundezas do amor, escreveu logo ao notário Dubocage, seu patrão, o qual foi perfeito diante do caso. Durante três quartos de hora, querendo abrir-lhe os olhos, advertiu-o do abismo. Uma tal ligação amorosa prejudicaria mais tarde seu estabelecimento. Suplicou-lhe que rompesse e, se não quisesse fazer o sacrifício em seu próprio interesse, que o fizesse pelo menos por ele, Dubocage!

Léon enfim jurara que não mais veria Emma; e reprovava-se por não ter mantido a palavra, considerando todas as dificuldades e as recriminações que aquela mulher ainda poderia trazer-lhe, sem contar os gracejos de seus colegas que trocavam mexericos pela manhã, ao redor da estufa. Aliás, ele ia tornar-se primeiro escrevente: era o momento de ser sério. Assim, renunciava à flauta, aos sentimentos exaltados, à imaginação — pois todo burguês, na exaltação da juventude, julgou-se pelo menos por um dia, por um minuto, capaz de imensas paixões, de altos empreendimentos. O mais medíocre libertino sonhou com amantes; cada notário traz em si os destroços de um poeta.

Aborrecia-se agora quando Emma, de repente, soluçava em seu peito; e seu coração, como as pessoas que podem suportar apenas uma certa dose de música, entorpecia-se de indiferença diante do alarido de um amor cujas delicadezas não mais distinguia.

Conheciam-se demais para sentir aqueles espantos da posse que centuplicam sua alegria. Ela estava tão enfastiada dele quanto ele estava cansado dela. Emma encontrava no adultério toda a insipidez do casamento.

Mas como libertar-se? Além disso, ela sentia-se em vão humilhada pela baixeza de uma tal felicidade; desejava-a por hábito ou por corrupção; e cada dia obstinava-se mais, esgotando qualquer felicidade por desejá-la demasiadamente grande. Acusava Léon pelas decepções em que haviam caído suas ilusões como se ele a tivesse traído; e desejava mesmo uma catástrofe que provocasse a separação de ambos, visto que não tinha a coragem de decidir-se a ela.

Não deixava de escrever-lhe cartas amorosas em virtude da ideia segundo a qual uma mulher deve sempre escrever a seu amante.

Porém, ao escrever, ela percebia um outro homem, um fantasma feito de suas mais ardentes lembranças, de suas mais belas leituras, de suas mais fortes cobiças; e ele se tornava finalmente tão verdadeiro e acessível que ela palpitava, maravilhada, sem poder todavia imaginá-lo nitidamente, de tal forma se perdia, como um deus, sob a abundância de seus atributos. Ele habitava a região azulada em que as escadas de seda se balançam nas sacadas, ao perfume das flores, ao luar. Sentia-o perto dela, ele ia chegar e a arrebataria inteiramente num beijo. Em seguida, recaía deprimida, extenuada, pois aqueles ímpetos de amor vago a fatigavam mais do que grandes libertinagens.

Sentia agora uma lassidão incessante e universal. Muitas vezes mesmo, recebia citações, papéis timbrados que mal olhava. Teria desejado não mais viver ou continuamente dormir.

No dia da *mi-carême*[166] ela não voltou a Yonville; à noite foi ao baile à fantasia. Pôs uma calça de veludo e meias vermelhas com uma peruca de coque ornado com fitas e um chapéu tricorne caído sobre a orelha. Pulou a noite inteira, ao som furioso dos trombones; formou-se um círculo ao seu redor; e pela manhã, viu-se no peristilo do teatro entre cinco ou seis pessoas fantasiadas de carregadoras e de marinheiros, colegas de Léon que falavam em ceia.

Os cafés da redondeza estavam cheios. Descobriram no porto um restaurante dos mais medíocres cujo patrão abriu-lhes uma pequena sala no quarto andar.

Os homens cochicharam, num canto, sem dúvida consultando-se sobre a despesa. Havia um escrevente de cartório, dois estudantes de medicina e um caixeiro: que companhia para ela! Quanto às mulheres, Emma percebeu logo

[166] Quinta-feira da terceira semana da quaresma, que a separa em duas partes. Neste dia é permitido todo tipo de divertimento.

pelo timbre de suas vozes que deviam ser, quase todas, da última classe. Teve medo então, recuou sua cadeira e baixou os olhos.

Os outros puseram-se a comer. Ela não comeu; tinha a testa em fogo, formigamento nas pálpebras e na pele um frio de gelo. Sentia na cabeça o soalho do baile ainda vibrando sob a pulsação rítmica dos mil pés que dançavam. Depois, o cheiro do *punch* com a fumaça dos charutos atordoou-a. Estava desmaiando; levaram-na para diante da janela.

O dia começava a nascer e uma grande mancha púrpura alargava-se no céu pálido pelos lados de Sainte-Catherine. O rio lívido estremecia ao vento; não havia ninguém nas pontes; os lampiões apagavam-se.

Ela reanimou-se, contudo, e pensou em Berthe que dormia lá longe no quarto de sua criada. Mas uma carroça cheia de longos fios de ferro passou, atirando contra as paredes das casas uma vibração metálica ensurdecedora.

Esquivou-se bruscamente, desembaraçou-se de sua fantasia, disse a Léon que precisava voltar e enfim permaneceu sozinha no *Hôtel de Boulogne.* Tudo e até sua própria pessoa lhe eram insuportáveis. Teria desejado, fugindo como um pássaro, ir rejuvenescer em algum lugar, bem longe, nos espaços imaculados.

Saiu, atravessou o bulevar, a praça Cauchoise e o bairro até uma rua sem casas, ladeada de jardins. Caminhava rapidamente, o ar livre acalmava-a; e pouco a pouco as figuras da multidão, os mascarados, as quadrilhas, os lustres, a ceia, aquelas mulheres, tudo desaparecia como brumas levadas pelo vento. Depois, tendo voltado à *Croix-Rouge,* atirou-se sobre a cama no pequeno quarto do segundo andar onde havia imagens da *Torre de Nesle.* Às quatro horas da tarde, Hivert acordou-a.

Ao chegar em casa, Félicité mostrou-lhe, atrás do relógio, um papel cinzento. Leu:

"Em virtude da pública-forma, na forma executória de um julgamento..."

Que julgamento? Na véspera, de fato, haviam trazido um outro papel que ela não conhecia; por isso, ficou estupefata diante destas palavras;

"Intimação, pela ordem do rei, da lei e da justiça, à Sra. Bovary..."

Então, saltando várias linhas, percebeu:

"No prazo máximo de vinte e quatro horas" — Como? "Pagar a soma total de oito mil francos". E havia mesmo mais abaixo: "Será obrigada a fazê-lo por todas as vias de direito e sobretudo pela penhora executória de seus móveis e bens".

Que fazer?... Seria dentro de vinte e quatro horas; amanhã! Lheureux, pensou ela, queria sem dúvida assustá-la mais uma vez, pois adivinhou imediatamente todas as suas manobras, a finalidade de suas complacências. O que a tranquilizava era o próprio exagero do montante.

Todavia, de tanto comprar, de não pagar, de pedir emprestado, de assinar promissórias, depois de renovar tais promissórias, que cresciam a cada novo vencimento, ela acabara por preparar, para o Sr. Lheureux, um capital que ele esperava impacientemente para suas especulações.

Ela apresentou-se em sua casa com um ar desembaraçado.

— Sabe o que está me acontecendo? É uma brincadeira, sem dúvida!

— Não.

— Como não?

Ele virou-se lentamente e disse-lhe cruzando os braços:

— Pensava, minha cara senhora, que eu iria, até a consumação dos séculos, ser seu fornecedor e banqueiro pelo amor de Deus? Devo finalmente receber o que desembolsei, sejamos justos!

Ela protestou contra a dívida.

— Ah! Azar! O tribunal a reconheceu! Há julgamento! A senhora foi citada! Aliás, não fui eu, foi Vinçart.

— E o senhor não poderia...?

— Oh! Absolutamente.

— Mas... todavia... vamos pensar.

E começou a divagar; ela nada soubera... era uma surpresa...

— De quem é a culpa? disse Lheureux com uma saudação irônica. Enquanto eu trabalho como um escravo a senhora passa momentos agradáveis.

— Ah! Não me venha com moral!

— Isso nunca faz mal, replicou-lhe ele.

Ela foi covarde, ela suplicou; e mesmo apoiou sua bonita mão branca e longa nos joelhos do negociante.

— Deixe-me em paz! Dir-se-ia que a senhora deseja seduzir-me!

— O senhor é um miserável! exclamou ela.

— Oh! Oh! Que violência! replicou ele, rindo.

— Farei com que saibam quem é o senhor. Direi a meu marido...

— Muito bem! Quanto a mim, mostrarei alguma coisa a seu marido!

E Lheureux tirou da caixa-forte um recibo de mil e oitocentos francos que ela lhe dera quando do desconto de Vinçart.

— A senhora julga, acrescentou, que esse pobre e caro homem não compreenderá seu pequeno roubo?

Ela calou-se, abatida, mais sovada do que se tivesse levado uma bordoada. Caminhava da janela até a secretária, repetindo:

— Ah! Vou mostrar-lhe... Vou mostrar-lhe...

Em seguida, aproximou-se novamente dela e, com voz doce:

— Não é agradável, eu sei; ninguém finalmente morreu e, visto que é a única maneira que lhe resta de devolver-me meu dinheiro...

— Mas onde irei encontrá-lo? disse Emma torcendo os braços.

— Ora! Quando se têm amigos como a senhora!

E a olhava de maneira tão perspicaz e tão terrível que ela estremeceu até as entranhas.

— Prometo-lhe, disse ela, assinarei...

— Estou cansado de suas assinaturas!

— Venderei ainda...

— Ora vamos! disse ele, erguendo os ombros, a senhora não tem mais nada.

E gritou no postigo que dava para a loja:

— Aninha! Não esqueças os três talões de recibo do nº 14.

A criada apareceu; Emma compreendeu e perguntou "quanto dinheiro seria necessário para deter a ação judicial".

— É tarde demais!

— Mas se eu lhe trouxesse vários mil francos, a quarta parte do total, a terça parte, quase tudo?

— Oh! Não, é inútil!

Empurrava-a suavemente para a escada.

— Suplico-lhe, Sr. Lheureux, alguns dias ainda!

Ela soluçava.

— Ora vamos! Agora temos lágrimas!

— O senhor me desespera!

— Pouco me importa tudo isso, disse ele, fechando novamente a porta.

VII

Ela foi estoica no dia seguinte quando Hareng, o oficial de diligências, com duas testemunhas, apresentou-se em sua casa para lavrar o auto da penhora.

Começaram pelo gabinete de Bovary e não inscreveram a cabeça frenológica, que foi considerada um *instrumento de sua profissão*; porém na cozinha contaram os pratos, as panelas, as cadeiras, os castiçais e, no quarto de dormir, todas as bugigangas da prateleira. Examinaram seus vestidos, a roupa branca, o toucador; e sua existência, até em seus mais íntimos recantos como um cadáver autopsiado, foi exposta diante dos olhares dos três homens.

O Sr. Hareng, abotoado num casaco preto muito justo, de gravata branca e com as presilhas das polainas bem esticadas, repetia de vez em quando:

— Permite, senhora? Permite?

Frequentemente, exclamava:

— Encantador!... Muito bonito!

Em seguida, recomeçava a escrever, molhando a pena no tinteiro de chifre que segurava na mão esquerda.

Quando acabaram os aposentos, subiram ao sótão.

Ela guardava lá uma escrivaninha em que estavam guardadas as cartas de Rodolphe. Foi preciso abri-la.

— Ah! Uma correspondência! disse o Sr. Hareng com um sorriso discreto. Porém, permita-me! Pois devo certificar-me de que a caixa não contém outra coisa.

Inclinou um pouco os papéis como se quisesse fazer cair napoleões. Então ela sentiu-se indignada ao ver aquela mão grossa de dedos vermelhos e moles como lesmas sobre aquelas páginas em que seu coração batera.

Partiram, finalmente! Félicité voltou. Ela a enviara espreitar a chegada de Bovary para afastá-lo; e as duas rapidamente instalaram no sótão o guarda da penhora que jurou não sair de lá.

Durante o serão, Charles pareceu-lhe preocupado. Emma espiava-o com um olhar angustiado, julgando perceber acusações nas rugas de seu rosto. Depois, quando seus olhos transportavam-se para a lareira guarnecida com resguardos chineses, para as largas cortinas, para as poltronas, para todas as coisas enfim que haviam suavizado a amargura de sua vida, ela sentia remorsos, ou melhor, um pesar imenso que, longe de aniquilá-la, aumentava a paixão. Charles atiçava o fogo com placidez e com os dois pés sobre o cão da lareira.

Houve um momento em que o guarda, sem dúvida aborrecendo-se em seu esconderijo, fez um pouco de barulho.

— Alguém está caminhando lá em cima? disse Charles.

— Não, replicou ela, é a lucarna que ficou aberta e que bate com o vento.

Ela partiu para Rouen no dia seguinte, domingo, a fim de procurar todos os banqueiros cujo nome conhecia. Estavam no campo ou em viagem. Não desistiu e àqueles que pôde encontrar pediu dinheiro, protestando que precisava dele, que o devolveria. Alguns riram-lhe na cara; todos recusaram.

Às duas horas correu à casa de Léon, bateu à porta. Ninguém abriu. Enfim, ele apareceu.

— Quem te traz aqui?

— Isto te incomoda?

— Não... mas...

E confessou que o proprietário não gostava de que recebessem "mulheres".

— Preciso falar-te, replicou ela.

Então ele pegou a chave. Ela o deteve.

— Oh! Não, lá, em nosso quarto.

E foram para o quarto do *Hôtel de Boulogne.*

Ao chegar, ela bebeu um grande copo d'água. Estava muito pálida. Disse-lhe:

— Léon, vais fazer-me um favor.

E, sacudindo-o com as duas mãos, que ela apertava com força, acrescentou:

— Escuta, preciso de oito mil francos!

— Tu estás louca!

— Ainda não!

E, em seguida, contando a história da penhora, expôs-lhe seu desespero; pois Charles ignorava tudo: sua sogra a detestava, o pai Rouault nada podia fazer; mas ele, Léon, ele ia pôr-se em marcha para encontrar aquela indispensável soma...

— Como queres?...

— Como és covarde! exclamou ela.

Então ele disse tolamente:

— Estás exagerando o mal. Talvez com mil escudos teu velhote se acalme.

Mais uma razão para tentar alguma diligência; não era possível que não se descobrissem três mil francos. Aliás, Léon poderia responsabilizar-se em lugar dela.

— Vai! Tenta! É preciso! Corre!... Oh! Tenta! Tenta! Amar-te-ei muito!

Ele saiu, voltou depois de uma hora, e disse com expressão solene:

— Procurei três pessoas... inutilmente!

Depois, permaneceram sentados um diante do outro nos dois cantos da lareira, imóveis, sem falar. Emma levantava os ombros e batia os pés. Ele ouvia-a murmurar:

— Se eu estivesse em teu lugar, acharia perfeitamente!

— Onde?

— Em teu cartório!

E ela olhou-o.

Uma ousadia infernal escapava de suas pupilas inflamadas e as pálpebras aproximavam-se de forma lasciva e encorajadora, de modo que o jovem sentiu-se enfraquecer sob a muda vontade daquela mulher que lhe aconselhava um crime. Então teve medo e, para evitar qualquer esclarecimento, bateu na testa exclamando:

— Morel deve voltar esta noite! Ele não me recusará, espero (era um de seus amigos, o filho de um negociante muito rico) e amanhã levar-te-ei a soma, acrescentou.

Emma não pareceu acolher aquela esperança com tanta alegria quanto ele imaginara. Suspeitaria da mentira? Prosseguiu enrubescendo:

— Todavia, se não me vires às três horas, não me esperes mais, minha querida. Devo ir, perdoa-me. Adeus!

Apertou-lhe a mão, mas sentiu-a totalmente inerte. Emma não tinha mais força para nenhum sentimento.

Soaram quatro horas; e ela levantou-se para voltar a Yonville, obedecendo como um autômato ao impulso dos hábitos.

O tempo estava bom; era um daqueles dias do mês de março claros e secos em que o sol brilha num céu completamente branco. Alguns rouanenses endomingados passeavam com um ar feliz. Ela chegou à praça do adro. As pessoas saíam das vésperas; a multidão escoava-se pelos três portais, como um rio pelos três arcos de uma ponte e no centro, mais imóvel do que uma rocha, estava o bedel.

Então ela se lembrou do dia em que, ansiosa e cheia de esperança, entrara naquela grande nave que se estendia diante dela, menos profunda do que o seu amor; e continuou a caminhar, chorando sob seu véu, atordoada, vacilante, prestes a desfalecer.

— Cuidado! gritou uma voz que saía de um longo portão que se abria.

Ela deteve-se para deixar passar um cavalo preto, campeando nos varais de um tílburi conduzido por um *gentleman* com um casaco de pele de zibelina. Quem seria? Ela o conhecia... A carruagem arremessou-se e desapareceu.

Mas era ele, o visconde! Ela voltou-se; a rua estava deserta. E ela sentiu-se tão acabrunhada, tão triste, que se apoiou numa parede para não cair.

Depois, pensou ter-se enganado. De resto, ela nada sabia. Tudo, nela mesma e fora dela, abandonava-a. Sentia-se perdida, rolando ao acaso em abismos indefiníveis; e foi quase com alegria que percebeu, ao chegar à *Croix Rouge*, o bom Homais que observava uma grande caixa cheia de provisões farmacêuticas que estava sendo colocada na *Hirondelle*; tinha na mão um lenço com seis *cheminots*[167] para sua esposa.

A senhora Homais gostava muito daqueles pãezinhos pesados, em forma de turbante que se comem na quaresma com manteiga salgada: último espécime dos alimentos góticos que remonta talvez ao século das cruzadas e com que

[167] Especialidade da confeitaria de Rouen. Numa carta de 1855 Flaubert declara que deseja absolutamente introduzir no romance o que chama "esses turbantes alimentícios".

os robustos normandos se enchiam outrora, julgando ver sobre a mesa, à luz das tochas amarelas, entre os jarros de hipocraz e as gigantescas salsicharias, cabeças de sarracenos para devorar. A mulher do boticário trincava-os como eles, heroicamente, apesar de sua detestável dentição; por isso, todas as vezes que o Sr. Homais fazia uma viagem à cidade não deixava de trazê-los, comprando-os sempre do grande fabricante na rua Massacre.

— Muito prazer em vê-la! disse ele, oferecendo a mão a Emma para ajudá-la a subir na *Hirondelle.*

Depois, colocou os *cheminots* na correia da rede e permaneceu, sem chapéu e com os braços cruzados, numa atitude pensativa e napoleônica.

Porém, quando o cego, como sempre, apareceu ao pé da encosta, ele exclamou:

— Não compreendo como as autoridades permitem ainda tão culposos expedientes! Dever-se-iam prender estes infelizes que seriam obrigados a fazer algum trabalho! O progresso, palavra de honra, caminha a passos de tartaruga! Chafurdamos em plena barbárie!

O cego estendia seu chapéu, que balançava diante da portinhola como uma bolsa despregada da tapeçaria.

— Eis aí, disse o farmacêutico, uma afecção escrofulosa!

E, embora conhecesse o pobre diabo, fingiu vê-lo pela primeira vez, murmurou as palavras *córnea, córnea opaca, esclerótico, facies,* depois perguntou com tom paternal:

— Faz muito tempo, meu amigo, que tens essa assustadora enfermidade? Em lugar de te embriagares no botequim, deverias fazer um regime.

Exortava-o a tomar bom vinho, boa cerveja, bons assados. O cego continuava sua canção; aliás, parecia quase idiota. Enfim, o Sr. Homais abriu sua bolsa.

— Toma, é um soldo, devolve-me dois *liards*: e não esqueças as minhas recomendações, vais te sentir bem.

Hivert permitiu-se dizer suas dúvidas sobre sua eficácia. Porém o boticário garantiu que ele mesmo o curaria com uma pomada antiflogística de sua composição e deu seu endereço:

— Sr. Homais, perto do mercado, suficientemente conhecido.

— Muito bem! Belo trabalho, disse Hivert, agora vais nos *mostrar a comédia.*

O cego caiu de joelhos e, com a cabeça inclinada para trás, revirando os olhos esverdeados e mostrando a língua, esfregava o estômago com as duas mãos, lançando ao mesmo tempo uma espécie de uivo surdo, como um cão esfomeado. Emma, enojada, enviou-lhe por sobre o ombro uma moeda de cinco francos. Era toda a sua fortuna. Pareceu-lhe belo lançá-la assim.

A carruagem partira novamente quando, de repente, o Sr. Homais debruçou-se para fora do postigo e gritou:

— Nada de farináceos nem de laticínios! Usar lã sobre a pele e expor as partes doentes à fumaça de bagas de junípero!

O espetáculo das coisas conhecidas que desfilavam diante de seus olhos afastava pouco a pouco Emma de sua dor presente. Uma intolerável fadiga a abatia e chegou em casa embotada, sem coragem, quase adormecida.

— Que aconteça o que deve acontecer! dizia a si mesma.

E além disso, quem sabe? De um momento para outro não poderia surgir um acontecimento extraordinário? O próprio Lheureux poderia morrer.

Às nove horas da manhã, ela foi acordada por um barulho de vozes na praça. Havia um agrupamento ao redor do mercado para ler um grande cartaz colado a uma das colunas e ela viu Justin que, tendo subido num marco, rasgava o cartaz. Porém, naquele momento, o guarda campestre agarrou-o pela gola. O Sr. Homais saiu da farmácia e a mãe Lefrançois parecia estar perorando no meio da multidão.

— Senhora, senhora! exclamou Félicité entrando, é uma abominação!

E a pobre moça emocionada, entregou-lhe um papel amarelo que acabava de arrancar da porta. Emma leu de relance que toda a sua mobília estava à venda.

Então olharam-se silenciosamente. A criada e a patroa não tinham nenhum segredo uma para a outra. Enfim, Félicité suspirou:

— Se eu fosse a senhora, iria procurar o Sr. Guillaumin.

— Achas que devo fazê-lo?

E essa interrogação significava:

— Tu que conheces a casa pelo criado, será que o patrão teria alguma vez falado de mim?

— Sim, vá, é bom que o faça.

— Ela vestiu-se, pôs sua roupa preta e sua capota com vidrilhos de azeviche e, para que não a vissem (havia ainda muita gente na praça), tomou a trilha à beira d'água, por fora da vila.

Chegou esbaforida diante do portão de grade do notário; o céu estava sombrio e caía um pouco de neve.

Ao ruído da campainha, Théodore, de colete vermelho, apareceu na escada; foi abrir quase familiarmente, como a uma pessoa conhecida e introduziu-a na sala de jantar.

Uma larga estufa de porcelana ronronava sob um *cactus* que enchia o nicho e em molduras de madeira negra sobre a forração de papel imitando carvalho havia a *Esmeralda* de Steuben[168] com a *Putifar* de Schopin[169]. A mesa servida, dois rescaldos de prata, os puxadores das portas de cristal, o soalho e os móveis, tudo brilhava com uma limpeza meticulosa, inglesa; as vidraças eram decoradas, em cada ângulo, por vidros de cor.

— É de uma sala de jantar como esta que eu precisava, pensava Emma.

O notário entrou, apertando, com o braço esquerdo contra o corpo, seu roupão bordado com palmas, enquanto com a outra mão tirava e repunha seu barrete de veludo marrom, pretensiosamente colocado no lado direito onde caíam as extremidades de três mechas louras que, presas no *occiput,* contornavam seu crânio calvo.

Após ter oferecido uma cadeira, sentou-se para almoçar, desculpando-se muito pela impolidez.

— Senhor, disse ela, eu lhe pediria...

— O quê, senhora? Estou ouvindo.

Ela passou a expor-lhe sua situação.

O Sr. Guillaumin a conhecia, estando secretamente ligado com o vendedor de fazendas, junto ao qual encontrava sempre capitais para os empréstimos hipotecários cuja efetivação lhe pediam.

Portanto, sabia (e melhor do que ela) a longa história daquelas promissórias, mínimas a princípio, endossadas por vários nomes com vencimentos a largos prazos e continuamente renovadas até o dia em que, reunindo todos os protestos, o negociante encarregara seu amigo Vinçart de proceder em seu próprio nome às diligências necessárias, não querendo passar por tigre entre seus concidadãos.

Ela intercalou sua narração com recriminações contra Lheureux, recriminações às quais o notário respondia de vez em quando com uma palavra insignificante. Comendo sua costeleta e bebendo seu chá, ele baixava o queixo na gravata azul-celeste, espetada por dois alfinetes de diamante presos por uma correntinha de ouro, e sorria com um sorriso singular, adocicado e ambíguo. Porém, percebendo que ela tinha os pés úmidos:

— Aproxime-se da estufa... mais alto... contra a porcelana.

Ela tinha medo de sujá-la... O notário continuou com tom galante:

— As coisas belas não estragam nada.

Então ela procurou comovê-lo e, sentindo-se ela mesma emocionada, chegou a contar-lhe as dificuldades de sua casa, suas aflições, suas necessidades.

---

168 Steuben, Karl. Pintor alemão (1788-1856), trabalhou grande parte de sua vida em Paris.

169 Schopin, Henri-Frédéric, pintor nascido em Lubeck (1804-1880). Expôs no salão de Paris de 1835 a 1879.

Ele compreendia o fato: uma mulher elegante! E, sem parar de comer, voltara-se completamente para ela, de forma que roçava o joelho em sua botina, cuja sola recurvava-se, fumegando sobre a estufa.

Porém, quando ela lhe pediu mil escudos, ele apertou os lábios, depois declarou-se muito sentido por não ter tido outrora a direção de sua fortuna, pois havia cem maneiras muito convincentes, mesmo para uma senhora, de valorizar seu dinheiro. Ter-se-ia podido, tanto nas turfeiras de Grumesnil quanto nos terrenos do Havre, arriscar quase com certeza em excelentes especulações; e ele deixou-a devorar-se de raiva à ideia das somas fantásticas que certamente teria ganhado.

— Como se explica, continuou ele, que a senhora nunca tenha vindo à minha casa?

— Realmente não sei, disse ela.

— Por que, hein?... Então tinha medo de mim? Sou eu, pelo contrário, que deveria queixar-me! Nós mal nos conhecemos! Sou-lhe contudo muito devotado, a senhora não tem mais dúvida, espero?

Estendeu a mão, tomou a dela, cobriu-a com um beijo voraz, depois conservou-a sobre seu joelho; e brincava com seus dedos, delicadamente, enquanto lhe dizia mil galanteios.

Sua voz enfadonha sussurrava, como um riacho que corre; uma faísca cintilava em sua pupila através do reflexo dos óculos e suas mãos avançavam dentro da manga de Emma para apalpar-lhe o braço. Ela sentia em sua face o sopro de uma respiração ofegante. Aquele homem incomodava-a horrivelmente.

Com um pulo levantou-se e disse-lhe:

— Senhor, estou esperando!

— O quê? disse o notário, que se tornou de repente extremamente pálido.

— Esse dinheiro.

— Mas...

Depois, cedendo à irrupção de um desejo forte demais:

— Pois bem, sim!...

Arrastava-se de joelhos em direção a ela sem preocupar-se com seu roupão.

— Por favor, fique! Eu a amo.

Agarrou-a pela cintura.

O rosto da senhora Bovary ficou repentinamente cor de púrpura. Recuou com um ar terrível, exclamando:

— O senhor aproveita descaradamente de meu desespero, senhor! Sou digna de pena, mas não estou à venda!

E saiu.

O notário permaneceu totalmente estupefato, com os olhos fixos em suas belas pantufas de tapeçaria. Era um presente do amor. Aquela vista, finalmente, consolou-o. Aliás, pensava que uma tal aventura tê-lo-ia arrastado longe demais.

— Que miserável! Que grosseirão!... Que infâmia, dizia ela a si mesma, fugindo com passos nervosos sob os choupos da estrada. A decepção do insucesso reforçava a indignação de seu pudor ultrajado; parecia-lhe que a Providência encarniçava-se em persegui-la e, valorizando seu orgulho, nunca tivera tanta estima por si mesma nem tanto desprezo pelos outros. Algo de belicoso a arrebatava. Teria desejado espancar os homens, escarrar-lhes no rosto, triturá-los todos; e continuava a caminhar rapidamente, pálida, trêmula, encolerizada, esquadrinhando com olhos em prantos o horizonte vazio e como deleitando-se com o ódio que a sufocava.

Quando viu sua casa, foi tomada de entorpecimento. Não podia mais avançar; contudo, era preciso; aliás, fugir para onde?

Félicité esperava-a na soleira da porta.

— Então?

— Não! disse Emma.

E, durante um quarto de hora, pensaram nas diferentes pessoas de Yonville dispostas talvez a socorrê-la. Porém, cada vez que Félicité nomeava alguém, Emma replicava.

— Não é possível! Não vão querer!

— E o doutor que vai chegar!

— Eu sei... Deixa-me sozinha.

Ela tentara tudo. Nada mais havia a fazer agora; e, quando Charles aparecesse, iria dizer-lhe então:

— Retira-te. Este tapete sobre o qual caminhas não mais nos pertence. De tua casa, não tens nenhum móvel, nem um alfinete, nem uma palha e fui eu que te arruinei, pobre homem!

Haveria então um grande soluço, depois ele choraria abundantemente e enfim, passada a surpresa, perdoaria.

— Sim, murmurava, rangendo os dentes, ele me perdoará, ele que acharia pouco oferecer-me um milhão para que eu o perdoe por ter-me conhecido... Jamais! Jamais!

A ideia da superioridade de Bovary em relação a ela a exasperava. Além disso, que confessasse ou que não confessasse, dentro em pouco, em breve, amanhã, ele não deixaria de conhecer a catástrofe; portanto, seria preciso esperar aquela horrível cena e suportar o peso de sua magnanimidade. Teve vontade de voltar à casa de Lheureux: para quê? De escrever a seu pai; era tarde demais; e talvez se arrependesse agora por não ter cedido ao outro quando ouviu o trote de um cavalo na alameda. Era ele, abria a cancela, estava mais lívido do que o muro de estuque. Atirando-se pela escada, ela escapou rapidamente pela praça; e a mulher do prefeito, que conversava diante da igreja com Lestiboudois, viu-a entrar na casa do perceptor.

Correu a dizê-lo à Sra. Caron. As duas senhoras subiram ao sótão e, escondidas pela roupa estendida nos varais, colocaram-se de maneira a perceber todo o interior da casa de Binet.

Ele estava só, em sua mansarda, tentando imitar, com madeira, indescritíveis objetos de marfim compostos de meias-luas, de esferas escavadas umas dentro das outras, apresentando-se o conjunto como um obelisco, que não servia para nada; e estava iniciando a terceira peça, estava chegando ao fim! No claro-escuro do ateliê, o pó dourado desprendia-se de seu instrumento como um rasto de faíscas sob as ferraduras de um cavalo a galope: as duas rodas giravam, roncavam; Binet sorria, com a cabeça baixa, com as narinas abertas e parecia enfim perdido, numa daquelas felicidades completas que pertencem sem dúvida somente às ocupações medíocres, que divertem a inteligência com dificuldades fáceis e a saciam numa realização além da qual não há nada com que se possa sonhar.

— Ah! Ei-la! disse a Sra. Tuvache.

Porém, por causa do torno, não era possível ouvir o que ela dizia.

Enfim, as senhoras julgaram distinguir a palavra *francos* e a mãe Tuvache murmurou baixinho:

— Ela lhe está pedindo que consiga um adiamento em suas contribuições.

— É o que parece! replicou a outra.

Viram-na caminhar de um lado para o outro, examinando, nas paredes, as argolas de guardanapos, os castiçais, as esferas de corrimão, enquanto Binet acariciava a barba com satisfação.

— Iria ela encomendar alguma coisa? disse a Sra. Tuvache.

— Mas ele não vende nada! objetou sua vizinha.

O perceptor parecia escutar, arregalando os olhos como se não compreendesse. Ela continuava, com maneiras ternas, suplicantes. Aproximou-se; seu seio ofegava; não falavam mais.

— Estará lhe fazendo propostas? disse a Sra. Tuvache.

Binet enrubescera até as orelhas. Ela tomou-lhe as mãos.

— Ah! É demais!

Sem dúvida, ela estava propondo alguma abominação, pois o perceptor — contudo ele era corajoso, combatera em Bautzen e em Lutzen[170], fizera a campanha da França e fora mesmo *indicado para a Legião de Honra*, — de repente, como se tivesse visto uma serpente, recuou para longe, exclamando:

— Senhora! Como pode pensar!...

— Dever-se-iam fustigar essas mulheres! disse a Sra. Tuvache.

— Onde está ela? replicou a Sra. Caron.

Pois, durante aquelas palavras, ela desaparecera; depois, vendo-a tomar a rua principal e virar à direita na direção do cemitério, perderam-se em conjeturas.

— Mãe Rollet, disse ela ao chegar à casa da ama de leite, estou sufocando, desaperte minha roupa.

Caiu sobre a cama; soluçava. A mãe Rollet cobriu-a com um saiote e permaneceu de pé ao seu lado. Depois, como ela não respondesse, a boa mulher afastou-se, pegou sua roda e pôs-se a fiar linho.

— Oh! Pare com isso! murmurou ela, julgando ouvir o torno de Binet.

— Quem a está incomodando? perguntava a ama a si mesma. Por que vem aqui?

Ela acorrera, impelida por uma espécie de pavor que a expulsava de sua casa.

Deitada de costas, imóvel e com os olhos fixos, ela discernia vagamente os objetos, embora aplicasse a atenção com uma persistência idiota. Contemplava as lascas da parede, dois tições que fumegavam topo a topo e uma longa aranha que caminhava acima de sua cabeça numa fenda da vigota. Enfim, reuniu as ideias. Lembrava... Um dia, com Léon... Oh! Como estava longe... O sol brilhava sobre o rio e as clematites lançavam seu perfume... Então, levada em suas lembranças, como uma torrente borbulhante, chegou em breve a lembrar o dia anterior.

— Que horas são? perguntou.

A mãe Rollet saiu, levantou os dedos da mão direita para o lado do céu que estava mais claro e entrou lentamente dizendo:

— Quase três horas.

— Ah! Obrigada! Obrigada!

Pois ele ia chegar. Tinha certeza! Ele teria encontrado dinheiro. Mas estaria indo lá, sem desconfiar de que ela estaria aqui; e ordenou à ama que corresse à sua casa para buscá-lo.

— Apresse-se!

---

[170] Batalhas de Napoleão contra os russos e os prussianos, travadas em maio de 1813.

— Mas, minha cara senhora, estou indo! Estou indo!

Espantou-se, a princípio, por não ter pensado nele logo; ontem ele dera sua palavra; ele não deixaria de mantê-la; e ela já se via em casa de Lheureux, apresentando sobre sua escrivaninha as três notas. Depois, seria preciso inventar uma história que explicasse as coisas a Bovary. Qual?

Entretanto, a ama tardava muito a voltar. Mas como não havia relógio na cabana, Emma temia estar exagerando talvez a duração do tempo. Pôs-se a passear pelo jardim, lentamente; foi até o caminho que costeia a sebe e voltou rapidamente esperando que a boa mulher tivesse voltado por outro caminho. Enfim, cansada de esperar, assaltada por suspeitas que repelia, não sabendo mais se estava lá havia um século ou um minuto, sentou-se num canto e fechou os olhos, tapou os ouvidos. A cancela rangeu; ela deu um pulo; antes que pudesse falar, a mãe Rollet lhe dissera:

— Não há ninguém em sua casa!

— Como?

— Oh! Ninguém! E o doutor está chorando. E chama pela senhora. Estão à sua procura.

Emma não respondeu nada. Ofegava, fazendo girar os olhos ao redor, enquanto a camponesa, assustada com seu rosto, recuava instintivamente, julgando-a louca. De repente, bateu na testa, deu um grito, pois a lembrança de Rodolphe como um grande relâmpago numa noite sombria passara-lhe pela alma. Era tão bom, tão delicado, tão generoso. E, aliás, caso ele hesitasse a fazer-lhe aquele favor, ela saberia perfeitamente obrigá-lo, lembrando-lhe num instante o perdido amor de ambos. Partiu pois para a Huchette sem perceber que corria a oferecer-se ao que havia pouco tempo tanto a exasperara, sem nem minimamente desconfiar que estava se prostituindo.

VIII

Perguntava-se enquanto caminhava: "Que vou dizer? Por onde vou começar?" E, à medida que avançava, reconhecia as moitas, as árvores, os juncos marinhos sobre a colina, lá longe o castelo. Encontrava novamente as sensações de sua primeira ternura e seu pobre coração comprimido dilatava-se nela amorosamente. Um vento tépido soprava-lhe no rosto; a neve, fundindo, caía dos rebentos gota a gota sobre a relva.

Ela entrou, como outrora, pela pequena porta do parque, depois chegou ao pátio principal rodeado por uma dupla fila de tílias frondosas. Elas balançavam, assobiando, seus longos galhos. No canil, todos os cães ladravam e o tumulto de suas vozes retinia sem que alguém aparecesse.

Subiu a larga escada reta, com balaustradas de madeira, que levava ao corredor calçado de lajes poeirentas para o qual abriam vários quartos enfileirados como nos mosteiros e nas hospedarias. O dele era bem ao fundo, à esquerda. Quando pôs os dedos na fechadura, suas forças, repentinamente, a abandonaram. Teve medo de que ele não estivesse em casa, quase o desejava, e era essa, contudo, sua única esperança, a última probabilidade de salvação. Recolheu-se por um minuto e, retemperando sua coragem no sentimento da necessidade presente, entrou.

Ele estava diante do fogo, com os dois pés no alizar, fumando um cachimbo.

— Ora! É você! disse, levantando-se bruscamente.

— Sim, sou eu!... Desejaria, Rodolphe, pedir-lhe um conselho.

E, apesar de todos os seus esforços, era impossível descerrar a boca.

— Você não mudou, é sempre encantadora!

— Oh! replicou ela amargamente, são tristes encantos, meu amigo, visto que os desdenhou.

Então ele iniciou uma explicação para a sua conduta, desculpando-se em termos vagos, na falta de poder inventar algo melhor.

Ela deixou-se levar por suas palavras, mais ainda por sua voz e pelo espetáculo de sua pessoa; de forma que fingiu acreditar ou acreditou talvez no pretexto de sua ruptura; era um segredo do qual dependiam a honra e mesmo a vida de uma terceira pessoa.

— Não importa! disse ela, olhando-o tristemente, sofri muito.

Ele respondeu num tom filosófico:

— A existência é assim!

— Pelo menos, replicou Emma, ela, foi boa com você após nossa separação?

— Oh! Nem boa... nem má.

— Talvez tivesse sido melhor nunca nos termos separado.

— Sim... talvez!

— Tu acreditas? disse ela, aproximando-se.

E suspirou:

— Oh! Rodolphe! Se soubesses!... Amei-te muito!

Foi então que ela tomou sua mão e permaneceram ambos por algum tempo com os dedos entrelaçados, — como no primeiro dia, nos Comícios! Com um movimento de orgulho, ele debatia-se sob a emoção. Porém, curvando-se contra seu peito, ela disse-lhe:

— Como querias que eu vivesse sem ti? Não nos podemos desabituar da felicidade! Estava desesperada! Julguei que fosse morrer! Contar-te-ei tudo isso, verás. E tu, tu fugiste de mim!...

Pois, durante três anos, ele evitara-a cuidadosamente, por aquela covardia natural que caracteriza o sexo forte; e Emma continuava com graciosos gestos da cabeça, mais meiga que uma gata amorosa:

— Tu amas outras, confessa. Oh! Eu as compreendo, ora vamos! Eu as desculpo; tu as terás seduzido, como me havias seduzido. Tu és um homem, tens tudo o que é necessário para fazer-te amar. Mas nós recomeçaremos, não é verdade? Nós nos amaremos! Olha, estou rindo, estou feliz!... Mas fala!

E ela estava encantadora com seu olhar em que tremia uma lágrima, como a água de uma tempestade num cálice azul.

Rodolphe puxou-a para os joelhos e com as costas da mão acariciava seus bandós lisos onde, na claridade do crepúsculo, brilhava como uma flexa de ouro um último raio de sol. Ela inclinava a fronte; ele acabou por beijá-la nas pálpebras, suavemente, com a ponta dos lábios.

— Mas tu choraste! disse ele, por quê?

Ela caiu em soluços. Rodolphe julgou que fosse a explosão de seu amor; como ela calava, tomou aquele silêncio como um último pudor, e então exclamou:

— Ah! Perdoa-me! És a única que me agrada. Fui imbecil e mau! Amo-te, amar-te-ei sempre. Que tens? Fala!

Ele ajoelhava-se.

— Pois bem!... Estou arruinada, Rodolphe! Vais emprestar-me três mil francos!

— Mas... mas... disse ele, erguendo-se pouco a pouco, enquanto sua fisionomia tomava uma expressão grave.

— Sabes, continuava ela rapidamente, que meu marido colocara toda a sua fortuna nas mãos de um notário; ele fugiu. Pedimos emprestado; os clientes não pagavam. De resto, a liquidação não acabou; teremos o dinheiro mais tarde. Mas hoje, por falta de três mil francos, vão fazer-nos uma penhora; é agora, neste momento; e, contando com tua amizade, eu vim.

— Ah! pensou Rodolphe, que de repente se tornou pálido, é por isso que ela veio!

Enfim, disse com um ar muito calmo:

— Não os tenho, cara senhora.

Ele não mentia. Se os tivesse tido tê-los-ia dado, sem dúvida, embora geralmente seja desagradável fazer tão belas ações: pois, de todas as borrascas que se abatem sobre o amor, um pedido pecuniário é a mais fria e a mais devastadora.

A princípio ela permaneceu alguns minutos a olhá-lo.

— Tu não os tens!

Repetiu várias vezes:

— Tu não os tens!... Deverias ter-me poupado esta última vergonha. Tu nunca me amaste! Não vales mais do que os outros!

Ela se traía, perdia-se.

Rodolphe interrompeu-a, afirmando que ele mesmo estava "em dificuldades".

— Ah! Tenho pena de ti! disse Emma. Sim, consideravelmente!...

E, detendo os olhos numa carabina com incrustações que brilhava na panóplia:

— Mas, quando se é tão pobre, não se põe dinheiro na coronha do fuzil! Não se compra um relógio com incrustações de madrepérola! continuava mostrando o relógio de Boulle[171]; nem apitos de prata dourada para os chicotes — ela os tocava! — Nem berloques para o relógio! Oh! Nada lhe falta! Nem mesmo uma licoreira no quarto; pois tu te tratas bem, vives bem, tens um castelo, quintas, bosques; participas de caçadas a cavalo, viajas a Paris... Ora! Até com isso, exclamou pegando sobre a lareira suas abotoaduras, com a menor destas ninharias! Pode-se fazer dinheiro!... Oh! Não as quero! Fica com elas.

E lançou bem longe as duas abotoaduras cuja corrente de ouro rompeu-se ao bater contra a parede.

— Mas eu ter-te-ia dado tudo, teria vendido tudo, teria trabalhado com minhas mãos, teria mendigado nas estradas, por um sorriso, por um olhar! Para ouvir-te dizer: "Obrigado!" E tu ficas aí tranquilamente em tua poltrona, como se já não me tivesses feito sofrer suficientemente? Sem ti, sabes bem, eu teria podido viver feliz! Quem te obrigava a fazê-lo? Era uma aposta? Tu me amavas, contudo, tu o dizias... E ainda há pouco... Ah! Teria sido melhor expulsar-me! Minhas mãos estão quentes de teus beijos, e eis o lugar, no tapete, em que juravas aos meus joelhos uma eternidade de amor! Fizeste-me acreditar nele: durante dois anos arrastaste-me no sonho mais magnífico e mais suave!... Hein? Lembras nossos projetos de viagem? Oh! Tua carta, tua carta! Ela me despedaçou o coração! E depois, quando volto para ele, para ele que é rico, feliz, livre! Para implorar um socorro que qualquer pessoa daria, suplicando e trazendo-lhe toda a minha ternura, ele me repele, porque isso lhe custaria três mil francos!

[171] Escultor e ebanista francês (1642-1732), célebre pela riqueza de seus móveis e objetos de arte.

— Não os tenho! respondeu Rodolphe com aquela calma perfeita com que se cobrem, como com um escudo, as cóleras resignadas.

Ela saiu. As paredes tremiam, o teto a esmagava; e passou novamente pela longa alameda, tropeçando nos montes de folhas mortas que o vento dispersava. Enfim, chegou ao largo fosso diante da grade; quebrou as unhas na fechadura tal a pressa com que a abriu. Depois, cem passos mais adiante, ofegante, prestes a cair, ela parou. E então, olhando para trás, percebeu ainda uma vez o impassível castelo, com o parque, os jardins, os três pátios e todas as janelas da fachada.

Permaneceu perdida em seu assombro, tendo consciência de si mesma pelas batidas de suas artérias que ela julgava ouvir fluir como uma ensurdecedora música que enchia o campo. O solo, sob seus pés, era mais mole do que uma onda e os sulcos pareceram-lhe imensas vagas escuras que rebentavam. Todas as reminiscências, as ideias que havia em sua cabeça, escapavam-se ao mesmo tempo, de uma única vez, como os mil pedaços de um fogo de artifício. Viu seu pai, o gabinete de Lheureux, o quarto do hotel, uma outra paisagem. A loucura assaltava-a, teve medo e chegou a controlar-se, mas confusamente, é verdade; pois não lembrava a causa de seu horrível estado, isto é, a questão do dinheiro. Sofria somente em seu amor e sentia sua alma abandoná-la com aquela lembrança, como os feridos, ao agonizar, sentem a existência esvair-se por sua chaga que sangra.

A noite caía, algumas gralhas voavam.

Pareceu-lhe de repente que globos cor de fogo estouravam no ar como bolas fulminantes achatando-se, e giravam, giravam, para ir fundir-se na neve, entre os galhos das árvores. No meio de cada um deles, a figura de Rodolphe aparecia. Eles multiplicavam-se e se aproximavam, penetravam-na; depois, tudo desapareceu. Ela reconheceu as luzes das casas, que resplandeciam de longe na neblina.

Então sua situação, como um abismo, apresentou-se novamente. Ela ofegava como se seu peito fosse arrebentar. Depois, num transporte de heroísmo que a tornava quase alegre, desceu correndo a encosta, atravessou a prancha das vacas, o atalho, a alameda, o mercado e chegou diante da loja do farmacêutico.

Não havia ninguém. Ela ia entrar; porém ao ruído da campainha, alguém poderia vir; e, deslizando pela cancela, retendo a respiração, tateando as paredes, avançou até a soleira da cozinha onde ardia uma vela colocada sobre o fogão. Justin, em mangas de camisa, carregava um prato.

— Ah! Estão jantando. Esperemos.

Ele voltou. Ela bateu na vidraça. Ele saiu.

— A chave! Lá de cima, onde estão os...

— Como!

E ele a olhava, assombrado pela palidez de seu rosto que sobressaía no fundo negro da noite. Ela pareceu-lhe extraordinariamente bela, e majestosa como um fantasma; sem compreender o que ela queria, ele pressentia algo de terrível.

Porém ela redarguiu com rapidez, em voz baixa, com uma voz doce, dissolvente:

— Eu a quero! Dá-ma.

Como a parede era fina, ouvia-se o tinido dos garfos sobre os pratos na sala de jantar.

Ela afirmava que precisava matar os ratos que a impediam de dormir.

— Eu precisaria avisar o farmacêutico.

— Não! Fica!

Depois, com um ar indiferente:

— Ora, não vale a pena, eu lhe direi daqui a pouco. Vamos, ilumina-me o caminho!

Ela entrou no corredor em que se abria a porta do laboratório. Presa ao muro havia uma chave com a etiqueta *Cafarnaum.*

— Justin! gritou o boticário, impaciente.

— Vamos subir! E ele a seguiu.

A chave girou na fechadura e ela caminhou diretamente para a terceira prateleira, de tal forma era bem guiada pela lembrança, pegou o bocal azul, arrancou a rolha, mergulhou a mão e retirando-a cheia de um pó branco pôs-se logo a comê-lo.

— Pare! exclamou ele atirando-se sobre ela.

— Cala a boca! Alguém poderia vir...

Ele desesperava-se, queria chamar alguém.

— Não digas nada, tudo recairia sobre teu patrão!

Depois, virou-se subitamente calma e quase na serenidade de um dever cumprido.

Quando Charles, transtornado pela notícia da penhora, voltara para casa, Emma acabara de sair. Ele gritou, chorou, desmaiou, mas ela não voltou. Onde poderia estar? Enviou Félicité à casa de Homais, de Tuvache, de Lheureux, ao *Lion d'Or,* a toda a parte; e, nas intermitências de sua angústia, via sua consideração aniquilada, a fortuna de ambos perdida, o futuro de Berthe destruído! Por que razão!... Nem uma palavra! Esperou até as seis horas da tarde. Enfim, não podendo mais aguentar e, imaginando que ela tivesse partido para Rouen, foi para a estrada, caminhou meia légua, não encontrou ninguém, esperou mais um pouco e voltou.

Ela voltara.

— Que havia?... Por quê?... Explica-me!

Ela sentou-se à sua escrivaninha e escreveu uma carta que fechou lentamente, acrescentando a data e a hora. Depois, disse com tom solene:

— Tu a lerás amanhã; até lá, peço-te, não me faças nem uma única pergunta!... Não, nem uma!

— Mas...

— Oh! Deixa-me!

E estendeu-se totalmente em sua cama.

Um sabor acre que sentia na boca acordou-a. Entreviu Charles e fechou novamente os olhos.

Observava-se com curiosidade para discernir se não sofria. Não! Ainda nada. Ouvia o tique-taque do relógio, o ruído do fogo e Charles, que respirava, perto de seu leito.

— Ah! A morte é bem pouca coisa, pensava ela: vou dormir e tudo estará acabado!

Bebeu um gole de água e virou-se para a parede. Aquele horrível gosto de tinta continuava.

— Tenho sede!... Oh! Tenho muita sede! suspirou.

— Que tens? disse Charles, estendendo-lhe um copo.

— Não é nada!... Abre a janela... estou sufocando!

E foi tomada de uma náusea tão repentina que mal teve tempo de apanhar o lenço embaixo do travesseiro.

— Leva-o embora, disse rapidamente, joga-o fora!

Ele interrogou-a; ela não respondeu. Mantinha-se imóvel por medo de que a menor emoção a fizesse vomitar. Todavia sentia um frio de gelo que lhe subia dos pés até o coração.

— Ah! Está começando! murmurou.

— Que estás dizendo?

Ela rolava a cabeça com um movimento suave, cheio de angústia, e abrindo continuamente os maxilares como se carregasse na língua algo de muito pesado. Às oito horas os vômitos recomeçaram.

Charles observou que havia no fundo da bacia uma espécie de litíase branca, agarrada à porcelana.

— É extraordinário! É singular! repetia.

Mas ela disse com voz forte:

— Não, tu te enganas!

Então, delicadamente e quase acariciando-a, ele passou-lhe a mão no estômago. Ela lançou um grito agudo. Ele recuou assustado.

Em seguida ela pôs-se a gemer, a princípio baixinho. Um grande estremecimento sacudia-lhe os ombros e ela tornava-se mais pálida do que o lençol em que se enterravam seus dedos crispados. Seu pulso, irregular, era quase imperceptível agora.

Gotas de suor escorriam em seu rosto azulado que parecia endurecido na exalação de um vapor metálico. Seus dentes batiam, seus olhos arregalados olhavam vagamente ao seu redor e a todas as perguntas ela apenas respondia sacudindo a cabeça; sorriu mesmo duas ou três vezes. Pouco a pouco seus gemidos foram aumentando. Escapou-lhe um grito surdo; declarou que estava melhor e que se levantaria dentro em pouco. Porém, foi tomada de convulsões; exclamou:

— Ah! É atroz, meu Deus!

Ele atirou-se de joelhos contra a cama.

— Fala! Que foi que comeste? Responde, em nome do céu!

E ele a olhava com uma ternura que ela nunca vira.

— Pois bem, lá... lá, disse ela, com voz enfraquecida.

Ele correu à escrivaninha, quebrou o sinete e leu em voz alta: *Que não se acuse ninguém...* Deteve-se, passou a mão sobre os olhos, e releu outra vez.

— Como! Socorro! Acudam!

E não podia fazer outra coisa, a não ser repetir a palavra: “Envenenada! Envenenada!” Félicité correu à casa de Homais, que a exclamou na praça; a Sra. Lefrançois ouviu-a no *Lion d'Or*; alguns levantaram-se para dizê-lo aos vizinhos e a vila passou toda a noite acordada.

Desvairado, balbuciando, prestes a cair, Charles andava pelo quarto. Esbarrava nos móveis, arrancava os cabelos e o boticário nunca pensara que pudesse haver um espetáculo tão assustador.

Voltou para casa para escrever ao Dr. Canivet e ao Dr. Larivière. Perdia a cabeça; fez mais de quinze rascunhos. Hippolyte partiu para Neufchâtel e Justin esporeou com tanta força o cavalo de Bovary que o largou na encosta do Bois-Guilhaume exausto e meio morto.

Charles quis folhear seu dicionário de medicina; nada via, as linhas dançavam.

— Calma, disse o boticário. Trata-se somente de administrar algum poderoso antídoto. Qual é o veneno?

Charles mostrou a carta. Era arsênico.

— Pois bem! replicou Homais, seria preciso fazer uma análise.

Pois ele sabia que, em todos os envenenamentos, é preciso fazer uma análise; e o outro, que nada compreendia, respondeu:

— Ah! Faça! Faça! Salve-a...

Depois, tendo voltado ao lado dela, deixou-se cair no chão sobre o tapete permanecendo com a cabeça apoiada na beira da cama, soluçando.

— Não chores! disse-lhe ela. Em breve não te atormentarei mais!

— Por quê? Quem te forçou?

Ela replicou:

— Era preciso, meu amigo.

— Não eras feliz? Foi culpa minha? Contudo, fiz tudo o que pude!

— Sim... é verdade... tu és bom!

E ela passava-lhe a mão nos cabelos, lentamente. A doçura daquela sensação aumentou sua tristeza; ele sentia todo o seu ser desabar de desespero diante da ideia de que era preciso perdê-la quando, ao contrário, ela confessava por ele mais amor do que nunca; e ele nada encontrava; ele não sabia, não ousava, pois a urgência de uma resolução imediata acabava de transtorná-lo.

Ela pensava que acabara com todas as traições, as baixezas e as inumeráveis cobiças que a torturavam. Não odiava ninguém, agora; uma confusão de crepúsculo abatia-se sobre seu pensamento e, de todos os ruídos da terra, Emma só ouvia o intermitente lamento daquele pobre coração, doce e indistinto, como o último eco de uma sinfonia que se afasta.

— Tragam-me a pequena, disse, soerguendo-se sobre o cotovelo.

— Não estás pior, não é? perguntou Charles.

— Não! Não!

A criança chegou nos braços da criada em sua longa camisola de dormir, da qual saíam seus pés nus, séria, quase como se ainda sonhasse. Observava com assombro o quarto totalmente em desordem e piscava, ofuscada pelos castiçais que ardiam sobre os móveis. Eles lhe lembravam sem dúvida as manhãs do dia primeiro do ano ou da *mi-carême* quando, acordada assim, cedo, à claridade das velas, vinha até a cama de sua mãe para receber seus presentes, pois começou a dizer:

— Onde está, mamãe?

E, como todo o mundo se calasse:

— Mas não estou vendo meu sapatinho!

Félicité inclinava-a sobre a cama enquanto ela olhava sempre para os lados da lareira.

— Foi a ama que o levou? perguntou ela.

E ao lembrar aquele nome, que lhe trazia a lembrança de seus adultérios e de suas calamidades, a Sra. Bovary virou a cabeça como se sentisse na boca o gosto de um outro veneno ainda mais forte. Berthe, todavia, continuava em cima da cama.

— Oh! Como teus olhos estão grandes, mamãe! como estás pálida! Como estás suando!...

Sua mãe olhava-a.

— Tenho medo! disse a menina recuando.

Emma tomou sua mão para beijá-la; ela se debatia.

— Chega! Levem-na embora! exclamou Charles, que soluçava na alcova.

Em seguida os sintomas interromperam-se por um momento; ela parecia menos agitada; e, à menor palavra, a cada respiração mais calma que lhe saía do peito, ele retomava a esperança. Enfim, quando Canivet entrou, ele se atirou em seus braços, chorando.

— Ah! É o senhor! Obrigado! O senhor é bom! Mas tudo está melhor. Olhe, veja-a...

A opinião do confrade foi totalmente diferente e, por não ser, como ele mesmo dizia, *homem de rodeios,* prescreveu um emético[172], a fim de aliviar completamente o estômago.

Ela não tardou a vomitar sangue. Seus lábios fecharam-se ainda mais. Seus membros estavam crispados, seu corpo coberto de manchas escuras, seu pulso fugia sob os dedos como um fio esticado, como a corda de uma harpa prestes a romper-se.

Depois, punha-se a gritar horrivelmente. Amaldiçoava o veneno, injuriava-o, suplicava que se apressasse e repelia, com os braços rígidos, tudo o que Charles, mais agonizante do que ela, se esforçava por fazer-lhe beber. Ele mantinha-se de pé, com o lenço nos lábios, arquejando, chorando, sufocado pelos soluços que o sacudiam até os calcanhares; Félicité corria por todos os lados no quarto; Homais, imóvel, suspirava profundamente e o Dr. Canivet, conservando sempre sua calma, começava todavia a sentir-se perturbado.

— Diabo!... Contudo... Ela foi purgada e, no momento em que cessa a causa...

— O efeito deve cessar, disse Homais; é evidente.

— Mas salve-a! exclamava Bovary.

Portanto, sem escutar o farmacêutico, que arriscava ainda esta hipótese: "Talvez seja um paroxismo salutar", Canivet ia administrar-lhe teriaga quando

---

172 Vomitório.

se ouviu o estalido de um chicote; todos os vidros tremeram e uma berlinda de posta puxada vigorosamente por três cavalos enlameados até as orelhas desembocou com violência na esquina do mercado. Era o Dr. Larivière.

A aparição de um deus não teria causado maior emoção. Bovary levantou as mãos, Canivet parou de repente e Homais retirou seu barrete grego bem antes da entrada do doutor.

Pertencia ele à grande escola cirúrgica que saíra do avental de Bichat[173], àquela geração, agora desaparecida, de médicos filósofos que, amando sua arte com um amor fanático, exerciam-na com exaltação e sagacidade! Tudo tremia em seu hospital quando ele se encolerizava e seus alunos o veneravam tanto que, ao se estabelecerem como médicos, esforçavam-se logo o mais possível por imitá-lo; de forma que eram encontrados novamente neles, nas cidades dos arredores, seu longo sobretudo de merino acolchoado e sua larga casaca preta cujas guarnições desabotoadas cobriam um pouco suas mãos carnudas, belíssimas mãos que nunca usavam luvas como se quisessem estar prontas para mergulhar nas misérias. Desprezando condecorações, títulos e academias, hospitaleiro, liberal, paternal com os pobres e praticando a virtude sem nela acreditar, teria quase passado por um santo se a finura de seu espírito não fizesse com que o temessem como a um demônio. Seu olhar, mais cortante do que um bisturi, descia diretamente na alma do interlocutor e desarticulava qualquer mentira que viesse através de alegações e de pudores. E vivia assim, cheio daquela majestade bonachona conferida pela consciência de um grande talento, pela fortuna e por quarenta anos de uma existência laboriosa e irrepreensível.

Já na porta franziu as sobrancelhas ao perceber o rosto cadavérico de Emma estendida de costas, com a boca aberta. Em seguida, dando a impressão de escutar Canivet, passava o indicador sob as narinas e repetia:

— Está bem, está bem.

Porém moveu os ombros com um gesto lento. Bovary observou-o: olharam-se; e aquele homem, tão habituado contudo ao aspecto da dor, não pôde reter uma lágrima que caiu em seu jabô.

Quis levar Canivet à peça vizinha. Charles seguiu-o.

— Ela está muito mal, não é verdade? Se colocássemos sinapismos[174]? Ou outra coisa? Encontre alguma coisa, o senhor que salvou tanta gente!

Charles rodeava-lhe o corpo com os dois braços e contemplava-o assustado, suplicante, semidesfalecido sobre seu peito.

---

[173] Marie-François-Xavier Bichat (1771-1802), célebre anatomista e fisiologista francês, médico da Santa Casa de Paris.

[174] Cataplasma de mostarda, usado como repulsivo.

— Vamos, meu pobre rapaz, coragem! Nada mais há a fazer.

E o Dr. Larivière voltou-se.

— O senhor vai embora?

— Vou voltar.

Saiu, como se fosse dar uma ordem ao postilhão, com o Dr. Canivet que também não se preocupava em ver Emma morrer em suas mãos.

O farmacêutico foi encontrá-los na praça. Não podia, por temperamento, separar-se das pessoas célebres. Portanto, conjurou o Dr. Larivière a dar-lhe a insigne honra de aceitar seu almoço.

Foi-se rapidamente buscar pombos no *Lion d'Or,* todas as costeletas que havia no açougue, creme na casa de Tuvache, ovos na casa de Lestiboudois e o próprio boticário ajudava nos preparativos, enquanto a Sra. Homais dizia, puxando os cordões da blusa:

— O senhor nos desculpará, doutor, pois em nossa infeliz região, quando não se foi prevenido na véspera...

— Os cálices! disse baixinho Homais.

— Pelo menos, se estivéssemos na cidade, teríamos o recurso dos pés recheados.

— Cala a boca!... Para a mesa, doutor!

Após os primeiros bocados, julgou conveniente fornecer alguns detalhes sobre a catástrofe:

— Tivemos a princípio uma sensação de secura na faringe, depois dores intoleráveis no epigastro, superpurgação, coma.

— Como foi que ela se envenenou?

— Ignoro-o, doutor, e não sei mesmo onde tenha ela podido conseguir esse ácido arsenioso.

Justin, que carregava então uma pilha de pratos, começou a tremer.

— Que tens? disse o farmacêutico.

Àquela pergunta, o jovem deixou cair tudo no chão, com grande estrépito.

— Imbecil! exclamou Homais. Desastrado! Estúpido! Pedaço de asno!

Mas de repente, dominando-se:

— Doutor, quis tentar uma análise e, *primo,* introduzi delicadamente um tubo...

— Teria sido melhor, disse o cirurgião, introduzir-lhe seus dedos na garganta.

Seu confrade calava-se, pois recebera havia pouco, confidencialmente, uma forte admoestação por causa de seu emético, de modo que o bom Canivet, tão arrogante e verboso quando do pé aleijado, mostrava-se muito modesto hoje; sorria sem interromper, de maneira aprovadora.

Homais desabrochava em seu orgulho de anfitrião e a aflitiva lembrança de Bovary contribuía vagamente para o seu prazer pelo reflexo egoísta que recaía sobre si mesmo. Além disso, a presença do doutor transportava-o. Ele ostentava sua erudição, citava ao mesmo tempo as cantáridas, os upas, a mancenilheira, a víbora...

— E li mesmo que diversas pessoas foram intoxicadas, doutor, e mesmo fulminadas, por chouriços que haviam recebido uma por demais veemente fumigação! Pelo menos, era o que dizia um belíssimo relatório redigido por uma de nossas sumidades farmacêuticas, um de nossos mestres, o ilustre Cadet de Gassicourt!

A Sra. Homais reapareceu, trazendo uma dessas vacilantes máquinas que se aquecem com ácool; pois Homais fazia questão de fazer seu café à mesa, tendo-o aliás torrado pessoalmente, porfirizado pessoalmente, misturado pessoalmente.

— *Saccharum*, doutor, disse, oferecendo o açúcar.

Depois mandou descer todas as crianças, querendo ter a opinião do cirurgião sobre suas constituições.

Enfim, o Dr. Larivière ia partir quando a Sra. Homais pediu-lhe uma consulta para o marido. Deixava ele espessar o sangue ao adormecer todas as noites após o jantar.

— Oh! Não é o *sentido*[175] que lhe falta.

E, sorrindo um pouco do trocadilho que passara despercebido, o doutor abriu a porta. Porém a farmácia regurgitava de gente e ele teve muita dificuldade para livrar-se do Sr. Tuvache, que temia que sua mulher tivesse uma fluxão de peito[176] porque tinha o hábito de escarrar nas cinzas; depois do Sr. Binet, que às vezes era tomado de fome violenta e irresistível; e da Sra. Caron, que tinha formigamentos; de Lheureux, que tinha vertigens; de Lestiboudois, que tinha reumatismo; da Sra. Lefrançois, que tinha azia. Enfim, os três cavalos dispararam e todos, de maneira geral, acharam que ele não fora nada complacente.

A atenção pública foi distraída pelo aparecimento do Padre Bournisien que passava pelo mercado com os santos óleos.

Homais, para continuar fiel a seus princípios, comparou os padres a corvos atraídos pelo cheiro dos mortos; a vista de um eclesiástico era-lhe pessoalmente desagradável, pois a batina lhe fazia lembrar a mortalha e execrava uma um pouco pelo pavor da outra.

---

[175] Trocadilho entre *sang* (sangue) e *sens* (sentido).

[176] Pneumonia.

Todavia, não recuando diante do que chamava *sua missão,* voltou à casa de Bovary acompanhado de Canivet, pois o Dr. Larivière, antes de partir, exortara-o vivamente a fazê-lo; e mesmo, sem os protestos de sua mulher, teria levado com ele seus dois filhos, a fim de acostumá-los às circunstâncias fortes, para que elas fossem uma lição, um exemplo, um quadro solene que permanecessem mais tarde em suas cabeças.

Quando entraram, o quarto estava todo tomado por uma solenidade lúgubre. Havia, sobre a mesa de costura recoberta por um guardanapo branco, cinco ou seis bolinhas de algodão numa bandeja de prata, perto de um grande crucifixo, entre dois candelabros que ardiam. Emma, com o queixo sobre o peito, tinha as pálpebras desmesuradamente abertas e suas pobres mãos arrastavam-se sobre os lençóis, com aquele gesto horrível e doce dos agonizantes que parecem já querer-se cobrir com o sudário. Pálido como uma estátua e com os olhos vermelhos como brasas, Charles, sem chorar, mantinha-se diante dela aos pés da cama, enquanto o padre, apoiado num joelho, murmurava palavras em voz baixa.

Ela virou o rosto lentamente e pareceu tomada de alegria ao ver de repente a estola violeta, encontrando sem dúvida, em meio a um sossego extraordinário, a volúpia perdida de seus primeiros ímpetos místicos, com visões de bem-aventuranças eternas que estavam começando.

O padre ergueu-se para pegar o crucifixo; então ela estendeu o pescoço como quem tem sede e, colando os lábios ao corpo do Homem-Deus, depositou nele, com toda a sua força expirante, o maior beijo de amor que jamais dera. Em seguida, ele recitou o *Misereatur* e o *Indulgentiam*[177], molhou o polegar direito no óleo e começou as unções: primeiro nos olhos, que tanto haviam cobiçado todas as suntuosidades terrenas; depois sobre as narinas, ávidas de brisas tépidas e de perfumes amorosos; depois na boca, que se abrira para a mentira, que gemera de orgulho e gritara na luxúria; depois nas mãos, que se deleitavam aos contatos suaves e enfim na planta dos pés, tão rápidos outrora quando ela corria para saciar seus desejos e que agora não caminhariam mais.

O pároco enxugou os dedos, lançou ao fogo os pedacinhos de algodão molhados no óleo e voltou a sentar-se perto da moribunda para dizer-lhe que devia agora juntar seus sofrimentos aos de Jesus Cristo e abandonar-se à misericórdia divina.

E, ao terminar suas exortações, procurou colocar-lhe na mão um círio bento, símbolo das glórias celestes com que iria dentro em pouco ser envolta.

---

[177] Primeiras palavras de duas preces que seguem o *Confiteor* no ritual da extrema-unção.

Emma, fraca demais, não pôde fechar os dedos e o círio, sem o Padre Bournisien, teria caído no chão.

Entrementes, sua palidez diminuíra e seu rosto possuía uma expressão de serenidade como se o sacramento a tivesse curado.

O padre não deixou de observá-lo, explicou mesmo a Bovary que o Senhor, algumas vezes, prolongava a existência das pessoas quando o julgava conveniente para sua salvação; e Charles lembrou-se do dia em que, assim perto da morte, ela recebera a comunhão.

— Talvez não se devesse desesperar, pensou.

De fato, ela olhou ao seu redor, lentamente, como alguém que desperta de um sonho depois, com voz clara, pediu seu espelho e permaneceu inclinada sobre ele por algum tempo, até o momento em que grossas lágrimas lhe correram dos olhos. Então inclinou a cabeça para trás com um suspiro e caiu novamente sobre o travesseiro.

Seu peito começou logo a arquear rapidamente. A língua saiu-lhe inteiramente da boca; os olhos, ao revirarem, tornavam-se brancos como os globos de uma lâmpada ao se apagarem, a ponto de fazer com que a julgassem morta, sem a assustadora aceleração das costelas, sacudidas por uma respiração violenta, como se a alma desse saltos para soltar-se. Félicité ajoelhou-se diante do crucifixo e mesmo o farmacêutico dobrou um pouco os joelhos, enquanto o Dr. Canivet olhava vagamente a praça. Bournisien recomeçara a rezar com o rosto inclinado contra a beira da cama, com sua longa batina preta que se arrastava atrás dele pelo aposento. Charles encontrava-se do outro lado, de joelhos, com os braços estendidos para Emma. Tomara suas mãos e as apertava, estremecendo a cada batida de seu coração, como a repercussão de uma ruína que cai. À medida que o estertor se tornava mais forte, o eclesiástico precipitava suas orações: elas misturavam-se aos soluços abafados de Bovary e algumas vezes tudo parecia desaparecer no surdo murmúrio das sílabas latinas que tilintavam como o dobre de um sino.

De repente, ouviu-se na calçada um ruído de grossos tamancos, com o roçar de um bastão; e uma voz elevou-se, uma voz rouca que cantava:

Souvent la chaleur d'un beau jour
Fait rêver fillette à l'amour.

Emma ergueu-se como um cadáver galvanizado, com os cabelos soltos, as pupilas fixas, a boca aberta.

Pour amasser diligemment
Les épis que la faux moissonne,

Ma Nanette va s'inclinant
Vers le sillon qui nous la donne[178]

— O Cego! exclamou ela.

E Emma pôs-se a rir, com um riso atroz, frenético, desesperado, julgando ver o rosto hediondo do miserável que se erguia nas trevas eternas como um terror.

Il souffla bien fort ce jour-là
Et le jupon court s'envola![179]

Uma convulsão abateu-a sobre o colchão. Todos se aproximaram. Ela não mais existia.

IX

Há sempre, após a morte de alguém, uma como estupefação que se exala, de tal forma é difícil compreender a chegada do nada e resignar-se a acreditar nele. Porém, quando percebeu sua imobilidade, Charles atirou-se sobre ela gritando:

— Adeus! Adeus!

Homais e Canivet arrastaram-no para fora do quarto.

— Modere-se!

— Sim, dizia ele, debatendo-se, serei sensato, não farei nenhum mal. Mas deixem-me! Quero vê-la! É minha mulher!

E chorava.

— Chore, replicou o farmacêutico, dê curso à natureza, isto o aliviará!

Tendo-se tornado mais fraco do que uma criança, Charles deixou-se levar para baixo, para a sala, e o Sr. Homais logo voltou para casa.

Na praça, o cego acercou-se dele; arrastara-se até Yonville na esperança da pomada antiflogística, perguntando a cada transeunte onde morava o boticário.

— Ora vamos! Como se não tivesse mais nada para fazer! Ah! Tanto pior, volte mais tarde!

---

[178] Para amontoar diligentemente / As espigas que a foice ceifa / Minha Nanette vai se inclinando / Para o sulco que no-la dá/.

[179] Ventou muito naquele dia/ E a saia curta levantou voo!

E entrou precipitadamente na farmácia.

Tinha de escrever duas cartas, de fazer uma poção calmante para Bovary, de encontrar uma mentira para esconder o envenenamento e redigir um artigo para o *Fanal*, sem contar as pessoas que o esperavam a fim de ter informações; e quando todos os yonvillenses ouviram sua história do arsênico que ela confundira com açúcar ao fazer creme de baunilha, Homais voltou mais uma vez à casa de Bovary.

Encontrou-o só (o Dr. Canivet acabava de sair) sentado na poltrona, perto da janela e contemplando com olhar idiota o pavimento da sala.

— Agora seria bom, disse o farmacêutico, que o senhor mesmo marcasse a hora da cerimônia.

— Por quê? Que cerimônia?

Depois, com voz balbuciante e assustada:

— Oh! Não, não é verdade! Não, quero conservá-la.

Homais, para disfarçar o mal-estar, pegou um jarro sobre o aparador para banhar os gerânios.

— Ah! Obrigado, disse Charles, como o senhor é bom!

E não acabou, sufocado pelo mundo de lembranças que lhe recordava aquele gesto do farmacêutico.

Então, para distraí-lo, Homais julgou conveniente conversar um pouco sobre horticultura; as plantas precisavam de um pouco de umidade. Charles baixou a cabeça em sinal de aprovação.

— De resto, os belos dias agora vão voltar.

— Ah! Disse Bovary.

O boticário, sem saber o que fazer, pôs-se a afastar suavemente as cortininhas da vidraça.

— Olhe, o Sr. Tuvache está passando.

Charles repetiu como uma máquina:

— O Sr. Tuvache está passando.

Homais não ousou falar-lhe novamente das disposições fúnebres; foi o eclesiástico quem conseguiu resolvê-lo a tomá-las.

Ele encerrou-se em seu gabinete, tomou uma pena e após ter soluçado por algum tempo, escreveu:

Desejo que a enterrem com seu vestido de casamento, com sapatos brancos, uma grinalda. Seus cabelos serão espalhados sobre os ombros; três caixões, um de carvalho, um de acaju, um de chumbo. Que não me digam nada, terei forças. Colocar-lhe-ão por cima uma grande peça de veludo verde. Desejo-o. Que assim seja feito.

Os cavalheiros ficaram muito espantados com as ideias romanescas de Bovary e o farmacêutico foi logo dizer-lhe:

— Este veludo parece-me uma superfetação. A despesa, aliás...

— E o senhor tem alguma coisa com isto? exclamou Charles. Deixe-me! O senhor não a amava! Vá-se embora!

O eclesiástico tomou-o pelo braço e levou-o a passear pelo jardim. Discorria sobre a futilidade das coisas terrenas. Deus era muito grande, muito bom: devíamos, sem murmurar, submeter-nos a Seus decretos, mesmo agradecê-Lo.

Charles explodiu em blasfêmias.

— Eu o execro, o seu Deus!

— O espírito de revolta ainda se encontra no senhor, suspirou o eclesiástico.

Bovary estava longe. Caminhava a passos largos, ao longo do muro, perto da latada, e rangia os dentes, erguia ao céu olhares de maldição; mas nem uma folha se mexeu.

Caía uma chuva fina. Charles, com o peito nu, acabou por tiritar; entrou novamente, sentou-se na cozinha.

Às seis horas, ouviu-se um barulho de ferragens na praça: era a *Hirondelle* que chegava; e ele permaneceu com a testa contra a vidraça vendo descer, um após o outro, todos os viajantes. Félicité estendeu-lhe um colchão na sala; ele atirou-se nele e adormeceu.

Embora filósofo, o Sr. Homais respeitava os mortos. Por isso, sem conservar nenhum rancor pelo pobre Charles, voltou à noite para velar o cadáver, trazendo consigo três volumes e uma pasta a fim de tomar notas.

O Padre Bournisien lá se encontrava, e à cabeceira da cama ardiam dois grandes círios que haviam sido retirados da alcova.

O boticário, que não suportava o silêncio, não tardou a formular algumas queixas sobre aquela "infortunada jovem"; e o padre respondeu que agora somente restava rezar por ela.

— Todavia, replicou Homais, de duas coisas uma: ou ela morreu em estado de graça (como diz a Igreja) e então não tem nenhuma necessidade de nossas preces; ou então morreu impenitente (é esta, creio, a expressão eclesiástica) e então...

Bournisien interrompeu-o replicando com um tom ríspido que não se devia deixar de rezar.

— Mas, objetou o farmacêutico, visto que Deus conhece todas as nossas necessidades, para que pode servir a prece?

— Como! disse o eclesiástico, a prece! Então o senhor não é cristão?

— Perdoe-me! disse Homais. Admiro o cristianismo. Em primeiro lugar, libertou os escravos, introduziu no mundo uma moral...

— Não se trata disso! Todos os textos...

— Oh! Oh! Quanto aos textos, abra a história; sabe-se que foram falsificados pelos Jesuítas.

Charles entrou e, avançando em direção à cama, afastou lentamente as cortinas.

Emma tinha a cabeça inclinada sobre o ombro direito. O canto da boca, que se mantinha aberto, formava uma espécie de buraco negro na parte inferior do rosto, os dois polegares permaneciam dobrados na palma das mãos; uma espécie de pó branco espalhava-se sobre seus cílios e seus olhos começavam a desaparecer numa palidez viscosa que se assemelhava a uma tela fina como se algumas aranhas tivessem tecido sobre eles. O lençol aplainava-se dos seios até os joelhos, erguendo-se em seguida na ponta dos dedos; e parecia a Charles que massas infinitas, que um peso enorme pesava sobre ela.

O relógio da igreja tocou duas horas. Ouvia-se o forte murmúrio do rio que corria nas trevas, ao pé do terraço. O Padre Bournisien de vez em quando assoava-se ruidosamente e Homais fazia ranger sua pena no papel.

— Vamos, meu bom amigo! disse, retire-se, este espetáculo o despedaça!

Tendo Charles partido, o farmacêutico e o cura recomeçaram suas discussões.

— Leia Voltaire! dizia um; leia d'Holbach[180], leia a *Enciclopédia*[181]!

— Leia as *Lettres de quelques juifs portugais*[182]! dizia o outro; leia a *Raison du Christianisme* de Nicolas[183], antigo magistrado!

Inflamavam-se, estavam vermelhos, falavam ao mesmo tempo, sem se ouvirem; Bournisien escandalizava-se com uma tal audácia, Homais admirava-se com uma tal tolice; e não estavam longe de se dirigirem injúrias quando Charles de repente reapareceu. Era atraído por uma fascinação. Tornava a subir continuamente a escada.

---

180 Paul Henri Dietrich, barão d'Holbach (1723-1789). Filósofo ateu inimigo de qualquer doutrina religiosa. Seu mundo é regido pelo determinismo.

181 *Encyclopédie* ou *Dictionnaire raisonné des sciences, des arts et des métiers,* em 17 volumes, 5 de suplementos e 11 de pranchas. Grande enciclopédia que divulgou o pensamento iluminista, publicada em 1751 a 1766, dirigida por D'Alembert e Diderot e na qual colaboraram os maiores pensadores e escritores da época.

182 Obra de Antoine Guénée (1717-1803), que refuta os ataques de Voltaire à Bíblia.

183 Nicolas, Jean-Jacques A. (1807-1888). Escritor e magistrado francês. Sua obra máxima é *Etudes philosophiques sur le christianisme* (1842-45).

Colocava-se diante dela para vê-la melhor e perdia-se naquela contemplação que, de tão profunda, não era mais dolorosa.

Lembrava histórias de catalepsia, os milagres do magnetismo; e dizia a si mesmo que, desejando-o ardentemente, conseguiria talvez ressuscitá-la. Uma vez mesmo, debruçou-se sobre ela e gritou baixinho: "Emma! Emma!" Sua forte respiração fez tremer as chamas dos círios contra a parede.

Ao amanhecer, a Sra. Bovary mãe chegou; Charles, ao beijá-la, teve um novo acesso de choro. Ela tentou, como já o fizera o farmacêutico, fazer algumas observações sobre as despesas do enterro. Ele encolerizou-se de tal forma que ela se calou e ele a encarregou mesmo de ir imediatamente à cidade para comprar o necessário.

Charles permaneceu sozinho toda a tarde; Berthe fora levada à casa da Sra. Homais, Félicité continuava lá em cima, no quarto, com a mãe Lefrançois.

À noite, ele recebeu visitas. Levantava-se, apertando as mãos sem poder falar, depois sentava-se junto aos outros que formavam diante da chaminé um grande semicírculo. Com o rosto inclinado e com o jarrete sobre o joelho, balançavam a perna, lançando intermitentemente um grande suspiro; e cada um entendiava-se desmesuradamente; todavia, ninguém queria ser o primeiro a ir embora.

Quando voltou, às nove horas, Homais (havia dois dias ele era visto continuamente na praça) trazia uma provisão de cânfora, de benjoim e de ervas aromáticas. Trazia também um vaso cheio de cloro para banir os miasmas. Naquele momento, a criada, a Sra. Lefrançois e a mãe Bovary giravam ao redor de Emma, acabando de vesti-la; e abaixaram o longo véu rígido que a recobria até os sapatos de cetim.

Félicité soluçava:

— Ah! Minha pobre patroa! Minha pobre patroa!

— Veja-a, dizia suspirando a hospedeira, como ainda é encantadora! A gente poderia jurar que ela vai levantar-se daqui a pouco.

Depois, debruçaram-se para pôr-lhe a grinalda.

Foi preciso levantar-lhe um pouco a cabeça e então uma golfada de líquido negro saiu, como um vômito, de sua boca.

— Ah! Meu Deus! O vestido! Cuidado! exclamou a Sra. Lefrançois. Ajude-me! dizia ao farmacêutico. O senhor tem medo, por acaso?

— Eu, medo? replicou ele levantando os ombros. Ah! Imagine! Vi mais coisas na Santa Casa, quando estudava farmácia! Fazíamos *punch* no anfiteatro de dissecações! O nada não assusta um filósofo; e mesmo, digo-o muitas vezes, tenho a intenção de legar meu corpo aos hospitais, a fim de mais tarde servir à Ciência.

Ao chegar, o pároco perguntou como estava o doutor; e, diante da resposta do boticário, replicou:

— O golpe, o senhor compreende, é ainda por demais recente!

Então Homais felicitou-o por não estar exposto, como todo mundo, a perder uma companheira cara; do que resultou uma discussão sobre o celibato dos padres.

— Pois, dizia o farmacêutico, não é natural que um homem viva sem mulher! Viram-se crimes...

— Mas, santa paciência! exclamou o eclesiástico, como quer que um indivíduo, preso ao casamento, possa conservar, por exemplo, o segredo da confissão?

Homais atacou a confissão. Bournisien defendeu-a; estendeu-se sobre as restituições que ela provocava. Citou diversas histórias de ladrões que se haviam tornado honestos de repente. Alguns militares, tendo-se aproximado do tribunal da penitência, haviam sentido a venda cair-lhe dos olhos. Havia em Friburgo, um ministro...

Seu companheiro dormia. Depois, como estivesse sufocando um pouco na atmosfera por demais pesada do quarto, abriu a janela, o que acordou o farmacêutico.

— Vamos, uma pitada! disse-lhe ele. Aceite, isto distrai.

Contínuos latidos arrastavam-se ao longe, em algum lugar.

— Está ouvindo o uivo de um cachorro? disse o farmacêutico.

— Afirma-se que eles sentem os mortos, respondeu o eclesiástico. São como as abelhas; fogem da colmeia quando morre uma pessoa. Homais não rebateu tais preconceitos, pois adormecera.

O Padre Bournisien, mais robusto, continuou por algum tempo a mover os lábios baixinho; depois, insensivelmente, deixou cair o queixo, soltou seu grosso livro preto e pôs-se a roncar.

Estavam um diante do outro, com o ventre empertigado, com o rosto intumescido, com o ar carrancudo, encontrando-se na mesma fraqueza humana após tantos desacordos; e não se mexiam mais do que o cadáver, ao lado, que parecia dormir.

Ao entrar, Charles não os acordou. Era a última vez. Vinha dizer-lhe adeus.

As ervas aromáticas ainda fumegavam e turbilhões de vapor azul confundiam-se na borda da janela com a névoa que entrava. Havia algumas estrelas e a noite era amena.

A cera dos círios caía como grandes lágrimas sobre os lençóis da cama. Charles via os círios arderem, cansando os olhos ao brilho das chamas amarelas.

Alguns reflexos ondulavam sobre o vestido de cetim, branco como um raio de lua. Emma desaparecia embaixo dele; e parecia-lhe que, derramando-se para fora de si mesma, ela se perdia confusamente nas coisas que a rodeavam, no silêncio, na noite, no vento que passava, nos cheiros úmidos que subiam.

Depois, de repente, via-a no jardim de Tostes, sobre o banco, contra a sebe de espinheiros ou então em Rouen, nas ruas, na soleira de sua casa, no pátio dos Bertaux. Ouvia ainda o riso de alegria dos rapazes que dançavam sob as macieiras; o quarto exalava o perfume de sua cabeleira e seu vestido tremia-lhe nos braços com um ruído de centelhas. Era a mesma, a que estava ali!

Por muito tempo ficou lembrando assim todas as felicidades desaparecidas, suas atitudes, seus gestos, o timbre de sua voz. Após um desespero vinha outro e sempre, inesgotavelmente, como ondas de uma maré que transborda.

Teve uma curiosidade terrível: lentamente, com a ponta dos dedos, palpitando, levantou seu véu. Mas lançou um grito de horror, que acordou os outros. Eles o arrastaram para baixo, para a sala.

Depois, Félicité veio dizer que ele pedia um pouco de cabelo.

— Corte-os! replicou o boticário.

E, como ela não ousava fazê-lo, ele mesmo avançou com a tesoura na mão. Tremia tanto que picou por várias vezes e em vários lugares a pele das têmporas. Enfim, reagindo contra a emoção, Homais deu dois ou três golpes ao acaso, o que causou marcas brancas na bela cabeleira negra.

O farmacêutico e o pároco mergulharam novamente em suas ocupações, não sem deixar de dormir de vez em quando, fato de que se acusavam reciprocamente cada vez que acordavam. Então o Padre Bournisien aspergia água benta no quarto e Homais lançava um pouco de cloro no chão.

Félicité tivera o cuidado de pôr sobre a cômoda, para eles, uma garrafa de aguardente, um queijo e um brioche grande. Assim, o boticário, que não aguentava mais, suspirou, pelas quatro horas da manhã:

— Na verdade, eu me alimentaria com prazer!

O eclesiástico não se fez de rogado; saiu para ir rezar sua missa, voltou; depois comeram e tocaram os copos, fazendo um pouco de chacota sem saber por quê, excitados por aquela alegria vaga que nos assalta após um período de tristeza; e, ao último copinho, o padre disse ao farmacêutico batendo-lhe no ombro!

— Acabaremos nos entendendo!

Encontraram no andar térreo, no vestíbulo, os operários que estavam chegando. Então Charles durante duas horas teve de suportar o suplício do martelo que ressoava nas tábuas. Depois, desceram o corpo em seu ataúde de carvalho, que foi colocado dentro dos dois outros; mas, como o caixão era largo demais, foi necessário fechar os interstícios com a lã de um colchão. Enfim, quando as três tampas foram aplainadas, pregadas, soldadas, ele foi exposto diante da porta; a casa foi totalmente aberta e as pessoas de Yonville começaram a afluir.

O pai Rouault chegou. Desmaiou na praça ao avistar o pano negro.

X

Ele somente recebera a carta do farmacêutico trinta e seis horas após o acontecimento; e por consideração para com sua sensibilidade, o Sr. Homais a redigira de tal maneira que era impossível saber a que era preciso ater-se.

A princípio, o velhote caiu como se tivesse tido uma apoplexia. Em seguida, compreendeu que ela não estava morta. Mas poderia estar... Enfim, pusera uma blusa, pegara o chapéu, engatara uma espora no sapato e partira a toda a brida; e, ao longo de toda a estrada, o pai Rouault, ofegante, era devorado pela angústia. Uma vez, mesmo, foi obrigado a apear. Nada mais via, ouvia vozes ao redor, sentia-se enlouquecer.

Nasceu o dia. Ele percebeu três galinhas pretas dormindo numa árvore; estremeceu, assustado com aquele presságio. Prometeu então à santa Virgem três casulas para a igreja e ir descalço do cemitério dos Bertaux até a capela de Vassonville.

Entrou em Maromme chamando em altas vozes os empregados da hospedaria, derrubou uma porta com o ombro, pulou para o saco de aveia, deitou na manjedoura uma garrafa de cidra-doce e cavalgou novamente seu poldro cujas ferraduras faiscavam.

Dizia a si mesmo que sem dúvida a salvariam; os médicos descobririam um remédio, com certeza. Lembrava todas as curas milagrosas que lhe haviam contado.

Depois, ela lhe aparecia morta. Estava lá, diante dele, estendida de costas, no meio da estrada. Ele puxava as rédeas e a alucinação desaparecia.

Em Quincampoix, para criar coragem, bebeu três cafés, um depois do outro.

Pensava que se haviam enganado de nome ao mandar a carta. Procurou-a no bolso, sentiu-a, porém não ousou abri-la.

Chegou a supor que fosse talvez uma *brincadeira*, uma vingança de alguém, a fantasia de um bêbado; e aliás, se ela estivesse morta, tê-lo-iam sabido? Não! O campo nada tinha de extraordinário: o céu estava azul, as árvores balançavam-se; passou um rebanho de carneiros. Ele avistou a vila; viram-no totalmente deitado sobre o cavalo que chicoteava violentamente e de cujas correias caíam gotas de sangue.

Quando voltou a si, caiu em prantos nos braços de Bovary:

— Minha filha! Emma! Minha filha! Explique-me...

E o outro respondeu, entre soluços:

— Não sei, não sei! É uma maldição!

O boticário separou-os.

— Estes horríveis detalhes são inúteis. Vou explicar-lhe. Está chegando gente. Um pouco de dignidade, que diabo! Um pouco de filosofia!

O pobre rapaz quis parecer forte e repetiu várias vezes:

— Sim..., coragem!

— Pois bem! exclamou o velhote, terei coragem, em nome de Deus! Vou tê-la até o fim.

O sino tocava. Tudo estava pronto. Era preciso pôr-se em marcha.

E, sentados numa estala do coro, um ao lado do outro, viram passar diante deles e passar sempre, continuamente os três chantres que recitavam os salmos. O serpentão[184] soprava com toda a sua força. O Padre Bournisien, com grande pompa, cantava com voz aguda; inclinava-se diante do tabernáculo, elevava as mãos, estendia os braços. Lestiboudois circulava na igreja com sua tira de barbatana; perto da estante do coro, o caixão repousava entre quatro fileiras de círios. Charles tinha vontade de levantar-se para apagá-las.

Procurava, contudo, entregar-se à devoção, lançar-se à esperança de uma vida futura onde a veria novamente. Imaginava que ela partira para uma viagem, muito longe, havia muito tempo. Mas quando pensava que ela se encontrava lá embaixo e que tudo estava acabado, que seria levada para dentro da terra, sentia uma raiva feroz, negra, desesperada. Às vezes, julgava nada mais sentir e saboreava aquele alívio na dor, ao mesmo tempo que se censurava por ser um miserável.

Ouviu-se sobre as lajes um como ruído seco de um bastão ferrado que nelas batia compassadamente. Vinha do fundo da igreja e deteve-se de repente na nave lateral. Um homem, com um grosso casaco escuro, ajoelhou-se com muita dificuldade. Era Hippolyte, o criado do *Lion d'Or*. Pusera sua perna nova.

---

[184] Antigo instrumento de música, assim chamado por ter a forma de uma serpente.

Um dos chantres veio dar a volta à igreja para receber as esmolas e as grossas moedas, uma depois da outra, tilintavam na bandeja de prata.

— Apresse-se, vamos! Eu estou sofrendo! exclamou Bovary, atirando colericamente uma moeda de cinco francos.

O religioso agradeceu-lhe com uma longa reverência.

Todos cantavam, ajoelhavam-se, levantavam-se, aquilo não acabava! Ele lembrou-se que uma vez, nos primeiros tempos, tinham assistido à missa juntos e se haviam colocado do outro lado, à direita, perto da parede. O sino recomeçou. Houve uma grande movimentação de cadeiras. Os carregadores colocaram os três bastões embaixo do caixão e todos saíram da igreja.

Justin então apareceu na soleira da farmácia. Entrou de repente, pálido, cambaleando.

Havia gente nas janelas para ver passar o cortejo. Charles, na frente, tinha o corpo arqueado. Fingia um ar corajoso e cumprimentava com um sinal aqueles que, saindo das ruelas ou das portas, iam colocar-se entre a multidão. Os seis homens, três de cada lado, caminhavam a passos curtos e ofegando um pouco. Os padres, os chantres e os dois coroinhas recitavam o *De profundis;* e suas vozes derramavam-se pelos campos, subindo e descendo com ondulações. Às vezes desapareciam nas curvas do atalho; mas via-se sempre a grande cruz de prata entre as árvores.

Vinham em seguida as mulheres, cobertas com capas pretas e capuzes caídos; carregavam na mão um grande círio que ardia e Charles sentia-se desfalecer com aquela contínua repetição de orações e de velas, com aqueles odorores enfastiantes de cera e de batina. Soprava uma brisa fresca, os centeios e os colzas verdejavam, pequenas gotas de orvalho tremiam à beira do caminho, sobre as sebes de espinheiros. Vários tipos de ruídos alegres enchiam o horizonte: o estalo de uma carroça que rolava ao longe nos carris, o grito repetido de um galo ou a galopada de um potro que fugia sob as macieiras. O céu puro mostrava-se manchado de nuvens róseas; luminosidades azuladas caíam sobre as cabanas cobertas de íris; Charles, ao passar, reconhecia os pátios. Lembrava manhãs como aquela em que, após ter ido ver algum doente, saía de um deles e voltava para ela.

O pano negro, semeado de lágrimas brancas, levantava-se de vez em quando descobrindo o caixão. Os carregadores, cansados, diminuíam a marcha; e ele avançava com movimentos bruscos e contínuos, como uma chalupa que balança a cada vaga.

Chegaram.

Os homens continuaram até mais abaixo onde a cova fora cavada na relva.

Todos colocaram-se ao redor; e, enquanto o padre falava, a terra vermelha, lançada sobre as bordas, escorria pelos cantos sem ruído, continuamente.

Depois, quando as quatro cordas foram colocadas, o caixão foi posto em cima. Ele olhou-o enquanto descia. Ele continuava a descer.

Enfim, ouviu-se um choque; as cordas, rangendo, subiram novamente. Então Bournisien tomou a enxada que Lestiboudois lhe estendia; enquanto aspergia com a mão direita, com a esquerda empurrou vigorosamente uma boa pá; e a madeira do caixão, atingido pelas pedras, fez aquele barulho tremendo que nos parece ser o estrondo da eternidade.

O eclesiástico passou o aspersório a seu vizinho. Era o Sr. Homais. Ele o sacudiu gravemente, depois estendeu-o a Charles que, prostrado, caiu de joelhos no chão e com as mãos lançava a terra gritando: "Adeus!" Enviava-lhe beijos; arrastava-se para a cova para nela ser tragado juntamente com ela.

Levaram-no embora; e ele não tardou a acalmar-se, sentindo talvez como todos os outros a vaga satisfação de ver tudo acabado.

O pai Rouault, ao voltar, pôs-se tranquilamente a fumar um cachimbo, o que Homais, em seu foro interior, julgou pouco conveniente. Notou também que o Sr. Binet abstivera-se de comparecer, que Tuvache "safara-se" após a missa e que Théodore, o criado do notário, usava um traje azul, "como se não se pudesse encontrar um traje preto, já que era o costume, que diabo!" E, para comunicar suas observações, ia de um grupo a outro. Todos deploravam a morte de Emma, sobretudo Lheureux, que não deixara de ir ao enterro.

— Esta pobre senhora! Que dor para o marido!

O boticário continuava:

— Sem mim, o senhor sabe perfeitamente, ele teria cometido um atentado funesto contra si mesmo!

— Uma pessoa tão boa! E dizer, contudo, que a vi no último sábado na minha loja!

— Não tive tempo, disse Homais, de preparar algumas palavras que teria lançado sobre seu túmulo.

Ao chegar em casa, Charles despiu-se e o pai Rouault pôs novamente sua blusa azul. Era nova e, como durante o caminho enxugara frequentemente os olhos com as mangas, ela havia desbotado em seu rosto; e a marca das lágrimas formava linhas na camada de pó que a sujava.

A Sra. Bovary mãe encontrava-se com eles. Os três se calavam. Enfim, o velhote suspirou:

— Você recorda, meu amigo, que fui a Tostes uma vez, quando você acabava de perder sua primeira defunta? Eu o consolava naquela época! Encontrava o que dizer; mas agora...

Depois, com um longo gemido que arfou todo o seu peito.

— Ah! É o fim para mim, sabe? Vi partir minha mulher... Depois meu filho, e minha filha, hoje!

Quis voltar logo para os Bertaux dizendo que não podia dormir naquela casa. Recusou mesmo ver sua neta.

— Não! Não! Seria demasiado sofrimento para mim. Somente, beije-a por mim! Adeus!... Você é um bom rapaz! E, além disso, jamais esquecerei isto, disse batendo na coxa, não tenha medo! Você receberá sempre seu peru.

Porém, ao chegar ao alto da encosta, voltou-se como se voltara outrora no caminho de Saint-Victor ao separar-se dela. As janelas da vila estavam em fogo sob os raios oblíquos do sol que se punha na pradaria. Pôs a mão diante dos olhos e avistou no horizonte um recinto de muros em que as árvores formavam cá e lá feixes negros entre pedras brancas, depois continuou seu caminho, a trote curto, pois seu poldro manquejava.

Charles e a mãe, apesar do cansaço, ficaram conversando por muito tempo. Falaram do passado e do futuro. Ela viria morar em Yonville, tomaria conta da casa, os dois não mais se separariam. Ela foi hábil e carinhosa, alegrando-se interiormente por reconquistar um afeto que lhe escapava havia tantos anos. Soou meia-noite. A vila, como sempre, estava silenciosa e Charles, acordado, pensava sempre nela.

Rodolphe, que, para distrair-se, andara todo o dia pelos campos, dormia tranquilamente em seu castelo; e Léon, lá longe, dormia também.

Havia um outro que, àquela hora, não dormia.

Sobre a cova, entre os abetos, uma criança chorava ajoelhada e seu peito, despedaçado pelos soluços, ofegava na sombra, sob a pressão de um pesar imenso, mais doce do que a lua e mais insondável do que a noite. De repente, o portão rangeu. Era Lestiboudois; vinha pegar sua enxada que esquecera pouco antes. Reconheceu Justin que escalava o muro e soube então a que ater-se sobre o malfeitor que lhe roubava as batatas.

XI

No dia seguinte, Charles mandou trazer a menina. Ela pediu sua mamãe. Responderam-lhe que ela estava ausente, que lhe traria brinquedos. Berthe falou novamente nela várias vezes; depois, com o tempo, não pensou mais no assunto. A alegria daquela criança afligia Bovary e ele precisava suportar intoleráveis consolos do farmacêutico.

Os problemas de dinheiro recomeçaram logo, pois o Sr. Lheureux estimulava novamente seu amigo Vinçart e Charles comprometeu-se a pagar somas exorbitantes, pois nunca quis permitir que se vendessem o menor dos móveis que *lhe* haviam pertencido. Sua mãe exasperou-se. Ele indignou-se mais do que ela. Ele transformara-se totalmente. Ela abandonou a casa.

Então todos puseram-se a *aproveitar*. A Srta. Lempereur reclamou seis meses de aulas, embora Emma nunca tivesse tido uma única (apesar da fatura liquidada que ela mostrara a Bovary): era um acordo entre ambas; o alugador de livros reclamou três anos de assinatura; a mãe Rollet reclamou o porte de umas vinte cartas; e, como Charles pedia explicações, ela teve a delicadeza de responder:

— Ah! Não sei de nada! Era para os negócios dela.

A cada dívida que pagava, Charles julgava ter acabado. Outras apareciam, continuamente.

Ele exigia o pagamento atrasado de antigas consultas. Mostraram-lhe as cartas que sua mulher enviara. Então foi preciso desculpar-se.

Félicité usava agora os vestidos da patroa; não todos, pois ele conservara alguns e ia vê-los em seu toucador onde ia encerrar-se; ambas tinham mais ou menos a mesma altura; frequentemente, Charles, avistando-a pelas costas, presa de ilusão, exclamava:

— Oh! Fica, fica!

Porém no domingo de Pentecostes ela fugiu de Yonville, raptada por Théodore e roubando tudo o que restava do guarda-roupa.

Foi por aquela época que a senhora viúva Dupuis teve a honra de participar-lhe o "casamento do Sr. Léon Dupuis, seu filho, notário em Yvetot, com a Srta. Leocádia Leboeuf, de Bondeville". Charles, com as felicitações que lhe enviou, escreveu esta frase:

— Como minha falecida mulher se teria sentido feliz!

Um dia em que, vagando sem objetivo pela casa, ele subira ao sótão, sentiu sob a pantufa uma bolinha de papel fino. Abriu-a e leu: "Coragem, Emma! Coragem! Não quero causar o infortúnio de sua existência". Era a carta de Rodolphe, que caíra no chão entre algumas caixas, que lá permanecera e que o vento da lucarna acabava de empurrar para perto da porta. E Charles permaneceu totalmente imóvel e boquiaberto no mesmo lugar em que, outrora, ainda mais pálida do que ele, Emma, desesperada, quisera morrer. Enfim, descobriu um pequeno R no fim da segunda página. Quem seria? Lembrou as assiduidades de Rodolphe, seu desaparecimento repentino e seu ar constrangido ao encontrá-lo mais tarde, duas ou três vezes. Porém, o tom respeitoso da carta iludiu-o.

— Talvez se tenham amado platonicamente, disse a si mesmo.

Aliás, Charles não era dos que descem ao fundo das coisas; recuou diante das provas e seu ciúme incerto perdeu-se na imensidade de seu pesar.

Todos devem tê-la adorado, pensava. Todos os homens, com certeza, a haviam cobiçado. Aquilo a tornou mais bela aos seus olhos; e ele concebeu um desejo permanente, furioso, que inflamava seu desespero e que não tinha limites porque era agora irrealizável.

Para agradar-lhe, como se ela ainda vivesse, ele adotou suas predileções, suas ideias, comprou botas envernizadas, passou a usar gravatas brancas. Punha cosméticos nos bigodes, assinou promissórias como ela. Ela o corrompia do além-túmulo.

Foi obrigado a vender a prataria peça por peça, em seguida vendeu os móveis da sala. Todos os aposentos foram se esvaziando; mas o quarto, o quarto dela permanecera como outrora. Após o jantar, Charles subia para lá. Empurrava para diante do fogo a mesa redonda e aproximava *sua* poltrona. Sentava-se diante dela. Uma vela ardia num dos castiçais dourados. Berthe, perto dele, coloria gravuras.

O pobre homem sofria ao vê-la tão malvestida, com seus borzeguins sem lacinhos e as cavas das blusas rasgadas até as ancas, pois a empregada diarista pouco se preocupava com aquilo. Mas ela era tão suave, tão gentil e sua cabecinha inclinava-se tão graciosamente deixando cair sobre as faces rosadas sua farta cabeleira loira, que um deleite infinito o invadia, prazer profundamente misturado à amargura, como esses vinhos malfeitos que têm gosto de resina. Consertava seus brinquedos, fabricava-lhe bonecos de papelão ou costurava novamente o ventre rasgado de suas bonecas. Depois, se seus olhos pousavam na caixa de costura, numa fita jogada em algum lugar ou mesmo num alfinete que permanecera numa fenda da mesa, punha-se a sonhar e tinha um ar tão triste que ela se tornava triste como ele.

Ninguém agora vinha vê-los; pois Justin fugira para Rouen onde se tornara criado de uma mercearia e os filhos do boticário procuravam cada vez menos a pequena, pois, dadas as diferenças de suas condições sociais, ao Sr. Homais não agradava que a intimidade continuasse.

O cego, que ele não pudera curar com sua pomada, voltara para a encosta de Bois-Guillaume onde contava aos viajantes a vã tentativa do farmacêutico, a tal ponto que, quando ia à cidade, Homais escondia-se atrás das cortinas da

Hirondelle, a fim de evitar encontrá-lo. Ele o execrava; e, no interesse de sua própria reputação, querendo livrar-se dele a qualquer custo, dirigiu contra ele uma bateria escondida que revelava a profundidade de sua inteligência e a perversidade de sua vaidade. Durante seis meses consecutivos, pôde-se pois ler no *Fanal de Rouen* entrefiletes assim redigidos:

"Todas as pessoas que se dirigem para as férteis regiões da Picardia terão observado, sem dúvida, na encosta de Bois-Guillaume, um miserável afetado por uma horrível chaga facial. Importuna e persegue todo mundo e cobra um verdadeiro imposto aos viajantes. Estaremos ainda vivendo naqueles tempos monstruosos da Idade Média em que era permitido aos vagabundos expor em nossas praças públicas a lepra e as escrófulas que haviam trazido das cruzadas?"

Ou então:

"Apesar das leis contra a vagabundagem, os acessos de nossas grandes cidades continuam a ser infestados por bandos de pobres. Uns circulam isoladamente e talvez não sejam os menos perigosos. Em que pensam nossos edis?"

Depois, Homais inventava fatos:

"Ontem, na encosta de Bois-Guillaume um cavalo espantadiço..." E seguia a narração de um acidente ocasionado pela presença do cego.

Tanto fez que o homem foi encarcerado. Porém, foi solto. Recomeçou e Homais também recomeçou. Era uma luta. Ele obteve a vitória; pois seu inimigo foi condenado à reclusão perpétua num asilo.

Tal êxito tornou-o ousado; e desde então não mais houve na circunscrição um cão atropelado, uma granja incendiada, uma mulher espancada de que ele não informasse o público, sempre guiado pelo amor ao progresso e pelo ódio aos padres. Fazia comparações entre as escolas primárias e os irmãos ignorantinos[185] em detrimento destes últimos, lembrava a São Bartolomeu por ocasião de uma ajuda de cem francos concedida à igreja e denunciava abusos, lançava ditos espirituosos. Era seu estilo. Homais minava; tornava-se perigoso.

Todavia, sentia-se abafado nos estreitos limites do jornalismo e em breve foi-lhe necessário o livro, a obra! Então compôs uma *Statistique générale du canton d'Yonville, suivie d'observations climatologiques*[186] e a estatística impeliu-o para a filosofia. Preocupou-se com grandes questões: problema social, moralização das classes pobres, piscicultura, borracha, estradas de ferro etc. Chegou a

---

[185] Nome dado, com conotação pejorativa, aos irmãos das escolas cristãs que se encarregavam do ensino primário.

[186] Estatística geral do cantão de Yonville seguida de observações climatológicas.

envergonhar-se por ser um burguês. Ostentava o *gênero artista,* fumava! Comprou duas estatuetas *chic*[187] Pompadour para decorar sua sala.

Não abandonava sua farmácia; pelo contrário! e mantinha-se ao par das descobertas. Seguia o grande movimento dos chocolates. Foi o primeiro a mandar vir à Seine-Inférieure *cho-ca*[188] e *revalentia*[189]. Entusiasmou-se pelas correntes hidroelétricas Pulvermacher; ele mesmo usava uma; e, à noite, quando tirava seu colete de flanela, a Sra. Homais sentia-se deslumbrada diante da espiral de ouro sob a qual ele desaparecia e sentia duplicar seus ardores por aquele homem mais garrotado do que um Cita e esplêndido como um mago.

Ele teve belas ideias para o túmulo de Emma. Propôs a princípio um pedaço de coluna com roupagem, em seguida uma pirâmide, depois um templo de Vesta[190], uma espécie de rotunda... ou então "um monte de ruínas". E, em todos os planos, Homais não desistia do chorão que considerava o símbolo obrigatório da tristeza.

Charles e ele foram juntos a Rouen para ver alguns túmulos na loja de um fornecedor de sepulturas — acompanhados por um pintor, chamado Vaufrylard, amigo de Bridoux e que passou todo o tempo fazendo trocadilhos. Enfim, após ter examinado uma centena de desenhos, após ter pedido um orçamento e ter feito uma segunda viagem a Rouen, Charles decidiu-se por um mausoléu que devia trazer sobre suas duas faces principais "um gênio segurando uma tocha apagada".

Quanto à inscrição, Homais não encontrava nada mais belo do que: *Sta viator*[191] e parava aí; quebrava a cabeça, repetia continuamente: *Sta viator...* Enfim, descobriu: *amabilem conjugem calcas!*[192] que foi adotado.

Uma coisa estranha é que Bovary, mesmo pensando continuamente em Emma, a estava esquecendo; e desesperava-se ao sentir aquela imagem escapar-lhe da memória em meio aos esforços que fazia para retê-la. Todas as noites, todavia, sonhava com ela; era sempre o mesmo sonho; ele aproximava-se dela; porém, quando conseguia abraçá-la, ela desfazia-se em putrefação em seus braços.

---

[187] Obra de arte feita com grande habilidade e talento. Com este sentido a palavra é usada sobretudo em relação às artes plásticas.

[188] Farinha de cacau.

[189] Farinha reconstituinte à base de legumes.

[190] Divindade romana, guardiã do lar.

[191] Detém-te, viajante.

[192] Tens sob teus pés uma esposa digna de amor.

Durante uma semana, viram-no entrar à noitinha na igreja. O Padre Bournisien visitou-o mesmo duas ou três vezes, depois abandonou-o. Aliás, o velhote começava a cair na intolerância, no fanatismo, dizia Homais; fulminava contra o espírito do século e a cada quinze dias não deixava de contar, no sermão, a agonia de Voltaire, que morreu devorando os próprios excrementos, como todos sabem.

Apesar da economia em que vivia Bovary, longe estava de poder amortizar suas antigas dívidas. Lheureux recusou renovar qualquer promissória. A penhora tornou-se iminente. Então ele recorreu à sua mãe que consentiu em deixar-lhe hipotecar seus bens, porém enviando-lhe um grande número de recriminações contra Emma; e pedia, como compensação pelo seu sacrifício, um xale que escapara à devastação de Félicité. Charles recusou. Brigaram.

Ela fez os primeiros gestos de reconciliação propondo-lhe encarregar-se da menina, o que o aliviaria em casa. Charles consentiu. Porém, no momento da partida, toda coragem o abandonou. Então foi uma ruptura definitiva, completa.

À medida que suas afeições desapareciam, mais se apegava à sua filha. Ela inquietava-o, todavia, pois tossia às vezes e tinha manchas vermelhas nas faces.

Defronte de sua casa, ostentava-se, florescente e alegre, a família do farmacêutico que todo o mundo contribuía para satisfazer. Napoléon ajudava-o no laboratório. Athalie bordava-lhe um barrete grego, Irma cortava rodelas de papel para cobrir as geleias e Franklin recitava de um só fôlego a tábua de Pitágoras. Ele era o mais feliz dos pais, o mais afortunado dos homens.

Engano! Uma ambição surda o corroía: Homais desejava a Legião de Honra. Os títulos não lhe faltavam:

1º Ter-se feito notar, quando do cólera, por um devotamento sem limites; 2º ter publicado, às próprias expensas, diferentes obras de utilidade pública, tais como... (e lembrava sua dissertação intitulada: *Du cidre, de sa fabrication et de ses effets;* mais, observações sobre o pulgão lanígero enviadas à Academia; seu volume de estatística e até sua tese de farmacêutico); "sem contar que sou membro de várias sociedades eruditas" (ele o era de uma só).

— Enfim, exclamava, fazendo uma pirueta, quanto mais não fosse por ter-me distinguido nos incêndios!

Então Homais começou a inclinar-se para o poder. Nas eleições, prestou secretamente grandes serviços ao Sr. Governador. Vendeu-se, enfim, prostituiu-se. Dirigiu mesmo ao soberano uma petição em que pedia que *lhe fizesse justiça,* chamava-o *nosso bom rei*[193] e comparava-o a Henrique IV.

[193] O rei Luis Felipe de Orléans.

E, cada manhã, o boticário precipitava-se para o jornal para encontrar sua nomeação: ela não vinha. Enfim, não aguentando mais, mandou desenhar em seu jardim uma estrela de relva imitando a cruz da Legião de Honra com duas pequenas rodilhas de erva que partiam da extremidade superior para imitar a fita. Passeava ao redor da estrela, com os braços cruzados, meditando na inépcia do governo e na ingratidão dos homens.

Por respeito ou por uma espécie de sensualidade que lhe fazia atrasar as investigações, Charles ainda não abrira o compartimento secreto de uma escrivaninha de jacarandá de que Emma se servia habitualmente. Um dia, enfim, sentou-se diante dela, girou a chave e empurrou a mola. Lá estavam todas as cartas de Léon. Não havia mais dúvida, desta vez! Ele devorou-as até a última, remexeu em todos os cantos, todos os móveis, todas as gavetas, atrás das paredes, soluçando, gritando, perdido, louco. Descobriu uma caixa, arrombou-a com um pontapé. O retrato de Rodolphe bateu-lhe em pleno rosto em meio às cartas de amor em desordem.

Seu desalento espantou a todos. Não saía mais, não recebia ninguém, recusava mesmo ir ver seus doentes. Então afirmaram que ele *se fechava em casa para beber*.

Todavia, algumas vezes, algum curioso alçava-se acima da sebe do jardim e percebia, pasmo, aquele homem de barba longa, coberto de roupas sórdidas, de ar feroz que caminhava chorando alto.

À tardinha, no verão, tomava consigo sua filhinha e levava-a ao cemitério. Voltavam quando era noite fechada, quando a praça era iluminada apenas pela lucarna de Binet.

Contudo, a volúpia de sua dor era incompleta, pois não tinha ao seu redor ninguém que a pudesse partilhar; e visitava a mãe Lefrançois, a fim de poder falar dela. Porém a estalajadeira mal o ouvia tendo pesares, como ele, pois o Sr. Lheureux acabava enfim de inaugurar *Les Favorites du Commerce*[194] e Hivert, que gozava de uma grande reputação para as incumbências, exigia um aumento de ordenado e ameaçava passar para "a Concorrência".

Um dia, em que fora ao mercado de Argueil para vender seu cavalo — último recurso — encontrou Rodophe.

Ao se verem, empalideceram. Rodolphe, que apenas enviara seu cartão, balbuciou a princípio algumas desculpas, depois criou coragem e levou mesmo a tranquilidade (fazia muito calor, era o mês de agosto) até o ponto de convidá-lo a tomar uma garrafa de cerveja no botequim.

[194] As Favoritas do Comércio.

Sentado diante dele, mastigava seu charuto ao conversar e Charles perdia-se em devaneios diante daquele rosto que ela amara. Parecia-lhe rever alguma coisa dela. Era um deslumbramento. Teria desejado ser aquele homem.

O outro continuava a falar de cultivo, de gado, de adubos, enchendo com frases banais todos os interstícios em que pudesse insinuar-se uma alusão. Charles não o ouvia; Rodolphe percebia-o e acompanhava, na mobilidade de seu rosto, a passagem das lembranças. Ele enrubescia pouco a pouco, as narinas batiam rapidamente, os lábios fremiam; houve mesmo um instante em que Charles, cheio de sombrio furor, fixou os olhos em Rodolphe que, com uma espécie de terror, interrompeu-se. Mas em breve o mesmo cansaço fúnebre apareceu novamente em seu rosto.

— Não lhe quero mal, disse.

Rodolphe permanecera mudo. E Charles, com a cabeça nas mãos, repetiu com voz apagada e com o tom resignado das dores infinitas:

— Não, já não lhe quero mal.

Acrescentou mesmo uma grande frase, a única que jamais dissera:

— Foi culpa da fatalidade!

Rodolphe, que conduzira aquela fatalidade, achou-o bem bonachão para um homem em sua situação, cômico mesmo e um pouco vil.

No dia seguinte, Charles foi sentar-se no banco do caramanchão. A luz passava pelas grades; as folhas da parreira desenhavam suas sombras na areia, o jasmim perfumava o ambiente, o céu era azul, algumas cantáridas zumbiam ao redor dos lírios em flor e Charles sufocava como um adolescente sob os vagos eflúvios amorosos que lhe inchavam o coração de pesar.

Às sete horas, a pequena Berthe, que não o vira durante toda a tarde, veio buscá-lo para jantar.

Ele tinha a cabeça caída par trás e apoiada no muro, tinha os olhos fechados, a boca aberta e segurava uma longa mecha de cabelos pretos.

— Papai, vem! disse ela.

E, pensando que ele quisesse brincar, empurrou-o suavemente. Ele caiu no chão. Estava morto.

Trinta e seis horas mais tarde, a pedido do boticário, o Dr. Canivet acorreu. Abriu-o e não encontrou nada.

Depois que tudo foi vendido, restaram doze francos e setenta e cinco cêntimos que serviram para pagar a viagem da Srta. Bovary à casa de sua avó. A boa mulher morreu no mesmo ano; como o pai Rouault estava paralítico, foi uma tia que se encarregou dela. É pobre e envia-a, para ganhar a vida, a uma fábrica de fiação.

Após a morte de Bovary três médicos se sucederam em Yonville sem poder ter sucesso, de tal forma o Sr. Homais os perseguiu logo. Tem agora uma clientela infernal; as autoridades o tratam com deferência e a opinião pública o protege.

Acaba de receber a Legião de Honra.

O Processo

O MINISTÉRIO PÚBLICO
contra Gustave Flaubert

REQUISITÓRIO
do Sr. Advogado Imperial

Sr. ERNEST PINARD

Senhores, ao abordar este debate, o ministério público encontra-se em presença de uma dificuldade que não pode dissimular. Não reside ela na própria natureza da incriminação: ofensas à moral pública e à religião são sem dúvida expressões um pouco vagas, um pouco elásticas, que é necessário precisar. Mas, enfim, quando se fala a espíritos íntegros é fácil entender-se a esse respeito, distinguir se tal página de um livro ofende a religião ou a moral. A dificuldade não se encontra em nossa incriminação, mas encontra-se antes em toda a extensão da obra que deveis julgar. Trata-se de um romance inteiro. Quando se submete à vossa apreciação um artigo de jornal, vê-se imediatamente onde começa e onde acaba o delito; o ministério público lê o artigo e submete-o à vossa apreciação. Aqui não se trata de um artigo de jornal mas de todo um romance que começa em 1º de outubro, acaba em 15 de dezembro e se compõe de seis fascículos, na *Revue de Paris*, em 1856. Que fazer nesta situação? Qual é o papel do ministério público? Ler todo o romance? É impossível. De outro lado, ler somente os textos incriminados significa expor-se a uma censura bem fundamentada. Poderiam dizer-nos: se não expuserdes o processo em todas as suas partes, se saltardes o que precede e o que segue as passagens incriminadas é evidente que sufocais o debate restringindo o terreno da discussão. Para evitar este duplo inconveniente há apenas uma direção a seguir, é a de em primeiro lugar contar-vos todo o romance sem o ler, sem incriminar nenhuma passagem e depois ler, incriminar o texto, citando-o e finalmente responder às objeções que poderiam ser levantadas contra o sistema geral da incriminação.

Qual é o título do romance? *Madame Bovary.* É um título que nada diz por si mesmo. Há um segundo título entre parênteses: *Costumes de província.* Também este título não explica o pensamento do autor, mas já o faz pressentir. O autor não quis seguir este ou aquele sistema filosófico verdadeiro ou falso, quis fazer um quadro de gênero e ireis ver que quadros!!! Sem dúvida, é o marido que começa e que termina o livro, mas o mais sério retrato da obra, o que ilumina as outras pinturas, é evidentemente o da Sra. Bovary.

Aqui estou contando, não estou citando. Toma-se o marido no colégio e, é preciso dizê-lo, a criança já anuncia o que será o marido. É excessivamente vagaroso e tímido, tão tímido que, quando chega ao colégio e lhe perguntam o nome, começa por responder *Charbovari.* É tão vagaroso que estuda sem progredir. Nunca é o primeiro, também nunca é o último da classe; é o tipo, senão da nulidade, pelo menos do ridículo no colégio. Após os estudos do colégio vem estudar medicina em Rouen, num aposento no quarto andar que dá para o Sena, que sua mãe lhe alugara em casa de um tintureiro de suas relações. É lá que faz seus estudos médicos e que chega pouco a pouco a conquistar não o grau de doutor em medicina mas o de oficial de saúde. Frequentava as tabernas, faltava às aulas, mas, em suma, não tinha outra paixão, além da de jogar dominós. Eis o Sr. Bovary.

Ele se casará. Sua mãe encontra-lhe uma mulher: a viúva de um oficial de justiça de Dieppe; é virtuosa e feia, tem quarenta e cinco anos e 1.200 libras de renda. Porém, o notário que tinha o capital de renda partiu uma bela manhã para a América e a jovem Sra. Bovary sentiu-se tão chocada, tão impressionada por esse golpe inesperado que morreu. Eis o primeiro casamento, eis a primeira cena.

Tendo-se tornado viúvo, o Sr. Bovary pensou em casar novamente. Interroga suas lembranças; não precisa ir muito longe, vem-lhe logo à lembrança a filha do dono de uma quinta da redondeza que excitara singularmente as suspeitas da Sra. Bovary, a Srta. Emma Rouault. O proprietário Rouault tinha apenas uma filha educada junto às Ursulinas de Rouen. Ela pouco se ocupava com a quinta; seu pai desejava casá-la. O oficial de saúde se apresenta, não cria dificuldade quanto ao dote e compreendereis que com tais disposições de ambas as partes as coisas vão depressa. O casamento é realizado. O Sr. Bovary está aos pés de sua mulher, é o mais feliz dos homens, o mais cego dos maridos; sua única preocupação é a de adivinhar os desejos de sua mulher.

Aqui o papel do Sr. Bovary se apaga; o da Sra. Bovary torna-se o verdadeiro cerne do livro.

Senhores, a Sra. Bovary amou seu marido ou terá procurado amá-lo? Não, e desde o início houve o que podemos chamar a cena da iniciação. A partir desse momento, um outro horizonte abre-se diante dela, uma nova vida lhe aparece. O proprietário do castelo de Vaubyessard dera uma grande festa. Convidara-se o oficial de saúde, convidara-se sua mulher e lá houve para ela uma como iniciação a todos os ardores da volúpia! Ela percebera o Duque de Laverdière, que tivera sucesso na corte; ela valsara com um visconde e sentira uma perturbação desconhecida. A partir daquele momento, vivera uma nova vida. Um dia, procurando algo num móvel encontrara um arame que lhe ferira o dedo; era o arame de seu buquê de casamento. Para tentar arrancá-la ao tédio que a consumia, o Sr. Bovary sacrificou sua clientela e foi instalar-se em Yonville. É aqui que vem a cena da primeira queda. Estamos no segundo fascículo. A Sra. Bovary chega a Yonville e, lá, a primeira pessoa que encontra, na qual fixa os olhares, não é o notário do lugar, é o único escrevente desse notário, Léon Dupuis. É um homem extremamente jovem, que estuda direito e que vai partir para a capital. Qualquer outra pessoa que não o Sr. Bovary ter-se-ia inquietado com as visitas do jovem escrevente, mas o Sr. Bovary é tão ingênuo que acredita na virtude de sua mulher; Léon, inexperiente, sentia o mesmo sentimento. Ele parte, a ocasião está perdida, mas as ocasiões são facilmente reencontradas. Havia na vizinhança de Yonville um certo Sr. Rodolphe Boulanger (vedes que estou contando). Era um homem de trinta e quatro anos, de temperamento brutal; tivera muito sucesso junto a conquistas fáceis; era então amante de uma atriz; percebeu a Sra. Bovary, ela era jovem, encantadora; resolveu fazer dela sua amante. A coisa era fácil, bastaram-lhe três ocasiões. Da primeira vez ele fora aos Comícios agrícolas, a segunda vez, fizera-lhe uma visita, a terceira vez levara-a a um passeio a cavalo que o marido julgara necessário à saúde de sua mulher; e é então, numa primeira visita à floresta, que há a queda. Os encontros se multiplicarão no castelo de Rodolphe e sobretudo no jardim do oficial de saúde. Os amantes chegam até os limites extremos da volúpia! A Sra. Bovary quer que Rodolphe a rapte, Rodolphe não ousa dizer não mas escreve-lhe uma carta em que procura provar-lhe, com várias razões, que ele não pode raptá-la. Fulminada pela carta, a Sra. Bovary tem uma febre cerebral seguida por uma febre tifóide. A febre matou o amor, mas permaneceu a doente. Eis a segunda cena.

Chego à terceira. A queda com Rodolphe fora seguida por uma reação religiosa, mas ela fora curta; a Sra. Bovary vai cair novamente. O marido julgara o teatro útil à convalescença de sua mulher e levara-a a Rouen. Num camarote, diante daquele ocupado pelo Sr. e pela Sra. Bovary encontrava-se Léon Dupuis, o jovem escrevente de notário que estuda direito em Paris e que voltou singularmente instruído, singularmente experiente. Ele vai visitar a Sra. Bovary, propõe-lhe um encontro. A Sra. Bovary indica-lhe a catedral. Ao saírem da catedral, Léon propõe-lhe tomar um fiacre. A princípio ela resiste, mas Léon lhe diz que isso se faz em Paris e então não há mais obstáculo. A queda acontece no fiacre! Os encontros com Léon multiplicam-se como se haviam multiplicado com Rodolphe, em casa do oficial de saúde e depois num quarto que alugaram em Rouen. Enfim, ela chegou ao próprio cansaço desse segundo amor e é aqui que começa a cena de angústia, é a última do romance.

A Sra. Bovary prodigara, lançara presentes nos braços de Rodolphe e de Léon, levara uma vida de luxo e, para enfrentar tantas despesas, assinara numerosas promissórias. Obtivera de seu marido uma procuração geral para gerir o patrimônio comum; ela encontrara um usurário que lhe fazia assinar promissórias, as quais, não tendo sido pagas na data do vencimento, eram renovadas em nome de um cúmplice. Depois, haviam chegado o papel selado, os protestos, os julgamentos, a penhora e enfim o edital da venda do mobiliário do Sr. Bovary que ignorava tudo. Reduzida ao mais cruel desespero, a Sra. Bovary pede dinheiro a todo mundo e não o obtém de ninguém. Léon não o tem e recua assustado diante da ideia de um crime que lhe sugerem para consegui-lo. Percorrendo todos os degraus da humilhação a Sra. Bovary vai procurar Rodolphe; ela nada consegue, Rodolphe não possui três mil francos. Somente lhe resta uma saída. Desculpar-se junto ao marido? Não; explicar-se com ele?

Mas esse marido teria a generosidade de perdoá-la e essa é uma humilhação que ela não pode aceitar: ela se envenena. Vêm então as cenas dolorosas. O marido está lá, ao lado do corpo gelado de sua mulher. Manda trazer o vestido do casamento, ordena que o vistam com ele e que encerrem seus despojos num triplo caixão.

Um dia, abre a escrivaninha e nela encontra o retrato de Rodolphe, suas cartas e as de Léon. Pensais que o amor vai então desmoronar? Não, não, pelo contrário, excita-se, exalta-se por essa mulher que outros possuíram, em razão dessas lembranças de volúpia que ela lhe deixou; e a partir desse momento ele negligencia sua clientela, sua família, deixa perderem-se as últimas parcelas de seu patrimônio e um dia é encontrado morto no caramanchão de seu jardim, tendo nas mãos uma longa mecha de cabelos negros.

Eis o romance; contei-o integralmente sem suprimir uma única cena. Chama-se *Madame Bovary*: podeis dar-lhe um outro título e chamá-lo com razão: *História dos adultérios de uma mulher de província.*

Senhores, a primeira parte de minha tarefa está realizada; contei, vou citar e após as citações virá a incriminação, que se apoia em dois delitos: ofensa à moral pública, ofensa à moral religiosa. A ofensa à moral pública encontra-se nos quadros lascivos que colocarei sob vossos olhos, a ofensa à moral religiosa em imagens voluptuosas misturadas às coisas sagradas. Chego às citações. Serei breve, pois lereis o romance por inteiro. Limitar-me-ei a citar-vos quatro cenas, ou melhor, quatro quadros. A primeira será a dos amores e da queda com Rodolphe; a segunda, a transição religiosa entre os dois adultérios; a terceira será a queda com Léon, é o segundo adultério, e enfim a quarta, que quero citar, é a morte da Sra. Bovary.

Antes de erguer os quatro cantos do quadro, permitam-me que pergunte qual é o colorido, a pincelada do Sr. Flaubert, pois finalmente seu romance é um quadro e é preciso saber a que escola pertence, que colorido usa e qual é o retrato de sua heroína.

O colorido geral do autor, permiti que vo-lo diga, é o colorido lascivo, antes, durante e após as quedas! Ela é criança, tem dez ou doze anos, está no convento das Ursulinas. Nessa idade em que a jovem não está formada, em que a mulher não pode sentir essas emoções fundamentais que lhe revelam um mundo novo, ela se confessa.

"Quando ia confessar-se (esta primeira citação do primeiro fascículo encontra-se à p. 30 do número de 1º de outubro) quando ia confessar-se inventava pequenos pecados a fim de ficar lá mais tempo, de joelhos na sombra, de mãos juntas, com o rosto na grade sob o murmúrio do padre. As comparações de noivo, de esposo, de amante celeste e de casamento eterno que se repetem nos sermões provocavam-lhe no fundo da alma doçuras inesperadas".

Será natural que uma menina invente pequenos pecados quando se sabe que, para uma criança, são os menores que são os mais difíceis de dizer? E além disso, nessa idade, quando uma menina não está formada, mostrá-la inventando pequenos pecados na sombra sob o murmúrio do padre, lembrando essas comparações de noivo, de esposo, de amante celeste e de casamento eterno, que lhe faziam sentir um como frêmito de volúpia, não é fazer o que chamei uma pintura lasciva?

Quereis a Sra. Bovary em seus menores atos, livre, sem amante, sem a falta? Não falarei sobre esse *dia seguinte* e sobre essa recém-casada que nada deixava perceber, que nada deixava adivinhar, há nesse ponto algo de equívoco na frase, mas desejais saber como se apresentava o marido?

Este marido do dia seguinte "que se teria tomado pela virgem da véspera, enquanto a recém-casada nada deixava perceber que permitisse adivinhar alguma coisa". Este marido (p. 29) que se levanta e parte "com o espírito tranquilo, com a carne satisfeita" e que avança "ruminando sua felicidade como os que ainda mastigam, após o almoço, o gosto das trufas que estão digerindo".

Faço questão, senhores, de precisar-vos o caráter da obra literária do Sr. Flaubert e de suas pinceladas. Há, às vezes, tiradas que querem dizer muita coisa e tais tiradas não lhe custam nada.

Além disso, no castelo de Vaubyessard, sabeis o que atrai os olhares dessa jovem mulher, o que mais a impressiona? É sempre a mesma coisa, é o Duque de Laverdière, amante, "dizia-se, de Marie-Antoinette entre os Srs. de Coigny e de Lauzun", e para o qual "os olhos de Emma voltavam automaticamente como a algo de extraordinário e de augusto; ele vivera na corte e dormira na cama das rainhas!"

Dir-se-á que é este apenas um parêntese histórico. Triste e inútil parêntese! A história pôde autorizar suspeitas mas não o direito de erigi-las em certeza. A história falou de colar em todos os romances, a história falou de mil coisas, mas são todas suposições e, repito-o, a quanto saiba ela não autorizou a transformar tais suspeitas em certeza. E se quando Marie-Antoinette morreu, com a dignidade de uma soberana e a calma de uma cristã, esse sangue derramado poderia apagar erros, com muito maior razão apagaria suspeitas. Meu Deus, o Sr. Flaubert teve necessidade de uma imagem impressionante para pintar sua heroína e tomou essa para exprimir ao mesmo tempo tanto os instintos perversos quanto a ambição da Sra. Bovary!

A Sra. Bovary deve valsar muito bem e ei-la valsando:

"Começaram lentamente, depois valsaram com maior rapidez. Giravam: tudo girava ao redor deles, as lâmpadas, os móveis, os lambris e o chão, como um disco sobre um eixo. Ao passar junto às portas, a orla do vestido de Emma roçava na calça de seu par; suas pernas entravam uma na outra; ele baixava seu olhar para ela, ela levantava o seu para ele; um torpor a invadia, ela se deteve. Partiram novamente; e com um movimento mais rápido o visconde, arrebatando-a, desapareceu com ela até o final da galeria onde, ofegante, ela quase caiu e por um instante apoiou a cabeça em seu peito. E em seguida, sempre girando, porém mais suavemente, ele reconduziu-a ao seu lugar; ela caiu para trás, contra a parede e pôs a mão diante dos olhos".

Sei perfeitamente que se valsa um pouco dessa maneira, mas o fato não é por isso mais moral.

Tomai a Sra. Bovary nos mais simples atos, é sempre a mesma pincelada, em todas as páginas. Assim Justin, o criado do farmacêutico vizinho, tem súbitos deslumbramentos quando é iniciado no segredo do toucador dessa mulher. Leva sua voluptuosa admiração até a cozinha.

"Com o cotovelo apoiado na longa prancha em que ela (Félicité, a criada de quarto) passava roupa, ele olhava avidamente todas aquelas coisas de mulher expostas ao seu redor, as anáguas de bombazina, os lenços de pescoço, os largos cabeções e as calças com bainha de passagem, largas nos quadris e afinando na base."

"Para que serve isto?" perguntava o rapaz passando a mão sobre a crinolina ou sobre os colchetes.

"Então nunca viste nada?" respondia, rindo, Félicité".

O marido também perguntava a si mesmo, em presença dessa mulher que exalava frescor, se o odor lhe vinha da pele ou de sua camisa.

"Ele encontrava todas as noites um aconchego suave e uma mulher finamente vestida, encantadora, exalando um frescor perfumado sem saber mesmo de onde vinha aquele aroma ou se não era a mulher que perfumava sua camisa".

Mas basta de detalhes! Conheceis agora a fisionomia da Sra. Bovary em repouso, quando não provoca ninguém, quando não peca, quando é ainda completamente inocente, quando, ao voltar de um encontro, ainda não está ao lado de um marido que detesta. Conheceis agora o colorido geral do quadro, a fisionomia geral da Sra. Bovary. O autor teve o maior cuidado, empregou todos os prestígios de seu estilo para pintar essa mulher. Terá tentado mostrá-la pelo lado da inteligência? Nunca. Pelo lado do coração? Também não. Pelo lado do espírito? Não. Pelo lado da beleza física? Nem mesmo isso. Oh! Sei bem que existe um retrato da Sra. Bovary após o adultério e dos mais brilhantes; mas o quadro é antes de mais nada lascivo, as poses são voluptuosas, a beleza da Sra. Bovary é uma beleza de provocação.

Chego agora às quatro citações importantes; farei somente quatro; faço questão de restringir os limites. Disse que a primeira seria sobre os amores de Rodolphe, a segunda sobre a transição religiosa, a terceira sobre os amores de Léon, a quarta sobre a morte.

Vejamos a primeira, a Sra. Bovary está perto da queda, prestes a sucumbir.

"A mediocridade doméstica levava-a a fantasias luxuosas, a ternuras matrimoniais a desejos adúlteros"... "amaldiçoou-se por não ter amado Léon, teve sede de seus lábios."

O que foi que seduziu Rodolphe e o preparou? O vestido da Sra. Bovary inchando-se, abrindo-se cá e lá e segundo as inflexões do corpete! Rodolphe levou seu criado à casa de Bovary para sangrá-lo. O criado vai desmaiar, a Sra. Bovary segura a bacia.

"Para pô-la embaixo da mesa, ao inclinar-se para fazer esse movimento, seu vestido abriu-se ao seu redor sobre os ladrilhos da sala; e como Emma, abaixada, cambaleasse um pouco ao abrir os braços, a fazenda inflada enrugava-se cá e lá segundo a curvatura do corpete". Eis também a reflexão de Rodolphe:

"Ele revia Emma na sala como a vira e a despia".

P. 147. É o primeiro dia em que se falam. "Olhavam-se. Um desejo supremo fazia tremer seus lábios secos; e suavemente, sem esforço, seus dedos se confundiram".

Esses são os preliminares da queda. É preciso ler a própria queda.

"Quando o traje ficou pronto, Charles escreveu ao Sr. Boulanger que sua mulher estava à sua disposição e que contava com sua complacência.

"No dia seguinte, ao meio-dia, Rodolphe chegou diante da porta de Charles com dois cavalos magníficos. Um usava pompons cor-de-rosa nas orelhas e uma sela para mulher em pele de gamo.

"Rodolphe pusera longas botas flexíveis, pensando que sem dúvida ela nunca vira nada igual; de fato, Emma ficou encantada com sua figura, quando ele apareceu no patamar com sua bela casaca de veludo marrom e seus calções de malha branca..."

"Logo que sentiu a terra, o cavalo de Emma pôs-se a galopar. Rodolphe galopava a seu lado".

Ei-los na floresta.

"Arrastou-a para mais longe, ao redor de um pequeno lago, onde algumas lentilhas d'água criavam uma espécie de verdura sobre as ondas ..."

"— Faço mal, faço mal, dizia ela. Sou louca em ouvi-lo.

"— Por quê?... Emma!... Emma!

"— Oh! Rodolphe!... disse lentamente a jovem, inclinando-se sobre o seu ombro.

"A fazenda de seu vestido agarrava-se ao veludo da casaca, ela inclinou para trás seu pescoço branco que um suspiro vinha inchar e, desfalecendo, em prantos, com um longo frêmito e escondendo o rosto, ela se abandonou".

Após ter-se levantado, quando, após ter sacudido o cansaço da volúpia, voltou ao lar doméstico, àquele lar onde iria encontrar um marido que a adorava, após sua primeira falta, após esse primeiro adultério, após essa primeira queda, terá sido o remorso, o sentimento de remorso que ela sentiu, diante do olhar desse marido enganado que a adorava? Não! Com a testa alta, voltou glorificando o adultério.

"Ao perceber sua imagem no espelho, surpreendeu-se com seu rosto. Nunca tivera os olhos tão grandes, tão negros, nem de uma tal profundidade. Algo de sutil, disseminado em sua pessoa, a transfigurava.

"Repetia a si mesma: 'Tenho um amante! Um amante!' Deleitando-se com essa ideia como com a de uma puberdade que a tivesse atingido. Portanto ia possuir enfim aquelas alegrias do amor, aquela febre de felicidade da qual desesperara. Entrava em algo maravilhoso onde tudo seria paixão, êxtase, delírio..."

Assim, a partir desse primeiro erro, a partir dessa primeira queda, ela faz a glorificação do adultério, ela canta o cântico do adultério, sua poesia, suas volúpias. Eis, senhores, o que para mim é bem mais perigoso, bem mais imoral do que a própria queda.

Senhores, tudo é pálido diante dessa glorificação do adultério; mesmo os encontros noturnos, alguns dias mais tarde.

"Para avisá-la, Rodolphe atirava contra as persianas um punhado da areia. Ela levantava-se sobressaltada: mas às vezes precisava esperar, pois Charles tinha a mania de tagarelar junto ao fogo e não acabava nunca. Ela devorava-se de impaciência; se seus olhos tivessem podido tê-lo-iam feito saltar pela janela. Enfim, ela começava sua toalete noturna; depois, tomava um livro e continuava a ler com toda a tranquilidade, como se a leitura a divertisse. Mas Charles, na cama, chamava-a para que se deitasse.

"— Vem de uma vez, Emma, dizia, já é hora.

"— Sim, vou! respondia ela.

"Todavia, como as velas o ofuscavam, ele voltava-se para a parede e adormecia. Ela escapava suspendendo a respiração, sorridente, palpitante, desvestida.

"Rodolphe tinha um grande manto; envolvia-a inteiramente nele e, passando o braço por sua cintura, arrastava-a sem falar até o fundo do jardim.

"Era sob o caramanchão, sobre o mesmo banco de madeira apodrecida onde outrora Léon a olhava amorosamente, durante as noites de verão. Ela pouco pensava nele agora.

"O frio da noite fazia com que se apertassem ainda mais, os suspiros de seus lábios pareciam-lhes mais fortes, seus olhos, que mal entreviam, pareciam-lhes maiores e no meio do silêncio havia palavras ditas baixinho que caíam em suas almas com uma sonoridade cristalina que nelas se repercutiam com múltiplas vibrações."

Conheceis no mundo, senhores, uma linguagem mais expressiva? Vistes alguma vez um quadro mais lascivo? Escutai ainda:

"Nunca a Sra. Bovary fora tão bela quanto naquela época; possuía aquela indefinível beleza que resulta da alegria do entusiasmo, do sucesso e que é apenas a harmonia do temperamento com as circunstâncias. Seus desejos, seus pesares, a experiência do prazer e suas ilusões sempre jovens, como fazem às flores o esterco, a chuva, os ventos e o sol, haviam-na gradualmente aberto e ela desabrochava enfim na plenitude de sua natureza. Suas pálpebras pareciam cortadas especialmente para seus longos olhares amorosos em que a pupila se perdia, enquanto uma sôfrega respiração afastava suas narinas finas e levantava o canto carnudo de seus lábios sombreados sob a luminosidade por um pouco de penugem negra. Ter-se-ia dito que um artista hábil em corrupções dispusera sobre sua nuca a espiral de seus cabelos; eles enrolavam-se negligentemente numa massa pesada e segundo os acasos do adultério que os soltavam todos os dias. Sua voz, agora, tinha inflexões mais indolentes, sua cintura também; algo de sutil e de penetrante emanava mesmo do drapejamento de seu vestido e da curvatura de seu pé. Charles, como nos primeiros tempos de seu casamento, achava-a deliciosa e irresistível".

Até agora, a beleza dessa mulher consistira em sua graça, em sua figura, em suas roupas; enfim, ela acaba de vos ser mostrada sem véus e podeis dizer se o adultério não a embelezou:

"— Leva-me embora! exclamou ela — Rapta-me ...! Oh! Suplico-te!

"E precipitou-se sobre sua boca, como para nela colher o consentimento inesperado que dela se exalava num beijo".

Eis um retrato, senhores, como sabe fazê-los, o Sr. Flaubert. Como os olhos dessa mulher se alargam! Como algo de encantador se derramou sobre ela após sua queda! Sua beleza terá sido tão deslumbrante quanto após sua queda, quanto nos dias que seguiram sua queda? O que o autor vos mostra é a poesia do adultério e pergunto-vos mais uma vez se estas páginas lascivas não são de uma profunda imoralidade!!!

Chego à segunda citação. A segunda citação é uma transição religiosa. A Sra. Bovary estivera muito doente, às portas do túmulo. Ela volta à vida, sua convalescença é assinalada por uma pequena transição religiosa.

"O Padre Bournisien (era o pároco) vinha vê-la. Informava-se sobre a sua saúde, trazia-lhe notícias e exortava-a à religião numa pequena conversa terna que não deixava de ser agradável. Apenas a vista de sua batina já a reconfortava."

Enfim ela vai comungar. Não gosto muito de encontrar coisas santas num romance, mas pelo menos quando se fala delas seria preciso não desfigurá-las pela linguagem. Haverá nessa mulher adúltera que vai comungar alguma coisa da fé da Madalena arrependida? Não, não, é sempre a mulher apaixonada que procura ilusões e que as procura nas coisas mais santas, mais augustas.

"Um dia em que, no pior momento de sua doença, julgara-se agonizante, ela pedira a comunhão; e, à medida que se faziam, no quarto, os preparativos para o sacramento, que se transformava em altar a cômoda entulhada de xaropes e que Félicité semeava o chão com flores de dálias, Emma sentia que algo de forte passava sobre ela, que a libertava de suas dores, de qualquer percepção, de qualquer sentimento. Sua carne, menos pesada, não pensava mais, uma outra vida começava; pareceu-lhe que seu ser, elevando-se em direção a Deus, ia aniquilar-se naquele amor como o incenso queimado que se dissipava em vapor."

Em que língua se reza a Deus com as palavras que se dirigem ao amante nas efusões do adultério? Sem dúvida falar-se-à de cor local, e procurar-se-ão desculpas dizendo que uma mulher etérea e romanesca, mesmo na religião, não faz as coisas como todo mundo. Não há cor local que desculpe tal mistura! Voluptuosa um dia, religiosa no dia seguinte, nenhuma mulher, mesmo de outras regiões, mesmo sob o céu da Espanha ou da Itália, murmura a Deus as carícias adúlteras que ela dava ao amante. Apreciareis tal linguagem, senhores, e não desculpareis tais palavras do adultério introduzidas, de algum modo, no santuário da divindade! Eis a segunda citação; chego à terceira, é a série dos adultérios.

Após a transição religiosa, a Sra. Bovary está ainda prestes a cair. Ela vai ao teatro em Rouen. Levava-se *Lucia di Lammermour*. Emma refletiu sobre sua vida.

"Ah! Se no frescor de sua beleza, antes da degradação do casamento e das desilusões do adultério (outros teriam dito: das desilusões do casamento e da degradação do adultério), antes da degradação do casamento e das desilusões do adultério ela tivesse podido colocar sua vida em algum coração sólido, então com a virtude, a ternura, as volúpias e o dever confundindo-se como uma coisa só, ela nunca teria descido de uma tão alta felicidade".

Vendo Lagardy em cena, teve vontade de correr para seus "braços para refugiar-se em sua força, como na encarnação do próprio amor e de dizer-lhe, de exclamar: "Rapta-me, leva-me embora, vamos! Para ti! Para ti! Todo o meu ardor e todos os meus sonhos!"

Léon mantinha-se atrás dela.

"Ele permanecia atrás dela, com o ombro apoiado na parede e, de vez em quando, ela estremecia ao sopro morno de suas narinas que lhe descia pelos cabelos".

Há pouco falaram-vos das degradações do casamento; vão mostrar-vos ainda o adultério em toda a sua poesia, em suas inefáveis seduções. Disse que se deveria ter pelo menos modificado as expressões e dizer: as desilusões do casamento e as degradações do adultério. Muito frequentemente, quando se é casado, em lugar da felicidade sem nuvens que se prometera encontram-se os sacrifícios, as amarguras. A palavra desilusão pode então ser justificada, a de degradação não poderia sê-lo.

Léon e Emma marcaram encontro na catedral. Eles a visitam ou não a visitam. Saem.

"Um menino fazia travessuras no adro.

"— Vai procurar-me um fiacre! grita-lhe Léon. A criança partiu como uma bala.

"— Ah! Léon... Realmente... não sei... se devo! e ela fazia trejeitos. depois, com seriedade: É muito inconveniente, sabe?

"— Em que sentido? replicou o escrevente. Isto se faz em Paris.

E aquela palavra, como um irresistível argumento, determinou-a".

Sabemos agora, senhores, que a queda não aconteceu no fiacre. Por um escrúpulo que a honra, a *Revue de Paris* suprimiu a passagem da queda no fiacre. Mas se a *Revue de Paris* baixa as cortinas do fiacre, ela nos deixa penetrar no quarto em que eles se encontram.

Emma quer partir, pois dera sua palavra que voltaria na mesma noite. "Aliás, Charles a esperava, e ela sentia no coração essa covarde docilidade que é para muitas mulheres ao mesmo tempo como o castigo e o preço do adultério ..."

"Léon, na calçada, continuava a caminhar. Ela seguia-o até o seu hotel; ele subia, abria a porta, entrava... que abraço!

"Depois dos beijos, as palavras precipitavam-se. Contavam-se os pesares da semana, os pressentimentos, as inquietações pelas cartas; mas agora tudo estava esquecido e eles se olhavam frente a frente, com risos de volúpia e expressões de ternura.

"A cama era uma cama de casal de acaju em forma de barca. As cortinas de levantina vermelha que desciam do teto fechavam-se baixo demais, perto da cabeceira que se alargava; — e nada havia no mundo de mais bonito do que sua cabeça morena destacando-se sobre aquela cor púrpura, quando, com um gesto de pudor, ela fechava os dois braços nus, escondendo o rosto com as mãos.

"O tépido aposento, com seu tapete discreto, seus ornamentos alegres e sua luz tranquila, parecia totalmente favorável às intimidades da paixão".

Eis o que acontece nesse quarto. Eis mais uma passagem muito importante — como pintura lasciva!

"Como gostavam daquele bom quarto cheio de alegria, apesar de seu esplendor um pouco envelhecido! Encontravam sempre os móveis no mesmo lugar e às vezes os grampos que ela esquecera na quinta-feira anterior sob o pedestal do relógio. Almoçavam no canto da lareira, numa mesinha redonda com incrustações de palissandra.

Emma trinchava, colocava-lhe os pedaços no prato dizendo todo tipo de meiguices; e ria com um riso sonoro e libertino quando a espuma do vinho de Champagne transbordava do copo fino para os anéis de seus dedos. Estavam tão completamente perdidos na posse mútua que se sentiam em sua própria casa como se lá tivessem de viver até a morte como dois eternos jovens esposos. Diziam nosso quarto, nosso tapete, nossas poltronas, ela dizia mesmo minhas pantufas, um presente de Léon que fora um capricho dela. Eram pantufas de cetim cor-de-rosa com um cisne bordado. Quando ela se sentava sobre os joelhos, sua perna então, por demais curta, ficava suspensa no ar; e o gracioso calçado, que não possuía salto, sustentava-se apenas nos dedos de seus pés nus.

"Ele saboreava pela primeira vez a inexprimível delicadeza das elegâncias femininas. Nunca encontrara aquela graça da linguagem, aquela reserva do vestuário, aquelas poses de pomba entorpecida. Admirava a exaltação de sua alma e as rendas de sua saia. Aliás, não era ela *uma mulher da sociedade* e uma mulher casada? Uma verdadeira amante, enfim?"

Eis, senhores, uma descrição que nada deixará a desejar, espero, do ponto de vista da incriminação. Eis uma outra ou antes eis a continuação da mesma cena:

"Ela tinha palavras ternas com beijos que lhe arrebatavam a alma. Onde aprendera aquela corrupção, quase imaterial à força de profundidade e dissimulação?"

Oh! Compreendo bem, senhores, o desgosto que lhe inspirava esse marido que queria abraçá-la quando voltava; compreendo perfeitamente que após os encontros desse tipo ela sentisse com horror, à noite, "contra a sua carne, aquele homem estendido que dormia".

Não é tudo, à p. 73 há um último quadro que não posso omitir; ela chegou até ao cansaço da volúpia.

"Ela prometia continuamente a si mesma, para a viagem seguinte, uma felicidade profunda; depois, confessava a si mesma não sentir nada de extraordinário. Aquela decepção apagava-se depressa com uma nova esperança e Emma voltava a ele mais inflamada, mais ávida. Despia-se brutalmente, arrancando o fino cordão de seu corpete que lhe sibilava ao redor das ancas como o escorregar de uma cobra. Ia na ponta dos pés nus ver ainda uma vez se a porta estava fechada, depois, com um único gesto, deixava cair, juntas, todas as suas roupas; — e, pálida, sem falar, séria, abatia-se contra o seu peito, com um longo estremecimento".

Assinalo aqui duas coisas, senhores, uma pintura admirável sob o ponto de vista do talento, mas uma pintura execrável do ponto de vista da moral. Sim, o Sr. Flaubert sabe embelezar suas pinturas com todos os recursos da arte, mas sem a cautela da arte. Não há nele nenhuma gaze, nenhum véu, é a natureza em toda a sua nudez, em toda a sua crueza!

Ainda uma citação da p. 78.

"Conheciam-se demais para sentir aqueles espantos da posse que centuplicam sua alegria. Ela estava tão enfastiada dele quanto ele estava cansado dela. Emma encontrava no adultério toda a insipidez do casamento".

Insipidez do casamento, poesia do adultério! Ora é a degradação do casamento, ora é sua insipidez, mas é sempre a poesia do adultério. Eis, senhores, as situações que o Sr. Flaubert gosta de pintar e infelizmente pinta-as bem demais.

Contei três cenas: a cena com Rodolphe, e nela vistes a queda na floresta, a glorificação do adultério e esta mulher cuja beleza se torna maior com essa poesia. Falei de transição religiosa e nela vistes a prece tomar a linguagem do adultério. Falei da segunda queda, expus-vos cenas que se passam com Léon. Mostrei-vos a cena do fiacre — suprimida — mas mostrei-vos o quadro do quarto e da cama. Agora, que pensamos estarem definidas vossas convicções, chegamos à última cena, à do suplício.

Ao que parece, muitos cortes foram feitos pela *Revue de Paris*. Eis em que termos se queixa o Sr. Flaubert:

"Considerações que não me cabe apreciar obrigaram a *Revue de Paris* a fazer uma supressão no número de 1º de dezembro. Como seus escrúpulos se renovaram quando do presente número, ela julgou conveniente retirar ainda vários trechos. Como consequência declaro que nego a responsabilidade das linhas que seguem; rogo ao leitor que nelas veja apenas fragmentos e não um conjunto".

Deixemos então tais fragmentos e cheguemos à morte. Ela se envenena. Ela se envenena, por quê ? "Ah! A morte é bem pouca coisa, pensava ela: vou dormir e tudo estará acabado!" Depois, sem um remorso, sem nem uma confissão, sem uma lágrima de arrependimento pelo suicídio que se consuma e pelos adultérios da véspera, ela vai receber o sacramento dos moribundos. Por que o sacramento, visto que, em seu pensamento de há pouco, ela vai para o nada? Por que, quando não há nem uma lágrima, nem um suspiro de Madalena por seu crime de incredulidade, por seu suicídio, por seus adultérios?

Após essa cena vem a da extrema-unção. São palavras santas e sagradas para nós. É com essas palavras que adormecemos nossos antepassados, nossos pais, nossos parentes, e é com elas que um dia nossos filhos nos adormecerão. Quando se quer reproduzi-las é preciso fazê-lo com exatidão; pelo menos não se deve juntar a elas uma imagem voluptuosa sobre a vida passada.

Vós sabeis, o padre faz as unções santas na testa, nas orelhas, na boca, nos pés, pronunciando estas frases litúrgicas: *Quidquid per pedes, per aures, per pectus,* etc., sempre seguidas pela palavra *misericórdia*... pecado de um lado, misericórdia do outro. É preciso reproduzi-las com exatidão estas palavras santas e sagradas; se não as reproduzirdes com exatidão, pelo menos não coloqueis nelas nada de voluptuoso.

"Ela virou o rosto lentamente e pareceu tomada de alegria ao ver de repente a estola violeta, encontrando sem dúvida, em meio a um sossego extraordinário, a volúpia perdida de seus primeiros ímpetos místicos, com visões de bem-aventuranças eternas que estavam começando.

"O padre ergueu-se para pegar o crucifixo; então ela estendeu o pescoço como quem tem sede e, colando os lábios ao corpo do Homem-Deus, depositou nele, com toda a sua força expirante, o maior beijo de amor que jamais dera. Em seguida, ele recitou o *Misereatur* e o *Indulgentiam*, molhou o polegar direito no óleo e começou as unções:

primeiro nos olhos, que tanto haviam cobiçado todas as suntuosidades terrenas; depois sobre as narinas, ávidas de brisas tépidas e de perfumes amorosos; depois na boca, que se abrira para a mentira, que gemera de orgulho e gritara na luxúria; depois nas mãos, que se deleitavam aos contatos suaves e enfim na planta dos pés, tão rápidos outrora quando ela corria para saciar seus desejos e que agora não caminhariam mais."

Agora, há a prece dos agonizantes que o padre recita em voz baixa e onde, a cada versículo, se encontram estas palavras: "Alma cristã, parti para uma região mais alta". São murmuradas no momento em que o último suspiro do moribundo lhe escapa dos lábios. O padre os recita etc.

"À medida que o estertor se tornava mais forte, o eclesiástico precipitava suas orações: elas se misturavam aos soluços abafados de Bovary e algumas vezes tudo parecia desaparecer no surdo murmúrio das sílabas latinas que tilintavam como o dobre de um sino."

O autor julgou conveniente alternar essas palavras, dar-lhes uma espécie de réplica. Faz ele intervir na calçada um cego que entoa uma canção cujas palavras profanas são uma espécie de resposta às preces dos agonizantes.

"De repente, ouviu-se na calçada um ruído de grossos tamancos, com o roçar de um bastão; e uma voz elevou-se, uma voz rouca que cantava:

Souvent la chaleur d'un beau jour
Fait rêver fillette à l'amour
Il souffla bien fort se jour-là
Et le jupon court s'envola.

É neste momento que a Sra. Bovary morre.

Eis pois o quadro: de um lado, o padre que recita as preces dos agonizantes; de outro, o tocador de realejo que excita na doente "um riso atroz, frenético, desesperado, julgando ver o rosto hediondo do miserável que se erguia nas trevas eternas como um terror... Uma convulsão abateu-a sobre o colchão. Todos se aproximaram. Ela não mais existia."

E depois, quando o corpo está frio, a coisa que deve ser respeitada acima de tudo é o cadáver abandonado pela alma. Quando o marido está presente, de joelhos, chorando sua mulher, quando estendeu sobre ela a mortalha, qualquer outro ter-se-ia detido e foi o momento em que o Sr. Flaubert deu sua última pincelada.

"O lençol aplainava-se dos seios até os joelhos, erguendo-se em seguida na ponta dos dedos".

Eis a cena da morte. Abreviei-a, agrupei-a num certo sentido. Cabe a vós julgar e apreciar se se trata da mistura do sagrado e do profano ou se não seria antes a mistura do sagrado e do voluptuoso.

Contei o romance. Em seguida incriminei-o e, permiti-me que o diga, o gênero que o Sr. Flaubert cultiva e que realiza sem os cuidados da arte, mas com todos os recursos da arte, é o gênero descritivo, a pintura realista. Vede a que limites chega. Ultimamente tive nas mãos um número do *Artiste*; não se trata de incriminar o *Artiste* mas de saber qual é o gênero do Sr. Flaubert e peço-vos a permissão para citar-vos algumas linhas que nada têm a ver com o escrito incriminado do Sr. Flaubert, e via nele a que ponto o Sr. Flaubert se distingue na pintura; ele gosta de pintar tentações, sobretudo as tentações às quais sucumbiu a Sra. Bovary. Pois bem! Encontro um modelo deste tipo nas poucas linhas que seguem, publicadas no *Artiste* do mês de janeiro, assinadas por *Gustave Flaubert*, sobre a tentação de santo Antônio. Meu Deus! É um assunto sobre o qual se podem dizer muitas coisas, mas não creio que seja possível dar maior vivacidade à imagem, maior força à pintura do que nestas palavras de Apollinaire[1] a santo Antônio: "Será a ciência? Será a glória? Queres refrescar teus olhos sobre jasmins úmidos? Queres sentir teu corpo mergulhar como numa onda na carne doce das mulheres desfalecidas?"

Pois bem! É o mesmo colorido, a mesma energia do pincel, a mesma vivacidade de expressão!

É preciso resumir. Analisei o livro, contei sem esquecer uma página, em seguida incriminei, era a segunda parte de minha tarefa: precisei alguns retratos, mostrei a Sra. Bovary em repouso, diante de seu marido, diante daqueles que ela não devia tentar e fiz-vos tocar as cores lascivas desse retrato! Em seguida, analisei algumas grandes cenas: a queda com Rodolphe, a transição religiosa, os amores com Léon, a cena da morte e em todas encontrei o duplo delito de ofensa à moral pública e à religião.

Preciso apenas de duas cenas: ultraje à moral, não o estareis vendo na queda com Rodolphe? Não o estareis vendo na glorificação do adultério? Não o estareis vendo sobretudo no que acontece com Léon? E, além disso, à moral religiosa, vejo-o no episódio da confissão, p. 30 do primeiro fascículo, número de 1º de outubro; na transição religiosa, p. 548 e 550 de 15 de novembro, e enfim na última cena da morte.

Tende diante de vós, senhores, três réus: o Sr. Flaubert, autor do livro; o Sr. Pichat, que o acolheu; e o Sr. Pillet, que o imprimiu. Nesta matéria, não há delito sem publicidade e todos os que concorreram para a publicidade devem ser igualmente atingidos. Porém, apressamo-nos em dizê-lo, o gerente da *Revue de Paris* e o impressor estão na segunda linha. O principal acusado e o autor é o Sr. Flaubert, o Sr. Flaubert que, advertido pela nota da redação, protesta contra a supressão que foi realizada em sua obra. Depois dele vem, em segundo lugar, o Sr. Laurent Pichat, ao qual pedireis satisfações não dessa supressão que fez mas daquelas que deveria ter feito, e enfim vem em último lugar o impressor, que é uma sentinela avançada contra o escândalo. O Sr. Pillet, aliás, é um homem honrado contra o qual nada tenho a dizer. Pedimo-vos apenas uma coisa, que lhe apliqueis a lei. Os impressores devem ler; quando não leram ou não mandaram ler, imprimem sujeitos a todos os riscos. Os impressores não são máquinas; têm um privilégio, prestam juramento, encontram-se numa situação especial, são responsáveis. Mais uma vez, são, se me permitis a expressão, sentinelas avançadas; se

[1] Citamos a nota da Edição Pléiade, p. 630: Apollinaire (*sic!*) por Apollonius de Tyane.

deixam passar o delito é como se deixassem passar o inimigo. Atenuai a pena quanto quiserdes para Pillet, sede mesmo indulgentes para com o gerente da *Revue*; quanto a Flaubert, o principal culpado, é para ele que deveis reservar vossa severidade!

Após ter cumprido minha tarefa, é preciso esperar as objeções ou adiantar-me a elas. Dir-nos-ão, como objeção geral: mas, finalmente, no fundo o romance é moral, visto que o adultério é punido.

Para esta objeção, duas respostas: como hipótese, considero a obra moral, uma conclusão moral não poderia anistiar os detalhes lascivos que nela podemos encontrar. E digo então: a obra, no fundo, não é moral.

Digo, senhores, que os detalhes lascivos não podem ser acobertados por uma conclusão moral; caso contrário, poder-se-iam contar todas as orgias imagináveis, descrever todas as torpezas de uma mulher pública, fazendo-a morrer sobre uma miserável cama de hospital. Seria permitido estudar e mostrar todas as poses lascivas! Seria ir contra todas as regras do bom senso. Seria colocar o veneno ao alcance de todos e o remédio ao alcance de poucos, caso houvesse um remédio. Quem lê o romance do Sr. Flaubert? Serão homens que se ocupam de economia política ou social? Não! As páginas levianas de *Madame Bovary* caem em mãos mais levianas, nas mãos de moças, algumas vezes de mulheres casadas. Pois bem! Quando a imaginação tiver sido seduzida, quando esta sedução tiver descido até o coração, quando o coração tiver falado aos sentidos, pensais que um raciocínio frio terá suficiente força contra essa sedução dos sentidos e do sentimento? E, além disso, o homem não deve exaltar demais sua força e sua virtude, o homem tem instintos baixos e ideias elevadas e em todos a virtude é apenas a consequência de um esforço, muito frequentemente penoso. Em geral as pinturas lascivas têm maior influência do que os frios raciocínios. Eis o que respondo a essa teoria, eis minha primeira resposta, tenho porém uma segunda.

Afirmo que o romance *Madame Bovary*, do ponto de vista filosófico, não é moral. Sem dúvida a Sra. Bovary morre envenenada; ela sofreu muito, é verdade; mas morre na hora e no dia exatos, não porque é adúltera, mas porque o quis; morre com todo o prestígio de sua juventude e de sua beleza; morre após ter tido dois amantes, deixando um marido que a ama, que a adora, que encontrará o retrato de Rodolphe, suas cartas e as de Léon, que lerá as cartas de uma mulher duas vezes adúltera e que, depois disso, ama-la-á ainda mais além do túmulo. Quem pode condenar essa mulher no livro? Ninguém. Esta é a conclusão. Não há no livro nem um personagem que possa condená-la. Se encontrardes nele um personagem sensato, se encontrardes um único princípio em virtude do qual o adultério seja estigmatizado, eu estarei errado. No entanto, se em todo o livro não houver nem um personagem que possa fazer-lhe abaixar a cabeça, se não houver uma única ideia, uma linha em virtude da qual o adultério seja aviltado, sou eu que tenho razão, o livro é imoral!

Seria em nome da honra conjugal que o livro seria condenado? Mas a honra conjugal é representada por um marido piedoso que após a morte de sua mulher, ao encontrar Rodolphe, procura no rosto do amante os traços da mulher que ama (fasc. de 15 de dezembro, p. 289). Pergunto-vos, será em nome da honra conjugal que podeis estigmatizar essa mulher quando não há no livro uma só palavra em que o marido não se incline diante do adultério?

Será em nome da opinião pública? Mas a opinião pública está personificada num ser grosseiro, no farmacêutico Homais, rodeado de personagens ridículos que essa mulher domina.

Condená-la-eis em nome do sentimento religioso? Mas este sentimento, vós o tendes personificado no pároco Bournisien, padre mais ou menos tão grotesco quanto o farmacêutico, que somente crê nos sofrimentos físicos, nunca nos sofrimentos morais, mais ou menos materialista.

Condená-lo-eis em nome da consciência do autor? Não sei o que pensa a consciência do autor; mas em seu Capítulo X, o único capítulo filosófico da obra, fasc. de 15 de dezembro, leio a seguinte frase:

"Há sempre, após a morte de alguém, uma como estupefação que se exala, de tal forma é difícil compreender a chegada do nada e resignar-se a acreditar nele".

Não é um grito de incredulidade, mas é pelo menos um grito de ceticismo. É sem dúvida difícil compreendê-lo e nele acreditar; mas finalmente por que essa estupefação que se manifesta diante da morte? Por quê? Porque essa chegada é algo que é um mistério, porque é difícil compreendê-lo e julgá-lo, mas a ele é preciso resignar-se. E eu digo que se a morte é a chegada do nada, se o marido piedoso sente crescer seu amor ao saber dos adultérios de sua mulher, se a opinião é representada por seres grotescos, se o sentimento religioso é representado por um padre ridículo, uma única pessoa tem razão, reina e domina: é Emma Bovary. Messalina tem razão contra Juvenal.

Eis a conclusão filosófica do livro, extraída não pelo autor mas por um homem que reflete e aprofunda as coisas, por um homem que procurou no livro um personagem que pudesse dominar essa mulher. Ele não existe. O único personagem que nele domina é a Sra. Bovary. É preciso procurar então em outro lugar e não no livro, é preciso procurar nesta moral cristã que é a base das civilizações modernas. Por esta moral, tudo se explica e se esclarece.

Em seu nome o adultério é estigmatizado, condenado, não porque é uma imprudência que se expõe a desilusões e a remorsos, mas porque é um crime para a família. Estigmatizais e condenais o suicídio não porque é uma loucura, o louco não é responsável; não porque é uma covardia, ele exige às vezes uma certa coragem física, mas porque é o desprezo do dever na vida que acaba e o grito da incredulidade na vida que começa.

Esta moral estigmatiza a literatura realista não porque pinta paixões: o ódio, a vingança, o amor; o mundo somente vive disso e a arte deve pintá-las; mas, quando as pinta sem freios, sem medidas. A arte sem regras não é mais arte; é como uma mulher que tirasse todas as roupas. Impor à arte, como única regra, a decência pública, não é escravizá-la, mas honrá-la. Somente se cresce com regras. Eis, senhores, os princípios que professamos, eis uma doutrina que defendemos com consciência.

DEFESA APRESENTADA PELO ACUSADO ATRAVÉS DO SR. SÉNARD

Sr. SÉNARD

Senhores, o Sr. Gustave Flaubert é acusado diante de vós de ter feito um mau livro, de ter, neste livro, ultrajado a moral pública e a religião. O Sr. Gustave Flaubert encontra-se ao meu lado; ele afirma diante de vós que fez um livro honesto; afirma diante de vós que o pensamento de seu livro, da primeira à última linha, é um pensamento moral, religioso que, se não fosse desnaturado (vimos durante alguns instantes o que pode um grande talento para desnaturar um pensamento), ele seria (e tornar-se-á novamente dentro em pouco) para vós o que já foi para os leitores do livro, um pensamento eminentemente moral e religioso que pode traduzir-se por estas palavras: a excitação à virtude pelo horror do vício.

Trago-vos aqui a afirmação do Sr. Gustave Flaubert e coloco-a ousadamente diante do requisitório do ministério público, pois esta afirmação é grave; ela o é, tendo em vista a pessoa que o fez, ela o é, tendo em vista as circunstâncias que presidiram a execução do livro que vou fazer-vos conhecer.

A afirmação já é grave tendo em vista a pessoa que a faz e, permiti-me dizê-lo, o Sr. Gustave Flaubert não era para mim um desconhecido que precisasse ser-me recomendado, que tivesse informações a dar-me, não digo sobre sua moralidade, mas sobre sua dignidade. Venho aqui, neste recinto, cumprir um dever de consciência, após ter lido o livro, após ter sentido exalar, com essa leitura, tudo o que há em mim de honesto e de profundamente religioso. Mas, ao mesmo tempo que venho cumprir um dever de consciência, venho cumprir um dever de amizade. Lembro-me, não o poderia esquecer, que seu pai foi para mim um velho amigo. Seu pai, cuja amizade me honrou por muito tempo, me honrou até o último dia, seu pai e, permitam-me dizê-lo, seu ilustre pai, foi durante mais de trinta anos cirurgião-chefe da Santa Casa de Rouen. Ele foi protetor de Dupuytren; dando à ciência grandes ensinamentos, dotou-a de grandes nomes; quero citar apenas um, Cloquet. Não apenas deixou ele mesmo um belo nome na ciência, deixou nela grandes lembranças pelos imensos serviços que prestou à humanidade. E ao mesmo tempo que lembro minhas ligações com ele, quero que o saibais, seu filho, que é acusado pela polícia correcional por ultraje à moral e à religião, seu filho é amigo de meus filhos, como eu era amigo de seu pai. Conheço seu pensamento, conheço suas intenções e o advogado tem aqui o direito de colocar-se como a caução pessoal de seu cliente.

Senhores, um grande nome e grandes lembranças o impõem. Os filhos do Sr. Flaubert não lhe faliram. Eram três, dois filhos e uma filha, morta aos vinte e um anos. O mais velho foi julgado digno de suceder a seu pai: e é ele hoje que cumpre, já há muitos anos, a missão que seu pai cumpriu durante trinta anos. O mais jovem está aqui: encontra-se diante de vosso tribunal. Deixando-lhes uma fortuna considerável e um grande nome, seu pai deixou-lhes a necessidade de serem homens de inteligência e de consciência, homens úteis. O irmão de meu cliente lançou-se numa carreira em que os serviços prestados o são a cada dia. Este devotou sua vida ao estudo, às letras e a obra que se acusa neste momento diante de vós é sua primeira obra. Esta primeira obra, senhores, que provoca as paixões, segundo as palavras de vosso advogado imperial, é o resultado de longos estudos, de longas meditações. O Sr. Gustave Flaubert é um homem de caráter sério, levado por sua natureza para as coisas graves, para as coisas tristes. Não é o homem que o ministério público, com quinze ou vinte linhas mordidas cá e lá, veio apresentar-vos como um fazedor de quadros lascivos. Não; há em sua natureza, repito-o, tudo o que no mundo se pode imaginar de mais grave, de mais sério, mas ao mesmo tempo de mais triste. Seu livro, restabelecendo apenas uma frase, pondo ao lado de algumas linhas citadas algumas linhas que as precedem e que as seguem, retomará em breve diante de vós seu verdadeiro colorido ao mesmo tempo que fará conhecer as intenções do autor. E, nas palavras por demais hábeis que ouvistes, restará somente em vossas lembranças um sentimento de admiração profunda por um talento que pode transformar tudo.

Disse-vos que o Sr. Gustave Flaubert é um homem sério e grave. Seus estudos, de acordo com a natureza de seu espírito, foram sérios e amplos. Eles abrangeram não apenas todos os ramos da literatura, mas também o direito. O Sr. Flaubert é um homem que não se contentou com observações que podia fornecer-lhe o ambiente em que viveu; ele interrogou outros ambientes:

Qui mores multorum vidit et urbes.

Após a morte de seu pai e seus estudos colegiais, visitou a Itália e, de 1848 a 1851, percorreu essas regiões do Oriente, o Egito, a Palestina, a Ásia Menor, nas quais, sem dúvida, o homem que as percorre, levando a elas uma grande inteligência, pode adquirir alguma coisa de elevado, de poético, estas cores, este prestígio de estilo que o ministério público destacava há pouco, para estabelecer o delito que nos imputa. Este prestígio de estilo, estas qualidades literárias, permanecerão, ressaltarão destes debates, mas não poderão de forma alguma deixar margem à incriminação.

Tendo voltado em 1852, o Sr. Gustave Flaubert escreveu e tentou produzir num grande quadro o resultado de estudos atentos e sérios, o resultado do que colhera em suas viagens.

Que quadro escolheu, que tema tomou e como o tratou? Meu cliente é dos que não pertencem a nenhuma das escolas cujo nome encontrei, há pouco, no requisitório. Meu Deus! Pertenceria ele à escola realista no sentido em que se prende à realidade das coisas. Pertenceria à escola psicológica no sentido em que não é a materialidade das coisas que o impele, mas o sentimento humano, o desenvolvimento das paixões no ambiente em que está colocado. Pertenceria à escola romântica menos talvez do que a qualquer outra, pois se o romantismo aparece em seu livro, assim como também aparece o realismo, não é por algumas expressões irônicas, atiradas cá e lá, que o ministério público levou a sério. O que o Sr. Flaubert quis sobretudo foi tomar um tema de estudo na vida real, foi criar, constituir tipos verdadeiros na classe média e chegar a um resultado útil. Sim, o que mais preocupou meu cliente no estudo ao qual se consagrou foi precisamente este fim útil, que procurou realizar pondo em cena três ou quatro personagens da sociedade atual vivendo nas condições da vida real e apresentando aos olhos do leitor o quadro verdadeiro do que se encontra mais frequentemente no mundo.

Ao resumir sua opinião sobre *Madame Bovary*, o ministério público disse: "O segundo título desta obra é: *História dos adultérios de uma mulher de província*. Protesto energicamente contra este título. Ele sozinho me provaria, se eu não o tivesse sentido do princípio ao fim de vosso requisitório, a preocupação que vos dominou constantemente. Não! O segundo título desta obra não é *História dos adultérios de uma mulher de província*; ele é, se precisais absolutamente de um segundo título: história da educação por demais frequentemente dada na província; história dos perigos aos quais ela pode levar, história da degradação, da velhacaria, do suicídio considerado como consequência de um primeiro erro e de um erro ele mesmo trazido por primeiras faltas às quais com frequência uma jovem mulher é arrastada; história da educação, história de uma vida deplorável da qual com demasiada frequência a educação é o prefácio. Eis o que quis pintar o Sr. Flaubert e não os adultérios de uma mulher de província; vós o reconhecereis em breve ao percorrer a obra incriminada.

Agora, o ministério público percebeu em tudo isso, acima de tudo, o colorido lascivo. Se me fosse possível tomar o número de linhas do livro que o ministério público separou e compará-lo com o número das outras linhas que deixou de lado, teríamos a proporção total de uma para quinhentas e veríeis que esta proporção de uma para quinhentas não é um colorido lascivo, ele não está em parte alguma; ele só existe condicionado pela separação e pelos comentários.

Agora, o que é que o Sr. Gustave Flaubert quis pintar? Em primeiro lugar, uma educação dada a uma mulher acima da condição na qual nasceu, como acontece, é preciso realmente dizê-lo, por demais frequentemente entre nós; em seguida, a mistura de elementos disparates que se produz assim na inteligência da mulher e depois, quando vem o casamento, como o casamento não se harmoniza com a educação mas com as condições nas quais a mulher nasceu, o autor explicou todos os fatos que acontecem na posição que lhe é dada.

Que mostra ele ainda? Mostra uma mulher que chega ao vício através de um casamento desigual e do vício no último grau de degradação e de infelicidade. Dentro em pouco, quando através da leitura de diferentes trechos terei feito conhecer o livro em seu conjunto, pedirei ao tribunal a liberdade de aceitar a questão nestes termos: Este livro, colocado nas mãos de uma jovem mulher, poderia ter o efeito de arrastá-la para prazeres fáceis, para o adultério ou o de mostrar-lhe, pelo contrário, o perigo logo aos primeiros passos e de fazê-la tremer de horror? É vossa consciência que vai resolver a questão que é assim colocada.

Por enquanto, digo o seguinte: o Sr. Flaubert quis pintar a mulher que, em lugar de procurar acomodar-se à condição que lhe é dada, à sua situação, ao seu nascimento, em lugar de acostumar-se à vida que lhe pertence, preocupa-se com mil aspirações estranhas retiradas de uma educação por demais elevada para ela; que, em lugar de acomodar-se aos deveres de sua condição, de ser a mulher tranquila do médico rural com o qual passa seus dias, em lugar de procurar a felicidade em sua casa, em sua união, procura-a em intermináveis devaneios e que em breve, encontrando em seu caminho um jovem que a namorisca, faz seu mesmo jogo (meu Deus! São inexperientes, ambos), excita-se de algum modo, gradualmente, e se assusta quando, ao recorrer à religião de seus primeiros anos, não encontra nela uma força suficiente; e veremos dentro em pouco por que não a encontra. Todavia, a ignorância da jovem e sua própria ignorância a preservam de um primeiro perigo. Mas ela é em breve encontrada por um homem como existem tantos, como há demais no mundo, que se apodera dela, pobre mulher já desviada, e a arrasta.

O ministério público irrita-se, e creio que se irrita sem razão do ponto de vista da consciência e do coração humano, porque, na primeira cena, a Sra. Bovary encontra uma espécie de prazer, de alegria, por ter rompido sua prisão e volta para casa dizendo: "Tenho um amante". Julgais que este não seja o primeiro grito do coração humano! A prova coloca-se entre vós e mim. Mas era preciso olhar de um pouco mais longe e teríeis visto que, se o primeiro momento, o primeiro instante dessa queda, excita nessa mulher uma espécie de transporte de alegria, de delírio, algumas linhas depois a decepção chega e, segundo a expressão do autor, ela parece humilhada a seus próprios olhos.

Sim, a decepção, a dor, o remorso chegam no mesmo instante. O homem ao qual ela se confiara, entregara, somente a tomara para dela servir-se por um momento, como um brinquedo; o remorso a rói, a despedaça. O que vos chocou foi ouvir chamar a isso as desilusões do adultério; teríeis preferido as *degradações* num escritor que apresentava essa mulher, a qual não tendo compreendido o casamento sentia-se degradada pelo contato com o marido; que, tendo procurado alhures seu ideal, encontrara as desilusões do adultério. Esta palavra chocou-vos; em lugar das *desilusões*, teríeis desejado as *degradações* do adultério. O tribunal julgará. Quanto a mim, se eu tivesse de apresentar o mesmo personagem, dir-lhe-ia: "Pobre mulher! Se pensais que os beijos de vosso marido são algo de monótono, de tedioso, e neles só encontrais — foi a palavra assinalada — a insipidez do casamento, se vos parece ver uma degradação nessa união na qual o amor não presidiu, tende cuidado, vossos sonhos são uma ilusão e um dia sereis cruelmente desenganada". Quem grita bem alto, senhores, quem se serve da palavra degradação para exprimir o que chamamos desilusão, pronuncia uma palavra verdadeira, mas vaga, que nada diz à inteligência. Prefiro quem não grita tão alto, quem não pronuncia a palavra degradação, mas quem adverte a mulher quanto à decepção, à desilusão, que lhe diz: Onde julgais encontrar o amor encontrareis somente a libertinagem; onde julgais encontrar a felicidade, encontrareis apenas amarguras. Um marido que vai tranquilamente para o trabalho, que vos beija, que põe seu gorro de algodão e come sua sopa convosco é um marido prosaico que vos revolta; aspirais a um homem que vos ame, que vos idolatre, pobre criança! esse homem será um libertino que vos terá tomado por um minuto para brincar convosco. Terá havido ilusão uma primeira vez, talvez uma segunda; tereis voltado para casa alegre, cantando a canção do adultério: "Tenho um amante!" Da terceira vez não precisareis chegar até ele, a desilusão terá chegado. Esse homem com quem havíeis sonhado terá perdido todo o seu prestígio; tereis encontrado no amor a insipidez do casamento; e a tereis encontrado com o desprezo e o desdém, com o desgosto e com o remorso pungente.

Eis, senhores, o que disse o Sr. Flaubert, o que pintou, o que há em cada linha de seu livro; eis o que distingue sua obra de todas as obras do mesmo gênero. É que nele as manias da sociedade figuram a cada página; é que nele o adultério avança cheio de desgosto e de vergonha. Ele colheu nas relações habituais da vida a lição mais impressionante que possa ser dada a uma jovem mulher. Oh! Meu Deus, as nossas jovens mulheres que não encontram nos princípios honestos, elevados, numa religião severa, um motivo para se manter firmes no cumprimento de seus deveres de mães, que não o encontram sobretudo nesta resignação, nesta ciência prática da vida que nos diz que é preciso nos contentar com o que temos, mas que levam longe seus devaneios, estas jovens mulheres, as mais honestas, as mais puras que, no prosaísmo de sua casa, são às vezes atormentadas pelo que acontece ao seu redor, um livro como este, tende a certeza, as fará refletir. Eis o que fez o Sr. Flaubert.

E pensai bem numa coisa: O Sr. Flaubert não é um homem que vos pinte um encantador adultério para fazer em seguida chegar o *deus ex machina*; saltastes com demasiada rapidez da página que lestes para a última. O adultério em sua obra é somente uma sequência de tormentos, de pesares, de remorsos; e, além disso, chega a uma expiação final, assustadora. Ela é excessiva. Se o Sr. Flaubert peca é pelo excesso e dir-vos-ei dentro em pouco de quem são estas palavras. A expiação não se faz esperar; e é neste ponto que o livro é eminentemente moral e útil, é que ele não promete à jovem mulher alguns desses belos anos ao final dos quais pode dizer: depois disso, pode-se perfeitamente morrer. Não! Já no segundo dia chega a amargura, a desilusão. A miséria, para a moralidade, encontra-se a cada página do livro.

Este livro está escrito com um poder de observação ao qual o senhor advogado imperial fez justiça: e é aqui que chamo vossa atenção, porque se a acusação não está em causa é preciso que caia. Este livro está escrito com uma força de observação realmente notável nos menores detalhes. Um artigo do *Artiste*, assinado por Flaubert, serviu ainda como pretexto para a acusação. Que o Advogado Imperial queira observar em primeiro lugar que tal artigo nada tem a ver com a incriminação; que queira observar em seguida que o consideramos muito inocente e muito moral aos olhos do tribunal, com a condição que o Sr. Advogado Imperial tenha a bondade de o ler por inteiro em lugar de retalhá-lo. O que impressionou no livro do Sr. Flaubert foi o que algumas resenhas chamaram uma fidelidade totalmente daguerreana na reprodução do tipo de todas as coisas, na natureza íntima do pensamento, do coração humano — e essa reprodução torna-se mais impressionante ainda pela magia do estilo. Observai bem que se ele tivesse aplicado tal fidelidade somente às cenas de degradação poderíeis dizer com razão: o autor comprazeu-se em pintar a degradação com este poder de descrição que lhe é próprio. Da primeira à última página de seu livro, ele se dedica sem nenhuma espécie de reserva a todos os fatos da vida de Emma, à sua infância na casa paterna, à sua educação no convento, ele nada perdoa. Mas os que leram como eu do começo ao fim, dirão — coisa notável que lhe agradecereis, que não apenas será para ele a absolvição mas deveria ter afastado dele toda espécie de demanda — que quando chega às partes difíceis, precisamente à degradação, em lugar de fazer como alguns autores clássicos que o ministério público conhece bem, mas que esqueceu enquanto escrevia seu requisitório, e cujos trechos eu trouxe, não para vo-los ler mas para que os percorrais na sala do conselho (deles citarei algumas linhas dentro em pouco) em lugar de fazer como nossos grandes autores clássicos, nossos grandes mestres que, quando encontraram cenas de união dos sentidos entre o homem e a mulher, não deixaram de descrever tudo, o Sr. Flaubert contenta-se com uma palavra. Lá, todo o seu poder descritivo desaparece, porque seu pensamento é casto, porque onde poderia escrever a seu modo, e com toda a magia do estilo, sente que há coisas que não podem ser abordadas, descritas. O ministério acha que ele ainda disse demais. Quando lhe mostrarei homens que, em grandes obras filosóficas, comprazeram-se na descrição dessas coisas e que diante deles colocarei o homem que possui a ciência descritiva em um tão alto grau e que longe de usá-la, se detém e se abstém, terei perfeitamente o direito de pedir satisfações quanto à acusação que está sendo feita.

Todavia, senhores, assim como gosta de descrever-nos o alegre caramanchão em que brinca Emma ainda criança, com sua folhagem, com suas pequenas flores róseas ou brancas que acabam de desabrochar e suas veredas perfumadas; — da mesma forma, quando ela tiver saído de lá, quando tomar outros caminhos, caminhos em que encontrará lama, quando nela sujar os pés, quando as manchas mesmo esguicharão sobre ela mais acima, ele não deveria dizê-lo! Mas isto seria suprimir completamente o livro, vou mais longe, o elemento moral, sob pretexto de defendê-lo, pois se o erro não pode ser mostrado, se não pode ser indicado, se num quadro da vida real que tem a finalidade de mostrar pelo pensamento o perigo, a queda, a expiação, se quiserdes impedir de pintar tudo, isso significa evidentemente retirar ao livro toda a sua conclusão.

Este livro não foi para meu cliente o objeto de uma distração de algumas horas, ele representa dois ou três anos de estudos incessantes. E vou dizer-vos agora alguma coisa a mais: o Sr. Flaubert que, após tantos anos de trabalho, tantos estudos, tantas viagens, tantas notas tomadas a tantos autores que leu — vereis, meu Deus! onde foi inspirar-se, pois é algo estranho que se encarregará de justificá-lo — vós o vereis, ele e seu colorido lascivo, totalmente impregnado de Bossuet e de Massillon. É no estudo desses autores que vamos encontrá-lo novamente dentro em pouco, procurando não plagiá-los, mas reproduzir em suas descrições os pensamentos, o colorido usado por eles. Quando, após todo esse trabalho feito com todo amor, quando sua obra adquirir uma finalidade, acreditareis que, cheio de confiança em si mesmo e apesar de tantos estudos e de tantas meditações, tenha desejado ele lançar-me imediatamente na liça!. Tê-lo-ia feito, sem dúvida, se tivesse sido um desconhecido no mundo, se seu nome lhe tivesse pertencido totalmente, se tivesse julgado dele poder dispor e usá-lo como bem quisesse; mas, repito-o, ele é daqueles em quem *noblesse oblige*: ele se chama Flaubert, é o segundo filho do Sr. Flaubert; queria abrir um caminho na literatura, respeitando profundamente a moral e a religião, — não por inquietude diante de um tribunal, um tal interesse não poderia apresentar-se ao seu pensamento — mas por dignidade pessoal, não querendo deixar seu nome na capa de uma publicação, se ela não parecesse, a algumas pessoas nas quais depositava fé, digna de ser publicada. O Sr. Flaubert leu em alguns fragmentos e mesmo em sua totalidade diante de alguns amigos, pessoas de destaque nas letras, as páginas que deveria um dia entregar à impressão e afirmo que nenhum deles se mostrou ofendido por aquilo que excita neste momento tão profundamente a severidade do Sr. Advogado imperial. Ninguém mesmo pensou no fato. Examinou-se apenas, estudou-se o valor literário do livro. Quanto à finalidade moral, ela é tão evidente, está escrita em cada linha em termos tão pouco equívocos, que nem mesmo era necessário discuti-la. Tranquilizado quanto ao valor do livro, encorajado, aliás, pelos homens mais eminentes da imprensa, o Sr. Flaubert pensa somente em fazê-lo imprimir, pensa na publicidade. Repito-o, todo mundo foi unânime em homenagear o mérito literário, o estilo e ao mesmo tempo o excelente pensamento que preside a obra da primeira à última linha. E quando houve a ação judicial não foi somente ele que se sentiu surpreso, profundamente aflito; mas, permiti-me dizê-lo, éramos nós que não compreendíamos esta ação, eu fui o primeiro a não compreendê-la, eu que lera o livro com um interesse muito grande, à medida que era publicado; eram amigos íntimos. Meu Deus! Há em nossos hábitos nuanças que às vezes poderiam escapar-nos mas que não podem escapar a mulheres de grande inteligência, de uma grande pureza, de uma grande castidade. Não há nomes que possam ser pronunciados nesta audiência, mas, se eu vos dissesse o que foi dito ao Sr. Flaubert, o que me foi dito a mim mesmo por mães de família que haviam lido este livro, se vos contasse seu assombro após ter recebido desta leitura uma tão boa impressão que se julgaram obrigadas a agradecer o autor, se vos contasse seu assombro, sua dor quando souberam que este livro devia ser considerado contrário à moral pública e à fé religiosa, à fé de todas as suas vidas, meu Deus!, mas haveria na reunião de todas essas apreciações motivos para fortificar-me se eu precisasse ser fortificado, se precisasse ser fortificado no momento de combater os ataques do ministério público.

Todavia, em meio a todas estas apreciações da literatura contemporânea há uma que quero relatar-vos. Há uma que não somente é respeitada por nós em razão de um belo e de um grande caráter que, mesmo em meio à adversidade, ao sofrimento contra os quais luta corajosamente cada dia, grande pela lembrança de muitas ações, que é inútil lembrar aqui, mas que é grande pelas obras literárias que é preciso lembrar porque é isso que faz sua competência, que é grande sobretudo pela pureza que existe em todas as suas obras, pela castidade de todos os seus escritos: Lamartine.

Lamartine não conhecia meu cliente; não sabia que existia. Lamartine, na província, em sua casa, lera em cada número da *Revue de Paris* a publicação de *Madame Bovary* e Lamartine encontrara nela impressões tais que se reproduziram muitas vezes, assim como vou explanar-vos agora.

Há alguns dias, Lamartine voltou a Paris e no dia seguinte informou-se sobre a morada do Sr. Gustave Flaubert. Enviou pedido à *Revue* sobre onde encontrar um certo Sr. Flaubert que publicara na coletânea capítulos sob o título de *Madame Bovary*. Encarregou seu secretário de ir cumprimentá-lo, de exprimir-lhe toda a satisfação que tivera ao ler seu livro e de testemunhar-lhe o desejo de ver o novo autor que se revelava por uma tal tentativa.

Meu cliente foi à casa de Lamartine; e encontrou nele não somente um homem que o encorajou, mas um homem que lhe disse: "Destes-me a melhor obra que li em vinte anos". Eram, numa palavra, tais elogios que meu cliente, em sua modéstia, mal nos ousava repetir. Lamartine provava que lera os fascículos e lho provava pela maneira mais graciosa, recitando-lhe páginas inteiras. Mas Lamartine acrescentava: "Ao mesmo tempo que vos li sem restrição até a última página, censurei as últimas. Fizestes-me mal, fizestes-me literalmente sofrer! A expiação é proporcionalmente maior do que o crime; criastes uma morte horrível, assustadora! Geralmente uma mulher que mancha o leito conjugal deve esperar uma expiação, mas esta é horrível, é um suplício como nunca se viu. Fostes muito longe, fizestes-me mal aos nervos; este poder de descrição, nos últimos instantes da morte deixou-me um indizível sofrimento!" E quando Gustave Flaubert lhe perguntava: "Mas, Sr. Lamartine, compreendeis que estou sendo processado por ter escrito uma tal obra, diante do tribunal da polícia correcional, por ofensa à moral pública e religiosa?" Lamartine respondeu-lhe: "Creio ter sido toda minha vida o homem que, em suas obras literárias como nas outras, melhor compreendeu o que era a moral pública e religiosa; meu caro filho, não é possível que haja na França um tribunal para condenar-vos. Já é muito desagradável que se tenham enganado desta maneira sobre o caráter de vossa obra e que tenham ordenado uma ação judicial mas não é possível, para a honra de nosso país e de nossa época, que se encontre um tribunal para condenar-vos".

Eis o que aconteceu ontem entre Lamartine e Flaubert e tenho o direito de dizer-vos que esta apreciação é das que valem a pena ser pesadas.

Isso bem assentado, vejamos como é possível que minha consciência me diga que *Madame Bovary* é um bom livro, uma boa ação. E peço-vos a permissão para acrescentar que não sou fácil neste tipo de coisas, a facilidade não está nos meus hábitos. Tenho à mão algumas obras literárias que, embora emanadas de nossos grandes escritores, nunca detiveram meus olhos por dois minutos. Enviarei para a sala do conselho algumas linhas que nunca me comprazi a ler e pedir-vos-ei a permissão para dizer-vos que ao chegar ao final da obra do Sr. Flaubert convenci-me de que um corte feito pela *Revue de Paris* causou tudo isto. Pedir-vos-ei, além disso, a permissão para acrescentar minha apreciação à apreciação mais elevada, mais esclarecida que acabo de citar.

Eis, senhores, uma pasta cheia de opiniões dadas por todos os literatos de nosso tempo, e entre os quais se encontram os mais distintos, sobre a obra que nos concerne e sobre o deslumbramento que experimentaram ao ler esta nova obra, ao mesmo tempo tão moral e tão útil.

Agora, como uma tal obra pôde incorrer numa ação judicial? Permiti-me que vo-lo diga. A *Revue de Paris*, cujo comitê de leitura lera inteiramente a obra, pois o manuscrito lhe fora enviado muito tempo antes da publicação, nada encontrara a ser censurado.

Quando chegou o momento de imprimir o caderno de 1º de dezembro de 1856, um dos diretores da *Revue* assustou-se com a cena do fiacre. Disse: "Isto não é conveniente, vamos suprimi-lo". Flaubert ofendeu-se com a supressão. Não quis que fosse feita sem uma nota de pé de página. Foi ele que exigiu a nota. Foi ele que, por amor-próprio de autor, não querendo que sua obra fosse mutilada nem que, de outro lado, houvesse algo que pudesse inquietar a *Revue,* disse: "Suprimireis, se isso vos parece bom, mas declarareis que suprimistes"; e combinou-se então a nota seguinte:

"A direção viu-se na obrigação de suprimir aqui um trecho que não podia convir à redação da *Revue de Paris*; e disso notificamos o autor".

Eis o trecho suprimido, vou lê-lo. Temos dele uma prova que tivemos muita dificuldade em conseguir. E eis a primeira parte que não tem nenhuma correção; uma palavra foi corrigida na segunda:

"— Aonde vamos?

"— Aonde você quiser, disse Léon, empurrando Emma para dentro da carruagem. As cortinas se abaixaram e a pesada máquina pôs-se a caminho.

"Desceu a rua Grand-Pont, atravessou a praça des Arts, o cais Napoléon, a Pont Neuf e deteve-se de repente diante da estátua de Pierre Corneille.

"— Continue! disse uma voz que saía do interior. O carro partiu novamente e, deixando-se levar pelo declive a partir da encruzilhada La Fayette, entrou a galope pela estação da estrada de ferro.

"— Não, em frente! gritou a mesma voz.

"O fiacre saiu do portão gradeado e, tendo em breve chegado à alameda, foi trotando suavemente no meio dos grandes olmos. O cocheiro enxugou a testa, pôs o chapéu de couro entre as pernas e dirigiu a carruagem para fora das alamedas laterais, à beira d'água, perto da relva.

"Ela foi andando ao longo do rio, no caminho de sirga recoberto de calhaus ásperos e por muito tempo pelos lados de Oyssel, mais além das ilhas.

"Porém, repentinamente, lançou-se com um salto através de Quatremares, Sotteville, a Grande-Chaussée, a rua d'Elbeuf e parou pela terceira vez diante do Jardim das Plantas.

"— Vá em frente! exclamou a voz ainda com maior fúria.

"E retomando logo sua corrida, ela passou por Saint-Sever, pelo cais dos Curandiers, pelo cais das Meules, mais uma vez pela ponte, pela praça do Champs-de-Mars e atrás dos jardins do hospital, onde alguns velhos de casaco preto passeavam ao sol ao longo de um terraço coberto por heras verdes. Subiu o bulevar Bouvreuil, percorreu o bulevar Cauchoise, em seguida todo o Mont-Riboulet até a encosta de Deville.

"Voltou; e então, sem direção nem destino, ela vagabundeou ao acaso. Foi vista em Saint-Pol, em Lescure, no monte Gargan, na Rouge-Mare e na praça do Gaillardbois; na rua Madrerie, na rua Dinandrie, diante de Saint-Romain, Saint-Vivien, Saint-Maclou, Saint-Nicaise — diante da Alfândega — na Basse-Vieille-Tour, nas Trois-Pipes e no Cemitério Monumental. De tempos em tempos o cocheiro, em seu assento, lançava olhares desesperados às tabernas. Não compreendia que furor de locomoção levava tais indivíduos a não querer deter-se. Procurava fazê-lo, algumas vezes, e logo ouvia atrás de si exclamações de cólera. Então fustigava ainda mais seus dois matungos cobertos de suor, mas sem preocupar-se com os solavancos ora aqui, ora acolá, sem se preocupar, arrasado e quase chorando de sede, de cansaço e de tristeza.

"E no porto, em meio aos carroções e aos barris, e nas ruas, nos marcos das encruzilhadas, os burgueses esbugalhavam os olhos assombrados diante daquela coisa tão extraordinária na província, uma carruagem com os estores puxados e que aparecia assim continuamente, mais fechada do que um túmulo e sacudida como um navio.

"Uma vez, pela metade do dia, em pleno campo, no momento em que o sol dardejava seus raios com maior força contra as velhas lanternas prateadas, uma mão nua passou sob as pequenas cortinas de fazenda amarela e lançou pedaços de papel, que se dispersaram ao vento e caíram mais longe como borboletas brancas num campo de trevos vermelhos floridos.

"Mais tarde, pelas seis horas, a carruagem deteve-se numa ruazinha do bairro Beauvoisine e uma mulher desceu, caminhando com o véu abaixado e sem virar a cabeça.

"Ao chegar à estalagem, a Sra. Bovary surpreendeu-se por não perceber a diligência. Hivert, que a esperara por cinquenta e três minutos, acabara por ir embora.

"Nada contudo a forçava a partir; porém ela dera sua palavra de que voltaria na mesma noite. Aliás, Charles esperava-a e ela já sentia no coração aquela covarde docilidade que é, para muitas mulheres, ao mesmo tempo como o castigo e o preço do adultério".

O Sr. Flaubert me faz observar que o ministério público censurou-lhe esta última frase.

O Sr. Advogado Imperial — Não, eu a indiquei.

O Sr. Sénard — O que é certo é que se houvesse uma censura ela cairia diante destas palavras: "ao mesmo tempo como o castigo e o preço do adultério." Além disso, isso poderia ser a matéria de uma censura com o mesmo fundamento das outras; pois em tudo o que censurastes não há nada que possa ser seriamente defendido.

Ora, senhores, como essa espécie de corrida fantástica desagradou à redação da *Revue*, foi feita a supressão. Este fato foi um excesso de reserva de parte da *Revue*; e com toda a certeza não é um excesso de reserva que podia dar matéria para um processo; ireis ver, contudo, como forneceu matéria para o processo. O que não se vê, o que é suprimido desta maneira parece uma coisa muito estranha. Supuseram-se muitas coisas que não existiam, como o vistes pela leitura do trecho primitivo. Meu Deus, sabeis o que se supôs? Que havia provavelmente no trecho suprimido alguma coisa de análogo àquilo que tereis a bondade de ler num dos mais maravilhosos romances que saíram da pena de um digno membro da Academia Francesa, o Sr. Mérimée.

O Sr. Mérimée, num romance intitulado *La double méprise*[2], narra uma cena que se passa numa sege de posta. Não é a localização do carro que tem importância, são,

[2] *duplo engano.*

como aqui, os detalhes do que se faz em seu interior. Não quero abusar da audiência, entregarei o livro ao ministério público e ao tribunal. Se tivéssemos escrito a metade ou a quarta parte do que escreveu o Sr. Mérimée, eu teria alguma dificuldade na tarefa que me é dada, ou melhor, eu a modificaria. Em lugar de dizer o que disse, o que afirmo, que o Sr. Flaubert escreveu um bom livro, um livro honesto, útil, moral, eu diria: a literatura tem seus direitos; o Sr. Mérimée escreveu uma obra literária notável e não nos devemos mostrar tão difíceis com os detalhes quando o conjunto é irrepreensível. Ater-me-ia a isso, absolveria e vós absolveríeis. Ora, meu Deus! Não é por omissão que um autor pode pecar em tal matéria. E, aliás, tereis os detalhes do que aconteceu no fiacre. Mas como meu cliente contentara-se em fazer uma corrida e como o interior apenas se revelou por "uma mão nua que passou sob as pequenas cortinas de fazenda amarela e lançou pedaços de papel que se dispersaram ao vento e caíram mais longe como borboletas brancas num campo de trevos vermelhos floridos"; como meu cliente se contentou com isso, ninguém sabia nada sobre o acontecido e todo mundo supunha — pela própria supressão — que ele tivesse dito pelo menos tanto quanto o membro da Academia Francesa. Vistes que não era nada disso.

Pois bem! Esta infeliz supressão é o processo, quer dizer que, em todas as seções que são encarregadas, com infinita razão, de vigiar todos os escritos que podem ofender a moral pública, quando se viu esta supressão, houve um alerta. Sou obrigado a confessar, e os senhores da *Revue de Paris* permitirão que eu o diga, usaram a tesoura duas linhas mais longe; era preciso tê-la usado antes que se entrasse no fiacre; cortar depois não valia a pena. A supressão foi muito infeliz; mas se cometestes esse pequeno erro, senhores de *Revue,* seguramente vós o expiais perfeitamente hoje.

Disseram na redação da revista: tenhamos cuidado com o que virá; quando chegou o número seguinte, combateram-se as sílabas. As pessoas da redação não são obrigadas a ler tudo; e quando viram que se havia escrito que uma mulher retirara todas as suas roupas assustaram-se sem ir mais longe. É verdade que, à diferença de nossos grandes mestres, o Sr. Flaubert não se deu ao trabalho de descrever o alabastro de seus braços nus, de seu colo etc. Ele não disse como um poeta que amamos:

Je vis ses beaux flancs l'albâtre ardent et pur
Lis, ébène, corail, roses, veines d'azur
Telle enfim qu'autrefois tu me l'avais montrée,
De sa nudité seule embellie et parée
Quand nos nuits s'envolaient, quand le mol oreiller
La vit sous tes baisers dormir et s'éveiller.[3]

Ele nada disse de semelhante ao que disse André Chénier. Mas enfim disse: "Ela se abandonou... Suas roupas caíram".

[3] Vi de seus belos flancos o alabastro ardente e puro/Lírio, ébano, coral, rosas, veias azuis/Enfim, assim como outrora tu ma mostraras/Apenas de sua nudez embelezada e adornada/Quando nossas noites levantavam voo quando o macio travesseiro/Viu-a sob teus beijos dormir e acordar.

Ela se abandonou! Ora, como! Toda descrição é então proibida? Mas quando se incrimina, dever-se-ia ler tudo e o Sr. Advogado Imperial não leu tudo. O trecho que incrimina não se detém onde ele se deteve; há a seguinte correção:

"Todavia, naquela testa coberta de gotas frias, naqueles lábios balbuciantes, naquelas pupilas desvairadas, no amplexo daqueles braços, havia algo de extremo, de vago e de lúgubre que Léon sentia insinuar-se entre eles, sutilmente, como para separá-los".

Na redação não se leu isso. O Sr. Advogado Imperial, ainda há pouco, não prestou atenção a isso. Ele somente viu o seguinte: "Depois, com um único gesto, deixava cair, juntas, todas as suas roupas" e exclamou: ultraje à moral pública! Realmente, é fácil demais acusar com um tal sistema. Deus guarde os autores de dicionários de cair na mão do Sr. Advogado Imperial! Quem escaparia à condenação se, por meio de supressões, não de frases mas de palavras, se tivesse a ideia de fazer uma lista de todas as palavras que poderiam ofender a moral ou a religião?

A primeira ideia de meu cliente, que infelizmente encontrou resistência, fora a seguinte: "Há somente uma coisa a fazer: imprimir imediatamente, não com supressões, mas por inteiro, a obra tal como saiu de minhas mãos, restabelecendo a cena do fiacre." Minha opinião era exatamente a mesma, a melhor defesa de meu cliente era a impressão completa da obra com a indicação de alguns pontos sobre os quais teríamos mais especialmente pedido a atenção do tribunal. Eu mesmo dera como título a essa publicação: *Memento do Sr. Gustave Flaubert contra a acusação de ultraje à moral religiosa levantada contra ele.* Eu escrevera pessoalmente: Tribunal de polícia correcional, sexta câmara com a indicação do presidente e do ministério público. Havia um prefácio em que se lia: "Acusam-me com frases tomadas cá e lá em meu livro; somente posso defender-me com meu livro." Pedir a juízes a leitura completa de um romance é pedir-lhes demais, mas estamos diante de juízes que amam a verdade, que a desejam; que, para conhecê-la, não recuarão diante de nenhuma fadiga; estamos diante de juízes que amam a justiça, que a querem energicamente e que lerão, sem nenhuma espécie de hesitação, tudo o que lhes pedirmos. Eu dissera ao Sr. Flaubert: "Enviai tudo isto imediatamente para a impressão colocando meu nome ao lado do vosso: Sénard, *advogado*". A impressão fora iniciada; a declaração fora feita para 100 exemplares que desejávamos tirar; a impressão avançava com extrema rapidez, trabalhava-se dia e noite quando recebemos a proibição de continuar a impressão, não de um livro, mas de um memento, no qual a obra incriminada trazia notas explicativas! Reclamamos ao Sr. Procurador Imperial que nos disse que a defesa era plena e que não poderia ser cerceada.

Pois bem, seja! Não teremos publicado o livro com nossas notas e nossas observações mas se vossa primeira leitura, senhores, vos deixar alguma dúvida, rogo-vos que façais uma segunda. Amais, desejais a verdade; não podeis pertencer ao tipo de pessoas que, ao lhes serem entregues duas linhas escritas por um homem, têm a certeza de mandá-lo enforcar de qualquer modo. Não desejais que um homem seja julgado tendo por base supressões mais ou menos habilmente feitas. Não desejais isso; não desejais privar-nos dos recursos comuns da defesa. Pois bem, tendes o livro e, embora seja menos cômodo do que desejaríamos fazer, fareis vós mesmos as divisões, as observações, as aproximações, porque desejais a verdade e porque é preciso que a verdade sirva de base a vosso julgamento e a verdade sairá do exame sério do livro.

Todavia, não posso ater-me a isso. O ministério público ataca o livro, preciso tomar o próprio livro para defendê-lo, preciso completar as citações que fez e preciso, em cada trecho incriminado, mostrar a nulidade da incriminação; será esta toda a minha defesa.

Evidentemente, não tentarei opor às apreciações elevadas, animadas, patéticas com que o ministério público envolveu tudo o que disse com apreciações do mesmo tipo; a defesa não teria o direito de fazer a mesma coisa; contentar-se-á em citar exatamente os textos.

E, em primeiro lugar, declaro que nada é mais falso do que o que se disse há pouco sobre o colorido lascivo. O colorido lascivo! Onde tomastes tal expressão? Que mulher meu cliente pintou em *Madame Bovary*? Ora! Meu Deus! É triste dizer mas é verdade, uma jovem, nascida, como quase todas, honesta; pelo menos a maioria, mas bem frágeis quando a educação, em lugar de fortificá-las, enfraqueceu-as ou lançou-as no mau caminho. Tomou uma jovem; terá uma natureza perversa? Não, é uma natureza impressionável, sujeita à exaltação.

O Sr. Advogado Imperial disse: Esta jovem é apresentada constantemente como lasciva. Mas não! Ela é apresentada como tendo nascido no campo, numa quinta, onde se ocupa com os trabalhos de seu pai e onde nenhuma espécie de lascívia pudera entrar em seu espírito ou em seu coração. Mostram-na, em seguida, em lugar de seguir o destino que seria naturalmente o seu, o de ser educada para a quinta na qual devia viver ou para um ambiente análogo, mostram-na sob a autoridade imprevidente de um pai que tem a ideia de mandar educar no convento essa jovem nascida na quinta, que deveria casar com um proprietário, um homem do campo. Ei-la conduzida para o convento, fora de sua esfera. Nada há que não seja grave na palavra do ministério público, portanto nada deve ficar sem resposta. Ah! Falastes de pequenos pecados; ao citar algumas linhas do primeiro fascículo dissestes: "Quando ia confessar-se, inventava pequenos pecados a fim de ficar lá mais tempo, de joelhos na sombra, de mãos juntas, com o rosto na grade sob o murmúrio do padre". Já vos enganastes gravemente quanto à apreciação de meu cliente. Ele não cometeu a falta que lhe censurais, o erro é inteiramente vosso; em primeiro lugar, quanto à idade da jovem. Como somente entrou para o convento aos treze anos, é evidente que tinha catorze quando ia confessar-se. Não era portanto uma criança de dez anos como quisestes dizer; vós vos enganastes, neste ponto, materialmente. Mas não me detenho na inverossimilhança de uma criança de dez anos que gosta de ficar no confessionário "sob o murmúrio do padre". O que desejo é que leiais as linhas que precedem, o que não é fácil, concordo. E eis o inconveniente de não termos um memento. Com um memento não precisaríamos procurar nos seis volumes.

Eu chamava vossa atenção para este trecho para restituir a *Madame Bovary* seu verdadeiro caráter. Permitir-me-eis que vos diga o que me parece muito grave, o que o Sr. Flaubert compreendeu e que salientou? Há um tipo de religião que é aquela de que se fala geralmente às jovens e que é a pior de todas. Pode-se, neste sentido, fazer diferentes apreciações. Quanto a mim, declaro claramente o seguinte: que não conheço nada de mais belo, útil, necessário para manter não somente as mulheres no caminho da vida mas os próprios homens, que por vezes precisam atravessar provas bem penosas; que não conheço nada de mais útil, de mais necessário, do que o sentimento religioso grave e, permiti-me acrescentar, severo.

Quero que meus filhos compreendam um Deus, não um Deus nas abstrações do panteísmo, não, mas um ser supremo com o qual se relacionem, para o qual se elevem para rezar e que, ao mesmo tempo, os engrandeça e os fortifique. Este pensamento, vede, que é o meu pensamento, que é o vosso, é a força nos maus dias, a força do que chamamos, no mundo, o refúgio ou, melhor ainda, a força dos fracos. É este pensamento que dá à mulher esta consistência que a faz resignar-se diante das mil pequenas coisas da vida, que lhe faz entregar a Deus o que ela pode sofrer e pedir-lhe a graça de cumprir seu dever. Esta religião, senhores, é o cristianismo, é a religião que estabelece as relações entre Deus e o homem. O cristianismo, ao fazer intervir entre Deus e nós uma espécie de poder intermediário, torna-nos Deus mais acessível e mais fácil esta comunicação com ele. Que a mãe daquele que se fez Homem-Deus receba assim as preces da mulher, não vejo ainda nada neste fato que altere a pureza ou a santidade religiosa, nem o próprio sentimento. Mais eis onde começa a alteração. Para acomodar a religião a todas as naturezas, fazem-se intervir todos os tipos de pequenas coisas, fracas, miseráveis, mesquinhas. As pompas das cerimônias, em lugar de ser esta grande pompa que se apodera de nossa alma, esta pompa degenera em pequeno comércio de relíquias, de medalhas, de miniaturas de hóstias e de virgens. A que se agarra, senhores, o espírito das crianças curiosas, ardentes, ternas, o espírito das jovens sobretudo? A todas essas imagens, enfraquecidas, atenuadas, miseráveis do espírito religioso. Elas criam para si mesmas pequenas religiões de prática, pequenas devoções de ternura, de amor e, em lugar de terem na alma o sentimento de Deus, o sentimento do dever, abandonam-se a devaneios, a pequenas práticas, a pequenas devoções. E vem depois a poesia, e depois vêm, é preciso dizê-lo, mil pensamentos de caridade, de ternura, de amor místico, mil formas que enganam as jovens, que sensualizam a religião. Essas pobres crianças, naturalmente crédulas e fracas, agarram-se a tudo isso, à poesia, aos devaneios, em lugar de agarrar-se a algo sensato e severo. O que faz com que tenhais muitas mulheres muito devotas que absolutamente não têm religião. E quando o vento as impele para fora do caminho em que deveriam caminhar, em lugar de encontrar força, somente encontram todo tipo de sensualidade que as perde.

Ah! Acusastes-me de ter, no quadro da sociedade moderna, confundido o elemento religioso com o sensualismo! Acusai então a sociedade no meio da qual nos encontramos, mas não acuseis o homem que, como Bossuet, exclama: "Despertai e tende cuidado com o perigo!" Mas ir dizer aos pais de família: "Cuidado, estes não são bons hábitos para vossas filhas, há em toda esta mistura de misticismo algo que sensualiza a religião"; ir dizer isso é dizer a verdade. É por isso que acusais Flaubert, é por isso que exalto sua conduta. Sim, ele fez bem em advertir assim as famílias sobre os perigos da exaltação nas moças que se agarram às pequenas práticas em lugar de agarrar-se a uma religião forte e severa que as defenderia no dia da fraqueza. E agora vereis de onde vem a invenção dos pequenos pecados "sob o murmúrio do padre". Vamos ler à p. 30.

"Ela lera *Paul et Virginie* e sonhara com a casinha de bambu, com o negro Domingo, o cão Fidèle, mas sobretudo com a amizade doce de algum bom irmãozinho que vai procurar frutos vermelhos nas grandes árvores mais altas do que campanários ou que corre descalço na areia trazendo um ninho de pássaros".

Isso será lascivo, senhores? Continuemos.

O Sr. Advogado Imperial — Não disse que esse trecho seja lascivo.

O Sr. Sénard — Mil perdões, é exatamente neste trecho que indicastes uma frase lasciva e somente a pudestes considerar lasciva isolando o que precedia do que seguia:

"Em lugar de acompanhar a missa, olhava em seu livro as vinhetas piedosas debruadas de azul e amava a ovelha doente, o sagrado coração trespassado de flechas agudas ou o pobre Jesus que cai, caminhando, sobre sua cruz. Tentou, por mortificação, permanecer um dia inteiro sem comer. Procurava em sua cabeça alguma promessa que pudesse cumprir".

Não esqueçais isso: quando se inventam pequenos pecados no confessionário e quando se procura na cabeça alguma promessa para cumprir, o que encontrareis na linha precedente, evidentemente as ideias foram um pouco deturpadas em algum lugar. E pergunto-vos agora se preciso discutir vosso trecho. Mas continuo:

"À noite, antes da prece, fazia-se na sala de estudo uma leitura religiosa. Eram, durante a semana, algum resumo da História Sagrada ou as *Conférences* do Abade Frayssinous e aos domingos, como distração, trechos do *Génie du Christianisme*. Como escutou, as primeiras vezes, a lamentação sonora das melancolias românticas que se repetiam em todos os ecos da terra e da eternidade! Se sua infância se tivesse desenrolado nos fundos de uma loja de um bairro comercial, ela se teria, talvez, aberto à invasão lírica da natureza que geralmente só chega a nós traduzida pelos escritores. Porém, ela conhecia bem demais o campo; conhecia o balido dos rebanhos, os laticínios, os arados. Habituada aos aspectos calmos, voltava-se, ao contrário, para os acidentados. Somente gostava do mar por causa das tempestades e da verdura apenas quando se apresentava disseminada entre as ruínas. Precisava retirar das coisas uma espécie de vantagem pessoal; e rejeitava como inútil tudo o que não contribuísse ao consumo imediato de seu coração, — pois seu temperamento era mais sentimental do que artista e ela procurava emoções e não paisagens".

Ireis ver com que delicadas precauções o autor introduz esta santa solteirona e como, para ensinar a religião, vai penetrar no convento um elemento novo, a introdução do romance, trazido por uma estranha. Nunca esqueçais isso quando se tratar de apreciar a moral religiosa.

"Havia no convento uma solteirona que vinha oito dias por mês para trabalhar na rouparia. Protegida pelo arcebispado por pertencer a uma antiga família de fidalgos arruinados durante a Revolução, ela comia no refeitório à mesa das freiras e após as refeições dava com elas dois dedos de prosa antes de voltar ao trabalho.

Frequentemente, as internas fugiam do estudo para ir vê-la. Ela sabia de cor canções galantes do século passado, que cantava a meia voz enquanto manejava a agulha. Contava histórias, trazia novidades, fazia compras na cidade e emprestava às alunas maiores, às escondidas, algum romance que trazia sempre nos bolsos do avental e do qual a boa senhorita devorava ela mesma longos capítulos nos intervalos de seu trabalho".

Isso não é somente maravilhoso, literalmente falando: a absolvição não pode ser recusada ao homem que escreve essas admiráveis passagens para assinalar todos os perigos de uma educação desse tipo, para indicar à jovem mulher os escolhos da vida na qual vai embrenhar-se. Continuemos:

"Eram somente amores, amantes, senhoras perseguidas que desmaiavam em pavilhões solitários, postilhões assassinados em todas as pousadas, cavalos que eram mortos em todas as páginas, florestas sombrias, tumultos do coração, promessas, soluços, lágrimas e beijos, barcos ao luar, rouxinóis nos arvoredos, *cavalheiros* corajosos como leões, doces como cordeiros, virtuosos como ninguém pode ser, sempre bem vestidos e que choram como urnas. Durante seis meses, aos quinze anos, Emma mergulhou as mãos naquele pó dos velhos gabinetes de leitura. Com Walter Scott, mais tarde, apaixonou-se por coisas históricas, sonhou com arcas, salas de guarda e menestréis. Teria desejado viver em algum velho solar como aquelas castelãs de longos corpetes que, sob o trifólio das ogivas, passavam seus dias com o cotovelo apoiado na pedra e o queixo na mão, a olhar um cavaleiro de pluma branca, vindo do fundo dos campos galopando um cavalo negro. Ela teria tido naqueles tempos o culto de Mary Stuart, e veneração entusiasta pelas mulheres ilustres e infelizes. Joana d'Arc, Heloisa, Agnès Sorel, a bela Ferronière e Clémence Isaure, para ela, destacavam-se como cometas na imensidão tenebrosa da história na qual se distinguem ainda, cá e lá, porém mais perdidos na sombra e sem nenhuma relação entre si, São Luis com seu carvalho, Bayard moribundo, algumas ferocidades de Luis XI, um pouco da Saint-Barthélémy, o penacho do Bearnês e sempre a lembrança dos pratos pintados nos quais Luis XIV era elogiado.

"Nas aulas de música, nas romanças que cantava, havia apenas anjinhos de asas de ouro, madonas, lagunas, gondoleiros, pacíficas composições que lhe deixavam antever, através do estilo e da imprudência das notas agudas, a atraente fantasmagoria das realidades sentimentais."

Como não vos lembrastes disso quando esta pobre moça do campo que voltou para a quinta e que casou com um médico rural é convidada para uma noite no castelo, para a qual procurastes chamar a atenção do tribunal, para mostrar alguma coisa de lascivo numa valsa que acaba de dançar! Não vos lembrastes dessa educação quando essa pobre mulher foi levada por um convite que veio buscá-la no lar comum de seu marido para levá-la a esse castelo, quando viu esses belos senhores, essas belas senhoras, esse velho duque que, diziam, tivera muito sucesso na corte!... O Sr. Advogado Imperial mostrou uma bela animação ao falar da rainha Antoinette! Não há ninguém entre nós, com toda a certeza, que não tenha associado o pensamento a vosso pensamento. Como vós, fremimos ao ouvir o nome dessa vítima das revoluções; mas não é de Marie-Antoinette que se trata aqui, é do castelo de Vaubyessard.

Havia lá um velho duque que tivera — dizia-se — relações com a rainha e para o qual se dirigiam todos os olhares. E quando essa jovem mulher, vendo realizar-se todos os sonhos fantásticos de sua juventude, vê-se assim transportada para o meio daquele mundo, espantai-vos com a embriaguez que sentiu; acusai-a de ter sido lasciva! Mas então acusai a própria valsa, esta dança de nossos bailes modernos em que, diz um autor que a descreveu, a mulher "apoia-se no ombro do cavalheiro, cuja perna a embaraça". Pensais que na descrição de Flaubert a Sra. Bovary é lasciva. Mas não há nenhum homem, e não excetuo vossa pessoa, que tendo assistido a um baile, tendo visto essa espécie de valsa, não tenha tido no pensamento o desejo de que sua mulher ou sua filha se abstenha desse prazer que tem algo de selvagem. Se, contando com a castidade que envolve uma jovem, deixamo-la às vezes entregar-se a esse prazer que a moda consagrou, é preciso contar muito com tal envoltório de castidade e, embora contemos com ele, não é possível exprimir as impressões que exprimiu o Sr. Flaubert em nome dos costumes e da castidade.

Ei-la no castelo de Vaubyessard, ei-la olhando o velho duque, tudo estudando com arrebatamento e exclamais: Que detalhes! Que quer dizer isso? Os detalhes estão em toda a parte mesmo quando citamos apenas um trecho.

"A Sra. Bovary observou que várias senhoras não haviam colocado as luvas nos copos.

"Entrementes, na outra extremidade da mesa, sozinho entre todas aquelas mulheres, curvado sobre seu prato cheio e com o guardanapo preso às costas como uma criança, um ancião comia, deixando cair da boca gotas de molho. Tinha os olhos congestionados e trazia os cabelos presos na nuca por uma fita preta. Era o sogro do marquês, o velho Duque de Laverdière, o antigo favorito do Conde de Artois ao tempo das caçadas em Vaudreuil, na residência do Marquês de Conflans e que fora, dizia-se, amante de Marie-Antoinette entre os Srs. de Coigny e de Lauzun".

Defendei a rainha, defendei-a sobretudo diante do cadafalso, dizei que pelo seu título ela tinha direito ao respeito, mas suprimi vossas acusações, quando se dirá simplesmente que ele fora, dizia-se, amante da rainha. É, de fato, seriamente que nos censurais por termos insultado a memória dessa infortunada mulher?

"Ele levara uma ruidosa vida de dissipação, cheia de duelos, de apostas, de mulheres raptadas, devorara sua fortuna e assustara toda a família. Um criado, atrás de sua cadeira, dizia-lhe em voz alta, ao ouvido, o nome dos pratos que ele, gaguejando, indicava com o dedo; e a todo momento os olhos de Emma voltavam automaticamente para aquele ancião de lábios caídos, como a algo de extraordinário e de augusto. Ele vivera na Corte e dormira na cama das rainhas!

"Foi servido champanhe gelado. Emma estremeceu até a alma sentindo aquele frio na boca. Nunca vira romãs nem comera ananás."

Vede que tais descrições são encantadoras incontestavelmente, mas que não é possível tomar cá e lá uma linha para criar uma espécie de colorido contra o qual minha consciência protesta. Não é o colorido lascivo, é o colorido do livro; é o elemento literário e ao mesmo tempo o elemento moral.

Ei-la, essa jovem da qual fizestes a aducação, ei-la que se tornou mulher. O Sr. Advogado Imperial disse: "Terá ela tentado amar seu marido?" Não lestes o livro; se o tivésseis lido, não teríeis feito tal objeção.

Ei-la, senhores, essa pobre mulher, ela a princípio devaneará. Na p. 44 vereis seus devaneios. E há mais, há alguma coisa de que o Sr. Advogado Imperial não falou e que devo dizer-vos, são suas impressões quando sua mãe morreu; vereis se isso é lascivo! Tende a bondade de tomar a p. 33 e de seguir-me:

"Quando sua mãe morreu, ela chorou muito nos primeiros dias. Mandou fazer um quadro fúnebre com os cabelos da defunta e, numa carta que enviou aos Bertaux, cheia de ideias tristes sobre a vida, pedia que a enterrassem mais tarde no mesmo túmulo. O velhote julgou-a doente e foi vê-la. Emma sentia-se intimamente satisfeita por ter alcançado logo na primeira tentativa aquele raro ideal das existências pálidas ao qual jamais chegam os corações medíocres. Deixou-se pois deslizar nos meandros lamartinianos, ouviu as harpas sobre os lagos, todos os cantos dos cisnes moribundos, todas as quedas das folhas, as virgens puras que sobem ao céu e a voz do Eterno falando nos pequenos vales. Aborreceu-se, não quis reconhecê-lo, continuou por hábito, em seguida por vaidade e surpreendeu-se enfim por sentir-se apaziguada e sem mais tristezas no coração do que rugas na fronte".

Quero responder às censuras do Sr. Advogado Imperial, de que ela não faz nenhum esforço para amar seu marido.

O Sr. Advogado Imperial — Não lhe censurei isso; disse que ela não conseguira.

Sr. Sénard — Se compreendi mal, se não fizestes essa censura, é a melhor resposta que possa ser dada. Julguei que a tivésseis feito; digamos que me tenha enganado. Além disso, eis o que leio ao final da p. 36:

"Todavia, segundo teorias que julgava boas, quis entregar-se ao amor. Ao luar, no jardim, recitava todas as rimas apaixonadas que sabia de cor e cantava, suspirando, alguns adágios melancólicos; mas sentia-se em seguida tão calma quanto antes e Charles não parecia nem mais apaixonado nem mais perturbado.

"Quando acabou assim de tentar inflamar seu coração sem fazer brilhar nem uma faísca, incapaz além disso de compreender o que não sentia, como de acreditar em tudo o que não se manifestava por formas convencionais, persuadiu-se sem dificuldade de que a paixão de Charles nada mais tinha de exorbitante. Suas expansões haviam-se tornado regulares; ele a beijava em determinadas horas. Era um hábito como os outros e como uma sobremesa prevista com antecedência, após a monotonia do jantar.

À p. 37 encontramos inúmeras coisas semelhantes. Agora, eis o perigo que vai começar. Sabeis como ela fora educada; é o que vos suplico de não esquecer nem por um instante.

Não há nem um homem que, tendo lido este livro, não diga que o Sr. Flaubert não é somente um grande artista mas um homem de coragem, por ter nas dez últimas páginas do livro despejado todo o horror e o desprezo sobre a mulher e todo o interesse sobre o marido. É ele ainda um grande artista, como foi dito, porque não transformou o marido, porque o deixou até o fim o que era, um bom homem, vulgar, medíocre, cumprindo os deveres de sua profissão, amando muito sua mulher, mas desprovido de educação, sem elevação de pensamento. O mesmo aconteceu no leito de morte de sua mulher. E, todavia, não há nem um indivíduo cuja lembrança volte com mais interesse. Por quê? Porque conservou até o final sua simplicidade, sua retidão de coração; porque até o final cumpriu seu dever, do qual sua mulher se afastara. Sua morte é tão bela, tão tocante quanto a morte de sua mulher é hedionda. Sobre o cadáver da mulher, o autor mostrou manchas que lhe deixaram os vômitos do veneno; elas mancharam a mortalha branca na qual vai ser enterrada, ele quis fazer dela um objeto de repugnância; mas há um homem que é sublime, é o marido, na beira dessa sepultura. Há um homem que é grande, sublime, cuja morte é admirável, é o marido que, após ter visto sucessivamente quebrar-se, com a morte de sua mulher, todas as ilusões que lhe podiam restar no coração, em pensamento beija sua mulher sobre o túmulo. Por favor, colocai isto em vossas lembranças, o autor foi além — Lamartine lho disse — do que é permitido, para tornar hedionda a mais terrível expiação. O autor soube concentrar todo o interesse no homem que não se desviara da linha do dever, que permaneceu com seu caráter medíocre, sem dúvida, o autor não podia transformar seu caráter, mas com toda a generosidade de seu coração acumulou ele todos os horrores sobre a morte da mulher, que o enganou, arruinou, que se entregou aos usurários, que pôs em circulação falsas promissórias e que enfim chegou ao suicídio. Veremos se é natural a morte dessa mulher que, se não tivesse encontrado o veneno para acabar com tudo, teria sido quebrada pelo próprio excesso de infelicidade que a envolvia. Eis o que fez o autor. Seu livro não seria lido se tivesse sido feito de outro modo e se para mostrar aonde pode conduzir uma educação tão perigosa quanto a da Sra. Bovary, não tivesse prodigado as imagens encantadoras e os quadros enérgicos que lhe censuram.

O Sr. Flaubert faz constantemente prevalecer a superioridade do marido sobre a mulher e qual superioridade, por favor? A do dever cumprido, enquanto Emma dele se afasta! E em seguida ei-la colocada no declive dessa má educação, eis que, depois da cena do baile, se entusiasma por uma quase criança, Léon, inexperiente como ela. Ela flertará com ele, mas não ousará ir mais longe; nada acontecerá. Vem em seguida Rodolphe que, ele sim, terá esta mulher. Após tê-la olhado por um momento, diz a si mesmo: "Ela é muito amável, esta mulher!" e ela lhe pertencerá, pois é leviana e sem experiência. Quanto à queda, lereis novamente as p. 42, 43 e 44. Tenho apenas uma palavra a dizer-vos sobre essa cena, não há detalhes, não há descrições, nenhuma imagem que nos pinte a perturbação dos sentidos; apenas uma palavra indica a queda: "ela se abandonou". Rogarei, ainda, que tenhais a bondade de reler os detalhes da queda de Clarisse Harlowe[4], que não creio ter sido descrita num mau livro. O Sr. Flaubert substituiu Rodolphe a Lovelace e Emma a Clarisse. Comparareis os dois autores e as duas obras; e apreciareis.

Mas encontro aqui a indignação do Sr. Advogado Imperial. Mostra-se ele chocado porque o remorso não segue de perto a queda, porque em lugar de exprimir sua

[4] No romance homônimo de Samuel Richardson (1689-1761).

amargura, diz com satisfação: "Tenho um amante". Mas o autor não seria verdadeiro se, no momento em que a taça se encontra ainda nos lábios, fizesse sentir todo o amargor do licor encantado. Quem escrevesse como quer o Sr. Advogado Imperial, poderia ser moral, mas diria o que não existe na natureza. Não, não é no momento da primeira falta que desperta o sentimento da falta; sem isso ela não seria cometida. Não, não é o momento em que vive na ilusão que a embriaga, não é então que a mulher pode ser advertida pela própria embriaguez da imensa falta que cometeu. Ela traz apenas a embriaguez; volta para casa, feliz, resplandecente, canta em seu coração: "Enfim, tenho um amante". Mas isso dura muito tempo? Lestes as p. 424 e 425. Duas páginas mais adiante, à p. 428, o sentimento do desgosto do amante ainda não se manifesta, mas ela já está sob a impressão do temor, da inquietação. Examina, olha, desejaria nunca abandonar Rodolphe:

"Alguma coisa de mais forte do que ela empurrava-a para ele, de maneira que um dia, vendo-a chegar de repente, ele franziu o rosto, como se estivesse contrariado.

"— Que tens? disse ela, estás doente?

"Enfim ele declarou, com ar sério, que suas visitas tornavam-se imprudentes e que ela estava se comprometendo.

"Pouco a pouco, contudo, esses temores de Rodolphe a atingiram. O amor, a princípio, a embriagara, ela não pensava em nada além dele. Mas agora, que era indispensável à sua vida, ela temia perder dele alguma coisa ou mesmo que ele fosse perturbado. Quando voltava da casa dele, lançava ao redor olhares inquietos, espiando cada forma que passava no horizonte e cada lucarna da vila de onde pudesse ser percebida. Escutava os passos, os gritos, o ruído das charruas; e detinha-se mais pálida e mais trêmula do que as folhas dos choupos que se balançavam sobre a sua cabeça".

Vedes perfeitamente que ela não se engana; ela sente muito bem que há alguma coisa que não é aquilo que sonhara. Tomemos as p. 433 e 434 e ficareis ainda mais convencidos.

"Quando a noite era chuvosa, iam refugiar-se no consultório, entre o alpendre e a estrebaria. Ela acendia um dos castiçais da cozinha que escondera atrás dos livros. Rodolphe instalava-se como se estivesse em sua casa. A vista da biblioteca e da escrivaninha, de toda a sala enfim, excitava sua alegria; e não podia deixar de dizer, a respeito de Charles, uma série de gracejos que embaraçavam Emma. Ela teria desejado vê-lo mais sério e mesmo mais dramático, em certos momentos, como naquela vez em que ela julgou ouvir na alameda um ruído de passos que se aproximavam.

"— Vem alguém, disse ela.

"Ele assoprou a vela.

"— Tens tuas pistolas?

"— Por quê?"

"— Ora... para defender-te, replicou Emma.

"— Será teu marido? Ah! Pobre rapaz!

"E Rodolphe acabou a frase com um gesto que significava: 'Eu o esmagaria com um piparote".

"Ela ficou surpresa com sua bravura, embora sentisse nela uma espécie de indelicadeza e de grosseria ingênua que a escandalizou.

"Rodolphe refletiu muito naquela história da pistola. Se ela tivesse falado seriamente, o fato teria sido muito ridículo, pensava, odioso mesmo, pois ele não tinha nenhuma razão para detestar aquele bom Charles não sendo o que se chama devorado pelo ciúme — e sobre isso Emma fizera-lhe um grande juramento que ele também não achava ser do melhor gosto.

"Aliás, ela tornava-se bem sentimental. Fora necessário trocar miniaturas; haviam cortado punhados de cabelo e ela pedia agora um anel, um verdadeiro anel de casamento, em sinal de aliança eterna. Frequentemente ela lhe falava dos sinos da tarde ou das *vozes da natureza*; em seguida, falava-lhe de sua mãe e da mãe dele".

Enfim, ela o entediava.

Em seguida, à p. 453: "Ele (Rodolphe) não tinha mais, como outrora, aquelas palavras tão doces que a faziam chorar nem aquelas veementes carícias que a enlouqueciam; de forma que o grande amor de ambos, em que ela vivia mergulhada, parecia diminuir como a água de um rio que era absorvida em seu próprio leito, e ela percebeu o lodo. Não quis acreditar; duplicou a ternura e Rodolphe escondia cada vez menos sua indiferença.

"Ela não sabia se lastimava ter-lhe cedido ou se não desejava, pelo contrário, amá-lo mais. A humilhação de sentir-se fraca transformava-se num rancor que as volúpias temperavam. Não era afeição, era como uma sedução permanente. Ele a subjugava. Ela tinha quase medo".

E vós temeis, Sr. Advogado Imperial, que as jovens mulheres leiam isto! Estou menos assustado, sou mais tímido do que vós. Pessoalmente, compreendo às mil maravilhas que o pai de família diga à sua filha: "Jovem, se teu coração, se tua consciência, se o sentimento religioso, se a voz do dever não bastarem para te fazer caminhar pela estrada reta, olha, minha filha, olha quantos aborrecimentos, quantos sofrimentos, quantas dores e desolação esperam uma mulher que vai procurar a felicidade fora de sua casa!" Essa linguagem não vos chocaria na boca de um pai, pois bem! O Sr. Flaubert não diz outra coisa; é a mais verdadeira pintura, a mais impressionante, daquilo que encontra imediatamente a mulher que sonhou com a felicidade fora de sua casa.

Mas, vamos em frente, chegamos a todas as aventuras da desilusão. Vós me opondes as carícias de Léon à p. 60. Ai de mim! Ela vai pagar em breve o preço do adultério; e esse preço vós o achareis terrível, algumas páginas mais longe, na obra que incriminais. Ela procurou a felicidade no adultério, a infeliz! E nele encontrou, além do desgosto e do cansaço que a monotonia do casamento pode trazer a uma mulher que não avança na estrada do dever, ela encontrou nele a desilusão, o desprezo do homem ao qual se entregara. Faltará alguma coisa a esse desprezo? Oh! Não! E não o negareis, o livro está diante de vossos olhos: Rodolphe, que se revelou tão vil, dá-lhe uma última prova de egoísmo e de covardia. Ela lhe diz: "Leva-me embora! Rapta-me! Sufoco, não posso mais respirar na casa de meu marido ao qual causei a vergonha e a infelicidade".

Ele hesita; ela insiste, enfim ele promete e no dia seguinte ela recebe dele uma carta fulminante, sob a qual cai, esmagada, aniquilada. Cai doente, está moribunda. O fascículo seguinte vo-la mostra em todas as convulsões de uma alma que se debate, que talvez possa ser trazida de volta ao dever por excesso de sofrimento, mas infelizmente ela encontra em breve a criança com a qual brincara quando era inexperiente. Eis o movimento do romance, e em seguida vem a expiação.

Mas o Sr. Advogado Imperial interrompe-me e me diz: "Mesmo que fosse verdade que a finalidade da obra seja boa do princípio ao fim, podereis permitir-vos detalhes obscenos, como aqueles que vos permitistes?"

Com toda a certeza, eu não podia permitir-me tais detalhes mas os terei permitido? Onde estão eles? Chego aqui aos trechos mais incriminados. Não falo mais da aventura do fiacre, o tribunal recebeu, neste ponto, as explicações necessárias; chego aos trechos que assinalastes como contrários à moral pública e que formam um certo número de páginas do exemplar de 1º de dezembro; e para fazer desaparecer todas as bases de vossa acusação, tenho apenas uma coisa a fazer: restituir o que precede e o que segue vossas citações, numa palavra, substituir o texto completo a vosso texto cortado.

No final da p. 72, Léon, após ter sido posto em relação com Homais, o farmacêutico, vai ao hotel de Bourgogne; e em seguida o farmacêutico vai procurá-lo.

"Mas Emma acabava de sair, exasperada. Ela detestava-o agora. Aquela falta de palavra para o encontro parecia-lhe um ultraje.

"Depois, acalmando-se, acabou por descobrir que sem dúvida o caluniara. Porém, a difamação daqueles que amamos sempre nos afasta deles um pouco. Não se deve tocar nos ídolos: a douradura acaba ficando em nossas mãos.

"Começaram a falar com maior frequência de coisas indiferentes a seu amor...".

Meu Deus! É pelas linhas que acabo de vos ler que somos citados diante de vós. Escutai agora:

"Começaram a falar com maior frequência de coisas indiferentes a seu amor; e nas cartas que Emma lhe enviava falava-se de flores, de versos, da lua e das estrelas, recursos ingênuos de uma paixão que enfraquecia, que procurava avivar-se com todos os socorros exteriores. Ela prometia continuamente a si mesma, para a viagem seguinte, uma felicidade profunda; depois, confessava a si mesma não sentir nada de extraordinário. Aquela decepção apagava-se depressa com uma nova esperança e Emma voltava a ele mais inflamada, mais ávida. Despia-se brutalmente, arrancando o fino cordão de seu corpete que lhe sibilava ao redor das ancas como o escorregar de uma cobra. Ia na ponta dos pés nus ver ainda uma vez se a porta estava fechada depois, com um único gesto, deixava cair, juntas, todas as suas roupas; — e pálida, sem falar, séria, abatia-se contra o seu peito, com um longo estrecimento."

Vós vos detivestes aqui, Sr. Advogado Imperial; permiti-me continuar.

"Contudo, naquela testa coberta de gotas frias, naqueles lábios balbuciantes, naquelas pupilas desvairadas, no amplexo daqueles braços, havia algo de extremo, de vago e de lúgubre que Léon sentia insinuar-se entre eles, sutilmente como para separá-los".

Chamais a isso colorido lascivo; dizeis que isso traria o gosto pelo adultério; dizeis que são estas páginas que podem excitar, emocionar os sentidos, — páginas lascivas! Mas há a morte nestas páginas. Não pensais nisto, Sr. Advogado Imperial, assustai-vos por encontrar aqui palavras como *corpete, roupas que caem*; e vos agarrais a estas três ou quatro palavras como corpete ou roupas que caem! Desejais que vos mostre como um corpete pode aparecer num livro clássico, e muito clássico? É o que terei o prazer de fazer dentro em pouco.

"Ela se despia... (ah! Sr. Advogado Imperial, como compreendestes mal esta passagem!) ela se despia brutalmente (a infeliz), arrancando o fino cordão de seu corpete que sibilava ao redor das ancas, como o escorregar de uma cobra: e pálida, sem falar, séria, ela abatia-se contra o seu peito, com um longo estremecimento... Havia naquela testa coberta de gotas frias... no amplexo daqueles braços, algo de vago e de lúgubre..."

É aqui que é preciso perguntar: onde está o colorido lascivo? E onde está o colorido severo? E é preciso perguntar se os sentidos da jovem em cujas mãos cairia este livro podem ser emocionados, excitados, — como à leitura de um livro clássico entre todos os clássicos que citarei dentro em pouco e que foi impresso mil vezes sem que jamais um promotor imperial, ou real, tenha pensado em processá-lo. Haverá algo de análogo no que acabo de vos ler? "Este algo de lúgubre que se insinua entre eles para separá-los" não será, pelo contrário, a excitação do horror do vício? Continuemos, por favor.

"Ele não ousava interrogá-la; mas vendo-a tão experiente, ela devia ter passado, pensava ele, por todas as provas do sofrimento e do prazer. O que o encantava outrora assustava-o um pouco agora. Aliás, revoltava-se contra a absorção, cada vez maior, de sua personalidade. Não perdoava a Emma aquela vitória permanente. Esforçava-se mesmo para não amá-la; depois, ao ruído de suas botinas, sentia-se covarde como os bêbados diante dos licores fortes".

Isto será lascivo?

E, além disso, vede este último parágrafo:

"Um dia, em que haviam se separado cedo e em que ela voltava sozinha pelo bulevar, percebeu os muros de seu convento; sentou-se então num banco à sombra dos olmos. Que calma naquele tempo, como desejava os inefáveis sentimentos de amor que procurava imaginar segundo o que lera nos livros!

"Os primeiros meses de seu casamento, seus passeios a cavalo na floresta, o visconde que valsava e Lagardy cantando, tudo passou novamente diante de seus olhos".

Portanto, não esqueçais isto, Sr. Advogado Imperial, quando quiserdes julgar o pensamento do autor, quando quiserdes absolutamente encontrar o colorido lascivo onde só posso encontrar um excelente livro.

"E de repente viu Léon tão longe quanto os outros. "Todavia, eu o amo!" dizia a si mesma. Não importa, ela não era feliz, nunca o fora. De onde vinha então aquela insuficiência de vida, aquela repentina podridão instantânea das coisas em que se apoiava?"

Será lascivo isso?

"Mas, se houvesse em algum lugar um ser forte e belo, uma natureza intrépida, cheia ao mesmo tempo de exaltação e de refinamento, um coração de poeta sob a forma de um anjo, lira de cordas de bronze, enviando para o céu epitalâmios elegíacos, por que não poderia ela encontrá-lo por acaso? Oh! Que impossibilidade! Nada, aliás, valia o trabalho da procura; tudo mentia! Cada sorriso escondia um bocejo de tédio, cada alegria uma maldição, qualquer prazer seu desgosto e os melhores beijos deixavam nos lábios apenas um irrealizável desejo de uma maior volúpia.

"Um estertor metálico arrastou-se nos ares e quatro pancadas ouviram-se no sino do convento. Quatro horas! E tinha a impressão de estar lá, naquele banco, desde a eternidade".

Não se deve procurar no final de um livro alguma coisa para explicar o final de outro. Li o trecho incriminado sem acrescentar uma palavra para defender uma obra que se defende sozinha. Continuemos a leitura deste trecho incriminado do ponto de vista da moral:

"A senhora estava em seu quarto. Ninguém ia até lá. Permanecia todo o dia, entorpecida, levemente vestida, e de vez em quando queimava pastilhas de sarralgo que comprara em Rouen na loja de um argelino. Para não ter à noite, junto dela, aquele homem estendido e adormecido, acabou, à força de caretas, por relegá-lo ao segundo andar; e ela lia até de manhã livros extravagantes onde havia quadros orgíacos com situações sangrentas. Frequentemente era presa de terror, lançava um grito, Charles acudia. — Ah! Vai-te embora, dizia ela; ou outras vezes, atingida mais fortemente pela chama do adultério, ofegante, emocionada, envolvida pelo desejo, ela abria a janela, aspirava o ar frio, espalhava ao vento sua cabeleira pesada demais e, olhando as estrelas, desejava amores de príncipe. Pensava nele, em Léon. Teria então dado tudo por um único daqueles encontros que a saciavam.

"Eram seus dias de gala. Ela os desejava esplêndidos! E como ele não podia pagar sozinho a despesa, ela completava com liberalidade o que faltava, o que acontecia quase todas as vezes. Ele procurou fazer-lhe compreender que estariam tão bem em outro lugar, em algum hotel mais modesto; ela porém levantou objeções".

Vede como tudo isso é simples quando se lê tudo; mas, com os cortes do Sr. Advogado Imperial, a menor palavra torna-se uma montanha.

O Sr. Advogado Imperial — Não citei nenhuma dessas frases e já que desejais outras que não incriminei, não se deveria ter pulado totalmente a p. 50.

O Sr. Sénard — Não pulo nada, insisto nas frases incriminadas na citação. Somos citados pelas p. 77 e 78.

O Sr. Advogado Imperial — Falo das citações feitas na audiência e creio que me imputáveis o fato de ter citado as linhas que acabais de ler.

O Sr. Sénard — Sr. Advogado Imperial, citei todos os trechos com a ajuda dos quais queríeis constituir um delito que agora não mais existe. Desenvolvestes na audiência o que quisestes e o fizestes em vão. Felizmente tínhamos o livro, o defensor conhecia o livro; e se não o tivesse conhecido sua posição teria sido bem estranha, permiti que vo-lo diga. Sou chamado para explicar-me sobre tais e tais trechos e na audiência a eles substituem-se outros trechos. Se eu não possuísse o livro como o possuo, a defesa teria sido difícil. Agora mostro-vos, através de uma análise fiel, que o romance, longe de dever ser apresentado como lascivo, deve ser pelo contrário considerado como uma obra eminentemente moral. Após ter feito isso, tomo os trechos que motivaram a citação na polícia correcional e após ter completado vossos cortes com aquilo que precede e com o que segue, a acusação é tão fraca que ela vos revolta a vós mesmo, no momento em que leio! A esses trechos que havíeis assinalado como incrimináveis, há alguns instantes, tenho contudo perfeitamente o direito de citá-los eu mesmo para mostrar-vos a nulidade de vossa acusação.

Retomo minha citação onde a deixei no final da p. 78:

"Ele (Léon) aborrecia-se agora quando Emma, de repente, soluçava em seu peito; e seu coração, como as pessoas que podem suportar apenas uma certa dose de música, entorpecia-se de indiferença diante do alarido de um amor cujas delicadezas não mais distinguia.

"Conheciam-se demais para sentir aqueles espantos da posse que centuplicam sua alegria. Ela estava tão enfastiada dele quanto ele estava cansado dela. Emma encontrava no adultério toda a insipidez do casamento".

Insipidez do casamento! Aquele que recortou isso disse: "Como, eis um senhor que diz que no casamento há somente insipidez! É um ataque ao casamento, é um ultraje à moral!" Reconhecei, Sr. Advogado Imperial, que com cortes artisticamente feitos pode-se ir longe pelo que diz respeito à incriminação. Que foi que o autor chamou insipidez do casamento? Essa monotonia que Emma temera, da qual desejara fugir e que reencontrava continuamente no adultério, o que era exatamente a desilusão. Portanto, vedes perfeitamente que quando, em lugar de cortar frases e palavras, leem-se o que precede e o que segue, nada mais há para ser incriminado; e vós compreendeis maravilhosamente que meu cliente, que conhece o próprio pensamento, deve estar um pouco revoltado ao vê-lo assim deturpado. Continuemos:

"Ela estava tão enfastiada dele quanto ele estava cansado dela. Emma encontrava no adultério toda a insipidez do casamento.

"Mas como libertar-se? Além disso, ela sentia-se em vão humilhada pela baixeza de uma tal felicidade; desejava-a por hábito ou por corrupção; e cada dia obstinava-se mais, esgotando qualquer felicidade por desejá-la demasiadamente grande. Acusava Léon pelas decepções em que haviam caído suas ilusões como se ele a tivesse traído; e desejava mesmo uma catástrofe que provocasse a separação de ambos, visto que não tinha a coragem de decidir-se a ela.

"Não deixava de escrever-lhe cartas amorosas em virtude da ideia segundo a qual uma mulher deve sempre escrever a seu amante.

"Porém ao escrever, ela percebia um outro homem, um fantasma feito de suas mais ardentes lembranças". Isto não está mais incriminado. "Em seguida recaía deprimida, extenuada, pois aqueles ímpetos de amor vago a fatigavam mais do que grandes libertinagens.

"Sentia agora uma lassidão incessante e universal. Muitas vezes, mesmo, recebia citações, papéis timbrados que mal olhava. Teria desejado não mais viver ou continuamente dormir."

Chamo a isso uma exaltação à virtude pelo horror do vício, o que o próprio autor anuncia e que o mais distraído leitor não pode deixar de ver sem um pouco de má vontade.

E agora algo mais, para fazer-vos perceber que espécie de homem deveis julgar. Para mostrar-vos, não que espécie de justificativa devo escolher, mas se o Sr. Flaubert teve o colorido lascivo e onde se inspira, deixai-me colocar sobre vossa escrivaninha este livro usado por ele e em cujas passagens se inspirou para pintar essa concupiscência, os arrebatamentos dessa mulher que procura a felicidade nos prazeres ilícitos, que neles não pode achá-la, que continua procurando, que procura cada vez mais e nunca a encontra. Onde se inspirou Flaubert, senhores? Foi neste livro; escutai:

"ILUSÃO DOS SENTIDOS

"Quem quer que se prenda ao sensível deve vagar necessariamente de objeto em objeto e enganar-se por assim dizer, ao mudar de lugar; assim a concupiscência, isto é, amor dos prazeres, é sempre instável porque todo seu ardor enlanguesce e morre na continuidade e porque é a variação que o faz reviver. Assim, o que é a vida dos sentidos senão um movimento alternativo do apetite ao fastio e do fastio ao apetite, enquanto a alma flutua sempre incerta entre o ardor que se abranda e o ardor que se renova? *Inconstantia, concupiscentia.* Eis o que é a vida dos sentidos. Todavia, nesse movimento perpétuo deixamo-nos constantemente desviar pela imagem de uma liberdade errante".

Eis o que é a vida dos sentidos. Quem disse isso? Quem escreveu as palavras que acabais de ouvir sobre essas excitações e esses ardores incessantes? Qual é o livro que o Sr. Flaubert folheia dia e noite e no qual se inspirou nos trechos que o Sr. Advogado Imperial incrimina? É Bossuet[5]. O que acabo de ler-vos é o fragmento de um discurso de Bossuet sobre os *prazeres ilícitos*. Eu vos farei ver que todos esses trechos incriminados são apenas, não plágios — o homem que se apropriou de uma ideia não é um plagiador — mas imitações de Bossuet. Quereis um outro exemplo? Ei-lo:

"SOBRE O PECADO.

"E não me pergunteis, cristãos, de que maneira se fará esta grande transformação de nossos prazeres em suplícios; a coisa está provada nas Escrituras. É o Verdadeiro que o diz, é o Todo-Poderoso que o faz. E todavia, se olhardes a natureza das paixões às quais abandonais vosso coração, compreendereis facilmente que elas podem tornar-se um suplício intolerável. Todas trazem, em si mesmas, penas cruéis, desgostos, amarguras. Todas trazem uma infinidade que se irritam por não poderem ser saciadas; o que faz com que nelas se misturem todos os arrebatamentos que degeneram numa espécie de

[5] Jacques Benigne Bossuet (1627-1704), escritor e orador sacro-francês, arcebispo de Meaux e preceptor do delfim, filho de Luis XIV. Entre suas obras mais importantes estão os *Oraisons funèbres* e os *Sermons.*

furor não menos penoso do que insensato. O amor, se me for permitido nomeá-lo neste púlpito, tem suas incertezas, suas agitações violentas e resoluções irresolutas e o inferno dos ciúmes".

E mais abaixo:

"Ora, o que há de mais fácil do que fazer de nossas paixões uma pena insuportável de nossos pecados, retirando-lhes, como é muito justo, este pouco de doçura com que nos seduzem e deixando-lhes apenas as inquietações cruéis e a amargura que possuem em abundância? Nossos pecados contra nós, nossos pecados sobre nós, nossos pecados no meio de nós, dardo penetrante contra nosso seio, peso insuportável sobre nossa cabeça, veneno devorador em nossas entranhas".

Tudo o que acabais de ouvir não será para mostrar-vos as amarguras da paixão? Deixo-vos este livro totalmente marcado, totalmente estragado pelo polegar do homem estudioso que nele colheu seu pensamento. E aquele que se inspirou em tal fonte, aquele que descreve o adultério nos termos que acabais de ouvir é acusado de ultraje à moral pública e religiosa!

Ainda algumas linhas sobre a *Femme pécheresse*[6] e ireis ver como o Sr. Flaubert, tendo de pintar tais ardores, soube inspirar-se em seu modelo:

"Mas punidos por nosso erro sem que esse seja destruído, procuramos na mudança um remédio para nosso engano; vagamos de objeto em objeto; e, se finalmente algum deles nos prende, não é porque estejamos contentes com nossa escolha, é porque somos elogiados por nossa inconstância".

"Tudo parece-lhe vazio, falso, aborrecido nas criaturas: longe de nelas encontrar estes primeiros encantos, dos quais seu coração tinha tanta dificuldade para defender-se, somente vê a frivolidade, o perigo e a vaidade."

"Não falo de um incitamento da paixão; quanto medo que o mistério se divulgue! Quantos cuidados para conservar o decoro e a glória! Quantos olhos a evitar! Quantos observadores para enganar! Quantas reviravoltas a temer quanto à fidelidade dos que se escolheram como ministros e confidentes da própria paixão! Quantas repulsas a sofrer por parte daquele, talvez, a quem se sacrificaram a própria felicidade e a própria liberdade e do qual não seria possível queixar-se! A tudo isso acrescentai estes momentos cruéis em que a paixão menos viva nos deixa a possibilidade de recair sobre nós mesmos e de sentir toda a indignidade de nosso estado; estes momentos em que o coração, nascido para os prazeres mais sólidos, cansa-se de seus próprios ídolos e encontra um suplício em sua própria repugnância e em sua própria inconstância. Mundo profano! Se é esta a felicidade que tanto nos louvas, favorece com ela teus adoradores; e pune-os, tornando-os assim felizes pela fé que com tanta leviandade acrescentaram a tuas promessas."

Deixai-me dizer o seguinte: quando um homem, no silêncio das noites, meditou sobre as causas do arrebatamento da mulher; quando as encontrou na educação e quando, para exprimi-las, duvidando de suas observações passadas, foi amadurecer-se

[6] *Mulher pecadora.*

nas fontes que acabo de indicar; quando somente se entregou à pena após ter-se inspirado nos pensamentos de Bossuet e de Massillon[7] permiti-me que vos pergunte se há uma palavra para expressar minha surpresa, minha dor, ao ver este homem ser citado diante da polícia correcional — por alguns trechos de seu livro e precisamente pelas ideias e pelos pensamentos mais verdadeiros e mais elevados que pôde reunir! Eis o que vos rogo não esquecer quanto à acusação de ultraje à moral religiosa. E além disso, se mo permitis, oporia a tudo isso, sob vossos olhos, o que eu chamo danos à moral, isto é, a satisfação dos sentidos sem amargura, sem essas *grandes gotas de suor* gelado, que caem da fronte daqueles que a eles se entregam; e não vos citarei livros licenciosos nos quais os autores procuraram excitar os sentidos, citar-vos-ei um livro — que é oferecido como prêmio nos colégios, mas pedir-vos-ei a permissão de só dizer-vos o nome do autor após ter lido um trecho. Eis o trecho, mandarei entregar-vos o volume; é um exemplar que foi dado como prêmio a um aluno de colégio; prefiro entregar-vos este exemplar e não o do Sr. Flaubert:

"No dia seguinte fui conduzido novamente a seus aposentos. Lá senti tudo o que pode levar à volúpia. Haviam sido derramados no quarto os mais agradáveis perfumes. Ela se encontrava sobre um leito fechado apenas por guirlandas de flores; parecia languidamente deitada. Estendeu-me a mão e me fez sentar a seu lado. Tudo, até o véu que lhe cobria o rosto, era gracioso. Eu via a forma de seu belo corpo. Uma simples fazenda que se movia sobre ela fazia-me alternadamente perder e encontrar belezas encantadoras". Uma simples fazenda, quando estendida sobre um cadáver, vos pareceu uma imagem lasciva; aqui é estendida sobre a mulher viva. "Ela observou que meus olhos estavam ocupados e quando viu que se inflamavam, a fazenda pareceu abrir-se espontaneamente; vi todos os tesouros de uma beleza divina. Nesse momento ela apertou-me a mão; meus olhos vagaram por toda a parte. Somente minha cara Ardasire pode ser tão bela, exclamei; mas tomo os deuses por testemunha que minha fidelidade... Ela lançou-se ao meu pescoço e apertou-me em seus braços. De repente o quarto escureceu, seu véu abriu-se; ela deu-me um beijo. Senti-me fora de mim; uma chama súbita correu em minhas veias e aqueceu todos os meus sentidos. A ideia de Ardasire afastou-se de mim. Um resto dc lembrança... mas parecia-me apenas um sonho... Eu ia... Ia preferi-la a ela mesma. Já levara as mãos ao seu seio; elas corriam rapidamente por toda a parte; o amor somente se mostrava através de seu furor; ele precipitava-se para a vitória; mais um momento e Ardasire não podia defender-se."

Quem escreveu isso? Não é nem mesmo o autor da *Nouvelle Héloïse*[8] é o Sr. Presidente de Montesquieu![9] Aqui, nenhuma amargura, nenhum desgosto, tudo é sacrificado à beleza literária e dá-se isso como prêmio aos alunos de retórica,

[7] Jean-Baptiste Massillon (1663-1742), escritor francês, oratoriano, bispo de Clermont.

[8] Jean-Jacques Rousseau (1712-1778), autor, também, do *Contrat social,* do *Emile,* das *Confessions,* das *Rêveries du promeneur solitaire.*

[9] Charles Louis de Secondat, Barão de Montesquieu (1689-1755), autor das *Lettres persanes* (*Cartas Persas*; Ed. Nova Alexandria) e do *Esprit des lois.*

sem dúvida, para servir-lhes de modelo nas amplificações ou nas descrições que se lhes dão. Montesquieu descreve nas *Lettres persanes* uma cena que nem mesmo pode ser lida. Trata-se de uma mulher que o autor coloca entre dois homens que a disputam. Essa mulher assim colocada entre dois homens tem sonhos — que lhe parecem muito agradáveis.

Chegamos a este ponto, Sr. Advogado Imperial! Será ainda preciso citar Rousseau nas *Confessions* e em outras obras? Não, direi somente ao tribunal que se o Sr. Mérimée fosse acusado por causa de sua descrição na carruagem em *La double méprise,* seria imediatamente absolvido. Ver-se-ia em seu livro apenas uma obra de arte, grandes belezas literárias. Não seria mais condenado do que os pintores, os estatuários que não se contentam em traduzir toda a beleza do corpo, mas também todos os ardores, todas as paixões. Não chego a este ponto; peço-vos que reconheçais que o Sr. Flaubert não exagerou as imagens e que fez apenas uma coisa: tocou com a mais firme das mãos a cena da degradação. A cada linha de seu livro faz sobressair a desilusão e em lugar de terminar alguma coisa de gracioso, esforça-se por mostrar-nos essa mulher chegando, após o desprezo, ao abandono, à ruína da própria casa, à morte mais assustadora. Numa palavra, posso apenas repetir o que disse ao iniciar esta defesa, que o Sr. Flaubert é o autor de um bom livro, de um livro que é a excitação à virtude pelo horror do vício.

Tenho de examinar agora o ultraje à religião. O ultraje à religião cometido pelo Sr. Flaubert! E em que ponto, por favor? O Sr. Advogado Imperial julgou ver nele um cético. Posso responder ao Sr. Advogado Imperial que ele se engana. Não tenho de fazer aqui profissão de fé, tenho somente de defender o livro, é o que faz com que me limite a esta simples palavra. Mas, quanto ao livro, desafio o Sr. Advogado Imperial de nele encontrar seja o que for que se assemelhe a um ultraje à religião. Vistes como a religião foi introduzida na educação de Emma e como essa religião, deturpada de mil maneiras, não podia reter Emma no declive que a arrastava. Quereis saber em que língua o Sr. Flaubert fala da religião? Escutai algumas linhas que extraio do primeiro fascículo, p. 231, 232 e 233.

"Uma vez, à tardinha, em que a janela estava aberta e em que, sentada no peitoril, acabava de olhar Lestiboudois, o sacristão, que cortava o buxo, ela ouviu o *Angelus.*

"Era no início de abril, quando as primaveras se abrem; um vento morno rola nos canteiros lavrados e os jardins, como as mulheres, parecem enfeitar-se para as festas do verão. Por entre os barrotes do caramanchão e ao redor, mais além, via-se o rio na pradaria que desenhava na relva sinuosidades vagabundas. Os vapores da noite passavam entre os choupos sem folhas esfumando seus contornos com um tom violeta mais pálido e mais transparente do que uma gaze sutil presa sobre suas ramagens. Ao longe, o gado caminhava; não se ouviam nem seus passos, nem seus mugidos, e o sino, tocando sempre, continuava nos ares sua lamentação pacífica.

"Ao ouvir o som repetido, o pensamento da jovem perdia-se em suas velhas lembranças de juventude e de pensionato. Lembrou os grandes castiçais que ultrapassavam o altar, os vasos cheios de flores e o tabernáculo com coluninhas. Teria desejado, como outrora, sentir-se ainda confundida na longa linha de véus brancos marcados de preto, cá e lá, pelos capelos duros das irmãs inclinadas em seus genuflexórios".

Eis a língua na qual o sentimento religioso é expresso; e segundo o Sr. Advogado Imperial, o ceticismo reina do princípio ao fim do livro do Sr. Flaubert. Onde, por favor, encontrais ceticismo aqui?

O Sr. Advogado Imperial — Não disse que se encontrava aí.

O Sr. Sénard — Se aqui não existe, onde então existe? Em vossos recortes, evidentemente. Mas aqui está a obra por inteiro, que o tribunal a julgue, e ele verá que o sentimento religioso nela está tão fortemente gravado, que a acusação de ceticismo é uma verdadeira calúnia. E agora o Sr. Advogado Imperial me permitirá dizer-lhe que não valia a pena acusar o autor de ceticismo com tanto estrépito. Prossigamos:

"No domingo, durante a missa, quando levantava a cabeça, percebia o doce rosto da Virgem entre os turbilhões azulados do incenso que subia. Então, era tomada de enternecimento; sentia-se indolente e totalmente abandonada como a pequena penugem de um pássaro que rodopia na tempestade; e foi sem ter consciência do que fazia que se encaminhou para a igreja, disposta a qualquer devoção contanto que nela curvasse sua alma e que toda a existência nela desaparecesse".

Isto, senhores, é o primeiro apelo à religião, para reter Emma no declive das paixões. Ela caiu, a pobre mulher, depois é repelida com o pé pelo homem ao qual se abandonou. Ela quase morreu, levanta-se novamente, reanima-se; e ireis ver agora o que está escrito no número de 15 de novembro de 1856, à p. 548.

"Um dia em que, no pior momento de sua doença, julgara-se agonizante, ela pedira a comunhão; e, à medida que se faziam, no quarto, os preparativos para o sacramento, que se transformava em altar a cômoda atulhada de xaropes e que Félicité semeava o chão com flores de dálias, Emma sentia que algo de forte passava sobre ela que a libertava de suas dores, de qualquer percepção, de qualquer sentimento. Sua carne, menos pesada, não pensava mais, uma outra vida começava; pareceu-lhe que seu ser, elevando-se em direção a Deus... (Estais vendo em que língua o Sr. Flaubert fala das coisas religiosas) Pareceu-lhe que seu ser, elevando-se em direção a Deus, ia aniquilar-se naquele amor como o incenso queimado que se dissipa em vapor. Espargiu-se água benta sobre os lençóis da cama; o padre retirou do santo cibório a branca hóstia; e foi desfalecendo numa alegria celestial que ela avançou os lábios para aceitar o corpo do Salvador que se apresentava".

Peço perdão ao Sr. Advogado Imperial, peço perdão ao tribunal, interrompo este trecho, mas preciso dizer que é o autor que fala e fazer-vos observar em que termos ele se exprime sobre o mistério da comunhão; preciso, antes de retomar esta leitura, que o tribunal compreenda o valor literário deste quadro; preciso insistir nestas expressões que pertencem ao autor:

"E foi desfalecendo numa alegria celestial que ela avançou os lábios para aceitar o corpo do Salvador que se apresentava. As cortinas da alcova inchavam suavemente ao seu redor em forma de nuvens e os raios dos dois círios que queimavam sobre a cômoda lhe pareceram glórias resplandecentes. Então, deixou recair a cabeça, julgando ouvir nos espaços o som das harpas seráficas e perceber num céu azul, sobre um trono de ouro, no meio dos santos segurando palmas verdes, Deus Pai brilhando em Sua majestade e que com um sinal fazia descer para a terra anjos de asas de fogo para levá-la em seus braços".

Ele continua:

"Aquela visão esplêndida permaneceu em sua memória como a coisa mais bela com que fosse possível sonhar; de forma que agora esforçava-se por agarrar novamente aquela sensação que se prolongava, todavia, mas de forma menos exclusiva e com a mesma profunda doçura. Sua alma, extenuada de orgulho, repousava enfim na humildade cristã; e, saboreando o prazer de ser fraca, Emma contemplava em si mesma a destruição da vontade que devia abrir uma larga porta às invasões da graça. Existiam, pois, no lugar da ventura, felicidades maiores, um outro amor acima de todos os outros amores, sem intermitência nem fim e que cresceria eternamente! Ela entreviu, entre as ilusões de seu espírito, um estado de pureza que, flutuando acima da terra, se confundia com o céu, onde aspirava estar. Quis tornar-se uma santa. Comprou terços, usou amuletos; desejava ter no quarto, à cabeceira da cama, um relicário engastado de esmeraldas para beijá-lo todas as noites".

Eis sentimentos religiosos! E se vos detivésseis por um instante no principal pensamento do autor, pedir-vos-ia que virásseis a página e lêsseis as três linhas seguintes do segundo parágrafo:

"Irritou-se com as prescrições do culto; a arrogância dos escritos polêmicos desagradou-lhe pela obstinação em perseguir pessoas que ela não conhecia; e os contos profanos temperados com religião pareceram-lhe escritos com tal ignorância do mundo que a afastaram insensivelmente das verdades de que esperava a prova".

Eis a linguagem do Sr. Flaubert. Agora, por favor, passemos a uma outra cena, à cena da extrema-unção. Oh! Sr. Advogado Imperial, como vos enganastes quando, detendo-vos nas primeiras palavras, acusastes meu cliente por misturar o sagrado e o profano, quando ele se contentou em traduzir estas belas fórmulas da extrema-unção, no momento em que, segundo a expressão do ritual, diz: *Per istam unctionem, et suam piissimam misericordiam, indulgeat tibi Dominus quidquid deliquisti.*

Dissestes: Não se deve tocar nas coisas santas. Com que direito deturpais estas santas palavras: "Que Deus, em sua santa misericórdia, vos perdoe todas as faltas que cometestes pela vista, pelo gosto, pelo ouvido etc."?

Vede, vou ler-vos o trecho incriminado e será toda a minha vingança, pois o autor precisa ser vingado. Sim, é preciso, que o Sr. Flaubert saia daqui, não somente absolvido, mas vingado. Vereis que leituras o alimentaram. O trecho incriminado encontra-se à p. 271 do número de 15 de dezembro, ele é assim concebido:

"Pálido como uma estátua e com os olhos vermelhos como brasas, Charles, sem chorar, mantinha-se diante dela aos pés da cama, enquanto o padre, apoiado num joelho, murmurava palavras em voz baixa".

Todo esse quadro é magnífico e sua leitura é irresistível; mas tranquilizai-vos, não o prolongarei desmedidamente. Eis agora a incriminação:

"Ela virou o rosto lentamente e pareceu tomada de alegria ao ver de repente a estola violeta, encontrando sem dúvida, em meio a um sossego extraordinário, a volúpia perdida de seus primeiros ímpetos místicos, com visões de bem-aventuranças eternas que estavam começando.

"O padre ergueu-se para pegar o crucifixo; então ela estendeu o pescoço como quem tem sede e, colando os lábios ao corpo do Homem-Deus, depositou nele, com toda a sua força expirante, o maior beijo de amor que jamais dera".

A extrema-unção ainda não começou; mas censuram-me esse beijo. Não irei procurar em Santa Teresa que conheceis talvez, mas cuja lembrança está longe demais; nem mesmo irei procurar em Fénelon o misticismo da Sra. Guyon, nem os misticismos mais modernos nos quais encontro muitas outras razões. Não quero pedir a essas escolas, que qualificais de cristianismo sensual, a explicação desse beijo; é a Bossuet, ao próprio Bossuet que desejo pedi-la:

"Obedecei e procurai, além disso, entrar nas disposições de Jesus ao comungar, que são disposições de união, de gozo e de amor: todo o Evangelho o brada. Jesus quer que estejamos com ele; quer gozar, quer que gozemos dele. Sua santa carne encontra-se no meio dessa união e desse casto gozo: ela se dá" etc.

Retomo a leitura da passagem incriminada:

"Em seguida, ele recitou o *Misereatur* e *Indulgentiam,* molhou o polegar direito no óleo e começou as unções: primeiro nos olhos, que tanto haviam cobiçado todas as suntuosidades terrenas; depois sobre as narinas, ávidas de brisas tépidas e de perfumes amorosos; depois na boca, que se abrira para a mentira, que gemera de orgulho e gritara na luxúria; depois nas mãos, que se deleitaram aos contatos suaves e enfim na planta dos pés, tão rápidos outrora quando ela corria para saciar seus desejos e que agora não caminhariam mais.

"O pároco enxugou os dedos, lançou ao fogo os pedacinhos de algodão molhados no óleo e voltou a sentar-se perto da moribunda para dizer que devia agora juntar seus sofrimentos aos de Jesus Cristo e abandonar-se à misericórdia divina.

"E, ao terminar suas exortações, procurou colocar-lhe na mão um círio bento, símbolo das glórias celestes com que iria dentro em pouco ser envolta. Emma, fraca demais, não pôde fechar os dedos e o círio, sem o Padre Bournisien, teria caído no chão.

"Entrementes, sua palidez diminuíra e seu rosto possuía uma expressão de serenidade como se o sacramento a tivesse curado.

"O padre não deixou de observá-lo, explicou mesmo a Bovary que o Senhor, algumas vezes, prolongava a existência das pessoas quando o julgava conveniente para sua salvação; e Charles lembrou-se do dia em que, assim perto da morte, ela recebera a comunhão. Talvez não se devesse desesperar, pensava".

Agora, quando uma mulher morre e o padre vai dar-lhe a extrema-unção; quando se faz disso uma cena mística e quando nós traduzimos com uma fidelidade escrupulosa as palavras sacramentais, diz-se que tocamos nas coisas santas. Tocamos com mão temerária as coisas santas porque, ao *deliquisti per oculos, per os, per aurem, per manus e per pedes*, acrescentamos o pecado que cada um desses órgãos cometera. Não somos os primeiros a enveredar por esse caminho. O Sr. Sainte-Beuve, num livro que conheceis, põe também em cena uma extrema-unção e eis como se exprime:

"Oh! Sim, nestes olhos, em primeiro lugar, como no mais nobre e mais vivo dos sentidos; nestes olhos por aquilo que viram, olharam de terno, de pérfido demais em outros olhos, de por demais mortal; pelo que leram e releram de atraente e de por demais caro; pelas lágrimas vãs que derramaram sobre os bens frágeis e sobre as criaturas infiéis; pelo sono que tantas vezes esqueceram, à noite ao pensar neles!

"No ouvido também, por aquilo que ouviu e deixou que lhe dissessem de demasiado doce, de demasiado lisonjeiro e embriagante; por aquilo que seus ouvidos roubam lentamente das palavras enganadoras; pelo mel escondido que nelas bebem.

"No olfato, em seguida, pelos demais sutis e voluptuosos perfumes das noites de primavera no fundo dos bosques, pelas flores recebidas pela manhã e todos os dias respiradas com tanta complacência!

"Nos lábios, pelo que pronunciaram de demasiadamente confuso ou de demasiadamente confessado; por aquilo que não replicaram em certos momentos ou pelo que não revelaram a certas pessoas, pelo que cantaram na solidão de demais melodioso ou de demasiadamente cheio de lágrimas; por seu murmúrio inarticulado, por seu silêncio!

"No pescoço, em lugar do peito, pelo ardor do desejo segundo a expressão consagrada (*propter ardorem libidinis*); sim, pela dor das afeições, das rivalidades, pela demasiada angústia das humanas ternuras, pelas lágrimas que sufocam uma garganta sem voz, por tudo o que faz bater um coração ou que o corrói!

"Nas mãos também, por terem apertado uma mão a que não estava santamente ligada; por ter recebido prantos por demais ferventes; por ter começado a escrever, sem acabá-la, uma resposta não permitida!

"Nos pés, por não terem fugido, por terem satisfeito os longos passeios solitários, por não se terem cansado suficientemente cedo nesses encontros que sempre recomeçavam".

Não processastes isso. Eis dois homens que, cada um em sua esfera, fizeram a mesma coisa e que, a cada sentido, acrescentaram o pecado, a falta. Teríeis desejado proibir a tradução da fórmula do ritual *Quidquid deliquisti por oculos, per aurem* etc.?

O Sr. Flaubert fez o que fez o Sr. Sainte-Beuve sem por isso ser um plagiador. Usou do direito, que pertence a todo escritor, de acrescentar algo ao que disse um outro escritor, de completar um tema. A última cena do romance *Madame Bovary* foi feita, como todo estudo desse tipo, com documentos religiosos. O Sr. Flaubert escreveu a cena da extrema-unção com um livro que lhe emprestara um venerável eclesiástico seu amigo, que leu essa cena, que foi tocado até às lágrimas e que não imaginou que a majestade da religião por ela pudesse ser ofendida. Esse livro é intitulado: *Explication historique, dogmatique, morale, liturgique et canonique du catéchisme, avec la réponse aux objétions tirées des sciences contre la religion, par l'abbé Ambroise Guillois, curé de*

Notre-Dame-du-Pré, au Mans, 6e. édition[10] obra aprovada por Sua Eminência o Cardeal Gousset, por Suas Excelências Reverendíssimas os Bispos e Arcebispos de Mans, Tours, Bordeaux, Colônia etc., tomo 3, impresso em Mans por Charles Monnoyer, 1851. Ora, ireis ver neste livro, como vistes há pouco em Bossuet, os princípios e de certa forma o texto dos trechos incriminados pelo Sr. Advogado Imperial. Agora não é mais o Sr. Sainte-Beuve, um artista, um fantasista literário que cito: escutai a própria Igreja.

"A extrema-unção pode devolver a saúde ao corpo se ela for útil para a glória de Deus..." e o padre diz que isso acontece frequentemente. Agora eis a extrema-unção:

"O padre dirige ao doente uma curta exortação, se ele estiver em estado de ouvi-lo, para predispô-lo ao sacramento que lhe vai administrar.

"Em seguida o padre unge o doente com a espátula ou com o polegar direito que molha a cada vez no óleo dos enfermos. Estas unções devem ser feitas sobretudo nas cinco partes do corpo que a natureza deu ao homem, como os órgãos das sensações, a saber: nos olhos, nas orelhas, nas narinas, na boca e nas mãos.

"À medida que o padre faz as unções (seguimos ponto por ponto o Ritual, nós o copiamos), ele pronuncia as palavras correspondentes.

"*Nos olhos, sobre a pálpebra fechada*: Por esta unção santa e por sua piedosa misericórdia, que Deus vos perdoe todos os pecados que cometestes pela vista. O doente deve, nesse momento, detestar novamente todos os pecados que cometeu pela vista: tantos olhares indiscretos, tantas curiosidades criminosas, tantas leituras que nele fizeram nascer uma infinidade de pensamentos contrários à fé e aos costumes."

Que faz o Sr. Flaubert? Pôs na boca do padre, reunindo as duas partes, o que deve estar em seu pensamento e ao mesmo tempo no pensamento do doente. Ele copiou, pura e simplesmente.

"*Nas orelhas*: Por essa unção santa e por sua grande misericórdia, que Deus vos perdoe todos os pecados que cometestes pelo sentido do ouvido. O doente deve, neste momento, detestar novamente todas as faltas de que se tornou culpado, escutando com prazer maledicências, calúnias, conversas desonestas, canções obscenas.

Nas narinas: Por esta unção santa e por sua grande misericórdia, que o Senhor vos perdoe todos os pecados que cometestes pelo olfato. Neste momento, o doente deve detestar novamente todos os pecados que cometeu pelo olfato, todas as procuras refinadas e voluptuosas dos perfumes, todas as sensualidades, todos os odores da iniquidade que tiver respirado. — *Na boca, sobre os lábios*: Por esta unção santa e por sua misericórdia, que o Senhor vos perdoe todos os pecados que cometestes pelo sentido do gosto e pela palavra. O doente deve, nesse momento, detestar novamente todos os pecados que cometeu proferindo imprecações e blasfêmias..., fazendo excessos ao beber e comer... — *Nas mãos*: Por esta unção santa e por sua misericórdia, que o Senhor vos perdoe todos os pecados que cometestes pelo sentido do tato.

[10] *Explicação histórica, dogmática, moral, litúrgica e canônica do catecismo com a resposta às objeções tiradas das ciências contra a religião pelo abade Ambroise Guillon, cura de Notre-Dame-du-Pré, em Mans, 6ª edição.*

O doente deve, neste momento, detestar novamente todos os furtos, todas as injustiças de que pôde tornar-se culpado, todas as liberdades mais ou menos criminosas que permitiu a si mesmo... Os padres recebem a unção das mãos no dorso porque já a receberam interiormente no momento da ordenação e os outros doentes na parte interna. — *Sobre os pés*: Por esta unção santa e por sua grande misericórdia, que Deus vos perdoe todos os pecados que cometestes através de vossos passos. O doente deve, neste momento, detestar novamente todos os passos que deu nos caminhos da iniquidade, em tantos passeios escandalosos, tantos encontros criminosos... A unção dos pés é feita no dorso ou na planta, segundo a comodidade do doente e também segundo o uso da diocese em que se encontra. A prática mais comum parece ser a de fazê-la na planta dos pés".

E enfim no peito (O Sr. Sainte-Beuve o copiou, nós não o fizemos porque se tratava do peito de uma mulher). *Propter ardorem libidinis* etc.

"*No peito:* Por esta unção santa e por sua grande misericórdia, que o Senhor vos perdoe todos os pecados que cometestes pelo ardor das paixões. O doente deve, neste momento, detestar novamente todos os maus pensamentos, todos os maus desejos aos quais se abandonou, todos os sentimentos de ódio, de vingança que alimentou em seu coração".

E poderíamos, segundo este *Ritual*, falar de outra coisa além do peito, mas Deus sabe que santa cólera teríamos excitado no ministério público, se tivéssemos falado de rins[11]:

"*Nos rins* (*ad lumbos*) — por esta santa unção e por sua grande misericórdia, que o Senhor vos perdoe todos os pecados que cometestes pelos movimentos desregrados da carne".

Se tivéssemos dito isso, com que raio não teríeis tentado abater-nos, Sr. Advogado Imperial! E todavia, o Ritual acrescenta:

"O doente deve, neste momento, detestar novamente tantos prazeres ilícitos, tantos deleites carnais..."

Eis o Ritual e nele vistes o artigo incriminado; não há nem zombaria, tudo é sério e comovente. E, vo-lo repito, aquele que deu tal livro a meu cliente e que viu meu cliente usá-lo como o fez, apertou-lhe a mão com lágrimas nos olhos. Vedes, portanto, Sr. Advogado Imperial, como é temerária — para não usar uma expressão que, por ser exata, seria mais severa — a acusação de que havíamos tocado em coisas santas. Vedes agora que não misturamos o profano ao sagrado quando a cada um dos sentidos indicamos o pecado cometido pelo sentido correspondente, visto que é esta a linguagem da própria Igreja.

Deverei insistir, agora, nos outros detalhes do delito de ultraje à religião? Eis que o ministério público me diz: "Não é mais a religião, é a moral de todos os tempos que ultrajastes; insultastes a morte!" Porque, no momento em que esta mulher morre, passa na rua um homem que, mais de uma vez, ela encontrara pedindo esmola perto

[11] Em seu tradicional sentido bíblico.

da carruagem na qual voltava dos encontros adúlteros, o cego que ela se acostumara a ver, o cego que cantava sua canção enquanto a carruagem subia lentamente a encosta, a quem lançava uma moeda e cujo aspecto a fazia estremecer. Esse homem passa na rua; e, no momento em que a misericórdia divina perdoa ou promete perdoar a infeliz que expia dessa forma, por uma morte horrível, as faltas de sua vida, a zombaria humana aparece-lhe sob a forma da canção que passa sob sua janela. Meu Deus! julgais ver nisso um ultraje; mas o Sr. Flaubert faz apenas o que fizeram Shakespeare e Goethe que, no próprio instante da morte, não deixam de fazer ouvir algum canto, seja de lamentação, seja de zombaria, que lembra àquele que parte para a eternidade algum prazer de que não mais gozará ou alguma falta a expiar.

Leiamos:

"De fato, ela olhou ao seu redor, lentamente, como alguém que desperta de um sonho depois, com voz clara pediu seu espelho e permaneceu inclinada sobre ele por algum tempo, até o momento em que grossas lágrimas lhe correram dos olhos. Então inclinou a cabeça para trás e com um suspiro caiu novamente sobre o travesseiro.

"Seu peito começou logo a arquear rapidamente".

Não posso ler, sou como Lamartine: "A expiação vai para mim além da verdade...". Todavia, Sr. Advogado Imperial, eu não julgaria fazer uma má ação se lesse tais páginas a minhas filhas, que são casadas, honestas moças que receberam bons exemplos, boas lições e que nunca, nunca foram colocadas, por uma indiscrição, fora da mais estreita estrada, fora das coisas que podem e devem ser ouvidas... É-me impossível continuar esta leitura, ater-me-ei rigorosamente às passagens incriminadas:

"Com os braços estendidos e à medida que o estertor se tornava mais forte (Charles encontrava-se do outro lado, esse homem que nunca vedes e que é admirável) e à medida que o estertor se tornava mais forte, o eclesiástico precipitava suas orações: elas misturavam-se aos soluços abafados de Bovary e algumas vezes tudo parecia desaparecer no surdo murmúrio das sílabas latinas que tilintavam como o dobre de um sino.

"De repente, ouviu-se na calçada um ruído de grossos tamancos, com o roçar de um bastão; e uma voz elevou-se, uma voz rouca que cantava:

Souvent la chaleur d'un beau jour
Fait rêver fillette à l'amour.

"Emma ergueu-se como um cadáver galvanizado, com os cabelos soltos, as pupilas fixas, a boca aberta.

Pour amasser diligemment
Les épis que la faux moissonne,
Ma Nanette va s'inclinant
Vers le sillon qui nous la donne.

"— O Cego! exclamou ela.

"E Emma pôs-se a rir, com um riso atroz, frenético, desesperado, julgando ver o rosto hediondo do miserável que se erguia nas trevas eternas como um terror.

Il souffla bien fort ce jour-là
Et le jupon court s'envola!

"Uma convulsão abateu-a sobre o colchão. Todos se aproximaram. Ela não mais existia."

Vê-se, senhores, neste momento supremo, a lembrança de sua falta, o remorso, com tudo o que há de pungente e de horrível. Não é uma fantasia de artista que deseja apenas criar um contraste sem utilidade, sem moralidade, é o cego que ela ouve na rua cantando aquela horrível canção que ele cantava quando ela voltava toda suada, toda hedionda dos encontros do adultério; é o cego que via a cada um desses encontros: era esse cego que a perseguia com seu canto, com sua inoportunidade; é ele quem, no momento em que a misericórdia divina está presente, vem personificar a paixão humana que a persegue no momento supremo da morte! E chamam a isso um ultraje à moral pública! Mas posso dizer, pelo contrário, que nada há de mais moral do que isso; posso dizer que, neste livro, o vício da educação é animado, que é apresentado em sua verdade, na carne viva de nossa sociedade, que a cada episódio o autor nos coloca esta pergunta: "Fizeste o que devias pela educação de tuas filhas? A religião que lhes deste poderá defendê-las nas tempestades da vida, ou será apenas um monte de superstições carnais que não oferecem um apoio quando a tempestade faz ouvir seus trovões? Ensinaste-lhes que a vida não é a realização de sonhos quiméricos, que é algo de prosaico ao qual devemos nos acomodar? Tu lhes ensinaste isso? Fizeste o que devias para a sua felicidade? Disseste-lhes: 'Pobres filhas, fora da estrada que vos indico, nos prazeres que perseguis, tendes apenas o desgosto à vossa espera, o abandono da casa, a perturbação, a desordem, a dilapidação, as convulsões, a penhora...'" E vede se falta alguma coisa ao quadro, o oficial de justiça está aí, aí também está o judeu que vendeu para satisfazer os caprichos dessa mulher, os móveis são penhorados, vão ser vendidos; e o marido ainda ignora tudo. À infeliz não resta mais do que a morte!

Porém, diz o ministério público, sua morte é voluntária, esta mulher morre quando quer.

Poderia ela viver? Não estaria ela condenada? Não esgotara o último grau da vergonha e da baixeza?

Sim, em nossos teatros, mostram-se as mulheres que se desviaram como graciosas, sorridentes, e não quero dizer o que fizeram. *Questum corpore feceram.* Limito-me a dizer o seguinte. Quando no-las apresentam felizes, encantadoras, envoltas em musselina, apresentando uma mão graciosa a condes, a marqueses, a duques, quando frequentemente são elas mesmas chamadas marquesa ou duquesa, chamais a isso respeitar a moral pública. E aquele que vos apresenta a mulher adúltera que morre vergonhosamente, este comete um ultraje à moral pública!

Vede, não quero dizer que não é vosso pensamento que exprimistes, visto que o exprimistes, mas cedestes a uma grande preocupação. Não, não sois vós, o marido, o pai de família, o homem que está aqui, não sois vós, não é possível; não sois vós que, sem preocupação com o requisitório e com uma ideia preconcebida, teríeis vindo dizer que o Sr. Flaubert é o autor de um mau livro! Sim, se vos abandonásseis às vossas inspirações, vossa apreciação seria igual à minha, não falo do ponto de vista literário, não podemos, vós e eu, divergir neste ponto, mas do ponto de vista da moral e do sentimento religioso tal como o compreendeis, tal como eu o compreendo.

Disseram-nos ainda que tínhamos posto em cena um pároco materialista. Tomamos o pároco como tomamos o marido. Não é um eclesiástico eminente, é um eclesiástico comum, um pároco rural. E assim como não insultamos ninguém, assim como não expressamos nenhum sentimento, nenhum pensamento que pudesse ser injurioso para o marido, também não insultamos o eclesiástico que se encontra na obra. Tenho apenas uma palavra a dizer sobre este assunto.

Desejais livros nos quais os eclesiásticos desempenham um papel deplorável? Tomai *Gil Blas*[12], *Le Chanoine* de Balzac, *Notre-Dame de Paris* de Victor Hugo. Se quiserdes padres que sejam a vergonha do clero procurai alhures, não os encontrareis em *Madame Bovary*. Que foi que eu mostrei? Um pároco de aldeia que é em suas funções de um pároco de aldeia é como o Sr. Bovary, um homem comum. Tê-lo-ei apresentado libertino, guloso, bêbado? Não disse nem uma palavra sobre isso. Apresentei-o desempenhando seu ministério, não com uma inteligência elevada, mas como sua natureza o chamava a desempenhá-lo. Pus em contato com ele e em perpétuas discussões, um tipo que vai viver — como viveu a criação do Sr. Prudhomme[13] — como viverão algumas outras criações de nosso tempo, de tal forma estudadas e extraídas da realidade que não há possibilidade de esquecê-las; é o farmacêutico da vila, o voltairiano, o cético, o incrédulo, o homem em perpétua querela com o pároco. Mas nessas querelas com o pároco, quem é constantemente vencido, achincalhado, ridicularizado? É Homais, é a ele que se deu o papel mais cômico porque é o mais verdadeiro, aquele que pintou melhor nossa época cética, um arrebatado, o que se chama um padrófobo. Permiti-me ainda que vos leia a p. 206. É a boa mulher da estalagem que oferece alguma coisa ao pároco:

"— Em que posso ser-lhe útil, senhor pároco? perguntou a dona da hospedaria, apanhando na lareira um dos castiçais de cobre que se encontravam arrumados um ao lado do outro com suas velas; deseja tomar alguma coisa? Um pouco de cassis, um copo de vinho?

"O eclesiástico recusou com muita cortesia. Viera buscar seu guarda-chuva que esquecera no outro dia no convento de Ernemont e, após ter pedido à Sra. Lefrançois que lho enviasse à noite no presbitério, saiu para ir à igreja onde o *Angelus* se fazia ouvir.

"Quando o farmacêutico não ouviu mais na praça o ruído de seus sapatos, achou muito inconveniente sua conduta de pouco antes. Aquela recusa em aceitar um refresco parecia-lhe uma das mais odiosas hipocrisias; os padres bebiam e queriam sem ser vistos e procuravam trazer de volta os tempos do dízimo.

[12] Romance de Lesage (1668-1747).

[13] Joseph Prudhomme, personagem de duas obras de Henri Monnier, *Scènes populaires* (1830) e *Mémoires de Joseph Prudhomme* (1837). Este personagem encarna a banalidade tranquila e satisfeita consigo mesma.

"A hospedeira tomou a defesa de seu pároco:

"— Aliás, seria capaz de dobrar com o joelho quatro homens como o senhor. No ano passado, ajudou nossos empregados a pôr a palha para dentro; carregava até seis feixes de cada vez, de tal forma é forte.

"— Bravo! disse o farmacêutico. Envie então suas filhas confessarem-se com um espertalhão com um tal temperamento! Quanto a mim, se eu fosse o governo, gostaria que se sangrassem os padres uma vez por mês. Sim, Sra. Lefrançois, todos os meses uma flebotomia no interesse da ordem e dos bons costumes!

"—Cale-se, Sr. Homais! O senhor é um ímpio, o senhor não tem religião!

"O farmacêutico respondeu:

"— Tenho uma religião, minha religião, e tenho mesmo mais do que todos eles, com suas cerimônias estranhas e suas charlatanices. Pelo contrário, adoro Deus! Creio no Ser supremo, num Criador, seja ele qual for, pouco importa, que nos colocou na terra para preenchermos nossos deveres de cidadãos e de pais de família; porém, eu não preciso ir a uma igreja, beijar as bandejas de prata e engordar com o meu bolso um grupo de farsantes que se alimentam melhor do que nós! Pois podemos honrá-Lo também perfeitamente num bosque, num campo ou mesmo contemplando a abóbada etérea como os antigos. O meu Deus é o Deus de Sócrates, de Franklin, de Voltaire e de Béranger! Sou pela *Profissão de fé do vigário saboiano* e os imortais princípios de 89! Assim, não admito o bom Deus como um sujeito que passeia em seus canteiros com uma bengala na mão, hospeda Seus amigos no ventre das baleias, morre dando um grito e ressuscita no fim de três dias: coisas absurdas em si mesmas e completamente opostas, aliás, a todas as leis da física; o que nos demonstra, de passagem, que os padres sempre estagnaram na ignorância túrpida na qual procuravam mergulhar com eles as populações.

"Calou-se, procurando com os olhos um público ao seu redor, pois em sua efervescência, o farmacêutico por um momento julgara-se em pleno conselho municipal. Porém, a dona da hospedaria não o ouvia mais".

O que há aqui? Um diálogo, uma cena como havia cada vez que Homais tinha uma ocasião para falar dos padres.

Agora, há algo melhor no último trecho, p. 271:

"Mas a atenção pública foi distraída pelo aparecimento do Padre Bournisien que passava pelo mercado com os santos óleos. Homais, para continuar fiel a seus princípios, comparou os padres a corvos atraídos pelo cheiro dos mortos; a vista de um eclesiástico era-lhe pessoalmente desagradável, pois a batina lhe fazia lembrar a mortalha e execrava uma um pouco pelo pavor da outra".

Nosso velho amigo, o que nos emprestou o catecismo, estava muito feliz com esse trecho; dizia-nos: "É uma verdade impressionante; é realmente o retrato de um padrófobo ao qual a batina faz lembrar a mortalha e que execra uma um pouco por pavor da outra". Era um ímpio e execrava a batina, um pouco por impiedade, talvez, mas muito mais porque ela lhe fazia pensar na mortalha.

Permiti-me resumir tudo isso.

Defendo um homem que, se tivesse encontrado uma crítica literária sobre a forma de seu livro, sobre algumas expressões, sobre demasiados detalhes, sobre um ponto ou sobre outro, teria aceito essa crítica literária com o maior prazer do mundo. Mas, ver-se acusado de ultraje à moral e à religião! O Sr. Flaubert não consegue acreditar; e protesta aqui, diante de vós, com todo o assombro e toda a energia de que é capaz contra uma tal acusação.

Não sois dos que condenam livros baseados em algumas linhas, sois daqueles que julgam antes de tudo o pensamento, os meios de realizar e que se colocarão a si mesmos a pergunta pela qual comecei esta defesa e pela qual a acabo: A leitura de um tal livro provoca amor pelo vício, inspira horror pelo vício? A expiação tão terrível dessa falta não impele, não excita à virtude? A leitura deste livro não pode produzir em vós outra impressão a não ser aquela que produziu em nós, a saber: que este livro é excelente em seu conjunto e que seus detalhes são irrepreensíveis. Toda a literatura clássica nos autorizava pinturas e cenas bem diferentes das que nos permitimos. Teríamos podido, neste sentido, tomá-la como modelo, não o fizemos; impusemo-nos uma sobriedade que levareis em consideração. Pois, se fosse possível que, com uma ou outra palavra, o Sr. Flaubert tivesse ultrapassado as medidas que impôs a si mesmo, eu não somente vos lembraria que é uma primeira obra, mas deveria dizer-vos que, mesmo que se tivesse enganado, seu erro não traria danos à moral pública. E com o fato de ter de vir à polícia correcional — ele, que conheceis um pouco através de seu livro, ele, que já amais um pouco, tenho a certeza, e que amaríeis ainda mais se o conhecêsseis mais — ele já está suficientemente, está por demais cruelmente punido. Cabe a vós agora deliberar. Julgastes o livro em seu conjunto e em seus detalhes; não vos é possível hesitar.

SENTENÇA[14]

O tribunal consagrou uma parte da audiência da semana passada aos debates de um processo instaurado contra os Srs. Léon Laurent-Pichat e Auguste-Alexis Pillet, o primeiro gerente, o segundo impressor da coletânea periódica *La Revue de Paris* e o Sr. Gustave Flaubert, homem de letras, todos os três réus: 1º Laurent-Pichat por ter, em 1856, ao publicar nos números 1º e 15 de dezembro da *Revue de Paris* fragmentos de um romance intitulado *Madame Bovary* e, especialmente, diversos fragmentos contidos nas p. 73, 77, 78, 272, 273, cometido os delitos de ultraje à moral pública e religiosa e aos bons costumes; 2º Pillet e Flaubert por terem, Pillet, ao imprimir para que fossem publicados, Flaubert ao escrever e entregar a Laurent-Pichat para serem publicados, os fragmentos do romance intitulado *Madame Bovary* acima citados, ajudado e assistido, com conhecimento, Laurent-Pichat nos fatos que prepararam, facilitaram e consumaram os delitos acima mencionados e por se terem assim tornado cúmplices

[14] Publicada na *Gazette des Tribunaux* de 9 de fevereiro de 1857.

desses delitos previstos pelos artigos 1º e 8º da lei de 17 de maio de 1819 e 59 e 60 do Código Penal.

O Sr. Pinard, substituto, atuou na acusação.

O tribunal, após ter ouvido a defesa apresentada pelo Sr. Sénard para Flaubert, Sr. Desmarest para o Sr. Pichat e Sr. Faverie para o impressor, entregou à audiência desse dia (7 de fevereiro) a leitura da sentença que foi proferida nos seguintes termos:

"Visto que Laurent-Pichat, Gustave Flaubert e Pillet são acusados de ter cometido os delitos de ultraje à moral pública e religiosa e aos bons costumes, o primeiro como autor, publicando na coletânea periódica intitulada *La Revue de Paris* da qual é diretor-gerente e nos números 1º e 15 de outubro, 1º e 15 de novembro, 1º e 15 de dezembro de 1856, um romance intitulado *Madame Bovary*, Gustave Flaubert e Pillet como cúmplices, um fornecendo o manuscrito, o outro imprimindo o citado romance;

"Visto que os trechos particularmente assinalados do referido romance, que se compõe de perto de 300 páginas, estão contidos nos termos do despacho diante do tribunal correcional nas p. 73, 77, 78 (do número de 1º de dezembro) e 271, 272 e 273 (do número de 15 de dezembro de 1856);

"Visto que os trechos incriminados abstrativa e isoladamente apresentam de fato seja expressões, seja imagens, seja quadros que o bom gosto reprova e que por sua natureza levam à ofensa de legítimas e honrosas suscetibilidades;

"Visto que as mesmas observações podem ser aplicadas com precisão a outros trechos não definidos pelo despacho e que, à primeira vista, parecem apresentar a exposição de teorias que não seriam menos contrárias aos bons costumes, às instituições, que são a base da sociedade do que ao respeito devido às mais augustas cerimônias do culto;

"Visto que a esses vários títulos a obra apresentada ao tribunal merece uma severa censura, pois a missão da literatura deve ser ainda mais a de ornar e de recrear o espírito elevando a inteligência e depurando os costumes do que a de imprimir a repulsa pelo vício, oferecendo o quadro das desordens que podem existir na sociedade;

Visto que os réus, em particular Gustave Flaubert, repelem energicamente a acusação dirigida contra eles, afirmando que o romance submetido ao julgamento do tribunal tem um objetivo eminentemente moral; que o autor teve sobretudo em vista expor os perigos que resultam de uma educação não apropriada ao ambiente no qual se deve viver e que, seguindo essa ideia, mostrou a mulher, personagem principal de seu romance, aspirando a um mundo e a uma sociedade para os quais não era feita, infeliz com a condição modesta na qual a sorte a teria colocado, esquecendo a princípio seus deveres de mãe, faltando em seguida a seus deveres de esposa, introduzindo sucessivamente em sua casa o adultério e a ruína e acabando miseravelmente pelo suicídio, após ter passado por todos os graus da mais completa degradação e ter descido até ao roubo;

"Visto que esse dado, moral sem dúvida, em seu princípio, deveria ter sido completado em seus desenvolvimentos, por uma certa severidade de linguagem e por uma contida reserva no que diz respeito particularmente à exposição dos quadros e das situações que o plano do autor lhe fazia colocar aos olhos do público;

"Visto que não é permitido, sob pretexto de pintura de caráter ou de cor local, reproduzir em seus desvios os fatos, os ditos e os gestos dos personagens que um escritor assumiu a missão de pintar; que um tal sistema, aplicado às obras do espírito assim como às reproduções das belas-artes, conduziria a um realismo que seria a negação do belo e do bom, que criando obras igualmente ofensivas para o olhar e para o espírito, cometeria contínuos ultrajes à moral pública e aos bons costumes;

"Visto que há limites que a literatura, mesmo a mais superficial, não deve ultrapassar e dos quais Gustave Flaubert e corréus parecem não se ter suficientemente apercebido;

"Mas, visto que a obra de autoria de Flaubert é uma obra que parece ter sido longa e seriamente trabalhada do ponto de vista literário e do estudo dos caracteres; que os trechos assinalados pelo despacho, mesmo censuráveis, são pouco numerosos se forem comparados à extensão da obra; que tais trechos, seja nas ideias que expõem, seja nas situações que apresentam, entram no conjunto dos caracteres que o autor quis pintar, exagerando-os e impregnando-os de um realismo vulgar e muitas vezes chocante;

"Visto que Gustave Flaubert protesta seu respeito pelos bons costumes e por tudo o que está ligado à moral religiosa; que não parece ter sido seu livro, como certas obras, escrito com a única finalidade de dar uma satisfação às paixões sensuais, ao espírito de licenciosidade e de libertinagem ou de ridicularizar coisas que devem ser cercadas pelo respeito de todos;

"Que ele somente cometeu o erro de perder às vezes de vista as regras que todo escritor que se respeita nunca deve ultrapassar e de esquecer que a literatura, como a arte, para cumprir o bem que é chamada a produzir, não somente deve ser casta e pura em sua forma e em sua expressão;

"Nessas circunstâncias, visto que não está suficientemente estabelecido que Pichat, Gustave Flaubert e Pillet se tenham tornado culpados dos delitos que lhes são imputados;

"O tribunal os absolve da incriminação de que foram acusados e os dispensa sem custas".